Markus Heitz
Drachenkaiser

PIPER

Zu diesem Buch

Unsere Welt gehört den Drachen – seit Anbeginn der Zeit haben sie Länder und Kontinente unter sich aufgeteilt, säen Hass und Intrigen zwischen den Völkern, entfachen politische Konflikte und Kriege. Doch im Europa des Jahres 1926 gibt es Menschen, die sich den übermächtigen Geschöpfen entgegenstellen. Die Drachentöterin Silena, Fürst Grigorij und ihre Gefährten haben die erste Schlacht gegen die Drachen geschlagen. Die feuerbewehrten Herrscher der Alten Welt sind geschwächt und zerstritten. Dies lockt einen neuen Drachen aus dem entfernten Osten herbei, der seine gierigen Klauen nach Europa ausstreckt. Silena und ihre Mitstreiter müssen verhindern, dass der Machtkampf der Drachen zur Unterdrückung der gesamten Menschheit führt.

Markus Heitz, geboren 1971, lebt als freier Autor in Zweibrücken. Seine Bestseller um »Die Zwerge«, alle bei Piper erschienen, wurden in acht Sprachen übersetzt. Auch das neunbändige Epos um die Welt »Ulldart« sowie seine Romane »Die Mächte des Feuers«, »Drachenkaiser« und »Die Legenden der Albae. Gerechter Zorn« begeisterten die Fans. Markus Heitz gewann bereits siebenmal den Deutschen Phantastik Preis.
Weiteres zum Autor: www.mahet.de

Markus Heitz

DRACHEN KAISER

ROMAN

Piper München Zürich

Von Markus Heitz liegen bei Piper vor:
Schatten über Ulldart. Ulldart – Die Dunkle Zeit 1
Der Orden der Schwerter. Ulldart – Die Dunkle Zeit 2
Das Zeichen des Dunklen Gottes. Ulldart – Die Dunkle Zeit 3
Unter den Augen Tzulans. Ulldart – Die Dunkle Zeit 4
Die Magie des Herrschers. Ulldart – Die Dunkle Zeit 5
Die Quellen des Bösen. Ulldart – Die Dunkle Zeit 6
Trügerischer Friede. Ulldart – Zeit des Neuen 1
Brennende Kontinente. Ulldart – Zeit des Neuen 2
Fatales Vermächtnis. Ulldart – Zeit des Neuen 3
Die Zwerge
Der Krieg der Zwerge
Die Rache der Zwerge
Das Schicksal der Zwerge
Die Legenden der Albae. Gerechter Zorn
Die Mächte des Feuers
Drachenkaiser
Vampire! Vampire!

Ungekürzte Taschenbuchausgabe
April 2011

Umschlagkonzeption: semper smile
Umschlaggestaltung: Guter Punkt, München | www.guter-punkt.de
Umschlagabbildung: © Klaus Scherwinski – www.klausscherwinski.de
Autorenfoto: Arne Schultz
Karte: Erhard Ringer
Satz: Filmsatz Schröter, München
Druck und Bindung: CPI – Clausen & Bosse, Leck
Printed in Germany ISBN 978-3-492-26778-6

Für diejenigen, die damals neuen Pfaden gefolgt sind und sich nun wieder aufmachen

Dramatis personae

Die Menschen

Grigorij Wadim Basilius Zadornov: russischer Fürst (*Knjaz*) und Hellseher

Silena aka Anastasia Zadornova: letzte Nachfahrin des heiligen Georg, Grigorijs Gemahlin und Anführerin der Drachenjäger-Einheit *Skyguards*

Oberst Litzow: Erfinder und Techniker der *Skyguards*

Doktor Eisenbeis: Arzt der *Skyguards*

Leída Havock: Anführerin von *Havock's Hundred*, einer Drachenjäger-Einheit

Cyrano: Gargoyle und Anführer der »alten« Gargyoles

Lady Ealwhina Snickelway: Medium

Sir Shamus: ihr Bekannter

Ichneumon: Drachentöter

Erzbischof Kattla: Anführer des Officium Draconis

Prior Prokop: sein Stellvertreter und Befehlshaber im Feld des Officium Draconis

Wilhelm Voss: deutscher Industriemagnat

Kasimir Voss: sein Sohn

Weiß und Müller: Buchhalter von Kasimir Voss

Alexandra Fjodorowna: Zarin *(Zaritsa)* von Russland

Charles Tourant De Bercy: Unterhändler

Piotr und Vlad: Handlanger von De Bercy

Igor Vatjankim: Mitglied der Ochrana

Wassilij: Taxifahrer

Zoja Sigorskaja: Oberst der Zarenarmee

Sergij Wachholder: Bibliothekar

Wu Li: chinesischer Akrobat und Illusionist

Torben Quinn: Angestellter der Stadtverwaltung Hamburg

Maximilian Redelmaier: Ermittlungsbeamter des Officium Draconis

Mahud Nagib: Ägyptologe

Nitokris: seine Sekretärin

Dr. Ahmat Fayence: Psychologe
Thomas Edward Grant der Fünfte: brit. Gentleman
Li Zhiao: chinesischer Geschäftsmann
Tilda, Lasse, Bengt, Olof, Knut: Dorfbewohner von Väddo
Lord Craig Canterburry: Übersetzer
Eric Tremaine: Medium und Mitglied der Society of Psychical Research
Aisin Gioro Pǔ Yí: Kaiser von China, Qing-Dynastie
Kaiserinwitwe Cíxī: seine Vorgängerin
Prinz Zhu Zaihou und seine Mutter Wan: Ming-Dynastie
Humbleman und Coopers: zwei Bobbies

Die Drachen
Vouivre: französischer Altvorderer
Y Ddraig Goch: walisische Altvordere
Tugarin: russischer Drache
Florin: holländischer Drache
Gwalchgwyn: walisischer Drache
Nie-Lung: chinesischer Drache

Begriffe
Altvordere: uralte europäische Drachen
Lǎozǐ: chin. Anrede *alter Meister*
Ochrana: zaristischer Geheimdienst
Bolschewiki: Fraktion der Sozialdemokratischen Arbeiterpartei Russlands (SDAPR), die einen Umsturz schnell und mit Gewalt umsetzen wollte
Ulanen: Lanzenreiter
Prospekt: russ. Bez. für eine sehr breite Prachtstraße
Tawarisch: russ. *Genosse*
Prastiti pashalusta: russ. *Entschuldigen Sie bitte!*
Spasiba: russ. *Danke!*
Nitschiwo straschnawa: russ. *Nichts passiert!*
Gaspascha: russ. Anrede für *Frau*
Stoi: russ. *Halt*
Suka: russ. *Schlampe*
RAF: Abkürzung für Royal Air Force

Sûreté: französischer Geheimdienst
Pint: engl. Bierglas mit 0,568 Liter Inhalt
Ladypint: engl. Bierglas, halbes Pint
Midnight: Getränk aus Guinness (engl. Stoutbier) mit einem Schuss Portwein
Nǐ yéye de: chin. Fluch *Verdammt*!
Kào: chin. Fluch, hartes Wort für *Fäkalie!*
Dàngfù: chin. *Schlampe*
Tā mā!: chin. *Zum Teufel!*
Fèiwù!: chin. *Missgeburt*
Nǐ mā bī: chin. derb *weibliches primäres Geschlechtsteil*
Jī: chin. derb *Prostituierte*
Fèihuà: chin. *Blödsinn*
Běijīng: Peking
Stockholms-Tidningen: größte schwed. Tageszeitung
Society of Psychical Research: Gesellschaft zur Erforschung übersinnlicher Phänomene

Die Musikstücke zum Buch

Paul Whiteman – Whispering (1920)
George Olson & Orchestra – Who? (1925)
Howard Lanins Dance Orchestra – Don't Wake Me Up (1925)
Howard Lanin and His Orchestra – Black Bottom (1926)
Lee Morse – Yes, Sir! That's My Baby! (1925)
Eddie Cantor – If You Knew Susie (Like I Know Susie!) (1925)
Savoy Orpheans – When You and I Were Seventeen (1925)
Whispering Jack Smith – Me and My Shadow (1927)
Whispering Jack Smith – Crazy Rhythm (1928) – *des Autors Liebling!*
Whispering Jack Smith – There Ain't No »Maybe« in My Baby's Eyes (1926)
Whispering Jack Smith – When the Red, Red Robin Comes Bob-bob-bobbin' Along (1926)
Jan Garber's Orchestra – Baby Face (1926)
Savannah Syncopators – Wa Wa Wa (1926)
Ben Bernie Orchestra – Ain't She Sweet (1927)

Wisconsin Roof Orchestra – Black Maria (1927)
Ipana Troubadours – My Strongest Weakness (1927)
Charlie Fry and His Million Dollar Pier Orchestra – Happy Days, Lonely Nights (1928)

außerdem Songs von: Original Dixieland Jazz Band, Harry Archer, Comedian Harmonists, Yale Whiffenpoofs und Max Raabe (keine Eigenkompositionen)

und:
»Klein Zack« aus: Hoffmanns Erzählungen von Jacques Offenbach
»Steuermann, lass die Wacht!« aus: Der Fliegende Holländer von Richard Wagner

Prolog

23. Dezember 1926, Freie Hansestadt Hamburg, Deutsches Kaiserreich

Riesige Masten stemmten den schweren roten Stoff des pagodenförmigen Zelts in schwindelerregende Höhe. Innen und außen erleuchteten es Pergamentlampions; vom warmen Licht illuminiert, zog es die Blicke magisch an. Durch seine Außergewöhnlichkeit und all die Ornamente war es ein Blickfang sondergleichen.

Eintausend Menschen hatten den Weg hineingefunden. Im Innern roch es nach Holz, nach Jasmin und frittiertem Essen, das von livrierten Chinesen mit Bauchläden in Tütchen während der Vorstellung an die Zuschauer verkauft wurde. Unermüdlich liefen sie die Tribünentreppen hoch und runter, lächelnd und freundlich. Den Tee, in dem Jasminblüten schwammen, gab es gratis in kleinen Tonschälchen zu jeder Order.

Die Besucher waren von den rasch wechselnden Darbietungen gefangen genommen. Eine gebannte Stille herrschte, die Gesichter von Männern, Frauen und Kindern waren auf die Manege gerichtet, und die Spannung löste sich nach jedem Kunststück in einem tosenden Applaus.

Während die Menschen rings um Alfred Groote mitfieberten, starrte er unbeteiligt in die Manege, in der sich zehn junge Chinesendamen in weißen Seidengewändern zum Abschluss ihrer Akrobatik zu einer Pyramide aufgetürmt hatten. Dabei verbogen und verrenkten sie zusätzlich ihre zarten Leiber. *Ich halte es für unmöglich, sich dabei als normaler Mensch nicht das Rückgrat zu brechen*, dachte er. *Schlangenmenschen.*

Zur Krönung und gegen die Gesetze der Physik hielten sich die Mädchen gegenseitig an den Hüften und streckten jeweils ein Bein weg, sodass das Bauwerk aus Menschen lediglich auf schmalen, dünnen Zehenspitzen stand. Und hielt, ohne auch nur im Ansatz zu schwanken.

»Famos«, tönte es aus der Reihe vor Alfred. »Ganz famos!«

Doch auch als die grazilen Mädchen die Pyramide auflösten und sich aufrecht hinstellten, um ihren Applaus entgegenzunehmen, klatschte der Zweiundzwanzigjährige nicht. Feindselig blickte er von seinem hintersten Rang hinab, über die Köpfe der begeisterten Menschen, die im Gegensatz zu ihm nicht mit Beifall sparten.

Er spürte einen Ellenbogen in seiner Seite. »Mach schon«, raunte ihm Klara von links ins Ohr. Sie trug ein schlichtes schwarzes Kleid und eine lange Glasperlenkette, die kurzen blonden Haare lagen in einer modischen Wasserwelle am Kopf an. Sie hatte die Gelegenheit genutzt und sich eigens für das Zusammentreffen mit *ihm* schön gemacht. »Willst du, dass wir auffallen? Benimm dich wie ein normaler Zuschauer.«

Widerwillig schlug Alfred die Handflächen gegeneinander, doch der finstere Ausdruck wich nicht von seinem Gesicht. Für ihn waren diese chinesischen Turnerinnen Abschaum, wie der ganze Rest des verfluchten Zirkus, den seine lange Reise von Peking ins deutsche Kaiserreich geführt hatte.

Er verabscheute sie nicht, weil sie anders aussahen oder einer fremden Kultur angehörten. Seinen Hass hatten sie einem ganz anderen Umstand zu verdanken.

Die jungen Akrobatinnen liefen durch den portalähnlichen Manegenausgang hinaus; Sägemehl wirbelte hinter ihren blanken Füßen auf und flirrte im bunten Licht der fünf Richtscheinwerfer. Ihnen kam wieder der Conferencier des Abends entgegen, ein Chinese im klassischen Smoking und mit Zylinder, hinter dem sich der dunkelrote Vorhang schloss. Alfred fand immer noch, dass ihm die westliche Kleidung nicht stand. Den Namen hatte er vergessen. *Wozu auch merken?*

»Vielen herzlichen Dank, hochverehrtes Publikum«, rief er und verneigte sich. »Die Töchter der Schlange haben Ihr Wohlwollen redlich verdient. Kommen wir nun zu unserem Höhepunkt der Weihnachtsvorstellung in der schönen Hansestadt: Meister Wu Li und seine Traumkugeln!« Er deutete auf den Eingang, wo die Stoffbahnen erneut aufgezogen wurden. Ein lauter Gongschlag ertönte und hallte lange nach.

Ein hünenhafter Chinese in einem traditionellen knielangen

Gewand aus schwarzer Seide tat den ersten Schritt in das Rund und verharrte in den Strahlen der Scheinwerfer. Die roten und weißen Schriftzeichen darauf leuchteten regelrecht. Die Arme hatte er auf den Rücken gelegt. Er musterte die voll besetzten Ränge in aller Ruhe, ehe er in die Mitte der Manege trat.

»Meine Güte, der ist ja riesig«, hörte Alfred Klara verwundert sagen. »Mindestens zwei Meter, oder? Ich dachte, die Chinesen seien alle klein!«

»Nicht die aus dem Norden, habe ich gehört«, gab er zurück und wartete ungeduldig, was Meister Wu Li zu bieten hatte. Es interessierte ihn letztlich ebenso wenig wie die vergangenen Darbietungen der Mädchen, der Tellerjongleure, der Clowns, der exotischen Tierdressuren, der Hochseilakrobaten, der Contorsionisten, der halbnackten Tänzerinnen und alles, was er sonst noch hatte erdulden müssen. Alfred und seine Freunde waren nur aus einem Grund hier.

Meister Wu Li berührte die weiße, halbkugelförmige Mütze, die eine Bronzespitze an der höchsten Stelle aufwies. Helfer trugen daraufhin einen Tisch mit einer flachen, breiten Schüssel herein, in der Wasser schwappte. Er selbst sah gelassen dabei zu und strich sich über den langen, schwarzen Kinnbart, der das Gesicht noch schmaler machte.

»Schneller«, murmelte Alfred und sah auf die Taschenuhr. Kurz nach zehn am Abend. Viel zu spät für seinen Geschmack. Die Vorstellung hätte vor einigen Minuten zu Ende sein sollen.

Wu Li bekam eine Drahtschlinge von einer Armlänge Durchmesser gereicht und tauchte sie in die Flüssigkeit.

Das Licht verlosch bis auf einen einzelnen Scheinwerferstrahl.

Wu Li hob den gebogenen Draht ruckartig an, und eine große Seifenblase formte sich. Zitternd blieb sie vor dem Chinesen in der Luft stehen, dehnte sich und wallte, drohte zu bersten. Er legte den Draht nieder, tauchte die Hände in die Flüssigkeit und berührte die Blase, hielt sie zwischen den Fingern – und ließ sie an Ausmaß zunehmen!

»Wie macht er das?« Klara packte Alfred am Ärmel der groben beigefarbenen Kordjacke.

»Das ist mir so was von gleich«, antwortete er, obwohl er sich zumindest wunderte über das, was er da sah. Dass die Seifenblase nicht barst, konnte er akzeptieren. Warum sie größer wurde, verstand er nicht.

Wu Li hatte die schillernde Sphäre freigegeben. Sie waberte aufwärts, höher und höher, dem Dach der Zeltpagode entgegen, bis sie wie auf einen geheimen Befehl hin stehen blieb. Der Scheinwerfer folgte ihr, Wu Li fiel ins düstere Gemisch aus Licht und Schatten zurück.

»Als der grausame Eroberer Dschingis Khan meine Heimat angriff«, sprach der Chinese mit Bassstimme, und Alfred rann unwillkürlich ein Schauder über den Rücken, »ritt seine wilde Horde an der Hütte einer Seifenmacherin vorüber.«

In der Blase wurden … Bilder sichtbar!

Die Menschen sahen Tartarenkrieger auf kleinen, zotteligen Pferden, die ihre Säbel und Speere schwangen. Ein erschrockenes und zugleich begeistertes Raunen lief durch die Reihen der Zuschauer. Eine Hütte tauchte auf, umgeben von Bambus und einem kleinen Bachlauf, an dem eine Chinesin kniete.

»Die grausamen Krieger wollten die hübsche Lin Wei entkleiden und sich an ihr vergehen.« Die Seifenblase zeigte die hilflose junge Frau, die von den Kriegern überrascht wurde, die sich auf sie stürzten. Sie leistete Gegenwehr, spuckte und schlug um sich.

Wie … geht das? Alfred wandte sich verblüfft um, drehte den Kopf und versuchte den Filmprojektor zu entdecken, mit dem sie den Trick absolvierten. Er hatte schon ein paar Vorführungen im Lichtspielhaus gesehen, aber was ihn stutzig machte, war, dass er das Geschehen in Farbe sah. *Ist das möglich? Eine neue Technik?*

Wu Li hatte unterdessen eine zweite Blase entstehen lassen, die emporschwebte, sich mit der ersten verband und sie an Volumen verdoppelte. Nun wurden die Szenen überlebensgroß dargestellt, und wer genau hinhörte, vernahm das dunkle Lachen der Krieger und die verzweifelten Rufe der Frau; einige Zuschauer stöhnten mitfühlend auf.

»Sie warfen sie in den Trog mit Seifenlauge, um sie zu waschen. Doch Lin Wei blieb im Trog verschwunden. Stattdessen stiegen Blasen empor, die den schrecklichen Soldaten Angst einflößten«, dröhnte Wu Lis Stimme. Die gigantische Sphäre wurde von Dutzenden kleiner Bläschen umspielt, deren Inneres unerklärlicherweise mit Rauch gefüllt war. »Sie verdunkelten die Umgebung, und die Pferde nahmen Reißaus. Sobald sie barsten, gaben sie Nacht frei und brachten den Kriegern dämonische Gestalten.«

Prompt platzten die Gebilde, der Rauch entwich und formte Monstrositäten, die über die Menschen in der Pagode hinwegflogen. Nicht wenige zogen die Köpfe ein oder hielten die Hüte fest, einige kleine Kinder fingen an zu weinen. Klara stieß einen spitzen Schrei aus, als tintenschwarze Schattenfinger nach ihr griffen, ehe sie zerstoben und vergingen.

Wie macht er das? Alfred konnte sich der Faszination nicht länger erwehren. *Er erweckt die Einbildung zum Leben!* Mit neuartigen Projektoren oder anderen Taschenspielertricks hatte das nichts mehr zu tun. *Ein Massenhypnotiseur? Ein Medium?*

»Die Letzten der Horde ergriffen die Flucht«, rief Wu Li, »als der gefürchtete Drache Nie-Lung erschien!«

In der großen Sphäre erschien der goldgeschuppte Kopf eines chinesischen Drachen, der sein zahnreiches Maul weit aufgerissen hatte und voller Hass fauchte. Auf seinem Rücken entfalteten sich filigrane Schwingen, und sein Hornpanzer glänzte; entlang der Wirbelsäule saßen gezackte, aufgerichtete Schuppen, die bis zum Schweifende verliefen. Die Hörner wirkten mehr wie ein Geweih und hatten wenig mit denen der europäischen Monster zu tun. Orangefarbene Augen starrten durch die Blase in das Pagodenzelt.

Jetzt schrien die Zuschauer vor Schrecken auf – aber Alfred blieb stumm, seine Augen funkelten vor Glück. *Meister!* Er bewunderte den langen, gewundenen Leib, an dem vier Beine mit je fünf Klauen saßen. *Schöner, als ich ihn mir vorgestellt habe!*

»Nie-Lung fuhr auf sie nieder und wütete schrecklich!«, erzählte Wu Li beschwörend, und der Drache in der Sphäre schnappte wild um sich, wand den biegsamen Körper um die Männer, zerquetschte sie und zerbiss die Krieger, wie er sie zu packen bekam.

Alfred hörte die Knochen brechen, das Blut auf den Boden plätschern und das Metall sich verbiegen. *Die Schreie klingen echt!* Die Härchen auf seinen Armen richteten sich auf.

Plötzlich zerbarst die Seifenblase, und Nie-Lung war frei!

Er schoss unter dem Zeltdach entlang, flog eine Runde und

zog mit seinen zehn Metern Länge brüllend über die Männer, Frauen und Kinder hinweg. Sein Atem schwappte heiß ins Zelt und brachte die Luft zum Flimmern. Lose Papiere stoben davon, einige Mützen und Hüte wurden den Besitzern von den Schöpfen gefegt.

Die ersten Besucher sprangen von den Sitzen auf und wollten in Panik aus dem Zirkus flüchten.

Mit einem lauten Fauchen verging Nie-Lung zu harmlosem weißem Rauch, kleine Kringel formten sich und trieben in die Höhe, während das letzte Kreischen des Drachen verhallte. Das Licht erwachte und vertrieb mit seiner gleißenden Helligkeit die letzten Reste des Zaubers.

Wu Li stand regungslos in der Manege, die Hände wieder auf den Rücken gelegt, und lächelte in den Tumult, der sich langsam legte. Er wartete, bis auch die letzten an ihre Plätze zurückgekehrt waren, bevor er mit ruhiger Stimme sagte: »Die Horde konnte nicht wissen, dass Lin Wei die Braut des Drachen war, der sie mit seinen magischen Kräften beschützte. Fortan lebte sie in Sicherheit. Bis an ihr Lebensende.« Er machte eine lange Pause, dann kam er um das Tischchen herum und verneigte sich.

Der Applaus explodierte regelrecht. Den Zuschauern stand die Begeisterung auf die Gesichter geschrieben. Manche rangen noch mit den Auswirkungen des Schreckens, den der Scheindrache ausgelöst hatte, aber dennoch gewährten sie ihm stehende Ovationen. Blumen wurden dem Chinesen zu Füßen geworfen, und die Hoch-Rufe wollten gar nicht mehr enden.

Alfred atmete tief durch. *Meine Güte! Da darf ein Herz nicht schwach sein.* Er brauchte eine halbe Minute, bis er sich aus dem Bann der Bilder gelöst hatte. *Schluss mit dem Mumpitz.* Er nahm die frenetisch klatschende Klara am Arm und zerrte sie hinter sich her. »Los. Wir müssen die Ersten sein!«

Sie drängelten sich durch die Reihen, während der Conferencier zu den Tönen leiser chinesischer Musik verkündete, dass die Tierschau gleich öffnen würde. Alfred sah, dass sich fünf weitere junge Männer und Frauen auf den Durchgang zubewegten, der sie zu den Käfigen führte. *Sehr gut.*

Gemeinsam gelangten sie an das Gittertor, wo der lächelnde Kartenabreißer in einem bunten chinesischen Gewand ihre Eintrittsbillets entgegennahm und sie anschließend mit einer Verbeugung und einer einladenden Geste in den Innenhof hinter der Pagode ließ.

Alfred, Klara und ihre Mitstreiter standen im Freien. Dreißig Wagen waren im Karree aufgestellt worden, in der Mitte befand sich ein Zaun, hinter dem verschiedene Lamas, Büffel, Dromedare und Kamele auf frischem Stroh der Besucher harrten und vor sich hin kauten. Auch hier sorgten weiße Lampions für Licht.

»Wo ist er?«, fragte Klara aufgeregt und blickte sich um.

»Das werden wir gleich herausfinden. Sie haben ihn irgendwo auf dem Gelände ausgestellt wie eines ihrer schnöden Tiere.« Alfred sah in die angespannten Mienen der Gleichgesinnten. »Was immer mit uns geschehen wird, *er* hat Vorrang. Schießt, wenn sie uns aufhalten wollen. Wir geben unser Leben für *ihn*, wenn es sein muss. Der Zeppelin ist bereit, falls der Meister zu schwach ist, um selbst zu fliehen. Und jetzt ausschwärmen«, befahl er. »Wenn ihn einer findet, gibt er das Pfeifsignal.« Sie nickten stumm.

Er und Klara gingen nach links, an den Käfigen der Tierschau vorbei, die anderen teilten sich auf und huschten davon.

Alfred spürte, wie seine Wut auf den Zirkus immer weiter wuchs. Sie zeigten den Drachen in der Vorführung in seiner ganzen Schönheit, doch in Wahrheit lag er in einem unwürdigen Käfig und wurde für ein paar Münzen extra als ein Kuriosum vorgeführt. *Von Asiaten, die Drachen doch eigentlich verehren und anbeten!* Dieser Verrat wog in seinen Augen doppelt so schwer. *Ihr werdet eure Strafe bekommen.*

Es war Klara, die den Eingang entdeckte. »Da«, sagte sie und zeigte auf den schwarzen Vorhang, über dem ein Schild mit chinesischen Schriftzeichen hing; darunter war ein Drache gemalt. Sie lief los, ohne auf Alfreds Reaktion zu warten, der den vereinbarten Pfiff mehrmals hintereinander ausstieß und ihr folgte.

Hinter dem Vorhang mussten sie in schummrigem Licht mehrere Stufen hinaufgehen und dann wieder durch einen schwarzen Vorhang treten, bevor sie in einem kleineren Pagodenzelt standen. Zehn rote und weiße Lampions hingen von der Decke und spendeten Helligkeit; zwei Scheinwerfer warfen ihre Kegel auf einen geräumigen Käfig mit mannsdicken Stahlstäben, hinter denen der

Gesuchte lag und mit geschlossenen Augen döste: der goldene Drache Nie-Lung.

»Meister!«, rief Alfred ergriffen und schluckte, dann eilte er zum Käfig und sank auf die Knie; Klara tat es ihm nach. »Göttlicher«, sprach er ehrfurchtsvoll und verneigte sich vor dem Wesen, das bis auf die kleinste Schuppe der Illusion im Zirkus glich. Er holte einen Zettel aus der Tasche, faltete ihn auseinander und schob ihn durch das Gitter. Auf Chinesisch stand geschrieben, was er nun in Lautschrift vorlas und heißen sollte: »Wir sind gekommen, um Euch zu befreien.«

Es war wichtig, dem Drachen zu zeigen, was sie beabsichtigten. Die Befreiung blieb ein gefährliches Unterfangen, nicht nur wegen der Chinesen. Im Fall eines Missverständnisses seitens der Kreatur konnte es den Tod der gesamten Gruppe bedeuten. *Apropos, wo bleiben sie eigentlich?*

Der Drache hob das rechte Lid, eine geschlitzte Pupille musterte zuerst das Papier, dann ihn. Der Kopf blieb weiterhin auf den Vordertatzen liegen.

»Ahnte ich es doch: Er ist geschwächt. Er kann nicht einmal mehr das Haupt erheben«, sagte Alfred entrüstet. »Die Reisfresser geben ihm nicht, was ein stolzes Wesen wie er zum Leben benötigt. Schon allein dafür jagen wir ihren Zirkus in die Luft!«

»Meister, wir sind die Drachenfreunde. Wir hörten vor einem Monat, dass der Zirkus es wagt, Euch zur Schau zu stellen, und sind gekommen, um dem ein Ende zu bereiten«, erklärte Klara beseelt von Glück, weil sie in der Nähe des verehrten Wesens sein durfte. »Ihr habt sicherlich von uns vernommen. Auch in China, nicht wahr? Wir kämpfen dafür, dass die Europäer Drachen nicht länger als Feinde, sondern als anbetungswürdige Geschöpfe …«

»Das kannst du ihm später haarklein berichten«, fiel Alfred ihr maßregelnd ins Wort. Dass ihre Freunde noch nicht zu ihnen aufgeschlossen waren, ließ ihn Ungutes für ihr Schicksal vermuten. *Jede Sekunde zählt.* Er packte das dicke Schloss, mit dem die Doppeltür zusätzlich gesichert war, langte mit der freien Hand unter seine Jacke und zog einen Bund Dietriche hervor. »Eure Flucht ist vorbereitet, Meister. Ihr sollt nicht länger unwürdig zur Schau gestellt werden und zur Ergötzung derer dienen, die Euch verabscheuen.« Wieder zitierte er, was auf dem Blatt geschrieben stand. Da sie nicht wussten, ob er Deutsch verstand, hatte Alfred es lieber übersetzen lassen. Nicht, dass der Meister sie tragischerweise angriff. Es klickte mehrmals, doch noch weigerte sich der Mechanismus. »Verdammt!«

Jetzt öffnete sich Nie-Lungs zweites Auge, und der Drache hob langsam den Kopf und schaute den Menschen bei ihren Bemühungen zu.

»Meister, welche Freude!«, rief Alfred erleichtert. »Die nahe Freiheit bringt Euch die nötige Kraft zurück.«

»Lass mich es versuchen.« Klara bewegte den Dietrich leicht hin und her.

Das Rumpeln von Stiefeln erklang auf der Treppe; gleichzeitig schnappte der Bügel des Schlosses auf.

Alfred riss die Tür des Käfigs auf und winkte dem Geschöpf, dessen goldene Schuppen schimmerten und funkelten. »Meister, kommt! Wir haben Euer Entkommen gut geplant …«

»Alfred!«

Klaras Schrei ließ ihn herumwirbeln: Durch den Eingang kamen chinesische Arbeiter gestürmt, die lange Holzlatten, Hämmer und Schwerter mit sich trugen. Aus ihrer Mitte ragte Wu Li stumm empor, während die anderen riefen und brüllten.

Klara stand vor ihnen, in den Händen hielt sie zwei Revolver. »Bleibt stehen, verdammte Schlitzaugen!«, schrie sie und schwenkte die Läufe umher. »Ich lasse nicht zu, dass ihr den Meister länger so schäbig behandelt.«

Alfred zog seine beiden Mauser C96 Halbautomatik und richtete die langen Läufe ebenfalls auf die unvermutet aufgetauchten Angreifer. *Dann haben es die anderen wohl nicht geschafft.* Er überlegte. Noch konnte ihnen die Befreiung des Göttlichen gelingen. »Meister, Ihr müsst uns beistehen«, sagte er. »Versteht Ihr mich?«

Ja, vernahm er die Stimme des Drachen in seinem Kopf. Wie alle mächtigen Geschuppten verständigte er sich mit Menschen auf telepathische Weise.

Alfred war erleichtert und überrascht zugleich. Zum ersten Mal wurde ihm diese Ehre leibhaftig zuteil. Wie es schien, bedienten sich die Geschöpfe dabei einer universellen Sprache. »Könnt Ihr … in … Eurem geschwächten Zustand … fliegen?«, stotterte er zu seiner Verärgerung. Eine fremde Stimme im eigenen Verstand zu hören, machte ihn trotz der Vorbereitung darauf perplex. Er fokussierte seine Gedanken auf den Befreiungsplan.

Ich müsste es versuchen.

»Das braucht ihr nicht. Wir haben vorgesorgt: Auf der Wiese neben dem Zirkus wartet ein Zeppelin, in dessen Gondel Ihr hineinpasst.« Alfred gratulierte sich selbst zu der Entscheidung, das Luftschiff in den ausgeklügelten Plan einzubinden. »Bitte, Ihr müsst uns mit Eurem Feueratem Deckung geben, bis wir beim Luftschiff angelangt sind.« Er ging rückwärts, um den Drachen hinauszulassen. »Mit ihm bringen wir Euch zu einem Freund, der bereits viele Eurer Art um sich herum versammelt hat.«

Wenn es so ist. Der Drache erhob sich auf seine vier Beine und blieb dabei geduckt, um mit dem Rücken nicht gegen die Decke des Gefängnisses zu stoßen. *Du meintest es ernst, als du davon sprachst, den Zirkus in die Luft zu jagen?*

Alfred nickte. »Alles ist vorbereitet. Wir haben in der Pagode Bomben verteilt, um Eure Kerkermeister für deren frevelhafte Taten zu strafen! In knapp zwanzig Minuten gehen sie hoch, Meister. Kommt!«

Wu Li hob die Arme, und die chinesischen Arbeiter verstummten. »Wenn ihr zwei jetzt nicht geht, wird es ein böses Ende nehmen«, sagte er mit seiner dunklen Stimme. »Drachen sind sensible Wesen, die Störungen nicht mögen, egal in welcher Absicht sie geschehen.«

»Sei still!« Alfred hielt die Läufe der Pistolen noch immer auf die Meute gerichtet.

Der riesige Chinese lächelte unverbindlich. »Wir haben deine Motivation falsch eingeschätzt und dachten, du und deine Freunde wolltet dem Geschöpf etwas antun. Für deine Begleiter kommt diese Erkenntnis leider zu spät, aber dir und der Frau kann es das Leben retten.«

»Sie sind tot?«, rief Klara und spannte die Hähne ihrer Revolver klickend. »Ihr Bastarde! Wir haben Munition für euch alle!« Sie schoss zwei der Arbeiter nieder, mitten durch die Brust. Ächzend fielen sie zu Boden, während die Umstehenden sich erschrocken niederbeugten, um ihnen beizustehen.

Wu Li hielt die Übrigen zurück, die sich auf die Frau stürzen wollten. »Das war unklug.«

»Wieso? Klara hat recht: Ihr habt den Tod verdient«, sagte Alfred düster und hob seine Waffen. »Ihr habt unsere besten Leute getötet und den Meister beleidigt. Ihr …«

Klara sah aus den Augenwinkeln, dass der Leib des Drachen blitzartig nach vorn zuckte, dann knackte und krachte es. Ein Körper fiel, es plätscherte leise.

Mit einem Laut des Entsetzens wandte sie sich um. »Meister, was tut Ihr?« Sie sah Alfreds entsetzlich zugerichtete Leiche auf den Brettern liegen. Der Oberkörper war flach gequetscht worden; vier breite Löcher klafften in seiner Brust, aus denen das Blut in Strömen auf die groben, schmutzigen Dielen lief. An Nie-Lungs rechter Klaue troff das Blut herab, seine Augen leuchteten golden und strahlten auf sie nieder.

Er hat ihn umgebracht? Klara konnte nicht fassen, was geschehen war. Ein Missverständnis oder Betrug an ihnen? Ihre Arme senkten sich, sie zitterte vor Abscheu und Furcht. »Meister … wieso?«

Ich kann nicht zulassen, was du und dein übereifriger Freund tut. Nie-Lung sah auf seine verschmierte Klaue. *Ich muss euch verschwinden lassen.*

Klara nahm seine Worte wahr und konnte sie dennoch nicht verstehen. Es war ihr unbegreiflich, welch ungerechten Lohn sie für ihre Tat erhielten. Die Wochen der Planung, die umfangreichen Vorbereitungen, um den Göttlichen aus der Gefangenschaft zu holen … *Und jetzt lässt er mich dafür umbringen?* Sie wich zwei Schritte vor der abwartenden Kreatur zurück. »Nein«, flüsterte sie geschockt. Ihr Leben und ihre Ideale, die sie in den Dienst der Drachenfreunde gestellt hatte, erschienen auf einen Schlag sinnlos und vergeudet.

Jemand hielt ihre Kehle von hinten fest und schlug ihr in den Rücken. Zumindest dachte Klara das, bis sie die lange Spitze aus ihrer Brust ragen sah, an der Blut haftete. *Ihr* Blut! Dann kam der peinigende Schmerz und gleich darauf der zweite Stich zusammen mit dem erlösenden Tod, bevor sie etwas zu sagen vermochte.

Wu Li machte achtlos einen Schritt über die junge Frau hinweg, die er soeben beiläufig ermordet hatte, und schritt auf Nie-Lung zu. Dabei veränderte sich seine Haltung, er wurde regelrecht kleiner und zeigte seine Unterwürfigkeit, seine Schuld. »Vergebt mir und meinen Männern, dass Euch diese Menschen belästigt haben, Lǎozǐ.« Er verneigte sich tief vor ihm.

Ich vergebe dir, Wu Li. Der Drache kehrte in den Käfig zurück, rollte sich halb zusammen und legte den Kopf auf die geschuppten Vorderläufe. *Auch du konntest nicht damit rechnen, dass sich Drachenfreunde berufen fühlen, mich befreien zu wollen.* Dann lachte er leise. *Schade, dass wir sie töten mussten, doch auf die Schnelle gab es keine bessere Lösung. Es wimmelt draußen nur so von Besuchern. Wir brauchen nicht noch mehr Aufmerksamkeit. Keine solche.*

»Ja, Lǎozǐ.« Wu Li gab mit einer Handbewegung Anweisung, die Leichen wegzuschaffen und die Lache aufzuwischen. Ein Chinese trat in den Käfig und säuberte Nie-Lungs blutige Klaue. »Die Bomben lasse ich sofort suchen. Um den Zeppelin kümmere ich mich ebenfalls.«

Ich habe volles Vertrauen in dich.

Wu Li verneigte sich erneut; auf dem langen, schmalen Gesicht zeigte sich ein Anflug von Stolz. »Wir machen nach Weihnachten also weiter wie bisher, Lǎozǐ?«

Sicher. Eine bessere Tarnung als diesen Zirkus gibt es nicht für unsere Mission. Nie-Lung schloss die Lider und schnaubte; es roch bitter und schwefelig im Zelt. *Lass die Menschen zu mir kommen, sobald das Blut aufgewischt ist. Sie sollen einen echten Drachen aus Asien zu Gesicht bekommen. Doch schärfe ihnen nochmals ein, keine Steinchen nach mir zu werfen, während ich mich schlafend stelle, damit ich ihren Anblick nicht ertragen muss. Sollte eines der Bälger es dennoch tun, werde ich mich noch vergessen!*

Wu Li lächelte und verbeugte sich. »Gewiss, Lǎozǐ. Niemand wird Euch belästigen.« Er sah nach den Arbeitern, die soeben die letzten Flecken aufgewischt hatten. »Tragt die Leichen zu den anderen«, befahl er. »Sie sollen zu Löwen- und Krokodilfutter verarbeitet werden.«

Er scheuchte sie hinaus, trat ins Freie und öffnete den dunklen Vorhang. »Verehrte Herrschaften«, rief er mit getragener Bassstimme. Die Aufmerksamkeit war ihm sicher. »Kommt und seht Nie-Lung! Den *wahren* Nie-Lung. Doch erinnern Sie sich an das Schicksal der Hunnen: Wer seinen Schlaf stört«, er sah drohend einen kleinen Jungen an, dessen spitzbübisches Grinsen abrupt erlosch, »wird von ihm verspeist!« Wu Li zwinkerte den Eltern entwarnend zu, die daraufhin lachten und ihren verunsicherten Sprössling durch den Eingang schoben.

Der Meister der Traumkugeln blickte über den Platz, auf dem Männer, Frauen und Kinder von Wagen zu Wagen gingen und die fremdartigen Tiere bestaunten, und strich über seinen Kinnbart. »Gafft nur«, murmelte er lächelnd. »Gafft, ihr eingebildeten Europäer. Nicht lange, und *ihr* gehört zu *uns*!«

I.

**23. Dezember 1926, Neu-Edinburgh,
Provinz Schottland,
Königreich Großbritannien**

Kalter Regen nieselte auf Neu-Edinburgh nieder; dazu kroch der Nebel durch die Straßen und Gassen und brachte den Gestank der Kanalisation und nach erloschenen Bränden mit. Das penetrante Odeur von Verfall passte so gar nicht zu der ehemals so stolzen Stadt.

Grigorij Wadim Basilius Zadornov stand auf dem Gehweg der belebten Queen Street und betrachtete die Baugerüste, die sich überall schemenhaft erhoben: In jedem Winkel wurde renoviert oder neu erbaut. Lastwagen, Automobile und Kutschen fuhren die Straße entlang. Das bisschen Schnee, das vor zwei Tagen gefallen war, hatte sich in unansehnlichen grauen Matsch verwandelt und wurde vom Nieselregen zersetzt.

Auld Reekie wird allmählich. Der Spitzname der Stadt, schottisch für *die alte Rauchige*, rührte ursprünglich von den vielen Kaminen und den Kohle- und Torffeuern her. Jetzt bekam er eine neue Bedeutung: Nach dem verheerenden Feuer, das von einem Drachen ausgelöst worden war, gaben sich die Schotten Mühe, ihrem Wahrzeichen den alten Glanz zurückzugeben. Doch viele Mauern dünsteten noch immer Rauch und damit eine Erinnerung an die Tragödie aus. Sie mahnten, nicht zu vergessen, was mit Edinburgh geschehen war.

Es wird wieder kälter. Grigorij ging weiter, schlug den Mantelkragen hoch und rückte den Zylinder zurecht. *Der Wettergott könnte sich endlich entscheiden.* Er mochte die schwankende, feuchte Witterung überhaupt nicht, und entsprechend schlecht stand es um seine Laune.

Nach ein paar Schritten blockierte ein korpulenter und teuer gekleideter Mann den schmalen Gehweg, zum einen durch seine Fülle, zum anderen durch die auseinandergefaltete Zeitung.

Auch das noch! »Aus dem Weg, Sir. Sie werden einen anderen Platz finden müssen, um Ihre Nachrichten zu lesen.« Grigorij hatte die Hoffnung, ihn mit seiner dunklen Stimme zur Seite zu scheuchen. In den Klang legte er etwas Forderndes.

Der Mann rührte sich nicht, der Kopf senkte sich nach unten. Er las ungerührt weiter.

Grigorijs Lippen wurden schmal. Unter anderen Umständen, wie bei Sonnenschein oder herrlichem Schnee, wäre er irgendwie an dem breiten Mann vorbeigelangt. Heute jedoch nicht. Ihm fehlte noch ein passendes Präsent für seine Gemahlin, die Feuchte schlug sich auf seinem schwarzen Pelzmantel und den dunkelrot gefärbten Brillengläsern nieder. Und auf sein Gemüt. »Ich bin auf dem Weg, meine letzten Weihnachtsgeschenke zu erstehen, und ich gedenke nicht, Ihretwegen auf die belebte Straße und in die Pferdeäpfel zu treten. Es liegt mir fern, überfahren und beschmutzt zu werden, mein Lieber.«

Es schien, als prallten seine Worte wirkungslos gegen die weiche Wand aus Mantel und Mann. »Halt die Schnauze, langhaariger Idiot, und geh außen rum«, murmelte er auf Deutsch, das Grigorij trotz seiner russischen Herkunft sehr wohl verstand.

»Sir?«, wiederholte er seine Aufforderung und stampfte mit dem Stock auf. Es war fast schon zu viel verlangt, Gentleman zu bleiben.

Der Dicke faltete endlich die Zeitung zusammen. Die größte Schlagzeile, das nahm Grigorij beiläufig wahr, fragte nach der Zukunft des Sudans, der unter ägyptisch-britischer Verwaltung stand. Gleich darunter stand zu lesen: *Zar lässt auf Volk schießen – quo vadis, Russland?*

»Verzeihung, Sir«, gab der Mann auf Englisch mit bekanntem Akzent zurück und sah gelangweilt nach ihm. »Ich war beim Lesen.«

Erst jetzt wurde die brünette Dame sichtbar, die vor ihm an den Auslagen gestanden hatte. Sie gehörte, ihrer aufwendigen Garderobe nach zu urteilen, der gehobenen Schicht der schottischen Provinzhauptstadt an.

Anhand des Ausdrucks in ihren dunkelgrünen Augen und der Art, wie sie den Kopf leicht zur Seite drehte, sich an die Haare fasste und dabei leicht errötete, schloss Grigorij, dass sie ihn erkannt hatte. Und dass sie um seinen Ruf als perfekter Liebhaber wusste. Er deutete die Signale der Frau zumindest als Interesse an ihm und grinste draufgängerisch.

Dabei sah er mit seinen etwas mehr als zwanzig Jahren recht jung und unerfahren aus für jemanden, der so viel erlebt hatte: einst gehetzt von den Mördern des Zaren, Held im Kampf am Berg Triglav gegen zahlreiche Drachen, ein Hellseher, dessen Prophezeiungen so gut wie jedes Mal eingetroffen waren.

Er rieb sich über die schwarzen, dichten Koteletten und die Stoppeln des Drei-Tage-Barts am Kinn. *Welch ein Fluch. Selbst als verheirateter Mann habe ich meine Attraktivität wohl nicht verloren. Die Avancen enden nie.*

Der Dicke hatte den Blick seiner Begleiterin nicht bemerkt und versuchte indes, bis zu den Auslagen des Geschäfts zurückzuweichen, doch es war immer noch zu wenig Platz. Die Fuhrwerke, Droschken und Automobile ratterten gefährlich dicht an ihnen vorbei.

»Sie müssen Knjaz Zadornov sein«, hauchte die Dame, glitt an ihrem korpulenten Begleiter vorbei und hielt die Hand ausgestreckt. Sie buhlte regelrecht um seine Gunst, musterte seine schlanke Figur.

Eine, die sich aufdrängt. Abgesehen davon, dass Grigorij in festen Händen war, konnte er diesen Typus Frau, der ihn anhimmelte und alles für ihn tun würde, nicht leiden. »Was immer Sie über mich gehört haben«, antwortete er, »früher hätte es gestimmt.« Trotz seiner leichten Abneigung juckte es ihn herauszufinden, was er bei ihr auslösen konnte. Er nahm die behandschuhten Finger und deutete einen Kuss an. Strähnen seiner langen schwarzen Haare rutschten von der Schulter nach vorn, die restlichen wurden vom Zylinder gebändigt. »Ich hätte Sie umgehend zu mir eingeladen, wir hätten Haschisch geraucht und uns mit Absinth trunken gemacht, um uns danach hemmungslos im Rausch zu lieben«, sprach er leise. Sie schluckte, ohne die Augen von ihm abzuwenden, wie es schicklich gewesen wäre.

»Sir?«, sagte der Dicke und klang alarmiert. Was gesagt wurde, verstand er offenbar nicht, aber spürte auch so, dass sich vor seinen Augen etwas abspielte, das nicht rechtens war.

»Sie wären auf Ihre Kosten gekommen wie ich auf meine.« Grigorij lächelte und gab sie frei. »Dabei wäre es mir gleich gewesen, ob der Gentleman neben mir Ihr Gatte, Ihr Verlobter, Ihr Bruder oder sonst wer ist. Auf ein Duell mehr oder weniger kommt es mir nicht an. Ich würde ohnehin siegen und Sie, Teuerste, gleich wieder ins Schlafzimmer entführen.«

Die Frau hauchte etwas Unverständliches.

»Verzeihen Sie, Sir?«, hob der Dicke wieder an und tippte ihm auf die Schulter. »Sie wollten doch an mir vorbei. Dann gehen Sie endlich, Sir!«

Grigorijs blaue, ozeantiefe Augen hatten ihren Blick angezogen und erlaubten kein Ausweichen. Er wusste: Seine nahezu hypnotische Stimme schuf in ihrem Verstand Bilder der Wollust. »Da diese Zeiten jedoch vorüber sind ...« Grigorij beließ es grinsend bei der Andeutung und unterbrach den Blickkontakt. Mehr als Illusionen und falsche Versprechungen gab es nicht mehr. *Ich kann es noch!*

»Oh«, entschlüpfte es ihr seufzend. Sofort schlug sie sich errötend die Hand vor den Mund.

»Sie sagen es, Teuerste.« Grigorij zeigte mit seinem Stock auf den Dicken. »So wird das nichts, Sir. Würde es Ihnen etwas ausmachen, ein paar Schritte nach hinten zu gehen? Bis zum Eingang? Wenn Sie sich hineinmanövrieren, könnte ich vorbeiziehen wie ein schnittiger Segler an einem behäbigen Dampfer.«

Ein Automobil fuhr dicht vorbei, Wasser spritzte aus einer braunen Pfütze gegen seine von Gamaschen gezierten Lackschuhe.

»Dann segeln Sie mal schön weiter, dreckig, wie Sie sind.« Der Korpulente grinste schadenfroh und wich bis in den Eingang zurück. »Sollten Sie Duraluminium für Ihre Luftschiffe oder Ihre abenteuerlichen Neukonstruktionen benötigen, Fürst Zadornov«, sagte er, als Grigorij an ihm vorbeischritt, und streckte ihm eine Karte hin, »lassen Sie es mich wissen. Wir liefern alle Formen, die Sie benötigen.«

Grigorij blieb stehen und nahm die Karte aus den Wurstfingern entgegen. »Wilhelm Voss«, las er halblaut und wechselte dabei ins Deutsche. »Aus Berlin? Das ist weit weg.«

»Das Wetter ist das Gleiche«, gab der Mann zurück. Er wirkte kurz verunsichert, zumal er sich seiner deutschen Worte von vorhin erinnerte.

»Geschäftlich hier, Sir?«

»Man braucht deutsches Metall beim Wiederaufbau von Edinburgh. Ich bin hier, um letzte Verhandlungen zu führen. Die Dame, mit der Sie sich so eindringlich flüsternd und meines Erachtens unhöflich mir gegenüber unterhielten, ist Lady Susan MacCarthy. Sie unterstützt mich bei den Treffen.«

Und ist erfreulicherweise nicht an dir interessiert, Voss. Grigorij sah in die dunkelgrauen Augen des Deutschen, in denen er Abneigung gegen sich las: Der Geschäftsmann nahm ihm einerseits sein Benehmen krumm und witterte andererseits die Gelegenheit, ein einträgliches Geschäft anzubahnen. »Dann wünsche ich Ihnen Erfolg. Es ist noch immer viel zu tun.«

»Wem sagen Sie das?! Neu-Edinburgh wird anders aussehen, wenn ich hier fertig bin. Moderner«, erwiderte Voss selbstgefällig. »Wir haben den Stadtoberen und Queen Viktoria der Zweiten Pläne vorgelegt, die es wie New York erscheinen lassen werden. Die Flammen haben der Stadt im Grunde etwas Gutes gebracht.«

»Wirklich?« Grigorij zuckte mit den Achseln. »Mir gefiel der alte Charme besser.«

Die Abneigung gegen ihn war nun noch deutlicher auf Voss' Zügen zu lesen, dennoch sagte er: »Sie können mich jederzeit anrufen oder mir ein Telegramm senden. Es wäre mir eine Freude, die *Skyguards* zu meinen Kunden zählen zu dürfen.« Mit diesen Worten lupfte er kurz den Hut von den vollen grauen Haaren und drängelte sich an Grigorij vorbei. Er ging zu seiner Begleiterin, die mit ratloser Miene danebengestanden hatte, dann machten sie sich auf den Weg. Voss lief dabei hinter ihr, weil sie nicht nebeneinander auf den Bürgersteig passten. Schließlich sah er noch einmal über die Schulter zum Fürsten. Dieses Mal fehlte jeder Anflug von Freundlichkeit. Die Kälte, die aus seinen Augen schlug, schien sogar die Temperaturen in Edinburgh zu senken. Es wurde tatsächlich eisig.

Ich hätte wohl etwas zurückhaltender sein sollen. Grigorij tat sein Benehmen mäßig leid, aber der Deutsche war ihm einfach unsympathisch. Für die Beschimpfung zu Anfang hatte er sich auch nicht entschuldigt.

Grigorij sah Voss und die Lady im Nebel verschwinden. Es hatte ihm großen Spaß bereitet, ansatzweise das alte Spiel zwischen Mann und Frau zu spielen, auf das er sich so hervorragend verstand. In diesen Tagen kam jedoch nur eine in den vollen Genuss seiner Liebe und Leidenschaft.

Er steckte die Karte in die Tasche und sah nun erst auf die Auslagen. Schlagartig hob sich seine Laune. »Sieh mal einer an: Whisky! Litzow, wenigstens dein Geschenk habe ich«, murmelte er und betrat pfeifend den Laden.

Zwei Stunden später packte Grigorij die Geschenke auf die Rückbank des Ford Modell T *Phaeton.* Er hatte alles beisammen, was er für das Fest der Liebe benötigte: eine Flasche schottischen Whisky einer einmaligen Abfüllung für Litzow sowie den dezenten, aber geschmackvollen Schmuck für seine Gemahlin, den er vor zwei Wochen bestellt hatte. Und nicht zuletzt ein seidenes, außergewöhnlich besticktes Strumpfband für die Sammlung für Anastasia, wie er sie in der Öffentlichkeit nannte. Denn ihren eigentlichen, wahren Namen Silena gab es nicht mehr. Die *Person* Silena gab es nicht mehr: Sie war am Triglav gegen die Drachen gefallen. Nur so konnten sie beide in Ruhe vor der Vergangenheit leben.

Die verpackten Geschenke lagen beruhigend vor ihm, und er schloss die Tür. Auch wenn er seit einem Jahr das Motorradfahren für sich entdeckt hatte, bevorzugte er bei einer solchen Witterung das Automobil.

Starker, eisiger Wind hatte den Nebel vertreiben.

Grigorij sah zum dunklen Himmel, aus dem die ersten, dicken Schneeflocken fielen. *Zeit, dass ich nach Hause komme. Eine Sache fehlt mir noch.* Er verschloss den Wagen und ging auf den Tabakladen zu, *ye Smokin Aces*, der sein Lieblingskraut verkaufte. Es handelte sich um einen milden, mit Rotwein, Nelken und Vanille aromatisierten Tabak, der ein unglaubliches Aroma entfaltete. Von den vielen Lastern aus seiner Vergangenheit, wie Frauengeschichten, Absinth, Haschisch und Alkohol jeglicher Art, hatte er sich getrennt. Bis auf seine Wasserpfeife.

Schnee. Die Heimfahrt kann ja heiter werden. Ich hätte mich vorhin nicht über den Nebel beschweren sollen. Er hielt den Zylinder am Rand fest, damit er nicht davongeweht wurde.

Ein Schatten näherte sich ihm, und Grigorij wich zur Seite aus.

Aber der Mann folgte seinen Bewegungen und stand unvermittelt vor ihm. Die einfache Kleidung und die fleckige Cordschirmmütze wiesen ihn als Arbeiter aus. In seiner Rechten hielt er einen Schlagstock, mit dem er ohne Vorwarnung nach dem Fürsten hieb.

»Ho, Bursche! So nicht!« Grigorijs Reflexe waren gut genug, um die Attacke mit dem Spazierstock abzufälschen. »Verdiene dir dein Weihnachtsgeld mit anständiger Arbeit.« Dann schlug er dem Unbekannten gegen den Hals. »Touché!« Hustend und geräuschvoll nach Luft ringend, sank der Mann vor ihm nieder – da griff der nächste an.

Er kam direkt aus dem Gestöber, schwang einen Prügel und warf sich mit einem wütenden Schrei gegen den Fürsten.

Grigorij sprang zur Seite, und die grob in Form geschnitzte Latte krachte gegen die Motorhaube des Coupés, wo sie eine deutliche Beule hinterließ. »He! Das wirst du mir bezahlen!«

Sein Gegner kümmerte sich nicht um den Einwurf und setzte seine Attacken schnell und ungestüm fort. Grigorij wich immer wieder aus, bis er ihm den Fuß in den Bauch trat und ihn gegen eine Straßenlampe schleuderte. Eine der schweren Glasscheiben löste sich aus der Halterung. Sie fiel dem Mann auf den Kopf und zerschellte klirrend. Stöhnend sank er nieder.

Das Platschen eines Fußes in eine Pfütze warnte Grigorij; er wirbelte herum und hob den Stock. Klirrend traf das Hartholz gegen eine Eisenstange, die ihm ansonsten in den Nacken gerauscht wäre. Vor ihm standen zwei weitere Männer, die ihre Gesichter hinter Schals verborgen hatten.

»Ach, umbringen wollen mich die *Un*gentlemen?« Er machte einen Schritt zurück, packte seinen Stock, entriegelte die Sperre und zog die armlange Degenklinge aus der verborgenen Scheide. »Ihr werdet verstehen, dass ich in diesem Fall zu anderen Waffen als stumpfem Holz greife!« Grigorij nahm die klassische Fechterhaltung ein. »Wer schickt euch? Der Zar? Hat er immer noch nicht aufgegeben?«

Der erste Mann griff an.

Grigorij parierte, Metall schabte über Metall. Mit einem raschen Ausfall stach er seinem Angreifer durch das Handgelenk, woraufhin dessen Finger sich öffneten. Klirrend fiel die Eisenstange auf das Kopfsteinpflaster, und der Mann hüpfte schreiend nach hinten. Blut tropfte in den Schnee.

Plötzlich klirrte berstendes Glas, und Feuerschein loderte auf der Straße.

»Mein *Phaeton*!«, rief Grigorij wütend, als er die brennenden Umrisse erkannte. »Du hast meinen Wagen angezündet?« Der Zorn über die Ungeheuerlichkeit und grobe Unsportlichkeit versetzte ihn in Rage. *Die Geschenke!*

»So ein Pech, was?« Der letzte Gegner hob die Waffe auf und setzte dem Fürsten mit zwei Stangen gleichzeitig zu.

Die Wucht der Schläge war kaum abzufangen, und so musste Grigorij immer weiter zurückweichen. Der Kämpfer stellte sich geschickter an als die drei vorher, das Duell war ausgeglichen.

Grigorij riss den linken Fuß in die Höhe und schleuderte Schnee sowie Wasser ins Gesicht des Mannes. Die Sekunde der Verwirrung genügte, um ihm zuerst einen tiefen Stich in die Schulter zu versetzen und ihm dann die Faust gegen die Schläfe zu hämmern. Ächzend sackte er zusammen.

Die sind erledigt. Grigorij rannte zum brennenden Wagen und öffnete die hintere Tür, um Whisky, Schmuck und Seidenband zu retten. *Hoffentlich ist es nicht zu spät.* Das Feuer war auf den Vordersitzen und im Fußraum gelegt worden, es stank nach Kraftstoff.

Ein harter Schlag in den Rücken raubte ihm die Luft und ließ ihn tanzende Sternchen sehen. Noch bevor er sich umwenden konnte, um sich gegen den heimtückischen Angreifer zur Wehr zu setzen, sauste ein harter Gegenstand auf seinen Schädel. Benommen rutschte er am Türrahmen herab.

Der Fürst konnte nichts dagegen tun, als ihn starke Hände packten, ihn in den Fond des brennenden Wagens schoben und die Tür hinter ihm schlossen.

Grigorij sah unter Aufbietung seiner letzten Kräfte zum Fenster, wo er ein vermummtes Gesicht erblickte und ein Finger ein dickes *V* mit Blut auf die Scheibe malte: *Victory*. Seine Feinde sahen sich bereits als Sieger. Dann wurde der Rauch zu dicht, das Zeichen verschwand.

Die Flammen schlugen hoch, leckten am Wagendach entlang und schienen sich nach hinten in den Fond zu biegen, um ihn zu erreichen. Grigorijs Lungen füllten sich mit Qualm, er musste husten. Orientierungslos tastete er um sich.

23. Dezember 1926, Bilston (ca. fünf Meilen südlich von Neu-Edinburgh), Provinz Schottland, Königreich Großbritannien

»Um zu verhindern, dass ein Flugdrache sich Ihnen aus dem Schutz der gleißenden Sonne nähern kann«, Silena hob den Helm, damit alle die Vorrichtung an der rechten Seite sahen, »klappen Sie das gefärbte Glas vor die Brille. Damit können Sie für einige Sekunden ungeblendet in die Sonne schauen und mögliche Bestien erkennen. Das gilt selbstverständlich ebenso für Maschinen. Wie Sie feindliche Jagdflieger mit den Maschinengewehren abschießen, wissen Sie.«

Ihre Blicke schweiften über die fünf Männer und vier Frauen im Saal, die vor ihr in dunkelblauen Uniformen ohne Rangabzeichen saßen und sich Notizen machten. Die nächste Generation der *Skyguards* erhielt von ihr persönlich die weiterführende Ausbildung zum erstklassigen Kampfpiloten.

Derzeit verfügte die Einheit über nur mehr elf Flieger-Asse. Sieben hatten sie bei Einsätzen gegen die Bestien verloren, wodurch die Schulung des Nachwuchses umso wichtiger wurde. Was Silena bislang bei den Flugmanövern gesehen hatte, stimmte sie überwiegend hoffnungsvoll. *Mindestens die Hälfte der Rekruten taugt für den Kampf gegen die Drachen.*

Der Saal war einer von mehreren Unterrichtsräumen, die in dem Gebäude ebenso zu finden waren wie Schlafsäle, eine Bibliothek, Arbeitszimmer, Mensa und eine Sporthalle. Es hatte sie und Grigorij eine Menge Geld gekostet, das alles aus dem Boden zu stampfen.

Silena sah hinaus, wo die Hangars und das Rollfeld durch den nachlassenden Schnee zu erkennen waren. Darin standen die Zeppeline, Simulatoren und Flugzeuge ihrer Drachenjäger-Einheit. In einem brannte Licht. Litzow und seine Ingenieure waren unermüdlich bei der Arbeit und tüftelten an Verbesserungen der Jagdmaschinen.

»Gibt es dazu noch Fragen?« Sie richtete die Augen auf die schwarzhaarige Rekrutin vor sich. Angèlique, so hieß sie, war mit dreiundzwanzig Jahren die Älteste von ihnen. Die zielstrebige Französin drängte darauf, die schwarzrote Uniform der *Skyguards* zu tragen, die dem Schnitt der Royal Scots Greys angelehnt war. *Dazu wird sie noch viel üben müssen.* Silena nahm die schwere Silbermünze aus der Tasche und ließ sie mit geschickten Bewegungen über die Fingerknöchel der rechten Hand wandern. Diese Münze war ein Geschenk ihres ermordeten Bruders Demetrius, das sie hütete, als säße seine Seele darin.

»Verzeihung, mir will nicht in den Kopf, dass uns andere Flieger während eines Einsatzes abschießen wollen«, vernahm sie die Stimme der blonden Ivana. Die junge Frau bekam zustimmendes Gemurmel.

»Glauben Sie mir: Sie wollen nicht nur, sie tun es auch. Vier unserer Verluste gehen auf Abschüsse zurück, nicht auf Dracheneinwirkung.« Silena blickte sie an. »Ivana, die *Skyguards* sind eine Drachenjäger-Einheit, die nicht den Segen des Officium Draconis besitzt – und was habe ich Ihnen dazu beigebracht?«

»Dass wir nach deren Verständnis gegen das Gesetz verstoßen«, kam es von ihr.

Silena deutete mit der Münze auf einen jungen Mann mit abstehenden Ohren, der die braunen Haare mit Brillantine unvorteilhaft nach hinten gelegt hatte. »Rupert?«

Er sprang auf, salutierte und legte die Hände an die Hosennaht. »Gemäß Paragraf eins a, Absatz vier des Europäischen Gesetzes zur Allgemeinen Abwehr von Drachentieren hat das Officium Draconis das alleinige Anrecht auf das gezielte Verfolgen und Töten von Drachen jeglicher Art«, ratterte er herab. »Es darf seinen Anspruch mit Gewalt gegen jeden durchsetzen, der sie vor Ort behindert. Somit ist es wahrscheinlich«, er sah zu Ivana, »dass man bei einem Einsatz an das Officium gerät.« Rupert setzte sich langsam und lächelte stolz.

Er wird ein hervorragender Geräteverwalter werden. Silena hob den Zeigefinger. »Danke, Rupert. Sie haben glänzend referiert. Auch wenn wir am Himmel die Einzigen sind, die Flugdrachen in ihrem natürlichen Element bekämpfen, heißt es nicht, dass das Officium uns keine Söldner auf den Hals hetzen kann, um die Eigeninteressen zu wahren. Achten Sie auf *alles*, wenn Sie in der Luft sind, Ivana! Sie können nicht anhalten und sich umschauen. All Ihre Sinne müssen aufmerksam sein. Und letztlich geht es dem Officium neben dem Stolz auch ums Geld. Sie wissen, wie viel man mit einem Drachenkadaver verdienen kann.«

Ivana nickte und sah dabei sehr nachdenklich aus.

Für Silena gehörte es dazu, dass die Rekruten jeden Aspekt und jede Gefahr ihrer Berufung kannten. Verharmlosung brachte nur den Tod. »Dann würde ich sagen, dass es für heute ausreichen soll«, schloss sie den theoretischen Unterricht. Sie zeigte hinter sich auf die Tafel, an der sie Zeichnungen zum Zielen mit den Sprenglanzen im Flug angefertigt hatte. »Haben das alle in die Hefte übertragen?« Sie erhielt Kopfnicken zur Antwort. »Fein. Bis zum Abendessen sind es noch gute zwei Stunden. Aufgrund des schlechten Wetters müssen wir das Schießen aus der Simulatorkanzel auf morgen verschieben. Ich schlage vor, dass die Gruppe in die Turnhalle marschiert und der Leibesertüchtigung nachgeht. Rupert lässt sich ein paar Übungen einfallen.« Sie verstaute die Münze, grüßte und ging zur Tür. Die Rekruten sprangen auf, salutierten.

Silena verließ den Saal, eilte den Gang hinab und die Treppe hinunter in den Bunker, wo die Mannschaftsquartiere und ihre Privaträume getrennt voneinander lagen.

Sie betrat ihr Reich, das in einer Mischung aus russischer Opulenz, einer gehörigen Portion Art déco und ein wenig Bauhaus-Stil eingerichtet war. Erstaunlicherweise ergänzten sich die einzelnen Elemente recht gut und verbanden sich zu etwas Neuem. Grigorij nannte es *adin-dwa-tri*, was Russisch war und so viel wie eins-zwei-drei bedeutete. Silena mochte ihre Wohnung gerade wegen des Ungewöhnlichen.

Im Wohnzimmer stand bereits eine Teekanne auf dem Stövchen, dazu gab es selbst gebackene Scones, Clotted Cream und Bitterorangenmarmelade.

Darauf habe ich mich schon seit einer Stunde gefreut. Sie zog die Stiefel aus, setzte sich in den Sessel und legte die Füße auf den Schemel, während sie sich Tee eingoss.

In der Scheibe des Bilderrahmens ihr gegenüber spiegelte sich ihr Gesicht. Silena fand es nach wie vor ungewohnt, sich mit langen, dunklen Haaren anstatt mit dem gewohnten Pagenschnitt zu sehen. Ihre Züge waren reifer geworden. Grigorij nannte es attraktiver, weiblicher und weniger mädchenhaft, sie fand es einfach nur älter. *Die Verantwortung schlägt mir Falten.*

Sie drehte den Kopf ein wenig, um die Augenpartie besser betrachten zu können – und durch ihren Nacken zuckte ein stechender Schmerz. Die Finger ihrer rechten Hand zitterten, beinahe hätte sie die Kanne fallen lassen. Obwohl sie den Schmerz zur Genüge kannte, überrumpelte er sie immer wieder aufs Neue.

Schon wieder! Silena fuhr mit der linken Hand über den Hals zum Genick und ertastete die unscheinbare Narbe, die sie seit ihrer schweren Verwundung am Triglav trug. Der Preis, den sie für ihr Leben zu entrichten hatte, waren die gelegentlichen Qualattacken und das Zittern der Hand. Im Zimmer war es nicht weiter schlimm, im Gefecht aber könnte es tödliche Folgen haben.

Am Tee nippend, entsann sie sich an den Tag, an dem sie gegen Gorynytsch und seine Drachenbrut gekämpft hatte.

Unterstützt von Gargyoles und deren Anführer Cyrano, von Truppen des Zaren, vom Officium Draconis und sogar von Drachen, die sie normalerweise abschlachtete, hatte sie einen Sieg errungen und verhindert, dass das magische Artefakt, der Weltenstein, in Gorynytschs Drachenklauen und die seiner Verbündeten geraten war.

Silena sah Arsènie Sàtra vor sich, das französische Medium, das sich zur Helferin des russischen Drachen gemacht hatte, um selbst an den Weltenstein zu gelangen. Auch sie war tot, verbrannt am Triglav.

Gestorben wie ich. Silena hatte die Gelegenheit genutzt und sich für tot erklären lassen. Grigorij war zu ihren Vorgesetzten gegangen und hatte von ihrem Tod berichtet sowie die notwendigen

Beweise erbracht. Als Tote gehörte sie nicht länger dem Officium Draconis an, für das sie als letzte Nachfahrin des heiligen Georg die Geschuppten in der Luft gejagt hatte. Ihre Akte war damit für alle geschlossen. Die gelegentlich aufkommenden Zweifel, mit dieser List auch wirklich durchgekommen zu sein, verdrängte sie beharrlich.

Heimlich war sie im Zug mit ihrem Mann nach England aufgebrochen und als Anastasia Zadornova im Königreich Großbritannien angekommen, wo sie ihre eigene Drachenjäger-Einheit ins Leben gerufen hatte: die *Skyguards*.

Silena konnte trotz des Risikos, erkannt zu werden, schwere Verletzungen oder gar den Tod zu erleiden, nicht ohne das Fliegen und Jagen leben. Finanziert wurde ihr Vorhaben zum einen mit dem Erlös aus dem Verkauf der Drachenstücke, zum anderen mit dem Gewinn, den Grigorijs Transportunternehmen machte. Seine Zeppeline beförderten Fracht und Passagiere in der Alten Welt sowie über den Atlantik in die Vereinigten Staaten.

Ein gutes Leben. Silena bewegte den Kopf und sah auf den Stapel Briefe, den die Einheit erhalten hatte. Auch wenn sie einen eigenen Verwalter eingestellt hatte, sichtete sie jegliche Korrespondenz zuvor selbst. *Was haben wir denn alles?*

Sie öffnete und überflog die Schreiben, während sie von einem der Scones abbiss und Tee trank: Bewerbungen von Neulingen und einstigen Kampfpiloten des Weltkriegs, Deserteure aus den unterschiedlichsten Armeen Europas, die um eine Anstellung baten, und ein Brief mit dem Siegel von … »Großmeister Brieuc?«

Silena hörte vor Überraschung auf zu kauen. Ihre Vergangenheit beim Officium Draconis meldete sich einen Tag vor Heiligabend. Das klang gar nicht gut. *Was kann er von mir wollen?*

Sie riss den Umschlag auf.

Hochverehrte Mistress Anastasia Zadornova,
Wäre ich ein Heuchler, müsste ich schreiben: Sieht man Sie auf den wenigen Bildern, die es von Ihnen gibt, könnte man wirklich dem Irrtum erliegen, dass Sie die Zwillingsschwester einer viel zu früh verstorbenen Großmeisterin seien. Silena war ihr Name, die letzte Nachfahrin des heiligen Georg.

Ich bin jedoch weit entfernt von dem, was man einen Heuchler nennt.

Und ich denke, wie übrigens alle im Officium Draconis, dass Sie es sind, Großmeisterin, die meinen Brief in Händen hält.

Silena wurde schlecht. Ihre Selbsttäuschung fand ein jähes Ende.

Sie spürte, dass die Scones ihr aufstießen und der letzte Schluck Tee gefährlich weit nach oben stieg. *Grigorij hat mich oft genug gewarnt.* Wäre es nach ihrem Gemahl gegangen, hätte sie die Einheit aus dem Hintergrund geleitet. *Aber ich musste ja unbedingt fliegen!*

Schnell las sie weiter.

Warum Sie damals unter Vortäuschung Ihres Todes gingen, kann ich mir denken: Die Auseinandersetzung mit Erzbischof Kattla über Ihre Zukunft und seine Erwartungen an Sie müssen daran schuld sein. Hierüber erlaube ich mir kein Urteil.

Der Grund, weswegen ich Ihnen schreibe, ist ein Appell, eine Bitte, ein Flehen – nennen Sie es, wie Sie möchten.

Lassen Sie mich jedoch zunächst unsere Lage erklären.

Der Glanz des Officium Draconis hat schwer nachgelassen, die Zeit der Heiligen scheint vorbei.

Es ist Ironie, dass die Unbefleckten am Triglav ins Gefecht zogen und starben, während die Aufrührer, Bonvivants und aufgeblasenen Angeber überlebt haben: Großmeister Ademar, der offen mit Drachenjägern zusammenarbeitet; Donatus sucht sich seine Bilder und Statuen noch immer aus Drachenhorten; und ich, dem man vorwirft, einen Landstrich in Valencia entvölkert zu haben, weil ich einen verwundeten Drachen entkommen ließ, der sich grausam an den Menschen rächte.

Uns schützt vor dem Ausschluss, dass das Officium über keine Alternative zu uns verfügt. Unsere Kinder sind noch nicht so weit.

Weitaus schwerer wiegt der Umstand, dass ein geheimer Kampf hinter den Kulissen entbrannt ist, und zwar zwischen Erzbischof Kattla und Prior Prokop über den Kurs des Officiums. Diese Lagerbildung schadet der Organisation und birgt Gefahren für Leib und Leben der Drachenheiligen. Ohne die Gargoyles aus der Zucht des

Officiums wäre mancher Drache, gegen den ich zog, nicht zu besiegen gewesen.

Doch: Wir haben eine große Anzahl kriechender und laufender Drachenbrut erlegt!

In vielen Gegenden Europas sind sie nahezu ausgerottet, wie Sie gewiss im fernen Neu-Edinburgh vernommen haben. Für unsere Verdienste gab es bereits mehrere Auszeichnungen verschiedenster Königshäuser. Und des Papstes.

Es ist inzwischen schon so weit, dass es unter uns Drachenheiligen beinahe zu Wettläufen kommt, sobald ein Drache gesichtet wird. Auch die Konkurrenz mit den Drachenjägern hat an Heftigkeit zugenommen.

Aber ein echtes Mittel gegen die fliegenden Teufel fehlt uns – seitdem Sie gegangen sind, Großmeisterin. Einige Einheiten haben wir bereits durch deren Attacken verloren.

Also bitte ich Sie ohne das Wissen des Erzbischofs und des Priors, doch im Namen aller Drachenheiligen: Kehren Sie zurück!

Wir brauchen Sie und Ihre begnadete Kunst! Verhindern Sie, dass weitere tapfere Recken sterben, und schließen Sie unsere Reihen, auf dass wir die Drachen ausrotten!

Nur mit Ihrer Hilfe vermögen wir dies.

Wir finden eine Lösung für Ihre Wiederaufnahme.

Silena senkte das Schreiben. Sie zitterte vor Aufregung, ihr war kalt. *Was soll ich tun?*

Tausend Gedanken gingen ihr gleichzeitig durch den Kopf, warnten sie vor einer List, rieten ihr von einer Antwort ab, verlangten gleichzeitig, die einstigen Kampfgefährten nicht im Stich zu lassen. Die vielen Jahre beim Officium und ihre elterliche Erziehung hatten den Korpsgedanken und den Zusammenhalt geprägt. Hätte Erzbischof Kattla einen solchen Brief an sie gesandt, sie hätte ihn nicht einmal angefasst. Es konnte natürlich sein, dass Brieuc ihn im Auftrag von Kattla verfasst hatte …

Ich kann das nicht alleine entscheiden. Sie legte den Brief oben auf den Stapel mit wichtiger Korrespondenz, um ihn Grigorij sofort nach seiner Rückkehr zu zeigen.

Es klopfte an der Tür, wild und hektisch.

»Herein.« Silena hörte ihre eigene Stimme und fand, dass sie gereizt klang. Wie so oft in den letzten Wochen.

Ivana streckte den Kopf herein. »Madam, kommen Sie! Der Fürst, er … es ist … ein Überfall in der Stadt auf offener Straße …«

Nein! Silena sprang auf. »Wer? Was haben sie ihm angetan?«

Die Rekrutin sah verstört aus. »Ich weiß es nicht.« Sie senkte den Blick.

In Silena krampfte sich alles zusammen. Silena hetzte los, stieß Ivana grob zur Seite, die daraufhin gegen die Wand prallte und einen Schmerzenslaut von sich gab.

Es kümmerte Silena nicht.

II.

23. Dezember 1926, Freie Hansestadt Hamburg, Deutsches Kaiserreich

Nie-Lung hielt die Augen fest geschlossen und stellte sich in seinem Käfig schlafend, wie er es Wu Li angekündigt hatte.

Er wollte nichts sehen. *Schlimm genug zu wissen, dass sie da sind.* Er roch die vielen Menschen um sich herum mit allem, was sie hereinschleppten. Und es waren keine Gerüche, die er als angenehm empfand: feuchte Kleidung, fürchterliche Duftwässer, Schweiß in schrecklichen Varianten, klebrige Süßigkeiten und Frittiertes, Schnupftabak und Zigarettenqualm … Seiner empfindlichen Nase entging keine peinigende Nuance. Dazu gesellten sich das unentwegte Getrappel der Schuhsohlen, die penetranten Stimmen, die schreckliche polternde Sprache. Auch das schrille Gelächter der kleinen Kinder und deren erstaunte Rufe verlangten ihm enorm viel Selbstbeherrschung ab.

Am liebsten hätte er die Gitter beiseitegestoßen und wäre über sie hergefallen: mit Hieben davongeschleudert, mit Schwanzschlägen zerschmettert, mit Tritten zermalmt und an seinen Klauen aufgespießt, damit er sie zappeln lassen konnte. Oh, wie gern hätte er das getan!

Bleib ruhig, sagte er zu sich selbst und schnaubte – was zur Folge hatte, dass wieder irgendwelche Kinder vor Schreck und Vergnügen aufkreischten.

Dann spürte er den sanften Einschlag eines weichen Gegenstandes über seinem linken Auge. Erneut hatte es jemand unter Ignorieren der Warnschilder gewagt, ihn zu bewerfen. Nie-Lung harrte aus und hoffte, dass einer der chinesischen Aufpasser einschritt.

»Nein, Ernst August! Lass das!«, vernahm er die strenge Stimme einer Frau. Er inhalierte ungewollt ihren Veilchenduft, der zusammen mit ihrem Atem zu ihm wehte.

In so etwas würde er nicht einmal beißen können. Der Geruch des Drachenfreundes haftete noch immer an seinen Nägeln. Menschen waren nicht nur widerlich, sie schmeckten auch noch ekelhaft. *Wie gut, dass ich ihn nicht gefressen habe. Wer weiß, wo er sich überall herumgetrieben hat. Außerdem wird ihr Fleisch überschätzt.*

»Aber Mama, das Drachenviech soll mal was machen«, verteidigte sich der Junge weinerlich, der gerade eben eine gebackene Banane mit Honig gegessen haben musste.

»Es hat geschnaubt. Reicht dir das nicht?«

Es sollte ihm reichen, wenn er sein Leben liebt, denn wenn ich mich bewege, ist die Wanze tot, dachte Nie-Lung. *Wo sind die Aufpasser?*

»Das kann auch … eine Attrappe sein, liebe Mama«, sagte Ernst August besserwisserisch. »Und sie haben ihr einen Blasebalg eingebaut, damit es echt aussieht.«

»Das glaube ich nicht«, erwiderte sie. »Asiatische Drachen sind eben fauler.«

Nie-Lung bewunderte sich für seine Gelassenheit. *Wir besitzen die Weisheit des Ostens, schäbige, dumme Menschenfrau.* Er züngelte herablassend.

»Riechst du denn nicht, wie er stinkt, Mama? Das Viech ist bestimmt schon tot und verwest hier.«

Ich stinke nicht! Nie-Lung hob das Lid und heftete den Blick auf Ernst August: ein dickliches Kind mit einem Topfhaarschnitt, auf dem eine Mütze saß, umgeben von einem marineblauen Mantel und mit schwarzen Schuhen an den Füßen. In seinem rechten Mundwinkel hing noch etwas Honig. *Hinfort, fetter Plagegeist!,* wisperte er in die Gedanken des Jungen. *Oder ich komme und reiße dir deinen Darm raus, um dich damit zu erwürgen!*

Ernst August machte einen Schritt nach hinten. »Der Drache hat etwas Böses zu mir gesagt!«

Die Frau mit dem einfachen schwarzweißen Kleid und dem alten Mantel darüber lachte und tätschelte seine Wange. »Nee, nee, der Lütt«, sagte sie. »Was du dir wieder für Sachen ausdenkst.«

Der Junge streifte ihre Hand zur Seite. Er langte in die Tasche und nahm eine Murmel hervor. Es war unstrittig, was er im Sinn hatte.

HINFORT, FETTE, HÄSSLICHE WURST! BIST DU NICHT AUGENBLICKLICH VERSCHWUNDEN, LASSE ICH DICH DEINEN EIGENEN MAGEN FRESSEN UND DEN DEINER MUTTER

DAZU!, donnerte Nie-Lung. Seine Worte würden im Kopf des Jungen dröhnen, als wären sie der Schwengel in einer Glocke, während niemand sonst im Zelt diese Botschaft erhielt.

Ernst August schrie gellend, ließ die Murmel fallen und presste sich die Hände gegen die Ohren. Gegen die mentale Kraft des Drachen richtete er damit jedoch nichts aus. Unentwegt wimmernd und heulend ging er zurück, bis zum Eingang, von dem eben ein Chinese angelaufen kam. Seine Mutter folgte ihm; sie konnte ihn nicht beruhigen und schon gar nicht überzeugen, die Ohren freizugeben.

Das soll dir eine Lehre sein. Ich hätte dir ebenso deine Trommelfelle platzen lassen können. Sehr mit sich zufrieden, hob Nie-Lung auch das andere Lid, um zu sehen, wie die Menschen reagierten. *Vielleicht sollte ich es sogar tun.* Für die Tarnung wäre es besser gewesen, er hätte sich friedlich verhalten, doch sein Stolz verbot es ihm, eine derartige Schmähung unbeantwortet zu lassen.

Die etwa einhundert Personen, vom Mann bis zum Säugling, starrten Ernst August an, als habe er den Verstand verloren, und machten ihm Platz, damit er aus dem Zelt gehen konnte. Lediglich zehn Augenpaare schauten vorsichtig, ängstlich zu ihm. Offenbar wurde der Drache nicht direkt mit dem Vorfall in Verbindung gebracht.

Das wäre erledigt. Nie-Lung schüttelte sich und ließ die goldfarbenen Schuppen aneinanderreiben, wirbelte mit dem Schweif und züngelte den chinesischen Aufpasser vor seinem Käfig an. *Bring mir Obst*, befahl er ihm. Da Fremde um sie herumstanden, verzieh er ihm, dass er sich nicht unterwürfig verbeugte. *Ich habe Hunger.*

Der Chinese lief hinaus. Bald darauf kehrte er mit zwei Helfern zurück, die einen geflochtenen Korb voller geschälter Bananen, Orangen, Zitronen, Äpfel, Datteln und Feigen schleppten. Eine Klappe wurde im Gitter geöffnet, das Behältnis durchgeschoben und dabei so getan, als sei der Drache für die Männer extrem gefährlich.

Nie-Lung fand das wiederum amüsant. Er nahm sich die Früchte einzeln mit den Krallen aus dem Korb und warf sie sich genießerisch ins Maul. *Und wieder glotzt ihr*, dachte er gut gelaunt. Es hatte ihm Spaß bereitet, dem fetten Jungen einen Schrecken einzujagen. Dennoch blieb es ein geringer Trost. *Ich hätte zu gern gesehen, wie er den noch warmen Magen seiner Mutter in sich hineinstopft.*

»Schaut euch mal an, wie die Bestie frisst!«, rief ein Mann verwundert. »Wie gut sie das macht.«

Du solltest mich sehen, wie ich meine Krabben pule.

»Und warum vertilgt er keine Schafe und Kühe?«, rief ein anderes Kind enttäuscht. »Das ist ja Obst!«

Weil es gesund ist und zu viel Fleisch meiner Verdauung nicht bekommt, gab Nie-Lung die Antwort, ohne dass er sie einen der Menschen hören ließ. *Ich wette, dass du mehr Fleisch in dich hineinstopfst als ich, Balg.* Er warf eine Orange hoch und piekste sie mit der anderen Klaue im Flug auf. Einige schnelle Bewegungen, und schon fielen die Schalen zu Boden, und er fraß die Frucht. Nur die Kerne der Datteln kaute er knirschend mit; sie reinigten die Zähne. Nie-Lung achtete auf sich und seine Gesundheit.

So leicht lasst ihr Menschen euch beeindrucken und auf die falsche Fährte locken. Gitter müssen nichts zu bedeuten haben. Für eure unentwegte Respektlosigkeit werde ich euch bald büßen lassen. Grausam büßen lassen! Der Drache züngelte noch einmal in die Runde, was die dummen Menschen wieder Oh und Ah sagen ließ, um sich zusammenzurollen und den Kopf von ihnen wegzudrehen. *Scheuche sie hinaus. Ich habe genug*, ließ er den Chinesen wissen, der sofort verkündete, dass man nun schließen müsse.

Die Besucher verließen langsam und widerwillig den Raum, wie Nie-Lung an den schlurfenden Schritten hörte. Es dauerte eine geraume Zeit, bis die Gespräche verstummt waren und er ganz allein für sich war.

Endlich! Er entrollte sich. Sein Schweif drückte gegen einen Stab an der breiten Seite seines Käfigs, und die gesamte Front klappte einfach nach vorne um. Er schritt hinaus und begab sich in die Mitte des Raumes, dann entfaltete er die Flügel und streckte sie. Der Wind, den er dabei entfachte, genügte, um die Zeltwände sich aufblähen zu lassen. *Ich bin schon viel zu lange nicht mehr geflogen. Ich vermisse es so sehr.*

Doch solange sie in einer Großstadt gastierten, durfte er sich diesen Luxus nicht erlauben. Nachts in einsamen Gebieten aber schwang er sich in den finsteren Himmel und umschwirrte die Gestirne.

Im neuen europäischen Jahr brechen wir auf. Nie-Lung zog mit der Kralle die Abdeckung vor einem Fenster zur Seite und lugte hinaus. Die letzten Gäste des Zirkus schlenderten soeben vom Areal der Tierschau. *Heute sind sie zäh.* Sobald es keine unwissenden Augen mehr gab, durfte er wenigstens hinaus und sich bewegen, damit seine Muskeln nicht verkümmerten. Der stolze Drache tat sich schwer, die vorgetäuschte Gefangenschaft zu akzeptieren.

Er sah den hünenhaften Wu Li auf das Zelt zukommen, der noch immer die Manegengarderobe trug; in seiner Linken hielt er einen Zettel. *Aha? Was könnte es wohl Neues geben?*

Bald darauf stand der Meister der Traumkugeln vor ihm. Er verneigte sich tief vor dem Drachen, die Hände hatte er dabei in die weiten Ärmelaufschläge versenkt. So mochte Nie-Lung das: Respekt gegenüber seiner Art und vor allem ihm. »Lǎozǐ, ich muss mich für die erneute Nachlässigkeit des Aufpassers entschuldigen. Sein Leib dient den Hyänen bereits als Mahl. Es wird den anderen Mahnung genug sein, sich mehr um Euer Wohl zu kümmern.«

Das ist mein treuer Wu Li. Immer rasch, wenn es um das Bestrafen geht. Nie-Lung sah aus seinen orangefarbenen Augen auf ihn nieder. *Du hast gut daran getan, ein Zeichen zu setzen. Ich hoffe, es war auch grausam genug?*

»Das war es. Ein Lob aus Eurem Mund ist wie ein sanfter Tee am Morgen im Angesicht der aufgehenden Sonne, Lǎozǐ.« Er hielt den Wisch halb in die Höhe und den Schopf noch immer gesenkt. »Wir haben Kunde von der roten Drachin.«

Nie-Lung wand sich einmal um ihn herum und pflückte das Telegramm aus seinen Fingern. Ein Husten, ein Zucken, und die Kontraktion seiner Muskeln hätten ausgereicht, um Wu Lis Gedärme aus dem Mund sprühen zu lassen, doch der Chinese zeigte keine Furcht. Er vertraute ihm und war ergeben bis in den Tod. Der Drache las die Zeilen, züngelte und ließ den Schweif mehrmals hintereinander gleich einer Peitsche knallen. *Ausgezeichnet! Unsere Spione haben also recht behalten. Das Officium Draconis hat gelogen!*

»So ist es, Lǎozǐ.«

Nie-Lung gab den Mann frei. Er kringelte seinen Leib mehrmals vor Freude. *Oh, wie sehr wünschte ich, diese gute Nachricht mit wilden Kreisen am Himmel feiern zu dürfen.*

»Lǎozǐ, das wäre …«

Ich weiß, Wu Li, ich weiß. Unsere Tarnung. Ihm war nach einem lauten Jubelschrei, wenn er schon nicht zu den Sternen aufsteigen durfte, doch auch das verbot er sich. Die Tiere der Menagerie würden sonst in Panik verfallen und sich bei Fluchtversuchen selbst verletzen, während schwache Menschen in der Umgebung vor Schreck sterben könnten. Drachenschreie richteten verheerenden Schaden an. Das Harmloseste war, dass jegliche Milch stocken und sauer werden würde. *Was nehme ich nur alles in Kauf?*, dachte er seufzend.

»Wie gehen wir weiter vor, Lǎozǐ?«

Nie-Lung atmete tief ein, um zur inneren Ruhe zurückzufinden. *Findet heraus, wo der Franzose steckt. Ich muss mich mit ihm treffen, und zwar rasch! Ich nehme an, dass es ihm nach Beistand dürstet.* Er schnupperte. *Sind alle Großaugen und Langnasen weg?*

»Ja, Lǎozǐ«, gab Wu Li zurück. »Ich habe den letzten hinausbegleitet.«

Du bist dir sicher?

Der Mann nickte.

Nie-Lung fragte sich beiläufig, welch merkwürdigen Geruch er wahrnahm. Er konnte nicht einmal zuordnen, worum es sich dabei handelte, doch er passte nicht in die Umgebung und war fremd. Äußerst fremd, so wie chinesische Räucherstäbchen in einer Kathedrale. Schließlich wandte er sich wieder Wu Li zu. *Y Ddraig Goch hält sich in der Provinz Schottland auf.*

»So sagen es unsere Augen und Ohren. Sie ist in ihrem angestammten Gebiet Großbritannien gesichtet worden, und wie es den Anschein hat, sucht sie nach einem Bullen, um sich zu paaren. Es wäre wohl an der Zeit.« Wu Li lächelte. »Sie ist eine mächtige Drachin, jetzt, wo nur sie und der Franzose von den Altvorderen übrig geblieben sind. Sie kann sich ihre Verehrer aussuchen.«

Und wen hat sie in Schottland? Das steht nicht im Telegramm. Ist es einer, den wir für unsere Sache gewinnen können, mein treuer Wu Li?

Der Chinese blickte unglücklich drein. »Die Schotten, Lǎozǐ, sind ein ganz besonderes Völkchen, und das gilt für deren Drachen nicht minder. Eher trocknet der Atlantik aus, als dass ein Schotte sich uns anschließt.«

Nie-Lung schnaubte. *Dann werden wir beweisen müssen, dass die Krallen eines asiatischen Drachen schärfer sind und präziser zustoßen als die eines jeden anderen.* Er trabte zu einem verborgenen Durchgang, der hinaus in den Hof führte. *Finde heraus, wo ich den Franzosen treffen kann. Mit ihm muss ich zuerst sprechen, bevor ich mich nach Schottland begebe.*

Er huschte hinaus in die kühle Nacht und blickte auf der Stelle in den Himmel. Es war bewölkt; einzelne Schneeflöckchen trudelten umher, als könnten sie sich nicht entscheiden, wo sie landen sollten.

Die Tiere in den Wagen um ihn herum, mochten sie noch so wild und kräftig sein, verstummten beim Anblick des Drachen. *So soll es sein.* Ein Herrscher hatte sich ihnen gezeigt, der über den Menschen stand. *Selbst die Einfältigsten unter ihnen wissen, dass wir die Krone der Schöpfung sind.*

Da! – Die unbekannte Duftnote drang wieder in seine Nase. Räucherstäbchen in einer Kathedrale. Gleichzeitig knurrten die Mähnenwölfe los und fletschten die Zähne, die sibirischen Tiger legten die Ohren an und grollten warnend.

Wu Li! Nie-Lung hob den Kopf und sog die Luft tief ein. *Wu Li, wir haben einen ungebetenen Gast. Und die Tiger sind hungrig. Wie passend.* Er ging zu den Käfigen, in denen die mächtigsten Raubkatzen der Welt saßen – die im Vergleich zu ihm nichts weiter als harmlose Schmusetierchen waren. *Zeigt mir den Eindringling, meine Schönen.*

Wu Li erschien auf dem Hof, umringt von vierzig Artisten und Arbeitern, die in den Händen Knüppel, Speere und Schwerter trugen. »Lǎozǐ, überlasst ihn uns. Ihr solltet ...«

Eine knöcherne Lanzenspitze stieß zwischen einer schmalen Lücke zwischen den Wagen hervor und traf Nie-Lung unterhalb der rechten Schwinge in den Leib. Dort waren die goldenen Schuppen dünner, um den Flügeln eine höhere Beweglichkeit zu verleihen. Eine winzige Schwachstelle, aber sie genügte.

Der Drache brüllte vor Schmerz auf, und die gesamte Menagerie des Zirkus stimmte furchterfüllt mit ein. Das heiße blaue Drachenblut spritzte aus der Wunde und benetzte die Tiger. Die Flüssigkeit brachte ihnen Wunden bei, die an Verätzungen erinnerten. Fauchend rannten sie durch ihr Gefängnis und griffen sich rasend vor Angst und Pein gegenseitig an.

Nie-Lung sprang zurück, sein Schweif fuhr zischend in den Spalt und traf ins Leere. *Wo steckst du?*

»Lǎozǐ!«, hallte Wu Lis warnender Ruf und drang mit Mühe durch das Gebrüll und Gekreische der Tiere.

Vom Dach eines benachbarten Wagens warf sich eine gerüstete Gestalt auf ihn, einen vier Schritt langen Spieß gegen seinen Hals gerichtet. Ohne Wu Li hätte der Drache ihn nicht bemerkt. *Da bist du!* Er öffnete das Maul und schnappte nach dem Schaft.

Der Unbekannte riss die Waffe zur Seite und nutzte sie nun wie ein Hochspringer, um seinem Flug eine andere Richtung zu geben. Hinter Nie-Lung landend, stach er sofort wieder zu. Klirrend rutschte die Spitze, die aus Drachenbein gemacht war, über die goldenen Schuppen, ohne sie zu durchdringen.

Gegen mich nützt dir das Stäbchen nichts, höhnte der Drache und versuchte, den Angreifer mit der Klaue zu packen. Doch der Mann befand sich schon an einer anderen Stelle, zehn Schritte entfernt, als habe er sich auf magische Weise durch die Luft bewegt. *Wie machst du das?*

Der Mann richtete sich furchtlos auf, hielt den Spieß stolz in der Rechten und störte sich nicht daran, dass Wu Li und seine Männer ihn bald erreicht hatten. Unter dem Umhang aus schwarzem Leder trug er eine Drachenhautrüstung. Eine weiße Haube mit einem Sehschlitz barg seinen Kopf, darüber saß ein dunkler Helm aus gehärtetem Leder. Die Augen wurden von einer dicken Scheibe geschützt, ähnlich wie bei Schweißern. »Mein Name ist Ichneumon. Ich verfolgte die Drachenfreunde, weil ich annahm, dass sie mich zu einem der üblichen Scheusale führen würden. Du asiatische Schlange bist eine echte Überraschung«, sagte er dumpf.

Nie-Lung wusste, was er gerochen hatte: die Drachenhaut. Der Mensch selbst roch unerklärlicherweise nach – nichts? *Ich muss einräumen, dass mir ein Exemplar wie du noch nicht begegnet ist.* Er erkannte erst bei genauerem Hinsehen ägyptische Hieroglyphen auf der Rüstung und ähnliche auf dem Schaft des Spießes. *Du gehörst zu keiner Drachenjäger-Einheit?*

»Mit diesem Abschaum habe ich nichts zu tun.« Ichneumon ging leicht in die Knie und stieß sich ab, um im hohen Sprung und mit Hilfe seiner Lanze auf dem nächsten Wagendach zu landen, außerhalb der Reichweite von Wu Li und seinen Helfern. »Was treibst du für ein Spiel, Asiate? Warum machst du die Menschen glauben, du seiest ein gefangenes Untier?«

Nie-Lung lachte. *Komm zu mir, damit ich es dir ins Ohr flüstern kann.* Er ärgerte sich, dass er keinen Flammenstoß einsetzen durfte. Erstens wegen der Tiere, zweitens wegen der Wagen, drittens wegen seiner Tarnung. Wie sollte man den Hamburgern erklären, dass ein angeblich gebrochener Drache plötzlich wieder Feuer spie?

Noch ehe er einen weiteren Vorschlag machen konnte, griff ihn der Mann schon wieder an. Die Lanze flog heran, und Nie-Lung wich aus – um unvermittelt ein Gewicht in seinem Nacken zu spüren.

»Hier bin ich, Schlange!« Ichneumon saß ihm im Genick und hielt sich mit einer Hand an dem Gehörn fest, mit der anderen holte er aus, um einen Dolch ins linke Auge des Drachen zu rammen.

Nie-Lung schüttelte sich und hoffte, seinen ungewollten Reiter abzuwerfen. *Hinab mit dir, Unwürdiger!*, rief er und stieß ein ungestümes Brüllen aus. Die Wut befahl es ihm.

Das Gewicht verschwand, und er sah einen Schatten durch die Luft wirbeln, der mehrere Salti und Drehungen schlug, von denen die Turnerinnen des Zirkus nur träumen durften.

Ichneumon landete inmitten von Wu Lis Truppe, die ihn auf der Stelle mit ihren Waffen angriff.

»Ich bin nicht euer Feind!« Der Maskierte wich den heranzischenden Spitzen und Klingen unfassbar schnell aus, fälschte sie mit Schlägen gegen die flache Seite ab, bis er sich bückte und seinen eigenen Spieß vom Boden aufnahm. »Die Schlange ist es!« Mit dem Schaft teilte er furchtbare Hiebe aus, die Knochen zertrümmerten und die Getroffenen zu Boden sinken ließen, doch er tötete keinen der Chinesen, wie Nie-Lung verwundert registrierte. »Sie kontrolliert euren Verstand, wie es alle Drachen mit den Menschen tun!«

Seine atemlosen Appelle verhallten ungehört, während sich die Reihen lichteten. Niemandem gelang es, ihn zu packen und zu überwältigen.

Nie-Lung machte sich bereit, einen Flammenstoß gegen ihn zu schleudern. Zwar würden dabei zehn seiner Leute verbrennen, doch er wäre den mehr als pfeilschnellen Menschen los. *Mein Geheimnis muss bewahrt bleiben.* Er spürte das Prickeln im Maul, mit dem die Drüsen, aus denen das Feuer schoss, angeregt wurden. *Zur Seite, Wu Li.* Er klappte die Schnauze auf, um durch ein Zusammenziehen der Muskeln die brennbare Flüssigkeit freizugeben, die sofort mit der Luft reagieren und zu einer gebündelten, waagrechten Lohe werden würde.

Ichneumon schien nur darauf gewartet zu haben: Er schleuderte seinen Spieß erneut, da er wohl wusste, dass Nie-Lung die Schnauze nicht mehr schließen konnte, oder die Flammen würden durch die Nüstern entweichen. Aber das würde zu schweren Verbrennungen führen.

Während die dunkelgrüne Feuerlanze niederstach, den Maskierten und die Chinesen einhüllte, flog der Spieß durch die Hitze und traf!

Dieses Mal gab es keine goldenen Schuppen, die ihn vor Schaden bewahrten. Die Spitze aus Drachenbein durchbohrte das Maul von innen, perforierte das dünne, empfindliche Fleisch, die Knochen darüber und trat wieder aus. Schuppen wurden emporgeschleudert, einige flogen davon, und das kochende Blut ergoss sich aus den Wunden. Die Spitze selbst kam eine Fingerlänge vor dem rechten Auge zum Stehen. Der brodelnde Lebenssaft spritzte dagegen, Dampf stieg auf, und brüllend schloss Nie-Lung die Lider. *Tötet ihn endlich!*

Blind schlug er mit den Vorderläufen um sich, die Krallen zerfetzten zwei der Artisten. Das Geschrei der Tiere um ihn herum machte ihn nur noch aufgeregter.

»Da ist er!«, rief Wu Li. Schüsse hallten, die Menschen hatten endlich die Gewehre gebracht, um Ichneumon mit einer Kugel zu erlegen, anstatt sich auf sinnlose Gefechte gegen den überlegenen Gegner einzulassen.

Das Krachen endete nicht. Nie-Lung hörte die Einschläge im Holz, das Pfeifen von Querschlägern, von denen einige an seinem Panzerkleid herabfielen, und das Jaulen getroffener Tiere. Der Geruch von verbranntem Pulver drang in seine Nase, und er musste niesen. Ohne etwas zu sehen, zog er sich den Speer aus dem Maul und grollte dabei laut. *Erledigt ihn!*

Als die Schmerzen in den Augen nachließen, öffnete er sie und sah sich um.

Wu Li hatte sich mit zehn Mann um ihn verteilt. Sie schirmten ihn mit vorgehaltenen Gewehren ab, der Rest rannte umher und versuchte, den Brand zu löschen, der auf einen Käfig übergesprungen war. Auf einem Fleck verbrannter Erde sah er verkohlte menschliche Überreste, deren Gebeine durcheinanderlagen.

Nie-Lung musste nicht fragen. Er sah am Verhalten seiner Leute, dass der Maskierte entkommen war. Dafür hätte er sie gern getötet und sich neue Diener gesucht, doch der Nachschub in Europa war dürftig. *Räumt auf,* befahl er Wu Li unter Aufbietung seiner ganzen Beherrschung. *Die Polizei wird bald kommen. Sagt ihnen, dass einer der Tiger ausgebrochen sei und sich bei der Jagd ein Teil der Küche entzündet hätte.*

»Ja, Lǎozǐ.« Der Hüne verneigte sich. »Ich bin untröstlich, dass uns der Frevler entkommen ist und den Angriff auf Euch nicht mit seinem Leben bezahlen musste.«

Es wird eine neue Gelegenheit geben. Da bin ich mir sehr sicher. Der Drache fuhr mit der Zunge von innen gegen die schmerzhafte Wunde. Mit einer Kralle drückte er die blutigen, hochstehenden Schuppen auf seiner Schnauze behutsam zurück. Es knisterte und knackte, und er biss die Kiefer fest aufeinander, um nicht erneut zu brüllen; an den kahlen Stellen würden bald neue Schuppen gewachsen sein. *Was deine anderen Aufträge angeht: Beeil dich, Wu Li! Und finde heraus, was es mit Ichneumon auf sich hat.* Er ließ kein Wort des Bedauerns über die eigenen Opfer verlauten, die er verursacht hatte. Das musste er auch nicht.

Er schlug ein paarmal mit den Flügeln und löschte durch den enormen Winddruck die letzten Flammen. Die rauchenden Trümmer des Tigerkäfigs fielen in sich zusammen, die Arbeiter sprangen mit ihren Wassereimern in den Händen rückwärts. Dann kehrte er in seine Unterkunft zurück.

Nie-Lung wurde sich bewusst, dass er kurz vor dem Tod gestanden hatte. Das machte ihn deswegen so unruhig, weil er seine eigentliche Mission noch lange nicht erfüllt hatte.

Die Wunde pochte, und das hob seine Laune nicht gerade. Aber den Zorn konnte er leider nicht an seinem Diener oder der nahen Stadt auslassen. Um sich abzulenken, dachte er über den Zwischenfall nach.

Was könnten die Ägypter gegen mich haben? Er wusste nichts von einem westlichen Drachen, der sich im Land der Pyramiden niedergelassen hätte und Ansprüche auf Europa erhob. An eine zufällige Begegnung, wie Ichneumon ihm weismachen wollte, glaubte er nicht. *Was steckt wirklich hinter dem Angriff?*

So oder so: Diese neue Wendung musste sein Herr erfahren.

23. Dezember 1926, Bilston (ca. fünf Meilen südlich von Neu-Edinburgh), Provinz Schottland, Königreich Großbritannien

Die Ängste hielten Silena im Würgegriff der schlimmsten Vorstellung, die es für sie geben konnte: Sie sah einen Friedhof mit einem Grabmal darauf, auf dem Grigorijs Name stand, ohne dass sie sich gegen das Bild wehren konnte, während sie die Stufen hinaufhastete. Der imaginäre Anblick erschütterte sie zutiefst. *Nein. Ich will das nicht!*

Doch ihre Ängste kannten kein Mitleid und sandten ihr grausame Eindrücke von einer Trauerfeier im überfüllten Saal mit allen möglichen Freunden und Unbekannten, die nacheinander an den Sarg mit ihrem Mann traten. Das Liebste aufgebahrt und vergangen …

»Nein«, schluchzte Silena. Keuchend wurde sie langsamer und hielt sich die Seite. Ihre ansonsten ausgezeichnete Kondition ließ sich von dem Schock beeinflussen.

Als Nächstes sah sie seine gebrochenen blauen Augen vor sich, denen jegliches Leben und das Leuchten von einst fehlte. Das Leuchten, das sie so sehr in ihrem Leben brauchte.

Mit einem verzweifelten Aufstöhnen kämpfte sie sich die Stufen hinauf, um Grigorij *zu sehen*, anstatt weiter von ihrer Vorstellungskraft gefoltert zu werden. Um keinen Beweis für das Unmöglichste, Schrecklichste zu erhalten, was seit seiner Geburt als unvergängliche Drohung über ihm geschwebt hatte.

Silena stieß die Tür zur Eingangshalle auf und prallte vor dem Anblick zurück, der sich ihr bot: Ihr Gemahl, deutlich an Kleidung, Haaren und Haut vom Feuer gezeichnet, saß auf der Trage, die man dort abgestellt hatte, und trank hastig aus einem großen Glas Wein. Neben ihm stand Oberst Litzow in seiner ölverschmierten Mechanikeruniform. Der untersetzte Mann mit dem prächtigen braunen Schnurrbart im gealterten Gesicht sah erleichtert sowie besorgt aus.

»Du ...« Silena vermochte nicht mehr zu sagen. Das Glück traf in ihrem Innersten auf Zorn und Schmerz und schuf noch mehr Verwirrung. Ohne ein weiteres Wort warf sie sich Grigorij in die Arme. Der intensive Gestank nach verbranntem Horn und Stoff machte ihr nichts aus.

»Silena, vorsichtig«, sagte er gepresst und schien Schmerzen zu unterdrücken.

»Verzeih.« Behutsam löste sie sich von ihm, streichelte sein geschundenes, verrußtes Gesicht und küsste ihn zärtlich auf den Mund. Selbst seine Lippen schmeckten nach Rauch und Feuer. Sie sah in seine blauen, so lebendigen Augen und wischte sich selbst die Tränen weg. »Die Erleichterung«, erklärte sie mit einem dicken Kloß im Hals. *All ihr Heiligen, ich danke euch!* »Ich dachte für einen Moment ...«

Grigorij lächelte. »Viel hat nicht gefehlt. Ich dachte, ich verbrenne in dem Phaeton«, sagte er. Er legte ihr hustend einen Arm um den Hals. »Hilf mir aufzustehen. Ich möchte mich umziehen.«

»Warten Sie, Fürst.« Litzow eilte auf die andere Seite und unterstützte sie. Die mit Wachs aufgestellten Enden des Bartes, die bis zu den Ohren reichten, bewegten sich dabei nicht. Sie waren unerschütterlich wie der alte Haudegen selbst. »Was ist denn geschehen?«

Rasch fasste Grigorij sein Abenteuer zusammen; dabei humpelten sie die Treppen hinunter zu den Gemächern. »… und dann riss ein Passant die Tür auf, packte mich an den Stiefeln und zerrte mich hinaus. Eine Ambulanz wartete bereits, und ich bat sie, mich hierherzufahren. Mir ist nicht viel geschehen.« Entschuldigend sah er zum Oberst, hustete. »Aber ich fürchte, der gute Whisky ist verbrannt. Dreißig Jahre war er alt.«

»Eine Schande, Fürst.« Litzow klang, als leide auch er Schmerzen.

»Er sollte Ihr Geschenk werden.« Dann blickte er seine Frau an. »Und das seidene …« Er räusperte sich. »Dieser verdammte Rauch«, krächzte er.

Silena öffnete die Tür, die in den gemeinsamen Wohntrakt führte. »Die Geschenke sind mir egal. Auch das Automobil ist mir egal, solange du am Leben bist.« Sie nickte dem Oberst zu, der salutierte und nach oben zurückkehrte. »Du hast wirklich keine schlimmeren Verletzungen?« Sie gingen hinein, ins Bad.

»Nein, meine Gemahlin. Bis auf das Husten und meinen angeschlagenen Stolz«, antwortete er schwach grinsend und setzte sich auf den Rand der großen, freistehenden Badewanne, deren Füße im Boden verschraubt waren. Sie hatten sie eigens anfertigen lassen. »Ich müsste ja fast Mama zu dir sagen, so wie du dich anhörst.« Grigorij zog sich die verbrannten Kleidungsstücke aus; nacheinander fielen sie auf die hellen Fliesen. Rußstückchen schwebten hinterdrein. »Und bitte mach das Wasser nicht zu heiß.«

Er ist und bleibt ein Kindskopf. Silena ließ ihm ein Bad ein. »Ich werde dir später die Haare schneiden müssen, damit du einigermaßen geordnet aussiehst.«

»Niemals! Die Frauen sind verrückt danach«, erwiderte er lachend.

»Sind sie das?«, gab sie mit erhobenen Augenbrauen zurück. »Dann ist es in Mode gekommen, sich mit der glühenden Lockenschere Löcher in den Schopf zu brennen?«

Er betrachtete sich im Spiegel. »Heiliger Rasputin!«, entfuhr es ihm erschrocken, als er die verschmorte schwarze Mähne sah. »Es hat sogar meine linke Kotelette und die Augenbraue erwischt!« Das Lausbubenhafte schwand, Nachdenklichkeit zeigte sich in seinem

Gesicht. Er schluckte und wandte sich ihr zu. »Ich dachte in den Flammen irgendwann nur noch daran, dass ich dich nicht mehr wiedersehen könnte«, flüsterte er. »Und ich war verzweifelt. So sehr, dass ich nicht aufgegeben habe.«

Silena versuchte zu lächeln, die Tränen stiegen ihr von selbst in die Augen. »Es war fürchterlich, als Ivana mir sagte, dass dir etwas geschehen wäre. Ich sah … schreckliche Bilder«, flüsterte sie. »Dein Leben ist immer in Gefahr …« Sie musste sich unterbrechen, wischte die Tränen mit dem Handgelenk weg. »Es fiel mir zu leicht, diesen Bildern zu glauben, Grigorij. Nicht, weil ich dich tot sehen möchte, sondern weil die Wahrscheinlichkeit so hoch ist, dass du eines Tages wirklich umgebracht wirst.« Sie legte die rechte Hand gegen seine schmutzige Wange. »Dabei kann ich nicht ohne dich leben.«

Er streichelte ihre Finger, küsste sie. »Denkst du, für mich ist es einfacher?«, gab er mit belegter Stimme zurück. »Du ziehst immer wieder gegen die Drachen aus, kämpfst gegen sie und gegen Söldner, die das Officium gegen die freien Drachenjägereinheiten hetzt.« Er legte die andere Hand in ihren Nacken und zog sie zu sich. Stirn berührte Stirn, sie schlossen die Augen. »Ich zähle jedes Mal die Maschinen und bete zu den Heiligen, wenn die Zahl nicht stimmt, dass der Tod dich verschont hat.«

Sie verharrten stumm, spürten die Wärme des anderen. Aber auch die Verzweiflung: Es ließ sich nichts an ihrem Leben ändern. Die Angst, den anderen an dem Tag zu verlieren, an dem sie aufstanden, würde bleiben, solange es Drachen und Grigorijs mächtige Feinde in Russland gab. Allen voran den Zaren.

Grigorijs Geheimnis, der Sohn Rasputins und der Zarin zu sein, war schon lange keines mehr. Nikolaus der Zweite wollte den Nachfahren des toten Rivalen vernichtet wissen, damit kein lebender Beweis für die Liaison seiner Gattin existierte.

Gäbe es einen Weg, dich vor ihm zu beschützen, ich würde es tun. Worte genügten nicht, um ihn ihre übergroße Angst spüren zu lassen. Ohnmächtige Angst, die in letzter Zeit ungewollt und rasch in Vorwürfe und Gemeinheiten gegen ihn umschlug. Silena neigte ihr Gesicht nach vorn, küsste ihn lange und sanft, ehe sie sich von ihm löste. »Nun haben wir genug gejammert. Dein Wasser wird kalt.«

Sie gab etwas Öl ins lauwarme Wasser, und sofort verbreitete sich sinnlicher Duft im Raum: Moschus und Zimt. »Und du hast keinerlei Vorstellung, wem du das zu verdanken hast?«

»Ich weiß, was du denkst.« Grigorij hielt eine Hand prüfend in die Wanne. »Aber zu deiner Überraschung glaube ich nicht, dass es der Zar war. Es waren irgendwelche Schläger, die mir eine Abreibung verpassen wollten. Keine Sorge, es wird keine weiteren Attentate aus Russland auf mich geben.«

»Was macht dich so sicher?« *Er wird es niemals lernen.* Sie blitzte ihn aus grünen Augen an. »Die Schläger können von ihm angeheuert worden sein!«

»Nein. Ich habe darüber nachgedacht.« Grigorij streifte die Unterhose ab und ließ sich nach hinten in die Wanne sinken. Wasser schwappte über die Ränder und platschte auf den Boden. Er war sofort untergetaucht; prustend kehrte er nach einigen Sekunden an die Oberfläche zurück. »Wenn der Zar mich endlich tot sehen wollte, hätten die Männer keine Prügel, sondern Pistolen oder Gewehre dabeigehabt«, sprach er weiter und wischte sich die schwarzen Strähnen aus dem Gesicht. »Oh, sieh nur: Ich habe sogar noch langes Haar!«

Silena war mit seiner Antwort nicht einverstanden. »Aber *ich* denke, dass er es war. Wenn dir jemand von deinen alten Duellgegnern eine Abreibung verpassen ließ, wieso haben sie dich in den Wagen gestoßen, in dem du verbrennen solltest?«

Grigorij seifte sich ein; an den geröteten Stellen, die von der Hitze und der Schlägerei stammten, wusch er sich vorsichtiger und biss die Zähne zusammen. »Weil ich sie wütend gemacht habe. Der Mann hat seine Contenance verloren, und da schlug er über die Stränge.«

Ich sollte dich packen und schütteln, bis du es begreifst! Von einer Sekunde auf die nächste wallte Wut in ihr auf. »Wie kann man nur so sorglos sein!?« Sie ballte die Fäuste.

Er spielte den Unbeteiligten und hielt ihr hustend die Seife hin. »Würdest du dich um meinen Rücken kümmern?«

»Sicher.« *Du wirst dir gleich wünschen, mich nicht gebeten zu haben!* Als sie die Hand ausstreckte, schnappte er ihren Unterarm und zog sie zu sich ins Wasser. Noch mehr Nass ergoss sich auf die Fliesen, dann tauchte sie prustend vor ihm auf. »Ich sollte dich …«

Grigorij hielt ihr Gesicht mit beiden Händen zärtlich umfangen. »Ich brauche dich, Silena. Aber schreibe mir nicht vor, was ich zu denken habe.«

Zuerst war sie richtig erbost über sein Tun, aber die Wut verrauchte so unerklärlich rasch, wie sie gekommen war. »Kindskopf.« Wie aus dem Nichts flammte Lust in ihr auf.

Silena schob seine Hände weg, legte eine Hand in seinen Nacken und zog ihn zu sich, um ihm einen leidenschaftlichen Kuss auf den Mund zu drücken. Sie genoss es mehr als sonst, seine Hände auf ihrem Körper zu spüren.

Eine Stunde später saßen sie beim Abendbrot.

Beide waren in Bademäntel gehüllt und grinsten sich gegenseitig an, wie es Verliebte taten; dann langte Silena nach einem Brief und überflog ihn.

Grigorij biss in ein Brötchen mit Kaviarbelag und betrachtete sie. Zwar lächelte er dabei, doch seine Gedanken gingen andere Wege.

Er spürte die vielen Kratzer ihrer Fingernägel auf dem Rücken brennen, die sie ihm beim leidenschaftlichen Liebesspiel beigebracht hatte. Etwas derart Wildes kannte er nicht von ihr. Litzow hatte ihm berichtet, dass sie einen Rekruten verprügelt hatte. Aus nichtigem Grund. *Das ist nicht die Frau, die ich geheiratet habe.*

Ihm entging nicht, dass sie mit einer Hand ihren Nacken massierte. Der Zeigefinger verharrte im Genick, und sie verzog das Gesicht. »Schmerzen, meine Liebe?«

»Verspannungen, nehme ich an«, antwortete sie abwesend. »Sie gehen nicht mehr weg. In letzter Zeit leide ich derartige Qualen im Kopf und im oberen Rücken, dass ich denke, mir bleibt das Herz stehen.«

Grigorij wurde kalt. *Sie ist launisch, neigt zur Gewalt. Soll es das Erbe des Drachen sein?* Silena ahnte nichts davon, aber sie hatte ihre Gefechtsverletzung aus einem einzigen Grund überstanden: weil ihr der Arzt auf sein Geheiß hin ein Stück Drachenbein in ihren zerschmetterten Halswirbel eingesetzt hatte.

Die magische Kraft des Wesens heilte die tödliche Wunde und bewahrte die Frau vor dem Tod. Die letzte Nachfahrin des heiligen Georgs und berühmtesten Drachentöters trug ironischerweise einen Teil ihrer Erzfeinde in sich und verdankte einem Scheusal, dass sie lebte.

Grigorij nahm einen Schluck starken Mokka und strich sich dünn Butter auf die nächste Scheibe Toast. *Ist es möglich, dass die Boshaftigkeit des Geschöpfs durch das Fragment in sie übergeht*?

Diese Frage stellte er sich nicht zum ersten Mal. Entfernen lassen konnte man es nicht – das Gewebe hatte sich schon lange untrennbar verbunden. Und niemand würde ihm auf seine Vermutung eine sichere Antwort geben können. Er kannte die Geschichten, dass Fragmente von Drachengebeinen, die Menschen illegalerweise eingesetzt wurden, ihren Träger verändert hatten. Wesensfestigkeit bedeutete den größten Schutz dagegen, und so hatte er Silena kennengelernt.

Eigentlich hatte er vorgehabt, ihr eines Tages die Wahrheit zu erzählen. Doch er vermochte es nicht, da er fürchtete, dass sie sich etwas antun würde.

Die Schuld, sie zu ihrem eigenen Glück hintergangen zu haben, lastete jeden Tag von Neuem auf ihm. Dieser Druck flüsterte ihm mehr als einmal zu, wieder Absinth zu kosten oder Haschisch und Schlimmeres zu rauchen. Die Flucht in den süßen, herrlichen Rausch, der ihm unvergleichliche Leichtigkeit brachte, wurde immer verlockender. Doch er widerstand ihr.

Er hob den Toast an, ließ ihn wieder sinken und seufzte, während er ihr hübsches Gesicht betrachtete. *Ich weiß, es war nicht rechtens. Aber wie hätte ich dich sterben lassen können?*

Silena sah von ihrer Lektüre auf. »Du starrst mich an. Was ist denn?« Sie klang ungewohnt aggressiv.

Grigorij langte in die Tasche des Bademantels und nahm zur Ablenkung einen Umschlag hervor. »Nun, du bist nicht die einzige Person, die Briefe bekommt«, sagte er leichthin. »Im Gegensatz zu dir mache ich keine Geheimnisse daraus.« Glücklicherweise war ihm sein fast vergessenes Anliegen in den Sinn gekommen. »Er ist von meiner Mutter.«

Silena legte ihr Schreiben auf den Tisch. »Oh, wie schön! Ich wollte eben mit dir über meinen Brief sprechen, aber ich denke, dass ich zuerst hören möchte, was Alexandra Fjodorowna mitzuteilen hat.«

Er hörte ihr an, dass sie das Schreiben als Bestätigung ihrer Vermutung sah, dass der Zar hinter dem neuesten Anschlag steckte. *Oh, wie schön* hatte falsch geklungen. Grigorij wurde nervös, als er fortfuhr: »Sie lädt mich ein. Zu sich. Nach Sankt Petersburg.«

»Ha!«, stieß Silena hervor und warf sich gegen die Rückenlehne, dabei klatschte sie in die Hände. »Siehst du es nicht? Die nächste Falle, um dich auszumerzen!«

»Unsinn«, erwiderte er unverzüglich. »Der Brief erreichte mich lange vor der Schlägerei. Ich musste nur darüber nachdenken, bevor ich mit dir darüber reden wollte.«

Sie fuhr sich durch die feuchten dunkelbraunen Haare. »Du hast dich schon entschieden«, sagte sie düster und vorwurfsvoll. »Jetzt willst du, dass ich deinen Ausflug gutheiße.«

»Nein«, sagte er. »Nein, ich möchte mit dir ...«

Silena beugte sich nach vorn; der Bademantel klaffte auseinander und gab den Blick fast vollständig auf ihre Brüste frei. Früher hätte sie den Stoff aus Anstand zusammengerafft, jetzt kümmerte es sie nicht. »Du willst nach Russland, ob mit oder ohne Zustimmung von meiner Seite.« Sie deutete mit einer herablassenden Geste auf den Brief. »Was hat die Zaritsa geschrieben, dass du bereitwillig in den Tod rennst? Geht es um eine Familienzusammenführung? Wirst du deine Halbgeschwister bei Tee aus dem Samowar und Marmeladen-Blinis kennenlernen? Oder braucht sie Rasputins Spross, um ihren Blutersohn mal wieder zu heilen?«

Grigorij sprang auf und warf seine Serviette hin. »Silena, wie redest du mit mir?«, fuhr er sie an – und machte sich gleichzeitig Vorwürfe. *Ich habe sie verändert. Sie kann nichts dafür. Aber wie vermag ich es ungeschehen zu machen?*

Sie kreuzte die Arme vor der Brust. »Wie es sich für einen Verblendeten gebührt«, erwiderte sie trotzig. »Ich hoffe, ich kann dir zu Einsicht verhelfen.«

Er hob das Schreiben. »Meine Mutter fürchtet um den Bestand des russischen Reiches. Die Umstürzler geben nicht auf und erhalten Unterstützung aus dem Ausland. Jede Reform, die Nikolaus erlässt, ist ihnen nicht genug. Die Bolschewiki wiegeln die Soldaten auf und streuen Gerüchte.«

»Ach, und du kannst das alles mit einem einzigen Besuch beenden? Der große Hellseher soll ergründen, wie es um die Romanows und ihre Dynastie steht?« Silena lachte ihn aus. Es schmerzte Grigorij, Opfer ihres Spotts zu werden. »Erwache, mein Gemahl! Der Brief kommt aus der Feder des Zaren. Er wird dich von seinen Schergen erledigen lassen, sobald du einen Fuß auf russischen Boden setzt.« Sie erhob sich ebenfalls, beugte sich nach vorn und stützte die Hände auf den Tisch. »Du, Grigorij Wadim Basilius Zadornov, bist der Beweis, dass die Zaritsa eine Nacht mit Rasputin verbracht hat. Ein Schandfleck auf zwei Beinen. Wäre ich der Zar, kämst du nicht lebend aus meinem Lande.«

»Du hast eine merkwürdige Art, mich warnen zu wollen. Es klingt nach Beleidigungen«, entgegnete er harsch, weil er ihre Ratschläge nicht länger ertrug. »Ich kann sie nicht im Stich lassen! Sie ist meine Mutter, die mich viele Jahre vor dem Zaren beschützt hat. Jetzt braucht sie meinen Rat und meinen Beistand, um die Revolution zu verhindern.«

»Auf einen Herrscher mehr oder weniger kommt es nun wirklich nicht mehr an. Europa hat so viele davon.« Ihre Augen wurden schmal. »Und wenn du herausfindest, dass sie und der Zar Marionetten eines Drachen sind, dessen Befehlen sie gehorchen?«

»Selbst wenn sie es gewesen wären, wir haben die stärksten russischen Drachen am Triglav getötet. Ich denke eher, dass die Revolutionäre von einem Geschuppten Hilfe erhalten«, gab er mürrisch zurück. *Es macht keinen Sinn, mit ihr diskutieren zu wollen.* »Was ist mit deinem Brief?«, fragte er, um von sich abzulenken.

Silena setzte sich absichtlich langsam auf ihren Stuhl. »Er ist von Großmeister Brieuc.« Sie klang gereizt, und doch sprach sie langsam und sehr deutlich. »Er bittet mich darum, zum Officium Draconis zurückzukehren.« Sie hob den Kopf und sah Grigorij kühl an. »Ich hatte mit dir darüber sprechen wollen, aber da ich sehe, dass du Entscheidungen einfach so fällst, werde ich es ebenso halten.«

Grigorij stieß die Luft aus. »Du bist alles andere als gerecht, meine Liebe. Schlimmer noch, du ...«

Sie hob die Hand und unterbrach ihn damit. »Ich mache es kurz: Reist du nach Sankt Petersburg, werde ich dem Officium wieder beitreten und den *Skyguards* den Rücken kehren.«

»*Was?* Du bist von Sinnen! Wie kannst du die beiden Dinge miteinander vergleichen?«

»Von Sinnen? Ich?«, rief sie. »Einer von uns beiden irrt sich gewaltig, und ich bin es nicht! Ich fürchte um dein Leben, solltest du töricht genug sein und auf diesen Familienunsinn und das Revolutionsangstgerede hereinfallen. Sie werden dich töten, Grigorij! Um dich zu erpressen und von deiner Reise abzuhalten, ist mir jede Drohung recht. So groß ist meine Angst schon!«

Sein verletzter Stolz und Trotz wehrten sich gegen die bevormundende Art seiner Frau. »Ich sagte schon einmal, dass du mir nicht vorschreiben sollst, was ich zu denken habe. Überlege, was du mir androhst«, warnte er sie eindringlich, »und zu was es führt.«

»So halte ich es immer.«

Grigorij atmete tief ein. »Silena, es tut mir leid, aber ich *muss* nach Sankt Petersburg. Mein Luftschiff wird morgen aufsteigen.«

Schlagartig lächelte sie ihn an. »Fein. Ich wünsche dir von Herzen Glück und jeden Schutz, den dir irdische Mächte geben können.« Erst jetzt zog sie den Bademantel zusammen, und ihre makellose Haut verschwand hinter weißer Seide. Ein Zeichen. Silena stand auf und schickte sich an, den Raum zu verlassen. »Entschuldige mich, aber ich muss telefonieren.«

Er war völlig verwirrt. »Wen willst du denn jetzt anrufen?«

»Brieuc. Er hat sicherlich einen Plan, wie ich wieder zum Officium dazustoßen …«

»Das kannst du nicht tun!« Grigorij eilte ihr nach und stellte sich ihr in den Weg. »Ich bitte dich: Lass es! Was soll aus den *Skyguards* werden, wenn du beim Officium bist? Wer leitet die Einsätze? Und was denkst du, wird Kattla sagen, wenn du einfach wieder auftauchst …«

Silena schob ihn zur Seite, wie man etwas Störendes von der Tischplatte wischte. »Er weiß es schon lange. Flieg du nach Sankt Petersburg, ich fliege nach München. Die Entscheidung«, wieder blitzte sie ihn an, »hast alleine du getroffen, mein Gemahl. Vielleicht braucht Leída ja unsere Piloten für ihre Einheit. Ich schenke sie meiner Freundin.« Sie ging hinaus und schloss die Tür mit einem leisen Klicken.

Wie kann sie das ernsthaft in Erwägung ziehen? Sie hat die Einheit gegründet und zum Erfolg geführt. Grigorij setzte sich an den Tisch. Ihn verlangte es nach Wodka, nach Absinth, nach allen Drogen, die er mehr als ein Jahr nicht mehr genommen hatte. Der süße Rausch, in dem das Wichtigste nebensächlich wurde und die größten Sorgen in bunten Mustern verpufften. Eine Erlösung auf Stunden. Stattdessen trank er Wasser, zuerst ein Glas, dann noch eins, und stellte sich vor, es sei Kartoffelschnaps.

Er nahm an, dass sie in ihrer Sorge um ihn bluffte. *Wenn ich aus Sankt Petersburg zurückkomme, wendet sich unser Streit zum Guten.* Seine Mutter, die ihn über viele Jahre hinweg vor dem Zaren beschützt hatte, brauchte ihn dringend. Er konnte sie nicht im Stich lassen!

Und er hatte kein gutes Gefühl gehabt, als er ihren Brief angefasst hatte …

Der schwache Hauch einer Vision? Er musste zu ihr, um sich ein eigenes Bild von der Lage zu machen. Alles andere könnte er sich nicht verzeihen.

III.

28. Dezember 1926, York, Grafschaft Yorkshire, im Nordosten des Königreichs Großbritannien

Charles Tourant De Bercy, gekleidet in einen langen, schweren Kutschermantel und einen robusten Hut auf dem blonden Schopf, wich fluchend einem vorüberrumpelnden Gespann aus, auf dem sich Bierfässer stapelten.

»Quel idiot extraordinaire!«, schrie er dem Fahrer nach, bückte sich und hob einen Stein auf. »Du bist dümmer als die Pferde, die dich ziehen.« Mit einem raschen Wurf sandte er seinen harten Gruß auf die Reise. Er verfehlte den Mann. »Merde.«

Die wenigen Menschen, die bei dem ungemütlichen Schneeregen unterwegs waren, sahen ihn verwundert an.

De Bercy, der ein schmales, verwegenes Oberlippenbärtchen trug, machte scheuchende Handbewegungen. »Sch, vas y! Es gibt nichts zu glotzen«, sagte er und marschierte daraufhin selbst los, die letzten Schritte durch die engen Gässchen der Stadt, geradewegs auf den Eingang des Pubs zu, der im Herzen von York lag: *The Golden Fleece.*

Von außen sah er klein, etwas schief und uralt aus, eingepfercht zwischen zwei größeren Fachwerkgebäuden, die ihn scheinbar erdrücken wollten. De Bercy konnte fast Mitleid mit dem Pub bekommen, neben dessen Eingangstür die Zahl *1503* in den Stein gekratzt worden war.

Gemütlich, hoffe ich. Und nicht zu heruntergekommen, um sich mit einer Lady zu treffen. Rasch trat er ein und lief gegen eine Wand aus übermäßiger Wärme, dem Geruch von altem Bier, das in die dunklen Holzbänke und den Tresen eingezogen war, muffiger Kleidung und Unmengen an Zigaretten, Zigarren und Pfeifen, die im Pub geraucht worden waren.

Ein Albtraum. De Bercy hustete demonstrativ, wedelte mit der Hand und trat ein. Dunkle Holzpaneele an den krummen Wänden und wenige entzündete Lampen machten das *Golden Fleece* zu einem Lieblingsort für Melancholiker.

Um diese frühe Stunde, es war gegen fünf Uhr am Nachmittag, fanden sich bereits jede Menge Gäste. Die meisten hatten Pints mit dem britischen schwarzen Stoutbier vor sich stehen, einige tranken Tee, andere hatten Whisky geordert, der in bauchigen Gläsern schwamm. Ein Geiger spielte leise zur Unterhaltung auf, und manche sangen die traditionellen Folksongs mit.

De Bercy zog den Hut ab, zwängte sich durch die Lücken und suchte verzweifelt einen freien Tisch, wo er sich gleich mit der Lady setzen konnte. *Mir ist es ein Rätsel, dass man sich als Frau von Stand an einem solchen Ort treffen möchte.*

»Das ist recht einfach erklärt«, sagte eine Frau hinter ihm, und er wandte sich ein wenig erschrocken um. »Ich mag es.« Vor ihm stand eine Frau von Anfang dreißig; sie trug ein wunderschönes, hellbraunes Kleid mit grünen, keltischen Stickereien darauf. Die lockigen braunen Haare hatte sie hochgesteckt; der freie Blick betonte ihren schlanken Hals sowie die Perlenohrringe. »Sie sind Mister De Bercy.« Die hellbraunen Augen leuchteten neugierig, als sie ihm die Hand hinstreckte. »Ich bin gespannt, wie ich Ihnen helfen kann.«

Kann sie Gedanken lesen? Das wäre schlecht. Er nahm den Hut in die andere Hand, fasste ihre Finger, drückte einen Kuss auf die Knöchel. Einige der Yorker hielten mit dem Gespräch inne und starrten ihn an, als hätte er eine Dummheit hinausgeschrien. »Hoppla. Gute Manieren ist man hier wohl nicht gewohnt«, murmelte er und grinste sie an. »Lady Ealwhina Snickelway, enchanté.«

»So? Verzaubert habe ich Sie?« Sie lachte auf eine Weise, die ihn ihre Fröhlichkeit spüren ließ. »Jetzt schon?«

»Warum lügen, Mylady?« De Bercy konnte sich gegen die ansteckende Lebensfreude der Frau nicht wehren. Solche Personen traf man nicht allzu oft. Seine bewährte Strategie, den harten Geschäftsmann zu geben, wie er es sonst tat, warf er spontan über den Haufen. Er wünschte sich das Wohlwollen dieser Frau, um ihr Lächeln, so oft es ging, zu sehen. »Ich versuchte bereits, uns einen Platz zu sichern, aber …«

Sie winkte ab. »Ich habe schon etwas für uns.« Snickelway zeigte in eine Ecke, wo ein alter Mann mit mürrischem Gesichtsausdruck vor einem Pint saß und von einem Besucher zum nächsten starrte.

De Bercy zögerte. »Nun, es ist eine geschäftliche Unterredung, wie Sie wissen, Mylady.«

»Stören Sie sich nicht an ihm. Er ist ein Freund und redet niemals.« Sie zwinkerte und nahm seine Hand. »Kommen Sie. Er hält uns die Bank nicht ewig frei.«

Gegen so viel Charme und sanften Druck vermochte er sich nicht zu wehren. Nein, er *wollte* es nicht. Aus den Augenwinkeln meinte er einen einäugigen Mann in einem altertümlichen Aufzug, der ohne Weiteres ins siebzehnte Jahrhundert gepasst hätte, an der Bar vorbeistapfen zu sehen; eine Hand lag an einer Steinschlosspistole, und er wirkte dabei sehr bedrohlich. »Äh«, machte er verwundert, doch da war die Gestalt schon wieder verschwunden. *Einbildung?*

Als er sich zu Lady Snickelway wandte, sah sie ihn belustigt an. »Das war der einäugige Jack. Ein Schauspieler.« Sie setzte sich und klopfte auf die Sitzfläche neben sich. Der alte Mann verzog keine Miene und starrte weiterhin unfreundlich in die Gegend. »Wir haben sehr viele Schauspieler im *Golden Fleece*. Wundern Sie sich nicht, wenn ein Junge in Kleidern aus der Zeit von Queen Viktoria der Ersten herumläuft.«

»Das dachte ich mir, Mylady«, sagte De Bercy und rückte an ihre Seite. Eine gute Gelegenheit, ihr näherzukommen. Er fand ihr Gesicht außergewöhnlich, eine Mischung aus natürlicher Schönheit und dezentem Make-up. »Was darf ich Ihnen bringen?«

»Danke, nichts. Ich bin nicht durstig.« Sie legte die Hände übereinander. »Gehen Sie nur, Mister De Bercy, und holen Sie sich ein Pint.«

Er lächelte schief. »Nein, danke.« Er sah wieder zum Greis, dann zur Lady, die ihn mit einem Blick aufforderte, sein Anliegen zu erläutern. »Ich will beileibe nicht unhöflich sein, aber mir ist nicht wohl bei dem Gedanken, dass der Herr unser Gespräch verfolgt. Es ist keine Banalität, sondern von höchster Bedeutung.«

Snickelway neigte den Kopf leicht und lächelte verständnisvoll. »Ich vertraue ihm, als wäre er mein Vater. Mein Beichtvater. Und Beichtväter müssen schweigen.«

Daraufhin öffnete De Bercy seinen Kutschermantel und nahm einen großen Umschlag hervor. Er legte zehn Bilder gestapelt vor ihr hin; mit dem Hut bildete er einen provisorischen Sichtschutz gegen die übrigen Gäste. Schlimm genug, dass der alte Mann davon erfuhr.

Snickelway blätterte die Bilder durch, betrachtete jedes einzelne gewissenhaft. Zu sehen waren eine Ebene, ein verbrannter und in Stücke gesprengter Berg, Absperrungen, Panzer und viele Soldaten sowie eine schmale Straße durch das Trümmerfeld zu einer Art Gedenkstätte, wo zahllose Kerzen brannten.

»Wissen Sie, was da ist, Mylady?«

»Ich lese Zeitung, Mister De Bercy. Das ist der Triglav. Oder besser gesagt das, was von ihm übrig ist, nachdem er von Bomben dem Erdboden gleichgemacht wurde. Es hält sich hartnäckig das Gerücht unter den Spiritisten, dass der Weltenstein nicht vernichtet sei und noch immer in den ausgebrannten, zerbombten Resten des Triglavs liege.« Sie zeigte auf die Aufnahmen mit den Soldaten. »Dafür spricht, dass das Areal von der russischen Armee abgeriegelt wird und zur Sperrzone erklärt wurde. Lediglich eine kleine Schneise führt zu einem Wallfahrtsort, an dem die gefallenen Drachenheiligen angebetet werden können.«

»Ausgezeichnet, Mylady. Dann kann ich mir diese Erklärung sparen.« Er suchte einen kleinen Umschlag aus der anderen Tasche und legte ihn vor sie. Ungeöffnet. »Darin befindet sich ein Scheck von der Royal Bank of Britain über zehntausend Pfund. Die bezahle ich Ihnen, wenn Sie die Suche nach dem Weltenstein aufnehmen.«

Snickelway machte nun ein ernstes Gesicht, was ihn enttäuschte. Wo blieb das Lächeln für ihn? »Das ist viel Geld. Sehr viel Geld. Aber auch sehr viel Gefahr, die Sie einer Frau zumuten. Ich verlasse York nicht gern.« Sie sah an ihm vorbei und hob grüßend den Arm.

De Bercy sah über die Schulter eine ältere Frau in einem altertümlichen Kleid durch die Schankstube laufen. Sie winkte der Lady zu und schien gleich darauf durch die Wand zu gehen. Er blinzelte. *Habe ich mich getäuscht? Wo ist die Alte hin?*

»Das war Lady Alice Peckett, eine sehr gute Freundin von mir.

Sie *Alte* zu nennen, ist unschicklich«, erklärte Snickelway frostig. Schon wieder schien sie seine Gedanken gelesen zu haben. »Sie war einmal die frühere Besitzerin des Pubs und hat sich vor etlicher Zeit zurückgezogen. Aber man kommt eben als Wirtsfrau nicht so einfach von einem Haus los, in dem man so lange gearbeitet hat.«

»Vermutlich ist da eine Tür?« Er schaute sie wieder an; dabei roch er ein süßliches Parfüm, das er, ohne es zu wollen, Lady Alice zuordnete.

»Ja. Man sieht sie nicht von hier aus, weil sie in der gleichen Farbe wie die Wand gestrichen ist.« Snickelway pochte auf die Fotos. »Wieso ich?«

De Bercy lächelte und wollte endlich eine Erwiderung von ihr bekommen. Er wäre sogar bereit, noch mehr Geld auf den Tisch zu legen, notfalls aus eigener Tasche. »Sie gelten als treffsicheres Medium, wenn es darum geht, verschollene Personen aufzuspüren. Und ich hege die Hoffnung, dass Sie die Suche nach verschollenen Gegenständen ebenso beherrschen. Ich möchte keine Séance oder so einen Unfug mit Toten. Das überlasse ich anderen.«

»Oh, lieber Mister De Bercy. Achten Sie auf Ihre Sprache«, entgegnete sie geheimnistuerisch. »Wenn die Toten uns nun aber hören könnten?«

»Mumpitz, Mylady Snickelway.« Er sah wieder zu dem unfreundlich blickenden Greis, der offenbar in eine Starre verfallen war und nicht einmal mit den Lidern zuckte. »Haben Sie Interesse?«

Sie musterte ihn, ihre Blicke schienen durch die Stirn in seinen Verstand zu dringen und darin zu lesen. »Was beabsichtigen Sie mit dem Artefakt?«

Jetzt würde es unschön werden, denn seine Aufgabe verlangte von ihm, auf Unwissen ihrerseits zu bestehen. »Bei allem gebotenen Respekt, das muss Sie bei dieser Summe nichts …«

»Das geht mich sehr wohl etwas an«, zischelte sie scharf, und ihre Stimme wurde unangenehm. »Der Weltenstein birgt für einen Kundigen, ein Medium oder jemanden, der sich Magier nennt, ungeahnte Kräfte. Wer die Energie freisetzen und sich zunutze machen kann, besitzt mehr Macht, als wir beide uns ausmalen können. Damit ließe sich enormer Schaden für die Welt anrichten, Mister De Bercy. Nicht umsonst wurde mit einem immensen Aufwand verhindert, dass der Weltenstein in falsche Hände gerät. Oder besser gesagt: in die Klauen von Drachen.«

De Bercy betrachtete sie. Soeben hatte sich eine Komponente an ihr gezeigt, die nicht so recht zu der netten, freundlichen Lady passen wollte. *Sie scheint mehr zu wissen, als man in Zeitungen lesen kann.* »Sehr engagiert vorgetragen, Mylady.«

»Danke, Mister De Bercy. Das, was Madame Arsènie Sàtra vorhatte, sollte jedem Menschen, der Spiritist oder Medium oder übersinnlich begabt ist, eine Warnung sein: Macht korrumpiert. Um mich dieser Gefahr nicht auszusetzen, habe ich jeden Gedanken an das Artefakt weit von mir geschoben. Der Umstand, dass ich nicht gern reise, kam dem sehr entgegen.« Die Härte auf ihrem Gesicht wich, das Liebreizende gewann die Oberhand.

»Und gerade deswegen bin ich auf Sie gekommen, Mylady«, stieg De Bercy begeistert ein. »Sie hören sich genau so an, wie mir versprochen wurde.« Er strahlte und fühlte sich bereit, sich auf der Stelle in sie zu verlieben. »Sie würden den Weltenstein suchen und ihn mir bringen oder einfach nur seinen Fundort melden. Ich wiederum gedenke, ihn zu vernichten!«

Sie schenkte ihm ein verzeihendes Lächeln, das sein Herz schneller schlagen ließ. »Mister De Bercy, das ist ein nobles Ansinnen, welches ich äußerst gern unterstütze. Doch nochmals: York zu verlassen, fällt mir sehr schwer.«

»Und ich schwöre Ihnen, Mylady, dass die Welt es erfahren wird, wenn wir ihn haben. Vor den Augen zahlreicher Reporter, Fotografen und Kameraleute lösche ich das Artefakt aus und nehme der Welt eine lauernde Bedrohung.« Er hielt ihr seine Rechte hin. »Schlagen Sie ein, Mylady?«

»Angenommen, ich zöge es in Betracht, mich auf Reisen zu begeben: Gibt es so etwas wie einen Bonus, wenn ich den Weltenstein finde?«

»Einhunderttausend Pfund«, kam es augenblicklich aus seinem Munde. »Sie werden berühmt durch das, was wir vollbringen. Und reich.«

»Ihnen genügt mein Handschlag? Sie sind ein vertrauensseliger

Geschäftsmann. Sehr schön!« Snickelway ergriff langsam seine Hand und schüttelte sie sanft und ladylike. »Natürlich wird es mir eine Freude sein, Ihnen einen Vertrag zu unterzeichnen, denn er gibt auch mir Sicherheit.«

Ausgezeichnet! Er löste seine Hand von ihrer und nahm einen zweiten Umschlag aus dem Mantel. »Hier drinnen habe ich die Papiere, Mylady. Wir können sozusagen zur Tat schreiten.« Er nahm das Dokument aus dem Umschlag und reichte ihr seinen Füllfederhalter. »Wenn Sie Ihr Signum hinterlassen?«

Snickelway las sich die Zeilen sorgsam durch. »Ich schließe einen Vertrag mit einer Kanzlei und nicht mit Ihnen, Mister De Bercy?«, fragte sie neugierig. »Das erscheint mir ungewöhnlich.«

»Für den Fall, dass mir etwas zustoßen sollte, bevor Sie von Ihrer Aufgabe zurückkehren, ist somit gewährleistet, dass Sie dennoch Ihr Honorar erhalten.« De Bercy sah zu, wie sie rasch unterzeichnete, über die Tinte blies und ihre Ausfertigung dem Greis hinschob, der sie wortlos einsteckte. »Oh, das muss ein sehr guter Freund sein, Mylady.«

»Nichts anderes sagte ich über ihn.«

»Wann brechen Sie auf, Mylady? Ich habe gehört, dass ein Zeppelin von Edinburgh aus direkt nach Russland fliegt. Darf ich Ihnen dieses Ticket erstehen?« De Bercy fühlte sich großartig und in Feierlaune, als besäße er das Artefakt bereits.

»Ja, das wäre durchaus angenehm. Ein schöne Methode, um sich beschwerliche Fahrten mit Bahn, Schiff und Automobil zu ersparen.« Snickelway erhob sich, und De Bercy stand auf, wie es sich für einen Kavalier gehörte. »Mister De Bercy, darf ich Ihnen zur Feier des Geschäftsabschlusses etwas zeigen, was zu sehen nur sehr wenigen Gästen des *Golden Fleece* vergönnt ist?«

»Oh, außerordentlich gern, Mylady.«

Snickelway lachte auf, und der Klang wärmte sein Herz; er musste sich über sich selbst wundern. Sie nahm erneut seine Hand und lief los, quer durch den Pub, schiefe und schräge Korridore entlang, bis sie allein waren und vor einer Treppe nach unten standen. »Da hinab, bitte.« Sie nahm eine brennende Lampe vom Haken, ging die Stufen hinunter und zog ihn hinter sich her.

»Wollen Sie mich verführen, Mylady?«, sagte er halb im Spaß

und halb als Wunsch. »Gäbe es dazu nicht anheimelndere Orte als einen feuchten, kalten Keller?«

»Wünschen Sie es sich denn, Mister?«, gab sie neckend zurück. »Außerdem wissen Sie gar nicht, wie der Keller aussieht. Vielleicht verbergen sich hier geheime, warme Zimmer mit bequemen Betten?«

De Bercy sah die schlanke Taille der Frau vor sich. »Sie machen mich neugierig, Mylady. Doch wecken Sie bitte keine falschen Hoffnungen«, setzte er lachend hinzu. »Das würde ich nicht überleben.«

Sie erreichten das Ende der Treppe. Es ging weiter, vorbei an Fässern, aus denen der Geruch von Bier, eingelegtem Gemüse und Fleisch stieg. Das Licht der pendelnden Lampe machte die Schatten von Mann und Frau riesig und ließ sie an den Steinwänden tanzen.

»Was werde ich denn gleich sehen?« De Bercy fand es nicht gemütlich unter dem Pub. Sein Hoffen auf ein amouröses Abenteuer mit dem Medium schwand.

Snickelway blieb stehen und ließ ihn los, dann drehte sie den Docht kleiner und grinste dabei.

Es war ein Grinsen, das den Mann alarmierte und ihm unvermittelt Unbehagen bereitete. »Mylady, ich hörte von dem merkwürdigen Humor, den man auf der Insel pflegt …«

»Pst«, machte sie und legte einen Finger an die Lippen – und das schwache Licht verlosch.

De Bercy atmete entnervt aus. »Mylady, kommen Sie zur Sache. Was darf ich denn sehen – oder sitze ich gerade einem Scherz auf?« Er lauschte in die völlige Dunkelheit und in die absolute Stille. Weder hörte er Gepolter noch Musik, noch Geräusche aus dem Schankraum des Pubs, der sich über ihnen befinden musste. »Mylady?« *Wo, zur Hölle, ist sie abgeblieben?* Leise zog er seinen Revolver, obwohl er nicht damit rechnete, von ihr angegriffen zu werden. Die Waffe gab ihm Sicherheit. *Verdammter englischer Humor!*

Ein lautes Schnauben ließ ihn zusammenfahren. *Wie kommt denn ein Pferd hier runter?* Hufschlag näherte sich ihm, und er wich zurück, bis er gegen ein Fass stieß.

Es trabte auf ihn zu, und er vernahm die wütende Stimme eines

Mannes, der auf die Kreatur eindrosch. Das Knallen der Riemen war deutlich zu hören.

Spricht der Latein? De Bercy kroch das Fass hinauf und spürte den Luftzug, als das Pferd mit seinem tobenden Reiter vorbeidonnerte. *Es ist wirklich Lateinisch!* Unvermittelt herrschte wieder Stille im Keller. »Mylady?«

»Habe ich Ihnen zu viel versprochen, Mister De Bercy?« Sie konnte nicht weit von ihm entfernt stehen. »Das, was Sie eben hörten, war der Geist eines römischen Kavalleristen, der auf einer alten Römerstraße entlangprescht. Wir wissen nicht, warum er das tut, aber es kann einen ganz schön erschrecken, nicht wahr?«

»Ja, das gebe ich gerne zu.« *Zum Glück sieht sie mich nicht. Es wäre zu peinlich.*

»Sie sitzen auf dem Fass, richtig? Ihre Stimme kommt von einem erhöhten Punkt.«

»Es erschien mir besser«, gab er zerknirscht zu. »Auch wenn ich niemals an Spuk geglaubt habe. Sie haben das Licht gelöscht, damit ich nicht sehe, wie der Trick funktioniert.« Er rutschte herab. »Leuchten Sie mir bitte?«

Snickelway lachte. »Ich schwöre, dass es ein echter Spuk war. Das *Golden Fleece* ist berühmt für seine Schreckgestalten.«

Kaum sprach sie es aus, da fühlte er eine Berührung an seinen Schultern.

De Bercy wurde eiskalt. Die Temperatur um ihn herum fiel um mehrere Grade, und im nächsten Moment legte sich eine Schlinge um seinen Hals, die sich blitzartig zuzog.

Was … De Bercy griff danach, um sie zu weiten, aber an seiner Kehle ertastete er nichts. Er spürte nur die Einschnürung der Haut. »Mylady«, krächzte er bittend. Die Luft wurde ihm bereits knapp. »Was tun Sie mir an?«

»Ich?«, sagte sie unschuldig aus der Dunkelheit. »Sie hören doch, dass ich weit von Ihnen weg bin. Wie gelänge es mir, Sie anzurühren?« Wieder lachte sie leise, aber ihre Stimme hatte sich gewandelt: maliziös und voller Boshaftigkeit. Erwartungsvoller Sadismus, der ihm die fürchterliche Gewissheit vermittelte, dass es noch lange nicht ausgestanden war. »Es sind die Geister von Verbrechern, deren Leichname man nach der Hinrichtung im Keller aufbewahrte. Man hatte sie gehängt. Ihre Familien sollten kommen und sie abholen, aber sie erschienen nicht. Sie verrotteten. Niemals bestattet, niemals in heilige Erde gelegt. Gelegentlich sieht man Knochenstückchen zwischen den Platten herausragen. Was vergehen kann, verging. Aber ihre verdorbenen Seelen verfingen sich im Gemäuer und warten bis heute und voller Hass auf den Tag, an dem jemand erscheint, der sie abholt. Unglücklicherweise scheinen Sie es nicht zu sein.«

De Bercy wand sich vergebens in dem Griff, spürte kräftige Hände, die ihn an Armen und Beinen hielten. »Mylady ...« Die Schlinge um seinen Hals lockerte sich leicht, und er hustete, würgte und atmete gleichzeitig.

»Mister De Bercy«, sagte sie, und dieses Mal befand sie sich dicht vor ihm. »Sie waren so freundlich, einen Vertrag zu unterschreiben, der Sie entbehrlich macht. Geld und Bonus sind mir sicher.« Eine zärtliche Hand berührte ihn an der Stirn. »Ehe ich mich an meine Nachforschungen begebe, möchte ich von Ihnen wissen, wer mein wirklicher Auftraggeber ist.«

Verdammtes Weib! Die einnehmende Wirkung, die sie auf ihn gehabt hatte, war schon lange verflogen. »Sie irren ...«

»Ich kann Ihre Gedanken lesen, Mister De Bercy. Mäßigen Sie sich«, fuhr sie ihn an. »Fluchen hilft Ihnen nicht weiter.«

»Wie kommen Sie darauf, dass ich es nicht bin, der Sie anheuert?« Sosehr er sich bemühte, gegen die Kraft seiner Aufseher kam er nicht an.

»Ich lese in Ihrem Unterbewusstsein, dass Sie mir nicht alles gesagt haben. Ihre Empfindungen passten nicht zu Ihren Formulierungen. Um an diese verborgenen Informationen zu gelangen, muss ich Sie dazu bringen, an denjenigen zu denken, für den Sie aus dem französischen Königreich zu mir gereist sind.« Snickelway klang harmlos, aber etwas schwang in ihren Worten mit. Etwas, das Angst in ihm auslöste. Ein angedeutetes Versprechen, ihm Dinge anzutun, die er sich nicht einmal vorstellen konnte.

De Bercy versuchte schwitzend, nicht an seinen Herrn zu denken. »Nein, das schaffen Sie nicht!«

Ein reibendes Geräusch erklang, ein Streichholz flammte auf und blendete De Bercy. Als er wieder etwas erkennen konnte, stand

Snickelway eine Armlänge entfernt und hielt die Lampe auf Augenhöhe. »Mister, Sie wissen nicht, was Ihr Herr mit dem Weltenstein in Wahrheit beabsichtigt?«

De Bercy räusperte sich, seine vom Strick malträtierte Kehle fühlte sich roh an. »Mir wurde gesagt, was ich Ihnen sagte«, sprach er heiser. »Mein Herr fürchtet den Missbrauch und möchte das Artefakt zerstört wissen.« Er sah sie bettelnd an, die Furcht vor dem Ungewissen brachte ihn zum Zittern. »Lassen Sie mich gehen, Mylady! Ich bin nichts weiter als ein Diener. Ich werde Ihnen auch nicht heimlich zum Triglav folgen, wie es mir aufgetragen wurde.«

Sie schien nachzudenken, während sie ihn von den Schuhen bis zum Scheitel betrachtete. Er glaubte, diesen Blick bei Metzgern gesehen zu haben, bevor sie Schlachtvieh zerlegten. »Das stimmt, Mister De Bercy. Sie sind nur ein Diener. Von denen hat Ihr Herr so viele, dass es ihm nicht auffallen wird, wenn ihm einer abhandenkommt.« Sie langte in seinen Mantel und zog den Vertrag hervor. »Ich werde ihn zur Kanzlei bringen, damit alles seine Ordnung hat.«

Um ihn herum wurde es noch kälter, und der Druck der Schlinge nahm zu. »Snickelway!«, schrie er voller Hysterie und sah seinen Atem als weiße Wolke. Sie verwirbelte und formte sich zu einem Männergesicht, das sich in eine Fratze verwandelte. »Snickelway, um Himmels willen, lassen Sie mich nicht hier bei den Geistern!« Sie zogen den Strick noch enger. Was er sonst noch rufen wollte, wurde zu undeutlichem Gekeuche.

Die Frau blieb stehen und drehte sich halb zu ihm um. »Und ich dachte, Sie glauben nicht daran!«, sagte sie spöttisch. »Sollen die Geister entscheiden, was aus Ihnen wird, Mister De Bercy.« Sie setzte ihren Weg fort, und mit ihr schwand das Licht im Keller. »Ich habe ein Geschäft zu erledigen. Wenn ich in ein paar Tagen im *Golden Fleece* sitze, bin ich gespannt, wie viele Spukgestalten ich zähle.« Sie schritt die Stufen hinauf, und auch der letzte Schimmer verging.

Das kann sie nicht tun! De Bercy wollte seine Verzweiflung hinausbrüllen, bäumte sich auf und warf seinen Leib hin und her, um den Griff zu sprengen. Er wollte leben!

Als er den Mund weit aufriss und nichts als ein dünnes Hecheln über seine Lippen gelangte, schlüpfte Frost zwischen seinen Zähnen hindurch, strich den Gaumen entlang und warf sich den Schlund hinab. In der Mitte angelangt, breitete er sich nach allen Seiten aus und durchdrang die Organe.

Charles Tourant De Bercys Herz gefror innerhalb eines Wimpernschlags.

29. Dezember 1926, unweit von Wimereux, Departement Pas-de-Calais, Königreich Frankreich

Kalter Wind, Gischt und nochmals kalter Wind. Dass Vouivre sich an diesem zugig-nasskalten Ort aufhielt, verdankte er dem Umstand, sich mit seiner Rivalin treffen zu müssen. *Ich hielt Wimereux für einen Badeort. Hier würden nicht einmal Seedrachen ins Meer steigen, so ungastlich ist es.*

Er, der heimliche Herrscher von fast ganz Westeuropa, lungerte auf einer Düne mitten in der Nacht an der französischen Kanalküste herum und musste warten. *Wie ein Bittsteller!*

Dabei regierte der französische Altvordere, wie sich die alten Drachen nannten, durch seine menschlichen Gefolgsleute in Spanien, Portugal, Frankreich, Holland und Belgien ebenso wie schon in Teilen des Deutschen Kaiserreichs und des Kaiserreichs Österreich-Ungarn. Aber ihm reichte das noch lange nicht aus.

Die Gefahr, von den *Pas-de-Calaisiens* entdeckt zu werden, war bei dem Wetter mehr als gering. Außerdem hatte er sich eine Vertiefung gesucht, die allein vom Meer her einsehbar war.

Er schüttelte die Gischt von seinen Schuppen, die im Sternenlicht glitzerten, als seien sie mit Diamanten bestäubt worden. *Widerlich feuchter Sand!* Nacheinander streckte er seine vier Beine aus und achtete darauf, dass sein acht Schritt langer Leib nicht in Berührung mit dem Boden kam. Mit den dünnen Flügeln auf dem Rücken vermochte er trotz seiner Größe die gewagtesten Manöver in der Luft zu absolvieren. Hätte er nicht den klassischen Kopf eines westlichen Drachen besessen, wäre so mancher Betrachter geneigt gewesen, ihn fast schon als asiatisch zu bezeichnen.

Ich hätte mir etwas zu essen mitnehmen sollen. Vouivre sah zu dem bewölkten Himmel und suchte nach der Silhouette eines Flugdrachen. Auf dem Flug zur Kanalküste hatte er eine Herde mit Schafen gesehen. *Die Salzwiesenlämmer haben einen herrlichen Geschmack, wenn nur nicht diese lästige Wolle wäre. Sie kratzt im Hals.* Er verwarf sein Vorhaben, rasch zurückzufliegen und sich ein, zwei Lämmer abzugreifen.

Seine Gedanken schweiften ab.

Ganz in der Nähe befand sich der Geburtsort eines seiner besten Strategen unter den Menschen: Philippe Pétain, der Held von Verdun, der die anstürmenden Germanenhorden zurückgeschlagen hatte, indem er sich auf eine so simple wie effektive Strategie besonnen hatte: Verteidigung und den Feind anrennen lassen. Tief vorstoßende Gegenangriffe wären das Ende von Frankreichs Freiheit gewesen.

Der Altvordere Fafnir hatte seine Deutschen damals in den Krieg gesandt, ohne zu wissen, dass sie dem Machtstreben eines Drachen dienten. Und sie kämpften verbissen. *Das waren harte Zeiten.* So hielten es die Altvorderen schon immer: im Hintergrund beeinflussen, regieren und lenken, während sie die Menschen für ihre Zwecke einsetzten.

Vouivre fand es nach den Jahrhunderten, in denen er herrschte, immer noch komisch: Die Menschen jagten kleine Drachen, die Dörfer und Städte mit ihrer Fressgier oder der Sucht nach Schätzen heimsuchten, als seien sie die schrecklichsten Übel der Welt. *Die wahren Ausmaße unserer Drachenmacht erkennen sie nicht und werden es nie tun. Und denjenigen, die mahnen, glauben sie nicht.*

Silena oder Anastasia Zadornova, wie sie sich heute nannte, hatte es versucht. Er erinnerte sich an ihre Artikel, ihre Interviews in den Zeitungen, in denen sie die Menschen auf die Macht der Altvorderen hatte aufmerksam machen wollen. Sie hatte dafür Spott und Witze geerntet.

Vouivre lachte leise. *Armes Ding. So verhallt die Wahrheit ungehört.*

Jetzt war Fafnir tot, eines von vielen Opfern der Schlacht am Triglav. Und es gab offenbar keinen Drachen im deutschen Kaiserreich, der mächtig genug wäre, die Nachfolge anzutreten.

Gut für mich. Vouivre hatte dem französischen König Charles befohlen, die sogenannte Maginot-Linie nach Westen zu errichten: eine kilometerlange Reihung von Bunkern, Stellungen und Geschützen im Wert von fünf Milliarden französischer Francs, wie Schätzungen ergaben. Die Umsetzung würde Jahre dauern. *Und das alles nur, falls einem teutonischen Drachen wieder in den Sinn kommt, Krieg gegen mich und Frankreich zu führen. Oder einem größenwahnsinnigen Menschen.*

Es rauschte plötzlich, der Wind frischte auf.

Vouivre wusste, dass die Böe nicht natürlichen Ursprungs war. *Oh, welch süßer Duft!* Er sah über das Meer, hob das Karfunkelauge, das schwach rot glomm, wie die Glut in einer Feuerstelle, die jederzeit auflodern konnte. *Da sehnt sich eine Dame nach Herrenbesuch, um ihr Verlangen zu stillen.*

Die Umrisse einer mächtigen, vierbeinigen Drachin wurden sichtbar. Sie landete fast senkrecht vor ihm. Die Schuppen waren bei Tageslicht rot, doch unter den Nachtgestirnen wirkten sie dunkel, fast schwarz.

Ich werde dieser Aufgabe sicherlich nicht nachkommen. Dünensand wirbelte auf, das Gras duckte sich, und Vouivre schloss das Lid und wandte den Kopf ab, um nichts in die Nase zu bekommen. Nachdem sich der Wind gelegt hatte, sah er in ihre leuchtend roten Augen.

»Hier bin ich.« Sie legte die gezackten Schwingen an den kräftigen Leib. »Was willst du?«

»Ddraig! Ich danke dir, dass du dich aus Wales zu mir begeben hast. Du bist noch immer wütend, weil ich nicht am Triglav erschien, um mit euch zu kämpfen«, sagte er freundlich.

»Dafür«, Ddraig bewegte den schlanken Kopf, als dehne sie sich für einen Kampf, »müsste ich dich töten.«

»Oh, getötet wurden andere: Iffnar, Grendelson, Gorynytsch. Und wir beide wissen, dass es uns nicht leidtut.« Vouivre musste sensibel vorgehen, um die Drachin nicht weiter zu verärgern. Sie roch zudem nach Brunft, die sie noch aggressiver machte. *Kein guter Zeitpunkt, um mit ihr zu verhandeln.* »Meinen Tod hättest du sicherlich auch nicht beweint. Doch mir passte er nicht in den Kram, und deswegen verzichtete ich darauf …«

»Du verschwendest meine Zeit, Vouivre.« Ddraigs Schweifende zuckte wie das einer angespannten Katze. »Du ließest mich wissen, dass du verhandeln möchtest? Also, verhandeln wir.« Sie bleckte die kräftigen Zähne, die lange Schnauze schnappte klackend zu. Eine unmissverständliche Drohgebärde.

Vouivre achtete darauf, dass sein Kopf immer unter dem von Ddraig blieb, um unterwürfig zu wirken und außerhalb ihrer Reichweite zu sein. »Die zwei Altvorderen Iffnar und Grendelson haben keinen Nachfolger hinterlassen, der ihr Reich weiterführt. Meinen Informationen nach gibt es Kämpfe um Regionen und Landstriche unter aufstrebenden Drachen, aber keiner besitzt Einfluss auf wichtige Menschen.«

»Wie auch?« Ddraig hörte sich an, als wüsste sie genau, was er vorschlagen wollte, aber sie ließ ihn zappeln und seine Demut bezeugen.

»Ganz recht, ganz recht! Skandinavien, das Grendelson gehörte, und Fafnirs Deutsches Kaiserreich sowie Österreich-Ungarn und Italien liegen brach. Nicht zu vergessen das Zarenreich und einige andere Ostreiche.« Er machte sich noch kleiner, um ihr zu schmeicheln. »Wollen wir es uns gerecht aufteilen, bevor die ansässigen Geschuppten ihre Kämpfe ausgetragen haben? Halten wir sie klein, ersparen wir uns und unseren Untertanen viel Krieg und Leid. Unser Reichtum wird wachsen!«

Jetzt sah die Drachin wahrlich überlegen aus, als sie sich nach vorn beugte und Dampf aus den Nasenlöchern stieß. »Skandinavien *gehört* bereits mir«, grollte sie. »Die Könige von Schweden, Norwegen und Dänemark haben mir Treue geschworen, und die Mächtigen Finnlands unterwarfen sich meinem Schutz, damit ich sie vor Russland behüte.« Sie schnaufte. »Das wusstest du doch, Franzose? Du hast Angst, weil ich schneller mit dem Zaren verhandeln könnte als du. Ich habe dich im Norden umgangen.«

»Dann behalte du Russland und lass mir die Deutschen, Österreicher, Ungarn und Italiener«, hob Vouivre sogleich an. »Der Zar besitzt ein derart gewaltiges Reich, dagegen wäre das, was ich dafür bekomme, armselig.«

»Ein Reich mit einer Grenze zu den Asiaten«, erwiderte sie unverzüglich. »Du würdest eine Abwehrschlacht auf mich abwälzen und im Falle eines Angriffs abwarten. Wäre ich geschwächt«, sie stampfte in den Sand, und die Dünen um sie herum bebten, »würdest du nicht zögern, mich zu vernichten.«

»Ist das deine größte Sorge?«

»Ja. Denn ich stieß bereits auf einen asiatischen Spion. In Finnland. Sie wissen, dass es viel Durcheinander in Europa gibt, und wittern ihre Gelegenheit.« Ddraig sprach ernst, ohne Überheblichkeit.

»So weit sind sie bereits vorgedrungen?« Vouivre ärgerte sich. *Sie sickern ein wie Wasser in einen Stein.*

»Es würde ihnen passen, wenn wir zwei uns in eine Fehde verwickeln würden, Franzose.« Sie kniff die Augen leicht zusammen und ließ das Rot aufleuchten. »Wollen wir das?«

»Nein«, stimmte er erleichtert zu. »Europa braucht Stabilität. Unsere Stabilität.« Vouivre richtete sich ein wenig mehr auf. »Dann sind wir uns einig, Ddraig?«

Die Drachin lachte lauthals. Ihr Atem erschuf eine heiße Böe, die über die Dünenspitzen hinwegfegte, dabei Eis und Schnee schmolz. »Nicht so schnell, Feigling. Ich werde Russland und den Zaren gern betreuen und ihm gegen die Revolutionäre beistehen, die Fafnir einst unterstützt hat. Aber ich will Albanien, Bulgarien, Serbien, Griechenland und Montenegro.«

»Von mir aus.« Vouivre hatte keinerlei Interesse daran. *Zu viele Volksgruppen, zu viele Süppchen.* Dass sie ihn Feigling genannt hatte, nahm er ihr übel, doch er würde ihr diese Bemerkung bei passender Gelegenheit heimzahlen.

»Und das Osmanische Reich.«

Jetzt wird es gefährlich. In seiner Vorstellung sah er, wie sich aus ihren Ländern Raubtierkiefer bildeten, die sein Reich wie eine Nuss knackten. »Was hast du vor, Ddraig?« Er gab seine geheuchelte Demut auf und reckte sich zu seiner vollen Größe. »Du wirst doch nicht etwa Alleinherrscherin werden wollen?«

»Dann wäre ich heute erschienen, um dich wirklich zu töten, Vouivre«, gab sie zurück.

»Sicher würdest du auch gewinnen«, retournierte er herablassend, konnte jedoch nicht verhindern, dass Spannung durch seinen Körper lief.

Sie erfreute sich offen an seinem Misstrauen. »Ich möchte diesen Teil befrieden, und das gelingt mir nur, wenn ich die Menschen alle kontrolliere. Ist mir das gelungen, schmiede ich Allianzen gegen den Osten, die undurchdringlich sind.« Sie entfaltete ihre Schwingen. »Es ist in deinem Interesse, Franzose. Sag ja, und wir sind uns einig. Lehne mein Gesuch ab, und wir verfallen in einen Kampf um Europa, wie du ihn dir weder mit Grendelson noch mit Fafnir geliefert hast. Die Alte Welt wird brennen, ohne aus der Asche aufzuerstehen.« Ddraig tätigte einen Schwungschlag, und wieder peitschte der Wind die Gräser und den Sand.

»Einverstanden.« Vouivre züngelte aufgeregt und bekam Sand in den Mund. *Verflucht.*

»Sehr gut!« Die Drachin stieß sich von dem weichen Untergrund ab und flog in die Höhe, wo sie sich in den Nachthimmel schraubte. Dann war sie verschwunden.

Vouivre starrte auf das Meer hinaus, lauschte dem Rauschen der Brandung. *War das nun ein Erfolg für mich oder nicht?* Auf den ersten Blick ja. Auf einen zweiten Blick verzichtete er lieber. *Das Herz Europas wird mir gehören!* Jetzt bekam er doch noch Appetit auf ein, zwei saftige Lämmchen.

Vouivre sprang den Abhang hinauf – genau vor einen Mann mit asiatischen Zügen in einfacher Kleidung, der sich in den hohen Binsen verborgen hatte. *Ach, Besuch? Und unhöflich noch dazu!* Er griff mit der rechten Klaue nach ihm. *Bist du etwas anderes als ein asiatischer Spion?*

Der Mann kauerte sich zusammen und haspelte schwer verständliche Worte.

Sprich so, dass ich dich verstehe, gelbes Menschlein!

Das Sprachkauderwelsch endete, und der Drache verstand Worte in schlechtem Französisch. »Haltet ein! Ich bitte Euch, hört mich an!« Der Mann hob abwehrend die Arme. »Ich bin Yan-Su Po. Es kostete mich viele Mühen, Euch zu finden und Euch bis ans Meer zu folgen. Mein Herr sendet mich zu Euch, mächtiger Vouivre!«, schrie er gegen Wind und Angst an. »Mein Herr möchte ...«

So bist du ein Chinese? Geh zu Ddraig, der roten Drachin, die eben fortgeflogen ist. Ich habe mit dem Osten nichts zu schaffen.

Der Bote war überrascht. »Oh? Nun … Wo … finde ich sie?«

Warte. Ich helfe dir, sie einzuholen. Vouivre zerquetschte ihn ansatzlos. Knackend brachen die Knochen, splitterten und zerfetzten die Innereien oder stachen aus der Haut, Blut ergoss sich in den Sand. *So, jetzt fliegst du besser.* Er schleuderte den Toten weit hinaus auf die offene See und wischte die Klaue im Gras ab. *Richte ihr meine Empfehlung aus.*

Vouivre ärgerte sich, dass er den Chinesen nicht eher bemerkt hatte. Und dass man ihn offensichtlich aufspüren und verfolgen konnte. Das barg eine nicht unerhebliche Gefahr.

29. Dezember 1926, Neu-Edinburgh, Provinz Schottland, Königreich Großbritannien

Grigorij legte den Kopf in den Nacken und sah zu den zwei titanischen grausilbernen Tragkörpern des Doppelluftschiffs auf; mit der Rechten hielt er den Zylinder fest, die andere war auf den Stock gestützt. *Litzow hat sich mit dieser Konstruktion selbst übertroffen!*

Jedes Mal war er von dem Anblick aufs Neue beeindruckt, obwohl er sie schon zum fünfzigsten Mal sah. Ähnlich wie bei einem Katamaran hatte man von den beiden Antriebsgondeln Verbindungsstege gebaut, die zu einer riesigen dritten Gondel führten. Sie erstreckte sich mit zweihundert Metern fast auf der gleichen Länge wie die Schwebekörper der Zeppeline und beinhaltete drei Stockwerke: Kabinen, zwei Restaurants, eine Bar, ein Casino, Aufenthaltsräume sowie eine Bibliothek. Schicker, luxuriöser und schneller konnte man derzeit nicht reisen als mit der *LS IV Zadornov*. Wegen seiner Ausmaße musste das Schiff noch auf freiem Feld beladen werden, die passende Halle befand sich im Bau.

Die dreihundert Passagiere, die an Bord gingen, waren auf einer Reise nach Sankt Petersburg und von dort weiter zur Arktis, um die kalte Schönheit in wohliger Wärme zu betrachten. Für Grigorij würde die Fahrt jedoch in der Hauptstadt des russischen Zarenreichs zu Ende sein.

Seine Sorgen um die eigene Sicherheit würden erst enden, wenn er Bilston wieder erreicht hatte. Nach Jahren begab er sich erstmals wieder in das Reich seines Todfeindes, wo ihm nicht nur Nikolaus der Zweite nach dem Leben trachtete. Zu viele Duelle, zu viele Frauen, zu viele russische Gatten und Familien, die auf Rache sannen. Dennoch musste er dorthin. Zu seiner Mutter, um ihr zu zeigen, dass er sich um sie kümmerte, und um sich selbst zu beweisen, dass sein schlechtes Gefühl nur eine Täuschung und kein verkappter Anfall von Hellsicht gewesen war.

Silena versteht mich einfach nicht. Er sah eine Frau Ende zwanzig, die in ihrer Handtasche kramte und sich dabei mit einem weiß gekleideten Steward unterhielt, der die Tickets kontrollierte. Sie redete aufgebracht und deutete immer wieder auf das Doppelluftschiff, das sich hörbar zum Ablegen bereit machte: Nacheinander erwachten die zwölf Maybach-Motoren am Heck der Tragkörper und dröhnten dumpf im Leerlauf. Jeder von ihnen würde die *LS IV* mit siebenhundert PS antreiben und auf bis zu einhundertzwanzig Stundenkilometer beschleunigen; bei den passenden Luftströmungen erhöhte sich das Tempo sogar. Eine unglaubliche Geschwindigkeit für eine solche Konstruktion.

Der Steward verwehrte der Dame den Zutritt in die Reisegondel, von der soeben die Rampe weggerollt wurde. Sie schlug aufgelöst die Hände vors Gesicht.

Weint sie? Grigorij trat zu dem Steward. »Was gibt es?«, rief er, um das laute Summen der Motoren zu übertönen.

Der Mann verbeugte sich vor ihm. Er hatte seinen Arbeitgeber sofort erkannt. »Knjaz Zadornov, die Dame besitzt kein Ticket und möchte dennoch zusteigen, Sir.«

»Ich *habe* ein Ticket«, widersprach sie verzweifelt. »Ich finde es nur nicht.«

Dem Akzent nach war sie eine Britin aus dem Norden Englands. Grigorij betrachtete sie, wie sie dastand in ihrem beigefarbenen Reisemantel und mit dem modischen Hütchen auf dem Kopf. Sie ähnelte wohl kaum einer Dame, die sich die Fahrt erschleichen wollte. In ihren hellbraunen Augen bemerkte er zudem einen Ausdruck, der seine Neugier weckte.

Die ersten Rotoren nahmen Drehung auf, die *LS IV* bewegte sich schaukelnd. »Sir, der Kapitän hat mir strikt befohlen, keine

Sekunde länger zu warten. Das Wetter schlägt um«, rief der Steward bedauernd. »Auch Sie müssen an Bord gehen, Sir.«

So sei es. Ich habe eine neue Bekanntschaft. Grigorij sprang in die geöffnete Ladeluke, durch die eben die letzten Postsäcke geworfen wurden. Die Leinen des Luftschiffs baumelten lose von den Halterungen, pendelten im Wind. »Es ist in Ordnung, mein Lieber«, rief er und streckte die Hand aus. »Kommen Sie, Lady. Sie sind mein Gast.«

»Danke«, rief sie und machte einen Hüpfer hinein. Der Steward stellte den Koffer gerade noch so in die Öffnung, bevor das Luftschiff mit voller Kraft in den grauen Himmel von Edinburgh aufstieg. Die Luke wurde von der Crew geschlossen, das laute Dröhnen der Maschinen wurde schlagartig leise.

Grigorij und die Unbekannte stiegen durch den Laderaum, in dem sich das Gepäck der Passagiere sorgsam stapelte und mit Netzen gegen Umherfliegen gesichert war, hinauf zum Kabinendeck. Dabei suchte sie noch immer in ihrer Handtasche.

»Bemühen Sie sich nicht, Madame. Ich glaube Ihnen und lasse den Quartiermeister holen. Er wird Ihnen eine Unterkunft zuweisen. Eine Kabine müsste ja frei sein«, sagte er lächelnd. »Begleiten Sie mich nach oben? Ich spendiere Ihnen einen Drink. Wegen der Unannehmlichkeiten.«

Sie sah ihn verblüfft an und lachte dann. »Donnerwetter! Sie sind wirklich ein sehr generöser Mann.« Jetzt besah sie sich ihn, den Pelzmantel, den Zylinder, die Gamaschen. »Sie können es sich leisten, nehme ich an. Modisch, teurer Stoff und etwas übertrieben.«

»Sie sind Näherin?« Er zog die Handschuhe aus und sah das Ticket aus ihrer rechten Manteltasche spitzen. »Darf ich?« Grigorij zog das Blatt hervor. »Bitte sehr, Ihr Ticket.«

»Da ist es ja«, sagte sie erleichtert. »Danke sehr. Ich hab es wohl …« Sie schwieg verwundert. »Verzeihen Sie mir, dass ich mich nicht vorgestellt habe: Lady Ealwhina Snickelway aus York.« Sie reichte ihm die Hand. »Ihren Namen habe ich vor lauter Lärm nicht richtig verstanden, Mister … Knatz?«

Grigorij lachte amüsiert. »Nein, das ist mein Titel. Knjaz ist russisch und bedeutet Fürst. Mein Name ist Zadornov.«

Bevor er ihre Finger berühren konnte, um einen angedeuteten Handkuss anzubringen, zog sie den Arm hastig zurück. »By Jove!«

Grigorij erkannte tatsächlich Angst in ihren rätselhaften Augen, die plötzlich die Farbe gewechselt hatten: hellgrau, fast weiß. *Wie geht das?* Doch als er wieder hinsah, waren sie hellbraun, so wie zuvor. »Was ist mit Ihnen, Mylady?«

»Ich will nichts mit Ihnen zu tun haben«, antwortete sie eilig und wich vor ihm zurück. »Man hört so vieles über Sie und Ihre … merkwürdigen Kräfte.« Snickelway sah den Quartiermeister kommen und lief zu ihm. Sie zeigte dem uniformierten Mann ihr Ticket, woraufhin er sie zu ihrer Kabine geleitete.

Grigorij blickte ihr nach und war erschrocken von der Reaktion der Frau und vom Anblick ihrer Augen. *Ich habe schon viel erlebt, wenn ich meinen Namen nannte, aber dass die Damen vor mir Reißaus nahmen, das gab es noch nie.*

Das Doppelluftschiff vollführte eine Drehung, und die Motoren röhrten unter dem Manöver lauter. Der Kapitän suchte eine günstige Luftströmung, mit der sie rascher nach Osten gelangten.

Er ging die Stufen hinauf ins vordere der Restaurants, von wo Musik erklang. Grigorij hatte Howard Lanin und sein Orchester engagiert. Sie spielten *Black Bottom*, eines der beliebtesten Lieder.

Die ersten Tanzwütigen tobten sich bereits aus, während livrierte Kellner Champagner und Häppchen zu den mit feinstem Geschirr und Kristall eingedeckten Tischen brachten. Grigorij nahm sich das Hotel Adlon in Berlin als Vorbild, was die Diensteifrigkeit seiner Angestellten anging. Wäre die spektakuläre Aussicht aus den Fenstern und das Gefühl des Schwebens nicht gewesen, hätte man durchaus glauben können, man säße in einem ausgezeichneten internationalen Nobelrestaurant in Berlin, New York oder London.

Grigorij platzierte sich an einem freien Tisch dicht am Fenster und schaute hinab auf Neu-Edinburgh. So sehr er sich auch bemühte, an den letzten Streit mit Silena zu denken, den er ausgerechnet an Heiligabend gehabt hatte, tauchte doch immer wieder das Bild von Lady Snickelway vor seinem geistigen Auge auf. Seine

»rätselhaften Kräfte«, wie sie es nannte, schienen sie in die Flucht geschlagen zu haben.

Woher rührt die Furcht? Hat sie Angst, dass ich ihre Zukunft vorhersehe? Grigorij ließ sich einen starken Schwarztee und ein Wasser bringen. *Was könnte ich darin entdecken?*

Aber er hatte den Drogen nicht zuletzt seiner Gattin zuliebe abgeschworen, und somit waren seine Visionen beim Berühren anderer Menschen oder von Gegenständen geschwunden. Das Leben war auf diese Weise angenehmer, sagte er sich jedes Mal, wenn er es vermisste. Seine Gabe hatte jedoch schon sehr früh zu seinem Lebensgefühl dazugehört, und somit war auch ein Teil verschwunden, der ihn sehr reich gemacht hatte.

Als eine tellerförmige Ruine unter ihm vorbeizog, musste er daran denken, dass Silena ihn voller Hitzigkeit mit Geschirr und dem Essen darauf beworfen hatte, und als es kein Porzellan mehr gegeben hatte, waren Messer und Gabeln geflogen. Danach hatte sie ihn gemieden und nicht mehr sehen wollen. Ein Abschied ohne Kuss und Umarmung.

Ihm war durchaus klar, dass seine Reise nach Sankt Petersburg der Auslöser für ihre Ehezwistigkeiten gewesen war. Ginge es nach ihm, wäre dies auch der Grund dafür, und nichts anderes. *Gott, ich hoffe so sehr, dass nicht das Drachenwirbelstück schuld an ihrer Wesensveränderung ist! An allem anderen kann man einfacher etwas ändern.*

Grigorij wusste jedoch, dass er sich etwas vormachte. Auch wenn er sich zutiefst wünschte, dass bei seiner Rückkehr die Welt in Bilston in Ordnung wäre, nahm er nicht an, dass es so sein würde. *Ich werde es ihr sagen müssen,* entschied er. *Es ist nicht mein Recht, sie im Unklaren zu lassen.* Er sorgte sich, wie sie auf sein Geständnis reagieren würde. Würde sie ihn verfluchen, verlassen, ihn sogar im Affekt angreifen? Er wusste, dass sie eine gute Kämpferin und Schützin war.

Es machte keinen Sinn, sich eine Strategie auszudenken.

Sobald die Worte der Wahrheit seinen Mund verlassen hätten, würde er sich mit seiner Beziehung im freien Fall befinden. Silena allein würde dann entscheiden, ob sie seine Frau bleiben und ihm das Schweigen über die Nackenwunde verzeihen würde.

Sind die guten Jahre schon vorbei? Grigorij rieb sich mit den Händen über das Gesicht, über die Stirn und die Haare, als könnte er so die schlechten Gedanken abstreifen.

Die *LS IV* schob sich aufs dunkle Meer, die helle Küstenlinie fiel zurück. In einigen Stunden würden sie in Sankt Petersburg angekommen sein.

IV.

29. Dezember 1926, München, Königreich Bayern, Deutsches Kaiserreich

Silena wunderte sich noch immer, dass sie sich überwunden und ihre Drohung wahr gemacht hatte. *Da drüben ist der Ort, den ich niemals mehr habe wiedersehen wollen.*

An diesem herrlichen Wintertag, an dem es kalt, aber sonnig war, saß sie in dem kleinen Café am belebten Marienplatz schräg gegenüber des Officium Draconis. Sie aß Schokoladenkekse und trank Tee, als wäre es nichts Besonderes für sie, ihrer Vergangenheit zu begegnen.

Für das Treffen mit Brieuc hatte sie einen knielangen grauen Rock, eine schwarze Bluse mit Krawatte und ein graues Sakko ausgesucht; die Füße steckten in flachen Stiefeln. Den Hut hatte sie auf den Stuhl neben sich zu dem schwarzen Mantel gelegt.

Der Anblick des mehrstöckigen, sinistren Gebäudes mit seinen vielen Wasserspeiern und christlichen Ornamenten hatte schon ausgereicht, um eine Bilderflut in ihrem Kopf auszulösen. Sie wusste, wo Erzbischof Kattla sein Büro hatte, und stellte sich vor, wie er just in diesem Moment aus dem Fenster sah. Sie kannte die Korridore mit den verschiedenen Abteilungen, die sie unendlich oft entlanggegangen war: Drachensichtungen, Drachenjagd, Personal, Abrechnungsstelle, Materialverwaltung, diplomatische Verwicklungen, Entschädigungsstelle und vieles, vieles mehr. Silena vermochte sogar den Geruch des Hauses zu beschreiben.

Sie spielte mit der Silbermünze, ihre Blicke wanderten uber den Marienplatz.

Vor fast zwei Jahren hatte ihr Abenteuer begonnen, das alles in den Schatten stellte, was sie als Drachenheilige erlebt hatte. Und obwohl es geraume Zeit zurücklag, hätte sie noch immer beschreiben können, in welcher Position Großmeisterin Marthas Leichnam dort drüben gelegen hatte. Draußen, im Schneegestöber, unweit des Eingangs zum Officium. Mit dem zerschmetterten Schädel und dem Gesicht, das nichts weiter gewesen war als eine blutige Masse mit Knochensplittern.

Schrecklich. Aber es ist vorüber. Silena schauderte und trank schnell von ihrem Tee. Das Gemurmel der anderen Gäste, das Klappern von Löffeln und Klirren von Kuchengabeln verjagte die Erinnerung an die Tote. Als jedoch ein breiter Schatten über den Platz zog, zuckte sie zusammen, weil sie sofort an einen Drachen dachte – was mitten über München natürlich Unsinn war. Es wäre schon lange Alarm gegeben worden.

Ein Zeppelin schwebte über die Stadt hinweg, und ihre Gedanken wanderten zu Grigorij.

Ich hätte mich mit ihm versöhnen sollen, dachte sie, seufzte und stützte die linke Wange auf die Handfläche. *Es ist mir unerklärlich, woher diese Gefühlsschwankungen kommen. Bin ich überarbeitet und überlastet? Habe ich mir mit den* Skyguards *zu viel zugemutet?*

Nicht nur, dass Grigorij und ihre Ehe darunter litten. Sie wurde darüber hinaus immer mehr zu einer unberechenbaren Vorgesetzten und Ausbilderin, die von einem Tobsuchtsanfall in die Beschämung glitt und gleich darauf erneut die Fassung verlor. Sie wusste, dass nicht alle Nachfahren der Drachenheiligen gleichermaßen gut mit den Erlebnissen bei der Jagd zurechtgekommen waren und manche die Verluste oder todgefährlichen Situationen schlecht verkraftet hatten. Bislang hatte sie sich von einer Anfälligkeit dafür verschont gefühlt.

Sie legte den Kopf schief, dehnte den Hals, bis es knackte. *Der Nacken tut heute besonders weh. Das Wetter wird sich ändern.*

Sie sah zwei Männer in der zerschlissenen Uniform der kaiserlichen Armee auf dem Marienplatz in der Kälte stehen. Einem fehlten das rechte Bein und das linke Auge, dem anderen beide Arme. Vor dem Bauch trugen sie Schilder, auf denen sie um Geld baten. Silena kannte das Schicksal, wie es Tausende Soldaten getroffen hatte: Sie hatten ihre Gliedmaßen im Weltkrieg verloren und konnten keiner Arbeit mehr nachgehen. Das bisschen an Rente und Ausgleichszahlung war schon lange aufgebraucht. Folgen des Kriegs. *Bedauernswerte Kerle. Ich werde ihnen später etwas geben.*

Der Anblick der beiden Verstümmelten brachte ihre Gedanken

wieder auf die gefährlichen Einsätze für das Officium. Im Stillen fragte sie sich, was sie überhaupt in München tat. Außer ihrem Trotz, die Drohung gegen Grigorij wahr zu machen, war sie der Sentimentalität gefolgt. Der Brief hatte Erinnerungen an ihre toten Brüder geweckt, an den Ehrenkodex, das Böse in Gestalt der Drachen zu bekämpfen, wie es ihre Vorfahren getan hatten. Der Glaube an den Kodex schien noch nicht tot zu sein. Ihre Reise war der beste Beweis dafür.

Harte Schritte näherten sich ihrem Tisch, Absätze hämmerten auf den Boden, leise klingelte Metall. »Wen haben wir denn da? Die Toten kehren unter besonderen Umständen also doch zurück.«

Sie sah auf zu dem Mann, der sich soeben vor ihr aufbaute und die Hände in die Hüften stemmte. Unter dem Mantel trug er die weiße Ausgehuniform der Drachenheiligen mit dem hohen, bestickten Stehkragen. Ehrenschärpe und die sieben Orden an seiner Brust lenkten die Blicke wie von selbst auf ihn, und sie erinnerte sich genau daran, wie sehr er dies genoss.

»Großmeister Brieuc. Sie sind zurückhaltend wie eh und je.«

Er war groß und breit gebaut und hantierte in erster Linie mit einem Zweihänder, wenn er mit seiner Mannschaft gegen einen Drachen zog. Der Säbel an seiner Seite diente einzig der Repräsentation. Die braunen Haare trug er dank viel Pomade mit einem linken Seitenscheitel; einige verwegene Locken hingen ihm in die Stirn. »Sie haben Ihr Aussehen verändert: lange Haare, ein damenhaftes Äußeres – muss ich Ihnen einen Handkuss geben?«

Silena grinste und zeigte auf den Kragenspiegel. »Wie haben Sie es denn geschafft, zwei große Exemplare zu erlegen? Vermutlich starben die Biester beim Anblick Ihrer Frisur.« Mit dem Fuß schob sie den Stuhl für ihn zurück. »Setzen Sie sich. Alle starren zu uns.«

Er sah auf ihr Bein. »Das war wiederum nicht sehr damenhaft. Ich bin erleichtert darüber.« Brieuc nahm Platz und winkte nach der Bedienung. »Im Übrigen mag ich Bewunderung. Es tut meinem Selbstbewusstsein gut.« Sein nächster Wink galt dem Diener, der am Eingang mit einem Paket wartete. Der Mann eilte heran, stellte es neben Brieuc auf den Boden und verschwand wieder. »Ein Geschenk für Sie. Falls Sie sentimental werden sollten.«

»Danke.« Sie betrachtete den großspurigen Mann, der trotz

mancher Desaster zu den treuesten Drachenheiligen des Officiums gehörte. Seinen schwarzen Mantel mit dem weißen Pelzbesatz hielt er einfach in die Luft, damit eine Bedienung das teure Stück aufhing; dadurch wurde die Luger im Achselholster sichtbar. Ein wenig wunderte sie sich schon, dass Brieuc sie zurückhaben wollte. *Die Karten müssen wirklich schlecht stehen.* »Ich schaue es mir später an.«

Als die Kellnerin sich näherte, verlangsamte sie ihre Schritte und starrte Silena ungläubig an. »Großmeisterin Silena? Sie?« Sie nahm Brieucs Mantel.

»Vorsicht, Mädchen. Der kostet mehr als dein Jahresgehalt«, sagte der Großmeister herablassend und zupfte die Handschuhe von den Fingern.

»Guten Tag, Marie«, grüßte Silena freundlich zurück. Ihre Maskerade hatte die junge Frau nicht täuschen können. Sie war es gewesen, die ihnen vor beinahe zwei Jahren einen entscheidenden Hinweis auf der Suche nach dem Weltenstein gegeben hatte. »Sie sehen gut aus. Das freut mich.«

Marie verstand offenkundig die Welt nicht mehr und sah zwischen ihr und dem ungeduldig werdenden Brieuc hin und her. »Aber … die Zeitungen schrieben über Ihren Tod!«

»Das Wenigste, was die Schmierfinken drucken, stimmt«, sagte der Großmeister unfreundlich. »Behalten Sie für sich, was Sie gesehen haben. Bringen Sie mir einen Kaffee, dazu einen Weinbrand. Den besten, verstanden?« Sie tat einen Knicks, warf Silena einen verstohlenen Blick zu und verschwand sichtlich irritiert.

Brieuc lehnte sich vor. »Nun zu Ihnen, Großmeisterin.«

»*Nun zu mir*?«, wiederholte sie. »Sie sind mir ein wenig zu forsch, Großmeister. Das haben weder Marie noch ich verdient.«

Er verzog den Mund. »Verzeihen Sie. Zu Ihnen wollte ich es gewiss nicht sein. Wie ich Ihnen schrieb: Das ganze Officium weiß, dass Sie gesund und munter sind. Sie werden sich vorstellen können, dass Kattla und Prokop Ihnen jede erdenkliche Krankheit an den Hals wünschen.«

»Und wie wollen Sie denen meine Rückkehr schmackhaft machen, wenn sie mich inbrünstig hassen?« Silena nahm mit der Linken einen Keks und biss ab, die Rechte spielte mit der Münze. *Ich wette, es kostet ihn all seine Mühe, die gewohnte Überheblichkeit mir gegenüber nicht zu zeigen.*

Brieuc lächelte, und es wirkte tatsächlich etwas gequält. »Eine echte Heilige täte unserem Ansehen gut. Kattla musste bereits auf den bayerischen Orden des heiligen Georg zurückgreifen, damit wir genügend Leute haben.«

Silena staunte. »Sie meinen diesen Wohltätigkeitsverein, den König Ludwig der Zweite zu neuen Ehren gebracht hatte?«

»Das mit der Wohltätigkeit hat sich größtenteils erledigt. Ludwig der Dritte führt den Orden fort, steht ihm als Großmeister vor und hat ihn in den zwei Jahren nach Ihrem Ausscheiden nahe an das Officium gebracht«, klärte Brieuc sie auf. »Aus der Organisation ist ein milizionärer Arm geworden, der sogar Drachentötungen vornehmen darf.« Er nahm ein Blatt Papier aus der Tasche, auf dem Zahlen geschrieben standen. »Es gibt noch einen Grund. Wir haben im gleichen Zeitraum genau einunddreißig Drachen getötet, darunter lediglich vier größere Exemplare. Dazu kommen nochmals so viele, die durch Drachenjägerabschaum zur Strecke gebracht wurden.«

»Drachenjägerabschaum wie ich«, fügte sie hinzu.

Brieuc überhörte es lieber, doch sein kurzes Zucken hatte sie sehr wohl bemerkt. »Darunter befand sich nicht ein einziger Flugdrache, obgleich uns mehrere Sichtungen vorliegen. Unsere Luftschiffe sind aufgestiegen, aber die Teufel sind zu gewitzt. Sie entkommen unseren Zeppelinen.« Er sah nach Marie. »Wo bleibt mein Weinbrand?«, rief er fast schon zornig. »Ich warte nicht gerne. Bringen Sie mir besser gleich zwei.«

Zweiundsechzig Stück. Silena überschlug, welche Quoten sie gewöhnlich erreicht hatte. *So viele hatten wir früher in drei Monaten.* »Abgesehen davon ist der Rückgang der Drachenpopulation doch ein guter Erfolg«, sagte sie nachdenklich. »Das Officium scheint die Bullen dezimiert zu haben. Die Fortpflanzung gerät ins Stocken.«

»Aber was bringt es uns, wenn dafür die Zahl der fliegenden Geschuppten steigt? Sie bilden eine erhöhte Gefahr für den Luftverkehr, was auch Ihrem Mann zu schaffen machen wird. Luftschiffe sind leichte Beute.«

»Nicht seine«, erwiderte sie. »Wir sind vorbereitet und haben verborgene Geschützkanzeln eingebaut.«

»Andere werden weniger Glück haben.« Brieuc nahm seine Bestellung entgegen. »Na, endlich«, fuhr er Marie an und stürzte den ersten Weinbrand hinunter. Er stellte das leere Glas ab und nahm sich das zweite, während er Marie wegscheuchte.

»Sie wirken sehr aufgeregt«, sagte Silena langsam.

»Ich bin beunruhigt, und das wiederum lässt mich fahrig und aufbrausend werden. Wir brauchen Sie, Silena. Ihre Flugkunst, um die Flugdrachen auszurotten und den Triumph perfekt zu machen.« Die Augen erhielten einen fanatischen Glanz. »Das Officium wird mit Ihrer Hilfe Europa vom Bösen befreien! Welch ein Sieg!«

»Und ich weiß immer noch nicht, wie Sie Kattla und Prokop dazu bringen werden, mich aufzunehmen.«

Der Großmeister lächelte. »Einer von beiden *wird* es tun. Um seine Macht zu stärken.«

Sie runzelte die Stirn. »Erklären Sie mir das.«

»Prokop will unseren Einfluss unverzüglich über den Atlantik ausdehnen. Ihm sind wir in Amerika zu wenig präsent, um die Vernichtung der dortigen Drachen zu kontrollieren. Dazu möchte er einen alten Kohlefrachter zum Flugzeugträger umbauen, damit die Luftschiffe Entlastung erfahren.«

Silena staunte. »Die USA haben uns ... das Officium angefordert? Bislang hieß es immer, sie wollten ihre Drachenbekämpfung selbst regeln. Es gibt genug Drachenjäger, die sich dort tummeln, wie uns gesagt wurde.«

»Ach, die *Skyguards* haben den Präsidenten gefragt?«

»Ja. Er lehnte ab und nannte es eine Innere Angelegenheit, für die man keine Ausländer benötigen würde.« Silena bestellte mit einem Wink einen zweiten Tee.

»Daran hat sich nichts geändert. Prokop ist gewillt, sich notfalls mit den Staaten anzulegen, da er Europa hinter sich weiß.« Brieuc kippte den zweiten Weinbrand hinunter, als brauche er mehr Mut, um fortzufahren. Mit jedem Wort, das er sprach, nahm seine Rastlosigkeit zu. Die Finger spielten mit dem leeren Glas. »Kattla dagegen möchte in Europa bleiben und die Grenzen zum Osten hin gegen die asiatischen Teufel absichern.« Er machte eine kleine Pause. »Wir haben zwei Chinesendrachen erlegt. Einen in Berlin, den anderen in Warschau. Der Erzbischof vermutet, dass sie eine Offensive planen, um die Westdrachen auszumerzen und an deren Stelle zu treten.« Er setzte das Weinbrandglas nochmals an und ließ die letzten Tropfen in den Mund rinnen.

Silena horchte in sich hinein und versuchte zu ergründen, welchen Plan sie für den besseren hielt.

»Großmeisterin!«, rief Marie in diesem Augenblick vom Tresen aus und drehte das Radio lauter. »Das bringen sie eben im Rundfunksender München.«

Schlagartig wurde es still im Café. Alle wollten die Durchsage hören, die blechern aus dem Lautsprecher schepperte. Silena war froh, dass niemand sie anstarrte.

»... unterbrechen wir unser Unterhaltungsprogramm. Wir werden mit Waffengewalt gezwungen, das Manifest der Drachenfreunde Europas zu verlesen«, sagte ein Mann mit zitternder Stimme. »Wir, die Drachenfreunde Europas, erklären sämtlichen Frevlern den Krieg, die das heilige Geschöpf Drache jagen und töten.«

Brieuc lief augenblicklich rot an. »Stellen Sie das ab!«, rief er quer durch das Café. Silena sah den ohnehin angespannten Mann bereits aus der Haut fahren.

»... Weder das Officium Draconis noch die freien Jäger sind sicher vor uns. Lange Zeit wurde das heilige Geschöpf von der Kirche als Teufel verbrämt. Nimm dir ein Beispiel an Asien, deutsches Volk!«

Der Großmeister sprang von seinem Stuhl auf. Er reckte drohend den Finger gegen Marie. »Hörst du nicht, du dumme Gans? Im Namen des Officium Draconis: Schalte den Empfänger aus, oder ich sorge dafür, dass du im Zuchthaus verschwindest!«

Marie sah ihn eingeschüchtert an, zögerte jedoch, seinem Befehl nachzukommen.

»... Bete den Drachen an, und er wird uns zu Glück, Wohlstand und Zufriedenheit führen.«

»Los, verdammt! Diese Verbrecher dürfen kein Gehör finden!« Er zog die Luger aus dem Holster. »Oder soll ich es tun?«

»Brieuc«, zischte Silena. »Sie übertreiben! Weg mit der Waffe!«

»... geben wir schon bald ein Zeichen, das nicht missverstanden werden kann«, las der Sprecher vor. »Erkennt die Göttlichkeit des Drachen an und ...«

»Ruhe!« Brieuc hob den Arm, zielte und schoss; die Menschen schrien erschrocken auf. Die Kugel jagte durch das Gehäuse des Empfängers, es knallte dumpf, und die Übertragung endete.

Silena atmete durch. Für eine Sekunde hatte sie geglaubt, dass der Großmeister auf Marie schießen wollte.

»Gott verdammt!« Der schwer atmende Brieuc steckte die rauchende Luger ein und setzte sich. »Das wird ihr eine Anzeige einbringen«, sagte er wütend. »Wie kann sie es wagen, sich meinen Befehlen zu widersetzen? Ich bin das Officium Draconis.«

Die alte Hybris. Der letzte Hauch von Sentimentalität, den Silena anfangs empfunden hatte, verschwand. Sie hatte niemals ernsthaft in Erwägung gezogen, sich dem Officium wieder anzuschließen, und Brieucs Tat bestätigte sie in ihrer Entscheidung. *Ich würde mich ständig mit ihnen prügeln, anstatt gegen Drachen zu kämpfen. Ich kann mit ihrem Dünkel und ihrer Selbstverherrlichung nicht umgehen. Der Kampf gegen die Drachen dient doch nur ihrer eigenen Erhöhung.* Auf einmal tat es ihr sehr leid, dass sie Grigorij überhaupt vor diese alberne Entscheidung gestellt hatte.

Brieuc schüttelte den Kopf, die Locken wippten vor der Stirn. »Wie steht es um Ihre Entscheidung, Großmeisterin? Wem darf ich melden, dass Sie auf seiner Seite sind: Prokop oder Kattla?«

»Wen ziehen Sie vor?«

»Keinen von beiden. Mir ist es gleich. Eine klare Linie, das will ich. Ob ich in Amerika Drachen töte oder an der Grenze zu China, spielt keine Rolle.« Brieuc sah ihr fest in die Augen. »Ihre Wahl?«

Sie bekam den Tee gebracht und nickte der sehr bleichen Marie aufmunternd zu, deren Hände zitterten, als sie die Tasse abstellte. *Das arme Ding.* »Großmeister, ich bleibe bei meinen *Skyguards*«, sagte sie ruhig.

Seine Augen blitzten böse. Er wirkte auf sie, als wolle er über den Tisch hechten und sie gleichzeitig erschießen und erstechen. »Tun Sie das nicht, Silena. Sie gehören zum Officium, wie Ihre Ahnen zu uns gehörten«, flüsterte er beschwörend und drohend zugleich.

»Entscheiden Sie sich für Prokop oder Kattla, aber kehren Sie zurück! Ich flehe Sie an, beim heiligen Georg, Ihrem Urahnen!« Sein Gesicht verzerrte sich. Er war mit seiner Freundlichkeit am Ende.

»Großmeister, ich will es nicht«, entgegnete sie. *Ich hätte niemals nach München kommen sollen.* Silena erhob sich. »Ich wünsche Ihnen …«

Brieuc erhob sich, dabei kippte er den Stuhl nach hinten um. »Großmeisterin, tun Sie's nicht«, wiederholte er. »Lassen Sie uns nicht im Stich! Wir sind nur noch sieben und eine Handvoll hässlicher Gargoyles …«

»… einen schönen Tag«, vollendete sie ihren Satz und ging an ihm vorbei. *Ich Närrin! Weder er noch das Officium haben sich verändert.* Sie drückte Marie vier Mark in die Hand. »Zwei sind für Sie, die anderen für die Veteranen auf dem Platz. Seien Sie so gut und bringen Sie denen das Geld.« Sie verließ das Café und warf dem Officium-Gebäude einen letzten Blick zu. *Seht, wie ihr damit klarkommt. Ich kümmere mich auf meine Weise um die Teufel und werde mich nicht euren vorgetäuschten Idealen beugen.*

Silena stieg in ein Taxi. »Zum Flugplatz.« Sie wollte zu Hause sein, wenn ihr Gemahl von seiner Reise zurückkehrte. Inzwischen bereute sie es bitter, ihn nicht begleitet zu haben.

Bevor das Automobil anfuhr, klopfte es plötzlich gegen die Scheibe. Brieuc stand da, das Geschenk in den Händen. Zuerst wollte sie es nicht annehmen, doch er öffnete die Beifahrertür und warf es beinahe achtlos hinein. »Kommen Sie zur Besinnung!«

»Niemals war ich so bei Sinnen wie in diesem Moment.« Seinen Blick, der voller Verachtung und Vorwürfe war, konterte sie mit einem überlegenen Kopfschütteln. »Fahren Sie«, wies sie den Fahrer an.

Erst als sie außer Sichtweite waren, schaute sie in das Paket. *Meine alten Uniformen!*

Sie roch das Waschmittel, die Stärke, strich über den Stoff und drückte die Ehrenschärpe.

Vorbei. Sie beschloss, die Sachen vor Grigorijs Augen zu verbrennen.

»Und?« Erzbischof Kattla stand an dem großen Fenster seines Büros und sah Großmeister Brieuc mit einer Mischung aus Ungeduld und Unwohlsein an. Er trug sein schwarzes Kardinalsgewand mit dem weißen Spitzenkragen. In den vergangenen Monaten hatte er sich einen grauen kurzen Bart stehen lassen, der den Zweiundsechzigjährigen älter wirken ließ. Älter und härter. Das kurze Haupthaar hatte sich dagegen gelichtet. »Was hat sie zu Ihnen gesagt? Hat sie sich auf meine Seite geschlagen?«

Brieuc zuckte mit den Schultern. »Sie macht weiter wie bisher, Exzellenz. Als Anastasia Zadornova. Großmeisterin Silena scheint tot zu bleiben.«

Prior Prokop, der es sich in Kattlas Ohrensessel bequem gemacht hatte, sah zum Erzbischof. »Exzellenz, so haben wir beide keinerlei Nutzen von ihr.« Er trug die weiße Ausgehuniform, die ihm ausgezeichnet stand. Im Gegensatz zu Brieuc verfügte der ältere Drachentöter über natürliches Charisma. »Nutzloses bringt keinem etwas.«

Widerwillig nickte Kattla. »Und die Konsequenzen daraus kennen wir.« Er deutete auf Brieuc, danach zur Tür. »Sie können gehen. Ich möchte Sie nicht zwingen, bei einem Gespräch anwesend zu sein, das Ihre Moral und Ihr Gewissen auf die Probe stellt.«

Der Großmeister salutierte und verließ den Raum.

Prokop legte die Finger zusammen und starrte auf den Kamin. Kattla sah durch die Scheibe auf den Marienplatz, dann zu den Figuren am Rathaus gegenüber. Beide Männer schwiegen mehrere Minuten lang.

»Ich kann es wenden, wie ich will, doch ich komme immer wieder zu dem Schluss: Die Moral wird durch unsere Überzeugungen ersetzt«, sagte Prokop leise und rieb sich mit den Zeigefingern die grauen, kurz geschorenen Schläfen.

»Und durch die Gebote des Officium Draconis«, ergänzte der Erzbischof. »Es darf keine Nachfahren der Heiligen außerhalb unserer Organisation geben. Stimmen Sie mir dabei zu?«

»Sie rechnen ernsthaft damit, dass ich etwas anderes sage?« Prokop atmete aus. »Wir mögen über den Kurs des Officiums nicht einer Meinung sein, doch was sie angeht, haben Sie meine Zustimmung. Großmeisterin Silena ist vor beinahe zwei Jahren am Triglav gestorben.« Er tippte sich gegen das glatt rasierte Kinn. »Wie wäre es, aus der Lüge eine Wahrheit zu machen, Exzellenz?«

Kattla lächelte boshaft. »Was fliegt, kann leicht abstürzen, Prior. Finden Sie nicht auch?«

»Und die Welt ist voller Habgier. Man stelle sich vor, wozu rivalisierende Drachenjäger alles fähig sind«, sagte Prokop.

Kattla schwieg und sah auf den Marienplatz hinab. »Ist es so weit gekommen, dass wir nun Hand an unsere eigenen Heiligen legen?«, raunte er.

»Für Zweifel ist es zu spät. Sie hat sich selbst für tot erklärt, Exzellenz. Wertlos ist sie in ihrer heutigen Position für uns ohnehin. Sie ist keine mehr von uns«, entgegnete der Prior leise, doch scharf. »Wir gaben ihr die Gelegenheit. Gott und alle Heiligen sind meine Zeugen, wenn ich sage: Mir wäre es ebenfalls lieber gewesen, hätte sie sich für einen von uns entschieden. Die Folgen trägt *sie*, Exzellenz, und diese resultieren aus ihrer freien Entscheidung.«

Kattla hob den Blick, die Augen richteten sich auf den blauen Himmel über Bayern.

Prokop nahm seine Taschenuhr heraus, ließ den Deckel aufschnappen. Im Innern war sein Wappen eingraviert: ein Drache, der, von unzähligen Nägeln durchbohrt, an ein Kreuz geschlagen war. »Die Zeit reicht aus. Ich kann etwas veranlassen, Exzellenz. Niemand wird uns im Verdacht haben.«

Die Entscheidung wurde bei blendendem Sonnenschein verhängt. »Tun wir es, Prior, und machen uns für unsere Überzeugungen und das Officium zu Mördern«, sagte Kattla langsam. »Leiten Sie alles in die Wege, damit Anastasia Zadornova nicht lebend in Bilston ankommt.«

Prokop grüßte und wandte sich zur Tür um, gleich danach war er verschwunden.

Kattla ließ sich in den Sessel sinken, in dessen Polster noch die Körperwärme des Priors steckte, und bedeckte die Augen mit der rechten Hand. »Herr, steh mir in dieser schweren Stunde bei«, betete er. »Weise Silena den rechten Weg, und ich verschone sie.« Er sah auf das Telefon auf dem Tisch.

Es klopfte, und ein Bediensteter brachte ihm ein geöffnetes Paket.

»Ein Geschenk von Herrn Wilhelm Voss«, las er die beigefügte Karte vor. »Als Dank für die neuen Fertigungsaufträge sendet er Ihnen ein Präsent.« Der Mann nahm eine wuchtige Uhr aus schwarzem Marmor aus der Verpackung, welche die Form des Officiumgebäudes besaß. »Er wünscht Ihnen und dem Officium ein erfolgreiches 1927 und eine weiterhin gute Zusammenarbeit. Jedes Büro hat eine bekommen.«

»Sehr großzügig von Herrn Voss. Danke, Rilke. Stellen Sie die Uhr«, suchend blickte Kattla sich um, »auf den Sims am Kamin.« Der Bedienstete tat es und wollte den Raum verlassen, als ihn der Erzbischof zurückrief. »Ziehen Sie sie bitte noch auf und prüfen Sie, ob sie die Zeit korrekt anzeigt.«

»Sehr wohl, Exzellenz.« Rilke kam der Aufgabe sorgsam nach.

Kattla setzte sich aufrecht hin, langte nach dem Telefon und rief im Personalbüro an. »Schicken Sie mir Brieuc noch einmal in mein Arbeitszimmer. Sagen Sie ihm, dass ich ihn nach den neuesten Erkenntnissen zu dem rätselhaften Drachenjäger namens Ichneumon befragen möchte, mit dem er vor zwei Wochen aneinandergeraten ist.« Sein Blick richtete sich auf den Bediensteten, der an den Zeigern der Uhr wackelte. »Was tun Sie da?«

»Sie klemmen«, antwortete Rilke. »Ich kann sie nicht über zwölf Uhr hinausdrehen, Exzellenz.«

»Beschädigen Sie die Mechanik nicht.« Kattla hängte den Hörer auf die Gabel. »Bringen Sie das gute Stück lieber in die Werkstatt.«

»Ah! Jetzt hat es geklickt«, rief Rilke erleichtert. »Soll ich sie fünf Minuten vorstellen, Exze…«

Die Uhr gab ein weiteres Geräusch von sich, und der Stundenzeiger fiel aus der Halterung. Dann explodierte sie und flutete den Raum mit grellen Phosphorflammen. Alles, was sich darin befand, fing Feuer. Der Druck blies die Scheiben aus den Rahmen und ließ Fetzen der brennenden Vorhänge sowie glimmende Papiere ins Freie trudeln.

Weitere Explosionen in sämtlichen Stockwerken des Officiums erschütterten das Gebäude.

30. Dezember 1926, Sankt Petersburg, Zarenreich Russland

Grigorij saß in einem mit einem Leintuch abgedeckten Sessel im Obergeschoss des Sommer-Palais und blickte auf den Fluss hinaus, der behäbig vorbeiströmte und eine Eisscholle an der nächsten mit sich führte. Die nahe Ostsee verhinderte noch, dass die Temperaturen so tief unter Null sanken wie in Moskau, wo die Menschen unter der Eiseskälte stöhnten. Aber lange würde es nicht mehr dauern, und die Newa war zugefroren. Schiffe fuhren schon jetzt nicht mehr auf ihr.

Die Kälte wird den Motoren meines Luftschiffs zu schaffen machen. Aber der Kapitän ist erfahren genug, um damit zurechtzukommen. Grigorij stand auf und schlenderte weiter in den Salon, in dem einst Katharina die Erste ihre Besucher empfangen hatte. Das Gebäude im Sankt Petersburger Sommergarten wurde von früheren Herrschern wegen seiner dünnen Wände ausschließlich von Mai bis Oktober genutzt.

Ich weiß, weswegen. Er streckte die Hände gegen den kleinen Ofen aus, den man aufgestellt hatte, und wärmte sich. Die Kälte sollte nicht zu tief in das Gemäuer und die Möbel dringen.

Um ihn herum war sämtliches Mobiliar gegen Schmutz und Staub mit Tüchern bedeckt worden; irgendwie hatte sich welkes Laub in den Salon geschmuggelt, daneben lag etwas Mäusekot. Niemand kümmerte sich derzeit um das Palais, das angeblich zu einem Museum umfunktioniert werden sollte. Der ideale Ort für ein Treffen mit seiner Mutter. Einsamkeit inmitten von Trubel.

Grigorij machte sich ernsthafte Sorgen und sah das schlechte Gefühl, das ihn ergriffen hatte, seit er das Briefpapier berührt hatte, bereits bestätigt. *Ich müsste sie mitnehmen. Hier ist sie nicht sicher.*

Auf dem Weg vom Flugfeld in die Innenstadt hatte er immer wieder Demonstranten gesehen. Arbeiter, Soldaten, einfache Bürger und Kinder. In großen Haufen waren sie mit Schildern über die Prospekte und Straßen gezogen und forderten Reformen, Nahrung und mehr Mitbestimmung.

Das Ende des zaristischen Systems wurde greifbar, die Ausbeutung durch die Adligen und Mächtigen sollte enden. Der ermordete Lenin hatte die Idee einer neuen Staatsform, einer neuen

Lebensweise ausgerufen, in der alle gleich waren und es keinerlei Unterdrückung mehr gab.

Natürlich fielen solche Parolen bei einem darbenden Volk auf fruchtbaren Boden. Manche murrten im Geheimen, andere witterten die Zeit des Wandels und waren bereit, dafür zu kämpfen. Mal mehr, mal weniger friedlich. Lenins Tod hatte nichts geändert.

Bewacht und umringt wurden die Unzufriedenen dabei stets von Polizeihundertschaften, und beide Seiten trugen ihre Waffen offen zur Schau. Die Stimmung war aufgeheizt. Ein versehentlicher Schuss, und wenn er harmlos in die Luft ginge, könnte ein Massaker auslösen.

Der Zar ist ein sturer Hund. Das wird in eine Katastrophe münden. Das Empfinden, das ihm üblicherweise Visionen schenken konnte, schwieg zwar unverändert, aber ein ungutes Gefühl warnte ihn davor, zu lange in Sankt Petersburg zu verweilen. Grigorij würde darauf hören.

Die Eingangstür im Erdgeschoss wurde quietschend geöffnet und geschlossen, schnelle Schritte erklangen auf der Treppe.

Grigorijs linke Hand legte sich an den Griff der Luger. Die Nachricht von seiner Ankunft könnte bereits zum Zaren vorgedrungen sein, der ihm durchaus gedungene Schläger oder Schlimmeres sandte.

Der Eingang öffnete sich, und seine Mutter stand auf der Schwelle. Sie trug die Uniform des Ulanenregiments, das ihr als Garde diente, die Haare waren unter den Helm gesteckt. Ein falscher Schnurrbart saß unter ihrer Nase, ein dicker, locker fallender Umhang schützte sie vor der Kälte und verbarg ihre weibliche Figur.

Sie riss den Bart ab und breitete die Arme aus. »Grigorij!«

Er nahm die Hand von der Waffe, warf den Zylinder weg und flog ihr entgegen.

Sie umarmten einander, hielten sich sekundenlang fest, ehe sie sich trennten und die Hände reichten. Er konnte vor Rührung und Freude nichts sagen. Und dennoch fiel ihm auf: *Die Sorge hat sie stark altern lassen.*

»Du siehst gut aus, Junge«, sagte sie stolz. »Dass du die Finger von Absinth und allem anderen lässt, schadet dir nicht.« Sie bemerkte die gekürzten Haare. »Ein neuer Schnitt!«

»Ungewollt. Und du musst neuerdings dienen?«, neckte er und zeigte auf die Uniform. »Gehen deinem Mann die Soldaten aus?«

Alexandra Fjodorowna, die Zaritsa von Russland, lächelte bitter. »Du weißt, warum ich mich maskiere.« Sie zog ihn zu einer verhüllten Chaiselongue; beide setzten sich, ohne die Finger des jeweils anderen loszulassen. »Er hat bereits davon erfahren, dass du in der Stadt bist. Und natürlich wittert er Verrat.« Sie sah unglücklich aus. »Er ist so schrecklich verblendet, dass er denkt, *du* würdest im Namen Rasputins die Macht an dich reißen wollen. Ich bitte dich: Komm mit mir und sage ihm selbst, dass du nicht und niemals nach dem Thron des Zaren streben wirst! Das ist ein Grund, weswegen ich dich zu mir bat: Ich will Frieden zwischen euch beiden. Du wärst nicht länger in Gefahr, und er hätte eine Sorge weniger.«

Grigorij wurde von ihrem Vorschlag überrumpelt und schüttelte aus einem ersten Impuls heraus den Kopf. »Er würde mir nicht glauben.«

Sie sah ihn bittend an. »Aber du könntest ihn davon überzeugen. Zusammen mit mir!«

Das ungute Gefühl, das ihn befallen hatte, schwand nicht, auch nicht durch ihre Worte – obwohl sie Grigorij eine große Entlastung versprachen, sollte der Zar wirklich Frieden mit ihm schließen.

»Nein, Mutter«, sagte er ruhig. »Ich glaube, mein Anblick und unser Anliegen würden ihn noch wütender machen, und seine Wut würde sich gegen dich richten, weil er meiner nicht habhaft werden kann. Das werde ich keinesfalls in Kauf nehmen.« Er drückte ihre Hände. »Rede mit ihm über das, was auf den Straßen geschieht. Romanow ist sich selbst sein größter Feind. Wenn er den einfachen Russen nicht gibt, was sie fordern, werden die Soldaten und Arbeiter wahrlich eine Revolution anzetteln. Lenins Tod hat die Unzufriedenheit im Land nicht ausgelöscht.«

»Das weiß ich doch«, rief sie verzweifelt. Er sah ihr an, dass sie den Plan zur Versöhnung nicht so schnell aufgegeben hatte. »Die Bolschewiki drucken einen Flugzettel nach dem anderen. Ihr neuer Führer heißt Dschughaschwili und hat sich den Kampfnamen Stalin gegeben. Es … macht mir Angst, was geschieht. Auch deswegen wollte ich dich sehen. Verzeih mir meinen Egoismus, aber deine Anwesenheit gibt mir neue Kraft. Es ist die gleiche Macht, wie sie von deinem Vater ausging.«

Er lächelte sie an und umarmte sie erneut. »Nimm dir so viel davon, wie du brauchst, Mutter.« Grigorij war sich nicht sicher, doch er glaubte, dass sie heimlich in seinen Armen weinte.

Es dauerte eine Weile, bevor sie ihn losließ. »Jetzt fühle ich mich gleich viel besser. In dir steckt wahrlich die gleiche Energie, die ich in deinem Vater spürte.« Fjodorowna atmete aus. »Gott weiß, dass ich sie brauche! Die Ochrana hat bereits drei Attentäter gefasst, bevor sie ihre Vorhaben in die Tat umsetzen konnten. Deine Geschwister, der Zar, wir alle sind in Gefahr.«

»Dann kommt mit mir«, sagte er, aufgewühlt von ihren Worten, die eine Bestätigung seines Empfindens waren.

Sie schluckte. »Nein. Bald wird sich die Lage ändern. Nikolaus bringt den Friedensvertrag mit dem chinesischen Kaiser zum Abschluss, und dann können wir uns endlich um die Unruhestifter und die Veränderungen kümmern.«

»Ich fürchte, dass du nicht mehr viel Zeit hast. Kannst du nicht mehr auf den Zaren einwirken?«

»Wenn ich es weiter forciere, wird er mich auch noch zu den Verrätern zählen, die er überall zu sehen glaubt.« Die Zaritsa seufzte. »Deine Nähe tut mir gut, Grigorij. Ich wünschte, wir könnten uns öfter sehen.«

Er drückte sie nochmals und ließ sie nur zögernd los. Am liebsten hätte er sie sofort zum Luftschiff gebracht. »Eines Tages vielleicht, Mutter.« *Wenn der Zar tot ist und du Zaritsa bist.*

Sie nickte. »Du würdest dich hervorragend mit deinen Halbgeschwistern verstehen.«

»Wissen sie von mir?«

»Natürlich kennen sie die Gerüchte über deinen Vater und mich, aber sie geben nichts drauf. Nur Alexej hat einmal gesagt, dass er dich sehr gerne kennenlernen würde. Alexej und du, ihr seid vom Alter her nicht weit auseinander. Ihr wärt wunderbare Brüder.« Sie streichelte ihm über die rechte Wange. »Du hast Rasputins Augen, mein Sohn. Und seine Gabe.«

Auch wenn er wusste, dass sie sein Angebot nicht annehmen würde, bat er erneut: »Komm mit mir nach England. Nur bis die Unruhen enden und Stalin mitsamt seinen Genossen festgesetzt ist.«

Sie lachte auf. »Kind! Auch wenn du mich hundertmal …«

»Mutter, ich habe eine Vorahnung, dass sich Stalin nicht mehr länger mit Flugzetteln zufriedengeben wird!«

Fjodorowna sah ihn ergründend an. »Hattest du eine Vision, Grigorij?«

Wenn ich jetzt lüge … »Nein«, räumte er widerwillig ein. *Keine echte.* Er hasste das Gefühl der Ohnmacht. Sie weigerte sich, und er konnte nichts dagegen unternehmen.

»Dann muss ich an seiner Seite bleiben. Wenn ich jetzt zu Königin Viktoria reise, würde man es Nicki als Zeichen der Schwäche und Vorbereitung zur Flucht auslegen. Die Bolschewiki erfahren von mir sicherlich keine derartige Unterstützung.« Die Zaritsa gab Grigorij einen Kuss auf die Stirn. »Wünsche uns Glück, dass der chinesische Kaiser diese Woche noch den unterschriebenen Vertrag sendet. Es ist das wichtigste Dokument seit dem Ende des Weltkriegs: Es verhindert einen weiteren.«

Grigorij konnte das Gefühl nicht richtig greifen, das in ihm tobte und immer lauter wurde, je länger er seine Mutter anschaute. Es ging weit über Sorge hinaus. Rasch zog er einen Handschuh aus und berührte sie am bloßen Hals. Nichts geschah. *Ohne Drogen geht es nicht.*

»Du wolltest meine Zukunft ergründen.« Fjodorowna war überrascht. »Kind …«

»Zu deiner Sicherheit.«

»*Zu meiner Sicherheit* habe ich die Ulanen und die Ochrana«, gab sie zurück. »Wie ergeht es deiner wunderschönen Frau? Werde ich in aller Heimlichkeit bald Großmutter?«

»Nein, sicherlich nicht. Und Anastasia geht es gut.«

»Ich bewundere sie. Es hat sie bestimmt Überwindung gekostet, dich in das Land reisen zu lassen, in dem dir so viele Gefahren drohen.« Fjodorowna seufzte. »Ein viel zu kurzes Wiedersehen. Aber wer weiß, wann wir das nächste Mal die Gelegenheit dazu haben?«

Sag nichts dazu. Grigorij hüstelte. »Ich soll dich von ihr grüßen«, schwindelte er. »Sie freut sich darauf, dich kennenzulernen.«

»Sie muss ein besonderer Mensch sein.« Fjodorowna erhob sich. »Ich muss leider gehen. Bliebe ich länger weg, würde Nicki mich suchen lassen. Die Ochrana ist schon nervös genug. Sollte sie uns zusammen sehen, würde man uns beide wegen Konspiration gegen den Zaren verhaften. Vermutlich ist deine Weigerung, dich mit ihm zu treffen, wirklich die bessere Entscheidung.«

Er wusste nichts darauf zu antworten, deswegen kniff er den Mund zusammen, was man mit viel Mühe als Lächeln deuten durfte. Wieder umarmten sie sich.

Sie streichelte seinen Kopf, die Hand verharrte wie zum Segen, dann ging sie hinaus. »Gott schütze dich, mein Sohn. Gott und deine eigene Kraft.«

Er erhob sich, hörte ihre Schritte durchs Haus hallen, die Tür sich öffnen und wieder schließen. Die Stille kehrte zurück, die ihm das Herz schwer machte. *Wir sehen uns viel zu selten.* Er trat ans Fenster und beobachtete, wie sie durch den Garten ging und sich den Schnurrbart wieder andrückte.

Erinnerungen aus Grigorijs Jugendzeit schossen bei ihrem Anblick aus den tiefsten Winkeln seines Gedächtnisses.

Sie hatte ihn einer treu sorgenden Familie übergeben, war, so oft es ging, bei ihm gewesen und hatte mit ihm gespielt und gelacht, ihm vorgelesen. Eine ganz normale Frau. Erst als er vierzehn war, hatte sie ihm ihre wahre Identität offenbart. Bis dahin hatte er geglaubt, dass sie eine reiche Schwester seiner Ziehmutter sei, die der Zarin zufällig ähnelte.

Mit Rasputins Tod hatte seine Odyssee quer durch Europas Internate begonnen. Die Flucht vor der Ochrana und dem Zarewitsch war mit dem Geld des Zaren finanziert worden.

Ich habe viel erlebt, dachte Grigorij. *Durchlebt, dank des Zaren. Das werde ich ihm nicht vergessen.* Er sah seine Mutter in einen geschlossenen Schlitten steigen, der gleich darauf losfuhr. *Von mir aus kann Stalin ihn erledigen. Aber ihr darf er nichts antun.*

Grigorij setzte den Zylinder auf die schwarzen Haare und verließ das Palais. Nein, er hatte überhaupt kein gutes Gefühl.

Er schlenderte gedankenversunken die verschneiten Wege entlang, ohne auf die Passanten zu achten. Hier gab es keine Revolutionäre. Der Garten täuschte Frieden vor.

Das änderte sich, als er die Anlage verließ und auf einen Prospekt gelangte. Lastwagen mit Arbeitern und Soldaten tuckerten auf der Straße entlang, die Männer schwenkten rote Flaggen und sangen Lieder, in denen sie die Absetzung des Zaren heraufbeschworen. Andere warfen Flugblätter hoch in die Luft, die vom Winterwind emporgewirbelt wurden und sich verteilten.

»Bolschewiki«, sagte ein dick eingepackter Passant neben Grigorij und spuckte aus. »Chaoten, die mit ihren Umtrieben unser Land schwächen.«

Als hätten sie seine Worte vernommen, hielten die Lastwagen mitten auf dem Prospekt an und stellten sich zu einer Sperre auf. Die Seitenwände klappten herunter, und die Männer sprangen auf die Straße, verteilten Zettel und Brot an die Petersburger. Wegen der Waffen wagte es niemand, die Gaben abzulehnen.

Schließlich stand ein Bolschewik in Marineuniform vor Grigorij. »Hier, Tawarisch. Ein Geschenk für das Volk.« Er drückte ihm einen Laib Brot gegen den Körper. »Schließ dich uns an und entmachte den Zarewitsch, damit es uns allen besser geht.«

»Sehe ich so aus, als brauchte ich dein Bestechungsgeschenk?«, entgegnete er, eine Hand auf den Stock gestützt, die andere in der Manteltasche. »Geh und gib es einem Bettler.«

Der Mann machte einen Schritt zurück. »Oho! Ich habe es mir doch gleich gedacht, dass du einer von denen bist, die den Tyrannen stützen.« Er pfiff laut durch die Zähne, und vier weitere Männer in Uniform kamen zu ihm gerannt; dem Alter nach handelte es sich um Veteranen des Weltkriegs. »Der da«, sagte der Bolschewik, »ist ein Anhänger des Zaren. Verpasst ihm eine Abreibung!«

Die Soldaten hoben die Gewehre, um mit den Kolben auf Grigorij einzuschlagen.

Er hob langsam die Arme. »Von mir aus könnt ihr den Zaren tot schlagen, aber mich lasst ihr in Ruhe.«

Die Soldaten lachten ihn aus und griffen ihn an.

Grigorij sprang rückwärts in eine Seitenstraße, um ihren Attacken auszuweichen. »Lasst das! Ich möchte euch nicht verletzen.

Ihr habt den Weltkrieg überstanden, nun sollt ihr nicht meinetwegen sterben müssen.«

»Der Kerl nimmt das Maul aber voll.« Einer der Männer pflanzte mit einer fließenden Bewegung sein Bajonett auf. »Ich gebe dir Eisen zu kauen!«

Neuerliches Motorengeräusch erklang, dieses Mal von der anderen Seite des Prospekts, die Grigorij nicht einsehen konnte. Signalpfeifen ertönten, und die Soldaten ließen sofort von ihm ab.

»Polizei!«, rief einer von den quer gestellten Lastwagen herunter, hob sein Gewehr und legte über das Dach der Führerkabine zum Zielen an. Kurz darauf hallte der Schuss, der von einer anhaltenden Salve beantwortet wurde.

Grigorij sah, wie der Mann von vielen Kugeln zersiebt wurde und fiel. Die Scheiben zerplatzten, die Motorhaube erhielt Unmengen Löcher. *Maschinengewehre!* Er hatte sich geirrt. Die Polizei war mit geballter Feuerkraft gegen die Umstürzler aufgetaucht.

Schreiend suchten die Menschen Deckung in Hauseingängen, hinter Automobilen und sogar hinter Straßenlaternen, während die Soldaten hinter die Barrikaden sprangen und das Feuer erwiderten. Aber der Beschuss aus den Maschinengewehren war zu übermächtig. Die Projektile durchdrangen alles, was ihnen im Weg stand, Querschläger sirrten neben Grigorij in die Wand. Putz spritzte ab.

Nach wenigen Minuten war es vorbei, das Röhren endete.

Mein Gefühl hat mich nicht getäuscht. Er sah auf dem Prospekt die durchlöcherten Leichen der aufständischen Soldaten liegen, deren Kleidung sich mit Blut vollsog. Sie waren so gut wie überall getroffen worden. Rot sickerte der Lebenssaft in den Schnee, tropfte von der Ladefläche auf die umherliegenden Brote und tränkte die Flugblätter. Vereinzelt tauchten die ersten Petersburger aus ihrer Deckung auf, zwei hatte es erwischt.

Stiefelschritte eilten heran, Befehle wurden gebrüllt, und dann tauchten die Polizisten vor der Seitenstraße auf. Sie hielten Gewehre mit Bajonetten in den Händen und trugen Armbinden mit dem Wappen der Romanows, um sich von den Aufständischen zweifelsfrei zu unterscheiden. Sie stachen auf die Überlebenden ein und warfen die Toten auf den Lastwagen, der nicht zerstört war.

Ich sollte zum Flugfeld. Grigorij ging rückwärts und sah drei Männer in schwarzen, langen Mänteln und mit Hüten um die Ecke biegen, als hätten sie genau gewusst, wo er sich befand.

Der Mittlere, der beinahe zwei Meter groß und breit wie ein Ringer war, hob einen Ausweis. »Ochrana! Grigorij Wadim Basilius Zadornov, Sie sind verhaftet«, rief er. »Im Namen des Zaren, bleiben Sie stehen und ergeben Sie sich!«

»So? Was wirft er mir vor?«

Der Geheimdienstler nickte nach hinten. »Konspiration und Beteiligung an einem Umsturzversuch. Wir haben gesehen, wie Sie mit den Soldaten sprachen.« Er grinste. »Aber wir brauchen eigentlich keinen Grund, Knjaz. Wir sind die Ochrana.«

Grigorij tippte sich an den Zylinder. »Meine besten Empfehlungen an den Tyrannen, doch meine Frau erwartet mich. Und Sie wissen, dass man Frauen nicht warten lassen darf.« Mit diesen Worten warf er sich unmittelbar nach rechts, gegen eine spaltbreit geöffnete Tür.

Er sprang in einen Korridor, in dem ein ängstlicher alter Mann wohl darauf gewartet hatte, wie die Straßenschlacht verlief. »Verzeihung, Väterchen.« Er rannte weiter und hörte das Getrappel von Sohlen. »Kommen Sie, meine Herrn von der Ochrana«, rief er gut gelaunt. »Fangen Sie mich!«

Es entspann sich eine wilde Jagd durch das Haus, zum Hintereingang hinaus, viele Straßen entlang, bei der sich seine drei Verfolger nicht abschütteln ließen.

Gut, dass ich mit dem Haschisch aufgehört habe. Mit vernebeltem Geist hätte ich das nicht durchgestanden. Grigorij sah ein Automobil, das sich mit langsamer Fahrt zum Abbiegen bereit machte, und hüpfte aufs Trittbrett der Beifahrerseite. »Zum Flugfeld«, bat er den erschrockenen Fahrer seelenruhig. »Ich gebe Ihnen fünfzig Silberrubel.« Er hielt sich mit einer Hand am Dach fest, in der anderen hatte er den Spazierstock. »Und fahren Sie nicht langsamer, bis ich es Ihnen sage.«

Seine Verfolger tauchten dreißig Meter hinter ihnen auf und erkannten, dass er sich absetzen wollte. Alle zogen langläufige Pistolen unter den Mänteln hervor.

»Schneller, guter Mann«, sagte Grigorij und machte sich klein.

»Wieso?«

Es knallte mehrmals, die Kugeln verfehlten ihn, einige krachten in den Wagen.

»Ah, ich verstehe. Deswegen.« Der Fahrer trat aufs Gas und bog ab.

Grigorij kletterte bei voller Fahrt in den Innenraum. »Ich ersetze Ihnen natürlich den Schaden«, sagte er äußerlich ruhig, doch mit rasendem Herzen.

Seine Bedenken, dass ihn die Ochrana bei seinem neuesten Luftschiff *LS V Anastasia* erwartete, erwiesen sich als unbegründet. Der Zeppelin hatte in Sankt Petersburg Passagiere aus Deutschland abgesetzt und letzte Hochgeschwindigkeitsversuchsfahrten unternommen. Er stand ihm allein zur Verfügung.

Rasch bezahlte er seinem unfreiwilligen Chauffeur fünfzig Rubel und stürmte in die kleine Gondel. »Abheben«, befahl er knapp und sah aus den Fenstern zur Straße, ob sich die Automobile der Verfolger näherten.

»Sehr wohl, Knjaz.« Der Kapitän ließ sich seine Verwunderung nicht anmerken und gab Befehle, die Bodenmannschaft löste die Vertäuung. Knatternd beschleunigten die Rotoren, ihr Surren klang wütender als das der *Zadornov* oder eines anderen Luftschiffs.

LS V war gebaut worden, um lange Strecken schneller als Schiffe und herkömmliche Zeppeline überbrücken zu können. Der schnittige Heliumkörper glich einem Torpedo und hob nur eine Last von zehn Passagieren sowie deren Gepäck; dafür erreichte das Schiff mit eigenem Schub satte einhundertsechzig Stundenkilometer.

Als sie sich bereits auf vierhundert Meter Höhe befanden und das Flugfeld weit hinter ihnen lag, durchschnitten die Scheinwerfer von vier Wagen die Nacht.

Grigorij grinste. »Und das ist der Grund, warum der Zar die Umstürzler nicht in den Griff bekommt«, sagte er. »Die Ochrana ist zu langsam.« Er wandte sich zum Kapitän. »Haben Sie unsere Passagiere aus Deutschland gut abgesetzt?«

»Ja, Knjaz. Es gab keine Beschwerden auf dem Flug. Sie haben viele Fragen gestellt, aber ich habe nichts beantwortet, aus dem die Ingenieure von Herrn Voss etwas ableiten können.«

Voss! Grigorij sah den feisten Geschäftsmann vor sich. »Es waren Ingenieure?«

»Ja, Knjaz.« Der Kapitän grinste. »Bergbauingenieure, sagten sie. Sie kaufen alte, ausgebeutete Minen, nach allem, was ich so hörte. Keine Ahnung, was Voss damit will. Aber einer von denen hat sich verdächtig lange umgeschaut. Ich denke schon, dass er Ahnung von Luftschifftechnik hatte. Aber ich nannte ihm nur falsche Zahlen.«

Grigorij legte dem Mann eine Hand auf die Schulter. »Gut gemacht.«

»Wohin darf ich Sie fliegen, Knjaz?«

»Nach Hause. Nach Bilston.« Er zog Mantel und Zylinder aus und reichte beides einem Steward, der ihm dafür ein Glas Limonade gab.

Grigorij sah die vielen Lichter der Festungsinsel Kronstadt, also befanden sie sich bereits dreißig Kilometer westlich von Sankt Petersburg. *Hoffentlich ist Mutter ihr Treffen mit mir nicht übel bekommen.* Während er sich in Sicherheit befand, war sie in dem Hexenkessel zurückgeblieben.

Er machte sich selbst Vorwürfe, sie nicht dazu gedrängt zu haben, mit ihm zu kommen, doch er verstand auch ihre Ansicht. Er wäre am liebsten geblieben, hätte ihr Beistand geleistet. Gegen Romanow und die Aufständischen, die er hinter sich ließ.

Plötzlich löste sich eines der Lichter vom Boden und ritt auf einem gleißenden Strahl himmelwärts. *Eine Rakete!*

»Kapitän, hart Steuerbord!«, schrie Grigorij und ließ das Glas fallen. »Volle Kraft zurück!« Er sah zu, wie das Geschoss immer näher kam. Die Rotoren wurden langsamer und wurden gebremst, ehe sie anders herum anliefen.

Die Rakete schoss am Bug des Tragkörpers vorbei und verschwand aus dem Sichtfeld der Männer.

Der Kapitän fluchte. »Was haben wir denen getan?«

»Neue Rakete«, meldete der Steward von Backbord. »Nein, es sind zwei … drei!« Seine Stimme wurde schrill vor Angst. »Eine von denen wird uns treffen!«

Grigorij sah vor sich ebenfalls zwei Raketen aufsteigen. *Der Zorn des Zaren auf mich und meinen Vater muss unerbittlich sein.* »Fallschirme nehmen und abspringen«, befahl er. »Eine andere Chance gibt es nicht.« Er riss den Kapitän weg vom Steuer. »Los!«

Da schlug die sechste Rakete ein, die lange vor den anderen gestartet war.

Sie bohrte sich durch den Gondelboden, und ihr Aufschlagzünder detonierte mit leichter Verzögerung.

Ein gleißender Blitz blendete Grigorij, der Druck warf ihn um. Ein Körper landete auf ihm und bewahrte ihn vor den Schrapnellen, die in der Gondel hörbar umherzischten. Glas sprang, Metall ächzte, es zischelte elektrisch. »Nach hinten«, schrie er blind und hoffte, dass ihn jemand hörte. »Zu den Fallschirmen!«

Er hörte weitere entfernte Einschläge.

Die Kabine sackte nach unten und senkte sich mit der Nase voraus.

Der Tragkörper ist beschädigt. Wäre die Gondel mit hochexplosivem Wasserstoff gefüllt gewesen, wie es Zeppeline anfangs waren, wären sie schon lange verglüht. Langsam sah Grigorij die Umgebung wieder. Beißender Qualm brachte ihn zum Husten, und er dachte an die schrecklichen Minuten im Fond des *Phaeton*. Er wälzte den gespickten toten Leib von sich und brauchte zwei Sekunden, um den Kapitän zu erkennen, der ihn gerettet hatte. Wegen des Schocks bemerkte er erst jetzt, dass ihm ein Splitter im Unterschenkel steckte. Sein Knie hatte sich verdreht, er konnte nicht aufstehen.

Die Vorsehung will mich demnach heute umbringen, dachte er. *Mit dem ersten Versuch in Sankt Petersburg gibt sie sich nicht zufrieden. Fast ein Déjà-vu.*

Die Abwärtsbeschleunigung erhöhte sich, alles Lose rutschte nach vorne – Grigorij mit eingeschlossen. Die Kabinenspitze deutete senkrecht nach unten, und er stemmte sich gegen den Instrumententisch. Sobald das Luftschiff vornüber kippte, würde er aus dem zerstörten Panoramafenster fallen.

Silena. Wie gut, dass du nicht mitgekommen bist.

Rauschend zog eine weitere Rakete heran, schoss durch das Fenster, durch die Gondel und hinten wieder hinaus; glühender Ruß streifte sein Gesicht.

Eine neuerliche Explosion erfolgte, einer der Antriebe verging in einem Feuerball, der die Kabine rotgelb erhellte. Aufkreischend gaben die Streben aus Duraluminium im Inneren der Tragkörper nach. Kabel rissen und peitschten weitere Schlitze in die Hülle.

Grigorij wusste, dass das Luftschiff zerbrach. *Soll ich dieses Mal verloren sein?* Es gab nichts, was er gegen den Untergang tun konnte. Er sah Silenas Gesicht vor sich. *Nein, ich gebe nicht auf! Ich …*

Austretender Treibstoff der beschädigten Motoren benetzte die Hülle und entzündete sich durch einen Funken. Kometengleich und voller Schönheit vergehend, warf sich die *LS V Anastasia* dem Meer entgegen, einen langen Schweif hinter sich herziehend.

V.

30. Dezember 1926, Schloss Chanteloup, Departement Indre-et-Loire, Königreich Frankreich

Vouivre kreiste dreihundert Meter über dem winterlichen Garten von Schloss Chanteloup und witterte dabei in die eisige Luft. *Hoffentlich entdecke ich dich bald.*

Wenn er nicht musste, vermied er Flüge bei dieser Kälte, die seine Muskeln rasch ermüdete und die Körpertemperatur zu schnell senkte. Aber die Übersicht war aus dieser Höhe am besten.

Auf dem Rückweg von seiner Unterredung mit Ddraig hatte ihn die Nachricht erreicht, dass sich seltsame Dinge in Chanteloup ereigneten, das man auch *Klein Versailles* nannte: Ein Angestellter war zerquetscht aufgefunden worden, als sei er in die Hand eines Riesen gefallen, der ihn mit einem kräftigen Druck ausgepresst hatte. Die Leiche war im halbkreisförmigen See in der Mitte des Parks gefunden worden, am Fuß des Pagodenturms.

Vouivre hätte gewöhnlich nichts darauf gegeben. Morde geschahen immer wieder unter den Menschen, auch unter denen, die sein Eigentum verwalteten. Aber einen Tag zuvor hatte er an der Kanalküste einen Chinesen auf die gleiche Art getötet, und so vermutete er in dem Mord eine Retourkutsche und ein Zeichen an ihn.

Wo steckst du? Der Altvordere ging etwas tiefer und zog über das barocke Jagdschloss hinweg, das Herzog Choiseul zu Zeiten von Louis dem Fünfzehnten hatte errichten lassen. Vouivre hatte es nach einem Brand vor knapp einhundert Jahren wieder aufbauen lassen und einen Verwalter eingesetzt, der dachte, einem reichen Nachfahren des Herzogs zu dienen. Während Vouivre dafür sorgen ließ, dass niemand das Schloss betrat, erlaubte er den Anwohnern den Spaziergang in der immensen Parkanlage.

Um diese Zeit lag sie verlassen da. Der frisch gefallene Schnee war jungfräulich unberührt und glitzerte.

Keine Spuren. Er flog über die Pagode hinweg, als ihn ein Schneeball mitten aufs Karfunkelauge traf. Er fauchte wütend auf und züngelte, warf sich herum und kehrte zu dem imposanten Bauwerk zurück, das sich mit sieben Stockwerken etliche Meter in die Höhe reckte. Es hatte bei den Jagden des Herzogs als Aussichtsplattform gedient.

»Komm heraus!«, rief Vouivre erbost und landete. Flirrende Wolken aus losem Schnee stoben auf und wirbelten nach allen Seiten davon. »Damit ich dir Manieren beibringen kann!«

Aus dem vierten Stock schob sich der Kopf eines asiatischen Drachen, Hals und Leib waren goldgeschuppt. Die Hörner erinnerten ihn an einen Hirsch, die Züge ähnelten seinen ein wenig. Ein leises Lachen erklang. »Du hast Schnee auf der Schnauze, Altvorderer.«

»Und du gleich meine Krallen im Leib!« Vouivre schüttelte das Weiß ab. »Wie ist dein Name, und was willst du?«

»Nie-Lung heiße ich.« Der Drache schob sich hervor, wand sich um die Pagoden herum nach unten und kam vor ihm zum Stehen. »Ein ungewöhnlich zarter Körperbau für einen Altvorderen. Wir könnten verwandt sein, wenn du nicht nur ein Auge hättest.«

»Der Westen und der Osten sind nicht miteinander verwandt.« Vouivre schnaubte. Aus dem Mund des Chinesen klang *Altvorderer* nach einer Schmähung. »Euer Blut hat eine andere Farbe als unseres. Ich habe keine Ahnung, aus was ihr hervorgekrochen seid.«

Nie-Lung schaute zur Pagode. »Du hast meinen guten Yan-Su Po getötet«, sagte er bedauernd. »Er war einer der besten Artisten im Zirkus. Wegen deiner sinnlosen Tat müssen sie das Programm umstellen.«

»Sie werden einen Besseren finden.«

Nie-Lung fuhr mit der Kralle über das Dach des unteren Stockwerks und ritzte ein chinesisches Symbol hinein. »Ich vergebe dir, was du getan hast, und warne dich: Kanada gehört uns.«

»Kanada gehörte Grendelson, so weit meine Spione mich informierten, und da Grendelson tot ist, steht es offen«, gab Vouivre säuerlich zurück. *Wie kann es diese Missgeburt wagen, mir Vorschriften machen zu wollen?*

»Eine ähnliche Unterredung habe ich schon einmal geführt, vor etwa zwei Jahren. Mit Grendelson. Damals riet ich ihm, Amerika nicht in seine Eroberungspläne einzubeziehen. Inzwischen haben wir die Zeit genutzt und weite Teile des nördlichen Nachbarn gesichert.« Nie-Lung strich über die Pagodenwand. »Es reden zwar sehr viele Kanadier Französisch, ich weiß, aber das ist kein Grund für deinen Anspruch.«

Vouivre hatte schon immer geahnt, dass sich in Amerika mehr tat, als sie in der Alten Welt nachvollziehen konnten. Es war ein Fehler, sich nicht weiter darum gekümmert zu haben. »Wer ist *wir*?«

»Das Pendant zu dem, was ihr Altvordere nennt«, antwortete Nie-Lung gelassen und betonte es dennoch so, dass sofort klar wurde, wer über wem stand. »Ich mache dir das Angebot, dich gegen Ddraig zu unterstützen und dir die alleinige Macht in Europa zu sichern. Dafür wirst du jegliche Aktionen in Kanada einstellen.« Er zeigte auf die Pagode. »Ich habe eine Karte mitgebracht, auf der eingezeichnet ist, was du gefahrlos zu deinem Eigen machen darfst. Von den rot schraffierten Ländern lässt du die Krallen, Altvorderer.«

Vouivre mochte die Art nicht, mit der das Hirschgeweih zu ihm sprach. Er schnaufte scheinbar gelangweilt, um Nie-Lung seine Verstimmung spüren zu lassen. »Was sollen die Spione in Europa? Ihr bereitet einen Angriff vor, und ich soll glauben, dass man mit euch Bündnisse eingehen kann?«

Nie-Lung klimperte mit den Wimpern und stieß schweflige Wölkchen aus. »Wir sehen das Durcheinander und wollen nur sichergehen, dass wir es rechtzeitig bemerken, wenn uns Gefahr droht. Früher, als ihr Altvorderen euch einig wart und die Gebiete aufgeteilt hattet, herrschte Ordnung. Aber derzeit fürchten wir, dass manche Menschen eurer Kontrolle entgleiten und auf eigene Faust handeln. Der russische Zar zum Beispiel. Er ist verzweifelt und vom Verfolgungswahn gebeutelt genug, um zur Ablenkung von inneren Unruhen einen Krieg mit China anzufangen. Eine unberechenbare Langnase.« Er deutete eine Verbeugung an. »Ich versichere dir, dass man unserem Bündnis trauen kann.«

»Dann möchte ich einen Beweis«, sagte Vouivre sofort.

Nie-Lung lachte wieder und blickte ihn wissend an. »Es ist nicht schwer, deinen Wunsch zu erahnen: Du wirst den Kopf der roten Drachin erhalten. Wenn er zu deinen Füßen liegt, wirst du das Abkommen mit uns eingehen?«

»Wenn mir gefällt, was ich auf der Karte sehe, ja«, erwiderte er. *Perfekt. Wenn sie tot ist, kann ich Europa in aller Ruhe zu einer Festung ausbauen. Und falls Ddraig den Anschlag des Hirschgeweihs überleben sollte, wird sie ihren Hass auf die Chinesen anstatt auf mich richten.* Er musste ein selbstzufriedenes Lachen unterdrücken. »Ist das annehmbar?«

»Da ich weiß, wie großzügig wir in der Zuteilung der Territorien sind, hege ich keinerlei Bedenken, dass wir uns schon bald Verbündete nennen werden.« Nie-Lung breitete die filigranen Flügel aus. »Wo kann ich dich finden?«

»Schicke einen deiner Chinesen nach Bitche, wenn es so weit ist. Er soll in der Festung einen Brief mit dem Treffpunkt abgeben, adressiert an Marschall Frank Lacastre.« Vouivre betrachtete den Körperbau des Drachen und musste ihm recht geben. Es gab durchaus Übereinstimmungen zwischen ihnen.

»So wird es geschehen.« Nie-Lung reckte sich. »Nochmals, Altvorderer: Wir haben keinerlei Interesse an Europa. Vor Kurzem hatten wir es versucht, aber es lief nicht so, wie wir dachten. Seitdem bleiben wir im Rahmen unserer Grenzen.«

Vouivre konnte sich beim besten Willen nicht erinnern, wenn man von Dschingis Khan oder Attila einmal absah. Und auch nach den Maßstäben von Drachen lagen deren Kriegszüge einige Zeit zurück. »In Russland, nehme ich an? Es drang jedenfalls nichts bis zu mir.«

Nie-Lung lachte lauthals. »Du stehst daneben.« Er wies mit dem Schwanz auf die Pagode. »Chinoiserie, du erinnerst dich? Seide, Papiertapeten, Möbel, Lacke, Porzellan, alles wollten die Europäer von uns. Wir haben die Menschen mit unserer Kunst, mit Gärten und Architektur von unserem Land begeistert. Wir wollten sie auf unser Erscheinen vorbereiten, und es lief sehr gut.«

Bei Leviathan! Sie sind clever. Vouivre entsann sich genau an diese Modeerscheinung, eine Phase nach der Mitte des achtzehnten Jahrhunderts und den Jahren danach. Voltaire hatte von China geschwärmt, die Briten hatten sich ihre Häuser mit asiatischen

Möbeln zugestellt, und die Deutschen hatten sogar in ihrer Bewunderung ein chinesisches Dorf nachgebaut. *Viel cleverer, als wir dachten! Und ich Idiot freute mich noch, weil ich mit dem Import der Waren viel Geld verdiente! Ich habe ihnen geholfen.*

»Man sah beinahe überall unsere Abbilder. Sogar auf Papiertapeten haben sie uns gemalt.« Nie-Lung amüsierte sich über die Betroffenheit des Altvorderen. »Oh, ich habe dir das Auge geöffnet, nicht wahr? Ein Angriff muss nicht immer mit Armeen erfolgen. Es gibt andere Mittel, um zu erobern.« Er erzeugte mit der Zunge ein peitschenknallartiges Geräusch. »Aber leider, leider verhinderte die Französische Revolution, dass wir auf der Welle der Begeisterung Einzug halten durften.«

Schlagartig wurde sich Vouivre bewusst, wie knapp sie an einer Katastrophe vorbeigeschlittert waren. »Wir haben die Revolution nur deswegen geschehen lassen«, log er. »Die Menschen haben die Chinoiserie in den Wirren vergessen.«

Nie-Lung schwang sich in die Lüfte. »Wie schön, dass wir bald Verbündete sind und alle Fragen der Macht geregelt sein werden«, rief er und flog nach Westen. »Du wirst von meinem Boten hören.« Der rauschende Flügelschlag verebbte.

Ich brauche mehr Informationen über asiatische Drachen. Man muss seine Feinde kennen, um sie zu besiegen. Vouivre nahm die Karte aus der Pagode, stieß sich ab und flog ebenfalls los.

Er hatte schon lange Zeit nichts mehr von einem seiner englischen Spione gehört, was eine gewisse Nervosität in ihm auslöste. Und der Gedanke daran, dass die Altvorderen durch die Möbel und Seide beinahe entmachtet worden wären, ließ ihn ebenso wenig los.

Nie-Lung konnte noch so brillant säuseln, Vouivre würde auf das Bündnis nichts geben und jeden asiatischen Drachenspion ausrotten lassen. *Sobald ich die Macht in Europa habe, werde ich Tee verbieten lassen. Er macht sicher ebenso abhängig wie Opium.*

30. Dezember 1926, Ärmelkanal zwischen den Königreichen Frankreich und Großbritannien

Silena ließ die schwarz gestrichene Macchi M.39 mit halber Geschwindigkeit über das Meer donnern. Auf knapp dreihundert Metern Höhe schnurrte das modifizierte Rennflugzeug mit gemütlichen zweihundert Stundenkilometern dahin. Der Wind wehte ihr kalt entgegen, und trotz geschlossener Lederhaube, dickem Wollschal, Fliegerbrille und Lammfellfutter hatte sie das Gefühl, dass ihr Gesicht langsam gefror.

Litzow hatte die Originalpläne von dem befreundeten Konstrukteur Mario Costaldi gesandt bekommen, um sie zu überarbeiten, damit die Maschine im Rennen um die begehrte Schneider-Trophy in den USA teilnehmen und gewinnen konnte. Während die Italiener noch bauten, hatte Litzow einen Prototypen fertiggestellt. Zur schnellsten Beförderung, die derzeit für eine einzelne Person möglich war: über vierhundert Sachen, wenn die beinahe neunhundert Pferdestärken des Motors voll ausgereizt wurden.

Sie bewegte Arme und Beine, damit die Muskeln arbeiteten und sich erwärmten. Sie gab nichts auf die Kälte. *Sobald ich Land unter mit habe, fliege ich mit voller Geschwindigkeit.* Silena freute sich darauf, bald wieder in Bilston zu sein, um darauf zu warten, dass Grigorij zurückkam, und ihn wieder in die Arme zu schließen. Sie hatte sich kindisch benommen, und es tat ihr schrecklich leid. *Ich werde mich entschuldigen, ihn zum Essen ausführen und den restlichen Abend im Tingle-Club ausklingen lassen.*

Grigorij und sie liebten den Tingle-Club, in dem bald Whispering Jack Smith und sein Orchester auftreten würden. Sie mochte die unaufdringliche, melodiöse und einzigartige Stimme des Baritons.

Silena unterdrückte ein Aufstoßen. Etwas von dem, was sie gegessen hatte, war ihr wohl nicht bekommen.

Unter ihr huschten träge Schiffe vorbei, während sie *There Ain't No »Maybe« in My Baby's Eyes* von Whispering Jack Smith summte. Frachter, Passagierdampfer, Fischerkähne bevölkerten den Kanal an diesem Tag, manche ließen ihre Schiffssirene ertönen, wenn die Macchi sie passierte. Die Gäste auf den Oberdecks der Kreuzer winkten ihr zu.

Grinsend führte Silena den Steuerknüppel kurz nach rechts und links und wackelte dadurch mit den Tragflächen. Ein flüchtiger Gruß an die Bemitleidenswerten, die sich nicht durch die Lüfte schwingen durften; dann sah sie nach vorne, um auf mögliche entgegenkommende Fracht- und Passagierflugzeuge oder Luftschiffe zu achten.

Und da ist auch schon einer. Einem umgebauten, schweren Doppeldecker-Bomber *Handley Page 0/400,* der im leuchtenden Rot der Royal Mail gestrichen und mit den Insignien der Queen versehen war, wich sie aus, indem sie die Macchi einfach tiefer drückte. Mit der Spannweite von dreißig Metern war er dreimal so breit wie ihre Maschine.

Als ihr Flugzeug wieder nach oben zog, sah sie drei Abfangjäger der Royal Air Force auf sich zukommen: Doppeldecker des Typus Spad XIII. *Auf Patrouille, Jungs?* Sie entbot ihnen den Fliegergruß.

Hinter deren Propellern blitzte es in schnellem Wechsel rechts und links auf.

Es prasselte knapp neben ihr und ringsherum: Die Kugeln aus den synchronisierten Maschinengewehren stanzten Löcher in die Tragflächen. Klirrend prallten einige Geschosse ab, und sie hörte sehr genau, dass der Klang ihres Motors sich verändert hatte. Erst jetzt vernahm sie das Röhren der automatischen Waffen.

Verflucht! Silena zog die Macchi hoch und beschleunigte, wobei der angelegte Fallschirm in den Rücken drückte. Angestrengt sah sie in den Rückspiegel.

Die Spads fächerten hinter ihr auseinander und absolvierten halbe Loopings, um an Höhe zu gewinnen; sie drehten sich an der höchsten Stelle um die eigene Achse, damit die Piloten wieder aufrecht zum Horizont flogen.

So sehr Silena mehr Leistung vom beschädigten Motor verlangte, der Tachometer blieb bei zweihundert stehen. Spads flogen unglücklicherweise bis zu zweihundertzwanzig. Entkommen konnte sie ihnen nicht. Nicht durch Geschwindigkeit. Auf ihre Funksprüche reagierten sie nicht. Es konnte gut sein, dass diese Maschinen noch keinen Funk eingebaut hatten.

Schon wieder sah sie es hinter den Propellern blitzen, die Kugeln bohrten sich in die Macchi.

»Was ist denn in euch Idioten gefahren?«, schrie sie ihre Wut hinaus und ließ sich trudelnd nach unten sinken, um ihnen ein weniger einfaches Ziel zu bieten. Ihre Maschine war auf Geschwindigkeit ausgelegt und nicht auf besondere Wendigkeit; Bewaffnung fehlte gänzlich. Sie musste zeigen, was sie zu einer weltweiten Ausnahmepilotin machte.

Silena fing die Macchi auf dreißig Metern über dem Wasser ab und sah vierzig Segeleinmaster auf Backbord. *Eine Regatta ist ein guter Ort, um sich zu verbergen.* Den Fahnen an den Hecks der Schiffe nach zu urteilen, waren es britische Schiffe.

Ein Blick in den Spiegel zeigte ihr, dass zwei Spads ihr folgten, die dritte blieb auf gut dreihundert Metern über ihnen und schien sie überholen zu wollen, um von vorne anzugreifen. »Dover Kanalüberwachung«, sprach sie ins Funkgerät, »Dover Kanalüberwachung, kommen!«

In ihrem Kopfhörer knackte es. »Hier Dover Kanalüberwachung, sprechen Sie.«

»Hier ist Anastasia Zadornova von der Drachenjäger-Einheit *Skyguards.* Ich werde irrtümlich von drei Spads der RAF angegriffen. Können Sie denen Zeichen zumorsen oder etwas, was mich vor dem Abschuss bewahrt?«

Die Kanalüberwachung schwieg.

Silena sah rechts und links neben sich kleine Wasserfontänen aufspritzen, die immer weiter auf sie zuwanderten. Die Piloten schossen sich ein.

Mit einer ruckartigen Bewegung stellte sie die Macchi senkrecht, sodass ihre rechte Tragfläche beinahe die flachen Wellenkämme berührte, und fegte mitten ins Teilnehmerfeld der Regatta. *Sie werden ja wohl nicht riskieren, ihre Landsleute versehentlich zu treffen.* Ihre Maschine reagierte zäh; nur haarscharf raste sie am ersten Segler vorbei.

Die Spads verzichteten auf ein derart gewagtes Manöver, drosselten die Geschwindigkeit und setzten sich über die Schiffe.

Silena wollte es nicht glauben, als sie das stakkatohafte *Tack-Tack-Tack* der MGs schräg hinter sich hörte. Sie waren auf fünfzig Meter herangerückt und hörten gar nicht mehr auf zu schießen.

Die Schiffe vor ihr hatten plötzlich Löcher in den Segeln, in manche Oberdecks frästen die Salven regelrechte Linien. Splitter flogen umher, Seile wurden gekappt, Menschen fielen nieder. Silena konnte nicht sagen, ob sie tot oder verwundet waren.

Ich muss hier raus, sonst sterben Unschuldige. Sie zog die Macchi senkrecht nach oben, aus dem Beschuss, ließ sich zurückfallen und die Spads unter sich durchziehen.

Gegen euch brauche ich nicht mal Bordwaffen. Gleich einem Raubvogel stieß sie nun auf den rechten Angreifer herab, zielte mit dem Propeller auf das Höhenruder und ließ ihr Flugzeug kurz vor dem Zusammenprall nach links wegschmieren. Ihr Rad touchierte das Heck und riss Teile des Leitwerks ab.

Die Spad vibrierte unter dem Einschlag und verlor ihre stabile Flugbahn, geriet ins Kreiseln und senkte sich dem Meer entgegen. Sie zerschellte zwischen zwei Segelbooten, Dampf und Wasser stiegen auf.

Silena grinste böse. *Pech.* Der kurze Kontakt hatte ihr ausgereicht, einen Blick auf den Piloten werfen zu können, und was sie gesehen hatte, machte sie stutzig. *Lange Haare sind bei der RAF nicht üblich. Schwarze Lederjacken noch viel weniger.* Es musste sich aufgrund des Könnens und der Vorgehensweise der Angreifer um Kampfpiloten handeln, aber gehörten sie wirklich zur Luftwaffe? *Was geht hier vor?*

Sie sah die zweite Spad schräg über sich, die langsamer wurde. Offenbar wollte der Pilot sich überholen lassen, um sie von hinten abzuschießen. *Den Gefallen tue ich dir sicherlich nicht.* Sie gab Gas, der Motor dröhnte und sprühte schwarzes Öl aus zwei Löchern, das von der beschädigten Scheibe jedoch aufgefangen wurde. Lange würde es die Macchi nicht mehr machen.

Silena griff unter ihren Sitz, wühlte in der Notfalltasche, was wegen der Gurte und des Fallschirms nicht so einfach war. Sie zog die Signalpistole hervor, drehte sich nach hinten und hob den Arm. Nach knappem Zielen drückte sie den Abzug.

Eine weiße Spur aus Qualm hinter sich herziehend, jagte das Leuchtgeschoss in den Propeller des V8-Reihenmotors, den es daraufhin mit einer kleinen Explosion zerriss. Flammen schlugen aus dem Block, knatternd verging die Munition der Maschinengewehre, und die Spad stürzte ab.

Dieses Mal hatten die Regattateilnehmer weniger Glück, wie Silena im Spiegel sah. Der Doppeldecker raste durch einen Mast und warf das erste Boot um, brennend landete das Flugzeugwrack in einem weiteren Schiff und setzte es in Flammen. Auch wenn sie nicht direkt etwas dafür konnte, fühlte sie sich schuldig. Sie stieg auf eintausend Meter, um einen besseren Überblick zu bekommen. *Wo ist die dritte Maschine?*

Die Küste tauchte auf, die weißen Felsen leuchteten in der Sonne.

In ihren Ohren rauschte es. »Hier Dover Kanalüberwachung. Zadornova, bitte kommen.«

Endlich. »Hier Zado…« Silena sah die dritte Spad von der Seite auftauchen, die Mündungsfeuer blinkten unaufhörlich. Es gelang ihr, den Kopf einzuziehen und die Macchi über den rechten Flügel rollen zu lassen. Wieder klang es, als sei ihre Maschine in dicken Hagel geraten.

Die Salve hatte unglaublich gut gesessen. Ihr Motor setzte aus, mit einem Knall flog die Abdeckung davon, und schwarze, fette Rauchschwaden hüllten sie ein. Die schwere Macchi sackte sofort nach unten weg. Ein Gleiten war nicht möglich.

Blind und hustend lud Silena die Signalpistole nach. Im Cockpit zusammengekauert, spürte sie die Hitze der Flammen, die im dichten Rauch loderten.

Die Spad griff nochmals an, wie sie am Dröhnen des Motors hörte, setzte eine Salve knapp an ihr vorbei in die Tragflächen und zog über sie hinweg.

Silena schoss auf gut Glück nochmals mit der Signalpistole nach dem Feind. Durch den immer dichter werdenden Qualm sah sie, wie das Geschoss gegen das Heck schlug, ohne etwas auszurichten. Ein Brandfleck entstand, mehr nicht.

Raus! Sie schnallte sich ab und öffnete die kleine Klappe zum Stauraum hinter ihr, wo sie Brieucs Geschenk gelagert hatte. *Das geht mit. Es verbrennt erst, wenn ich es will.* Kurz vor Erreichen der Küstenlinie sprang sie aus der Maschine und streifte die ölverschmierte Brille ab.

Der Wind zerrte brutal an ihr, pfiff trotz der Kappe in ihren Ohren. Sie machte, so gut es ihr möglich war, ein Hohlkreuz und spreizte einen Arm und die Beine nach oben ab, um sich nach vorne tragen zu lassen. Den Fallschirm würde sie erst öffnen, wenn sie sich über Land befand.

Der Pilot der letzten Spad verfolgte die nach rechts driftende Macchi und deckte sie ständig mit Salven ein, bis das schöne, einmalige Flugzeug schließlich zerbrach und in brennenden Teilen in den Ärmelkanal fiel; daraufhin nahm die Spad Kurs auf Frankreich.

Also keine Royal Air Force. Gut, dass ich den Schirm nicht geöffnet habe, sonst hätte er mich gesehen. Silenas Augen tränten wegen des Windes, aber wenigstens musste sie nicht mehr husten.

Ihre Einschätzung erwies sich bald als richtig: Aufgrund der Höhe, in der sie ausgestiegen war, und ihrer Vorwärtsbewegung gelangte sie bis über die Klippen und öffnete ihren Fallschirm.

Als sie im weichen Gras landete, schossen fünf weitere Spads von der Insel über sie hinweg in Richtung offenes Meer. Die echte Air Force hatte es offenbar auf den Überlebenden des Luftkampfs abgesehen.

Wer wollte mich töten?, grübelte sie und legte das Geschirr ab, damit sie der Schirm nicht über den Rand zerrte. *Das Officium? Oder will mich der Zar jetzt ebenso tot sehen wie Grigorij?*

Der Gedanke an ihren Gemahl ließ Silena die Sorgen um die eigene Sicherheit nebensächlich erscheinen. Sie hetzte keuchend mit dem Paket vorwärts und gelangte bald schon außer Atem an eine Straße, wo sie ein Automobil mit einer jungen Fahrerin mitnahm und sie zur Polizeistation brachte; unterwegs versuchte sie, ihre Gedanken und ihre Vorgehensweise zu ordnen. Ihrer Fahrerin sagte sie nur, dass ihr Flugzeug abgestürzt sei.

Nach fünfzehn Minuten hatten sie das Ziel erreicht. Silena bedankte sich bei der jungen Frau und stürmte in die Polizeistation, die aus einem einzigen Amtszimmer bestand und mehr an eine gute Stube erinnerte. Es roch nach Geback.

»Guten Tag, die Herren«, grüßte sie die beiden älteren Männer in der Bobby-Uniform und kam zu ihnen an den Tresen. Es waren Prachtpolizisten, einer mit einem dicken Schnauzer, der andere mit einem Backenbart, der noch der Mode von vor vierzig Jahren entsprach. »Dürfte ich Ihr Telefon benutzen? Es handelt sich um einen Notfall.«

»Sicher, Madame«, sagte der Schnauzer hellhörig. »Können wir Ihnen helfen?«

»Möchten Sie einen Tee?«, fragte der Backenbart zuvorkommend und trat zu dem kleinen Herd, um den Kessel herunterzunehmen.

»Danke«, lehnte sie ab, ging zum Fernsprecher und ließ sich zur Air Force durchstellen. Doch man wimmelte sie ab, und so gab Silena das Geschehen bei den netten Bobbies, Humbleman und Coopers, zu Protokoll, die sie letztlich doch mit Tee und Scones versorgten.

»Etwas derart Aufregendes haben wir noch niemals erleben dürfen«, sagte Backenbart-Coopers, als sie geendet hatte. »Das macht es für Sie nicht besser, ich weiß, aber wir können davon Jahre zehren.« Er nahm seinen Helm. »By Jove! Ich sollte wohl los und die Stelle sichern.« Er nickte ihr zu und verließ die Station.

»Ich darf nochmals telefonieren?« Silena stand auf, ließ sich nach Bilston verbinden und sprach mit Litzow. »Versetzen Sie die *Skyguards* in Alarmbereitschaft«, befahl sie, nachdem sie knapp berichtet hatte.

»Das tue ich sofort, Fürstin. Ich sende Ihnen ein Luftschiff samt Flugeskorte für den Rückweg«, gab er zurück.

»Ist mein Mann schon zurück?«

»Nein. Aber in München gab es einen Anschlag auf das Officium. Wussten Sie das?« Rasch berichtete er, was das Radio vermeldet hatte: Bomben, Tote, Einsturzgefahr.

Drachenfreunde! Das ist eine Lösung, die ich nicht in Betracht gezogen habe. Für sie war damit klar, wem sie ihren Beinahetod zu verdanken hatte. Ihre Sorge um Grigorij wuchs. Er war an den *Skyguards* als Geschäftsmann mit beteiligt und für die Fanatiker sicherlich ebenso ein Ziel wie sie. *Neue Feinde sind nicht das, was er unbedingt brauchen kann.* »Danke, Oberst. Ich warte hier, bis ich abgeholt werde.«

Schon stand Humbleman bereit, als sie auflegte. »Tee?

Sie schüttelte den Kopf und musste ein erneutes Aufstoßen unterdrücken. Ihr war nicht zum Plaudern zumute, also verbrachte sie das Warten damit, zuerst die Zeitung zu lesen und immer wieder bei der Royal Air Force anzurufen. Aber bei den Fliegern der Queen gab es kein Durchkommen für sie.

Endlich erschienen das Luftschiff und fünf Flugzeuge, alles Einflügler des Typus Saint und für Kampfeinsätze gegen Drachen gebaut, über der Station.

»Vielen Dank, Mister Humbleman. Richten Sie meinen Dank auch Mister Coopers aus.« Silena nickte dem Bobby zu und verließ das Gebäude, während der Zeppelin niederging, um sie aufzunehmen. Mehrere Bodenanker wurden für die improvisierte Landung ausgeworfen, die Gondel schwebte einen Meter über dem Boden. Die Saints blieben in der Luft und sicherten.

Sie dachte sich zunächst nichts, als Litzow mit ernstem Gesicht und einem ihrer Ärzte aus der Frachtluke sprang und auf sie zukam. »Das wäre nicht nötig gewesen, Oberst«, grüßte sie ihn. »Ich bin unverletzt.«

Der Mann blieb zwei Meter vor ihr stehen und grüßte militärisch. »Fürstin, ich freue mich sehr, Sie wohlbehalten zu sehen.«

»Und Sie klingen, als wäre Ihnen das Gegenteil lieber.« Silena mahnte sich zur Ruhe. Sie konnte nicht in allem ein schlechtes Zeichen sehen. Dennoch musste sie einfach fragen. »Welchen Grund gibt es, dass Sie mitgekommen sind? Sie wären in Bilston besser aufgehoben, falls die Drachenfreunde angreifen.«

Er schluckte und winkte den Arzt nach vorn, der eine große Ledertasche mit Behandlungsutensilien dabeihatte. »Fürstin, das Luftschiff Ihres Gatten ist kurz nach dem Abheben aus Sankt Petersburg von Unbekannten abgeschossen worden. Wir haben die Nachricht eben erhalten …«

Silena sah, wie sich der Mund des Obersts bewegte, doch sie hörte die Worte nicht mehr. Ihr wurde schlecht, dann schwindlig, sodass Litzow und der Arzt sich drehten und wie in einem Kaleidoskop vervielfältigten. Schließlich wurde ihr schwarz vor Augen.

Sie schlug die Augen auf und erkannte die Deckenlampe über sich sofort. *Ich bin in Bilston!*

»Bleiben Sie ruhig, Fürstin«, sagte eine Frau neben ihr, und als Silena den Kopf drehte, sah sie Schwester Mary, die Pflegerin der

Einheit. Sie trug die graue Tracht mit der weißen Schürze darüber. »Doktor Eisenbeis hatte Ihnen ein leichtes Beruhigungsmittel gespritzt, damit Sie sich ausschlafen und den ersten Schrecken abklingen lassen.«

Grigorij kann nicht tot sein. Sie setzte sich mit klopfendem Herzen auf. »Wie kann ich jetzt schlafen?«, gab sie zurück und fühlte sich zugleich schwach, müde und ausgelaugt. Das Mittel wirkte offenbar noch. »Ich muss ihn sehen. Erst dann glaube ich, dass er tot ist.«

Schwester Mary versuchte sich an einem Lächeln. »Fürstin, ich rufe den Oberst und Doktor Eisenbeis. Sie wissen mehr als ich.« Sie erhob sich. »Versprechen Sie mir, im Bett zu bleiben.«

Silena nickte. Ihre Beine spürte sie so gut wie nicht, ihr Nacken war ein Inferno, und wenn sie den Kopf schnell drehte, brauchte das Bild lange, bis es scharf wurde.

Mary verschwand, und keine zwei Minuten darauf standen die Männer an ihrem Bett. Die Mienen sprachen Bände, sie hatten den Tod des Fürsten bereits akzeptiert.

Niemals. »Einzelheiten, Litzow«, sagte Silena und klang zu ihrer eigenen Verwunderung, als stünde sie vor Rekruten und würde sie zum Thema Fliegerei abhören.

»Die russische Kriegsmarine meldete den Abschuss von der Festungsinsel Kronstadt aus. Es wurden Raketenvorrichtungen auf einem Hausdach gefunden«, sagte der Oberst. »Der Zeppelin selbst ging über Oranienbaum und dem Meer nieder. Einige Wrackteile konnten wegen des Wetters nur teilweise geborgen werden. Man fand«, er stockte und musste sich sammeln, »man fand die Leiche des Fürsten. Aufgrund der starken Verbrennungen wurde er durch seinen Mantel identifiziert.«

»Ich glaube es nicht. Ich glaube es nicht! Nicht bevor ich die Leiche selbst gesehen habe.« Silena krallte sich in die Decke, als wäre sie mit Hoffnung gefüllt. »Sie kennen doch sein Glück, Oberst! Vielleicht …«

»Fürstin, bitte, regen Sie sich nicht auf«, unterbrach er sie mit väterlicher Stimme. »Das letzte Mal ist er davongekommen, und ich bin der Letzte, der ihn sich nicht lebendig nach Bilston wünscht. Doch als Soldat und als Ingenieur muss ich mir selbst eingestehen, dass es unmöglich ist, eine solche Katastrophe zu überstehen. Ein solches Glück hat kein Mensch auf Dauer gepachtet.«

»Schweigen Sie, wenn Sie nichts Besseres zu sagen haben«, fuhr Silena ihn an. »Ich will das nicht hören!«

Litzow atmete tief ein. »Fürstin, ich tue das als Ihr langjähriger Freund und nicht, um Sie zu verletzen. Je eher wir uns alle mit dem Verlust vertraut machen, desto besser.«

»Die eisige Nacht, das kalte Wasser, die Höhe des Absturzes«, zählte Eisenbeis dumpf auf. »Dass jemand überlebt, ist aus medizinischer Sicht unmöglich.«

»Er ist nicht tot!«, unterbrach sie ihn wütend. Sie ertrug die Vorstellung nicht, ihn dieses Mal wirklich verloren zu haben. Sie verbot sich die Trauer oder jeden Gedanken an eine Beerdigung. *Ich habe ihn schon einmal zu früh aufgegeben.*

»Man ließ mich wissen, dass die Polizei von einem Anschlag der Drachenfreunde ausgeht.« Litzow kam noch näher zu ihr. »Bitte, vergrößern Sie den Schmerz nicht noch und geben Sie sich keinen falschen Hoffnungen hin.« Er lächelte zurückhaltend, die Schnurrbartenden schossen in die Höhe. »Es gibt jedoch auch einen kleinen Trost. Einen Lichtblick in dieser dunklen Stunde des Verlustes.« Er sah auffordernd zum Arzt. »Doktor Eisenbeis, Sie …«

»*Was?*«, fragte Silena gereizt. »*Was* gibt es noch?«

»Fürstin, Sie müssen in Zukunft darauf verzichten, in eine Maschine zu steigen. Sicherheitshalber«, begann Eisenbeis und lächelte dabei, als sei dies etwas Großartiges. »Luftschiffe sind in Ordnung, wegen ihrer geringen Beschleunigung, aber keine tollkühnen Manöver mehr.«

Silena rieb sich das schmerzende Genick. »Wegen meines Nackens?«

»Nein, Fürstin.« Eisenbeis zeigte auf ihren Bauch. »Ich tastete Sie ab, um innere Verletzungen auszuschließen, und stieß dabei am Unterbauch auf Auffälligkeiten.«

»Was ist mit meinem Unterbauch, zum Teufel?!«

»Für intimere Untersuchungen sollten Sie einen Kollegen von mir aufsuchen. Selmar Aschheim und Bernhard Zondek arbeiten zurzeit an einer neuen Nachweismethode, wie sie mir kürzlich schrieben. Sie nehmen den Urin …«

»Eisenbeis, sagen Sie es ihr!«, fiel Litzow ihm ins Wort.

»Verzeihen Sie, Gynäkologie ist nicht mein Fachgebiet. Doch es besteht die sehr große Wahrscheinlichkeit, dass Sie Mutter werden, Fürstin«, sagte der Arzt in aller Deutlichkeit. »Das Erbe Ihres Mannes wird fortbestehen.«

»Meinen Glückwunsch«, fügte der Oberst hinzu. »Möge Ihnen die Nachricht Kraft geben.«

Die beiden Männer erwarteten gewiss, dass sie ein Anzeichen von Freude zeigte. Doch alles, was sie dachte, war: *Gott, nein! Nicht jetzt!* »Litzow, machen Sie ein Trägerluftschiff klar«, befahl sie ihm wispernd. »Die *Skyguards* fliegen nach Sankt Petersburg und suchen meinen Mann. Und bei der Gelegenheit überwachen wir die Ermittlungen. Ich lasse keine Schlamperei zu.«

»Sehr wohl, Fürstin«, sagte der Oberst und trug seine Enttäuschung über ihre nüchterne, freudlose Reaktion auf die Nachricht offen zur Schau.

31. Dezember 1926, in der Nähe von Kiew, Zarenreich Russland

Lady Ealwhina Snickelway musste den Blick mit aller Macht nach vorn auf den grauen Hinterkopf ihres Fahrers Wassilij gerichtet halten. *Das ist mehr, als ich ertragen kann.*

Rechts und links, abseits der schlaglochübersäten Straße, breitete sich das Schlachtfeld aus, auf dem Menschen gegen Drachen gekämpft hatten. Eine plane, morastige Fläche, ohne Leben, ohne Natur. Einst bearbeitet von Granaten, Bomben und Feuer, hatte die Witterung mit Wind und Regen den Sand glatt gezogen, aus tiefen Kratern waren Mulden geworden.

Es war ein ungleiches Gefecht gewesen, wie die zahlreichen ausgebrannten Fahrzeuge kündeten. Die eisernen Überreste von Lastwagen und Automobilen, Haubitzen und Geschützen ragten skelettgleich aus dem Boden, als wüchsen sie daraus empor. Umherliegende rostende Panzerwracks, sogenannte Tanks, und rußgeschwärzte Flugzeugtrümmer vervollständigten die Impressionen des Gemetzels. Von den Menschen war nichts außer Asche geblieben, die der Wind längst über die Welt verteilt hatte. Ealwhina fuhr durch ein übergroßes Mahnmal.

Und sie hatte ein weiteres Problem: Sie sah die Geister der Toten, als seien es lebendige Menschen!

Hunderte Verbrannte und Verstümmelte in zerfetzten Uniformen irrten auf dem Feld umher, hielten ihre Waffen fest und wussten nicht, wohin sie sollten. Verlorene Seelen, denen der Zugang in eine bessere Welt aus ungewissen Gründen verweigert blieb.

Ealwhina schloss die Augen. *Sie müssen unbedingt Geistliche hierherschicken, um das Feld zu segnen, sonst finden die Toten niemals ihre Ruhe.*

Leises Trommeln gegen Scheiben und Dach setzte ein. Ein heftiger Regen ging auf das Land nieder, das Quietschen der Scheibenwischer erklang.

Eine absolute Ungewöhnlichkeit, denn eigentlich müsste sich der Schnee ein, zwei Meter rechts und links der Straße auftürmen, wie er es bis vor einer Viertelmeile noch getan hatte. Doch je näher sie dem Triglav kamen, desto milder wurde es. Mild im Vergleich zu den Minusgraden, die im übrigen Zarenreich herrschten.

Als sie Wassilij danach fragte, bekam sie die lakonische Antwort, dass die Gegend seit der Schlacht verflucht sei. In Kiew schien man sich mit der ebenso einfachen wie übernatürlichen Erklärung zufriedenzugeben.

Verlorene Seelen haben keine Auswirkung auf das Wetter, dachte sie. *Experimentieren die Russen? Ist es der Weltenstein?*

»Madame, halten Sie Ihren Ausweis bereit«, sagte der Fahrer in gebrochenem Englisch.

Sie musste die Lider heben, um nach dem Dokument und dem Visum zu suchen. Dann schaute sie nach vorne, die schnurgerade Straße entlang.

Eine Meile vor dem, was einst der Triglav gewesen war, tauchte die dritte Kontrollstation der russischen Armee auf. Von hier aus durfte nur derjenige bis zum Denkmal der gefallenen Drachenheiligen weiterfahren, der eine Genehmigung von den zaristischen Behörden erhalten hatte.

Der Geist eines Infanteristen stand mitten auf der Strecke und hob bittend die Hand, als er das Automobil näher kommen sah.

Die rechte Hälfte seines Oberkörpers war von einem Drachenbiss abgetrennt worden, Blut lief aus der Wunde. »Gnade«, wimmerte er. »Gnade! Bringt mich weg von hier. Ich kann nicht …«

Das Automobil fuhr durch ihn hindurch, ohne dass etwas geschah. Ganz dicht huschte er an Ealwhina vorbei, und sie glaubte, das Blut riechen zu können. Es waren nur wenige Sekunden, in denen sich ihre Blicke trafen, doch selten hatte sie eine solch verzweifelte Verlorenheit und den Wunsch nach Erlösung bei jemandem wahrgenommen. Gerade noch rutschte sie zur Seite, seine schmutzige Hand verfehlte sie. Den Ausdruck in den Augen würde sie niemals mehr vergessen. Absichtlich blickte sie nicht aus dem kleinen Rückfenster. *Ich kann euch nicht helfen. Mir ist solche Macht nicht gegeben.*

Nach dreihundert Metern hielten sie vor einem massiven Tor an, dahinter befanden sich zwei weitere Eisenschranken. Sogar ein Lastwagen würde von dem Hindernis aufgehalten werden.

Vier Soldaten kamen aus dem Wachhäuschen durch den strömenden Regen, Tropfen rannen von den Helmen in ihr Gesicht. Einer von ihnen sprach mit dem Fahrer, der seine und Ealwhinas Papiere vorzeigte.

Sie nutzte die Gelegenheit und starrte nach vorn, zu den sich auftürmenden Steintrümmern.

Die Armee hatte einen doppelten Sperrzaun um das Areal gezogen; der Mittelstreifen war vermint, wie ihr gesagt worden war. Überall patrouillierten Wachfahrzeuge, um jeden ungewollten Besucher auf der Stelle zu fangen.

Man könnte meinen, sie möchten etwas verbergen, anstatt zu beschützen. Ealwhina sah zwei große Kasernen, die aus dem Boden gestampft worden waren, auf deren Dächern Geschützkuppeln mit Flugabwehrkanonen und Harpunen saßen. Ihre Informanten hatten ihr zugetragen, dass es von diesen Feuerstellungen zehn Stück gab. Die Tatsache, dass sie keine Geister innerhalb der Bannmeile sah, schien die Annahme ihres Auftraggebers zu bestätigen, dass sich etwas Übersinnliches, Kraftvolles in den Trümmern befand. *So mächtig, dass es das Wetter beeinflusst?* Ealwhina konnte nichts Besonderes an dem Ort erkennen. *Merkwürdige Sache.*

Wassilij drehte den Kopf zu ihr. »Er sagt, dass wir heute die Einzigen wären, die diese Gedenkstätte hier besuchen wollen, und dass sie sich die Umstände deswegen nicht machen wollen. Wir sollen wieder fahren.«

»Welche Umstände?«

»Uns Begleiter mitgeben. Niemand darf ohne Truppen hinein.«

Ealwhina wusste, was die Ankündigung zu bedeuten hatte. Sie langte wieder in die Handtasche und zog ein Bündel britische Pfund heraus. »Das sollte genügen, hoffe ich.« Sie reichte es dem Fahrer, und das Geld landete in den Händen des Offiziers, der es einsteckte und Befehle brüllte.

Aus einer nahen Baracke kamen vier Soldaten angerannt, einer stieg in die Kabine eines geparkten Lastwagens, die drei erklommen die planengeschützte Ladefläche. Brummend startete der Motor, aus dem Auspuff drang dunkler Qualm.

»Unsere Eskorte?«

»Ja«, sagte Wassilij und legte krachend den Gang ein. »Er hat gesagt, wir dürfen ausnahmsweise wegen des schlechten Wetters fahren und müssten nicht laufen. Und wir sollen uns nicht zu lange bei dem Denkmal aufhalten. Die Kantine des Lokals hat nur noch eine Stunde geöffnet, falls wir etwas essen wollen.« Er fuhr los, dem Lastwagen nach.

Ealwhina nahm das Foto hervor, das den Triglav vor seiner Zerstörung zeigte. Ein Berg mit flacher Kuppe, unfreundlich und abweisend. Sie hatte sich erkundigt und Legenden über Hexen, Dämonen und Teufel gefunden, die sich in mondlosen Nächten auf ihm getroffen hatten. Modest Mussorgsky hatte seine »Nacht auf dem Kahlen Berge« dem Triglav gewidmet: wild, stürmisch und düster-feurig klangen die Töne, deren Wirkung sie sich nicht entziehen konnte. Sie hatte es zufällig vor ihrer Reise nochmals im Radio gehört.

Wo sie sich wohl heute treffen? Sie sah auf das hinaus, was die Bomben und chemisch erzeugten Flammen aus dem Ort gemacht hatten, an dem die finsteren Mächte einst miteinander getanzt hatten. Unwillkürlich dachte sie an einen schwarzen Eisberg, der in viele Teile zerbrochen war, dann an Caspar David Friedrichs Bild *Eismeer.*

Einzelne Segmente ragten aufrecht, mit langen Spitzen an den

Enden, als wollten sie markieren, wo der Triglav gestanden hatte. An anderen Stellen lagen die Trümmer unsortiert wie in einem Steinbruch, in dem eben gesprengt worden war. Dann wiederum erkannte sie Elemente, die in ihrer eigentlichen Form erhalten geblieben waren, doch durch die Brandbomben mit einer dicken schwarzen Schicht überzogen waren. *Welch bizarrer Anblick!*

Der Lastwagen fuhr die sehr schmale Straße entlang, vorbei an einem Rasthof, den man für die Besucher errichtet hatte, und geradewegs zwischen den ersten Steinbrocken hindurch, die durch die Wucht der Explosionen davongeschleudert worden waren. Bald wurden die Stücke höher, überragten die Fahrzeuge; sie bildete sich ein, dass es wärmer im Wagen wurde.

Die Armee hatte einen geraden Weg angelegt, der wie durch eine Schlucht führte. Lackspuren an den Wänden zeugten davon, dass nicht jeder Fahrer mit der Enge so gut umgehen konnte wie die Soldaten des Zaren. Wasser rann an den Felsen hinab.

Der Lastwagen hielt auf einem schmalen Parkplatz an, die Soldaten sprangen von der beplanten Ladefläche herab. Der Matsch spritzte an ihren Stiefeln und langen Mänteln hoch. Einer winkte schlecht gelaunt zu ihrem Wagen.

»Warten Sie«, sagte Ealwhina. »Es reicht, wenn ich nass werde.« Sie stieg aus, spannte den Schirm auf und watete durch den Morast zu ihren Begleitern. *Es ist wirklich viel wärmer. Die Steine scheinen die Hitze der Phosphorbomben gespeichert zu haben.* Sie hatte für ihre Erkundung pragmatische Kleidung gewählt: einen kurzen grauen Rock mit schwarzen Stiefeln und Gamaschen, die bis zu den Oberschenkeln reichten und vor Schmutz schützten. Darüber trug sie einen braunen Kurzmantel und einen weißen Hut mit schmaler Krempe.

»Dawai, dawai«, sagte einer der Soldaten und zeigte auf den einen Schritt breiten Pfad, der mit Bruchstücken ausgelegt und somit schlammfrei war. Er tippte sich gegen das linke Handgelenk als Zeichen, dass er keine Zeit und Lust hatte, lange im Regen zu stehen.

Ealwhina lächelte ihm zu und betrat den Weg. Er wand sich an den größten Steinstücken vorbei und führte zu dem Ort, an dem das Denkmal für die gefallenen Drachenheiligen errichtet worden war. Sie sah den ausgetretenen Platten an, dass schon viele Menschen darübergegangen waren. Bei ihrer Vorbereitung hatte sie auch von Wunderheilungen gelesen, die sich immer wieder sporadisch ereigneten. Die Besucher pilgerten in Scharen an den Ort des massenhaften Todes, als sei es Lourdes oder eine weitere, wesentlich schönere Stätte des Glaubens.

Hinter ihr marschierten die Soldaten; Teile ihrer Ausrüstung schlugen im Takt metallisch aneinander, Leder knirschte, und sie vernahm die leise Unterhaltung der Männer.

Streng dich an. Ealwhina lief den Weg immer weiter; dabei suchten ihre sensiblen, empathischen Antennen nach Hinweisen auf Übernatürliches.

Sie war ein Medium im allerklassischsten Sinne, das nicht mit Ektoplasma um sich warf und Dinge bewegte oder Séancen abhielt. Sie sah die verlorenen Seelen um sich herum, ohne welche heraufbeschwören zu können. Sie vermochte mit ihnen zu kommunizieren, aber nicht, ihnen zu befehlen. Im Grunde betrachtete Ealwhina die Geister als Menschen, deren Leib gerade durchscheinender, heller war. Anfangs hatte sie Geister und Menschen noch verwechselt. Nachts fiel die Unterscheidung wesentlich leichter.

Und sie hatte die Fertigkeit erhalten, verlorene Dinge aufzuspüren. Sie wusste nicht, wie es funktionierte, aber die Erfolge bei der Wiederbeschaffung von Gegenständen und dem Auffinden von Menschen und Tieren sprachen Bände und hatten sie zumindest in York bekannt gemacht. Ein gutes Geschäft. Dann gab es da noch ein paar andere kleine Tricks, die mehr mit dem menschlichen Verstand zu tun hatten.

»Dawai!«, wurde ihr ungehalten zugerufen. Ealwhina ging den Soldaten zu langsam.

»Da«, rief sie zurück und hob den Arm. *Jetzt schwitze ich auch noch! Es sind mindestens zehn Grad über Null.*

Vor ihr führte der Weg zu einer geräumten Fläche von zehn mal zehn Schritten. Genau im Zentrum erhob sich ein Podest mit einem überlebensgroßen Standbild. Dargestellt waren verschiedene Drachenheilige, die gemeinsam einen Geschuppten erlegten. Einer von ihnen schwenkte triumphierend eine Fahne mit einem

Kreuz darauf. Am Rand hatte man einen russischen Soldaten eingebaut, der ihnen zujubelte.

Eine merkwürdige Art, den verstorbenen russischen Soldaten zu gedenken. Ealwhina mochte die übersteigerte Darstellung und Selbstbeweihräucherung des Officiums nicht. Sie ging näher an das Denkmal heran und senkte den Kopf, ein Gebet imitierend. Dabei intensivierte sie ihre Bemühungen, eine Spur vom Weltenstein zu erfassen.

Nichts.

Ich muss mich frei bewegen können. Sie drehte den Kopf und warf ihren ungewollten Begleitern einen entschuldigenden Blick zu. »Prasstiti pashalussta«, sagte sie laut und sehr freundlich, um die Aufmerksamkeit der drei auf sich zu ziehen. Die Soldaten sahen sie an. Ealwhina nutzte ihre manipulatorischen Kräfte, um das Bewusstsein der Männer zum Schlafen zu bringen, während die Körper aufrecht standen und sich nicht mehr bewegten.

»Spasiba.« Ealwhina ging auf den Vordersten zu und klemmte ihm den geöffneten Schirm unter den Arm, sodass er vor dem Regen geschützt war. Ein kleiner Trick, der jedoch von begrenzter Dauer war. Eile tat not.

Sie schritt an ihnen vorbei und erklomm die kleineren Brocken, kletterte von da weiter und immer höher, bis sie einen recht guten Überblick besaß. Die Steine fühlten sich kalt an, sie waren für die unnatürliche Wärme nicht verantwortlich, und trotzdem traf der Ausdruck frühlingshaft zu. *Zeig dich, Weltenstein!* Sie schloss die Augen und breitete die Arme aus. *Zeige dich!*

Ohne die permanente Störung durch die Soldaten gelang ihr das Konzentrieren wesentlich besser.

Sie empfing viele übersinnliche Impulse, die jedoch gleicher Natur waren und aus einer Ecke der Trümmerlandschaft zu ihr drangen. Es fühlte sich nicht gut an und war in etwa vergleichbar mit einer Melodie von einer Schelllackplatte, auf der die Nadel vor und zurück sprang und die mit Kratzern durchzogen war … Nein, bei der ganze Stücke fehlten!

By Jove! Er ist zerbrochen! Vielleicht konnte ihr Auftraggeber etwas mit den Splittern anfangen, sofern ihr der inzwischen verstorbene Charles Tourant De Bercy die Wahrheit sagen würde. Aber ihre Freunde im Keller des *Golden Fleece* hatten ihm bestimmt alles an Informationen entrissen, was sie wissen wollte.

Ealwhina sah nach den Soldaten, die erstarrt verharrten. *Gut. Aber lange werde ich sie nicht mehr damit halten können. Beeilung!* Mit großen Sprüngen, die sie viele Schritte weit durch die Luft und von Stein zu Stein trugen, überwand sie die Distanz zu der Stelle, von der sie die stärkste Schwingung erhielt. Und je näher sie kam, desto intensiver wurde sie.

Über dem Ort angekommen, hüpfte sie die vierzig Schritte in die Tiefe und landete zwischen den Ruinen einer Behausung. Ein weiterer kleiner, wenn auch anstrengender Trick, den nur sie beherrschte. Behauene Steinblöcke, Metallscharniere und Holzsplitter lagen herum. Offenbar hatte sich eine Festung auf dem Triglav befunden.

Sie hielt die Hände ausgestreckt, als fühle sie nach Temperaturschwankungen oder einem Luftstrom.

Schwingungen trafen sie, mal leichte, mal heftige, vergleichbar mit den verschiedenen Schallwellen, die unterschiedliche Instrumente verursachten: druckvoll, schmeichelnd, kaum wahrnehmbar, dann wieder kräftig. Sie verfolgte das intensivste Vibrieren. Tatsächlich wies ihr dieses Empfinden den genauen Weg.

Hoffentlich finde ich die Stücke recht weit oben. Sie wühlte sich durch den Schutt, so gut es ihr möglich war.

Dann hielt Ealwhina einen menschlichen Schädel in den Fingern; seine Abstrahlung war unglaublich stark. Vorsichtig drehte sie ihn und hörte ein leises Klappern, als säße in seinem Inneren ein loses Teil.

Heraus mit dir! Sie schmetterte ihn mit Macht gegen den Fels, sodass die Knochen zersprangen. In den weißen Stücken auf ihrer Hand sah sie eine murmelgroße Kugel, die von letzten Geweberesten umhüllt war. Rasch rieb sie das verrottete Fleisch ab.

Es sah unscheinbar aus: beschmutzter, ungeschliffener Bernstein mit Einschlüssen darin. *Was immer du bist, ich nehme dich mit.* Hastig steckte sie den Fund in die Tasche und suchte weiter. Sie spürte die Kraft, die von der Kugel ausging, tatsächlich als intensive Wärme, die über die schwache Hitze eines einfachen Feuerchens hinausging.

Dann fand sie größere, teils polierte Splitter in der gleichen Farbe wie die Murmel und mit deutlichen Brandspuren daran. Die schwache Kraft, die sie verbreiteten, stand nicht im Vergleich zur kleinen Kugel.

Habe ich alles, an das ich so ohne Weiteres gelangen kann? Sie konzentrierte sich erneut auf die Schwingungen. *Da!* Ganz leichte Wellen schlugen gegen sie und verrieten ihr den Standort von weiteren Teilen. Mehr an Abstrahlung konnte sie nicht spüren. Wenn es weitere Fragmente gab, lagen sie zu tief unter dem Geröll vergraben.

Ihr gelang es, die größten Splitter auf die Schnelle zu bergen. Anschließend säuberte sie die Finger in einer Pfütze und kehrte zu den Soldaten zurück.

Ob es jetzt anfängt zu schneien? Habe ich unter Umständen das magische Gefüge des Ortes verändert? Ealwhina sah hinauf zu den Wolken und nahm den Schirm in dem Augenblick an sich, als der Soldat mit den Augen zwinkerte und sie groß anstarrte. Seine Freunde benahmen sich ähnlich: Sie musterten sich, die Waffen, die sie in den Händen hielten, die Umgebung, als seien sie aus einem Tagtraum erwacht und zum ersten Mal an diesem Ort. Keiner von ihnen wagte es, eine Frage zu stellen.

»Nitschiwo straschnawa«, sagte sie herzlich lächelnd und zeigte auf den Weg. »Dawai?« Sie lief los. Verunsichert folgten ihr die Männer.

Ihre Suche war zumindest in Teilen erfolgreich, und das im wahrsten Sinn des Wortes. Den eigentlichen Weltenstein als Ganzes gab es nicht mehr, und seine restlichen Splitter lagen so tief unter den Tonnen von Gestein, dass niemand an sie herankam. Es wäre die Suche nach der Nadel im Heuhaufen. Zudem besaßen sie vernachlässigbare Energie – im Gegensatz zu dem, was sie aus dem Schädel geholt hatte.

Was mir wohl De Bercy zu erzählen hat? Ealwhina war neugierig, für wen die Überreste des Artefakts in Wahrheit bestimmt waren. *Spätestens wenn ich ihn bearbeite, wird er die Wahrheit herausschreien.*

Die Temperatur sank, wie sie glaubte, und sie streckte die Hand aus, um die Tropfen auf die blanke Haut zu bekommen: Der Regen kühlte ab.

VI.

31. Dezember 1926, Rhossili, County Glamorgan, Provinz Wales, Königreich Großbritannien

Die Bucht von Rhossili sah von der *LS II Lena* aus betrachtet malerisch aus. Trotz des Winters wirkten der Strand, die grünen Dünen und sogar das Meer, als könnte man sich in Badekleidung ins Wasser stürzen, ohne innerhalb weniger Minuten zu erfrieren. Der Sonnenuntergang tauchte die vereinzelten Wolken in dunkles Rot.

Die *Lena* war der Flugzeugträger der *Skyguards.* In ihrer großen, zweistöckigen Gondel befanden sich ein Hangar für vier Maschinen, Ersatzteile, Treibstoff, Unterkünfte sowie Proviant für vierzig Personen. Dazu war sie vom Bug bis zum Heck eine waffenstarrende Festung, die sich mit Maschinengewehren, Geschützen und Harpunen gegen Drachen und irdische Gegner zu verteidigen wusste. Auf knapp tausend Metern näherte sie sich dem Ziel.

»Da vorne, dieser Felsausläufer im Meer, ist der *Worm's Head*, Fürstin«, sagte Litzow und überwachte die Anzeigen des Luftschiffs mit einem schnellen Blick. Flughöhe und Gasdruck in den verschiedenen Kammern des Tragkörpers waren in Ordnung. Regen hatte die Außenhaut der *Lena* getränkt und schwerer gemacht, was sie mit mehr Motorenleistung und Heliumsteigerung kompensierten.

Außer dem Oberst, dem Steuermann und Silena befanden sich zwei weitere Offiziere auf der Brücke, deren Aufgabe es war, den Kurs am Kartentisch abzugleichen, den Horizont und das Wetter zu beobachten.

»Die Stadt davor ist Rhossili, oben, über der Bucht.« Litzow zeigte nach links, wo ein Hangar und ein großes Gebäude standen. »Gleich daneben ist die Basis von *Havock's Hundred.*« Er sah Silena besorgt an. »Sie sind blass. Wollen Sie sich nicht lieber …«

»Danke, Oberst«, lehnte sie kühl ab. Es tat ihr leid, dass sie ihn wie einen Rekruten abkanzelte, aber ihr war nicht danach, sich hinzulegen oder einen anderen guten Ratschlag zu befolgen. Sie konnte nicht einmal die traumhafte walisische Landschaft genießen. Im Sommer musste es in Rhossili noch herrlicher sein, ein Paradies für die Liebhaber von Natur, Spaziergängen und Meeresrauschen.

Es machte für sie keinen Unterschied, ob sie auf Gras oder auf verbranntes Land starrte. Sie hatte nur Grigorij im Kopf. Die Hoffnung, ihren Mann lebend vor wem auch immer zu retten, rang schwer mit der Vernunft. Niemand überlebte einen solchen Absturz.

Und ich habe mich auch noch vor seiner Abreise mit ihm gestritten! Sie legte die rechte Hand auf den Bauch. Noch war er unter ihrer schwarzroten Uniformjacke schlank, aber bald würde er wachsen und sich zu einer Kugel wölben. Der Nachfahre eines Drachenheiligen reifte in ihr zu einem äußerst ungelegenen Zeitpunkt.

Grigorij hätte sich über die Nachricht so sehr gefreut. Sie schluckte, rang mit den Tränen und rieb mit der anderen Hand den Nacken, wo die Narbe zog. So schnell hätte sie früher nicht zu weinen begonnen. Wenigstens hatte sie endlich eine Erklärung, weswegen ihre Stimmungen so sehr schwankten.

»Hier *Havock's Hundred* Bodenkontrolle«, kam es aus dem Funkgerät. Der Stimme nach war es die Anführerin selbst, die zu ihnen sprach: Leída Havock. »Wir freuen uns über die Ankunft der *Skyguards*. Ist Zadornova auf der Brücke?«

Silena bekam die Sprecheinheit vom Offizier gereicht. »Ich bin da, Leída«, sagte sie und räusperte sich. Die Stimme war belegt. »Schön, dass wir uns sehen.«

Die Frau lachte »Ja, wer hätte gedacht, dass *wir* das mal sagen? Es müssen schon wieder Wochen seit dem letzten Tee vergangen sein.«

»Ich freue mich sehr.« Silena musste wieder schlucken. »Wir haben einiges zu besprechen, und ich habe eine Bitte.«

»Was immer es ist«, sagte Leída sofort, »ich helfe dir. Alles Weitere, wenn ihr hier seid. Over?«

»Over.« Sie gab die Sprecheinheit an den Offizier zurück.

Silenas Gedanken schweiften zurück zu dem Zeitpunkt, als sich die Frauen kennengelernt hatten.

Leída hatte nach dem Tod ihres Bruders die Drachenjäger-Einheit übernehmen müssen, während Silena noch zum Officium Draconis gehört hatte. Aus den Rivalinnen waren am Triglav Freundinnen geworden. Man besuchte sich gelegentlich, tauschte bei Tee und Sandwiches Erfahrungen in Sachen Drachenjagd aus.

Und sie sah Cyrano vor sich, den erweckten Gargoyle. Einst war er eine lebendige Kreatur und ein Diener der Drachen gewesen, bis die Drachen alle Gargyoles verflucht und zu Stein gemacht hatten. Einige von ihnen, darunter Cyrano, waren durch eine Fügung von dem Zauber befreit worden und verfolgten ihre ehemaligen Gebieter mit unbändigem Hass. Er hatte sich mit drei weiteren seiner Art Leída angeschlossen, um die Geschuppten zu vernichten.

Ob er und Leída sich lieben? Silena glaubte, Anzeichen dafür bemerkt zu haben: Blicke, Berührungen, die Stimmlage. Aber welche Zukunft hatte eine solche Beziehung zwischen einem erwachten Stein und einer Frau aus Stahl? Sie lachte bitter auf. *Eine bessere als meine mit Grigorij*, beantwortete sie sich die Frage und kämpfte schon wieder gegen das Weinen an. *Meine Güte. Hoffentlich hört diese Geflenne bald auf!*

Der Landeanflug der *Lena* begann.

Auch wenn es inzwischen elektrische Hilfsmittel zur Überwachung der Motorgondeln, Funkpeilung für die Navigation oder Funkgeräte mit mäßiger Reichweite gab, um sich mit dem Boden zu verständigen – die Reise hatte immer noch etwas von einer Fahrt mit einem alten Schiff. Es war viel Hand- und Kopfarbeit zu bewerkstelligen. Das Luftschiff ließ minimal Treibgas ab, die sechs Propeller verringerten ihre Umdrehungen, und sie schwebte langsam dem Feld entgegen. Das Helium in den Kammertanks der Traghülle würde den Verlust vor dem Start wieder ausgleichen. Die regenschwere Außenhülle sorgte für ein rasches Absenken.

Eine Bodenmannschaft stand bereits parat, um die dicken Anlegeseile der *Lena* mit den Haltevorrichtungen zu verbinden. Über Motorwinden und Ketten würde das Luftschiff sicher auf der Erde vertäut und gegen das Abdriften geschützt werden. Anleinen nannten sie das.

Ihre brennenden Augen, die sie abwesend auf den Horizont gerichtet hatte, registrierten eine schnelle Bewegung am Himmel. Sie wischte hastig darüber und nahm das Fernglas vom Instrumententisch.

Ein kurzer Blick genügte ihr, das einzelne Flugzeug zu erkennen, das von Osten angeschossen kam. *Eine Spad XIII!* Es mochte nichts weiter zu bedeuten haben, dass sich eine Maschine der Royal Air Force hierherbewegte. Vielleicht hatte der Pilot eine vertrauliche Nachricht dabei und war ihnen hinterhergesandt worden. Doch Silenas Eingebung hatte noch eine weitere Version parat. »Oberst, Schiff klar zum Gefecht«, sagte sie, ohne das Glas zu senken.

»Aye, Fürstin«, antwortete Litzow, und sie hörte, dass er salutierte, bevor er ihre Befehle weitergab; zwei Sekunden danach hallten die Sirenen. Keine Fragen, kein Zweifel an ihrer Entscheidung. Er vertraute ihr.

Die Spad näherte sich.

Silena suchte nach einem Zeichen – und fand es: ein Brandfleck am Heck, den ihre Leuchtkugel hinterlassen hatte. Sie musste die Beharrlichkeit des Attentäters bewundern. Er hatte sie garantiert nach dem missglückten Angriff bei Dover verfolgt und gehofft, eine bessere Gelegenheit zu bekommen. Anscheinend hatte er Angst davor, bald gegen zwei Luftschiffe antreten zu müssen, und wagte nun das Unmögliche. *Er erwischt uns mitten im Landemanöver. Der Pilot hat mehr vor, als zu schießen.*

»Die Backbordschützen sollen die Spad auf Abstand halten, Oberst. Wenn sie mich mit einer einzelnen Maschine in einem überlegenen Luftschiff angreifen wollen, haben die Drachenfreunde was dabei, das der *Lena* gefährlich werden kann.«

Litzow hob sein Fernglas und sah nach dem Flugzeug. »Sollen wir unsere Maschinen starten?«

»Das kläre ich mit Leída. Wir landen.« Sie rief die Bodenkontrolle und erklärte, dass es sich bei der Spad trotz ihrer Kennzeichnung nicht um ein Flugzeug der *RAF*, sondern um einen Gegner handelte.

Leise hörte Silena das gedämpfte Röhren der Maschinengewehre aus den Geschützkanzeln, die entlang und unter der Gondel sowie auf dem Tragkörper saßen. Selbst in den Antrieben hatten sie synchronisierte Bewaffnung, die durch die sich drehenden Propeller zu schießen vermochte.

Für die Spad bedeutete der Anflug ein sinnloses Experiment: Es war, als wolle man rasend schnell durch Regen fliegen und hoffte dabei, nicht von einem Tropfen getroffen zu werden.

Du hast nicht damit gerechnet, dass wir auch Geschütze in den Motoren haben, was? Silena besah sich das Spektakel. *Verrecke, Drachenfreund!*

Jede zehnte Patrone war ein Leuchtspurgeschoss, damit die Schützen besser sahen, wohin ihre Salven gingen. So entstand der Eindruck, dass die *Lena* mit dünnen Scheinwerfern nach dem Doppeldecker leuchtete. Dort, wo das vermeintliche Licht auf den Flieger traf, zeigten sich Löcher.

Die Spad hatte zunächst unbeirrt auf die Breitseite der *Lena* zugehalten, aber das massive Sperrfeuer war zu beeindruckend. Sie drehte ab und ging in den Bodenangriff über.

»Aufpassen!«, rief Silena in die Sprecheinheit. »Sie kommt zu euch!«

Die Spad schoss auf die Flugzeuge der *Havock's Hundred*, die eben auf die Startbahn rollten. Ihre MG-Garben zerlegten die Maschinen und Piloten im ersten Überflug; dann erfolgte eine Detonation im Hangartor, Flammen stiegen empor. Der Gegner hatte eine Handbombe abgeworfen.

»Helium ablassen«, befahl Silena. »Oberst, holen Sie mir die Spad sofort vom Himmel.«

»Aye.« Litzow gab Anweisungen an die Offiziere, und die Lena sank ruckartig und schnell; dazu orgelten die Motoren und drückten die Nase tiefer nach unten.

Die Spad flog im Zickzack, unter ihr explodierten weitere Bomben und legten Brände. Anscheinend wollte der Feind größtmögliche Verwüstung bei den *Havock's* anrichten, da er an die *Lena* nicht heranreichte.

Silena sah brennende Punkte, die am Hangar umhertaumelten. Menschen starben in dem Feuer. »Litzow!«

Die Spad flog mitten in eine MG-Salve der Verteidiger hinein, und der Motor löste sich in einer weißen Wolke auf. Gleichzeitig wurde das Heck von einem Lichtstrahl der *Lena* getroffen, der sich bis zur Kanzel vorarbeitete und den Menschen darin in Fetzen schredderte.

Führerlos und ohne Antrieb sackte der Doppeldecker nach unten und krachte in das Hauptgebäude.

Die wuchtige Explosion, die beim Einschlag erfolgte, konnte nicht allein vom verbliebenen Treibstoffvorrat kommen. Nach dem Blitz fiel der rechte Flügel des Bauwerks in sich zusammen, ein schwarzer Qualmpilz stieg in den dunkler werdenden Himmel auf.

Die Maschine hatte noch mehr Bomben dabei! Silena sah hohe Flammen in den Himmel steigen, und eigentümlicherweise trudelten unzählige Federn von zerfetzten Decken durch die Luft, als sei ein Entenschwarm in die Luftschiffrotoren geraten.

Mit einer weiteren Detonation wurden brennende Menschen aus dem zerstörten Gebäude geschleudert. Betten und Schränke stürzten ins Freie, Habseligkeiten verteilten sich am Boden und zwischen dem Schutt. *Gott sei ihrer Seele gnädig.* Dieses Mal ließ Silena ihre Tränen fließen.

»Zur Hölle mit den Drachenfreunden«, knurrte Litzow angesichts des Infernos, das um sie herum tobte, und fing den Sinkflug des Luftschiffs sanft ab.

Umgeben von Vernichtung und Flammen, landete die *Lena*.

»Verdammte Arschlöcher!«

Silena zuckte nicht einmal mit der Wimper, als Leída den Fluch mit Inbrunst ausrief. Sie hätte sicherlich nichts anderes von sich gegeben, wenn ihrem Stützpunkt in Bilston dieses Schicksal widerfahren wäre. Sie war erleichtert, dass der Drachenfreund es nicht versucht hatte. Vermutlich wusste er um den Bunker, den eine Bombe nicht erschüttern konnte. Es blieb das Gefühl von Schuld, den Attentäter zu ihrer Freundin gelockt zu haben.

Die beiden ungleichen Frauen standen im Freien, zwischen Hangar und Hauptgebäude. Leída steuerte die Lösch- und Bergungsarbeiten, zu denen sogar die Feuerwehr und freiwillige Helfer aus Rhossili gekommen waren. Die *Lena* schwebte bereits wieder mit einer Notbesatzung in der Luft und übernahm die Sicherung, falls die Drachenfreunde eine weitere Fliegerattacke planten. Der Rest der *Skyguards* half am Boden.

Silena hatte die Schäden gesehen und wusste, dass das Gebäude neu errichtet werden musste. »Es tut mir leid.« Sie presste die Lippen fest zusammen. »Er war mir auf den Fersen, und jetzt habe ich dafür gesorgt, dass …«

»Dich trifft keine Schuld.« Leída trug einen Mantel aus braunem Leder mit einem weichen Lammfellkragen, darunter einen schwarzblau gestreiften Männerpyjama und Lederschaftstiefel. Über die linke Gesichtshälfte fielen lange, blonde Strähnen kinnlang herab, damit man die Verbrennungen durch Drachenfeuer nicht sah. Sie war einst eine bildhübsche Frau gewesen. »Sie wären so oder so zu mir gekommen.«

»Nicht, wenn ich ihn über dem Ärmelkanal ausgetrickst hätte«, gab sie zurück.

Leída sah ihr lange in die Augen. »Dann wäre ein anderes Kommando gekommen und hätte seine Sprengsätze möglicherweise heimlich angebracht. Auf die Art hätte es noch mehr Tote gegeben.« Sie legte ihr die rechte Hand auf die Schulter. »Es ist gut, dass du da bist. Und sobald ich das Chaos einigermaßen im Griff habe, begleite ich dich nach Sankt Petersburg.« Sie sah auf ihre Armbanduhr. Die kräftigen Hände hätten ebenso einem Ausbeiner gehören können. »Schätzungsweise sollte es in den Morgenstunden so weit sein.«

Silena machte ein erstauntes Gesicht. »Woher weißt du …«

»Wohin solltest du sonst wollen? Auf Drachenjagd? Ich weiß, was Grigorij zugestoßen ist, es stand in den Zeitungen und kommt als eigene Meldung sogar im Radio.« Sie sah zur *Lena* hinauf. »Mir ist nicht ganz klar, warum du mich brauchst. Dein Luftschiff ist eine Festung.«

»Ich möchte Eindruck machen. Der Zar soll sehen, dass ich nicht gewillt bin, ihm etwas zu verzeihen, falls er in den To… in den Abschuss verwickelt ist.« Silena blickte ihre Freundin ernst an. »Ich lege mich womöglich mit einem mächtigen Herrscher an, Leída.«

Sie grinste. »Mächtiger als ein großer Geschuppter kann er nicht sein, und von denen habe ich inzwischen zehn erlegt. Ich fürchte mich vor keinem Mann, Zar oder nicht.« Auf einen Ruf ihrer Leute hin wandte sie den Kopf nach rechts; der Feuerschein beleuchtete die Haarsträhnen und drang hindurch. Schwach erkannte Silena die schrecklichen Verbrennungen, die ihr unheilbare Narben hinterlassen hatten. »Hey! Nein, nicht *den* Sand! Den *feuchten* Sand! Der andere schmilzt. Ich hatte nicht vor, eine gläserne Landebahn zu errichten!« Leída drehte sich wieder zu Silena. »Was, wenn der Zar nichts damit zu tun hat?«

»Dann werden wir die Drachenfreunde jagen. Wer könnte sonst dahinterstecken?« Silena vermochte nicht in Worte zu fassen, wie froh sie über den Beistand war. »Diese Verbrecher müssen zur Strecke gebracht werden.«

»Dein Mann hatte schon viele Feinde.« Leída brüllte weitere Anweisungen. »Kämen vielleicht Geschuppte für den Anschlag infrage? Die Altvorderen und ihre Handlanger?« Dann grinste sie. »Nein. Wir haben sie ja so gut wie ausgerottet.«

»Das denkt das Officium auch.« Rasch berichtete Silena der Freundin vom Zusammentreffen mit Brieuc. »Sie sehen sich am Ziel ihrer Wünsche.«

»Sie *dachten* es zumindest, bis die Drachenfreunde sie angegriffen haben.« Die blonde Drachenjägerin, deren breites Kreuz sich mit dem eines Mannes messen konnte, verzog das Gesicht. »Aber die Viecher sind deutlich weniger geworden.« Sie wies auf den Hangar, aus dem noch immer starker Rauch quoll. »Kümmerst du dich mit deinen Leuten darum? Ich würde gern aus dem Haus retten, was noch zu retten ist, ehe die Mauern zusammenbrechen.«

»Ist gut.« Silena eilte los. Dabei fiel ihr auf, dass sie Cyrano nicht gesehen hatte. Weder ihn noch andere Gargoyles. Sie wandte sich um, um Leída nach ihnen zu fragen, aber die Freundin war schon verschwunden, um die Bergung zu koordinieren.

31. Dezember 1926, nahe der Ortschaft Ruhtin, County Denbighshire, Provinz Wales, Königreich Großbritannien

Ddraig mochte das verträumte Clwyd-Tal mit seiner sanften Auenlandschaft und den verstreuten Dörfern.

Es war kühl, sanfter Nebel schwebte über dem morgendlichen

Fluss und sickerte in die Umgebung. Der roten Drachin am nächsten lag Ruthin, die kleine Ortschaft mit der verfallenden Burg aus rotem Sandstein, die sich wie einige der ältesten Häuser auf dem Hügel befand; die neueren Gebäude ordneten sich um die Erhebung an.

Seit vielen Hundert Jahren kam sie hierher und genoss die Landschaft und deren Verschwiegenheit, die Magie des Nebels. Alles verlief hier langsamer und weniger modern. In vielen Meilen Umkreis gab es niemanden, der sich ein Automobil leisten konnte, geschweige denn überhaupt eines wollte. Fortschritt herrschte woanders.

Seit Neuestem führten Ddraig zusätzlich zu der Ruhe jedoch auch ihre Gelüste in den südlichen Teil des Tals.

Sie hob den Kopf, sog die Luft ein. Ganz in der Nähe hatte sie die Witterung eines jungen Bullen aufgenommen. *Wo ist mein Schöner? Weit kann er nicht sein.* Sie strich das Flussufer entlang.

Außerhalb der Paarungszeit hatte sie ihn schon einmal gestellt und ihm in einem kurzen, heftigen Kampf deutlich gemacht, dass es ihr Land war, auf dem er sich bewegte. Das war vor fünfzig Jahren gewesen. Sie benötigte keine Geschuppten, die Angst und Schrecken unter der Bevölkerung verbreiteten, schon gar nicht in ihrer Heimat Wales.

Heute durfte er Schonung erwarten. Zumindest, was das Kämpfen anging. Ihr stand der Sinn nach anderen Dingen.

Dabei ärgerte sich Ddraig über diese Phase, die sie alle paar Jahre befiel. Sie wurde unaufmerksam, reizbar und viel zu empfänglich für Ablenkung durch die Bullen. Aber sie konnte sich bei aller Schläue und trotz des Wissens, was in ihr vorging, nicht dagegen wehren. Es lag in ihrer Art.

Wieder schnupperte sie und bekam eine frische Spur. *Er riecht gut. Sehr gut! Und stark.* Ddraig beschleunigte ihren Lauf.

Für sie, die sich lieber in der Luft bewegte als am Boden, bedeutete es ein Zugeständnis, sich mit einem Laufdrachen einzulassen. Normalerweise hielt Ddraig sie für unter ihrer Würde, aber sie musste Abstriche machen. In Wales gab es keinen Flugdrachen, der ihr ebenbürtig war. Der Bulle in Schottland war vor ihr geflüchtet. Und in ihren neuen skandinavischen Gebieten kannte sie sich noch nicht genügend aus, um sich auf Brautschau zu begeben.

Er sollte gut aussehen, mindestens so gut, wie er riecht. Ddraig blieb stehen und witterte ein weiteres Mal, senkte den Kopf tiefer, immer weiter auf die Oberfläche des Clwyd zu, in dessen Wellen sie sich verzerrt spiegelte. Es dauerte, bis sie verstand, dass es nicht ihr Gesicht war, das sie erblickte. Sie wich zurück und hielt sich bereit.

Der Drachenbulle tauchte schnaubend und fauchend aus dem Clwyd auf. Dampfwolken stiegen auf und mengten sich unter den Nebel. Das Wasser rann über sein hellgelbes Schuppenkleid und plätscherte in den Fluss zurück. Die Farbe wurde den Hals hinauf dunkler, sodass der Kopf in sattem Gelb gehalten war. Ddraig schätzte ihn auf elf Schritt Länge; auf dem Schädel saßen neun Hörner, drei davon überragten die anderen.

Er sah sie aus blauen Augen an, musterte sie vorsichtig. Seine Nüstern blähten sich, und er öffnete die flache Schnauze, um ihr zur Einschüchterung sein kräftiges Gebiss zu zeigen.

»Was willst du in meinem Tal?«, fuhr er sie an. Klickend richteten sich die Schuppen entlang des Kamms auf, und er hob die Vorderläufe mit den handähnlichen Klauen leicht aus dem Wasser.

Oh, er sieht wirklich gut aus. Ddraig versuchte, ihre Begeisterung für ihren Fund zurückzuhalten. Sie wollte es ihm nicht zu leicht machen. »Dein Tal?«, gab sie peitschend zurück. »Du weißt, wer vor dir steht?« Sie breitete ihre Schwingen aus und richtete sich auf. »Ich erteile dir gern eine weitere Lektion!«

»Y Ddraig Goch!«, entfuhr es ihm. »Verzeiht, dass ich Euch so unpassend grüßte, Altvordere.« Er neigte das Haupt. »Ich bin Gwalchgwyn, o Beherrscherin von Wales und Gebieterin über Großbritannien.« Mit einem listigen Augenaufschlag fügte er hinzu: »Nur dieses Tal, das gehört mir. Aber ich schwöre bei meinem Schweif, dass ich es in Eurem Namen verwalte.«

Schon besser. Er leistet Widerstand. Sie hatte schon enttäuscht sein wollen, da er sofort vor ihr kuschte. Aber er ließ sich offenbar nicht ganz so leicht von ihr beeindrucken. Gwalchgwyn hatte längst gerochen, weswegen sie hier war. Das Spiel begann.

»Du denkst, du wärst imstande, es gegen jegliche Bedrohung zu verteidigen?«, schnarrte sie sanft und lachte ihn aus. »Du magst ein

Drache sein, aber du bist noch sehr jung. Was wäre, wenn der Franzose seine Drachen schickte? Wie geschickt bist du im Kampf?«

Gwalchgwyn stieg langsam aus dem Fluss; er wusste um die Anziehungskraft, die von ihm ausging. Das Wasser glitt von seiner Panzerung und rann auf die Erde, und Ddraig bewunderte das Spiel seiner Muskeln. Für einen Laufdrachen war er ungemein hübsch und wohlgestalt. »Wie soll ich mich Euch beweisen?«

Vor einem halben Jahrhundert wirktest du noch wie ein Kind. Gut, dass ich gewartet habe. »Ich denke nicht, dass du es vermagst, einen Baum mit dem Schweif zu teilen«, sagte sie und sah ihn lockend an.

Gwalchgwyn schnaubte und bot ihr seine breite Brust. Der Schweif zuckte, beschrieb einen leichten Bogen und schoss mit einem hellen Pfeifen herab. Sie sah, wie sich sein Leib spannte, um den nötigen Druck aufzubauen.

Es krachte, als das Ende einschlug und in das Holz fuhr. Zu ihrer hellen Begeisterung spaltete er eine Weide – und zwar der Länge nach! Während sie zerbrach, drosch er nochmals zu und kappte sie knapp über den Wurzeln. Rumpelnd fiel der Baum nieder. Mit einem dritten Schwanzschlag beförderte er den Stumpf aus der Erde. Die dicken Wurzeln rissen einfach ab, ohne der Kraft etwas entgegensetzen zu können.

»Genügt Euch das, Altvordere?«, fragte er in einem Tonfall, der durchscheinen ließ, dass er um seine Stärke wusste.

»Es ist gut zu sehen, dass du kein schwaches Exemplar bist.« Ddraig blickte zum Clwyd. »Was suchtest du im Wasser? Wolltest du dich darin verstecken?«, neckte sie.

»Nein, Altvordere. Ich mag es nur nicht, zu schmutzig zu sein«, erklärte er. »Ich war lange Zeit auf Wanderschaft, um mein Gebiet zu erweitern, und der Dreck vieler Meilen haftete an mir.« Er kam auf sie zu, der Gang war kraftvoll und männlich. »Mag sein, dass ich Euer Kommen ahnte.«

Ddraigs Augen glommen auf und verrieten ihr Begehren. »So? Wir haben die Prüfung aber noch nicht abgeschlossen«, sagte sie leise.

»Tragt mir etwas auf, und ich tue es schneller, als Ihr denkt.«

»Ein Wettrennen.« Die Drachin ließ sich auf alle Beine nieder. »Bis zur Weide am Ende der Aue.«

»Das ist unfair, Altvordere: Ich werde gegen Euch gewinnen.« Gwalchgwyn klang arrogant. »Ihr wollt doch nicht absichtlich gegen mich verlieren?«

»Wer sagt, dass ich laufe?« Ddraig breitete ihre gezackten Schwingen aus und schlug einmal damit. Der Wind brachte die Äste und Zweige der Weiden zum Wehen. »Der Sieger darf verlangen, wonach auch immer ihm der Sinn steht.« Sie drückte sich ab und schwang sich lachend in die Höhe.

»Ich bin dennoch schneller!«, rief er ihr nach und sprintete los.

Ddraig ließ sich vom kühlen Morgenwind emportragen und blieb über Gwalchgwyn, um ihn beobachten zu können. *Er läuft meisterlich!* Seine Bewegungen strotzten vor Kraft und Eleganz, ein Bulle auf dem Höhepunkt seiner Juvenilität. Die Krallen schleuderten Erde auf, er wich Hindernissen gekonnt aus und blieb mit dem Körper dicht am Boden. Sie freute sich auf den Tag mit ihm und darauf, ihren besonderen Hunger zu stillen. Gegen Abend würde sie sich von ihrem erschöpften Auserwählten zurückziehen.

Die Weide kam rasch näher, und Ddraig tat ein, zwei Schläge mit den Schwingen, um sich einen Vorsprung zu erarbeiten. *Ich weiß schon, was ich von dir …*

Ein Schatten fiel auf sie; im nächsten Moment schlugen sich spitze Krallen in ihren Nacken. Knisternd bohrten sie sich durch die Hornplatten ins Fleisch, messerscharfe Zähne legten sich um ihren Hals und bissen zu.

Die Drachin stieß vor Schmerz und Überraschung einen Schrei aus und versuchte, den Angreifer mit hektischen Flugbewegungen abzuschütteln. Sie hörte seine Schuppen klirrend aneinanderreiben, roch ihn und wusste, dass sie bislang keine vergleichbare Witterung aufgenommen hatte: Es war ein ihr unbekannter Drache.

Ddraig schwand der Atem. Heiß lief ihr das eigene Blut den Schlund hinab. Durch die umklammerte Kehle bekam sie nicht mehr genügend Luft, aus ihrem Flug wurde ein Trudeln, das sie geradewegs in den Clwyd stürzen ließ. Der Einschlag war hart, doch der unbekannte Feind ließ nicht von ihr ab. Das Wasser schäumte, wirbelte und war aufgewühlt, Bläschen stiegen auf und raubten ihr die Sicht.

Schwach drehte sie sich um die eigene Achse, um den Angreifer am Grund oder an der Seite des Flussbettes abzustreifen. Sie sog das Nass ein, das in ihrer verwundeten Kehle zischend auf ihr heißes Blut traf. Erhitzte Luft schoss blubbernd aus den Nüstern. Ddraigs Gegenwehr erlahmte.

Plötzlich schwanden Druck und Krallen, die Klauen wurden mit Gewalt aus ihr gezogen, und ihr wurden schwere Wunden geschlagen. Sie schrie und spie gasflammenfarbenes Feuer vor Qualen.

Der Clwyd explodierte in einer Dampferuption. Für mehrere Augenblicke gab es den Fluss nicht mehr; die Böschung und die Steine standen in Flammen, bevor das nachdringende Wasser die Drachin wieder umschloss und die Lohen löschte.

Ddraig breitete die Schwingen aus und wurde von der Strömung emporgetrieben; prustend kam sie an die Oberfläche und kroch ermattet an Land. Ihr Kopf kam ihr viel zu schwer vor, schwarzes Drachenblut tropfte auf die Erde und brannte sich in den Boden. Sie schwankte, brach in die Knie. *Ich bin leichte Beute.*

In einiger Entfernung vernahm sie ein dunkles Gebrüll, das von Gwalchgwyn stammte und sich rasch näherte.

Der Drachenbulle ging rückwärts, die Augen gen Himmel gerichtet. Auch er war von etlichen Bisswunden fürchterlich gezeichnet. Der Feind hatte ihm Panzerung samt Fleisch herausgerissen, Ddraig sah die Knochen hervorstehen oder schwach unter dem Blut schimmern.

Ein goldenes Flirren stürzte senkrecht auf Gwalchgwyn herab und warf ihn nieder. Der Bulle schnappte um sich und jagte gelbes Feuer aus seinem Rachen gegen den Feind.

Ddraigs Sicht verschwamm. Sie erkannte undeutlich, wie die Flammen gegen das goldene Schuppenkleid brandeten und daran abglitten. *Ich muss ihm helfen.* Sie stemmte sich auf die Beine und machte einige Schritte vorwärts. *Ein chinesischer Drache!*

Die schlangenhaft-grazile Statur des Feindes war unbestritten asiatisch. Der merkwürdig anzusehende Kopf und die Flügel beseitigten jeglichen Zweifel, es mit einem westlichen Drachen zu tun zu haben.

Gwalchgwyn wollte sich herumwälzen, der Schweif zischte heran und sollte den Gegner, der auf ihm saß, in den Rücken treffen.

Doch der Asiate hörte das Surren und warf sich in allerletzter Sekunde zur Seite. Gwalchgwyn schlug sich das scharfe Ende selbst tief in den Leib und schnaufte auf.

Du wirst mit deinem Leben bezahlen! Ddraig hatte die Kämpfenden fast erreicht und schleuderte einen blauen Flammenstrahl gegen den Angreifer.

Ihr extrem heißes Feuer brachte den Asiaten dazu, mit mehreren Flügelschlägen Abstand zu nehmen und wütend auf sie herabzufauchen. An seiner Schnauze und seinen vier Klauen haftete Gwalchgwyns und ihr Blut.

»Das wird dich nicht vor dem Tod bewahren, Y Ddraig Goch!«, schrie er und wirbelte durch die Luft. »Und dein Liebchen erst recht nicht.« Ansatzlos stieß er wieder nieder und knackte den Schädel des Bullen mit zwei seiner Klauen; Blut schwappte zu den Ohren und dem Maul hinaus. Er riss das zertrümmerte Haupt vom Hals und schleuderte es lachend in den Fluss. »Ist das die Macht der Altvorderen?«, höhnte er. »Mehr vermögt ihr nicht? Vielleicht sollte ich Vouivre umbringen, anstatt mit ihm einen Pakt einzugehen! Ihr seid es nicht wert, dass man euch schont.« Er flog eine Schleife und setzte zu einem neuen Angriff an.

Ddraig starrte auf Gwalchgwyns Leichnam, dann zu dem nahenden Asiaten und wieder zum toten Bullen. Sie war verwirrt, zu viel spielte sich in ihr ab – und deswegen drehte sie sich um und rannte. Hektisch schlug sie mit den Schwingen, mähte dabei kleinere Bäume um, als seien es Streichhölzer, und riss tiefe Furchen ins Gras.

In einem Hügel vor ihr erschien der Eingang in eine Erdhöhle, obenauf erhoben sich die Steinquader eines Hünengrabes. Der Geruch, der herausdrang, war noch deutlich in ihrer Erinnerung. Sie hatte Gwalchgwyns Behausung gefunden.

Die Rettung! Sie zwängte sich in den Spalt, schob sich tiefer und tiefer in den Gang, der steil nach unten führte, bis sie eine Kammer erreichte. Dort wandte sie sich um und stieß mit letzter Kraft eine Lohe in den Schacht aufwärts, woraufhin ein lautes Brüllen erklang. Sie hatte den Asiaten erwischt. *Vergeh zu Asche!*

Aus einiger Entfernung hörte sie hastiges Scharren, und so setzte sie eine zweite Lohe hinterher.

Erschöpft lehnte sie sich an die kühle Wand und lauschte.

Es blieb still.

Wer immer du warst, für deine Taten finde und vernichte ich dich! Ddraig brüllte ihre Schmerzen und ihren Hass hinaus, was die Kammer und den Gang zum Beben brachte.

Sobald sie genesen war, würde sie die Spur des Asiaten aufnehmen. Vouivre würde ihr verraten, wo sie ihn finden konnte. *Für den Pakt mit dem Asiaten wirst du sterben, Franzose. Das Maß ist voll.*

31. Dezember 1926, in der Nähe von Kiew, Zarenreich Russland

Ealwhina sah den Lastwagen vor sich durch die Überreste des Triglav fahren und die Soldaten auf der Ladefläche sitzen. Die drei Männer stierten sie an, als sei sie ein Ungeheuer, und rauchten unaufhörlich. Sie waren bleich, ab und zu redeten sie miteinander, um sie dann wieder mit undefinierbarem Ausdruck in den Augen anzustarren.

Ihr war es gleichgültig, was Menschen über sie dachten, die sie nicht zu ihren Freunden zählte. Auf das Glotzen gab sie nichts, sie war es gewohnt. Lästig wurde es erst nach einer Stunde, und so lange würde sie nicht in Gegenwart der Soldaten sein.

»Was haben Sie denen getan, Mylady?«, erkundigte sich Wassilij besorgt und schlug gegen den Motor des Scheibenwischers, damit sich die Metallstangen bewegten; sie verhakten sich unentwegt. Der Regen hatte zugenommen und verwandelte die Piste in eine Rutschbahn; das Schlittern des Automobils fing er mit Gegensteuern ab. Schlamm spritzte von den Lkw-Reifen bis zu ihnen, klatschte als Schlieren und Punkte gegen die Scheibe.

»Das frage ich mich allerdings auch«, log sie und spürte die Murmel sowie die Splitter des Weltensteins in der Tasche ihres Kleides. *Erwärmen sie sich, oder bilde ich mir das ein?*

»Das ist nicht gut«, sagte er dumpf und wurde hinter dem Lenkrad kleiner. »Gar nicht gut. Die behalten uns hier.«

Ealwhina antwortete nichts darauf.

Bald erreichten sie die freie Fläche und schauten auf den Haupteingang mit der Kaserne und den Garagen. Die schweren Doppelschranken aus Eisenträgern waren geschlossen.

Der Lastwagen hielt vor den Garagen an. Die Soldaten sprangen von der Ladefläche herab in den Matsch. Zwei liefen in die Unterkunft, nicht ohne die Frau nochmals angestarrt zu haben, während der dritte ins Wachhaus eilte.

Damit bin ich euch los. »Fahren Sie bis an die Schranke.« Ealwhina sah abwartend zu den großen Fenstern, hinter denen sie die Männer erkannte. Der Soldat erstattete den Offizieren Bericht; zu ihrem Missfallen schien er dabei sehr ausführlich vorzugehen. Dann marschierten sie gemeinsam zur Tür, die aufschwang und insgesamt acht Männer ins Freie entließ. *Habe ich mich zu früh gefreut?*

»Gar nicht gut«, wiederholte Wassilij. »Mylady …«

Der Wagen wurde von den Soldaten umstellt, sie legten auf die Insassen an. Einer der Offiziere trat ans Fenster und zeigte an, dass die Scheibe heruntergekurbelt werden sollte. Zitternd kam Wassilij der Aufforderung nach. Dem Gespräch zwischen den beiden Männern konnte Ealwhina nicht folgen. Mehr als ein paar Floskeln in der fremden Sprache beherrschte sie nicht.

Mehrfach verlangte sie zu erfahren, was los sei, aber der russische Offizier beachtete sie gar nicht, sondern redete auf ihren Fahrer ein, der zusehends hilfloser wirkte.

Schließlich drehte sich Wassilij zu ihr um. »Ich bin gefragt worden, ob ich gesehen hätte, was Sie taten, Mylady«, sprach er. »Der Oberstleutnant ist der Ansicht, dass etwas nicht mit rechten Dingen zugegangen sei. Er möchte Sie deswegen verhören und Sie von einem Medium überprüfen lassen.«

Ealwhina zuckte zusammen. *Gar nicht gut!* »Sagen Sie ihm, dass mein Flugzeug in Kiew wartet und ich es dringend erreichen muss. Ich bezahle Lösegeld, wenn es darum geht.« Sie nahm ihre Handtasche und suchte nach Scheinen.

»Soll ich das wirklich sagen?«

»Ja. Ich kann es leider nicht.« Ealwhina hielt verstohlen Ausschau nach einer Person, die ein Medium sein könnte. *Wer hätte damit rechnen können, dass die russische Armee sich der Hilfe eines*

Parapsychologen bedient? Sie wartete, bis ihr Angebot übermittelt worden war.

Der Oberstleutnant schlug den Kragen hoch und betrachtete sie eingehend. Er zeigte auf ihre Tasche.

Ealwhina reichte sie ihm, und er wühlte darin herum, bis er ihr ganzes Vermögen herausgefischt hatte. Grinsend warf er sie ins Automobil zurück und winkte. Surrend schwenkte die Straßensperre in die Höhe.

»Er hat angenommen«, sagte Wassilij erleichtert.

»Was Sie nicht sagen.« Ealwhina lächelte und hob die Hand zum Gruß.

Aus der Kaserne traten die Soldaten, die sie vorhin begleitet hatten. In ihrer Mitte befand sich eine Frau, die eine Uniform mit weißen Abzeichen auf den Ärmeln und Schulterklappen sowie Kragenspiegeln trug. Die Brille, die in ihrem Gesicht saß, schien aus Kristall geschliffen zu sein.

Das Medium. Ealwhinas und ihre Blicke trafen sich. *Sie hat es erkannt!* »Fahren Sie!«, befahl sie harsch.

»Aber wir …«

Das Medium schrie etwas und wies mit der Hand auf das Fahrzeug.

»Los!«, rief Ealwhina. »Oder wollen Sie sterben?«

Wassilij trat aufs Gaspedal. Der Wagen schoss los, obwohl die Schranken nicht ganz in die Höhe geschwenkt waren. Es gab einen Ruck; metallisch ächzend verbog sich das Dach. Ein Stückchen davon wurde gar abgerissen.

Der Oberstleutnant gab Befehle, und die Soldaten schossen nach den Flüchtenden. Kugeln knallten ins Heck des Wagens, pfiffen durchs Innere. Front- und Rückscheibe gingen zu Bruch.

Wassilij machte sich klein und spähte nach vorn, während sie über die Bank hinweg zum Stützpunkt zurückschaute. *Verflucht. Hätte ich von dem Medium gewusst …*

Sirenen gellten auf, grelle Scheinwerfer erwachten zum Leben und sandten ihnen Lichtkegel nach. Das Automobil war ein hervorragendes Ziel.

»Zickzack!«, rief Ealwhina. »Fahren Sie zickzack, sonst sind Sie gleich tot!« Der Fahrer kam ihrer Aufforderung nach.

Prompt verfehlten sie die ersten Maschinengewehrgarben und ließen den Matsch in die Höhe spritzen.

»Gut so! Und runter von der Straße«, forderte sie und sah, dass ihnen zehn Scheinwerferpaare folgten.

Und noch etwas bemerkte sie. Je weiter sie sich vom Stützpunkt entfernten, desto mehr Geister erschienen. In der Dunkelheit leuchteten sie hell wie bemalte Laternen. Für Ealwhina waren die sogenannten Gespenster noch niemals fahl und bleich gewesen. Somit beleuchteten sie für die Flüchtenden das karge, leere Feld. »Licht aus. Ich lotse Sie.«

»Es ist stockfinster, Mylady!«, begehrte Wassilij ängstlich auf.

»Tun Sie es. Ich sehe genug.« Sie blickte nach vorn, warnte ihn vor Schlaglöchern, Panzerwracks und Flugzeugruinen, während das Automobil in voller Fahrt raste und sich durch den Schlick wühlte. Noch drei Autos hingen ihnen an den Reifen.

Sobald sie sich den Geistern näherten, drehten sie ihnen die Köpfe zu und staunten, manche vor Entsetzen, andere voller Unglaube. Freude suchte Ealwhina vergebens. *Die Seelen spüren, dass ich die Splitter bei mir trage.*

Unter ihr krachte es, das Heck sackte abwärts, und Funken stoben hinter ihnen auf.

Ealwhina wollte gerade fragen, was passiert war, da wurde das Fahrzeug abrupt herumgerissen, und das Automobil hob ab. Mehrfach überschlug es sich und schüttelte die Insassen durch, bis es auf der rechten Seite neben einem ausgebrannten Panzer zum Liegen kam und der Motor mit einem letzten Tuckern erstarb.

Raus hier! Ealwhina benötigte nicht mehr als drei Sekunden, um sich zu orientieren, und glitt zum Fenster hinaus. Sie sprang in dem Augenblick auf den rutschigen Boden, als die Scheinwerfer der Verfolger heran waren. MGs röhrten auf und zersiebten den Wagen; sieben flackernde Mündungsfeuer zeigten, mit welch vernichtender Feuerkraft die russische Armee zwei Unbewaffnete bedachte.

Sie rollte sich unter das Panzerwrack, grub sich in den weichen Boden und öffnete die untere Ausstiegsluke des Tanks, die nun als Sichtschutz vor ihr hing.

Der Beschuss aus den automatischen Waffen hielt an. Es klingelte und sirrte um sie herum, blubbernd fuhren die Projektile in die Erde. Der Befehlshaber wollte sichergehen, dass niemand entkommen war. Endlich schwiegen die Maschinengewehre.

Ealwhina vernahm die Befehle, das Schmatzen der Stiefelsohlen im Morast, kleinere Lichtkegel von Handlampen huschten umher. *Hoffentlich denken sie, ich sei früher ausgestiegen.*

Licht drang unter den Panzer, russische Flüche hallten ihr entgegen, und ein Soldat kroch auf sie zu. Es wurde im Schlamm gestochert, die Klinge eines Bajonetts fuhr knapp an ihrer linken Schulter vorbei. Das Licht erlosch, der Soldat rief etwas und zog sich zurück.

Die Götter mögen mich. Ealwhina wartete, bis die Lastwagen losgefahren waren, und verließ ihr feuchtes Versteck, indem sie durch die Luke in den Tank kletterte und vorsichtig aus dem Turm schaute.

Der prasselnde Regen spielte eine sehr eintönige Melodie auf dem rostenden Eisen. Die Laster hatten sich bis zur Straße zurückgezogen, wo weitere Fahrzeuge warteten. Starke Scheinwerfer erhellten die Nacht, die Lichtlanzen schwenkten in unregelmäßigen Abständen nach rechts und links. Die Armee hatte nicht aufgegeben. Weit enfernt schimmerte es weiß, wo aus dem Schlamm Eis und Schnee wurden. Ihr erstes Etappenziel.

Das wird keine leichte Reise bis nach Kiew. Ealwhina sprang auf der abgewandten Seite herab – und stand vor ihrem Fahrer. Tatsächlich schrak sie zusammen, weil er zu unerwartet aufgetaucht war. »Wassilij«, sagte sie erleichtert. »Schön, dass Sie …« Sie unterbrach sich, weil sie bemerkte, dass seine Gestalt von innen leuchtete. Das bedeutete …

»Sie haben mich auf dem Gewissen«, sagte Wassilij anklagend. »Was wird aus meiner Familie, wenn ich sie nicht mehr ernähren kann?«

»Sagen Sie mir, wo sie wohnen, und ich lasse ihnen eine stattliche Summe zukommen«, versprach sie.

Er nannte ihr eine Adresse in Kiew. »Aber das spricht Sie nicht von Ihrer Schuld frei«, beharrte er. »Hätte ich geahnt, wie gefährlich Ihr Auftrag ist, hätte ich ihn niemals angenommen!« Der Geist war wütend.

Ealwhina verneigte sich. »Sie haben recht. Das tut mir auch sehr leid – aber denken Sie darüber nach, warum Ihre Seele nicht in den Himmel durfte, sondern sich bei den anderen Geistern aufhalten muss. Sie haben eine schwere Sünde begangen.« Sie wollte an ihm vorbeigehen.

Wassilij stellte sich ihr in den Weg. »Halt! Was soll das bedeuten? Ich muss bleiben und für immer ein Geist sein?«

Ealwhina sah zu den Lastwagen. »Ihr Lebenslauf scheint einen gravierenden Makel zu besitzen, finden Sie nicht? Ein Unrecht, weswegen Ihnen die Einkehr ins Jenseits verwehrt wird. Mord? Betrug? Vergewaltigung?« Sie lächelte verkniffen. »Ich drücke Ihnen die Daumen, dass Sie Erlösung finden.«

Er wich nicht zur Seite. »Vielleicht muss ich meine Mörderin ja töten, um Erlösung zu erlangen?«, raunte Wassilij drohend und senkte den Kopf.

»Das würde ich an Ihrer Stelle nicht versuchen.« Ealwhina wich zurück. »Es vergrößert Ihre Schuld.«

»Sei's drum! Es verschafft mir Genugtuung!« Er sprang mit ausgestreckten Händen auf sie zu.

»Verschwinde!«, rief sie und machte sich bereit, den Geist mit bloßen Händen abzuwehren. »Geh!«

Im Flug wurden die Konturen des Geistes schwächer, sein Gesicht verzerrte sich, und er wollte schreien – doch da hatte sich Wassilij bereits aufgelöst. Ein bisschen Rauch, der in der Luft stand, erinnerte an ihn. Mehr nicht.

Was … war das? Ealwhina machte einen Schritt nach vorn, wedelte mit der Hand und brachte den Rauch zum Verfliegen. In ihrer Tasche spürte sie eine enorme Wärme, und als sie hineinlangte und die Splitter des Weltensteins sowie die Murmel ertastete, waren sie beinahe so heiß wie eine glühende Herdplatte. Sie hatte einen Eindruck von der Macht des Artefakts bekommen. *Was habe ich mit der Seele gemacht: sie vernichtet oder erlöst?*

Der leuchtende Geist eines verstümmelten Soldaten kam auf sie zu und reckte bittend die Armstümpfe gegen sie. Sein Russisch verstand sie nicht, aber die Geste war eindeutig. Ealwhina hörte das Wispern und Rufen, das sich von allen Seiten näherte. Es hatte sich rasch herumgesprochen, was sie vermochte. Die Toten wollten endlich Ruhe.

Sie schluckte. »Ich kann dir nicht sagen, was mit dir geschieht«, bereitete sie den Armlosen vor und sagte befehlend: »Du bist frei!«

Die Züge des Soldaten entspannten sich, verloren ihren Schmerz, und der Kummer in seinen Augen wich Dankbarkeit, ehe er sich ebenso auflöste wie die Seele ihres Fahrers. Ealwhina spürte sein Glück, das als kleine Welle gegen sie rollte und ihr einen Freudenschauer bescherte. Es war der Lohn für ihre ungeahnte Barmherzigkeit.

Es gab für sie keinerlei Zweifel, dass sie Gutes tat. *Dank des Weltensteins.* Sie wusste nicht einmal, wie sie es anstellte, aber es gelang. *Das kann ich nicht mit jedem Einzelnen dieser armen Teufel machen. So viel Zeit habe ich nicht.*

Kurz entschlossen kletterte Ealwhina auf den Tank zurück, sodass sie beste Rundumsicht hatte, und duckte sich. Die Geister der Gefallenen strömten auf sie zu und erhellten die Nacht.

Die Lastwagen indessen zogen sich zurück und verließen das Gebiet, in dem sich die Seelen tummelten. Anscheinend fürchteten die Lebenden, dass sich Dinge anbahnten, die für herkömmliche Sterbliche nicht gut enden würden. Sie wollten Distanz zwischen sich und den Ort bringen. Lediglich ein einzelner Wagen blieb auf der Straße stehen.

Ealwhina sah zum Automobil und spürte regelrecht, dass sich das russische Medium darin befand. Es hatte noch nicht aufgegeben und zeigte sich resistenter gegen die Auren der Toten. *Ich tue es einfach.* Sie stellte sich aufrecht hin und hob die Arme. »Ihr alle: Geht! Ihr seid frei!«, sagte sie befehlend. In ihrer Tasche wurde es heißer, es stank nach verschmortem Stoff.

Dafür verging ein Geist nach dem anderen. Gleich einer Welle, die kreisförmig durch einen Teich läuft, löste sich eine Seele nach der anderen auf und gab im Gegenzug ihrer Erlöserin Ealwhina ein unvergleichliches Glücksgefühl. Wohlig warm rann es durch sie hindurch und ließ sie zufrieden seufzen.

Das Automobil wendete rasch und fuhr in höchster Geschwindigkeit die Straße zurück zum Stützpunkt.

Ealwhina hatte noch niemals solche Macht besessen! *Meine Güte, ist das wunderbar!* Sie verfolgte den flüchtenden Wagen mit

Blicken und musste sich hinsetzen, sonst hätte sie vor Überwältigung den Halt verloren und wäre gestürzt.

Ohne dass sie es in ihrem Rausch bemerkte, fing ihr Mantel an der Stelle Feuer, wo sie die Splitter des Weltensteins und die Murmel verwahrte. Nur der heftige Regen verhinderte, dass Ealwhina, die nicht mehr aufhören konnte zu lächeln, sich in eine lebende Fackel verwandelte.

Leise klingelnd fielen die Fragmente durch das Loch im Stoff auf den eisernen Leib des Panzers; sie zischten, als sie mit dem nassen Metall in Berührung kamen.

Durch die schnelle Abkühlung geschah es: Die Splitter platzten auseinander und zerfielen in noch kleinere Einzelteile.

Einige davon wurden vom Wasser davongespült, ehe Ealwhina es bemerkte und den Rest mitsamt der Kugel rasch aufklauben konnte. *Ich sollte besser aufpassen!*, schalt sie sich. *De Bercy hat mir noch viel mehr zu erklären.* Sie sprang hinab und eilte los.

Plötzlich war sie sich nicht mehr sicher, ob sie ihren Fund abliefern sollte, wer auch immer hinter De Bercy stand. Sie würde eine außergewöhnliche Macht aus ihren Händen geben.

Nach ein paar Metern rieselten Schneeflocken auf sie herab.

VII.

1. Januar 1927, Oranienbaum, 40 Kilometer westlich von Sankt Petersburg, Zarenreich Russland

Hätte ihr der Sinn danach gestanden, wäre Silena sicherlich in der Gartenanlage umhergestreift, anstatt wie angewurzelt auf der Treppe im Freien zu verharren.

Sie hatte nur Augen für das, was mitten im unteren leeren Garten lag und einen merkwürdig anzuschauenden Fremdkörper bildete, als sei es aus einer anderen Welt mitten hinein gestürzt: die Überreste der *Anastasia*. Zertrümmerte Statuenreste lagen umher, Duraluminiumstreben hatten sich tief durch Schnee und Erde gebohrt, Fetzen der Hülle hingen in den Bäumen und flatterten in der eisigen Brise, die von der See her wehte.

Über Oranienbaum schwebten die Luftschiffe der beiden Drachenjäger-Einheiten, deren deutlich sichtbare und vor allem waffenstarrende Präsenz manchem Einwohner der nahen Stadt Unwohlsein bereitete.

Ihr war es gleich, sie kümmerte sich nicht um die Belange anderer. »Gehen wir näher«, sagte sie schleppend zu Leída und Litzow, die neben ihr standen. Sie schritten die Stufen in den unteren Garten hinab. Die Furcht, ihren Gemahl doch als Toten vorzufinden, wuchs und trieb ihr kalten Schweiß in die Hände.

Er ist nicht tot!, herrschte sie sich selbst an. Ihr Herz schmerzte ungewohnt.

Eine Absperrung war um das Wrack errichtet worden, Polizisten liefen in dem Areal umher, schossen Fotos, untersuchten die Trümmer oder standen Zigaretten rauchend zusammen und unterhielten sich. Drei Gestalten stachen durch ihre schlichten schwarzen Mäntel aus der Masse der Uniformierten hervor.

»Ich wette, dass es der Geheimdienst ist«, sagte Leída. »Man sollte ihnen sagen, dass man durch schwarze Kleidung nicht automatisch unauffälliger wirkt. Es sei denn, man befindet sich auf einer Bee…« Sie unterbrach ihre unpassende Bemerkung mit einem künstlichen Husten.

Sie näherten sich der Absperrung, und ein Polizist kam auf sie zu, sprach sie an.

»Er sagt, wir hätten hier nichts verloren und sollten verschwinden«, übersetzte Silena für ihre beiden Begleiter. Dank Grigorijs Bemühungen verstand und sprach sie Russisch. »Holen Sie mir Ihren Vorgesetzten. Ich bin Anastasia Zadornova und verlange, auf den neuesten Stand der Untersuchungen zum Verbleib meines Mannes und den Vorgängen gebracht zu werden, die zum Absturz führten«, sagte sie zu ihm. Ihre Unsicherheit verbarg sie hinter Schroffheit und hoffte, dass ihre Maskerade nicht durchschaut wurde.

»Ich weiß, wer Sie sind, Gaspascha Zadornova.« Einer der Männer in den schwarzen Mänteln löste sich aus der Gruppe und stapfte durch den Schnee zu ihnen. »Ihre Luftschiffe lassen keinen Zweifel daran.« Er streckte ihr die Hand hin. »Mein Beileid.«

Sag das nicht! Silena reagierte nicht. »Noch habe ich den Leichnam meines Mannes nicht gesehen, also ist das Kondolieren etwas verfrüht«, blaffte sie ihn an. »Außerdem haben Sie sich nicht vorgestellt. Ich nehme an, Sie gehören der Ochrana an?«

Er verbeugte sich leicht und steckte die Hand in die Manteltasche. »So ist es, Gaspascha Zadornova. Igor Vatjankim ist mein Name. Ich betreue die Ermittlungen zum Tod Ihres Gatten.«

»Zum *Verschwinden*«, verbesserte sie automatisch mit zitternder Stimme. Sie demaskierte sich selbst. »Zum Verschwinden«, sagte sie, dieses Mal fest.

Vatjankim bedeutete dem Soldaten, die beiden Frauen durchzulassen, und schritt auf das Wrack zu. »Kommen Sie. Sie sind die Fachfrau, wenn es um die Zeppeline geht. Mit Ihrer Hilfe wissen wir bestimmt mehr und schneller etwas. Der angeforderte Ingenieur aus Sankt Petersburg verspätet sich.«

»Reden wir Englisch, damit meine Freunde etwas verstehen.« Silena folgte ihm, Leída und Litzow liefen neben ihr her. »Wieso wollte man uns wegschicken?«

»Der Polizist wusste es nicht besser.« Vatjankim zündete sich eine Zigarette an. »Sie machen uns mit Ihren Zigarren am Himmel ganz schön nervös«, sagte er über die Schulter und stieß den blauen Dunst aus. »Der Zar hat seine Luftwaffe in Bereitschaft versetzen lassen. Nur damit Sie es wissen.«

»Schön für den Zaren«, gab Silena eisig zurück. »Hat er Angst, dass ich herausfinde, er könnte an dem feigen Anschlag beteiligt sein? Oder die Ochrana?«

Vatjankim lachte auf. »Gaspascha Zadornova, ich wollte Ihren Mann in Sankt Petersburg verhaften, und es wäre mir beinahe gelungen. Hätte ich ihn erschießen wollen«, er blieb stehen und sah sie an, »so wäre es mir gelungen. Er stand fast so dicht vor mir wie Sie jetzt.« Er sog am Mundstück.

»Sie werden mir sicher den Grund für die angeordnete Verhaftung nennen.« Insgeheim dachte sie, dass die Ochrana ihr eine Komödie vorspielte, um sie und den Rest der Welt glauben zu machen, Grigorij sei tot. In Wahrheit saß er gewiss in einer Zelle.

»Beteiligung an revolutionären Unruhen und Konspiration gegen den Zaren«, antwortete Vatjankim. »Wir beschatteten ihn, seit er gelandet war. Aber wir haben ihn nicht abgeschossen, auch wenn er sich auf der Flucht vor mir befand. Der Zar möchte der Welt zeigen, dass in seinem Land alles mit rechten Dingen zugeht. Und so ermitteln wir die wahren Schuldigen am Tod von Zadornov.«

»Um ihnen einen Orden zu verleihen«, warf Litzow trocken ein.

Vatjankim hob die Schultern und stieß den blauen Rauch aus. »Ich habe gesagt, warum wir hier sind. Sie müssen es nicht glauben.« Er blieb stehen. »Schauen Sie sich in aller Ruhe um und teilen Sie mir mit, was Sie denken, dass geschehen ist. Danach sage ich Ihnen, was wir wissen.« Er warf Silena einen nachdenklichen Blick zu. »Ich muss Sie enttäuschen, was Ihren Glauben an ein Überleben Ihres Gatten angeht: Wir haben seine Leiche und die anderen Toten im Palais aufbewahrt. Ich bringe Sie zur Identifizierung dorthin. Aber bereiten Sie sich auf einen furchtbaren Anblick vor.« Er zeigte mit dem glühenden Ende der Zigarette auf die ausgebrannten Trümmer.

Als ob ich mir das nicht vorstellen könnte. Es kommt euch nur recht, um mich zu täuschen. »Danke. Aber wir sehen uns zuerst um.

Ich möchte herausfinden, was *wirklich* geschehen ist.« Silena hatte sich die Spitze nicht verkneifen können. Sie strich durch die Unglücksstelle, zückte Block und Bleistift. Leída und Litzow taten es ihr nach und machten sich Notizen zu dem, was sie sahen. Jede Kleinigkeit wurde festgehalten; der Oberst fotografierte fleißig.

Ein Soldat brachte ihnen ein Tablett mit Kaffee und Tee, das sie dankbar annahmen. Sie stellten sich in den Windschatten eines Gondelfragments und tranken.

»Die Kälte im Sankt Petersburger Umland ist eine andere als in Wales oder Schottland«, sagte Litzow, in dessen Schnurrbart sich durch die Atemluft Eiskristalle gebildet hatten. Er sah auf seine Stichpunkte. »Ich beginne, wenn es den Damen recht ist?« Er erntete Kopfnicken. »Die *Anastasia* wurde von mehreren Explosivkörpern getroffen, die keine besonders große Sprengkraft hatten, aber in ihrer Summe genügten, sie zum Absturz zu bringen.« Er nahm einen geschwärzten Metallsplitter aus der Tasche und hielt ihn hoch. »Standardraketen, gedacht für die Luftschiffabwehr, feststoffgetrieben, mit Aufschlagzünder. Jedes europäische Land baut diese Dinger.«

Leída nahm das Schrapnell. »Die *Anastasia* muss nicht sehr hoch geflogen sein, sonst wäre sie nicht getroffen worden.«

»Wir wissen, dass sie schnell aus Sankt Petersburg abgereist ist. Bis nach Kronland sind es geschätzte dreißig Kilometer – Zeit genug, auf eine große Höhe zu steigen«, resümierte Silena. Obwohl es eisig kalt war, war sie froh, im Freien zu sein, abseits der Leichen. Jede Minute, die sie von der Gegenüberstellung trennte, war eine gute Minute, denn allmählich meldeten sich auch bei ihr Zweifel, dass ein Mensch diese Tragödie überleben konnte. Sie schob die Vernunft zur Seite. *Ich will da nicht hin.* »Warum taten sie es nicht?«

»Eis«, sagte Litzow und schlürfte Kaffee. Der aufsteigende Dampf schmolz den Reif in seinem Bart. »Die werden absichtlich nicht zu hoch gestiegen sein, um die Maschinen zu schonen. Die kalten Motoren auf Höchstgeschwindigkeit zu jagen, war schon ein Wagnis an sich«, referierte Litzow mit wachsender Begeisterung. »Der Tragkörper hat mehrere Einschläge hinnehmen müssen, auch die Gondel hat eine Rakete in den Rumpf bekommen. Die *Anastasia* muss durch den Heliumverlust abgestürzt sein, dazu hat sich die Hülle entzündet. Ich habe Phosphor- und Kraftstoffgeruch bemerkt, was erklärt, warum die schwer brennbare Haut in Flammen aufging.«

Er schien am Ende seines Vortrages angekommen zu sein, was Silena gar nicht gefiel. Die Leichen warteten auf sie, und sie wollte deswegen noch mehr Minuten schinden. »Ihrer Meinung nach kam das Luftschiff *wie* bis nach Oranienbaum?«

Er blätterte. »Die Ruder waren so eingestellt, dass das Luftschiff in seiner Gleitbewegung nach Süden zog und erst in Oranienbaum aufschlug anstatt in der Ostsee.« Er berührte die Gondel. »Gutes Mädchen. Hast mehr ausgehalten, als sie angenommen haben.« Der Stolz des Konstrukteurs schlug durch.

Silena steckte ihre eigenen Aufzeichnungen weg. Sie hatte viel weniger notiert als der Oberst. *Er hat alles gesagt.* Was ihr nicht gefiel, war, dass er ihr keinen Ansatz auf Hoffnung geliefert hatte, Grigorij könnte am Leben sein. *Aber ich empfinde nicht so, als hätte ich ihn verloren,* dachte sie trotzig. *Er muss einfach leben! Wenn ich ihn zwischen den Toten liegen sehe, weiß ich nicht, wie es weitergehen soll!*

»Scheint ein normaler Absturz zu sein.« Leída trank ihren Kaffee. »Ich habe mir die zwei Leichen angeschaut, die sie noch nicht abtransportiert haben. Die Verletzungen weisen nicht darauf hin, dass sie nachträglich ermordet wurden.« Sie schaute zu den Männern der Ochrana. »Das hätte ich denen durchaus zugetraut. Wer seine Verwundung durch Raketenschrapnelle überstanden hatte, kam durch den Aufschlag ums Leben. Sie zeigten die klassischen Brüche.« Sie atmete durch.

»Hattest du den Eindruck, dass man einige Leichen nachträglich so zugerichtet hat, um uns zu täuschen?« Silena gab nicht auf, eine Lücke in den Erkenntnissen zu suchen. *Es muss etwas geben!*

»Nein.« Leída leerte ihr Getränk. »Silena, auch wenn ich mir gewünscht habe, es nicht sagen zu müssen: Grigorij ist mit Sicherheit tot. Es tut mir leid.«

Schweigend standen sie in der Kälte.

Ein Schwarm Krähen zog über sie hinweg und ließ sich auf den Bäumen um sie herum nieder. Ihre heiseren Stimmen übertönten die leisen Gespräche der Soldaten und Geheimdienstler.

Todesvögel. Silena fürchtete sich vor dem, was ihr bevorstand. Wenn der Leichnam, den Vatjankim ihr zeigen würde, wirklich Grigorij war … *Es gibt kein Wenn.* Ihre Hoffnung, den Mann ihres Lebens aus einer Zelle zu retten, war gestorben, ausgelöscht durch die nüchternen Worte ihrer Freunde, geschmolzen wie das Eis in Litzows Bart im heißen Kaffeedampf. Sie legte die Hand wieder auf den Bauch. *Er hatte sich so sehr Nachwuchs gewünscht, und jetzt, wo sein Traum in Erfüllung gehen wird, bin ich damit allein.* Tränen kündigten sich mit Brennen in den Augen an.

Leída sah, dass Silena um Fassung rang, und legte einen Arm um sie. »Soll ich mitkommen?«

»Nein«, antwortete sie mit stockender Stimme und trank hastig von ihrem Tee. Sie ging zu Vatjankim.

Er nickte ihr nur zu, sah das Begreifen in den geröteten Augen. »Mein Beileid«, sagte er nochmals.

Gemeinsam schritten sie durch die Gärten auf das Palais zu. Pulvriger Schnee knirschte laut unter den Sohlen, das Geschrei der Raben verfolgte sie.

Silena dachte nichts mehr. Der schwerste Schlag seit dem Tod ihrer Brüder kündigte sich an; dazu war ihr wieder schlecht. *Was tue ich? Wie soll es weitergehen?* All ihre Stärke, ihre Abgebrühtheit im Kampf, ihre Entschlossenheit als Anführerin brach zusammen und stürzte sie in einen Abgrund, den Grigorijs Tod geschaffen hatte. Die Klammer um ihr Herz wurde enger.

Vatjankim schritt auf die Verandatür zu, vor der zwei Polizisten standen und ihnen öffneten. »Wenn Sie …«, setzte er an, aber sie hob abwehrend die Hand und trat ein.

Sie ging an den Tischen entlang, auf die man die gefrorenen Toten gelegt hatte: Eine Uniform der Luftflotte ihres Gemahls folgte auf die andere, die Gesichter sagten ihr nichts. Schließlich stand sie an dem bis zur Unkenntlichkeit verbrannten, zerschmetterten Körper, um den sich Grigorijs zerfetzter Mantel legte.

So furchtbar der Anblick auch war, sosehr ihr der Geruch des verkohlten Fleischs auf den Magen schlug, Silena fühlte eine unerklärliche Erleichterung: *Das ist er nicht!*

Sie umrundete die Leiche mit pochendem Herzen, betrachtete sie.

O ihr Heiligen! Ihr wart gnädig: Er ist es wirklich nicht! Es war nicht mehr als ein Gefühl, aber von solcher Sicherheit, dass sie nicht daran zweifelte. Die Ochrana hatte Grigorijs Mantel, der anscheinend an der Leiche gefunden worden war, mitsamt den Habseligkeiten danebengelegt. Daran hatten sie ihn zu identifizieren geglaubt.

Silena zitterte vor Aufregung und vor Überschwang der Gefühle. Sie war sich schlagartig bewusst, dass sie ihren Mann von all seinen Feinden befreien konnte, wenn sie jetzt seinen Tod verkündete. *War das sogar sein Plan?* Eine kühne Theorie, die sie ihm dennoch zutraute: Aus einer brenzligen Situation hatte er einen Vorteil errungen. Sie nahm eine silberne Zigarettenspitze auf und drehte sie zwischen den Fingern. *Meldet er sich bei mir? Soll ich ihn finden?* Sie hatte keine Ahnung, wie es weitergehen sollte.

Schritte näherten sich ihr, Vatjankim stellte sich neben sie. »Gaspascha Zadornova, wie geht es Ihnen?«

Silena konnte sich nicht mehr beherrschen. Obwohl sie vor Erleichterung hemmungslos weinte, würde der Strom aus Tränen seinen Zweck gegenüber dem Geheimdienstler erfüllen. »Sie hatten recht«, sagte sie undeutlich und nahm ein Taschentuch aus dem Mantel. »Es ist mein Mann.« Sie putzte sich die Nase.

Aber Vatjankim ließ sie nicht aus den Augen. »Woran machen Sie das fest, Gaspascha Zadornova? Bitte haben Sie Verständnis, dass ich Sie das fragen muss.«

Sie gab zunächst die Empörte, die schließlich stammelnd erklärte, woran sie ihren Gatten erkannt haben wollte.

Er schrieb alles mit und ließ sich sein Protokoll von ihr gegenzeichnen. »Damit ist Ihr Mann offiziell identifiziert und für tot erklärt«, sprach Vatjankim nachdenklich und ließ ein Tuch über der Leiche ausbreiten. »Ich danke für Ihre Bereitschaft, die Bürde auf sich genommen zu haben, Gaspascha Zadornova. Wenn ich etwas für Sie tun kann?«

»Den Mörder meines Mannes ausfindig machen«, erwiderte sie und versuchte, kalt und gnadenlos zu sein. Sie musste fortführen, was sie begonnen hatte: die trauernde, nach Rache verlangende Witwe. »Sollte er dabei zu Tode kommen, würde ich mich erkenntlich zeigen. Die Ochrana vermag das gewiss.« *Nicht zu dick auftra-*

gen, bremste sie sich. Sie musste schnellstens herausfinden, was mit Grigorij geschehen war, wer auch immer dahintersteckte.

»Ich verstehe Ihre Gefühle, Gaspascha Zadornova, aber ich kann Ihren Wunsch nicht akzeptieren, was eine gezielte Tötung angeht.« Vatjankim blickte sie bedauernd an. »Wegen der Öffentlichkeit. Auch einen Unfall würde man uns nicht abnehmen. Aber ich schwöre, dass wir den Täter finden, ihn in Russland vor Gericht stellen und er mit Sicherheit zum Tode verurteilt wird. Mord bleibt Mord.«

Nun war es Silena, die den Mann eindringlich ansah. *Er scheint mich nicht anzulügen. Aber ein Geheimdienstler muss die Unwahrheit überzeugend aussprechen können.* »Danke«, sagte sie. »Würden Sie mir die Stelle zeigen, wo Sie seine Leiche gefunden haben?«

Vatjankim nickte. »Sie können Ihren Mann gern in Ihre Heimat überführen, Gaspascha Zadornova.«

Das hätte ich beinahe vergessen. »Davon ging ich aus«, fing sie ihre Nachlässigkeit ab. »Lassen Sie ihn bitte zusammen mit den anderen Gefallenen zum Flugfeld bringen.«

»Sicherlich.« Er wandte sich zum Ausgang. Sie kehrten über die Veranda in die Gärten zurück. »Er lag etwas abseits. Wir vermuten, dass er vor dem Aufschlag abgesprungen oder aus der Gondel gerutscht ist.«

»Die Vorstellung bricht mir das Herz.« Silena musste achtgeben, dass sie ihn nicht zu sehr aushorchte. *Sei die trauernde Witwe!*

Vatjankim führte sie zu einer Stelle im oberen Garten. Der Schnee war niedergedrückt und blutig, grob konnte man die Umrisse eines Menschen erkennen; darum herum waren viele Sohlenabdrücke zu sehen. »Hier war es, Gaspascha Zadornova.«

»Danke.« Sie wusste nicht genau, wonach sie suchte, aber der Mann sollte nicht sehen, dass es ihr um mehr als Abschiednehmen ging. »Lassen Sie mich bitte allein.«

Vatjankim stutzte, dann tippte er sich gegen die Fellmütze und zog sich einige Schritte zurück. Passenderweise kam ein zweiter Geheimdienstler herbei, der ihn dringend sprechen wollte. »Ich bin gleich wieder da«, verabschiedete er sich und eilte zum Palais.

»Von mir aus nicht«, murmelte sie und ging in die Hocke. *Hast du mir hier ein Zeichen hinterlassen, Grigorij?* Silena fuhr mit den

Fingern durch den gepressten, roten Schnee. Sie merkte sehr rasch, dass die Suche an diesem Ort keinen Sinn ergab, also erhob sie sich und kämpfte gegen den Schwindel an. Ihr Kreislauf war angeschlagen.

Sie betrachtete die Spuren im Schnee genauer, ihre Blicke schweiften weiter umher, doch sie erhielt keinerlei Aufschlüsse. *Wie bist du von der* Anastasia *entkommen?*

Sie spazierte los, durch den oberen Garten, und betrachtete die Absturzstelle von der erhöhten Position aus. Bald erschien es Silena, dass etwas nicht stimmte, ohne sagen zu können, was sie an dem Bild störte. Litzow und Leída sahen zu ihr hinauf, und sie winkte ihnen zu.

Ihr Spaziergang weitete sich aus; gelegentlich huschte der Schatten eines Luftschiffs über sie.

Die Sonne sank, die Temperaturen fielen rasch.

Silena fand weder Spuren noch Zeichen, die von Grigorij stammten. *Verdammt! Wo steckst du? Was haben sie mit dir gemacht?* Sie sah zum entfernten Palais und schritt unter einer uralten Tanne hindurch. Die breiten, mächtigen Äste hatten ein Dach gegen das Weiß gebildet. Unter ihren Stiefeln knackten und knistern die braunen Nadeln – und ein leises Klirren ertönte.

Silena hob den Fuß und sah zu Boden. *Ein Armband?* Sie bückte sich, hob es auf.

Es bestand aus neun Gliedern, die aus Horn gemacht waren, die Verbindung bildeten silberne Drähte. Sie zog die Handschuhe aus und fuhr mit den bloßen Fingern darüber. *Das sind Drachenschuppen!* Auf der unteren Seite erkannte sie eingeschnitzte Zeichen. *Hieroglyphen? Was haben die darauf zu suchen?* Nun war sie doch sehr erstaunt.

Rasch steckte sie ihren Fund ein, streifte die Handschuhe wieder an. Dass ein Schmuckstück mit ägyptischer Schrift auf Drachenschuppen in Oranienbaum auftauchte, konnte kein Zufall sein. Es sah zu neu aus, um vor langer Zeit von seinem Träger oder seiner Trägerin verloren worden zu sein. Auch wenn sie nicht wusste, ob es etwas mit Grigorij zu tun hatte, war es unerklärlich genug.

Sie sah sich nochmals um.

Und genau in der Übergangszone, wo der Schnee begann, erkannte sie Abdrücke eines runden Gegenstandes, der die Größe einer Taschenuhr besaß. *Wer das Armband verloren hat, kann diesen anderen Gegenstand mitgenommen haben. Sollte es Grigorijs Uhr gewesen sein?*

Sie sah in den Baum über sich. Ein paar Zweige waren zerbrochen, Fetzen der Luftschiffhülle hatten sich darin verfangen. *Groß genug, um ihm als Fallschirm gedient zu haben!* Die wüstesten Theorien überfielen sie. *Wenn er hier heruntergegangen und von dem Unbekannten entführt worden ist? Wenn er verletzt worden ist?*

Doch es gab keine passenden Spuren.

Silena kehrte rasch zu Leída und Litzow zurück. »Ich habe etwas, was wir untersuchen müssen«, sagte sie atemlos. Das ständige Umherlaufen im Schnee kostete Kraft, die zunehmende Kälte erschöpfte sie zusätzlich; ihre Zehen spürte sie nicht mehr.

»Du siehst nicht aus, als wäre Grigorij der Tote im Palais«, sagte Leída überrascht.

»Das stimmt. Ich denke, dass es ein Crewmitglied ist, dem Grigorij seinen Mantel angezogen hat, um seinen Tod vorzutäuschen«, flüsterte sie und sah offenen Widerspruch in den Augen ihrer Freundin. »Wirklich! Mehr dazu sage ich an Bord der *Lena.*« Zu dritt entfernten sie sich von der Absturzstelle.

Als sie in die Wagen stiegen und die Motoren starteten, kam Vatjankim mit wehendem Mantel zu ihnen gelaufen. »Gaspascha Zadornova!«, rief er winkend. »Einen Moment!«

Silena ließ den Fahrer, der eben Gas gab, anhalten und klappte die Scheibe herunter. »Ja?«

»Im Namen des Zaren«, er öffnete die Tür, »würden Sie bitte aussteigen und mitkommen?«

Leída hatte ihr Automobil verlassen und war neben den Russen getreten. Sie verstand nicht, was Vatjankim sagte, aber sie langte nach Silenas Oberarm. »Ärger?«

»Ich weiß es nicht«, meinte sie, und an den Mann gewandt: »Was soll das bedeuten?«

»Gaspascha Zadornova, es gab einen Zwischenfall am Triglav.« Vatjankim deutete auf das Palais. »Möglicherweise hat der Anschlag etwas damit zu tun. Wir brauchen Ihre Hilfe. Wären Sie so freundlich, mich zu begleiten?«

Unmöglich. Oder? Silena stieg aus und wies die anderen beiden an, in den Wagen zu warten.

»Höre ich dich schreien, lasse ich es Bomben auf Sankt Petersburg regnen«, sagte Leída drohend und schaute böse zu Vatjankim. »Übersetz es ihm.«

Der Geheimdienstler sah die feindseligen Blicke der Drachenjägerin. »Was meinte sie?«

Silena musste sich beherrschen, um nicht zu grinsen. »Dass Sie mir nichts tun sollen.« Sie stieg aus und folgte ihm.

Leída verfolgte Silena und Vatjankim mit ihren Blicken. »Das gefällt mir nicht«, sagte sie. »Oberst, ich fahre los und treffe Vorkehrungen. Sie bleiben und achten auf sie. Melden Sie mir über Funk, ob ich eingreifen muss.« Sie lief zu ihrem Wagen und setzte sich hinters Lenkrad.

»Bleiben Sie! Was haben Sie vor, Mrs. Havock?« Litzow wusste nicht, was er tun sollte. Er besaß keinerlei Befehlsgewalt über die Frau.

Leída achtete nicht auf ihn. In sehr schneller Fahrt ging es zu dem freien Feld, wo sie ihr Luftschiff landen lassen konnte.

Die *Havock's Hundred* hatten einen Zeppelin gekauft, der es fast mit der Größe der *Cadmos* aufnehmen konnte, dem ersten Luftschiff-Flugzeugträger, den das Officium gebaut hatte: Dreißig Meter Durchmesser, zweihundert Meter Länge, siebzehn Gasbehälter und Kraftstofftanks lagen im Rumpf gebettet. Getauft auf den Namen *Ramachander,* diente er den Drachenjägern als mobile Basis, von der aus sie in die ganze westliche Welt fliegen konnten. Die Bewaffnung reichte aus, um sich aufdringliche Flugdrachen vom Hals zu halten, doch gegen die *Lena* war sie nahezu lächerlich

Der Vorteil war, dass die *Ramachander* nicht unbedingt landen musste, wenn es um die Aufnahme von Ladung ging. Ein Teil der Gondel wurde ausgeklinkt und an Ketten heruntergelassen, sodass man diesen Container beladen und hinaufziehen konnte.

Leída sah den Container am Boden stehen. Sie hatte Proviant

aufnehmen müssen, da die Abreise aus Rhossili ungeplant schnell verlaufen war. Die Arbeiter verstauten die letzten Kisten, als sie eintraf. *Ich hoffe, sie haben eine Ecke für das Automobil frei gelassen.*

»Alles klar, Boss«, rief ihr einer ihrer Leute entgegen und hob die Hand. »Wir sind fertig. Platz für die Karre ist auch. Schiff kommt gleich.«

»Gut!«, rief sie zurück. Sie mochte es, »Boss« und nicht »Madam« genannt zu werden, denn es zeigte ihr, dass die Männer sie in ihrem Job akzeptierten. Sie ließ den Wagen parken, stieg aus und kletterte auf das Dach des Containers, auf dem vier Männer darauf warteten, die Ketten in den Fanghaken des Zeppelins einzuhängen. »Habt ihr alles bekommen?«

Brummend näherte sich die *Ramachander*, die Lastkette mit dem Haken hing bereits aus dem Loch in der Gondel.

»Ja, Boss. Brot, Gemüse, gepökeltes Fleisch, alles da. Und Wodka.« Der Lademeister stampfte auf das Duraluminiumdach. »Das Gewicht sollte kein Problem sein.«

Sie zogen die Köpfe ein, als die Kette heranschoss. Mit Bootshaken fischten die Männer sie herbei und verbanden den Container mit dem Luftschiff; gleich darauf ging es ruckartig aufwärts.

Leída blieb im Freien bei den Männern und sah die verschneite Landschaft unter sich kleiner werden. Sie mochte das Gefühl des Schwebens, hielt sich an der Kette fest und betrachtete Oranienbaum von oben. Der Wind zerrte an ihr, aber sie geriet nicht ins Wanken. Auch die sanfte Rotation des Containers bereitete ihr keine Furcht.

Sie sah auf das Palais hinab, in dem Silena bei den Geheimdienstlern saß. *Lass dir nichts vormachen und nichts anhängen.*

Leída sorgte sich um die Frau, die für sie zu einer echten Freundin geworden war. Das Verhältnis zu ihr war sehr eng geworden. Silena hatte ihr sogar von dem Kind erzählt, das sie in sich trug, und ihr das Versprechen abgerungen, das Geheimnis für sich zu behalten. In den harten Zeiten, die Silena durchlitt, gab es ihr Hoffnung und eine Erinnerung an Grigorij. *Ein schönes Geheimnis.*

Leída wünschte ihr und dem heranwachsenden Leben von Herzen, dass Grigorij noch lebte, aber sie wusste, dass er tot war und irgendwo im Meer trieb. Oder der Tote im Palais war eben doch der

Fürst, und Silena machte sich etwas vor. Aus Angst. Aus Verzweiflung.

Leída dachte an den Tod ihres Bruders. *Ich kann sie verstehen.* Sein Verlust hatte ihre Welt grau werden lassen, bis sie wieder Liebe fand, wo sie sie nicht vermutet hatte. Alles sprach dagegen, dass der Fürst noch lebte. Und sie hatte weiß Gott schon genug an Tod und Verderben gesehen, um die Lage in Oranienbaum richtig einschätzen zu können. Silena irrte sich. *Ich hätte ihr das Glück so sehr gegönnt.*

Der Container wurde zurück in die Gondel gezogen, Haltebolzen rasteten ein.

Leída stand im Ladebereich und sprang auf den Boden. »Die *Ramachander* klar zum Gefecht machen«, befahl sie und sah die staunenden Augen der Besatzung. »Nur für den Fall, dass sie Zadornova etwas antun. Ich bin auf der Brücke.«

Sie eilte nach vorn, gab die Bereitschaftsmeldung via Funk auch an die *Lena* weiter und ließ das Luftschiff über dem Palais in Stellung gehen. *Die Ochrana weiß ja nicht, dass die Bombenschächte leer sind.* Der Schatten, den sie auf den Boden warfen, verdunkelte die Fenster zur Meeresseite hin.

Sie setzte sich an das Kontrollpult und legte die Füße hoch, schloss die Augen und hielt das Gesicht in die untergehende Sonne.

Leída mochte die Wärme auf ihrer Haut. Wärme, die auch von einem Körper herrühren konnte. Sie dachte unvermittelt an Cyrano, den Gargoyle mit dem zerstörten Gesicht.

Als Silena nach ihm gefragt hatte, hatte sie leider lügen müssen. »Er untersucht eine Drachensichtung«, hatte sie ihrer Freundin gesagt.

In Wahrheit wusste sie selbst nicht, wo er sich herumtrieb. Er war eines Morgens verschwunden, mitsamt den anderen beiden Gargoyles. Am Abend vorher hatte er geheimnistuerisch getan und ihr eine Überraschung versprochen. Aus ihrer Verwunderung war Ärger und nun Sorge geworden. Die Drachenfreunde hatten es mit Sicherheit auch auf Cyrano abgesehen.

Höchstens Silena ahnte, dass sie und ihn mehr verband als der Hass auf Drachen. Nicht einmal ihre besten Männer wussten von den zarten Banden, die sich Leída nur als Liebe erklären konnte, die jegliche Hindernisse und Unterschiede zwischen den Arten überwand. Es herrschte tiefes Verständnis zwischen ihnen, eine unausgesprochene Übereinstimmung, welche die Seelen wärmte.

Ich hätte niemals gedacht, dass mir Blicke und Nähe genügen, um Glück zu erfahren. Leída sehnte sich nach ihm. *Was hat dich fortgetrieben? Bist du in Schwierigkeiten?*

Sie hörte einen Warnton. Als sie die Lider erschrocken hob, sah sie ein rotes Kontrolllicht auf dem Steuerpult flackern.

»Motorgondel zwei meldet Drachensichtung!«, rief der Wachoffizier, und schon leuchteten die Signallampen der übrigen Gondeln auf.

»Geben Sie der *Lena* Bescheid.« Leída nahm das Fernglas in die Hand und suchte zusammen mit den drei Unteroffizieren den Himmel ab. Und suchte und suchte … »Ich sehe nichts! Sind die verrückt, oder bin ich blind geworden?«

Der Wachoffizier schaute ebenfalls hinaus. »Keine Drachen, Boss.« Ratlos sah er auf die Leuchten. »Ein Defekt in der Verkabelung, fürchte ich. Kann sein, dass Kondenswasser gefroren ist und …«

Leída und die Brückenbesatzung zuckten zusammen, als das Bug-MG das Feuer eröffnete. *Auf was, zur Hölle, schießt der Mann?* Sie verfolgte die Spur der Leuchtgeschosse.

Die Kugeln flogen hinüber, direkt auf die Gondel der *Lena*.

»Shit, er *ist* verrückt geworden!«, rief sie. »Holt den Kerl aus dem Ausleger und …« Sie hielt inne, weil sie nicht glaubte, was sie auf einmal sah und hörte: Sämtliche Bordgeschütze der *Ramachander* hatten das zweite Luftschiff gegenüber als Ziel erkoren!

Auf der anderen Seite gingen die ersten Scheiben zu Bruch und regneten glitzernd und funkelnd auf Oranienbaum nieder. Leída sah die Besatzung aufgeregt durcheinanderrennen, einige von ihnen wurden von den Kugeln getroffen und verschwanden aus ihrem Sichtfeld.

Sie überlegte blitzartig. Rebellion kam nicht infrage, und von selbst schossen die Kanoniere nicht auf Freunde. Also gab es lediglich eine Erklärung: *Wir sind geentert worden.*

»Los!«, schrie sie den Offizier an. »Volle Kraft auf die Motoren. Bringen Sie die *Ramachander* außer Reichweite der MGs. Und Sie«, ihr Finger wies auf einen anderen Offizier, »nehmen sich Waffen und Männer und holen mir diese Arschlöcher aus den Gondeln, tot oder lebendig!«

Der Container mit der Ware! So haben sie sich an Bord geschmuggelt. Ochrana? Drachenfreunde? Egal! Sie hastete ans Pult und nahm das Funkgerät. »Hier spricht Leída Havock, ich rufe die *Lena*. Wir sind geentert worden, ich wiederhole, wir sind geentert worden! Bitte nicht das Feuer erwidern! Wir kümmern uns darum.«

Mit einem lauten Knall war die Harpune der *Ramachander* abgefeuert worden, in deren Spitze eine Explosivladung saß. Sie war gegen Drachen gedacht, um sich durch die Schuppen zu bohren oder wenigstens stecken zu bleiben und dann zu detonieren. Leída hatte mehrmals gesehen, wie die Körper von der Wucht zerfetzt wurden.

Dieses brandgefährliche Geschoss sirrte nun auf die Gondel der *Lena* zu.

»Nein!«, brüllte Leída – und sah die Spitze kurz vor dem Einschlag mit einem gewaltigen Feuerball verpuffen. Das Abwehrfeuer der Maschinengewehre hatte sie rechtzeitig erwischt; die Druckwelle brachte die Scheiben zum Beben.

Dann musste sich die Drachenjägerin selbst in Deckung werfen, als das überlegenere Luftschiff seine vernichtenden Geschütze auf die *Ramachander* richtete und sie mit einem stählernen Hagel bedachte, aus dem es kein Entkommen gab. Ihr Funkspruch hatte keine Wirkung erzielt.

Das wird die härteste Prüfung, die das Schiff mitgemacht hat. Sie legte die Hände zum Schutz über den Kopf.

Die Fenster der Brücke barsten, Querschläger sirrten umher, das Kontrollpult erhielt etliche Einschläge, bevor Funken sprühten, eine helle Qualmwolke austrat und es nach verschmortem Plastik sowie glühendem Draht stank. Menschen schrien auf, einige fielen verwundet zu Boden, andere suchten Schutz hinter den elektrischen Geräten.

Weg hier, sonst sind wir Geschichte. Leída schob die Hebel für die Motoren mit dem Fuß nach vorne, auf volle Kraft, und bekam prompt eine Kugel durch den Mittelfuß. Ächzend zog sie ihn zurück und spürte, wie die *Ramachander* beschleunigte.

Euch werde ich es zeigen! Sie achtete nicht weiter auf die Schmerzen und kroch zum Ausgang, während die Projektile um sie herumzischten. *Ich erschieße euch Piraten alle eigenhändig!*, dachte sie und zog ihre Pistole.

Vatjankim führte Silena in die beheizten Räumlichkeiten des Palais. Es roch nach Essen und kaltem Zigarettenrauch. Auf den Tischen verteilt lagen Akten, Konstruktionszeichnungen von Luftschiffen, Meereskarten und andere Papiere, die sie nicht lesen konnte; durch eine angelehnte Tür sah sie Feldbetten. Die Ochrana hatte ihr Lager für die Dauer der Untersuchungen hier aufgeschlagen. *Sie untersuchen mehr, als sie mich glauben machen wollten.*

»Hier wären wir.« Vatjankim lotste sie in einen Raum mit einem Schreibtisch, der ebenso überladen aussah wie diejenigen, an denen sie vorbeigekommen waren. Schnell holte er Klappstühle aus dem Zimmer nebenan. In der Ecke brodelte ein Samowar vor sich hin.

Silena setzte sich, der Mann bot ihr erneut Tee an, was sie ablehnte. *Jetzt wird es spannend. Der Triglav ist doch nichts weiter als ein verbranntes Grab.* Da sie unglaublichen Hunger verspürte, nahm sie die Kekse in Beschlag. »Was ist geschehen?«

»Unschönes.« Vatjankim ging zum Samowar, goss sich tiefbraune, kräftige Teebrühe aus der kleinen Silberkanne zur Hälfte in die Tasse und füllte den Rest mit heißem Wasser aus dem Kessel auf. Danach gab er viel Zucker und Milch hinein und kehrte an den Tisch zurück. »Sie wissen, dass wir den Berg und das Gebiet drum herum gesperrt haben.«

»Weil der Zar fürchtet, dass der Weltenstein nicht vernichtet ist«, ergänzte sie und aß einen weiteren Keks. Die andere Hand wollte die Silbermünze aus der Tasche ziehen, um die glänzende Scheibe auf den Knöcheln entlangwandern zu lassen, doch sie ließ es bleiben. Sie richtete ihre gesamte Aufmerksamkeit auf den Mann. Vielleicht wollte er sie nochmals auf die Probe stellen, ob sie ihm vorhin die Wahrheit gesagt hatte. *Sei wachsam!* »Glauben Sie mir,

Vatjankim, die Hitze der Bomben hat sicherlich ausgereicht, das Artefakt zu verbrennen. Das Material hält nicht allzu viel aus.«

Vatjankim zog seine Fellmütze ab. Kurzes schwarzes Haar kam zum Vorschein, das im Nacken stark ausrasiert war; den linken Seitenscheitel gab es fast nicht mehr. Er knöpfte sich den Mantel auf, darunter trug er ein schwarzes Jackett und ein weißes Hemd mit schwarzer Krawatte.

»Was ich Ihnen nun sage, sollten Sie für sich behalten, Gaspascha Zadornova. Sie als Aussteigerin beim Officium Draconis …«

Nicht die Ochrana auch noch! »Woher wollen Sie das wissen?«

»Machen Sie Scherze? Wer Sie sieht und die Bilder von Großmeisterin Silena, muss nicht mal beim Geheimdienst arbeiten, um daraus die korrekten Schlüsse zu ziehen.« Vatjankim tunkte ein Plätzchen in den Tee. »Wir nehmen an, dass es sich bei dem Weltenstein um einen bearbeiteten Drachenstein handelt, was wiederum nichts anderes als das Magieorgan eines sehr alten Drachen ist.« Er sah sie an, als wollte er ihre Zustimmung und damit die Bestätigung von einer Expertin hören.

»Da sollten Sie das Officium befragen«, gab sie gleichmütig zurück. *Aber recht hat er dennoch.*

»Und wer von denen sollte mir Antworten geben?« Vatjankim lächelte kaum merklich. »Sagen wir einfach, es ist so. Und dass dieses Magieorgan seine Macht mit dem Tod des Trägers nicht vollständig verliert.«

Silena spielte die Ungläubige. »Vatjankim, Sie wollen mir allen Ernstes sagen, dass die Ochrana und der Zarewitsch an das Übernatürliche glauben? Hat Houdini nicht bewiesen, dass Séancen und Ektoplasma reine Erfindungen von Schwindlern sind?« Sie wusste es selbstverständlich besser.

Er aß den Keks langsam, als brauche er Zeit zum Nachdenken. »Was nicht heißt, dass diese Kräfte nicht existieren. Wir wussten, dass das berühmte Medium Arsènie Sàtra manche Dinge für die Sûreté überprüfte. Mit nachweisbarem Erfolg, wohlgemerkt. Warum sollte sich die Ochrana an einem solchen erfolgreichen Modell nicht ebenfalls versuchen? Wir haben aus den Vorfällen am Triglav gelernt.«

»Dann anscheinend nicht genug, Vatjankim.« Silena schnappte

sich den letzten Keks, bevor er ihn sich greifen konnte. »Die sind sehr lecker.«

»Ich werde es meiner Frau ausrichten. Sie freut sich bestimmt über das Lob.« Er blinzelte und lehnte sich zurück. Anscheinend wurde er aus ihr nicht schlau, was sie freute und beruhigte. Sie wollte für ihn die Witwe bleiben. Das Thema, das er anschnitt, bot die gute Gelegenheit, von Grigorij abzulenken. »Drachensteine wurden schon früher gefunden und galten als Heilmittel. Sie waren immer sehr beliebt. Dass sich das Officium per Gesetz alle Drachenteile gesichert hat, offenbart, dass man auch dort an Drachensteine glaubt.«

»Johann Leopold Cysat, 1661, Reiskius, 1688, und Konrad von Megenberg um 1350«, sagte Silena, die beschlossen hatte, ihre Zurückhaltung aufzugeben. Da Vatjankim so weit ausholte, wollte er sie auf etwas Bestimmes vorbereiten. Etwas *Unschönes*, wie er es genannt hatte. »Sie haben Drachensteine beschrieben. Sàtra hatte die Meinung vertreten, es handele sich bei den Drachensteinen um eine Art Katalysator, welche die Magie eines Wesens zu bündeln vermögen.«

Vatjankim grinste wissend. »Schön, dass Sie mir doch zustimmen, Gaspascha Zadornova.«

»Und was hat das mit dem Triglav zu tun?«

»Der Weltenstein ging dort verloren. *Sie* glauben, dass er verbrannt ist. Weil es jedoch keine Sicherheit gab, beschloss der Zar, das Areal besonders zu schützen.« Er nahm eine Fotografie aus der Schreibtischschublade. Silena sah eine Frau darauf, die aus großer Entfernung aufgenommen worden war. Die Konturen verschwammen. »Das ist Lady Ealwhina Snickelway, soweit wir wissen. Die Dame tauchte am Triglav unter dem Namen Lesandra Carmichael auf, um den Wallfahrtsort zu besuchen. Die Soldaten, die sie begleitet hatten, berichteten von einer unerklärlichen Gedächtnislücke. Als unser Medium, Oberstin Zoja Sigorskaja, besagte Snickelway kontrollieren wollte, flüchtete sie. Ihr Fahrer kam dabei ums Leben, sie ist verschwunden.«

»Und?«

Vatjankim stellte ihr eine Tüte mit noch mehr Naschwerk hin. »Hier, essen Sie. Sie scheinen richtig ausgehungert zu sein.«

»So etwas Leckeres bekommt man nicht oft.« Der Heißhunger ließ sie zugreifen, sobald er die Tüte für sie geöffnet hatte.

Er grinste kurz, dann wurde er ernst. »Snickelway stammt aus York und flog mit der *LS IV* Ihres Mannes von Edinburgh aus nach Sankt Petersburg, um von dort nach Kiew zu gelangen. Zuvor kam es beim Betreten des Luftschiffs zu einer Art Streit zwischen ihr und Zadornov.« Er rührte den Tee um. »Ich frage mich: Warum?« Er nahm den Löffel heraus, klopfte ihn am Tassenrand ab und legte ihn auf den Unterteller. »Ich sage Ihnen, wieso: Ihr Gatte, Gaspascha Zadornova, war einmal der berühmteste und beste Hellseher der westlichen Hemisphäre. Sollte er sie berührt und ihr Vorhaben erkannt haben, geriet er in große Gefahr.«

»Welches Vorhaben denn? Und warum hat sie ihn nicht schon auf dem Flug umgebracht?«, hielt Silena dagegen. Ihr Herz schlug schneller. Die Neuigkeiten regten sie auf. *Es kann ebenso eine Ablenkung sein, um mich auf eine falsche Fährte zu setzen.*

»Ich muss noch etwas mehr ausholen. Snickelway hatte vor ihrem Aufbruch nach Edinburgh Besuch von einem Franzosen namens Charles Tourant De Bercy. Wir haben den gebürtigen Niederländer schon längere Zeit beobachtet, nachdem er ebenfalls am Triglav aufgetaucht war und Fragen gestellt hatte, die uns aufmerksam werden ließen.« Vatjankim trank und stellte die Tasse ab. »Auch wenn die Sûreté behauptete, er sei ein unbescholtener französischer Bürger, der Im- und Export betreibt, stellte sich heraus, dass er einige Geschäfte anleierte, die ihn zumindest zwielichtig erscheinen lassen. Unsere Erkenntnis: Er arbeitet für eine sehr einflussreiche Person, die viele Kontakte in Frankreich, Italien, Spanien und Portugal unterhält.«

Silena atmete ein und sah auf die Tüte. *Gibt es das? Jetzt ist mir wieder schlecht.* »Die Ochrana hat Monsieur De Bercy bestimmt befragt.«

»Nein, haben wir nicht. Er ist verschwunden, seit er in York einen Fuß über die Schwelle des Pubs *Golden Fleece* gesetzt hat. Unauffindbar.« Vatjankim tippte auf das Foto von Snickelway. »Sie ist für De Bercys Hintermann zum Triglav gereist und hat den Weltenstein gesucht. Ihrem Verhalten nach hat sie ihn gefunden. Unser Medium erkannte, dass sie eine magische Kraftquelle mit sich führte.«

Alles, nur das nicht! Silena unterdrückte das Aufstoßen, Magensäure gurgelte in ihrem Hals. Sie erinnerte sich an die Unterredung mit dem Wurmdrachen Gessler in Innsbruck, der ihr gegenüber angedeutet hatte, dass in Wahrheit uralte Drachen, die Altvorderen, die Geschicke der Menschheit bestimmten. War De Bercy einer dieser Drachendiener?

Sie wusste, dass es in Wales eine Drachin gab, Ddraig, mit der sie sich am Vorabend der Schlacht getroffen hatte. Einige Altvordere waren damals erschienen, um sich auf der Seite der Menschen, aber zu ihrem eigenen Vorteil in die Schlacht zu stürzen. Zwei hatten nicht überlebt, Ddraig war geflüchtet. Und ein Altvorderer war erst gar nicht erschienen. *Er könnte durchaus dahinterstecken. Oder Ddraig. Doch was bringt mir diese Erkenntnis? Sàtra hatte es ebenso auf den Drachenstein abgesehen. Jedes Medium, das nach mehr Macht strebt, kommt damit in Verdacht.*

»Ich fragte: Was sagen Sie dazu, Gaspascha Zadornova?«

»Meine Güte«, ächzte sie. »Ein reicher Sammler? Ein größenwahnsinniges Medium? Es gibt so viele Verdächtige.«

Vatjankim schüttelte den Kopf. »Sie haben mir nicht zugehört. Ich fragte, ob Sie zum Triglav reisen, um sich umzusehen. Sie haben mit dem Weltenstein mehr Erfahrung als jeder andere Lebendige. Ich weiß, dass es viel verlangt ist, so kurz nach dem Tod Ihres Mannes.«

Silena dachte nach. »Nein.«

»Aber der Zar es …«

»Ich sehe keinen Sinn darin. Und warum hätte Snickelway oder ihr Auftraggeber aus Frankreich das Luftschiff meines Mannes *so spät* abschießen lassen sollen?«, fiel sie ihm ins Wort.

»Nun ja. Weil es nicht leicht ist. Es sind Vorbereitungen zu treffen und Raketen herbeizuschaffen, um …«

Wieder unterbrach Silena ihn. »Nein, Vatjankim. Ich halte es nicht für wahrscheinlich, dass die Dame etwas mit dem Anschlag zu tun hat. Die Drachenfreunde sind die wahrscheinlichsten Schuldigen, und danach«, sie erhob sich, »steht der Zar ganz oben auf der Liste meiner Verdächtigen. Sie wissen, aus welchem Grund. *Sie* sagen mir, die Ochrana habe damit nichts zu tun. Schön. Bleibt immer noch die Armee oder eine andere Organisation, die alles für den Zaren tun würde.« Sie nickte ihm zu. »Ich wünsche Ihnen einen guten Tag und viel Erfolg bei Ihren Untersuchungen. Ich verlasse mich auf Sie.« Silena wandte sich zum Gehen, schritt durch die anderen Zimmer, die Treppen hinab und zur Tür hinaus.

Wo beginne ich die Suche nach Grigorij? Ich könnte zudem einen Detektiv anheuern. Sie verschwendete keinen weiteren Gedanken mehr an die Episode am Triglav. Es war eine Angelegenheit der Russen. Eine Ablenkung von ihrem vermissten Gatten erlaubte sie sich nicht, so sehr sich der Zar das vielleicht wünschte. Verwundert sah sie, dass nur noch Litzows Wagen geparkt stand.

Sie lief zu dem Automobil und stieg ein. »Wo ist Leída?«

»Vorgefahren, Fürstin. Sie wollte Vorbereitungen treffen, falls Ihnen etwas zustößt, auch wenn ich sagte, dass es nicht notwendig sei.« Der Oberst versuchte, aus ihrem Gesicht zu lesen. »Was gab es?«

»Neuigkeiten.« Sie fasste die Unterredung mit Vatjankim zusammen. »Und Ihre Einschätzung dazu lautet?«

Litzow rieb sich nacheinander die Bartspitzen. »Ich pflichte Ihnen bei.« Er wollte noch etwas sagen, da machte sie der Fahrer auf das Spektakel am Himmel aufmerksam.

Sie sahen zum Fenster hinaus – und schauten zu, wie Havock's Zeppelin qualmend nach Westen zog, während die *Lena* Tod und Vernichtung gegen sie spie.

»Um Himmels willen!«, rief Litzow entgeistert. »Was geht denn da oben vor sich?«

Silena öffnete den Mund – und erbrach sich.

VIII.

3. Januar 1927, York, Grafschaft Yorkshire, im Nordosten des Königreichs Großbritannien

Lady Ealwhina Snickelway betrat das *Golden Fleece* und atmete das warme Durftgemisch aus Tabak, Bier, verschiedensten Menschen- und Essensgerüchen tief ein. »Zu Hause«, murmelte sie erleichtert und grüßte den Wirt mit einem Winken. Er grinste und nickte ihr zu.

Ealwhina wusste, dass De Bercys Seele im Keller auf sie warten würde. Die Gehenkten hielten sie fest, wie sie es immer taten, bis sie ihnen erlaubte, den oder die Unglückliche gehen zu lassen. »Ein Pint Midnight, Thomas. Kein Ladypint«, orderte sie laut und ging an den Tresen, um ihr Glas zu empfangen. »Zur Feier des Tages.«

»Erfolgreiche Reise?«

»Kann man so sagen.« Sie legte ihm eine Münze hin und griff nach dem Glas. Die andere Hand blieb um die Splitter und die kleine Kugel in ihrer Rocktasche geschlossen. Sie hatte sich umgezogen, war in die weiße Bluse geschlüpft, hatte den hellen, knielangen Rock dazu gewählt und sich die schwere Tweedjacke übergeworfen; die brünetten Haare wurden von einem Hut bedeckt. »Und sie war vor allem lang.«

Sie durchquerte den Raum, freute sich über bekannte Gesichter und wechselte ein paar kurze Worte, bis sie an ihrer Bank neben dem mürrischen alten Greis saß. »Na, hast du mich vermisst?« Sie prostete ihm zu und trank einen Schluck von ihrem Guinness, in das ein großzügiger Schuss Portwein gemischt war. »Viel los heute«, sagte Ealwhina dann, nachdem sie abgesetzt hatte. »Ist was Besonderes?« Sie rechnete nicht damit, dass der mürrische alte Mann ihr antwortete. Für ein Schwätzchen wandte sie sich normalerweise an Lady Alice. Mit dem Greis war es, als spreche man zu einem Hund und gebe sich selbst die Antworten. Aber er gehörte einfach für sie dazu.

Ealwhina sah viele Fremde unter ihren Bekannten und Freunden. *Schnüffler*. Sie nahm an, dass sie wegen De Bercys Verschwinden erschienen waren. *Es war vielleicht ein Fehler, ihn gleich hier umzubringen.*

Gewöhnlich interessierte sich niemand für die Menschen, die sie in den Keller führte. Aber der Franzose musste sie für einen mächtigen Mann angeheuert haben, der Verwendung für einen Gegenstand hatte, dem man definitiv übersinnliche Kräfte bescheinigen konnte.

Ealwhina betrachtete zwei der Unbekannten genauer und sah die Pistolen, die sie halb unter den Jacken verbargen. Die Pints vor ihnen rührten sie nicht an. *Ich sollte De Bercy befragen.* Sie nahm einen Schluck Midnight und erhob sich.

»Bleib sitzen«, raunte der Greis und packte blitzartig ihr Handgelenk.

Ealwhina war so erstaunt, dass sie sich tatsächlich setzte. »Du kannst ja sprechen, mürrischer alter Knochen.«

Er sah sie an, und die Blicke drangen durch sie hindurch. »Sie sind seit gestern hier und tun so, als wären sie Reisende, die sich York anschauen möchten. Sie reden in einer unverständlichen Sprache miteinander. Klingt nach Balkan.« Er hatte sie noch immer nicht losgelassen. »Der Rechte von ihnen hat Thomas gestern ein unscharfes Bild gezeigt und behauptet, er sei ein Bekannter von dir.«

»Thomas hat nichts gesagt.« Sie sah zum Wirt, der den Hahn der Zapfanlage putzte und gleich danach ein Pint mit Guinness füllte. *Er tut unbeteiligt.*

»Weil sie ihn beobachten und er sehen möchte, ob sie dich ohne seine Hilfe erkennen.« Der Greis senkte den Kopf und starrte auf die Tasche. »Du hast etwas bei dir, was … ich fühlen kann. Es erscheint mir … die Wärme …«

Ealwhina sah Lady Alice neben sich erscheinen, und auch sie stierte auf die Stelle, wo sie die Splitter und die Kugel aufbewahrte. »Oh, hallo, Lady Alice. Lust auf einen Plausch?«

Sie erhielt keine Erwiderung. Stumm stand die Frau da.

Aus dem Nichts tauchte der Junge in der viktorianischen Kleidung hinter ihr auf. Der Räuber, der wie aus einem anderen Jahrhundert erschien, bahnte sich einen Weg durch die Menge und steuerte auf ihren Tisch zu; im Gehen zog er seine uralte Pistole. Als auch noch die Gehenkten aus dem hinteren Teil des Pubs kamen und sich ihr näherten, wurde es Ealwhina zu viel. *Sie haben den Keller noch nie verlassen!*

»Du hast etwas bei dir, was uns nützen kann«, flüsterte der Greis schaurig. »Jedem von uns in York!«

»Ich habe es gefunden, es gehört mir!«, entgegnete sie und riss sich los, stand auf.

Die beiden bewaffneten Männer erhoben sich ebenfalls und sahen sie alarmiert an. Offenbar glaubten sie, dass sie flüchten wollte.

»Verstehst du nicht? Es kann uns allen nützen!«, bettelte der Alte.

»Ich weiß nicht, wie es funktioniert!« Ealwhina betrachtete die Versammlung um sich herum. »Es könnte auch …«

Die Tür wurde mit sehr viel Schwung aufgestoßen und krachte gegen die Wand, kalter Januarwind fuhr schneidend in den warmen Pub. Die Gemütlichkeit erhielt einen jähen Dämpfer. Wer so in ein Haus trat, wollte die Aufmerksamkeit zum Eingang zwingen. Auf der Schwelle sah Ealwhina die Frau, die sie am Triglav aus den Unterkünften hatte kommen sehen. *By Jove! Deswegen Balkan. Das Medium und seine Leute haben mich bis hierher verfolgt!*

Die Russin sondierte den Raum, und die Augen hinter der Brille wurden dabei immer größer. Sie hatte sofort verstanden, wer sich im *Golden Fleece* alles aufhielt. Hastig langte sie unter ihren Mantel und hängte das silberne Orthodoxenkreuz gut sichtbar darüber, bevor sie weitere Schritte in den Pub machte. Auf die merkwürdigen Blicke achtete sie nicht, sondern bewegte sich genau auf Ealwhina zu. »Snickelway, geben Sie mir auf der Stelle, was Sie dem Zaren und dem russischen Volk gestohlen haben«, sagte sie leise, doch Ealwhina verstand die Worte so deutlich, als wären sie in ihre Ohren geschrien worden.

Ealwhina ging rückwärts, stieß den Jungen zur Seite und öffnete das Fenster. Hastig kletterte sie hinaus und rannte los, die Shambles hinab, wo die Schlachter ihre Läden hatten, in denen sie die Ware vor den Augen der Kundschaft frisch zerlegten, und wo das

Blut in die Gosse sickerte. Im Gewirr der Gässchen kannte sie sich bestens aus und rechnete fest damit, ihre Verfolger abzuschütteln.

Doch sie stellte bei jedem Schulterblick fest, dass sie unentwegt Begleiter hatte.

Es liegt an der Kugel oder an den Splittern des Weltensteins. Es muss das Leuchtfeuer für das Medium sein. Ealwhina griff sich im Vorbeihasten eine schwere, kurzstielige Axt aus einem Hauklotz, mit dem die Metzger die Wirbel und andere große Rinderknochen aufbrachen.

Hinter der nächsten Biegung blieb sie in einer leeren Gasse stehen und sah sich um. Für wenige Minuten würde sie darauf verzichten müssen, eine Lady zu sein, und dafür auf die ungeliebte, gefürchtete Vergangenheit zurückgreifen.

Das da drüben ist der ideale Flecken! Sie erklomm ein paar Fässer, balancierte eine kurze Mauer entlang und stieg auf ein lang gestrecktes Vordach. Die Axt halb unter ihrem Mantel verborgen, wartete sie über der Gasse auf ihre Verfolger. *Ich will es nicht, aber es geht nicht anders!* In ihr gärte eine Mischung aus Angst und verdrängter Vorfreude.

Als die Russin um die Ecke gerannt kam, zückte Ealwhina die Waffe und schlug damit zu, bevor das Medium ihren genauen Standort erfühlte.

Die Schneide drang der Frau zwischen Hals und Schulter in den Leib. Das Schlüsselbein brach unter der Wucht, und sie sackte aufschreiend in die Knie.

Es ist Notwehr. Ealwhina sprang vom Dach, zog die Axt aus der Wunde und spaltete der Frau mit einem zweiten Hieb den Schädel. Das Geschrei verstummte. Ealwhina sah das Blut auf dem Pflaster und fühlte sich viel zu gut für das, was sie gerade getan hatte. Was sie gerne getan hatte. »Sie haben mich dazu gezwungen!«, rief sie vorwurfsvoll. »Mich trifft keine Schuld! Ich musste es tun!« *Und es war viel zu schnell vorüber.* Sie ließ den Stiel los und eilte weiter, zurück ins Gewirr der Shambles, um über Umwege zurück zum *Golden Fleece* zu gelangen. *Ich will wissen, für wen De Bercy arbeitete.*

Durch den Kohleschacht des Pubs glitt sie in den Keller.

»Mister, wo stecken Sie?«, rief sie aufgewühlt. Sie hatte schon lange mehr keinen derartig bestialischen Mord mehr begangen. Nicht mehr seit fünfzig oder sechzig Jahren, und es machte ihr nur aus einem Grund zu schaffen: Sie wollte mehr! Die Vorwürfe waren verstummt.

Ich habe vergessen, wie viel Spaß es macht, wenn ich es selbst tue. Die Lust daran ist zurückgekehrt. »Mister De Bercy, kommen Sie schon. Sie können sich nicht vor mir verstecken, mein Lieber. Ich sehe Geister in der Dunkelheit als einen leuchtenden Menschen. Früher oder später ...« Der Franzose trat hinter einem Fass hervor. »Et voilà, wie man bei Ihnen sagt.« Ealwhina machte einen Schritt auf ihn zu und packte ihm am Kragenaufschlag. »Ich *sehe* Sie nicht nur, Mister De Bercy, ich kann Sie auch anfassen!«

Er sah sie gar nicht an – sondern starrte wie alle anderen auf ihre Tasche. »Mon dieu! Sie waren am Triglav!«, stieß er hervor. »Sie haben ... nein, das ist nicht der Weltenstein, oder? Aber es ist so ähnlich ...« Sein Blick wurde gierig. »Zeigen Sie es mir.«

»Sagen Sie mir, für wen Sie mich nach Russland geschickt haben und warum die russische Armee hinter mir her ist!«

Er lachte leise. »Aha. Dann hat Sigorskaja Sie auch entdeckt?«

»Sie waren schon mal dort?«

»Ja. Ich habe versucht, den Weltenstein oder seine Überreste zu finden, aber ich wurde ...«

Ealwhina drückte fester zu. Wie gern würde sie jetzt auch ihn enthaupten oder ihm Schlimmeres antun. *Eins nach dem anderen.* »Für wen, De Bercy, arbeiteten Sie?«

Der Geist lächelte sie auf überhebliche Art und Weise an, wie es nur Franzosen vermochten. »Was ist denn das für eine Drohung? Wollen Sie mich nochmals töten?«

»Es reicht mir, wenn ich Ihnen wehtun kann!« Sie schlug ihm mitten ins Gesicht. Sein Kopf schnappte zurück.

»Mon dieu«, sagte er verblüfft und hielt sich das Kinn. »Kann ich Ihnen das Gleiche antun?« Seine Faust landete kraftvoll auf ihrer Nase, und Ealwhina musste ihn loslassen, ging zwei Schritte rückwärts. »Formidable!«, jubelte er. »Das kann ich auch!« Böse grinsend kam er auf sie zu. »Das ist das erste Mal, dass ich mich mit einer Frau prügele. Aber da Sie meine Mörderin sind, mache ich eine Ausnahme.«

Keine gute Idee, ihn auf diesen Gedanken zu bringen. Sie langte in die Tasche und griff nach Splittern und Kugel. Sie wollte den Geist freisetzen, wie sie es mit den Soldatenseelen am Triglav gemacht hatte. *Ich finde jemand anderes zum Spielen und Quälen.* »Gleich bin ich Sie los, De Bercy!«

»Je ne crois pas.« Er sprang auf sie zu und wollte sie packen.

Ealwhina wich ihm aus – und wurde von einem Gegenstand hart am Kopf getroffen.

Zwar wurde sie nicht ohnmächtig, war aber abgelenkt genug, um in den Hieb des Franzosen hineinzulaufen. Sein Schwinger landete an ihrem Kinn, und sie spürte, wie sie die Augen verdrehte. Seufzend brach sie vor ihm zusammen, fiel auf den Kellerboden aus gestampfter Erde. Modergeruch stieg ihr in die Nase.

De Bercy schob sich in ihr Blickfeld. »Merci, Madame, für den Tipp. Ich hätte sonst nicht gewusst, wie wir Sie kaltstellen könnten.« Er zeigte neben sich, und zwei weitere Männer erschienen. Die Pintverweigerer. »Die Herren kennen Sie ja: Vlad und Piotr. Sie arbeiten für den gleichen Auftraggeber und haben sich Sorgen um mich gemacht.«

Ealwhina war benommen. *Ich lag vollkommen daneben.* Suchende Finger tasteten sie ab, berührten sie überall, ohne dass sie sich gegen die Männer wehren konnte. Sie fand es widerlich. Als sie ihre Tasche leerten und ihr die Splitter und die Kugel abnahmen, begehrte sie schwach auf, was ihr einen Tritt gegen den Kopf einbrachte.

De Bercy ging neben ihr in die Hocke, packte ihr Gesicht mit der rechten Hand. »Die Herrschaften nehmen die Artefakte an sich und verlassen York. Ich muss ja, dank Ihnen, hierbleiben! Doch ich denke, dass wir gleich viel Spaß haben werden.«

Piotr und Vlad berieten sich kurz. Ealwhina verstand die Worte *Amsterdam* und *Herengracht*, bevor sie durch den Kohleschacht ins Freie kletterten. Ihren Bewegungen nach taten sie das nicht zum ersten Mal.

Der Franzose beugte sich nach vorn. »Sagen Sie: Ist das Blut auf Ihrem Mantel?«

Ich muss das Artefakt zurückbekommen. Ealwhina gelang es, die Benommenheit abschütteln. *Ich habe nicht die vielen Meilen zu-*

rückgelegt und die Gefahren überstanden, um mich schnöde berauben zu lassen!

Absichtlich murmelte sie eine unverständliche Antwort, sodass er näher herankam. Sie hämmerte De Bercy mit dem Knie an den Unterkiefer, woraufhin er weggeschleudert wurde, dann warf sie sich mit einem wilden Schrei auf ihn. Die Hände hatte sie zusammengelegt und schlug mit einer kraftvollen Bewegung von oben nach unten, als führe sie einen Dolch zwischen den Fingern.

De Bercy sah das Unheil kommen, konnte sich aber nicht mehr schnell genug herumwälzen. Der Schmetterhieb brach seinen Geisterschädel – und seine Konturen verblassten; das Licht in ihm erlosch, und er löste sich auf.

Ealwhina setzte sich auf den Boden. *Das hat gutgetan*, dachte sie grimmig. *Nicht das Gleiche wie bei einem Menschen, aber es tat gut.* Sie mochte es lieber, das echte Blut zu riechen und zu sehen, und wie es danach verrann und das Leben des Opfers mit sich nahm. Das Vernichten einer Seele besaß keinen so großen Reiz, jedenfalls nicht auf diese Weise.

Licht fiel durch einen Spalt die Kellertreppe hinab, sie hörte Menschen, die sich näherten.

Rasch sprang sie auf und rannte zum Kohleschacht, nur um direkt davor abzubremsen: Zwei Paar Hosenbeine und Stiefel waren vor dem Schacht erschienen und stehen geblieben, die Strahlen zweier Taschenlampen leuchteten auf. Hier konnte sie nicht hinaus, trotz ihrer Tricks. Sie stand unvermittelt im Hellen.

»Bleiben Sie stehen«, befahl ihr eine weibliche Stimme. »Langsam umdrehen.«

Ealwhina tat es – und konnte es nicht verhindern, dass sie die Frau auf der Kellertreppe dämlich anglotzte, die leibhaftig und nicht als Geist vor ihr stand: das russische Medium! Sigorskaja zeigte nicht einmal leiseste Spuren einer Verletzung, keine hastig angelegten Verbände oder Blut auf ihrer Kleidung. *Wie geht das vor sich? Sie ist anscheinend sehr mächtig.*

Die Russin kam die Treppe hinunter, ihr folgten fünf Männer, durch den Schacht glitten zwei weitere. Ealwhina war eingekreist.

Sigorskaja betrachtete sie argwöhnisch durch die Brille. »Wo haben Sie das Artefakt versteckt? Und spielen Sie mir nichts vor! Ich sehe, dass Sie es nicht mehr bei sich tragen.«

»Ich wurde beraubt«, antwortete sie ehrlich und spreizte die Arme als Zeichen, dass sie sich ergab. »Von zwei Russen. Sie sind seit gestern hier und passten mich ab. Fragen Sie Thomas, den Wirt.« Sie sah die Männer und Frauen der Reihe nach an. »Wer sind Sie?«

Das Medium setzte sich auf ein leeres Fass. »Zoja Sigorskaja, ich bin Oberst der Armee des Zaren und habe den Auftrag, das gestohlene Gut zurückzuholen. Das sind meine Leute.« Sie zeigte in die Runde. Dann sagte sie etwas auf Russisch, und drei Männer rannten die Treppe hinauf. Wahrscheinlich nahmen sie die Verfolgung auf. »Meine Schwester fehlt noch, aber wir werden sie bald erwarten.«

Zwillinge. Ealwhina ließ sich nichts anmerken. *Ich werde den Mord wohl besser De Bercy in die Schuhe schieben.* »Wir sollten uns beeilen, um …«

»*Wir* sicherlich nicht«, unterbrach sie Sigorskaja. »Unser Geheimdienst hat herausgefunden, wer Sie sind, was De Bercy alles getan hat und welche Kontakte er pflegte. Kennen Sie einen von ihnen?« Sie nahm einen Block aus dem Mantel, las davon eine Reihe von Namen herunter und sah nach jedem erwartungsvoll zu Ealwhina, die aber stets den Kopf schüttelte. »Schade. Damit sind Sie für uns enorm nutzlos geworden.« Sie erhob sich und gab den beiden Leuten hinter ihr ein Zeichen.

Ealwhina wurde heiß und flau. »Warten Sie, Oberst!«, rief sie. »Ich weiß, wohin Piotr und Vlad wollen.«

»Denken Sie nicht, dass es der Geheimdienst nicht auch herausfinden könnte?«, entgegnete sie gelangweilt. »Vielleicht haben meine Männer sie schon gestellt.«

»Und wenn nicht?« Ealwhina setzte auf die Gefühle und die Rachsucht ihrer Gegenspielerin. »Ich hätte nicht gedacht, dass Sie die Mörder Ihrer Schwester auf den Tod warten lassen wollen.«

Sigorskaja runzelte die Stirn.

»Ich habe gehört, wie sie sagten, dass sie die *Suka* mit einem Beil erschlagen haben.« Ealwhina sah an Sigorskajas entsetzten Zügen, dass sie gewonnen hatte. »Es muss in den Shambles passiert sein, nicht weit von hier.«

Die Russin sandte einen weiteren ihrer Begleiter hinaus und wartete schweigend. Und es dauerte nicht lange, bis er zurückkehrte und Sigorskaja etwas ins Ohr flüsterte. Sie stand auf, ihre Kiefer mahlten, und eine Ader am ihrem Hals trat deutlich hervor. Sie war voller Hass und Wut auf die vermeintlichen Mörder. »Also gut, Snickelway. Wohin wollten sie?«

Ealwhina atmete ein. »Wir müssen nach Amsterdam.«

»Und wo dort?«

»Das«, sie fixierte Sigorskaja, »sage ich Ihnen, wenn wir dort sind.«

Draußen gellten die zweitönigen Pfeifen der Bobbies. Die Leiche war offiziell entdeckt worden.

Wortlos wandte sich die Russin um und ging die Treppe hinauf.

Ealwhina bekam einen Stoß in den Rücken, damit sie sich in Bewegung setzte. Ihre Bedingung war akzeptiert worden. *Ich hoffe, die Herengracht ist nicht lang und ich finde dort irgendeinen Hinweis.* Sie rieb sich über den Mantel und verwischte das Blut des getöteten Mediums, bevor sie ins Helle kamen. Es tat ihrer Lüge nicht gut.

1. Januar 1927, Oranienbaum, 40 Kilometer westlich von Sankt Petersburg, Zarenreich Russland

Silena achtete nicht auf das Erbrochene und stieg aus, die Augen auf den ungleichen Kampf über ihren Köpfen gerichtet. *Was ist vorgefallen?*

Die *Lena* hatte das Feuer aus allen Maschinengewehren eröffnet und bescherte der Gondel der *Ramachander* Loch um Loch. Die Schweife der Leuchtspurmunition verdeutlichten, wo der Zeppelin überall getroffen wurde, dessen MG-Kanzeln eine nach der anderen in Stücke geschossen wurden. Ein Motor des kleineren Luftschiffs hatte bereits Feuer gefangen. Angeschlagen versuchte es, aus der Reichweite des Gegners zu gelangen. Das Knattern der Waffen klang am Boden leise, beinahe harmlos.

Um Silena herum zischte der Schnee, heiße Patronenhülsen regneten unaufhörlich herab. Litzow reichte ihr das Fernglas, und sie sah hinauf. »Ihre Einschätzung, Oberst?«

»Keine, Fürstin«, antwortete er unsicher. »Wir sind Verbündete, und Sie vertrauen Mrs. Havock, wie ich es tue. Es gibt keinen Grund für ein Gefecht.«

Sie suchte die Hülle der flüchtenden *Ramachander* ab und entdeckte viele Treffer, die ihr einen starken Heliumverlust bescherten. In einer Geschützkanzel erkannte sie eine Gestalt, die eine Hand am Abzug des MGs hatte; mit dem anderen Arm zielte sie hinter sich und schoss mit einer Pistole auf den Einstieg.

»Ich ahne, warum es zum Kampf gekommen ist«, sagte sie und beobachtete, wie der Schütze mehrmals in den Körper und in den Kopf getroffen wurde. Von hinten. *Sie haben ihn durch die Luke erschossen.* Gleich darauf zerfetzte eine Salve der *Lena* den Ausleger. Die Leiche stürzte zusammen mit den Trümmern hinab.

»Entweder es gab eine Meuterei gegen Leída, was ich nicht glaube, oder sie hat Gäste an Bord, die versuchen, die *Ramachander* zu übernehmen.« Vorsichtshalber schwenkte Silena das Fernglas zu ihrem Luftschiff. Die Besatzung, die sie in den Kanzeln und hinter den Fenstern sehen konnte, war die eigene.

Der Luftkampf endete. Die *Lena* hielt ihre Position bei und sah von einer Verfolgung des Gegners ab, während die *Ramachander* qualmend und sehr langsam nach Westen flog.

Silena und Litzow kehrten in den Wagen zurück und ließen sich zum Flugfeld fahren, wo die *Lena* niedergehen würde. Bald darauf senkte sich die fliegende Festung für ihre Kommandantin dem Boden entgegen.

Während das Auto und die Leichen zusammen mit dem toten, falschen Grigorij verladen wurden, gingen Silena und Litzow an Bord und ließen sich vom Wachoffizier auf der Brücke berichten, was geschehen war. Er erklärte militärisch knapp, doch präzise, was aus seiner Sicht vorgefallen war.

»Und sie haben das Feuer ohne Vorwarnung eröffnet?«, vergewisserte sich Silena.

»Ja, Madam. Es gab unmittelbar danach einen kurzen Funkspruch von Leída Havock, dass das Schiff geentert worden sei, weswegen wir uns nach einer Breitseite entschlossen hatten, das Feuer auf die Geschütze der *Ramachander* zu konzentrieren und von der Zerstörung des Luftschiffs abzusehen«, erklärte der Mann. »Es ist nicht möglich, Funkkontakt herzustellen. Auf Lichtmorsezeichen reagiert derzeit keiner.«

Silena befahl ihm, wegzutreten und die Schadensmeldungen entgegenzunehmen, bevor sie sich an Litzow wandte. »Wer könnte die *Ramachander* geentert haben?«

»Ochrana oder Drachenfreunde«, kam es sofort von dem alten Haudegen. »Man wollte, dass sich die Luftschiffe gegenseitig vernichten.« Er blickte mit versteinerter Miene auf die Löcher in der Wand und die geborsteten Fenster. »Wir sind glimpflich davongekommen. Die leichte Panzerung der Gondel hat das Schlimmste verhindert, aber wir müssen die Hülle und die Kammern alle auf Löcher prüfen, bevor wir eine weite Reise in Betracht ziehen, Fürstin.« Litzow schüttelte den Kopf und berührte zärtlich das große, malträtierte Steuerrad. »Mein armes Kind.«

»Gut. Wir schicken eine Maschine los, die Anschluss an die *Ramachander* halten und Nachrichten aufnehmen soll«, entschied Silena. »Ich bin neugierig, was wir zu hören bekommen. Sie, Oberst, kümmern sich um unser Schiff.« Sie setzte ihren Hut auf und schritt auf den Ausgang zu. »Ich bin hoffentlich bald wieder zurück.«

Silena war unvermittelt die Idee gekommen, dass der Besitzer des gefundenen Armbands etwas mit dem Zwischenfall zu tun haben könnte. Demzufolge war es höchste Zeit, sich mit dem Fund und den Symbolen darauf näher zu beschäftigen. Unter Umständen bot ihr die Stadt die Möglichkeit dazu, und genau das wollte sie jetzt herausfinden.

Sie nahm sich zwei Bewaffnete als Leibwächter mit und fuhr mit dem Automobil nach Oranienbaum. Eine freundliche Seele hatte den Wagen in der kurzen Zeit vom Erbrochenen gereinigt und Parfüm versprüht, um den Geruch zu überdecken.

Als sie die Stadt erreichten, hielt Silena von der Rückbank des Wagens aus ungeduldig Ausschau. Oranienbaum war schon immer Sitz des Adels und der Zarenfamilie gewesen, wie es den Anschein hatte: Paläste, Villen und Prachtbauten zogen an ihr vorbei. Sogar die Stadt an sich wirkte gediegen, Elend und Armut, wie man es andernorts in Russland sah, gab es hier nicht. Von Unruhen weit und breit keine Spur.

Silena las die wenigen Hinweisschilder, bis sie auf das stieß, was sie suchte: eine Bibliothek.

Jetzt müssen sie nur noch etwas Brauchbares in ihren Regalen haben. Zwar zweifelte sie daran, aber mit ein wenig Glück würde sie einen Hinweis finden. Sie ließ den Wagen anhalten, stieg aus und marschierte mit ihren Begleitern auf das wuchtige Haus zu. Natürlich war der Eingang am Abend abgeschlossen, also klingelte sie stürmisch.

Nach wenigen Minuten wurde die Tür geöffnet, und ein junger, blonder Mann in einem gefütterten, bunt gemusterten Hausmantel sah sie verschlafen an. »Was?«

»Ich wollte in die Bücherei. Jetzt«, sagte sie freundlich, doch unnachgiebig. Sie dankte Grigorij, dass er ihr Russisch beigebracht hatte. *Ich klinge, als wäre ich noch immer beim Officium.*

»Geschlossen«, antwortete er ungläubig und wollte die Tür zuschieben.

Schnell stellte Silena einen Fuß in den Spalt. »Haben Sie Bücher über Hieroglyphen?« Sie war sich bewusst, dass sie keinerlei Sonderrechte mehr besaß, schon gar nicht im Zarenreich. Doch ein Notfall blieb ein Notfall. »Es ist dringend. Möglicherweise hängt ein Menschenleben davon ab. Bitte.« Silena sagte es so, dass er es als Entschuldigung für ihr Verhalten nehmen konnte.

Die Tür wurde wieder ein wenig geöffnet.

»Ein Menschenleben, sagen Sie?« Der junge Mann sah sie jetzt genauer an, taxierte ihre schwarzrote Uniform, die beiden Bewaffneten hinter ihr. »Und wer sind Sie? Zur Armee des Zaren gehören Sie jedenfalls nicht.« Dann kniff er ein Auge zusammen. »Sie gehören zu diesen Drachenjägern!«

»Lassen Sie mich rein? Bitte, es ist wirklich wichtig.«

Jetzt wirkte er neugierig, doch noch trat er nicht vom Eingang zurück. »Welche Hieroglyphen suchen Sie denn? Und können Sie mir verraten, wieso in Russland ein Menschenleben von ägyptischen Schriftzeichen abhängen soll? Oder sind es andere Hieroglyphen?« Er kratzte sich über den kurzen, hellen Bart.

Silena atmete tief durch. »Ich vermute, es sind ägyptische.« Sie überlegte, wie viel sie dem Mann anvertrauen konnte, und kam zu dem Entschluss, dass sie ihm eigentlich nichts sagen durfte. Die Ochrana würde von ihrem Besuch bei ihm erfahren und ihn verhören.

Aber noch stand er abwartend auf der Schwelle und verweigerte ihr den Zutritt. Es wäre leicht, ihn einfach niederzuschlagen und auf eigene Faust zu suchen. Da er sich jedoch mit Sicherheit bestens zwischen den Regalen auskannte, brauchte sie ihn. »Ich verstehe Ihre Aussage in der Richtung, dass Sie Bücher darüber haben.«

»Möglich.« Er rührte sich nicht. »Sie sind diese Zadornova«, sagte er. »Ich erinnere mich an das Bild in der Zeitung.« Er gab einen nachdenklichen Laut von sich. »Schon merkwürdig, wonach Sie suchen. Hat es etwas mit dem Absturz zu tun?«

»Ja. Wir sind einigen Rätseln auf der Spur«, antwortete sie vage. Sie sah sich um, ob Fahrzeuge in ihrer Nähe auftauchten, aus denen heraus sie beobachtet wurden. »Können wir das bitte drinnen besprechen?«

»So, so.« Endlich machte er den erlösenden Schritt rückwärts. »Reden wir. Und mein Beileid zum Verlust Ihres Mannes.«

Silena und ihre Begleitung traten ein. »Danke«, sagte sie schlicht. »Ihr Name ist?«

»Sergij Wachholder. Bibliothekar, Verwaltungsangestellter, Leiter der kleinen Post von Oranienbaum und eigentlich Lehrer«, zählte er auf und ging voran. »Kommen Sie. Hier ist so wenig los, dass ein kleines Rätsel gerade recht kommt. Aber ich muss Sie warnen. Ich leite die Bibliothek erst seit einem halben Jahr und bin immer noch dabei, mir einen Überblick zu verschaffen. Mein Vorgänger hat wenig katalogisiert. Zu allem Überfluss wurde uns vor drei Monaten eine Schenkung gemacht. Nichts gegen Bücher, Gott bewahre, doch es sind eintausend neue Bände, die ich alle noch sichten muss.«

Dann hätte ich dich doch niederschlagen können, anstatt freundlich zu sein, dachte sie belustigt.

Er führte sie durch seine Wohnung eine knarrende Holztreppe hoch. Es roch nach Pflegemitteln, frisch gebackenem Brot und Knoblauch. Wachholder stieß eine Durchgangstür auf. »Bitte sehr, der Buchhort.« Er schaltete die Lampen ein. »Geschichtsbücher stehen im vierten Gang.« Er steckte die Hände in die Taschen des weiten Mantels. »Haben wir einen ägyptischen Drachen in Oranienbaum?«

Silena musste lachen. »Das ist eine sehr abwegige Vorstellung, Herr Wachholder.« Sie befahl einem Bewaffneten, an der Tür zu wachen. »Sie begleiten uns, bitte. Und wenn die Ochrana später auftauchen sollte, wissen Sie nicht mehr, wonach ich suchte.«

Wachholder erbleichte. »Die Ochrana? Heiliger Borschtsch!« Er folgte ihnen zu den Regalen. »Warum?«

»Weiß ich selbst nicht.« Silena sah die magere Ausbeute an orientalischen und afrikanischen Büchern. *Das wird nichts.* Sie nahm die drei Werke, die sie als brauchbar ansah, von ihren Plätzen und legte sie nacheinander auf den Tisch, dann setzte sie sich. »Haben Sie vielleicht noch ein paar Reiseführer oder Erlebnisberichte aus dem ägyptischen Raum?« Sie blätterte und suchte im Register nach passenden Einträgen zu Hieroglyphen.

»Bestimmt.«

»Dann holen Sie sie, bitte.« Silena bedeutete dem anderen Bewaffneten, Wachholder zu begleiten, und machte sich an die Arbeit. Dabei legte sie das Armband so, dass sie die Zeichen jederzeit betrachten konnte, jedoch nicht der Bibliothekar.

Die Zeit verging.

Sie las und verglich, während Wachholder acht weitere Bände anschleppte. Manche trugen noch keinen Stempel und stammten aus der kürzlich erhaltenen Bücherspende. Den Tee und das würzige Brot, das er ihr anbot, nahm sie dankend entgegen. Nach zwei Stunden hatte sie gerade einmal ein Buch durchgearbeitet. Und Appetit verspürte sie nach wie vor, trotz des halben Laibs, den sie verschlungen hatte.

Das wird noch länger dauern. Silena rieb sich die brennenden Augen.

»Ich kann Ihnen helfen, wenn Sie mir sagen, wonach wir suchen. Ich bin kein Ägyptologe und verstehe mich nicht auf Hieroglyphen, aber manche Reiseberichte geben etwas her«, sagte Wachholder freundlich und setzte sich ihr gegenüber. »Sie sehen sehr müde aus.«

Sie lächelte ihm zu. »Ich möchte nicht, dass Sie von der Ochrana in die Mangel genommen werden.«

»Das werden sie so oder so tun.« Wachholder grinste. »Ich wäre so stolz, wenn ich einen Beitrag zur Lösung des Rätsels beitragen könnte, von dem ich einmal meinen Enkeln berichten kann.«

Die Zeit wird knapp. Ich kann jede Hilfe brauchen. Silena nickte. »Na, gut.« Sie legte das Armband in die Mitte, sodass er es sah. »Es gehörte einem guten Freund, der sich auf dem abgestürzten Luftschiff meines Gatten befand. Ich sollte es mitnehmen und übersetzen lassen«, log sie.

Wachholder grinste und setzte sich. »Ich glaube Ihnen kein Wort. Die Wahrheit höre ich sowieso nicht, also was soll's?« Er nahm sich ein Buch und begann das Stöbern.

In der Bibliothek war es sehr leise. Der Wind säuselte gelegentlich durch undichte Stellen, mal fuhr ein Wagen draußen vorbei oder ein schellengeziertes Gespann; ansonsten erklang das Rascheln der Seiten, ein gelegentliches Räuspern oder ein Schlürfen, wenn der Tee aus dem Samowar zu heiß war. Der eine der Skyguards hatte es sich neben dem Fenster bequem gemacht und behielt die Straße im Auge, der andere wachte an der Eingangstür weit von ihnen entfernt.

Silena bemerkte nicht, wie die Minuten verflogen. Als sie irgendwann nach dem zweiten Buch mit Nackenschmerzen aufblickte, sah sie, dass Wachholder schon drei Bücher durchgearbeitet hatte und beim letzten angelangt war. Auf dem Schmierzettel neben ihm standen Notizen. *Hoffentlich ist er so gründlich, wie er schnell ist.* »Was gefunden?«

»Ja«, entgegnete er abwesend und schrieb wieder etwas auf. Er drehte das Werk so, dass sie beide hineinschauten.

Silena erkannte eine Zeichnung von einer Landschaft mit verschiedenen Tieren darauf, darunter waren Zeichnungen von ägyptischen Schriftzeichen zu sehen. »Wo ist der Zusammenhang?«

Wachholder zeigte auf ein einfaches Symbol auf dem Armband, dann auf das zweite Bild. »Treffer!«

Silena atmete auf und unterdrückte ein Gähnen. »Haben Sie auch herausgefunden, was es bedeuten soll?«

»Ja, habe ich. Wenn man das übersetzen würde, käme so etwas wie *Aufspürer* heraus. Im Griechischen heißt das Tierchen Ichneumon, die Franzosen nennen es *rat des pharaones*: Pharaonenratte.« Wachholder kratzte sich am blonden Schopf. »Die Inder würden das Viech Mungo nennen. Es wird heilig genannt.«

Jetzt war Silena verwundert. »Aha?! Warum heilig?«

Der Bibliothekar suchte in dem Abschnitt nach der Erklärung. »Der Ichneumon findet sich auf Fresken und Reliefs, sowohl in der Zeit der Ptolemäer als auch aus dem Alten Reich. Und verehrt wurde er wegen seines Könnens als Schlangenbekämpfer.« Er blätterte. »Mh.«

Silena sah auf ihre eigenen Aufzeichnungen. »Passen da irgendwo Horus und Apophis hinein? Das habe ich nämlich bei meinen Hieroglyphen gefunden.«

Wachholder nickte und schaute rasch auf sein Blatt. »In dem Buch über Archäologie habe ich gelesen, dass im Grab von Ramses dem Sechsten ein schwarzes Ichneumon gefunden und mit dem Horus von Letopolis gleichgesetzt wurde – was immer es bedeuten mag. Und ich fand irgendwo noch ein Symbol auf dem Armband, das als Uto zu deuten ist.« Er sah sie hilflos an. »Bringt Ihnen das etwas?«

»Klingt, als sollten wir uns mit ägyptischer Sage befassen.« Silena sah ihn bittend an.

»Schon unterwegs.« Er stand auf und verschwand in den Regalwelten der Bibliothek.

Sie lehnte sich nach hinten und spürte das beginnende Sodbrennen. Rasch trank sie Tee, das Brennen ließ nach. »Und bringen Sie bitte noch etwas Brot mit?« Es war ihr ein wenig peinlich, dass sie so verfressen wirkte.

Erklären konnte sie sich ihren Fund noch nicht, trotz der ersten Erkenntnisse. Grigorij besaß kein solches Armband. Jemand Unbekanntes hatte den Absturz beobachtet und nichts unternommen. *Gehörte er womöglich zu denjenigen, die ihre Raketen abge-*

feuert hatten? Drachenfreunde würden kein Armband mit einem Schlangenfeind darauf anlegen. Sie trugen eher asiatische Zeichen mit sich, um ihre Verehrung für die Ungeheuer zu zeigen. *Wer also?*

Wachholder kehrte mit Brot und weiteren Büchern zurück. »Hier, frisch aus dem Ofen«, er warf den warmen Laib auf den Tisch, »und frisch aus der Sagen- und Mythenabteilung der Bücherspende.« Laut knallten die Bücher auf die Platte, Staub wirbelte auf. Er wirkte kein bisschen müde, zog ein Messer aus dem Hausmantel und schnitt das Brot an. »Essen Sie, Gaspascha Zadornova. Ich suche schon«, sagte er zuvorkommend.

»Danke.« Silena blickte auf die Taschenuhr. *Weit nach Mitternacht.* Sie nahm sich eine dicke Scheibe, aß und sah dem Mann beim Arbeiten zu. Ihre Gedanken schweiften zu Leída. Sie hoffte, dass der Zeppelin ihrer Freundin keine vernichtenden Schäden eingesteckt hatte. *Nicht noch ein Absturz.*

»Das war leicht«, sagte er nach wenigen Minuten. »Ichneumon stand dem Gott Horus als Helfer zur Seite, als er die Apophisschlange bekämpfte. Und Apophis war …«, Wachholder wühlte sich durch die Seiten, »… die Verkörperung von Auflösung, Finsternis und Chaos. Er ist der Widersacher des Sonnengottes Re und wird als riesige Schlange dargestellt, meistens von übernatürlichem Ausmaß und mit etlichen Windungen.«

Apophis ist nichts anderes als ein Wurmdrache! Silena kam aus dem Staunen nicht mehr heraus. Das Armband war der perfekte Talisman für einen Drachenheiligen – wenn sie nicht alle für die katholische Kirche arbeiten würden. Undenkbar, dass sich einer von ihnen mit ägyptischen Symbolen behängen würde. *Eine andere Drachenjägereinheit vielleicht.* Es blieb mysteriös. »Noch etwas?«

»Der Legende nach wird die Sonnenbarke des Re auf der Reise durch die Unterwelt von der Schlangengottheit angegriffen. Und das jede Nacht. Apophis muss besiegt werden, damit die Sonne aufgehen kann.« Wachholder hielt den Finger unter der Stelle. »Apophis hat die Fahrt der Barke mit den Windungen seines riesigen Schlangenkörpers behindert. Er vermag mit seinen Blicken zu hypnotisieren, aber das Ichneumon widersteht dem Zauber und hilft Re beim Kampf. Woanders steht, dass Re sich in einen Ichneumon verwandelt hat, um die Schlange zu besiegen.«

Silena schluckte. »Ausgezeichnet! Aber was hat es mit Uto auf sich? Sie erwähnten das.«

»Uto. Richtig.« Wachholder blätterte wie ein Besessener. »Hier … nein … doch! Uto hat viele weitere Namen und ist eine altägyptische Schlangengottheit, die oft als aufgerichtete Kobra oder als Frauengestalt mit Krone abgebildet und außerdem mit der Feuer speienden Uräusschlange gleichgesetzt wird.« Er klappte den Wälzer zu. »Der Hauptunterschied ist, dass Uto seit dem vierten Jahrtausend vor Christus verehrt wurde, aber der Glaube an Re erst um zweitausend vor Christus ins Spiel kommt.« Er atmete tief ein, rieb sich den Bart. »Mehr habe ich nicht finden können.«

»Das ist sehr ordentlich, Herr Wachholder.« Silena hatte viel gehört, doch ihr fehlte die Verbindung zu Grigorij. Wie der Bibliothekar zu ihrer Begrüßung im Grunde schon gesagt hatte: Russland und das uralte Ägypten verband nichts.

Die ungeplanten Nachforschungen waren in Oranienbaum an ihre Grenzen gestoßen. Hier konnte sie nichts mehr ausrichten. Die Suche nach ihrem verschollenen Gemahl im gigantischen Zarenreich glich der Suche nach einem schwarzen Faden in einem stockdunklen Kohlenkeller – sofern er sich überhaupt in Russland aufhielt. Grigorijs Lage wurde gewiss mit jedem Tag schlimmer.

Ich kenne einen Ort, an dem ich mehr erfahre. Sie stand auf und reichte dem Bibliothekar die Hand. »Vielen Dank. Ich stehe in Ihrer Schuld.« Sie zog die Börse hervor. »Was bin ich Ihnen schuldig?«

»Für das Brot geben Sie mir ein paar Kopeken, der Tee geht auf mich, und meine Zeit habe ich sehr gern mit Ihnen verbracht, Gaspascha Zadornova«, erwiderte er und erhob sich, um eine kleine Verbeugung anzudeuten. »Die Ochrana wird nichts von mir erfahren.«

Sie lächelte und legte ihm weit mehr Münzen auf den Tisch, als er vorgeschlagen hatte, sammelte seine Blätter und die eigenen ein und wandte sich zum Ausgang. Der Skyguard stand auf.

»Danke! Sie sind sehr großzügig.« Wachholder ging an ihr vorbei und übernahm die Führung. Sein Hausmantel raschelte leise. »Reisen Sie heute noch ab?«

»Mal sehen.« Mehr wollte sie ihm nicht sagen.

Sie kamen um die Ecke – und sahen den anderen von Silenas bewaffneten Begleitern neben der Tür liegen, die zur Treppe in Wachholders Wohnung führte.

Silena und ihr Skyguard zückten sofort die Waffen, der Bibliothekar schaute sich ängstlich um. Da fiel die Haustür mit einem lauten Krachen zu.

»Wer immer hier war, er scheint gegangen zu sein.« Silena pirschte sich vorwärts zu dem Liegenden; der Skyguard gab ihr Deckung und folgte ihr. Der Mann am Boden atmete noch, am Hinterkopf sah sie eine kleine Platzwunde. *Wir sind belauscht worden.* Sie drehte sich zu Wachholder um. »Offenkundig hat uns die Ochrana zugehört. Wenigstens müssen Sie keine Angst haben, von den Herren besucht zu werden.«

Wachholder sah nicht so aus, als könne ihre Vermutung ihn trösten.

Silena erhob sich und musste sich am Türrahmen abstützen. Ihrem Kreislauf schien es Spaß zu machen, ihr erst funkelnde Sternchen und danach ein Flimmern vor den Augen zu bescheren.

»Ich hole Wasser für ihn.« Wachholder eilte in seine Wohnung, der zweite Skyguard legte das Gewehr weg und kümmerte sich um den Niedergeschlagenen.

Silena blickte aus dem von Reif gekränzten Fenster. Auf der Straße hetzte eine Gestalt in einem schwarzen Mantel davon. Sekunden danach röhrte ein Automobil durch die Nacht. *Ich hoffe nicht, dass die Nachhilfestunde in ägyptischer Mythologie denen etwas an die Hand gegeben hat, was ihnen einen Vorteil vor mir verschafft.* Sie lehnte die Stirn ans Glas, die Eisblumen schmolzen von der Wärme. *Denk nach! Es geht um Grigorij!*

Sie musste nach München, auch wenn ihre Gefühle und ihre Ängste sie zwingen wollten, jeden Stein in Oranienbaum umzuwenden und nach ihrem Gemahl zu suchen. Sie verbot sich das sinnlose Tun. Es würde nichts bringen. Der beste Anhaltspunkt, so sagte sie sich, war das Armband. Im Keller des Officium Draconis lagerte das Wissen, das sie benötigte: Aufzeichnungen über Aufzeichnungen über die Drachen und deren Belange.

Schon wieder würde sie an die Stätte zurückkehren, an der sie jahrelang gedient hatte. Nur durfte es dieses Mal keiner wissen. Sie müsste sich in die baufälligen Überreste des Officiums schleichen, was nicht gerade leicht und dazu auch gefährlich werden würde. Bei ihrem Glück würden sicher die Mauern einbrechen, sobald sie sich zwischen ihnen befand.

Zuerst muss ich noch Kontakt zu Leída herstellen und ihr von meinem Vorhaben berichten. Sie zog den Kopf zurück und sah nach den Männern, die den Ohnmächtigen mit einem nassen, kalten Tuch im Gesicht aus seinen Träumen rissen.

Wie konnte ich das nur vergessen? Brieucs Vorschlag! Sie lächelte. *Die verlorene Tochter des Officiums wird in den Zeiten höchster Not zurückkehren. Damit erspare ich mir viel Ärger.* Niemand würde ihr den Zutritt verwehren. Die ganze Heimlichtuerei konnte sie sich damit sparen.

IX.

3. Januar 1927, Freie Hansestadt Hamburg, Deutsches Kaiserreich

Nie-Lung hatte schon kein gutes Gefühl gehabt, als er in seinem falschen Gefängnis gelegen und den Schlussapplaus sowie das Gejohle aus dem Pagodenzelt vernommen hatte.

Man sollte meinen, dass sie mit ihrer halbwegs vorhandenen Intelligenz andere Formen der Begeisterungsbekundung ersinnen könnten. Aber nein, sie benehmen sich wie die Affen, von denen sie abstammen. Er war unglaublich enerviert. Jeder Ton, den die Menschen produzierten, strapazierte sein Gemüt. Am liebsten wäre er frei, nein, am allerliebsten würde er tötend durch die blökende Meute im Zelt ziehen und die Herrschaft der Drachen einläuten – was ihm jedoch nicht zustand. *Der Abend bringt Ungutes.*

Es dauerte nicht lange, und das bekannte und verhasste Trampeln der Stiefel und Schuhe näherte sich ihm. Wu Lis Traumkugeln hatten die Menschen einmal mehr in ihren Bann geschlagen und sie zum Staunen gebracht, jetzt wollten sie den grausamen, gebrochenen Drachen vor ihren kleinen, dummen Äuglein sehen.

Am besten, ich schaue wieder nicht hin. Hässliche Dinge sollte man meiden. Er rollte sich im Käfig auf die Seite, richtete den Kopf zur Wand hin und schnaubte lange.

Der Drache ärgerte sich außerdem wegen des misslungenen Attentats auf Ddraig. Sie hatte ihn beinahe mit ihrem blauen Feuer getroffen, und selbst seine goldenen Schuppen hätten ihn dann vor schlimmen Verbrennungen nicht beschützt. *Aber ihr Liebchen habe ich getötet. Bedauerlich, dass ich ihn nicht gänzlich vertilgen konnte. Er schmeckte köstlich. Das rührt von der anderen Ernährung her.*

Nie-Lung hoffte, dass die brünftige Drachin durch ihren Zustand und ihre Wut reichlich Fehler beging, die er ausnutzen konnte. Noch schuldete er Vouivre den Kopf der Herrscherin von

Wales. Er selbst würde niemals mit dem Franzosen paktieren, aber sein Herr hatte es ihm aufgetragen.

In drei Tagen sollten wir endlich aus Hamburg aufbrechen. Es muss noch ein weiteres Bündnis vertieft und eine wichtige Sache besprochen werden.

Der Eingang wurde geöffnet, wie er hörte, und die ersten Mutigen betraten den Raum. Wie immer waren es die Kinder, die ihn sehen wollten und ihre Eltern hineinzerrten. Und wie immer würden es die Kinder sein, die als Erste hinauswollten.

Das Gemurmel und die Laute des Staunens nahmen zu, immer mehr Menschen drängten sich vor den Gittern. Die provozierend aufdringlichen Geräusche zwangen ihn zu verfolgen, was geschah: Finger und Kleidung rieben an den Stangen. Die Besucher wähnten sich sicher vor ihm, da er sie nicht ansah, und versuchten, so nahe wie möglich an ihn heranzukommen. Manche kicherten, manche riefen ihre Kinder oder Liebsten zurück, manche beschwerten sich über seine Regungslosigkeit.

Ihr ödet mich an, Langnasen! Jedes Mal das Gleiche. Nie-Lung grollte, und schon gellten Schreie durchs Zelt, gefolgt von erleichtertem Lachen. Er fand es an der Zeit, dass er seine Mission rasch zum Abschluss brachte. *Noch mehr Gafferei von diesen niederen Kreaturen ertrage ich nicht.*

»Sie sehen den mächtigen Nie-Lung«, rief Wu Li mit seiner tiefen Stimme durch das Gemurmel. »Er wurde gefangen. Meine Traumkugeln brachen seinen Willen. Er ist keine echte Gefahr für die Menschen, wenn auch sehr gefährlich, sollte er von jemandem gereizt werden.«

»Was geschieht denn dann?«, rief ein Rundauge neugierig.

Du stirbst als Letzter, Einfältiger! Nein, du bist so dumm, ich berühre dich nicht einmal, Menschlein, falls es abfärben sollte.

»Das Schlimmste, Schrecklichste und Unvorstellbarste«, gab Wu Li schauderhaft zurück. »Reizt man den mächtigen Nie-Lung bis aufs heiße, blaue Blut, könnte er versuchen, seinen Käfig zu zerstören und …«

»Entschuldigung, aber wie können Sie denn den Willen eines Drachen brechen?«, fragte derselbe Mann ungläubig. »Es sind wilde Bestien! Bei Ihnen in China mag man das vielleicht nicht ganz so sehen, aber wir in Europa sind froh, dass sie so gut wie ausgerottet sind.« Er lachte auf. »Das ist doch der beste Beweis: Wir müssen sogar schon zahme Viecher importieren, um einen zu sehen.«

Nie-Lung mochte dieses Exemplar noch weniger. *Das Gefasel strengt mich an.*

»Ja, wie haben Sie ihn gebrochen?«, wollte eine Frau wissen. »Macht man das bei den Drachen wie bei den Hunden? Oder gibt man ihnen was zu fressen, was sie … beeinflusst?«

Ich habe euren Ahnen unrecht getan: Ihr seid wirklich so dämlich, dass jeder Affe euch bemitleidet.

»Ich habe eine spezielle Methode mit meinen Traumkugeln entwickelt«, erklärte Wu Li. »Und es funktioniert auch nicht bei allen Geschuppten. Mehr darf ich dazu nicht sagen.«

Das empfehle ich dir, Wu Li, sagte Nie-Lung zu dem Chinesen in Gedanken. *Bleib mystisch. Das mögen die Langnasen. Erzähle ihnen noch was vom uralten Wissen Asiens.*

»Hypnose?«, hakte da der Mann von vorhin wieder nach. »Sind Drachen unter Umständen so klug, dass diese Methode greift? Mesmerismus?«

»Das ist doch völlig gleich«, griff eine ältere Frau, wie Nie-Lung an der Stimme hörte, ungehalten ein. »Das Biest ist nicht mehr gefährlich. Basta.«

»Sie haben ihm bestimmt die Hoden abgeschnitten«, krähte ein Jugendlicher vorlaut, was zu Gelächter und Empörung gleichzeitig führte. »Schnipp, schnapp, und schon ist er ein lieber Drache!«

Entmannt? Das ertrage ich nicht mehr! Nie-Lung fuhr zischend in die Höhe und wandte sich der Meute zu, dabei ließ er seine orangefarbenen Augen aufleuchten; ratternd fuhr das Gehörn die Stäbe entlang.

Drei Frauen fielen sofort in Ohnmacht, die Kinder und Damen kreischten auf und rannten zum Ausgang. Die meisten Männer zuckten zusammen und machten einen Schritt zurück. Bis auf einen, der sich gar nicht bewegt hatte, sondern interessiert schaute und sich Notizen auf einem Block machte. Er trug ein schwarzes Sakko, darunter ein weißes Hemd und braune Knickerbocker.

Auch wenn seine Kleidung unverfänglich wirkte, besaß der Mann die Aura eines Querulanten, eines Schnüfflers.

Was bist du denn für einer? Nie-Lungs ungutes Gefühl verstärkte sich. *Hast du die Unerschrockenheit gegessen?*

»Bleiben Sie ruhig, Herrschaften.« Wu Li hob die Arme und lachte. »Das sind die Scherze, die sich Drachen gern erlauben. Ein letztes Aufbäumen ihres verkümmerten Stolzes.«

Der Mann mit dem Block meldete sich zu Wort. »Verzeihung, aber das *sah* gefährlich aus.« Die Spitze des Bleistifts zeigte auf den Käfig. »Ich sehe, dass die Haltebolzen nur sehr nachlässig angezogen sind.« Er setzte sich in Bewegung und schritt an dem Hünen vorbei. »Wenn wir gerade dabei sind: Wo ist das Schloss, mit dem das Gatter vor dem Aufschwingen bewahrt wird?« Er überflog die Seite, die er beschrieben hatte. »Es gibt etliche Verstöße gegen die Sicherheitsbestimmungen, was die Präsentation von wilden Großtieren angeht.«

Auch das noch. Nie-Lung rollte mit den Augen und züngelte. *Deutscher Vorschriftenwahn.*

Die Menschen kehrten ins Zelt zurück und lauschten dem sich anbahnenden Disput.

»Wie meinen Sie das? Und wer sind Sie überhaupt?« Wu Li sah verwundert aus.

»Torben Quinn, Stadtverwaltung und Beauftragter für die Sicherheit sogenannter fliegender Bauten von Schaustellern«, ratterte er herunter.

»Wir wurden überprüft, Herr Quinn«, sagte Wu Li lächelnd. »Es sollte alles in Ordnung sein.«

»Ich mag Prüfungen im laufenden Betrieb, Herr Li. Erst dann zeigen sich die Nachlässigkeiten.« Quinn lächelte zurück. »Und ich hatte recht. Ich will die Genehmigungen sehen. Bitte sofort.«

Schaff ihn hinaus, Wu Li! Er macht mir die Leute zu unruhig. Schleif ihn zu den Getränken oder sonst was, aber …

»Heißt das«, sagte ein Besucher verunsichert, »dass wir in Gefahr sind?« Die Menschen murmelten aufgeregt und tuschelten.

»Nein«, entgegnete Wu Li sofort und mit Nachdruck. »Herr Quinn, können wir das draußen besprechen?«

Quinn zeigte sich unbeeindruckt von den Zuschauern und der

Auseinandersetzung. »Ich setze meine Inspektion fort«, erwiderte er kühl. »Außerdem bin ich nicht alleine hier.« Laut rief er: »Herr Redelmaier?« Ein Mann in einem schwarzen Anzug und einem weißen Mantel darüber, auf dem die Embleme des Officium Draconis deutlich sichtbar waren, betrat das Zelt. »Das ist Herr Maximilian Redelmaier, seines Zeichens Ermittlungsbeamter des Officium Draconis. Ich habe die Spezialisten um Rat gebeten, Herr Li.«

Nie-Lung konnte nicht verhindern, dass er laut schnaubte und dabei verächtlich klang. Sehr verächtlich. *Das wird schiefgehen. Ich sage den Männern, dass sie sofort mit dem Abbau beginnen sollen.*

Redelmaier schritt durch die Menge, genau auf den großen Chinesen zu. »Guten Tag. Importerlaubnis seiner Kaiserlichen Majestät und des Officium Draconis, bitte.« Er reckte den Arm und musste sich ein wenig strecken.

Wu Li lächelte sein schönstes Lächeln und ging zu einer kleinen Kiste in der rechten Ecke des Zelts, langte hinein, nahm die Papiere hervor und reichte sie weiter. »Bitte sehr. Da sind auch die übrigen Genehmigungen.«

Redelmaier machte zwei Schritte zurück und studierte die Blätter. »Herrschaften«, sagte er beiläufig, »die Drachenschau ist vorerst beendet, bis der Sachverhalt geklärt ist. Verlassen Sie bitte das Zelt.« Während er sprach, marschierten unvermittelt acht Männer und Frauen in weißen Uniformen auf, auf denen das münzgroße Abzeichen mit dem gespaltenen Drachenkopf prangte. Sie trugen Pistolen und Gewehre mit sich und ließen keinerlei Zweifel daran, dass der Aufforderung Folge zu leisten war. »Die Georgswächter achten darauf, dass Ihnen nichts geschieht.«

Nie-Lung fiel es schwer, den trägen Eindruck aufrechtzuerhalten. Ohne Gefecht würde es nicht vonstatten gehen. *Die Tarnung des Zirkus ist nichts mehr wert.*

Kaum waren die Männer, Frauen und Kinder gegangen, gab Redelmaier einem der Männer einen Wink, der daraufhin hinausging und gleich danach mit vier weiteren Begleitern zurückkehrte, die einen langen Stab mit einem Gewinde und eine Kiste schleppten.

»Darf ich erfahren, was das wird, Herr Redelmaier?« Wu Li verschränkte die Arme und steckte die Hände in die weiten Ärmel. »Was habe ich mir zuschulden kommen lassen?«

Nie-Lung hielt sich bereit, seinen Käfig sofort zu verlassen.

Als wäre er gar nicht vorhanden, richtete Redelmaier sich an Quinn. »Nochmals vielen Dank für den Hinweis. Ohne Sie wäre diese Bestie weiterhin unbemerkt von uns im Kaiserreich umhergezogen.« Er sah Wu Li an, öffnete die Finger und ließ die Unterlagen fallen. »Ich habe keine Ahnung, wer Ihnen diese Fälschungen besorgt hat, doch er hätte darauf achten sollen, dass das Officium Draconis in seiner langen Existenz noch niemals eine Ausnahmegenehmigung für den Import eines Geschuppten dieser Größe erteilt hat. Und dies auch niemals tun würde.« Ein Bewaffneter trat nach vorn und hielt Handschellen bereit. »Sie sind verhaftet, Herr Li, wegen Urkundenfälschung und mutmaßlicher Spionage und Konspiration gegen Seine kaiserliche Majestät. Gott allein mag wissen, was Sie mit dem Drachen zu tun beabsichtigten.«

Quinn sah über den Rand der Brille. »Ganz zu schweigen von den baulichen Mängeln!«

Wu Li blickte zu Nie-Lung. »Was würde ein Drache jetzt sagen, Lǎozǐ?«

Ein sehr hässliches Schimpfwort. Nie-Lung bemerkte, dass die Männer die Kiste öffneten und eine Lanze mit einer Explosivspitze auf den Stab schraubten. *Sie wollen mich an Ort und Stelle hinrichten.*

Von draußen erklang plötzlich lautes Geschrei. Schüsse krachten, und das Rufen wurde lauter, panischer.

Redelmaier gab den Georgswächtern Anweisung, das Zelt zu verteidigen, und wies die Männer mit der Harpune an, den Drachen zu töten. »Und macht schnell!«

Zu dritt nahmen sie den Stab und holten Schwung.

Wu Li, halte sie auf, bis ich so weit bin. Nie-Lung breitete die Schwingen aus und schleuderte das aufgesteckte, lose Dach seines Käfigs davon.

»Wie Ihr befehlt, Lǎozǐ.« Der Illusionist zog die Hände hervor und schlug sie zusammen. Das Klatschen war so laut, tief und dröhnend wie ein Kanonenschuss. Er streckte sie nach vorn und richtete den nachschwingenden Schall gegen die Männer und Frauen des Officiums, die ächzend auf die Knie sanken und sich die Ohren zuhalten mussten. Bei einigen lief Blut zwischen den Fingern den Hals hinab.

Seht meine Macht! Nie-Lung entfaltete die Flügel, so weit es ging, sprengte das Zelt auseinander und blies den Stoff davon.

Wu Li spreizte die Arme ab, drückte sie nach hinten und neigte den Oberkörper nach vorne. Aus seinem Mund drang Seifenblase um Seifenblase. Doch sie hatten ihre Sanftheit verloren und bewegten sich schnell und genau wie Geschosse, trafen die Gegner gegen Kopf und Brust. Klirrend zerschellten sie und spickten die Haut sowie das Fleisch mit dünnen Splittern.

Der Drache sah, dass seine chinesischen Gefolgsleute auf dem Hof gegen eine Schar Soldaten kämpften, welche die Farben des Kaisers trugen. *Zu ärgerlich. Noch ein paar Tage mehr, und ich wäre in aller Ruhe nach Amsterdam gereist, anstatt unter diesen Umständen aufbrechen zu müssen.* Er stieß einen lauten Schrei aus, der die Menschen und Tiere zusammensacken ließ. Die Furcht, die er verströmte, konnte keine Kreatur ertragen – außer Wu Li, der zu seinen Füßen stand und sich aufrichtete.

Das hast du gut gemacht, mein treuer Wu Li. Nie-Lung neigte das Haupt. *Steige auf. Du kommst mit mir. Ich brauche dich, um die Mission unseres Herrn zu Ende zu bringen.*

»Ich fühle mich geehrt, Lǎozǐ.« Er schwang sich auf den schuppengepanzerten Kopf und hielt sich an dem Gehörn fest. »Ich danke Euch!«

Nie-Lung sandte vernichtende smaragdfarbene Flammenstrahlen gegen Freund und Feind gleichermaßen und steckte die Zelte, die Wagen und die Tiere des Zirkus in Brand. Die Lohen stiegen meterhoch in die Dunkelheit, Asche trudelte umher. Geschmolzenes Metall troff auf die verbrannte Erde. Eine kleine Schar Kinder, Frauen und Männer, die bei aller Gefahr neugierig ausgeharrt hatten, rannten um ihr Leben. *Nichts wird zurückgelassen.* So lautete die Order seines Gebieters. Das grüne Feuer hüllte sie ein und verwandelte sie innerhalb von Lidschlägen in graue Flöckchen.

Mit schnellen Schwingenschlägen stieg er in den Nachthimmel auf und flog nach Osten davon. Die dummen Menschen sollten glauben, dass er in die Heimat zurückkehrte.

4. Januar 1927, Amsterdam, Provinz Nord-Holland, Königreich Holland

Ruckelnd fuhr der Zug an.

Ein lautes Pfeifen schrillte, und Wasserdampfschwaden schossen vor dem Fenster hoch. Die Sicht verschwand für einige Sekunden, ehe man die flache Umgebung wieder zu sehen bekam.

Ealwhina mochte das Reisen mit dem Zug nicht. Sie verlor dabei so viel Zeit. Und Zeit bedeutete außerhalb von York für sie etwas Besonderes, was das russische Medium und die Mitglieder der zaristischen Armee nicht wissen konnten: ihr geheimes Handicap.

Das Großraumabteil gehörte ihnen allein.

Ihr Blick streifte über die jungen Männergesichter um sie herum, in denen Schnurr-, Schnauz- und Vollbärte zu bewundern waren. Oberst Sigorskaja und deren auf zivil getrimmte Truppe fielen durch ihre militärische Steifheit sofort auf und vereitelten so jeden Versuch, in der einfachen Kleidung bürgerlich-harmlos zu wirken. Das unbehagliche und vor allem bedrohliche Schweigen hatte jeden Reisenden aus dem Waggon vertrieben. *Und ich sitze mittendrin.*

»Das mit Ihrer Schwester tut mir leid«, sagte Ealwhina, weil sie die Stille nicht länger ertragen mochte. »Sie hatte den Tod nicht verdient.«

Verwundert sah die Russin von ihrem Büchlein auf, in das sie handschriftliche Aufzeichnungen machte. »Womit habe ich denn Ihre Anteilnahme verdient, nachdem ich Sie entführt habe?«

»Ich bedauere jeden Mord.«

»Ach, tun Sie das?« Sie klappte die Seiten zu. »Das klingt ein wenig so, als hätten Sie *eigene* Morde zu bedauern.« Der Blick des Mediums durch die Gläser wurde schärfer, tat förmlich weh. »Snickelway, haben Sie auch schon getötet? Das hätte ich nicht gedacht. Ich sehe zwar, dass Sie mit etwas belastet sind, aber wie eine Mörderin wirken Sie nicht.« Sie zuckte mit den Achseln. »Andererseits, die wenigsten Mörder erscheinen wie welche.«

Ealwhina überlegte blitzschnell, wie sie sich aus dem Gesprächsthema winden konnte. »Belastet, so? Bestimmt mein Familienfluch.« *Angriff ist die beste Verteidigung. Und es lenkt sie vom Mord ab.*

Tatsächlich sah Sigorskaja sie abschätzend an. »Soll ich versuchen, ihn zu ergründen?«

»Können Sie das?«

»Es ist eine gute Übung.« Sie zog einen Handschuh aus und legte ihre Hand in Ealwhinas Linke.

Sehr kräftig. Ihre Haut ist rau und voller Hornhaut. Die russische Armee schont Frauen nicht. Ealwhinas Aufregung stieg, ihr wurde wärmer. Sie flüchtete sich in ein Lächeln.

»Es ist Ihnen unangenehm, dass ich in Ihr Privatleben eindringe«, sagte Sigorskaja zufrieden. »Sie versuchen in diesem Augenblick, Dinge vor mir zu verbergen. Wahrheiten zu verbergen …«

»Wollten Sie nicht den Fluch ergründen?« Sie zog ihre Finger etwas zurück. »Alles andere möchte ich nicht!«

Sigorskaja lachte. »Ich bin zu neugierig. Es liegt an meiner Arbeit. Anfangs sind alle davon überzeugt, dass ich ihre Geheimnisse nicht aufspüre, und je mehr sie sich wehren, desto besser werde ich. Wie ein Wolf auf der Jagd, an der Kehle eines Schafs. Wenn Sie schon so viele Menschen verhört hätten wie ich …« Sie ließ den Satz offen, die Augen richteten sich auf Ealwhinas rechte Schläfe. »Ich fühle eine starke Verbindung zu einem Ort«, sagte sie. Ihre Stimme wurde heiser, brüchig. »Es ist York. Natürlich. Der Fluch, von dem Sie sprachen …« Sie packte die Finger fester, doch ihr Blick wirkte abwesend. »Ich sehe ihn als weißliche Linie, eine Art … Leine aus Ektoplasma! Sie sind an diese Stadt gebunden wie ein Hund an seinen Herrn.« Ihr Blick klarte auf. »Sie tragen wirklich einen Fluch auf sich. Das hat mich überrascht. Was passiert, wenn diese Leine reißt?«

Ealwhina konnte darauf nicht antworten.

»Sie wissen es nicht. Aha. Aber Sie sind bis zum Triglav gereist und wieder zurück«, sinnierte die Russin. »Das bedeutet, dass vermutlich nicht die Entfernung eine Rolle spielt, sondern die Dauer, habe ich recht?«

Ealwhina bereute es bereits, überhaupt das Wort an sie gerichtet zu haben. Das Schnüffeln lag dem Medium im Blut. »Danke«, sagte sie und löste sich von ihr – oder besser gesagt, sie wollte es. »Was genau ist der Nutzen der Brille, die Sie …«

Aber Sigorskaja ließ nicht los, im Gegenteil. Die kräftigen Finger packten zu. »Ich bin besessen davon, mehr über meine Mitmenschen herauszufinden«, sagte sie mit leuchtenden Augen. »Es ist ein Zwang, und ich gebe mich ihm gerne hin.«

»Oh, *ich* möchte es aber nicht!« Ealwhina versuchte es mit mehr Gewalt. Noch erschien es ihr zu früh, auf ihre besonderen Fertigkeiten zurückzugreifen, sonst wäre die Überraschung in einer gefährlicheren Lage dahin.

Die Russin hielt eisern dagegen, ein Schraubstock war kein Vergleich zu ihrem Griff. »Sie wissen es wirklich nicht«, sagte sie mit Verwunderung. »Finden wir es doch heraus. Wie viele Tage können Sie es abseits von York aushalten?«

»Mehr als eine Woche war ich niemals weg.«

»Und was geschieht mit Ihnen, wenn Sie der Leine nicht folgen können?« Sigorskaja berührte mit ihrer freien Hand Ealwhinas Kehle. »Schnürt es Ihnen die Luft ab? Bekommen Sie fürchterliche Ängste? Was tut der Fluch mit Ihnen, Snickelway?«

»Ich sagte schon …«

»Wenn es ein Familienfluch ist, wird es doch Aufzeichnungen geben, die Sie gelesen haben.« Das Medium legte den kleinen Finger an Ealwhinas Schläfe. »Lassen Sie mal sehen.«

Sie zuckte zurück. »Hören Sie sofort auf damit!«, schnauzte sie.

»Mir ist nicht danach.« Sigorskaja sagte etwas auf Russisch, und die Soldaten hielten Ealwhina fest. Noch mehr Schraubstöcke. Kaum hatte die Frau mit ihrer mentalen Suche begonnen, veränderten sich ihre Züge. Ein Schatten verfinsterte ihr Gesicht und gab ihr etwas Gefährliches. Sie wirkte nahezu diabolisch.

Bleib ruhig, sagte sich Ealwhina und spürte Furcht. *Warte noch mit deinem Befreiungsschlag.*

»Sie haben den Fluch als Rache erhalten«, sagte Sigorskaja mit säuselnder Stimme, die so gar nicht zu ihrer Miene passte. »Sie allein, nicht Ihre Familie.«

Ein Druck breitete sich in Ealwhinas Kopf aus, der ein Brennen in ihrem Gehirn verursachte. Sie glaubte, ihr Verstand schwimme in einem Backofen, der unentwegt schrumpfte, während gleichzeitig ihre Gedanken und Erinnerungen nach außen gepresst wurden. *Das reicht!* »Das reicht!«

»Sie haben Morde begangen, Snickelway«, sprach die Russin angestrengt mit kindlicher Stimme und blieb mit ihr verbunden. »Vier...und...achtzig Morde. Männer, Frauen und sogar ... Kinder. Weil Sie Gefallen an den Schreien fanden.« Sie legte den kleinen Finger einige Zentimeter weiter nach rechts, als könne sie durch den Schädel die Gedanken empfangen. »Sie waren einmal eine angesehene Bürgerin in York ...«

»*Das reicht!*« Ealwhina riss sich mit aller Kraft los. Die Soldaten wurden in die Sitze geschleudert, ergriffen sie jedoch gleich wieder.

Keuchend sank Sigorskaja in die Polster und starrte sie an. »Sie ... sind ein echtes Monstrum«, keuchte sie entsetzt und fasste sich an die Schläfe. »Solche Bilder habe ich niemals gesehen, und ich bin vieles gewohnt.« Sie neigte den Kopf. »Kinder! Sie haben sie ausgebeint wie ... Lämmer!«

»Ich bin in den Shambles groß geworden, ehe ich einen Lord heiratete«, erwiderte sie kalt. »Ich verstehe mich darauf.«

Sigorskaja sagte etwas zu einem Soldaten, der ihr daraufhin einen Flachmann reichte. Sie nahm drei kräftige Schlucke. »Gegen Sie bin ich harmlos«, raunte sie und wischte sich den Alkohol von den Lippen. Sie schüttelte sich, aber nicht wegen des Wodkas. »Und Sie besitzen die Abgebrühtheit, mir zu sagen, dass Sie jeden Mord bedauern?«

»Jeden«, antwortete Ealwhina und bekräftigte es mit einem Nicken. »Ich hatte keine Wahl. Der Zwang zu töten kam über mich. Zu verschiedenen Tages- und Nachtzeiten, und ich habe keinen Unterschied zwischen Arm und Reich, Jung und Alt gemacht.« Sie schauderte wohlig bei den Erinnerungen an früher. »Todesschreie klingen wunderschön, denn sie sind die letzten Laute eines Menschen. Etwas Einmaliges.« Ein langes Seufzen entwich ihr. »Ich kam ins Sanatorium, wo man mich behandelte. Eine Lady wird nicht hingerichtet.« Sie beugte sich nach vorn, was die Soldaten erst nach einem Wink ihres Obersts zuließen, und strich die braunen Locken etwas zur Seite. »Die Narben stammen von der Operation. Doktor Withman war der Meinung, dass man mir das zwanghafte Töten aus dem Verstand treiben kann. Er und sein Assistent taten etwas, an das ich mich nicht mehr erinnern kann. Aber es wirkte.«

Sigorskaja atmete tief ein. Sie beruhigte sich langsam wieder. »Den Fluch hat Ihnen jemand aus einer Opferfamilie angehängt, schätze ich.«

»Nein, das war Withman. Er besaß vielerlei Talente und starb viel zu früh.«

»Durch Sie!«

»Nein«, wehrte Ealwhina ab. »Ein Unfall, wie ich hörte. Ich befand mich an einem anderen Ort, als er ums Leben kam.« *Wie gut, dass sie mich nicht mehr lesen kann.*

Der Zug fuhr langsamer; sie hatten nicht bemerkt, dass sie in den Bahnhof von Amsterdam einfuhren.

Gerade passend. Die Lady lächelte wieder. »Ich bin geheilt. Ehrlich.«

Sigorskaja erhob sich und erteilte Befehle auf Russisch. Gepäck wurde genommen, militärisch effizient wurde der Ausstieg vorbereitet. »Ob Sie geheilt sind oder nicht, das ist mir gleichgültig«, erwiderte sie. »Sie führen mich dorthin, wo ich die Mörder meiner Schwester und das Artefakt finde.« Sie streifte die Handschuhe über. »Wohin sollen diese Männer namens Vlad und Piotr gegangen sein?«

»Suchen wir zuerst die Herengracht.« Ealwhina wurde von den Soldaten ruppig auf die Beine gestellt.

Sigorskaja betrachtete sie. »Und dann?«

Sie grinste. »Haben Sie das nicht in meinen Gedanken lesen können?« Sie konnte der Versuchung nicht widerstehen. »Sie sind wohl doch nicht so gut.«

»Oh, ich habe vieles in Ihrem Kopf gesehen. Sogar die Gesichter der Mörder meiner Schwester, denke ich. Aber Amsterdam kam in Ihrer Erinnerung nicht vor. Auch nicht die Herengracht.« Das

Medium deutete auf die Zugtür. »Entweder haben Sie es vor mir verbergen können, oder Sie haben mich angelogen.«

»Denken Sie, dass ich in einer solchen Situation lügen kann?«

»Sie haben über achtzig Menschen getötet. Sie können mehr als nur lügen.« Sigorskaja ging voraus und sprang aus dem stehenden Zug, vor dem die ersten Soldaten warteten. Auch wenn sie Kleider trugen, die eine unterschiedliche soziale und berufliche Herkunft vortäuschen sollten, erkannte ein halbwegs guter Beobachter, dass sie zusammengehörten.

Ealwhina wurde in die Mitte des ein Dutzend Mann starken Trupps geschoben, dann bewegten sie sich auf den Ausgang zu.

Während sie durch den Bahnhof gingen, dachte sie die ganze Zeit darüber nach, wie sie entkommen konnte. Die Erfahrung mit dem Medium hatte sie vorsichtig werden lassen. *Sie kann mich bestimmt schneller aufspüren, als mir lieb ist.* Spätestens in der Herengracht würde ihr Schwindel auffliegen. *Von mir aus kann sie am anderen Ende der Stadt sein. Bleiben mir weitere Minuten zum Nachdenken.*

Sie traten ins Freie.

Amsterdam war eine pulsierende Stadt. Unzählige Automobile und Pferdegespanne bevölkerten die schmalen Straßen, überall fuhren Fahrradfahrer, und Ealwhina sah die unzähligen Brücken und das ganze Wasser, das in Grachten dahinfloss. Auf den Kanälen wimmelte es von großen und kleinen Booten. Waren wurden verschifft, Ladungen im nahen Hafen gelöscht und in die Stadt gefahren; Giebelhaus reihte sich an Giebelhaus.

Das sonnige Wetter konnte nicht über die eisigen Temperaturen hinwegtäuschen, der Wind trieb die kühle Luft unter Kleider. Die Russen schienen eine ganz andere Kälte gewohnt zu sein, sie hatten die Knöpfe ihrer Jacken und Mäntel nicht geschlossen und trugen keine Handschuhe.

Fröstelnd entsann sie sich, gelesen zu haben, dass Amsterdam um die siebenhunderttausend Menschen beherbergte. Zwei davon waren wichtig für ihr weiteres Leben. *Es wird irgendwie gehen. Es muss!*

Sigorskaja hatte sich einen Taxifahrer gesucht und redete auf ihn ein. Geld wechselte den Besitzer, und das Gespräch wurde fortgesetzt. Sie kehrte zu ihrer Gruppe zurück, sagte etwas auf Russisch, und gleich darauf ging der Marsch los.

Ealwhina lief umschlossen von einer lebendigen Mauer. »Und? Ist es weit?«, erkundigte sie sich.

»Nein. Die Straße runter, bis zum Königspalast, dann rechts«, erklärte die Russin.

Es ging an den Giebelhäusern entlang, über Brücken hinweg, am Palast vorbei, wieder über die Grachten, bis sie die Straße erreicht hatten. *Herengracht* stand auf dem Schild zu lesen. Und zu Ealwhinas Erleichterung war sie sehr, sehr lang.

»Wohin?«, wollte Sigorskaja wissen.

Woher soll ich das wissen? Ealwhina deutete nach links. »Vielleicht da entlang.«

»Vielleicht? Haben die beiden Männer keine Hausnummer genannt?« Die Russin schickte die Hälfte ihrer Leute auf die andere Seite der Gracht. »Sie sind ein Fingerzucken von Ihrem Tod entfernt, Snickelway.«

»Ich muss einräumen, dass ich lediglich ›Herengracht‹ verstanden habe.« Sie sah auf die Wellen. »Ich kann Sie nur bitten, mir mein Leben zu lassen. Ich habe ebenso Interesse daran, meinen eigentlichen Auftraggeber zu finden. Immerhin schuldet er mir noch Geld.« Wieder eine Lüge, doch darauf kam es nicht an. Ealwhina hielt sich zur Flucht bereit.

Sigorskaja lachte auf. »Sie machen mir Spaß, Snickelway. Sie haben in Russland eine Straftat von beträchtlicher Schwere begangen und erwarten, dass ich Sie laufen lasse?«

»Ich helfe Ihnen doch, das Artefakt zu besorgen!«

Die Russin dachte eine Weile nach. »Schön. Sie haben es am Triglav gefunden, also tun Sie es ein zweites Mal.« Sie zückte ihre halb automatische Pistole und richtete, vom Mantel verborgen, den Lauf auf sie. »Ich gebe Ihnen eine Stunde. Andernfalls wird man Sie tot in den Grachten finden.«

Was bleibt mir auch sonst? Ich will meinen Fund zurück. Ealwhina nickte. »Gut.« Sie schloss die Augen und konzentrierte sich auf ihre empathischen Kräfte.

Sie kannte die ektoplasmische Signatur der Artefakte und deren magische Abstrahlung, von denen die Russen nicht wussten, dass es sich um mehrere handelte. Der perfekte Ansatz, um Sigorskaja zu täuschen und mit heiler Haut davonzukommen. Vielleicht gab es Amsterdamer Geister, die sich vor dem Haus versammelt hatten, weil sie die Kraft spürten. *Das würde es mir erleichtern.*

Ealwhina hob die Arme, die Handflächen waren nach vorn gerichtet. »Ich fühle etwas«, sagte sie spröde. »Wir müssen wirklich nach links.«

»Los.« Die Russin lief voran, ihre Soldaten schoben Ealwhina vorwärts.

Der unsichtbare Kontakt riss nicht ab, sie näherten sich Kugel und Splittern.

Unvermittelt spürte Ealwhina eine weitere, sehr mächtige Präsenz, die sich ihrer Suche entgegenstemmte. Sie sah das Haus kurz vor sich, in dem sich die gesuchten Gegenstände befanden, dann riss die empathische Verbindung ab.

Verflucht! Was war das denn? Sie öffnete die Augen, blickte sich suchend um – und erkannte es. »Hausnummer 356«, sagte sie erleichtert. »Gleich vor uns.«

Sigorskaja gab den Begleitern den Einsatzbefehl. »Irgendeine Besonderheit, die uns erwarten könnte?«

»Nein«, log sie und dachte dabei an die Präsenz. *Ihr werdet es nicht überleben.* »Nichts. Nur Piotr und Vlad.«

Sie hatten das Haus erreicht. Eine Treppe führte nach oben zu der Tür, wo die Herrschaft wohnte, drei Stufen ging es hinab zum Gesindeeingang. Verlorene Seelen hatten sich nicht eingefunden, vermutlich waren sie von der starken Präsenz verscheucht worden.

»Oben oder unten?« Sigorskaja hob den Arm, klickend wurden Waffen durchgeladen, der zweite Trupp Soldaten stieß zu ihnen.

»Oben«, hauchte sie. »Sie sind oben.«

»Da alles ungefährlich ist, gehen Sie vor, Snickelway«, befahl Sigorskaja und schickte zwei Soldaten mit ihr zusammen die Stiege hinauf; einer betätigte die Klingel.

Ihr Geister von York, steht mir bei! Ealwhina vernahm Schritte auf der anderen Seite der Tür.

4. Januar 1927, München, Königreich Bayern, Deutsches Kaiserreich

Es hatte länger gedauert, die *Lena* zu überprüfen und zu reparieren, als sie angenommen hatten. Die Schäden an der Gondel und in den Kammern der Traghülle waren nicht gravierend, wie Litzow betonte, aber sie konnten zur unpassenden Zeit arge Probleme bereiten.

Silena entschied schweren Herzens, die Instandsetzung vor Ort abzuwarten. Sie vertraute der Einschätzung des Obersts. Auf eigene Faust und mit einem Flugzeug wollte sie wegen ihrer Schwangerschaft nicht fliegen, mit dem Zug bedeutete es keine Zeitersparnis. Aber sie engagierte die renommierte britische Detektei Wimsey, Bunter & Vane, um rund um Oranienbaum nach Grigorij forschen zu lassen. Geld spielte dabei keine Rolle.

Leída hatte ihr mitteilen lassen, dass sie die *Ramachander* bis nach Preußen fliegen wollte, um sich dort einen Hangar zu suchen. Sie traute den Russen nicht. Die Männer, die den Zeppelin teilweise besetzt hatten, seien alle getötet worden. Es habe keine Hinweise auf ihre Herkunft gegeben. Und keine ägyptischen Armbänder. Silena teilte die Einschätzung ihrer Freundin, dass es sich um Drachenfreunde gehandelt hatte.

So stand sie erst drei Tage später auf dem Marienplatz, vor dem schwer beschädigten, von Feuer und Rauch gezeichneten Hauptquartier des Officium Draconis.

Es sollte durch die Bomben einstürzen. Das erkannte sie auf den ersten Blick. Die Zimmer im Erdgeschoss wiesen die größten Löcher in den Außenwänden auf. Angelegte Stahlträger und Gestänge bildeten das provisorische Korsett, welches das Haus zusammenhielt; handbreite Risse zogen sich durch die Mauern. *Trotzig wie das Officium selbst hat es dem Anschlag standgehalten.*

Das Areal war weiträumig abgesperrt worden, die Aufräumarbeiten liefen.

Silena wunderte sich nicht, dass die Helfer das Abzeichen des bayrischen Georgsordens auf den Armbinden trugen. *Brieuc hatte recht. Der Glanz ist fort, und die Nachfahren der echten Heiligen werden bald ersetzt sein.*

Sie musste sich überwinden, näher an das Gebäude zu treten.

Plötzlich zweifelte sie, ob sie sich ins Archiv schleichen oder eine Rückkehr zum Officium vortäuschen sollte. *Erst einen Tee.* Sie schwenkte herum und betrat das vertraute Café.

Es herrschte kaum Betrieb, einige Tische an den Fenstern waren frei. Im Radio lief eine Übertragung mit Tanzmusik; Silena erkannte die *Comedian Harmonists.* Dazu erklangen die typischen Geräusche eines Cafés mit seinen leisen Unterhaltungen, dem Klirren von Geschirr. Jemand rauchte Zigarre.

Prompt lief sie Marie in die Arme. »Oh, Groß...« Sie sah Silenas abwehrende Geste. »Groß ist meine Freude, Sie zu sehen, gnäd'ge Frau«, fing Marie ihre Begrüßung ab und führte sie an einen Tisch am Fenster. »Nehmen Sie Platz. Einen schwarzen Tee mit Milch und Zucker, dazu ein paar Kekse, richtig?«

»Richtig.« Sie lächelte.

»Kommt sofort, gnäd'ge Frau!« Marie eilte davon.

Silena beobachtete, wie Laster vor dem Sitz des Officiums anhielten. Einige wurden mit Schutt beladen, andere dagegen mit angesengten Schränken, verrußten Ordnern und Kartons.

Marie brachte ihr die Bestellung. »Schön, dass Sie hier sind«, sagte sie wieder.

»Danke. Sie sind eine freundliche Seele, Marie. Haben Sie den peinlichen Auftritt von Großmeister Brieuc verwunden?«

Marie zeigte ein verkniffenes Lächeln. »Ich musste dem Herrn Cafébesitzer den zerstörten Empfänger bezahlen und mich bei Brieuc entschuldigen.«

Silena schüttelte den Kopf. *Der Orden lernt es nimmermehr.* »Das wiederum bedauere ich. Sie trifft keine Schuld, denn der Schuss war nicht nötig.«

»Danke.«

»Ich müsste Sie etwas fragen.« Sie bedeutete Marie, sich zu ihr zu setzen.

»Gern. Aber viel Zeit habe ich leider nicht. Sonst verliere ich meine Arbeit.« Marie knickste und nahm ihr gegenüber Platz. »Was kann ich für Sie tun, gnäd'ge Frau? Wieder eine geographische Aufgabe?«

»Nein. Dieses Mal ist es einfacher.« Silena zeigte hinaus. »Das Officium zieht um?«

Marie bejahte und wischte sich die Hände an der Schürze ab. »Solange die Aufräumarbeiten laufen, verlegt Prior Prokop den Sitz an eine andere Stelle, habe ich von den Georgswächtern gehört, die ihre Kaffeepause bei uns machen.«

»Ist denn Krieg, oder weswegen führt Prokop die Geschäfte?«

Marie wirkte erstaunt. »Wussten Sie es nicht? Der Erzbischof ist bei dem Anschlag ums Leben gekommen. Sämtliche Gargoyles des Officiums sind vernichtet worden.«

Silena horchte in sich hinein und spürte ein leichtes Bedauern über den Tod, mehr aber auch nicht. Kattla hatte sie zu sehr gereizt und ihr zu viel abverlangt. *Er starb im Kampf. Das mag ihm sogar gefallen haben.* »Das muss an mir vorbeigegangen sein. Ich hatte genug eigene Sorgen«, gab sie zurück. »Wohin verlegt das Officium denn seinen Sitz?«

»Tja, die Frage ist nicht so einfach. Es ist nämlich geheim. Niemand weiß, wohin sie die Unterlagen bringen.« Marie strich die Tischdecke glatt. »Niemand.«

»Wissen Sie etwas?«

»Ich, gnäd'ge Frau?«, erwiderte Marie mit falscher Betonung.

Silena lächelte. *Gut, dass ich einen Tee trinken wollte.* »Helfen Sie mir wieder, Marie.«

»Ich … kann Ihnen nur sagen, dass ich einen von ihnen in der Hohenzollernstraße in einen Hof habe fahren sehen.« Sie nannte die Hausnummer. »Und da hatte er seine Ladung noch, wie ich vermute.«

Silena ergriff ihre Hand und drückte sie. »Vielen, vielen Dank!«

Marie stand auf. »Wie immer sehr gern, gnäd'ge Frau.« Sie nahm ihre Arbeit wieder auf.

Gemütlich lehnte sich Silena zurück und hob die Tasse, mit der anderen Hand langte sie nach den Keksen. *Heute Abend wird es Zeit für einen Hausbesuch. Ich hoffe, dass Maries Vermutung stimmt. Schnelle Erfolge, mehr will ich nicht, um Grigorij zu finden.*

Der Winter im Herzen des bayrischen Königreichs zeigte sich von seiner schneereichen Seite. Kaum senkte sich die Nacht herab, schütteten die Wolken dicke, weiße Flocken über der Stadt aus.

Silena war von ihrem Hotel zu Fuß in die Hohenzollernstraße

gegangen und wunderte sich. Das Wetter hielt die Münchner nicht davon ab, an diesem Abend auszugehen und sich in Clubs oder Bars zu begeben, um die neueste Musik von den bekanntesten Musikern und deren Orchestern zu hören.

Der Jazz faszinierte Silena wie die meisten Menschen, vor allem die Jüngeren, und ließ sie die angespannte wirtschaftliche Lage des Kaiserreichs vergessen. Die Auswirkungen des Weltkriegs waren trotz des Aufschwungs nicht ausgestanden. Musik und Tanz richteten mehr aus als die Versprechen des Kaisers auf eine baldige Besserung. Aus einigen der beschlagenen Fenster, an denen Silena vorbeistapfte, drangen buntes Licht und verschiedenste Klänge: Charleston, Shimmy, Ragtime, Fox.

Ungewollt musste Silena an den Mann in ihrem Leben denken, der sie hintergangen und bei einer Tanzveranstaltung geküsst hatte. Nahm man es genau, war es ein Drache in Menschengestalt gewesen, ein Verführer, der sie ausgenutzt hatte.

Dafür habe ich wirklich keine Nerven. Sie rieb sich den schmerzenden Nacken und schob die aufsteigenden Erinnerungen zur Seite.

Silena trug einen schwarzen Mantel, darunter ihre alte Ausgehuniform des Officium Draconis. *Für das Geschenk muss ich Brieuc dankbar sein.* Sollte sie entdeckt werden, konnte sie immer noch versuchen, die Wachen damit zu beeindrucken. Die Luger steckte im Holster, und sie hatte sogar an eine Taschenlampe gedacht, damit sie heimlich in den Archiven suchen konnte.

Es war nicht leicht, in dem Gestöber die Hausnummer zu erkennen.

Kurz nach dem Hohenzollernplatz wurde sie fündig. Die Einfahrt zu dem großen, hohen Gebäude war mit einem Eisengitter verschlossen, vier Meter dahinter wartete ein zweites, hölzernes Tor. Hier gab es kein Durchkommen.

Silena betrachtete die angrenzenden Häuser, sah auf die vorspringenden Simse, auf denen sich das Weiß türmte. *Gefährlich. Aber machbar.*

Rasch trat sie in den Eingang des Nachbarhauses, in dem laut den Klingelschildern fünf Familien lebten. Die Tür war verschlossen, aber drei harte Tritte sprengten das Schloss aus seiner Verankerung, und Metallteile sprangen klirrend über die schwarz-weißen Fliesen. Silena stand im halb dunklen Flur und lauschte. Niemand hatte ihr grob-lautes Eindringen bemerkt.

Leise schlich sie sich durch das Treppenhaus in den ersten Stock. Es gab einen Flur, der auf die Rückseite führte. Silena ging ihn entlang und sah aus dem Fenster.

Unter ihr öffnete sich ein Hof, in dem zwei Männer mit den obligatorischen Georgsbinden am Arm um einen Feuerkorb herumstanden. Der Schein der Flammen verriet sie trotz des Schneetreibens.

Sie grinste. *Geheim ist es nicht unbedingt, wie ihr euch benehmt.* Behutsam öffnete sie das Fenster. Schneeflocken wurden hereingetrieben und fielen auf den Boden, wo sie sofort schmolzen.

Einer der Georgswächter sah hinauf und langte in die Manteltasche.

Silena konnte rechtzeitig zurückweichen und sich vor den Blicken verbergen. Sie spähte hinab und sah, dass der Mann seine Pistole einsteckte und der andere ihm lachend auf die Schulter schlug. Die Worte *nervös* und *entspannen* drangen zu ihr.

Die Wächter gingen nach rechts und verschwanden aus ihrer Sicht, gleich danach quietschte eine Tür und fiel laut ins Schloss.

Mir gefielen sie besser, als sie noch eine Wohltätigkeitsorganisation waren. Silena schwang sich hinaus, balancierte auf dem Sims bis zur Regenrinne und rutschte daran herab. Sicher landete sie auf der Erde, eilte zum Durchgang und drückte die Klinke nieder. *Abgeschlossen!* Die Scheiben der kleinen Fenster waren vergittert. Also musste sie warten, bis sich eine Gelegenheit ergab.

Sie löschte das Feuer, um sich besser verbergen zu können. Frierend stand Silena im Schnee und harrte aus.

Als sie schon gar nicht mehr daran glauben wollte, dass jemand das Haus verließ, öffnete sich die Stahltür. Silena stellte sich dahinter und hielt ihr Portemonnaie bereit.

Der Spalt zwischen Tür und Angel vergrößerte sich, sie hörte Männer leise miteinander reden, dann traten sie ins Freie. Schnell schob Silena das Portemonnaie in die Lücke, um zu verhindern, dass sich die Tür gänzlich schloss. Sobald die Männer im Schneetreiben verschwunden waren, huschte sie hinein, zog das Portemonnaie zu sich durch den Spalt und schloss den Eingang. *Das hat geklappt.*

Sie stand in einem Vorraum, von dem zwei Türen abgingen. Die Fußspuren führten zu der rechten, also ging sie durch die linke und gelangte in einen Korridor, in dem eine Tür neben der anderen lag. *Jetzt muss ich nur noch die Informationen finden, die ich brauche. Heiliger Georg, steh mir bei und leite meine Hand.*

Silena zog die Taschenlampe. Sie drang in den ersten Raum ein und stieß dabei auf die Schränke, Ordner und Kartons, wie sie sie bereits vom Café aus gesehen hatte. Da sie nicht wusste, wo sich welche Aufzeichnungen befanden, musste sie alles durchstöbern, was sie wiederum viel Zeit kostete.

Das schaffe ich niemals in einer einzigen Nacht! Mit steifen Fingern wühlte sie sich durch die Ablagen aller möglichen Abteilungen des Officiums. Knisternd rieben die Blätter aneinander. In all den Jahren war einiges zusammengekommen. Sie las von besonders auffälligen Drachenexemplaren, von seltenen Sichtungen, vom Fortpflanzungszyklus der Kriechdrachen und vieles mehr, was ihr momentan nicht weiterhalf. Bis auf ein paar allgemeine Abhandlungen über asiatische Drachen, die sie einsteckte.

Wo sind die Aufzeichnungen der Abwehr? Ihr war immer noch kalt, und sie hatte Appetit auf Hartwurst. *Schon wieder. Dabei esse ich unentwegt und passe bald in keine Flugzeugkanzel mehr.*

Silena richtete sich auf. Dieses planlose Suchen würde zu nichts führen. *Sie werden der Abwehr ein eigenes Zimmer eingerichtet haben.*

Sie ging los und beschränkte sich darauf, nacheinander einen kurzen Blick jeweils in den ersten Schrank eines Raumes zu werfen. Je länger sie suchte, umso größer wurde ihre Befürchtung, entdeckt zu werden. Ihr Glück sollte nicht zu lange strapaziert werden.

In der fünften Kammer, die zwar groß, aber fensterlos war, wurde sie endlich fündig: die Abwehr, zuständig für das Aufspüren der Drachenfreunde und die Überwachung der Aktivitäten von Drachenjägereinheiten.

Die alphabetische Sortierung der Akten machte es ihr einfach. *Da ich schon mal so weit vorgedrungen bin, sollte ich die Fügung nutzen.*

Sie fand detaillierte Eintragungen zu ihren *Skyguards* und den Vermerk, dass sie von Großmeisterin Silena geführt wurden, aber auch vieles zu *Havock's Hundred* und den noch existierenden Einheiten. Der Geruch von kaltem Rauch ging von den Seiten aus.

Sie haben die Baupläne von meinen Hangars und dem HQ in Bilston! Silena steckte die Unterlagen ein. *Die lasse ich euch gewiss nicht.* Sie verfluchte die Kälte, die ihren Atem in der Luft sichtbar machte.

Unter der Rubrik *Orient/Europa/Deutsches Kaiserreich* mit dem Vermerk *nicht bestätigt* wurde sie auf lediglich kleinere Einträge aufmerksam, die wohl ein nicht vertrauenswürdiger Informant geliefert hatte. Dieser Mann aus Hamburg hatte Drachenfreunde zur Anzeige bringen wollen, die in einem Keller angeblich ihrem Kult nachgingen.

»Bei genauerer Überprüfung vor Ort stellte sich heraus, dass es sich um eine private Kunstsammlung ägyptischer Exponate handelte. Hausbesitzer unverdächtig, veranstaltet darin Lesungen und Ausstellungen«, las sie im Schein der Taschenlampe. Staub schwebte im hellen Licht vorbei. »Mehrtägige Observierung ohne Ergebnis abgebrochen. Stichproben ergaben kein Verdachtsmoment und keinerlei verbotene Aktivität.«

Den kleinen Berichten waren Bilder beigefügt, die ein Ermittlungsbeamter des Officiums heimlich geschossen hatte. Silena erkannte ganz deutlich die Statuette eines katzenartigen Tieres, auf dessen Sockel die Hieroglyphe für das Ichneumon eingraviert war; um das Tier herum lagen tote Schlangen.

Das könnte eine Spur sein. Sie las weiter und entdeckte einige Seiten später einen ebenfalls unbestätigten Bericht aus Lüneburg, in dem eine Zeugin von einem Drachen heimgesucht wurde und noch vor Eintreffen des Officiums Hilfe erhielt.

»Die Frau sagte aus, dass eine einzelne Person in einer Rüstung den Drachen mit einer langen Lanze bei der ersten Attacke erstochen habe. Aussage unglaubwürdig, da sich zur Tatzeit keiner unserer Heiligen auf dem Hof befand. Drachenblut und Spuren wurden gefunden, nicht aber der Kadaver.« Silena wischte sich über die kalte Nase und schniefte. Den Brandgeruch nahm sie schon nicht mehr wahr. »Wir gehen davon aus, dass der Drache bereits verletzt war und die Flucht ergriff, als er Motorengeräusch vernahm. Angaben zur Rüstung konnte sie nicht machen. Es sei zu dunkel gewesen.«

Silena hörte Schritte vor der Tür und löschte die Lampe. *Verflucht!* Ihr fiel ein, dass diese Kammer kein Fenster besaß, durch das sie flüchten konnte.

»Hier ist Wasser auf dem Boden«, sagte ein Mann aufgeregt.

»Ist doch eine Bruchbude«, brummelte ein zweiter in breitem bayrischen Dialekt.

»Sind das Fußspuren? Wenn das Schmelzwasser ist, haben wir einen Einbrecher!«

Silena hielt den Atem an. *Ich hätte noch mehr Zeit benötigt.* Sie stopfte die Akten unter ihre Uniform, erhob sich und stellte sich hinter die Tür.

»Hier«, sagte der erste Mann wieder. »Siehst du? Die gehen von Raum zu Raum!«

»Sichere den Korridor«, befahl der andere. »Ich hole die anderen.«

Sie schloss kurz die Augen. *Auch das noch.* Silena rieb sich das Genick und öffnete den Mantel, sodass ihre weiße Officiumuniform unübersehbar war, zog ihre Luger, öffnete die Tür und sprang rückwärts aus dem Raum; die Hutkrempe warf einen tarnenden Schatten auf ihr Gesicht. »Hab ich dich, Drachenfreund!«, schrie sie und schoss zweimal in die Kammer. Sie tat so, als bemerke sie den Georgswächter erst jetzt. »Sie da! Kommen Sie her und geben Sie mir Deckung!«

Der Mann sah sie unsicher an, trat aber zu ihr. Er hielt einen Revolver in der Hand. »Großmeisterin …?«

Silena schoss ein drittes Mal. »Kommen Sie, Mann! Mir geht die Munition aus. Ich verfolge ihn schon durch das ganze Gebäude!«

Er eilte heran und drehte ihr den Rücken zu, um die Waffe in Anschlag zu bringen. Sofort schlug sie ihm den Knauf in den Nacken, ächzend brach er zusammen.

Es lebe die List! Silena nahm ihm die Schlüssel ab, rannte den Gang hinab, durch den Vorraum und öffnete die Tür in den Hof, während hinter ihr Stimmen erklangen. Scheinwerfer leuchteten auf, doch die Helligkeit kam gegen die Flocken nicht an. Es wurde einfach nur hell.

Keuchend hangelte Silena sich an der Regenrinne hinauf, schwang sich durchs Fenster und drückte es wieder zu.

Schüsse hallten, die Scheibe zersprang. Schnell duckte sie sich, stolperte die Treppe hinab, stürmte aus dem Haus und lief die Hohenzollernstraße hinab. *Geschafft!* Das Seitenstechen wurde immer schlimmer, doch sie lachte.

Rasch bog sie um eine Ecke und lief langsamer, um nicht aufzufallen, schloss ihren Mantel und wurde zu einer ganz gewöhnlichen Passantin, die sich zwei Schritte weiter neben einer Laterne übergeben musste.

X.

4. Januar 1927, Amsterdam, Provinz Nord-Holland, Königreich Holland

Die Tür wurde geöffnet, und Ealwhina sah ein Hausmädchen in schwarzem Kleid und weißer Schürze mit der dazu passenden Haube auf den blonden Haaren. »Goeden dag.«

»Guten Tag«, antwortete sie auf Englisch. »Ich suche den Königspalast.«

Die Bedienstete schaute sie groß an und zuckte mit den Schultern, deutete auf das Ohr. »Ik versta u niet.«

Ealwhina schielte schräg nach unten, wo Sigorskaja am Fuß der Treppe wartete. »Oh. Ja, dann … Palais?«

»Sind wir richtig oder nicht, Snickelway?«, sagte die Russin ungehalten.

»Ja, das sind wir.«

Das Hausmädchen machte zwei Schritte nach vorn und spähte über das Geländer nach unten. »Goeden dag.« Sie bemerkte die Männer um sich herum, sah die Waffen und erschrak. »Opgelet! Help!«, stammelte sie – und wurde prompt von einem der Russen niedergeschlagen.

»Rein mit Ihnen«, rief Sigorskaja und gab einen Befehl.

Ihre Begleiter drangen in die Wohnung und schoben Ealwhina vorwärts, als wäre sie ein Schild. Es roch nach Kaffee und frisch gebackenem Kuchen, geklöppelte Vorhänge zierten die Fenster und alte Bilder die Wände, Spitzendeckchen lagen auf den dunkelbraunen Möbeln. Es wirkte alles sehr bürgerlich und anständig auf Ealwhina. *Habe ich mich geirrt?*

Immer weiter rückten sie vor, sahen viele verlassene Zimmer und erreichten eine Stube, in der vier Frauen um einen Tisch herumsaßen, auf dem die Köstlichkeiten standen, die den Duft verbreiteten. Zwei Soldaten hielten die Damen mit Pistolen in Schach, was unverhältnismäßig bedrohlich aussah.

»Vlad und Piotr, ja?« Sigorskaja gab Ealwhina einen Stoß gegen die Schulter. »Ich sehe ein Quartett netter alter Damen. Ich hatte Sie gefragt, ob sie sicher sind, dass wir in dem richtigen …«

Auf dem Flur erklang ein lauter Ruf, dann krachten mehrere Schüsse. Ein Russe fiel zu Boden, und Ealwhina sah, wie seine Seele durch die Decke aufwärtsfuhr.

»Sie sind in der Bedienstetenwohnung, Snickelway! Nicht oben!« Sigorskaja schob sie am Kragen auf den Gang, die Soldaten folgten ihnen. »Sie werden als Erste sterben, wenn es sein muss. Der Lohn für Ihre schlechte Arbeit.«

Ealwhina ließ sich auf die Treppe zuschieben, deren Stufen nach unten führten. »Aber …« Ehe sie sichs versah, flog sie die Stiege hinab.

Das Treppenhaus drehte sich um sie herum, mal sah sie die Wand, das Holz, das Geländer, dann Sigorskajas Gesicht und schließlich zusammen mit dem Aufschlag auf dem Boden: Piotr. Er zielte mit einem Revolver auf sie. »Niet!«, stöhnte sie benommen und spürte die Schmerzen, die ihr der Sturz verursachte.

Es knallte zweimal, und in Piotrs Hals und auf der Stirn zeigten sich Löcher, aus denen das Blut schoss. Er sackte rückwärts gegen die Wand und löste im Rutschen seine Waffe mehrmals aus. Die Kugeln sirrten umher, trafen aber niemanden.

Ealwhina wurde am Rücken gepackt und auf die Beine gestellt. »Sehr gute Ablenkung, Snickelway«, lobte Sigorskaja ätzend.

Ealwhina fühlte sich schwerfällig, ihre Schläfen pochten. »Da hinten«, sagte sie und hob den Arm. »An der Tür rechts geht es abwärts. Da müsste das Artefakt sein.« Und schon wurde sie wieder vorwärtsgeschoben. »Nein, bitte«, stöhnte sie und taumelte mehr, als sie ging.

Die Tür erschien, zwei Soldaten traten sie auf und stürmten hindurch, Sigorskaja folgte mit Ealwhina.

Wieder krachten Schüsse, doch sie hallten sehr laut und klangen äußert verzerrt. Ealwhina roch das brackige Wasser, bevor sie es sah, erkannte ein gemauertes Gewölbe und die zuckenden Reflexionen an der Decke, die von den Wellen zurückgeworfen wurden.

Ein russischer Fluch ertönte, und Ealwhina wurde losgelassen und zur Seite gestoßen. Noch mehr Soldaten betraten den Raum und feuerten aus ihren Pistolen nach unten. Der Geruch der verbrannten Treibladungen biss in die Nase, ihr Rauch trübte die Sicht.

Ealwhina stolperte über die eigenen Füße und fiel auf eine schmale Balustrade. Drei Meter unter sich sah sie einen großen, gemauerten Raum mit einem schmalen Bassin, in dem schwarzes Wasser schwappte. Verteilt gestapelt worden waren Kisten und Säcke, hinter denen sich Vlad verschanzt hatte und auf die Angreifer feuerte. An den Wänden leuchteten zwei Lampen.

Ealwhina blieb unten, um kein Ziel zu bieten. *Welche Funktion hat diese Kammer?*

Vlad hatte zwei der Soldaten bereits zu Boden gestreckt, er selbst blutete an der Schulter und brüllte die ganze Zeit russische Beschimpfungen. Zweimal versuchte er, seine Deckung zu verlassen und zum Bassin zu gelangen, aber der Kugelhagel zwang ihn zum Rückzug.

Es sollte eine sichere Sache werden. De Bercys Handlanger trug Kugel und Artefakte mit sich, die Abstrahlung verriet es ihr. Die starke Präsenz aber, die sie vor dem Haus gespürt hatte, war verschwunden. *Was tue ich, um daran zu kommen?*

Während sie nachdachte, wie sie ihre Kräfte einsetzen und sich die Kugel sichern konnte, erschien eine der netten alten Damen des Kaffeekränzchens in der Tür. Sie hielt etwas in den dünnen, krallenartigen Händen, das weder mit Kaffee noch mit Gebäck zu tun hatte: eine abgesägte Schrotflinte. *Träume ich?* Ealwhina kroch noch weiter weg und hielt sich die Hände über den Kopf, rief eine Warnung.

Die Soldaten aber reagierten zu spät.

Dumpf krachend entluden sich beide Läufe, und die vier Russen auf dem oberen Absatz schrien gleichzeitig auf, ehe sie fielen und gegen ihre Kameraden stürzten. Blut spritzte gegen die Wände und auf die Treppe.

Die ältere Dame wurde beschossen und fiel mitten im Nachladen auf den Steinboden. Klackernd rollten die Patronen davon. Ihre Seele sackte nach unten weg.

Wo immer du hingehen musst, es möge dir wehtun. Ealwhina sah die nächste der Damen mit einer Schrotflinte um die Ecke biegen, und auch sie feuerte mit einem wütenden Ruf auf die Russen. Ihr eigenes Leben schien ihr egal zu sein. Sie starb in dem Moment, als auch sie abdrückte. *Bleiben noch zwei.*

Der Überfall der netten alten Damen hatte unerwartete Lücken in die Reihen der Soldaten gerissen, und Vlad erledigte eben einen von ihnen mit einem spektakulären Kopftreffer. Er lachte nun grimmig. Die Übermacht bestand nur noch aus sieben Gegnern.

Sigorskaja schickte zwei Soldaten in den Gang, um einem dritten Angriff aus dem Hinterhalt entgegenzutreten. »Snickelway! Nehmen Sie sich eine Waffe und erschießen Sie den Typen!«, rief sie ihr zu. »Sie haben von da oben ein besseres Schussfeld.«

Womit habe ich denn das Vertrauen verdient? Sie dachte gar nicht daran, ihre Deckung zu verlassen. »Verschaffen Sie sich selbst eine Ablenkung«, erwiderte sie. *Ich muss nachdenken, wie ich an euch vorbeikomme und mir die Artefakte nehme.*

Ealwhina versuchte, den genauen Ort zu bestimmen, wo Vlad die Gegenstände trug. Sie sah das Leuchten in der Körpermitte. *Er wird sie doch wohl nicht verschluckt haben?* Sie seufzte. *Das wird dich nicht retten. Ich weiß, wie man ausweidet.*

Plötzlich war die mächtige Präsenz wieder da!

Ealwhina schrie vor Schreck und Überwältigung auf. *Ihr Geister von York! Nicht das!*

Das Wasser im Bassin brodelte und schäumte, Wasserfontänen stiegen auf und spritzten bis an die Decke.

Der kobaltblau geschuppte Kopf eines Wasserdrachen schob sich empor, der kräftige Hals folgte, an dem andeutungsweise Kiemen zu erkennen waren. Er erinnerte an eine Muräne, die Farbe seiner Panzerung leuchtete wunderschön. Drei kurze, gedrehte Hörner wie die eines jungen Narwals ragten über den Augen empor, ein viertes saß vorne auf der Nase. Eine lange, kräftige Zunge kam zischelnd zum Vorschein; die gelben Augen blickten sich um, orientierten sich.

»Snickelway, töten Sie Vlad!«, rief Sigorskaja und stürmte auf die Deckung zu, dabei gab sie Schuss um Schuss auf ihn ab. »Er will das Artefakt an seinen Herrn übergeben!«

Das Drachenmaul öffnete sich, doppelte Zahnreihen blitzten

auf, und er brüllte die Menschen zornig an. Das Gewölbe erbebte unter der Stimme, Dreck rieselte herab.

Zwei Steine lösten sich aus der Decke und polterten neben Ealwhina nieder. *Ein verdammter Wasserdrache.* Noch hatte das Monstrum sie auf der Balustrade nicht bemerkt. *Wie kommt er in die Grachten? Oder lebt das Biest hier?*

Die Soldaten sprangen von Deckung zu Deckung und versuchten dabei, Vlad zu erschießen.

Ealwhina sah ihn nicht mehr. Entweder war er bereits getroffen worden, oder er hatte keine Munition mehr und behielt den Kopf unten. *Der Drache passt niemals vollständig durch das Bassin. Es ist zu schmal. Eine Art Guckloch.*

Der Geschuppte schnappte sich einen unvorsichtigen Soldaten, biss kräftig in seinen Oberkörper und schleuderte den Sterbenden gegen die Verschanzung seiner Freunde. Mit viel Wucht schlug er dagegen; zwei Mann wurden von den Beinen gerissen, und der Kastenstapel brach über ihnen zusammen.

Darauf hatte Vlad gewartet. Er tauchte hinter seiner Deckung auf und rannte auf den Drachen zu, langte unter seinen Gürtel und nahm ein Säckchen hervor.

Sigorskaja schoss auf ihn, traf ihn in die bereits blutende Schulter, doch er hetzte vorwärts. Vom Bassin war er nur wenige Schritte entfernt. Der Wasserdrache neigte das Haupt und öffnete erwartend das Maul.

Jetzt oder niemals mehr! Ealwhina drückte sich ab und katapultierte sich von der Balustrade auf Vlad zu. Ihre Kräfte ließen sie acht Meter weit durch die Kammer fliegen und gegen den Mann prallen.

Gemeinsam gingen sie zu Boden und schlitterten über die Steinplatten. Der Aufschlag hatte Vlad das Bewusstsein genommen, und so konnte sich Ealwhina im Rutschen das Säckchen nehmen.

Dabei achtete sie nicht auf die Bahn, die sie eingeschlagen hatte. Die Platten verschwanden – und das schwarze Wasser schlug über ihr zusammen!

Panik befiel sie. Orientierungslos paddelte sie, ohne zu wissen, ob sie nach oben oder unten tauchte. Mehrmals streifte sie etwas Hartes und rechnete damit, die Zähne des Wasserdrachen zu spüren. Sie schälte die Kugel aus dem Säckchen und ließ es fallen, die Splitter des Weltensteins besaßen im Vergleich dazu geringen Wert.

Intuitiv griff sie auf ihre Kräfte zurück. *Ich muss herausfinden, wo ich bin.* Die Sicht hellte sich für Sekunden auf, als habe jemand eine starke Wärmelampe unter Wasser angeschaltet. Sie sah die gemauerten Wände einer Röhre, in der sie trieb. *Raus!* Sie schwamm vorwärts in die Finsternis, so schnell es ihr möglich war.

Erneut wurde es hell, und Ealwhina blickte hinter sich.

Es war keine Lampe gewesen. Es war das Feuer, welches der Geschuppte unter Wasser spie! Die grellen roten Lohen kamen rasend näher, schlugen Blasen um sich herum und endeten eine Armlänge vor ihr, ehe sie erloschen.

Ealwhina spürte keine Hitze, sondern siedend heißes Wasser, das urplötzlich auf sie zuschoss und sie umspülte. Ein Hummer musste sich in einem Kochtopf ähnlich fühlen. *Ihr Geister!* Sie tat einen weiteren Beinschlag, dann schimmerte Tageslicht durch die Oberfläche. Sie wurde von einer eisigen Seitenströmung erfasst und nach rechts gezogen, sah Bootsrümpfe und quirlende Schiffsschrauben über sich vorbeiziehen.

Sie strampelte sich nach oben, rutschte hustend an der Kanalwand entlang, bis sie gegen ein vertäutes Boot trieb. Zitternd zog sich Ealwhina aus den frostigen Fluten und rutschte auf die Planken, zog die Beine ein und machte sich klein. *Er soll mich nicht finden!* Sie schloss die Augen und presste die Kugel fest an sich. *Er soll mich nicht finden!*

Ihr war schlecht, sie fühlte sich ausgelaugt und restlos verausgabt. Kraft besaß sie kaum mehr. Die Kälte des Wassers, der Einsatz ihrer Macht und die eisige Luft lähmten sie von Lidschlag zu Lidschlag stärker.

Das Boot erhielt einen leichten Schlag gegen den Rumpf und schaukelte; es blubberte, und Spritzwasser schwappte über den Rand zu ihr. Sie schlug sich schnell die Hand vor den Mund, um den spitzen Schrei zu unterdrücken.

»Brauchen Sie Hilfe?«, wurde sie auf Englisch angesprochen. »Kommen Sie rauf, bevor Sie sich den Tod holen.«

Ealwhina hob den Kopf und sah über sich mehrere Menschen, die zu ihr hinabschauten. *Oder der Tod holt mich.* Sie ergriff die

Hand, die sich ihr entgegenstreckte, und ließ sich hinaufziehen. Aus eigenem Antrieb hätte sie es niemals geschafft.

»Danke. Ich bin ausgerutscht und hineingefallen«, erklärte sie bibbernd. Jemand legte ihr einen Mantel um und stützte sie.

Es krachte, Holz splitterte, und ein kleiner Junge, der auf einer nicht weit entfernten Brücke stand, schrie aufgeregt und rief etwas auf Holländisch.

Ealwhina sah das Boot in zwei Hälften versinken und einen blaugeschuppten Leib im dunklen Wasser abtauchen. *Sehr knapp.*

»In welches Hotel darf ich Sie bringen?«, fragte der Gentleman, dessen Mantel sie trug. Er sah über den Grachtenrand. »Morsch, nehme ich an. Länger hätten Sie da nicht sitzen dürfen.«

»Ich habe keine Unterkunft«, sagte sie schlotternd. »Ich bin eben erst angekommen. Mein Gepäck ging mit mir baden.«

Der Mann lupfte seinen Hut. »Es ist mir eine Ehre, einer Lady in Not beistehen zu können. Mein Name ist Grant. Darf ich Ihnen meine Hilfe anbieten? Ich bin im Hotel Ambassade abgestiegen, nicht weit von hier.«

Ealwhina zögerte nicht eine Sekunde und ließ sich von ihm zu seiner Unterkunft bringen. Ihre Knie zitterten, die nasse Kleidung klebte an ihr, und sie fühlte sich, als würde sie in den nächsten Minuten zusammenbrechen. Das kannte sie nicht von sich.

5. Januar 1927, Freie Hansestadt Hamburg, Deutsches Kaiserreich

Es war leicht gewesen, das Haus mit der kleinen ägyptischen Kunstsammlung im Keller ausfindig zu machen, das in den Akten der Abwehrabteilung des Officiums beschrieben worden war. Es stand in der Altstadt, nahe der Binnenalster, und machte einen unauffälligen Eindruck. Ein Patrizieranwesen durch und durch.

Silena, die einen schwarzen Hosenanzug mit braunem Mantel und passendem Hut trug, stand fünfzig Meter davon entfernt vor dem beeindruckenden Rathaus, dem man ansah, dass es noch nicht allzu viele Jahre auf dem Buckel hatte, und wartete auf Leída.

Per Telefon und Telegramm hatten sie Pläne geschmiedet, jetzt würden sie wieder gemeinsam zuschlagen.

Ihre Ungeduld wuchs, die Sorge um Grigorij ebenfalls. Es ging ihr alles zu langsam, doch sie riss sich zusammen. Ihre Unbesonnenheit konnte ihrem Gemahl Schaden zufügen, wo immer er gerade steckte und in wessen Gewalt er sich befand.

Nach wie vor war sie überzeugt, die Drahtzieher seines Verschwindens in diesem Haus vorzufinden. Andere Menschen würden es *an die Hoffnung klammern* nennen. Sie wollte nicht genauer darüber nachdenken, dass sie in den Mauern durchaus eine Enttäuschung erwarten könnte und sie über unbescholtene Bürger hereinbrachen. Das Officium hatte sie als harmlos eingestuft.

Das Fischbrötchen, das Silena gegessen hatte, verursachte ihr Magengrimmen. Oder es war die Schwangerschaft. *So viel erbrochen habe ich mich nicht mehr seit meinen ersten Tagen im Kunstflugtraining.* Zwischen den Fingerknöcheln der linken Hand wanderte die Silbermünze rastlos hin und her.

Zehn ihrer Leute hatte sie in unauffälligem Zivil auf dem Platz verteilt. Sie trugen Pistolen mit sich, denn der Besuch sollte zu einem Ergebnis führen, das Silena notfalls mit Waffengewalt erzwingen würde. Mit Leída zusammen. *Heiliger Georg, danke, dass sie glimpflich davongekommen ist.*

Sie musste aufstoßen. *Eingelegter Fisch war wirklich keine gute Idee. Ein trockenes Brötchen wird die Säure binden.*

Sie schlenderte in eine Konditorei und erstand gegen ihre eigentliche Absicht einen Krapfen, einen Beutel Schokoladenkekse und kandierten Ingwer mit Schokoladenüberzug. Silena wunderte sich beim Essen über sich selbst, vertilgte den Krapfen, zwei Kekse und hörte nach drei Stückchen Ingwer auf. Das Brennen im Hals hatte geendet. Dafür war ihr nun schlecht.

Leída, die in ihrer khakifarbenen Kleidung an eine Großwildjägerin erinnerte, steuerte humpelnd auf sie zu. Die Frauen umarmten sich. »Da bin ich wieder. In Fleisch und Blut und nicht mehr nur am Telefon.«

»Sehr gut! Ich bin froh, dich zu sehen.« Silena bot ihr ein Ingwerstäbchen an. »Wirst du überhaupt mit deinem Fuß …«

»Mein Fuß gehorcht mir«, fiel Leída ihr in den Satz. »Die

Schmerzen des Drachenfeuers, das mir das Gesicht verbrannte, waren hundertmal schlimmer.«

Kämpferherz. Silena grinste. »Neue Erkenntnisse, was an Bord der *Ramachander* geschehen ist?«

»Nein. Ich kann dir nur sagen, dass sie mit der Ladung an Bord gelangt sind, die MG-Kuppeln besetzt und sofort auf die *Lena* geschossen haben.« Leída sah man die Verärgerung an. »Keine Ahnung, wer sie waren, aber nach wie vor denke ich, dass es sich um Drachenfreunde handelte. Nichts Ägyptisches, bei keiner ihrer Leichen. Und danke, dass du die Kosten für die Reparaturen übernommen hast.«

Silena hob die Hand. »Das ist das Mindeste. Meine Leute haben dich ja beinahe aus dem Himmel geblasen. Außerdem bin ich in *Vorlage* getreten. Wir holen uns das Geld eines Tages von den Schuldigen wieder. Samt Zinsen und Entschädigung.« Sie drehte sich leicht zur Seite. »Das vierte Haus von links, das ist es.«

»Und warum müssen wir da hinein? Weil sie Grigorij entführt haben? Du klangst am Fernsprecher leicht … durcheinander.«

»Sei nicht so skeptisch«, bat Silena und aß ein weiteres Ingwerstückchen. »Es ist meine einzige Hoffnung, dass mein Mann noch lebt.« Seufzend packte sie die Tüten in den Mantel. »Ich weiß, es ist mehr als vage. Eigentlich irrwitzig anzunehmen, dass man ihn hierhergebracht hat. Mir fehlt es selbst an Gründen.«

Leída lächelte ihr aufmunternd zu. »Wer weiß das schon? Klopfen wir und sehen nach. Ich habe meine zehn besten Männer dabei. Wir kommen rein. So oder so.«

Silena erwiderte das Lächeln. »Danke.« Gemeinsam gingen sie los, die Männer folgten ihnen versetzt und blieben vorerst auf Abstand.

Die Frauen erreichten das Haus. Ein Klingelschild mit drei Knöpfen war in der Wand eingelassen; neben dem untersten Klingelknopf stand »Privatmuseum für ägyptische Kleinodien – Zutritt nach Terminvereinbarung«, dazu eine Telefonnummer. Zu finden waren außerdem ein Doktor Harthans und eine Familie namens Ratebeker.

»Ob man uns auch ohne Anmeldung einen Blick in die Ausstellung gewährt?« Silena betätigte die Klingel des Museums. Ein leises

Schrillen erklang aus dem Keller, doch mehr ereignete sich nicht. *Ich gehe hier sicherlich nicht unverrichteter Dinge wieder weg.* »Vielleicht weiß der Arzt etwas.« Und schon drückte sie auf dessen Messingknopf.

Nach kurzem Warten wurde die Tür geöffnet. Ein junger, stark gebräunter Mann in einem offenen Arztkittel, unter dem ein schickes beigefarbenes Hemd mit roter Krawatte und eine schwarze Hose zu sehen waren, erschien und musterte sie durch seine Nickelbrille. »Guten Tag, die Damen«, grüßte er sie mit leichtem arabischem Akzent und wirkte verwundert. Er hatte wohl mit jemand anderem gerechnet. »Was kann ich für Sie tun?«

»Sagen Sie, gibt es eine Möglichkeit, das Museum jetzt zu besuchen?«, fragte ihn Silena direkt. »Wir sind nur noch heute in Hamburg. Ich habe geklingelt, aber es hat niemand geöffnet.«

»Sie brauchen einen Termin«, antwortete er angestrengt, als hätte er diesen Satz schon sehr oft sagen müssen. »Schönen Tag.« Er wollte die Tür ins Schloss drücken.

»Moment.« Leída streckte den Arm aus und hielt dagegen. Von der Statur her war sie dem Arzt an Kraft überlegen. »Haben Sie ein Telefon? Dann würden wir diese Nummer rasch anrufen.« Sie zeigte auf das Messingschild.

»Ich darf doch sehr bitten, meine Dame«, sagte der Arzt ungehalten, in den braunen Augen stand Ablehnung. »Ich muss zurück zu meinem Patienten.« Seine Stirn legte sich in Falten, doch dann öffnete er die Tür unvermittelt. Es war, als sei ihm etwas eingefallen. Oder aufgefallen. »Kommen Sie. Es wird ja schnell gehen.« Er zog Silena am Ärmel herein, Leída folgte ihnen und lehnte die Tür an, damit ihnen die *Skyguards* und *Havock's* folgen konnten.

Es ging einen Absatz hinauf; zu ihrer Linken führten Stufen zu einer eisenbeschlagenen Tür hinab ins Museum.

»Bitte sehr.« Der Arzt gab der Eingangstür zu seiner Praxis einen Stoß und ließ ihnen den Vortritt. »Das Telefon ist direkt vorne bei meiner Sekretärin.«

Wieso hat sie uns nicht geöffnet? Silena fand das Verhalten des Arztes auffällig, was in ihr wiederum die Hoffnung nährte, an der richtigen Adresse zu sein. Vom Teint und vom Akzent her konnte er aus dem arabischen Raum stammen. Ihr Misstrauen war geweckt. »Gib acht«, raunte sie Leída zu, die unmerklich nickte.

Sie betraten die hohen Räume, deren weiß gestrichene Decke sicherlich fünf Meter über ihnen schwebte. Blattgoldverzierter Stuck gab dem Ganzen ein edles Äußeres, der Empfangstisch war in Mahagoni gehalten. Dahinter saß eine junge Frau in einem weißen Kleid, die ihre langen schwarzen Haare unter einer Haube zusammengefasst hatte.

»Was für ein Arzt ist das?«, sagte Leída zu Silena.

»Einer für Reiche«, gab sie zurück und bekam das Telefon gereicht. Es war ein Selbstwähltelefon, das die Vermittlungsstelle für Anrufe innerhalb einer Stadt nicht nötig machte. Sie betätigte die Scheibe, es ratterte, und sie lauschte in den Hörer.

Leída sah sich weiter im Vorraum um. »Was macht Doktor Harthans?«, fragte sie die Sekretärin.

»Das war nicht Doktor Harthans. Sie sprachen mit Doktor Fayence«, erklärte sie. »Die Herren Doktoren sind Psychiater.«

Silena roch den aufdringlichen Duft von Räucherstäbchen und musste unvermittelt würgen. »Nimmt man die, um die Krankheiten aus den Köpfen zu zwingen?«, knurrte sie. Nach einer langen Phase von passabler Laune kehrte das Grantige zurück. Die Schwangerschaft machte aus ihr eine unstete Person. »Tut mir leid. Ich wollte Sie nicht anfahren.« Sie hängte ein und versuchte es wieder. »Es geht keiner ran.«

Die Sekretärin schenkte ihr einen mitleidigen Blick. »Gut ist, was dem Patienten guttut«, antwortete sie getragen.

»Sie würden in den Keller passen. Als Sphinx«, flüsterte Leída grinsend. Ihre gute Laune war nicht unbedingt vorgetäuscht, aber da Silena sie kannte, spürte sie die Anspannung der Freundin. Eine Hand hielt sie immer in der Nähe der verborgenen Waffe.

»Ja?«, sagte es plötzlich in Silenas Ohr. Ein Mann hatte sich gemeldet.

»Oh, hallo, guten Tag. Mein Name ist … Smith«, stotterte sie. Weder *Zadornova* noch *Silena* waren harmlose Namen. »Wir möchten gern das Museum besuchen und sind nur noch heute in Hamburg. Wir stehen in der Praxis von Doktor Fayence. Wäre es möglich, dass wir die Exponate sehen können?«

»Wie viele Personen?«

»Zwei.«

»Mh. Das ist nicht viel. Das wird Sie ein paar Mark kosten«, sagte die Männerstimme.

»Das geht vollkommen in Ordnung«, beeilte sich Silena zu versichern. *Das läuft viel zu einfach.* »Sie sind …?«

»Es wird eine halbe Stunde dauern. Wir treffen uns vor dem Eingang. Gehen Sie noch einen Kaffee trinken oder essen Sie ein Fischbrötchen.«

Bei dem Gedanken daran stieß es Silena wieder auf. »Wir werden pünktlich sein. Und vielen Dank für Ihre Mühe.«

»Keine Ursache.« Der Mann legte auf.

Silena hängte ebenfalls ein. *Wir sind in diesem Haus genau richtig!* Sie sah zu den Türen. *Welche Art Falle werden sie uns stellen?* Sie gab Leída ein verborgenes Zeichen, noch aufmerksamer zu sein.

»Wir haben eine Verabredung?« Leída grinste. »Das hast du toll gedeichselt.« Sie schaute sich in dem kostspielig hergerichteten Raum demonstrativ um. »Können wir hier warten, Fräulein? Draußen ist es so kalt.«

»Da muss ich den Herrn Doktor fragen. Einen Moment bitte.« Sie stand auf und verschwand in dem Behandlungszimmer.

Sofort wurde Silena aktiv und zog die Schubladen am linken Ende des Schreibtischs auf. Stifte, Papier, Bürobedarf. »Sieh du auf der anderen Seite nach.«

Leída hatte sich halb auf den Tisch gesetzt, ein Fuß blieb am Boden, der andere schwebte in der Luft. »Prüfen wir mal, was sie gerade liest.« Sie sah über die Bücher, die Aufzeichnungen und machte plötzlich große Augen. »Das Fräulein kann anscheinend Altägyptisch.«

Silena kam zu ihr, um sich anzusehen, was ihre Freundin entdeckt hatte. Auf einem Notizzettel waren Hieroglyphen gemalt, einige davon kamen ihr bekannt vor. Sie verzichtete darauf, das Armband herauszuholen und sie zu vergleichen. »Also steckt sie mit drin!«

»Steckt der Doktor mit drin?«, weitete Leída die Frage aus. Sie ließ den Fuß pendeln. »Ich spiele mal des Teufels Advokat: Es könnte sein, dass das Fräulein Sekretärin sich einfach nur für

Ägypten interessiert. Sie ist bestimmt öfter in der Ausstellung. Ich würde das tun, wenn ich ein Museum zu meinen Füßen hätte.« Sie lachte auf. »Nein, würde ich nicht.«

Silena hielt das Namensschild in die Höhe, das sie in der Ablage gefunden hatte. *Frl. Nitokris* stand darauf zu lesen. »Ist das Ägyptisch?«

Eine Tür wurde geöffnet, Silena kehrte rasch auf die Seite vor dem Empfang zurück.

Die Sekretärin kam und sah Leída tadelnd an. »Doktor Fayence erlaubt es Ihnen«, sagte sie verschnupft. »Suchen Sie sich bitte einen Stuhl für Ihre Kehrseite.«

Leída grinste und stand auf, hielt das Schildchen vor ihre Nase. »Griechin?«

»Nein. Wieso …«

»Fräulein Nitokris, kommen Sie bitte noch mal?«, drang die Arztstimme aus dem Zimmer. Sie ging los, nicht ohne der muskulösen Drachenjägerin einen warnenden Blick zugeworfen zu haben. Die Tür schloss sich hinter ihr.

Wir sind aufgeflogen! Silena verließ sich auf ihr Gefühl und hängte ihr Amulett, das einen Splitter der Lanze des heiligen Georg barg, über das Hemd. Sollte sich ein lebendiger Drache in ihrer Nähe befinden, würde es aufleuchten. So wäre sie schneller gewarnt. »Wir warten besser draußen«, flüsterte sie und eilte zur Tür hinaus. »Falls unsere Verabredung überhaupt auftaucht.«

»Verstärkung von unseren Leuten wird nicht schaden.« Leída folgte ihr. »Wir lassen sie rein und nehmen den Laden auseinander. Der Psychiater und sein Fräulein werden uns erzählen, was sie wissen.«

Als sie beide vor der Praxis standen, sahen sie einen Mann die Haupttür hereinkommen. Er zog sie hinter sich zu und schloss sie mehrmals ab, dann ließ er einen eisernen Querriegel einrasten und sicherte sie mit einem Vorhängeschloss.

Silena und Leída tauschten einen raschen Blick. Ein- und Ausbruch gestalteten sich offenbar recht schwierig. »Der Tower von London hat eine dünnere Tür«, wisperte Leída.

Der Mann wandte sich summend um und entdeckte die beiden. »Aha! Sie müssen Frau Smith sein«, rief er freundlich. »Ich erwartete Sie später.« Er streckte die Hand aus. »Mein Name ist Mahud Nagib. Ich verwalte das Museum.« Er war von kleiner Gestalt und dunklerer Hautfarbe, die kurzen schwarzen Haare kräuselten sich auf dem Kopf. Schnauzbart und Kinnbärtchen waren sehr gepflegt. Mit einem dunklem Wollmantel, Handschuhen und einem weißen Schal schützte er sich vor der Kälte.

Wiegen wir ihn vorerst in Sicherheit. Silena hatte sich in wenigen Sekunden entschlossen, das Spiel der Täuschung mitzumachen, obwohl sie ihm gern die Pistole an die Stirn gedrückt und ihn ausgefragt hätte. Doch die Sorge um Grigorij hielt sie zurück. Sie schlug ein. »Danke sehr«, sagte sie und lächelte. *Auch wenn er harmlos aussieht, er kann alles Mögliche sein.* Das Amulett vor ihrer Brust blieb dunkel. *Aber wenigstens kein Drache.*

»Gern geschehen. Für die Freunde der Kultur meines Landes machen wir das selbstverständlich.« Er schritt die Stufen hinab, nachdem er auch Leídas Hand geschüttelt hatte. »Ich bin gespannt, was Sie dazu sagen werden.« Sie folgten ihm die Treppe hinunter. Aus einer Jackentasche nahm er einen Schlüssel und öffnete die drei Schlösser. »Sie sind Expertinnen und wissen genug, oder soll ich Ihnen etwas zu den Exponaten erklären?«

»Erklärungen wären hilfreich, Herr Nagib« sagte Silena und gab Leída ein Zeichen, zur Haustür zurückzukehren. *Wir müssen die Männer hereinbekommen.*

»Oh, ich glaube, ich habe meinen Schirm vor der Tür stehen lassen«, sagte die Drachenjägerin. »Würden Sie bitte nochmals für mich aufschließen?«

Nagib verharrte für zwei Sekunden an den Schlössern, die Schlüssel klirrten gegeneinander.

Silena hatte eine Hand bereits am Griff ihrer Luger.

»Aber sicher. Am Ende wird er noch gestohlen.« Nagib stieß die Tür zum Museum auf, aus dem würzig-orientalischer Parfümduft drang, der an Weihrauch und Ambra erinnerte. »Gehen Sie schon mal hinein, Frau Smith.« Dann eilte er die Stufen hinauf zu Leída.

Silena musste erneut würgen. Die Räucherstäbchen waren im Vergleich dazu eine harmlose Nuance gewesen. *In was übergebe ich mich notfalls?* Sie betrat den dunklen Raum, tastete nach dem Lichtschalter und drehte ihn. Mit einem *Klack* sprangen zwei Dutzend Leuchten an und rissen die Ausstellungsstücke aus der Dunkelheit. Sie entdeckte die Statuette des Ichneumon auf Anhieb und ging darauf zu.

Nagibs Schritte erklangen, er gesellte sich zu ihr. »Da bin ich, Frau Smith. Mrs. Miller wollte noch die Toilette aufsuchen, wie sie mir sagte, und kommt gleich nach.«

Gut. Leída spielt auf Zeit, um die Männer reinzuschmuggeln. Sie nickte. »Sehr schön und sehr beeindruckend haben Sie es hier.«

»Danke.« Er öffnete einen Wandschrank, in dem Gläser und eine gelbe Karaffe standen, und stellte sie auf einen kleinen Tisch, um den Stühle gruppiert waren. Er goss sich aus der Karaffe ein, nahm ein Fläschchen und träufelte davon einige Tropfen hinein. Der Geruch von Rosenblüten verbreitete sich. »Ich mag diese Limonade«, sagte er seufzend und prostete ihr zu. »Man sagt, dass schon die alten Pharaonen die Erfrischung genossen.« Er zeigte auf die Karaffe. »Für Sie auch?«

Um Himmels willen, niemals! »Nein, danke. Ich hatte schon genug Zucker für heute.« Silena lächelte und wartete. »Wieso richtet man denn ein Privatmuseum ein?«

»Oh, wenn man nicht genug Ausstellungsstücke für ein großes Museum besitzt und die eigenen Schätze nicht aus den Händen geben möchte, bleibt nur das.« Nagibs Gesichtsausdruck wurde verträumt. »Diese Schönheit darf nicht nur einem allein zugänglich sein. Deswegen wurde entschieden, sie einer überschaubaren Menschenmenge zu präsentieren.«

»Sind zwei überschaubar genug?« Silena betrachtete den Ichneumon.

»Ja. Sehr«, erwiderte Nagib lachend. »Gefällt Ihnen das Tier?«

»Ein Mungo?«, tat sie unwissend.

»Ein Verwandter des Mungo«, verbesserte er sie. »Ichneumon, der Aufspürer und Feind aller Schlangen. Heiliges Tier, Freund der Pharaonen und Mitstreiter des Gottes Re. Dieses Standbild stammt aus dem Jahr eintausendelf vor Christus, gefunden im Nil-Delta. In Ägpyten wurde das Böse schon vernichtet, als man in Europa nicht einmal Kultur besaß.« Er betrachtete sie. »Oder Ritter hatte, die den großen Drachen nachstellten. Wie der heilige Georg.«

Silena bekam mehr und mehr den Eindruck, dass Nagib und sie

um die Wahrheit herumtänzelten wie um eine Schlange. »Nach dem, was ich so hörte, sind Bänder mit Ichneumon-Symbolen neuerdings der Exportschlager«, gab sie zurück. »Man findet sie sogar schon in Russland. In Oranienbaum.«

Er ließ sich nichts anmerken und trat näher. »Tapfere Katzenartige, diese Ichneumons. Ganz allein gegen eine übermächtige Feindin und doch schnell genug, sie zu vernichten.«

»Wie die Ritter und Nachfahren der Drachenheiligen. Auch sie zögern nicht und kämpfen.« Silena sah zur Tür. *Wo bleibt sie?* Sie legte den Sicherungshebel der Luger um. »Denken Sie, dass meine Freundin sich verlaufen hat?«

»Nein. Sie kommt gleich.« Er setzte sich an den kleinen Tisch. »Ihre fast zwei Dutzend bewaffneten Freunde aber nicht. Sie werden vor dem Haus warten müssen.« Nagib prostete ihr wieder zu. »Verzeihen Sie, dass wir Ihnen ein bisschen Theater vorgespielt haben, aber wir benötigten Zeit, um uns vorzubereiten. Das Haus ist eine Festung, müssen Sie wissen.«

Silena zog die Pistole und hielt sie locker am herabhängenden Arm. »Sie wissen, wer ich bin.«

»Nicht zu einhundert Prozent«, gab der Ägypter zu und schaute an ihr vorbei zum Eingang, von wo Geräusche erklangen. Ein Schüssel drehte sich im Schloss, dann kamen Fayence und Nitokris herein. Leída ging hinkend in ihrer Mitte. »Deswegen hätten wir gern von Ihnen die Wahrheit erfahren.«

»Für wen halten Sie mich, Herr Nagib?«

»Sie sind Fürstin Anastasia Zadornova. Eigentlich kannte man Sie früher als Großmeisterin Silena, und Sie gehörten dem Officium Draconis an.« Fayence näherte sich ihr und zog dabei den Arztkittel aus. »Eine derart berühmte Person kann nicht einfach unter einem anderen Namen in Europa weiterleben, Frau Zadornova. Das hätten Sie wissen müssen.«

Das habe ich schon einmal gehört. »Meinen Nachnamen bekam ich bei meiner Hochzeit mit Knjaz Grigorij Wadim Basilius Zadornov«, antwortete sie gelassen. Nicht einer der drei wirkte angespannt oder bedrohlich, und so blieb auch sie ruhig. Fast schien es, es träfen sich Bekannte. »Und genau diesen Mann suche ich.« Sie griff langsam in die andere Tasche, zog das Armband heraus und hielt es in die Luft. »Das hier habe ich an der Absturzstelle gefunden.« Sie warf es Nagib vor das Glas. »Meine Recherchen führten mich zu Ihnen.«

»Dann haben Sie vermutlich im Officium eingebrochen und sich unsere Akte durchgelesen?« Nagib lachte. »Kattlas Spione haben sich nicht viel Mühe gegeben. Diese Überheblichkeit wird die Einrichtung eines Tages untergehen lassen. Bedeutungslos ist sie beinahe schon.« Er nahm den Schmuck und warf ihn zu Fayence. »Da hast du es wieder.«

Silena schwankte zwischen Zuversicht und Ärger. *Wo ist Grigorij?* Ihre Selbstbeherrschung löste sich mehr und mehr auf. *Ich will Antworten!* »*Sie* waren in Oranienbaum!«

Fayence wischte das Armband mit dem Kittel ab, küsste jedes einzelne Segment und legte es mit Nitokris' Hilfe an. »Das war ich.«

Silena explodierte, eine Wutträne rann aus ihrem Auge. »Wohin haben Sie meinen Mann gebracht?«, rief sie. »Warum haben Sie ihn abgeschossen?«

Er schüttelte den Kopf. »Ich? Warum sollte ich?«

»Ihre ... Organisation«, sagte sie zornig und zielte mit der Luger auf Nagib. »Antworten Sie mir! Was ist das für eine Gesellschaft? Wo ist Grigorij? Ich zähle von drei rückwärts: eins ...«

Nagib starrte auf den Lauf, Fayence fixierte Silena.

»Zwei ...« Silena zog den Hahn zurück. »Dr...«

»Halt!« Nitokris hob den Kopf wie eine Königin, die eine Verlautbarung zum Volk sprechen wollte. Die Fassade der einfachen Sekretärin bröckelte zusammen, ihre Züge erhielten eine unvermutete Erhabenheit. »Wir kämpfen für die gleiche Sache: die Vernichtung der Schlange. Ihr nennt sie Satan oder Drache, wir nennen sie Apophis und meinen doch beide Chaos und Zerstörung. Nur dass unsere Kultur diese Bestien Tausende Jahre früher gezielt jagte als ihr in Europa.« Sie zeigte mit einer tänzerisch-anmutigen Bewegung auf die Statuette. »Als Mitstreiter der Götter erwählte unser Bund das Ichneumon als Schutzwesen. Wie der Aufspürer die Giftschlangen stellt und tötet und die Menschen vor ihrem Biss beschützt, so halten wir es mit den Drachen.«

»Wir können das auch allein«, sagte Leída abwertend. »Geht zurück an den Nil.«

»Nein, das könnt ihr nicht. Nicht mehr, nachdem das Officium geschwächt wurde.« Fayence schob Silena einen Stuhl hin. »Wir«, er beschrieb einen Kreis, der Nitokris und Nagib einschloss, »wurden entsandt, um Europa zu beobachten. Denn die Asiaten sind erwacht und hungrig.«

»Was hat das mit meinem Mann zu tun?« Silena sah zu Nitokris. »Sind Sie diejenige, die hier die Befehle gibt?«

»Ich habe Ihren Mann nicht bei der Absturzstelle gefunden«, sagte Fayence. »Ich habe Nachforschungen in Sankt Petersburg über die Asiaten und ihren ausbreitenden Einfluss angestellt und erlebte zufällig mit, wie die Raketen das Luftschiff trafen. Ich eilte nach Oranienbaum und wollte sehen, ob ich helfen kann. Aber es hatte keiner überlebt.«

Silena weigerte sich, den nächsten Schluss aus dem Gehörten zu ziehen. Sprach Fayence die Wahrheit, bedeutete es, dass Grigorij auf dem Grund der Ostsee lag. Tot. Das war genau die Vorstellung, die sie ihren Gedanken verboten hatte, seit sie den falschen Grigorij als Leiche im Palais gesehen hatte. »Nein«, hauchte sie und musste sich setzen. Ihr wurde schlecht, die Kraft schwand, und so senkte sie den Arm. *Er darf nicht tot sein! Er ist mein Leben!* »Sie lügen«, wisperte sie und sicherte die Luger. Es war ihr gleich, ob sie überwältigt wurde oder nicht. Der Schock wurde von Sekunde zu Sekunde größer.

»Nein, Fürstin. Ich lüge nicht.« Fayence trat vorsichtig nach vorne. »Ich war nicht der Einzige an der Absturzstelle.« Er nickte Nagib zu, der die Schublade des Tischchens öffnete und ein Kästchen herausnahm.

Um Silena drehten sich die Wände. Ihre Gedanken überschlugen sich, Sachlichkeit mischte sich unter die Trauer und den Schmerz. Alles Sichwehren brachte nichts. Ihr Verstand schrie, dass ihr Gemahl tot sei, und sie ergab sich der Wahrheit. *Wie soll ich sein Unternehmen weiterführen? Was wird damit? Welchen Sinn macht das, was ich tue?* Sie langte nach einem Glas, Nagib goss ihr Wasser aus der weißen Karaffe ein. *Alles vorbei. Alles gleichgültig …*

Nitokris löste Leídas Fesseln. »Wir sind nicht *Ihre* Feinde. Wir haben den *gleichen* Feind«, betonte sie.

»Was haben Sie gefunden?« Silena sah Fayence von unten an. Sie erinnerte sich an den Abdruck im Schnee.

Er öffnete das Kästchen und nahm eine Taschenuhr heraus. »Dies hier.«

Ihr Heiligen! Sie nahm sie verwundert entgegen, drehte und wendete sie in den Fingern. Das Siegel des Officium Draconis war in den Deckel getrieben worden. Sie besaß eine baugleiche, ein Geschenk des Erzbischofs, das jedem Heiligennachfahren zur Volljährigkeit gemacht wurde. Auf der Innenseite befand sich das Signum der Linie.

Welches Wappen werde ich gleich sehen? Wer ist noch da gewesen?

Silena ließ die Taschenuhr aufschnappen.

XI.

5. Januar 1927, Schloss Chanteloup, Departement Indre-et-Loire, Königreich Frankreich

Auch wenn das, was er las, streng genommen keine guten Nachrichten bedeutete, amüsierte sich Vouivre dennoch großartig.

Er hatte einen Brief von Marschall Frank Lacastre aus Bitche bekommen, dem wiederum die Botschaft von Nie-Lung beigelegt war. Ungeöffnet, natürlich.

Die alte Dame hat es ihm schwer gemacht, sie zu töten. Vouivre lag auf einem Lager aus weichen, edlen Matratzen und Seide im Kellergewölbe des Schlosses, genoss die frischen Trüffeln aus dem Périgord und überflog die Zeilen des Asiaten zum zweiten Mal. Nie-Lung hatte den Kampf gegen Ddraig und den auserwählten Bullen genau beschrieben.

Doch unter dem Strich bleibt, dass er es nicht geschafft hat. Da kann er noch so sehr angeben, wie er den anderen Drachen zugerichtet hat. Nie-Lung versprach ihm, bald einen zweiten Versuch zu unternehmen und den Pakt damit gültig zu machen. *Muss er auch. Er möchte mich als Verbündeten nicht verlieren und kann es sich auch gar nicht leisten.*

Vouivres Spione hatten die Gegend um Ruthin abgesucht und ihm anhand der Spuren den Kampf bestätigt. Das Dorf war in Aufruhr, weil die Bewohner das Brüllen und Rumpeln des Drachengefechts meilenweit vernommen und ebenso die zerstörten Wiesen, die zerbrochenen Bäume und die aufgerissene Erde gesehen hatten. Die Queen, so schrieben sie ihm, habe das Officium um Ermittlungen gebeten.

Ein bisschen weniger Aufsehen, mein lieber Nie-Lung, wäre angebracht. Sonst geht die Hatz wieder stärker los. Vouivre schob sich eine der schwarzen Knollen ins Maul und lutschte sie genüsslich. *Ausgezeichneter Geschmack! Der Frost hat sie reifen lassen.*

Er legte den Brief zur Seite und widmete sich seinen Angelegenheiten.

Dazu glitt er von den mit seidenen Laken überzogenen Matratzen in den Teil des Gewölbes, wo die Karten an den Wänden aufgehängt waren. Die neuen Grenzen seiner Länder und zukünftigen Besitztümer hatte er bereits eingezeichnet, wenn auch nur mit Kreide, die er abwischen konnte. Zwar war er zuversichtlich, was den Sieg über Ddraig anging, aber wenn Nie-Lung patzte, hätte er sich die Karte ruiniert. Sie stammte aus dem 18. Jahrhundert, und er mochte sie sehr.

Vouivre betrachtete die Ländergrenzen.

Langweilig wurde es in Europa mit dem Ende von Fafnir und Grendelson für ihn nicht. Abgesehen von der Auseinandersetzung mit der walisischen Drachin und der sich andeutenden Gefahr aus China war ihm noch etwas zu Ohren gekommen, das ihm nicht gefiel.

Sein rubinrotes Stirnauge richtete den Blick auf das Zarenreich. *Überall Aufstände. Nicht gut. Romanow kann die Lage ohne die Unterstützung eines Altvorderen nicht mehr kontrollieren. Das bringt zu viel Unruhe ins Gefüge.*

Mit der linken Klaue nahm er die Kurznachricht auf, die ihm ein russischer Spion gesandt hatte.

Zadornova, oder besser gesagt die einstige Großmeisterin Silena, hatte sich nach Hamburg begeben, ihr Luftschiff schwebte deutlich sichtbar am Flughafen. *Sie sucht etwas, sonst wäre sie längst schon nach Bilston zurückgekehrt.* Angeblich war ihr Mann tot, sie hatte ihn identifiziert. Zu Hamburg gab es in ihrem Lebenslauf und bei den aktuellen Ereignissen keinerlei Verbindung. Was sie dort wollte, würden ihm seine Spitzel bald sagen.

Eine heruntergekommene Drachenheilige bereitete ihm jedoch weniger Sorgen als die Neuigkeiten über den Zaren.

Der Mann war in den letzten zwölf Monaten öfter alleine unterwegs, was in diesen unruhigen Zeiten auffällig war; der Ort Festov, nicht weit von Kiew gelegen, wurde mehrfach erwähnt.

Und bei Kiew liegt der Triglav. Vouivre war unzufrieden. Romanows Ausflüge konnten harmloser Zerstreuung dienen, oder er hatte sich über den Zustand des Berges erkundigt – aber musste ein

Zar deswegen mehrmals in einem Jahr dorthin reisen? Außerdem mochte der Herrscher Sankt Petersburg zu gerne, um es so oft zu verlassen.

Von Natur aus misstrauisch und immer auf der Hut vor möglichen neuen Konkurrenten um die Macht in Europa, hatte Vouivre alle Sagen, Legenden und Märchen Russlands nach Drachen durchsuchen und herausschreiben lassen: Orte, Art der Drachen, alles war fein säuberlich aufgelistet. Er wollte wissen, wo mögliche starke Feinde lauerten.

Triglav und Kiew. Vouivre hatte das Märchen von einem Helden entdeckt, der in dieser Stadt geboren war und sich mit dem Drachen Tugarin anlegte, um ihm das von den Menschen gestohlene Gold zu entreißen. Gerade wenn es um Geschuppte ging, trugen Erzählungen meist einen wahren Kern. Er wusste das selbst zu gut.

Vouivre dachte nach. *Tugarin. Nur kurz von ihm gehört.*

Das konnte daran liegen, dass Gorynytsch und sein Vorgänger selten über Nebenbuhler im eigenen Einflussbereich berichtet hatten, um den westlichen Altvorderen keine Verbündeten aufzuzeigen. Oder Tugarin besaß genug Schläue, sich so lange bedeckt zu halten, bis er stark genug geworden war.

Er blätterte weiter und fand viele weitere Namen: *Zmey Tugarin, Zmey Tugaretin, Zmeishche Tugarishche und andere, die so ähnlich klingen.* Die Namenszusätze bedeuteten nichts anderes als *Drache.* Es gab über Tugarin ebenso viele Geschichten und Bücher wie über den toten Gorynytsch. Seinem Verhalten und der Vorliebe für Gold nach handelte es sich um einen Hortdrachen mit großen Ambitionen.

Was bedeutet, dass er gewisse Macht besitzt. Der Zar konnte einen so starken Verbündeten brauchen, um die Aufständischen zu besiegen. Vouivre wusste, dass Nikolaus der Zweite unter stärker werdendem Verfolgungswahn litt und in seiner Furcht und unter dem zunehmenden Druck zu allem fähig wurde. *Er würde einen Drachen sicherlich gegen seine Feinde hetzen, um sie zu vernichten.*

Aber genau das stellte eine große Gefahr für die heimliche Herrschaft der Altvorderen in Europa dar.

Es war eine Sache, wenn kleine Fressdrachen die Menschen

ärgerten. Es war eine andere, wenn sich die großen Drachen offen zeigten und sich als Mitsouverän präsentierten. Ein Aufschrei der Massen wäre in ganz Europa zu hören, Regierungen wären gezwungen zu handeln.

Dabei waren die vielen unangenehmen Fragen, die nach der Schlacht am Triglav aufgetaucht waren, eben erst verstummt. Das Officium und der Zar hatten dafür gesorgt, dass der Vorfall zu einer Massenattacke von kleineren Drachen heruntergespielt wurde. Die wahren Ausmaße der Beinahekatastrophe blieben im Verborgenen.

Es wäre mehr als schlecht, wenn nun ein großer Drache an der Seite eines europäischen Regenten auftauchen würde. Die Menschen würden sich zu viele Gedanken machen und nachforschen. Was sichtbar wird, ist angreifbar. Vouivre starrte auf den Punkt der Karte, der Kiew darstellte.

In ihm reifte der Entschluss, die Allianz zwischen Romanow und Tugarin präventiv zu vereiteln, auch wenn die russischen Aufständischen die Oberhand gewannen. *Ich kann leicht einen neuen Zaren auf den Thron hieven, wenn es so weit ist. Aber einen großen Drachen möchte ich nicht auf dem Foto neben dem Herrscher sehen!*

Er wandte sich um und schrieb neue Befehle an seine Augen und Ohren im Zarenreich, die Kiew und vor allem Festov genau prüfen sollten. Gäbe es nur einen Hauch von Drachenspuren, müsste er Tugarin eine Einheit Drachenjäger auf den Hals hetzen.

Halbwegs zufrieden kümmerte sich Vouivre danach um die neuen Nachrichten, die aufgelaufen waren. Er sichtete sie schnell und sorgfältig.

Es hatte einen Vorfall mit dem chinesischen Zirkus in Hamburg gegeben. Der widerrechtlich eingeführte Drache war entflohen, nachdem er alles abgefackelt hatte.

Meinen Respekt, Nie-Lung. So verwischt man Spuren, mein Bester. Vouivre nahm sich eine Trüffel. *Ihr Chinesen gebt nicht viel auf Zurückhaltung, selbst bei geheimen Missionen.*

Schnell verglich er noch die Wirtschaftsdaten und Börsenkurse. Es lief nicht eben optimal, wie er fand. Die Werte des Deutschen Kaiserreichs schwankten nach oben und unten. *Das gilt es, im Auge zu behalten.*

Zwei Seiten weiter musste er schon wieder Kiew und Triglav lesen.

Was hat es mit diesem verdammten Berg auf sich, dass sich alle Welt da herumtreibt!? Der Drache las, dass ein Medium aus York, eine Lady Ealwhina Snickelway, unter falschem Namen dort aufgetaucht sei und von der Armee des Zaren gejagt werde, seitdem sie das Trümmerfeld verlassen hatte.

Vouivre dachte sofort an den Weltenstein. *Sie möchte in die Fußstapfen von Sàtra treten: magische Macht!* Aktuellsten Berichten zufolge sei sie in York gesichtet worden.

Mylady muss befragt werden. Sollte sie wirklich das Artefakt in die Finger bekommen haben, benötige ich es! Nur ein Altvorderer konnte mit dieser Macht umgehen. *Sterblichen bekommt so etwas nicht. Sie stellen Unsinn damit an. So war es doch schon immer mit den Artefakten, vom Gral bis zu Excalibur.*

York lag leider mitten auf der Britischen Insel und gehörte somit zu Ddraigs Kernland. *Sie hat gewiss ebenso davon erfahren. Meine Leute müssen noch heute aufbrechen. Jede Sekunde ist kostbar.*

Vouivre schrieb weitere Befehle und sah danach ungehalten auf den kleinen Stapel Nachrichten, die er noch nicht gelesen hatte. *Es reicht mir für heute*, versuchte er sich selbst zu überreden – und griff dennoch nach dem nächsten Blatt.

Wer Macht besitzt und halten will, muss sie ausüben. Sonst wird sie zur Ohnmacht.

5. Januar 1927, Freie Hansestadt Hamburg, Deutsches Kaiserreich

Mit einem leisen Klicken schnappte der Deckel der Taschenuhr auf und blitzte dabei wie ihre Silbermünze.

Silena wagte es nicht, nach dem Wappen der Drachenheiligen sowie dem Namen auf dessen Innenseite zu schauen. Sie verfolgte den Weg des Sekundenzeigers bei seinem eintönigen, ewig gleich bleibenden Kurs auf dem Zifferblatt. *Wenn es kein Trick sein sollte, war einer der Drachenheiligen an der Absturzstelle. Bliebe die Frage nach dem Anlass.*

Sie schluckte, bewegte die Augen nach links: ein Zweihandschwert, auf dem die Spitzen von vier Drachenzungen steckten … *Brieuc!* Sie sah genauer hin und musste jeden Zweifel ausschließen.

»Es ist leicht zu verstehen, dass Sie die Person kennen, welcher die Uhr gehört.« Nitokris stand vor ihr. »Hilft es Ihnen weiter?«

»Nein«, entgegnete Silena leise und trank wieder von dem Wasser. Ihr inneres Durcheinander hatte sich mit dem Fund noch weiter erhöht, Theorien blitzten auf und versanken in dem Gedankenbrei. *Das kann niemals im Leben sein. Nicht Brieuc. Jemand will mich glauben machen, dass das Officium etwas mit der Sache zu tun hat. Eine List entweder von den Ägyptern oder von den Drachenfreunden. Oder von der Ochrana?* Es gab nichts Greifbares, mit dem sie diese Erklärungsversuche füttern konnte.

Das Schlimmste jedoch war, dass sie die Suche nach Grigorij abschließen musste. Lieber hätte sie sich hundert Schießereien gegen tausend Feinde angetan, um ihn am Ende befreit zu haben, als die Gewissheit, ihn verloren zu haben.

Sie schloss die Uhr und steckte sie ein. Nachdem ihr jeglicher Ansatz für neue Ermittlungen zu seinem Tod fehlte, wollte sie das Naheliegendste tun. *Ich werde Brieuc fragen und abwarten, was er mir sagt.* Sie sah Fayence an. »Sie erzählten, Sie hätten die Raketen beim Aufsteigen beobachtet?«

»Insgesamt elf Stück, alle von der Festungsinsel abgefeuert. Ich sah die Strahlen, auf denen sie geritten sind.« Er räusperte sich. »Wie gesagt: Ich habe Ihren Mann nicht in dem Wrack entdeckt. Die Position der Uhr erschien mir so weit abseits von der Absturzstelle ungewöhnlich, und so nahm ich sie mit, um herauszufinden, was das Officium dort gewollt hat.«

Silena war zu keiner Unterhaltung fähig. Sie sah Grigorijs Züge vor sich, dann seinen Leib, wie er im Meer dümpelte und kraftlos mit den Armen ruderte, um an der Oberfläche zu bleiben, ehe er doch sank und für immer verschwand.

Nein! Ich muss die Zuversicht bewahren! Solange es einen letzten Funken Hoffnung gibt … Sie klammerte sich daran, dass Brieuc ihr etwas sagen konnte. *Er hat Grigorij mitgenommen. Mein Mann könnte dem Officium als Druckmittel dienen, um mich zur Rückkehr zu zwingen!*

Sie traute Prokop diese Taktik zu. Als Prior war er der General, der Feldherr, der alles tat, um eine Schlacht zu gewinnen. Niemals war ihr der Gedanke an ihren Gatten in Gefangenschaft so erleichternd erschienen. *Ihr Heiligen!* Alles war besser als die Bilder von einem ertrinkenden Grigorij.

»Was hat das vorhin mit den Asiaten und dem Erwachen gesollt?«, fragte Leída. »Wir haben unsere Monster so gut wie ausgerottet, und da beschließen die Schlitzaugen, ihre zu uns zu schicken, weil mehr Platz in Europa ist?«

Nitokris und Fayence mussten lachen, Nagib verzog den Mund. »Es wird etwas komplizierter sein, was die Feinheiten angeht, aber im Kern stimmt Ihre Vermutung«, antwortete die Frau. »Wir hatten in Ägypten mit dem chinesischen Reich niemals viel zu tun, dafür waren sie zu weit von uns entfernt.«

»Vor zwei Jahren«, übernahm Fayence das Wort, »bereiste ich zum ersten Mal Europa und suchte nach großen Geschuppten, um sie zu vernichten und euch die Arbeit abzunehmen. In meiner Heimat haben wir sie ausgemerzt.«

»Bis auf die Krokodile«, warf Nagib trocken ein. »Die Ausländer mögen sie zu sehr.«

Fayence schmunzelte. »Bald merkte ich, dass ich allein nicht in der Lage war, die Großen auszulöschen. Sie sind gefährlicher, anders als unsere Geschuppten. Es bedurfte mehr Logistik. Im Geheimen.«

Nitokris nickte. »Der Bund des Ichneumon sandte uns ins Deutsche Kaiserreich, weil man von hier aus sehr schnell in die verschiedensten Winkel Europas reisen kann, und beauftragte uns, ebenfalls Drachen zu jagen.«

»Wir sind uns niemals begegnet«, warf Leída ein. »Ich hätte eine ägyptische Drachenjägereinheit bemerkt.«

»Der Ichneumon jagt die Schlange allein«, gab Nagib stolz zurück. »Wir brauchen keinen Tross wie Sie, Mrs. Havock.« Er hob die Arme. »Ein kleines Refugium wie dieses, zur Erholung und zum Verbinden der Wunden, das ist alles, was wir benötigen.«

Leída lachte ungläubig. »Dass manche Drachenheiligen wahnsinnig genug sind, sich so gut wie allein einem Geschuppten zu stellen, wusste ich ja. Aber sie haben wenigstens ihre Leute dabei, genauso wie ich. *Viele* Leute.« Sie hob drei Finger in die Luft. »Mehr nicht?« Sie lachte wieder. »Verzeihung, aber keiner von Ihnen sieht aus wie ein unbesiegbarer Drachenschlachter.«

»Das ist die beste Tarnung«, gab Fayence lächelnd zurück und steckte die Hände in den Kittel. Er wirkte harmlos wie ein kleiner Junge.

»Ihr Besuch bei uns kam überraschend«, schaltete sich Nitokris ein, »aber nicht ungelegen. Wir hätten Sie, Frau Zadornova, bald kontaktiert. Wegen einer Zusammenarbeit.«

Silena sah sie abwesend an. Sie verfolgte die Unterhaltung mit halbem Verstand, die andere Hälfte drehte sich um Grigorijs Verbleib und ließ sich nicht befreien. *Er lebt, er lebt, er lebt,* sagte sie sich unentwegt. Wie gern würde sie Brieuc auf der Stelle anrufen!

»Das geht ein bisschen sehr rasch«, meinte Leída. »Noch haben wir keine Beweise, dass irgendetwas von dem, was wir gehört haben, auch stimmt.«

»Sie halten uns immer noch für Schlangenanbeter?«, brauste Nagib gekränkt auf.

»*Das* habe ich nicht gesagt.« Sie verschränkte die kräftigen Arme, die im Vergleich zu denen der Sekretärin wie Baumstämme wirkten. »Zeigen Sie mir doch mal Ihre Ausrüstung.«

Silena brauchte für ihre Erwiderung länger. »Was für eine Zusammenarbeit soll das sein?«

Fayence sah zwischen ihnen hin und her. »Was möchten Sie als Erstes: Ausrüstung oder Erklärung?«

»Ich habe zuerst gefragt«, bestand Leída auf ihrer Position. »Sie könnten Ihre freundlichen Absichten untermauern, indem Sie die Haustür öffnen und mich kurz mit meinen Leuten sprechen lassen, ehe sie einen Weg in Ihre Festung finden. Glauben Sie mir: Wir haben alles dabei, was eine Wand weich macht oder wegfegt.«

»Sie würden sterben«, sagte Nagib überzeugt. »Wir sind auf Überfälle von Drachenfreunden vorbereitet.«

»Dann sollten Sie sich beeilen. Geschieht meinen Männern etwas, so geschieht auch Ihnen was«, entgegnete sie drohend und humpelte zum Ausgang.

Nitokris nickte dem älteren Ägypter zu, der sich stöhnend aus dem Sessel stemmte und die blonde Drachenjägerin begleitete. Als sie den Raum verlassen hatten, sprach sie: »Es ist mir ganz recht, dass Ihre Freundin uns für einige Minuten verlässt. Sie muss nicht hören, was wir vermuten. Sollten Sie der Meinung sein, dass Havock eingeweiht werden sollte, steht es Ihnen frei.«

Silena zwang sich zu mehr Aufmerksamkeit. *Hör zu. Es kann wichtig sein.* »Schießen Sie los.«

»Europa steht vor einer immensen Gefahr. Fayence ist bei seiner Jagd auf europäische Großdrachen bereits fünfmal auf kleinere asiatische gestoßen, an ganz verschiedenen Orten. Wir sind übereingekommen, dass es sich um Aufklärer handelt, um Spione, die den großen Schlag vorbereiten sollen«, erzählte Nitokris. »Eine Invasion.«

Silena rieb sich die Schläfen. »Nein, das können sich diese Scheusale nicht erlauben. Europas Armeen sind stark, sie würden die Drachen ausschalten, wenn auch mit Verlusten.« Von Litzow und seinen alten Kontakten wusste sie, dass die Generäle nach der Schlacht am Triglav an neuer Munition geforscht hatten, um die dicken Platten der Drachen schneller zu durchschlagen. So unvorbereitet wie damals würde kein Heer mehr ins Feld ziehen.

»Sie unterschätzen die Organisationskraft. Die Sabotageaktionen der Drachenfreunde werden weitergehen. Das Officium Draconis ist so gut wie handlungsunfähig, und nahezu alle Drachenjägereinheiten sind angegriffen und geschwächt worden«, zählte Fayence auf. »Die Professionellen sind bald keine Gefahr mehr. Was vermögen träge Panzerfahrzeuge denn gegen einen wendigen Drachen auszurichten?«

Silena behielt vorerst für sich, was Gessler damals über die Altvorderen gesagt hatte, die uralten Geschuppten, die im Geheimen die Fäden in Europa zogen. *Sie werden sich den Angreifern entgegenstellen wie damals am Triglav. Ich kann mir nicht vorstellen, dass Ddraig nichts davon weiß.* Dabei kam ihr eine Idee. *Aber natürlich! Ich sollte mit ihr sprechen. Wenn die Lage wirklich derart dramatisch wird, brauchen wir ihre Hilfe.* »Ich verstehe nicht, warum die Asiaten nicht gleich über Europa herfallen, wenn sie in der Übermacht sind?«

Nitokris hob die Augenbrauen. »Wenn wir *das* wüssten.«

»Also steckt mehr dahinter als eine simple Invasion«, schloss Silena daraus. »Die Drachenfreunde sind bestimmt in Teile des Plans eingeweiht. Schließlich ist es ihr Ziel, dass die Drachen bei uns so verehrt werden wie in Asien. Wir sollten schleunigst einen von denen in die Finger bekommen.«

»Ich habe es bereits mehrmals versucht«, erhob Fayence die Stimme. »Doch sie gehen lieber in den Tod, als etwas zu verraten.«

»Es kommt auf die Mittel an.«

Er und Nitokris tauschten kurze Blicke. »Wir haben Mittel«, sagte sie dann langsam. »Bewährte Mittel aus der Zeit der Pharaonen. Aber auch diese versagten.«

Silena rieb sich die Hände. »Könnten wir dann einen der chinesischen Spiondrachen verhören?«

Fayence schüttelte den Kopf. »Ich bin nicht ausgebildet, die Schlangen zu überwältigen. Ichneumon tötet.«

»Mmh. Ich kenne jemand, dem das gelänge.« Silena dachte wieder an Ddraig. *Die rote Drachin muss uns beistehen.* »Ich sage Ihnen, wenn die Verbündete bereit dazu ist.«

Die Tür schwang auf, Nagib und Leída kehrten zurück. »Alles in Ordnung«, sagte sie sofort. »Die Männer wissen Bescheid, dass es uns gut geht und wir nicht gegen unseren Willen festgehalten werden. Herr Nagib hat sie in die Praxis gelassen, wo sie sich etwas zu trinken nehmen können.«

Silena sah die Männer nacheinander an. »Sie sind nicht wirklich Ärzte, oder?«

Nagib griente. »Ohne anerkanntes Diplom, würde ich sagen.«

Leída blickte zu Fayence. »Sie scheinen ja wohl derjenige zu sein, welcher auf die Drachenjagd geht. Kann ich nun Ihre Ausrüstung sehen oder nicht?«

Nitokris ging zur Statuette des Ichneumon und drückte einen Schlangenkopf nieder. Ein Teil der Wandvertäfelung schwang zurück, dahinter flammte elektrisches Licht auf und beleuchtete einen großen Raum. Der schwache Geruch von sehr speziellem Leder breitete sich aus. Drachenleder. »Ich zeige Ihnen, wie wir vorgehen.« Sie schritt voran, die übrigen folgten ihr.

Silena sah lederne Rüstungsteile auf dem Tisch. »Drachenhaut?« Das durchsichtige Visier erkannte sie als Teil eines Drachenauges. Das Cockpit ihrer Saint-Jagdmaschinen war aus demselben Material verglast.

»Ja.« Fayence trat auf die andere Seite. »Sie stammt von der Stelle unmittelbar unter den Rückenplatten und ist besonders beständig. Wir haben verschiedene Häute miteinander kombiniert, die oberste Schicht stammt von einem sehr alten Exemplar. Allerdings speien die europäischen Alten heißeres Feuer. Einmal wäre beinahe etwas schiefgegangen.«

Leída wartete eine Erlaubnis erst gar nicht ab. Sie nahm die verschiedenen Segmente in die Hand, fühlte und rieb.

»Haben die Zeichen eine Wirkung, oder sind es Zierelemente?« Silena besah sich die Hieroglyphen.

»Wenn man fest daran glaubt, können sie helfen«, antwortete Fayence mit einem Lächeln. »Sicherheitshalber geht mein Schutz noch weiter.« Er deutete auf eine weißliche Hose, Hemd, Handschuhe und Haube, die auf einem Ständer hingen und die Silena auf den ersten Blick für Unterwäsche gehalten hatte. »Die Garnitur unter der Rüstung ist ebenfalls aus Drachenhaut, allerdings von der Lage, die über dem Fleisch und Fett liegt. Sie bietet zusätzlichen Schutz vor Feuerangriffen.«

Leída warf den Brustpanzer zurück. »Davon hätte ich gern einhundert und fünfzig auf Reserve. Wie schnell können Sie liefern?«

Nitokris lachte herzhaft. »Ichneumon nutzt sie, niemand sonst. Fayence hat Ihnen erklärt, wie Sie hergestellt werden. Den Rest müssen Sie selbst machen.«

Dann ist das auch geklärt. Silena erinnerte sich an den Bericht des Officiums, demzufolge ein Mann in einer hieroglyphenverzierten Rüstung bei Lüneburg einen Drachen erlegt hätte. Angeblich. *Er ist es gewesen.* »Sie arbeiten mit einem Spieß oder etwas in der Art?«

»Richtig.« Fayence ging ein paar Schritte zur Wand und zog die Laken herab, die über einem Ständer hingen. Die Stangen sahen aus, als bestünden sie aus Stahl. Er nahm eine herunter und warf sie Silena zu, die sie auffing.

Sie machte einen Schritt nach hinten. *Das Gewicht ist ordentlich, mindestens acht Kilogramm. Aber Stahl kann es nicht sein.* An einem Ende befand sich ein Gewinde. »Was halte ich in der Hand?«

»Drachenbein, das unsere Erfinder mit einer dünnen Schicht einer geheimen Legierung überzogen haben, um es stabiler zu machen.« Fayence öffnete einen Schrank, in dem lange Spitzen von einem Meter Länge standen. »Reines Drachenbein, kleinste Stücke und miteinander verleimt, um eine größere Beständigkeit zu erhalten. Die Klingen durchdringen jeden Panzer. Auch den eurer ältesten Schlangen.«

»Davon hätte ich auch gerne einhundert«, sagte Leída und zeigte, dass sie beeindruckt war. »Nichts gegen Sie, Fayence, aber wie schaffen Sie es *alleine*, die Drachen zu erlegen? Meine Einheit heißt nicht umsonst *Havock's Hundred*.«

Silena war ein Panzerschrank aufgefallen, der an der Wand festgeschraubt und zur Hälfte darin eingemauert war.

Auf ihn bewegte sich Nitokris zu. »Sehen Sie es als Zeichen meines Vertrauens in Sie beide und in das Bündnis, das wir eingehen werden«, sprach sie und öffnete die drei Zahlschlösser. Geräuschlos schwang die dicke Tür auf und gab den Blick auf mehrere fingerhutgroße Glasbehältnisse frei. Sie nahm eines heraus und reichte es Silena. »Es ist ein Trank, der dem Ichneumon seine Geschwindigkeit und Stärke, seine Reflexe verleiht, die er benötigt, wenn er sich der Schlange stellt.«

»Aus was hergestellt?« Sie hielt das Gefäß gegen die Lampe. Eine grünliche, ölige Flüssigkeit schwappte gegen die Ränder, winzige Partikel schwebten darin.

»Das müssen wir wirklich nicht offenlegen.« Nagib war anzuhören und anzusehen, dass er es nicht billigte, wie Nitokris mit den Geheimnissen des Bundes umging. »Ein paar Kräuteressenzen aus dem Nil-Delta, mehr nicht.« Er nahm es ihr aus der Hand, stellte es in den Tresor und drückte ihn zu.

»Ach so.« Silena lächelte. *Lügner.*

Und Leída sagte natürlich: »Davon hätte ich gerne auch einhundert. Liter.«

Nitokris legte die Hände zusammen und hielt sie vor der Gürtelschnalle. »Nun kennen Sie unsere Geheimnisse, Fürstin und

Fräulein Havock. Sind Sie bereit, mit Ichneumon zusammenzuarbeiten?«

»So gut wie. Damit ich es richtig verstanden habe: Sie sind eine Abordnung dieses Bundes, der in Ägypten sitzt. Weil man sich dort Sorgen um Europa und letztlich auch um Nordafrika gemacht hat, sind Sie gesandt worden.« Silena fühlte etwas von der Flüssigkeit an ihren Fingern. Es klebte. »Insgesamt gibt es wie viele Kämpfer in diesem Bund?«

»Außer mir noch zehn«, sagte Fayence. »Sie wachen in unserer Heimat, ob sich die chinesischen Spione auch da blicken lassen.«

»Die Frage, die sich mir stellt, ist: *Wer* schickt sie?« Leída nahm sich ebenfalls einen der Spieße und wirbelte damit herum. Ihr bereitete es wenig Mühe, doch es sah sehr ungeschickt und tölpelhaft aus. »Darauf haben wir noch keine Antwort erhalten. Ich für meinen Teil interessierte mich nicht für China oder diese anderen Reiche im Osten, weil sie Drachen anbeten und nicht jagen. Da ist kein Geschäft zu machen.«

»Entweder es gibt Altvordere wie in Europa«, meinte Silena und ärgerte sich, noch nicht in das gestohlene Dossier über asiatische Drachen geschaut zu haben, »oder einen Herrscher.« Sie sah zu Nitokris. »Haben Sie Erkenntnisse dazu?«

»Nein. So wenige wie Sie. Ich kann nur raten und das Offensichtliche annehmen: Chinas weltlicher Herrscher nennt sich *Drachenkaiser* und sitzt auf einem *Drachenthron*«, meinte sie. »Wer sagt, dass der Kaiser von China *nicht* die Hilfe der Drachen in Anspruch nimmt?«

»Wir kannten Drachen, die sich in Menschen verwandelten, um uns zu täuschen.« Silena sah Eris Mandrake mit einem Lächeln aus ihrer Erinnerung auferstehen, als wollte er sagen: *Siehst du?* »Der Kaiser könnte durchaus die gleiche Gabe besitzen.« Für ihren Geschmack war genug geredet worden. Grigorijs Spur führte dank der Uhr plötzlich nach München, und genau da musste sie unverzüglich hin. Sie streckte Nitokris die Hand entgegen. »Dass eine Bedrohung aufzieht, ist unbestreitbar. Ich nehme das Bündnis zwischen Abendland und Morgenland gerne an, um sie abzuwenden.« Die Ägypterin schlug ein. Silena schüttelte auch Fayences und Nagibs Hände.

»Sieh sich einer das an. Die Nachfahrin eines Kreuzritters verbrüdert sich mit einer Ungläubigen«, kommentierte Leída.

Fayence nahm den Spieß an sich und hängte ihn an seinen Platz. »Wie gehen wir weiter vor?«

Zuerst muss ich mit Brieuc sprechen. Silena schlenderte zurück in das kleine Museum. Ihr Tatendrang war zurückgekehrt. »Ich reise nach München, gehe der Herkunft der Taschenuhr auf den Grund und versuche herauszufinden, wo wir eine Altvordere finden.« Sie hatte es sich erspart, Leída zu verbessern. Georg war kein Kreuzritter gewesen. Eine Unerheblichkeit.

Leída sah sie an, als habe die Drachenheilige den Verstand verloren. »Du sprichst von *Ddraig*? Hast du allen Ernstes vor, die rote Drachin über die Asiaten zu befragen?«

»Die Drachenheiligen, die es einst vermochten, sind tot. Kennst du jemanden, der uns einen von denen lebend fängt? Sind deine Leute dazu in der Lage?«, gab sie zurück.

Leída verzog die Mundwinkel. »Wie finden wir sie?«

Fayence wollte etwas sagen, doch er schwieg, als Silena weiterredete. »Sie drei packen«, dabei deutete sie auf die Ägypter, »und fliegen mit Leída nach England. Ich treffe mich in München mit einem Mann des Officiums, der mir bestimmt Hinweise geben kann, wo wir Ddraig aufspüren. Die Spione sollten noch arbeiten, hoffe ich, auch wenn das Hauptquartier beschädigt wurde.« Sie sah in die Runde. »Alle einverstanden? Andere Vorschläge?«

Keiner rührte sich.

»Wir treffen uns also in England. Ich rufe dich an, Leída, und sage dir, wo.« Sie verabschiedete sich von ihnen und ging die Stufen hinauf, rief ihre Männer und verließ das Gebäude.

Unerwarteter Beistand, den wir bekommen haben, dachte Silena. *In einem sehr günstigen Augenblick.* Wie sehr sie dem Bund des Ichneumon trauen konnte, würde sich bald unter Beweis stellen. Alternativen dazu sah sie keine. *Grigorij, halte durch!*

5. Januar 1927, Amsterdam, Provinz Nord-Holland, Königreich Holland

Ealwhina saß gegenüber von Thomas Edward Grant dem Fünften, der sich als waschechter Londoner erwies, und frühstückte entgegen den Geboten des Anstands im Morgenmantel. Sie besaß derzeit nichts anderes. Ihre Kleidung wurde inzwischen gewaschen und getrocknet. Er trug Hemd, Fliege und eine bestimmt nicht billige Stoffhose, sein klassisch-würziges Aftershave wehte zu ihr herüber.

Das Ambassade war ein nettes, kleines Hotel unmittelbar an der Herengracht, verwinkelt und verbaut bis in den letzten Korridor, doch die Zimmer protzten mit Gemütlichkeit. Als britischer Gentleman und Landsmann hatte Grant darauf bestanden, ihr die Übernachtung zu zahlen.

Ich muss verrückt sein, nicht von hier verschwunden zu sein. Immer wieder blickte sie auf die belebte Gracht hinaus und erwartete den Kopf des Wasserdrachen vor dem Fenster zu sehen, der die Kugel rauben wollte. *Gestern war ich einfach zu erschöpft.* Mit etwas Glück hatte sich der Drache mit den Splittern des Weltensteins zufriedengegeben. Sie wusste nicht, was der Geschuppte mit dem Artefakt wollte. *Vermag er zu zaubern?*

»Wie sehen Ihre Pläne aus, Mylady?«, erkundigte sich Grant und winkte den Kellner zu sich, um Tee nachgeschenkt zu bekommen. »Ihr Gepäck hat sich nicht finden lassen, obwohl die guten Amsterdamer, die ich anheuerte, sich Mühe gaben.«

»Ich kehre heute noch nach England zurück«, sagte sie. Er konnte nicht wissen, dass sie kein Gepäck dabeigehabt hatte. »Meine Kleidung sollte trocken sein, und mein Ticket trug ich am Leib.« Sie langte über den Tisch und drückte seine Hand. »Ich danke Ihnen, Mister Grant, viel-, viel-, vielmals. Ohne Sie hätte ich nicht gewusst, was ich tun sollte.«

Er winkte ab und strahlte. »Es war mir eine besondere Freude. Eine ebensolche Freude wäre es mir, wenn Sie sich bald bei mir meldeten. In einem Monat werde ich von meiner Geschäftsreise zurückgekehrt sein und würde Sie gern bei einem Tee auf meinem Anwesen sehen.« Er reichte ihr seine Karte mit Adresse und Telefonnummer. »Bitte sehr, Mylady.«

Sie stand auf, und sofort erhob er sich. »Sie hören gewiss von mir.« Sie reichte ihm die Hand, und er gab ihr einen angedeuteten Kuss. »Ihnen einen angenehmen Tag und beste Geschäftsabschlüsse.«

»Möge Gott Sie schützen, Mylady Snickelway.«

Sie lächelte. »Er kann es versuchen.« Sie schritt hinaus, verließ den Frühstücksraum und ging auf ihr Zimmer, wo sie sich umzog. Ihre Kleidung roch frisch und leicht nach Seife. Der Schmutz der Reise war aus Rock, Bluse und Mantel verschwunden. *Viel besser.*

Fünfzehn Minuten später stand sie in der Herengracht und wählte den gleichen Weg zum Bahnhof, den sie tags zuvor genommen hatte. Die Kugel hielt sie fest umschlossen in ihrer linken Hand in der Tasche vergraben.

Ealwhina marschierte über die belebten Straßen, hörte die verschiedensten Sprachen um sich herum, und zu ihrer großen Erleichterung war kein Russisch dabei. Sie erkannte Geister zwischen den Passanten, die sie anstarrten, verlangend und furchtsam zugleich. Die verlorenen Seelen spürten, dass sie etwas Besonderes mit sich führte, wagten sich jedoch nicht an sie heran. *Oder sie wissen, dass der kobaltblaue Wasserdrache das Artefakt will, und machen ihm den Anspruch nicht streitig*

Das Rumpeln der Loks und Waggons wurde hörbar, sie näherte sich dem Bahnhof. Sie hatte kein Ticket, doch sie sah die Chancen als sehr gut an, entweder eines zu ergaunern oder als blinder Passagier bis nach London zu gelangen. Von dort rollten weitere Züge in knappen Abständen nach York.

Sie betrat das große Gebäude, orientierte sich und stieg kurzerhand in den ersten Zug nach London, ohne sich um einen Fahrschein zu kümmern.

Ich finde schon eine Möglichkeit, dem Schaffner zu entkommen. Ealwhina setzte sich in die erste Klasse und blickte aus dem Fenster. *Zeit zum Nachdenken.*

De Bercy hatte für den Drachen gearbeitet, dessen Namen sie nicht kannte. Aber dem Bassin nach zu urteilen, aus dem er im Keller des Hauses aufgetaucht war, und dem Verhalten der älteren Damen nach lebte er mit dem Wissen einiger Amsterdamer in den Grachten. Von den Kanälen aus gab es Zugänge in die Häuser.

Drachenfreunde womöglich, die ihn bei seinem geheimen Leben unterstützten.

Diese Müdigkeit und die Kopfschmerzen! Ealwhina sah die Hüte an der Fensterscheibe ihres Abteils vorbeitreiben, Männer und Frauen mit ganz unterschiedlichen Modegeschmäckern liefen vorüber. Leise drangen ihre Stimmen herein, Dienstboten hetzten mit roten Gesichtern und Gepäcktürmen vorbei, Uniformierte der British Railroad wiesen Passagiere zu den Wagen mit ihren Reservierungen.

Ein Drache in Amsterdam. Besser kann er es gar nicht haben: immer etwas zu essen. Wer in die Gracht fällt, gehört ihm. Unbemerkt lebte er unter den Menschen. *Was seine Beweggründe sein mögen? Er verhält sich nicht wie einer der Schädlinge, die den Bauern die Ställe leer fressen.* Sie wunderte sich aufrichtig und rieb dabei über die Kugel. Seine Außergewöhnlichkeit hatte der Drache mit dem versuchten Erwerb des Artefakts unter Beweis gestellt. *Einerlei. Ich bin ihm entkommen. Nach York wird er mir nicht folgen.*

Ealwhina wusste noch nicht genau, was sie mit ihrer Beute anstellen sollte.

Ihre Freunde im Pub hatten sich ganz sonderbar verhalten und das Artefakt »für alle« verlangt. *Das sagt sich so einfach. Ich habe ja nicht einmal eine genaue Vorstellung, was ich damit tun kann.* Sie seufzte. *Ich werde mit ihnen reden müssen.*

Sie wusste, dass sie nicht vor neuen Verfolgern sicher war. Der Zar würde weitere Soldaten schicken und sie in York suchen lassen, der Drache auch.

Ihr Geister! Sie werden sich im Golden Fleece *die Klinke in die Hand geben. Ich werde mein geliebtes Midnight bald nicht mehr in Ruhe trinken können.* Verstohlen nahm sie das Artefakt aus der Tasche und betrachtete es. *Wegen dir.*

Die Kugel wirkte zwischen ihren Fingern vollkommen harmlos. Läge sie auf dem Boden, würden Kinder sie als bräunliche Murmel ansehen und Erwachsene als Bernsteinkugel, die aus der Fassung einer Kette gefallen war. Die wahre Macht erschloss sich einigen wenigen Auserwählten.

Endlich verkündeten eine laute Trillerpfeife und sofort darauf das schrille Pfeifsignal der Lok, dass die Fahrt begann. Stampfend arbeiteten die Kolben, ruckelnd setzte sich der Zug in Bewegung und nahm Geschwindigkeit auf.

Die Tür zu ihrem Abteil öffnete sich, schnell verstaute sie die Kugel in der Tasche.

Zwei vornehm gekleidete Männer und zwei wohlhabende Damen um die dreißig kamen herein, grüßten Ealwhina auf Holländisch. Bedienstete der *Rail Road* verstauten deren leichtes Gepäck auf den vorgesehenen Halterungen über den Sesseln. Die vier gehörten wohl zu einer Familie, wie Ealwhina anhand der Ähnlichkeit der Gesichter mutmaßte.

Unter ihnen entspann sich ein Gespräch, das Ealwhina nicht verstand, weshalb sie lieber aus dem Fenster sah. Von dem Quartett drohte ihr keinerlei Gefahr.

Sie hatten den Bahnhof schnell verlassen. Das flache Land zog vorbei, durchzogen von Gräben und Kanälen und voller grüner Weiden mit Schafen und Kühen, trotz des Winters. Schnee hielt sich hier unter dem Meeresspiegel nicht lange.

Sie dachte an den Wasserdrachen. *Holland ist für seine Art wie geschaffen. Überall Verbindungen, Anschluss ans Meer. Und sie ringen der See jedes Jahr wieder neues Land ab, um es mit Grachten zu durchziehen.* War sie eben noch Gefahr gelaufen, durch das Gemurmel der Menschen und das eintönige Rattern in einen leichten Schlaf zu versinken, erwachte sie nun bei dem Gedanken, dass der Drache sie spielend durch die Kanäle verfolgen konnte. *Ich wünschte, ich wäre schon in York.*

Doch bis dahin waren es geschätzte achtzehn Stunden, sollte ihre Reise optimal verlaufen und sie in London einen Anschlusszug erreichen.

Ist es besser, wenn ich die Kugel im Zug verstecke, anstatt sie bei mir zu tragen? Es müsste ein Ort sein, an dem sie niemand vermutete, den sie allerdings kontrollieren konnte. Sie würde darüber nachdenken, sobald sie von der Toilette zurückgekehrt war.

»Excuse me«, sagte sie zu ihren Mitreisenden und erhob sich, schob sich durch das Beingewirr und verließ die Kabine.

Der Gang war leer, das Hinweisschild verwies sie nach rechts.

Ealwhina ging los; sie musste die Bewegungen des Zuges ausgleichen und sich hin und wieder an den Wänden abstützen. Dabei sah sie in die anderen Abteile. Hier in der ersten Klasse fiel sie in ihren einfachen Kleidern schon sehr auf. Der Schaffner würde ihr eine Lüge über ein verlorenes Ticket nicht glauben. Nicht in diesem Aufzug.

Sie gelangte zur Toilette, schloss die Tür hinter sich und betrachtete ihr Gesicht im Spiegel. Es sah bleich aus, ihre Augen waren rot geädert. Schlagartig fühlte sie sich noch müder. *Als wäre ich eine Woche von York weg. Wie kann das sein?* Sie nahm die Kugel wieder in die Hand. Nebenwirkungen oder Zeichen der Verausgabung, die sie seit ihrer Flucht aus dem Tunnel fühlte? Sie hatte ihre Kräfte nicht mehr als sonst eingesetzt.

»Es hat mit dir zu tun. Du bist zu gefährlich, um dich zu behalten«, sagte sie zu dem Artefakt.

Es klopfte laut gegen ihre Tür, eine Dame rief etwas auf Holländisch.

»Einen Augenblick«, gab sie laut auf Englisch zurück. Zwei Minuten darauf öffnete sie die Tür und schlüpfte an einer Frau vorbei, die sie musterte, als hätte Ealwhina sie bestohlen und beschimpft. Sie tat sich schwer, die Toilette zu betreten, und warf ihr nochmals einen bösen Blick zu, bevor sie die Tür hinter sich schloss.

Ealwhina kehrte zu ihrem Abteil zurück – und sah den uniformierten Schaffner.

Er war ein Abteil von ihrem entfernt und unterhielt sich angeregt auf Holländisch mit einem Fahrgast. Dabei warf er ihr einen schnellen Blick zu und tippte sich an den kurzen Schirm seiner Mütze.

Sie lächelte ihm zu und ging an ihm vorbei, in den Teil des Zuges, den er ihrer Einschätzung nach schon kontrolliert hatte. *Nicht umdrehen*, mahnte sie sich.

Sie erreichte den Übergang zum nächsten Waggon und wechselte in die zweite Klasse, durchquerte den Wagen und marschierte noch weiter, bis sie genügend Abstand zwischen sich und den Kontrolleur gebracht hatte.

Die zweite Klasse war voll besetzt. In den Großraumabteilen roch es nicht eben angenehm, und je weiter sie nach hinten ging, desto schlechter wurde die Luft und umso mehr stank es nach ungewaschenen Körpern, nach Dreck und Staub, nach Essen und nach Vieh.

Die Menschen erzählten laut, lachten und tranken Schnaps und Bier, andere spielten Karten. Kinder weinten oder neckten sich und schafften es, trotz der Enge Fangen zu spielen. Deutlicher als in diesem Zug konnten soziale Unterschiede nicht zutage treten.

Ealwhina schlug das Angebot eines Mannes in schäbiger Kleidung aus, sich auf sein Knie zu setzen, und suchte nach einem bisschen Platz, wo sie sich hinquetschen konnte.

Achtzehn Stunden halte ich das niemals durch. Hoffentlich steigen sie aus, bevor es auf die Fähre geht. Es wimmelt bestimmt vor Dieben. Aber wenn sie einschlafen sollte, konnte sie nicht auf die Kugel aufpassen. Zumal: Sollte sie eventuelle Verfolger im Zug haben, die sie nicht bemerkt hatte, so würden diese das Artefakt logischerweise bei ihr vermuten. *Ein Versteck muss her.*

Neben der Tür entdeckte sie einen becherartigen, leeren Metallhalter für eine Petroleumlampe. Tagsüber benötigte das Abteil kein Licht.

Das wäre was. Sie nutzte das nächste Zugruckeln, um sich gegen den Rahmen fallen zu lassen und die Kugel darin zu deponieren; leise klirrend verschwand das Artefakt darin. *Hier bist du vor Langfingern sicher.*

Ealwhina ging weiter und suchte sich ein Fleckchen zwischen zwei älteren Damen, um sicherzugehen, dass sie von Männern unbelästigt blieb, und hielt die Augen auf den Eingang gerichtet.

Eine Stunde lang war sie tapfer, bis jemand Bleigewichte an ihre Lider zu hängen schien. Sie konnte sich nicht mehr gegen die Müdigkeit wehren und schlummerte ein.

Sie träumte, eine sanfte Berührung an ihren Taschen zu spüren, aber sie konnte den Schlaf nicht durchbrechen. Die Kugel war sicher, und sie besaß nichts als ihre Kleidung. Ihr konnte nichts mehr gestohlen werden. *Sucht doch*, dachte sie und lächelte schadenfroh im Schlaf.

Aus den sanften Berührungen wurde unvermittelt ein schmerzhaftes Rupfen und Wühlen.

»He!« Wütend öffnete sie die Augen und erhielt eine harte Ohrfeige, bevor sie erkennen konnte, wer ihr gegenübersaß. Sie flog mit dem Kopf gegen die hölzerne Banklehne, Feuerräder drehten sich vor ihren Augen und machten die Umgebung unscharf. Als sie die Arme zur Abwehr heben wollte, musste sie feststellen, dass sie festgehalten wurde. *Handschellen!*

»Hallo, Snickelway«, sagte eine nur allzu bekannte Frau mit unterdrückter Wut. »Ich bin auch überrascht, Sie hier zu treffen. Ich wollte nach York, um Sie zu suchen.«

Die sprühenden Kreise schwächten sich ab. Ealwhina sah wieder etwas, und aus den grellen Umrissen wurde Sigorskaja, die auf der Bank gegenüber saß und einen Dolch in der Hand hielt. *Geister von York! Wie ist das möglich?*

Die Klinge zuckte nach vorn und legte sich kühl an ihren Hals. »Reden wir über das Artefakt. Wo ist es?«

XII.

6. Januar 1927, München, Königreich Bayern, Deutsches Kaiserreich

Silena spielte mit ihrer Silbermünze und betrachtete die Fassade des Officiums einmal mehr vom Café aus.

Es kam ihr vor, als habe die Zerstörung noch weiter um sich gegriffen. Weitere rußige Mauerteile waren trotz der Stützen zusammengebrochen oder abgerissen worden. Arbeiter errichteten zum Schutz der Passanten einen Bretterzaun, hinter dem zumindest ein Teil des ramponierten, geschändeten Bauwerks verschwand.

Es bröckelt und zerfällt. Silena verstand dies als Zeichen für den Niedergang des Officiums. Aber unterschätzen würde sie die Organisation nicht. Immerhin hatte es genügend Macht besessen, den Abschuss des Zeppelins und die Entführung ihres Mannes in die Wege zu leiten. Sie würde Brieuc zum Reden bringen, auf welche Weise auch immer. Ihr Telefonat mit der britischen Detektei hatte nichts Neues erbracht.

Die ersten Töne der herrlichen Arie von *Klein Zack* aus der Oper *Hoffmanns Erzählungen* kämpfte sich durch das Klappern von Besteck und Geschirr um sie herum und brachte sie dazu, der Stimme des Tenors zu lauschen. Die Musik kam aus dem neuen Radioempfangsgerät und übertrug das Spiel der Münchner Symphoniker zu den Gästen.

Silena mochte das Lied über den sonderbaren Kerl. *Es war einmal am Hof von Eisenack, ein missgestalteter Zwerg, der hieß Klein Zack*, sang sie in Gedanken mit, die Augen noch immer auf den entstehenden Bretterzaun gerichtet.

Die Ablenkung hielt nur eine kleine Weile.

Ob Brieuc kommt? Es gelang ihr nicht, die Aufregung in den Griff zu bekommen. Die Silbermünze wanderte mit einer bislang unerreichten Geschwindigkeit über ihre Fingerknöchel hinweg und flirrte dabei hektisch. Das Edelmetall war angelaufen, sie hatte keine

Zeit gehabt, das Andenken an ihren verstorbenen Bruder zu polieren. Nicht auszudenken, wenn sie sich auch noch Memorabilien für Grigorij zulegen müsste. Das wollte sie auf keinen Fall. Sie war nicht bereit, weitere Verluste an geliebten Menschen hinzunehmen.

»Er hatte einen Buckel statt eines Bauches, statt eines Bauches. Seine dünnen Beine kamen wie aus einem Sack, wie aus einem Sack«, sang der Tenor sich in ihre Gedanken.

Silena lehnte sich zurück, sah auf den Eingang des Cafés. In ihrer Sorge hatte sie verschiedenste Strategien für das Gespräch mit dem Großmeister ersonnen und immer wieder verworfen. *Was mache ich denn, wenn er nicht kommt?* Hilflosigkeit pirschte sich an sie heran. Um sich selbst Mut zu machen, legte sie eine Hand an den Griff der Luger. *Irgendjemand vom Officium wird mir Auskünfte geben! Wie auch immer ich es anstellen muss.*

Gebäckgeruch stieg ihr in die Nase. Marie hatte ihr vor geraumer Zeit Tee und frisch gebackene Kekse gebracht, was sie vor lauter Grübeln verdrängt hatte.

Sie senkte den Blick auf die Zeitung vor ihr, die vor weiter steigenden Arbeitslosenzahlen warnte. Sie las, dass im Verlauf einer Woche die Zahl der Arbeitslosen um neuntausend Menschen in die Höhe geschnellt war. Von den etwa achtundvierzigtausend beim Münchner Arbeitsamt registrierten Arbeitssuchenden erhielten etwa dreiunddreißigtausend Unterstützung. Und die Lage verschlechterte sich weiter. *Überall deprimierende Aussichten.*

Sie schob das Blatt etwas zur Seite. Unter der Zeitung lag der Aktenauszug aus dem Officium verborgen, in dem es um die allgemeine Spezies der asiatischen Drachen ging. Allerdings, das hatte sie zu spät bemerkt, war es nur ein kleiner Teil einer größeren Untersuchung. Der Rest lagerte noch im Officium.

Silena hatte sich vorher nicht mit diesen Exemplaren beschäftigt, da sie sich außerhalb ihres Einsatzgebietes aufhielten. Da die *Lungs*, wie sie in China genannt wurden, nun aber zu ihnen kamen, musste sie sich in ihren wenigen freien Minuten fortbilden. Mit Brieuc würde sie spontan sprechen.

»Seine Nase war schwarz vom Tabak, und sein Kopf machte krick-krack!«, schmetterte es beherzt aus dem Empfänger. »Das war Klein Zack! Krick-krack! Krick-krack! Das war Klein Zack!«

Silena sah die Szene vor sich, wie der Sänger über die Bühne fegte und den Zwerg schilderte. *Ich werde mit Grigorij in* Hoffmanns Erzählungen *gehen*, beschloss sie und widmete sich der Akte.

Kapitel II: Allgemeine Anmerkungen
Der asiatische Drache, Lung genannt, vereint verschiedene Eigenschaften anderer Tiere in sich, was manche Exemplare grotesk wirken lässt; einige wiederum sehen wie unsere Drachen aus.

Je nach Land hausen im asiatischen Raum Geschuppte mit einer unterschiedlichen Anzahl von Krallen. Je mehr ein Drache davon besitzt, desto mächtiger ist er. Farbe und Größe variieren wie bei den europäischen, doch hat er ein goldenes oder rotes Schuppenkleid, so zählt er zu den sehr mächtigen. Deswegen raten wir jedem, die Klauen vorher aus sicherer Entfernung genau in Augenschein zu nehmen.

Als völligen Unfug sehen wir die Legenden seiner Vermehrung an.

Angeblich legen die Weibchen Eier, aus denen die Brut erst nach eintausend Jahren schlüpft, und diese Brut durchläuft nochmals verschiedene Wachstumsphasen im Verlauf von dreitausend Jahren, ehe ein Lung ausgewachsen ist.

Das würde uns zwar freuen, da wir der Plage im Nu Herr werden würden, aber richtig ist dies auf keinen Fall. Stattdessen geht Professor Hammlin (vgl. Hammlin, Prof. Eberhard: Von den Asiaten und Exoten der Geschuppten. Hamburg, 1921) von einer regulären Vermehrung wie in Westeuropa auch aus.

Man stelle sich vor: Generell betrachten die Asiaten den Drachen als eine Art Naturgewalt und ein Symbol für Glück. Das ist geradezu absurd und gegen jede Lehre des Officiums!

Zerstört ein Geschuppter bei seinem Auftauchen etwas, ist das bedauernswert, aber anscheinend nehmen die Menschen es ihm nicht übel. Ebenso könnte man dem Meer einen Vorwurf machen, wenn Menschen auf See sterben. Nach deren bemitleidenswertem Verständnis handelt es sich um Kreaturen, die ihrer Natur nach leben.

Der Anblick eines Drachen bedeutet in Asien Glück, ganz gleich, was danach geschieht! Sie stehen unsinnigerweise für Frieden, für Wohlstand, Vorwärtskommen und langes Leben, vorausgesetzt, man überlebt eine Begegnung.

Daran kann man erkennen, wie kindlich die Asiaten denken. Wie gänzlich unzivilisiert.

Der törichte Aberglaube reicht jedoch viel weiter!

Den Lungs werden Kräfte zugeschrieben, die sie nicht haben. Drachen werden mit Wind und Wetter in Verbindung gebracht, bringen verheerenden oder segensreichen Regen. Sogar alle Seen und Flüsse besitzen angeblich Drachenwächter. Unsere Prüfungen, soweit es unseren Spionen möglich war, fanden nichts derlei.

Was auch sonst? Nichts als Märchen!

Das Schlimmste: Nicht zuletzt betrachten sich die chinesischen Herrscher als Söhne und Nachfahren der Geschuppten!

Drachenthron, Drachenkaiser – diese und andere Begriffe zeugen von der gefährlich engen Verzahnung des Irrglaubens mit der Landesführung und dem alltäglichen Leben des Volkes. Im schlimmsten Fall wird eines Tages Krieg gegen die Länder mit diesem Wahn geführt werden müssen, um sie davon zu befreien. Ein neuer Kreuzzug im Namen des Christentums und der Aufklärung!

»… und das Monstrum machte flick-flack! Das war Klein Zack! Flick-flack! Flick-flack! Das war Klein Zack!«, drängte sich die Stimme des Tenors in Silenas Gedanken.

Sie erinnerte sich nur zu genau, was ihr von den Ausbildern des Officiums beigebracht worden war: Der Drache ist das Abbild des Teufels, die Verkörperung des Schlechten und stets der Feind des Menschen und des Guten. *Unterschiedlicher können Ansichten nicht sein.*

Ihre Eltern hatten sich über die Art eines Drachen selten geäußert. Silena glaubte sich zu entsinnen, dass ihre Mutter sie als Schädlinge bezeichnet hatte, und ihr Vater verglich sie gern mit zu groß geratenen Raubtieren, die keinen Platz zwischen den Menschen hätten. Obwohl sie dem Officium angehörten und an die Sache glaubten, hatten sie meistens auf eine Gleichsetzung der Drachen mit dem Teufel verzichtet. *Mitleid haben sie dennoch nicht gezeigt.*

Silena blätterte weiter und dachte wieder an Gesslers Worte, dass alle Geschicke der Europäer von den Altvorderen aus dem Hintergrund gesteuert würden. *In China geschieht es offen, und die Men-*

schen begrüßen es sogar. Der Kreuzzug müsste zuerst in Europa geführt werden, gegen die eigenen Drachen, die aus ihren Verstecken agierten. *Ich habe es versucht, aber es hat niemand auf mich gehört.*

Sie betrachtete die nächsten Seiten, die in erster Linie aus kommentierten chinesischen Zeichnungen bestanden. Silena sah darauf Drachen, die mit flammenumschlossenen Kugeln spielten, sie verschluckten und ausspuckten. Daneben standen Hinweise auf die »Drachenperle« und »Perle der Unsterblichkeit« geschrieben.

Diese Zeichnungen, so hässlich sie auch sein mögen, müssen sehr ernst genommen werden!

Ausnahmsweise handelt es sich dabei nicht *um einen Aberglauben, denn die Parallelen zu den Vorkommnissen um den sogenannten Weltenstein sind zu deutlich.*

Unserer festen Überzeugung nach trägt der männliche Lung diese sogenannte Drachenperle im oberen Teil des Nackens oder im unteren Teil des Schädels. Sie leuchtet und besitzt wohl unerklärliche Kräfte, die man getrost als Hexerei bezeichnen kann.

Der Sage nach verwandelt sich ein Mensch in einen Drachen, wenn er sie schluckt – allerdings muss dieses Organ dem Lung lebend entrissen werden. Hierbei raten wir zur Vorsicht.

Doch die Beschreibungen der Drachenperle decken sich weitgehend mit den Erkenntnissen, die das Officium um die europäischen Drachensteine gesammelt hat. Denn auch sie müssen dem lebenden Drachen aus dem Kopf gerissen werden und verleihen unchristliche, ablehnenswerte Attribute, die nicht konform mit der Lehre der Kirche gehen.

Also müssen wir davon ausgehen, dass die chinesischen Drachen bei überwiegender äußerer Andersartigkeit

1. dennoch mit den europäischen Geschuppten verwandt sind und

2. sie Kräfte zum Einsatz bringen können, die sie zu gefährlichen Gegnern machen.

Wir empfehlen daher eine genauere Untersuchung der chinesischen Drachensteine.

Klare Hinweise auf das Magieorgan eines Drachen, das in den Weltenstein umgearbeitet worden ist!, dachte Silena, als sie das Ende des

Aktenauszugs erreicht hatte. Damit wusste sie nicht viel, aber immerhin mehr als die meisten Einwohner des Kaiserreichs und vermutlich auch mehr als die durchschnittlichen Europäer.

Sie sah aus dem Fenster, trank von ihrem Tee. *Da ist er ja!* Sofort wurde ihr flau; die Aufregung, die sich durch die Lektüre gelegt hatte, kehrte ansatzlos und mächtig zurück. *Wie fange ich es an?*

Umgeben von mehreren Männern mit Bauplänen in den Händen, trat Brieuc aus den Trümmern des Officiums durch die letzte Lücke im Bauzaun. Perfekt gekleidet mit Hut und Mantel, sah er aus, als verließe er einen Ball oder einen Empfang. Er sprach mit den Männern, nahm einen der Pläne an sich, schlenderte über den Marienplatz und studierte ihn dabei.

Silena faltete die Zeitung zusammen und legte die Akte hinein. Ihre Hände umklammerten die Silbermünze. *Ich schaffe das. Es geht um Grigorij!*

Brieuc betrat das Café und entdeckte sie sofort. Marie würdigte er keines Blickes; im Vorbeigehen gab er ihr Mantel und Hut, bestellte etwas und setzte sich zu Silena. Mit einer raschen Bewegung schob er die braunen Locken, die sich aus der Pomade befreit hatten, aus der Stirn. Den Bauplan legte er auf den Tisch. In der rechten oberen Ecke stand der Name des Planungsbüros: Voss & Voss.

»Schön, Sie wiederzusehen, Frau Zadornova«, grüßte er sie, doch er klang gespielt freundlich. Er vermittelte ihr den Eindruck, einem aufgezwungenen und unangenehmen Treffen beizuwohnen. Dass er sie nicht mit Großmeisterin anredete, verdeutlichte, was er von ihr hielt.

»Danke, dass Sie auf meine Nachricht geantwortet haben«, gab sie zurück und tat so, als sei sie die Ruhe in Person. Langsam legte sie die Münze auf den Tisch und verschränkte die Finger ineinander. »Neue Pläne für das Officium?«

»Meinen Sie die Zeichnungen?« Brieuc lächelte unwillig. »Oder etwas anderes?«

»Die Zeichnungen.« Silena gab Zucker in ihren Tee und zeigte mit dem Löffel darauf. Harmloses Geplauder brachte ihr etwas mehr Ruhe und Sicherheit. Sie konnte ihn nicht einfach an der

Uniform packen und ihn mit Gewalt zum Sprechen bringen. »Wird das Gebäude aussehen wie früher?«

»Ein Entwurf. Die Experten von Voss & Voss meinten, die Fassade könne man stehen lassen. Den Rest, die interne Struktur, müssten sie abreißen und neu hochziehen«, erläuterte er. »Über Einzelheiten darf ich nicht mit Ihnen reden, Frau Zadornova, aber das Officium Draconis wird sich bald in eine Festung verwandelt haben.« Er rollte den Plan zusammen. »Sie wollten mit mir sprechen, ließ man mich wissen.«

»Ja …«

Er hob unterbrechend die Hand. »Eine Frage soll ich Ihnen von Prior Prokop vorab stellen: Werden Sie dem Officium wieder beitreten, Frau Zadornova?«

Ich wusste es. Jetzt bereitet er die Verhandlungen vor und bietet mir den Austausch von Grigorij an! Wut schoss in ihr hoch, sie ballte eine Hand zur Faust. »Das hängt davon ab.« Sie versuchte, sich um eine direkte Antwort zu drücken, um zu verhindern, dass ihr Nein die Unterhaltung beendete.

»Von was?«

»Sagen Sie es mir!«, presste sie hervor und löste die Finger.

Marie brachte Kaffee und fingerlange, salzig-süße Brezenstücke, die doppelt ausgebacken und zu einer Hälfte mit Schokolade überzogen waren.

Brieuc wartete, bis die junge Frau gegangen war. »Vor Kurzem wurde in das Ausweicharchiv eingebrochen«, erzählte er nonchalant, als habe er ihre Antwort nicht gehört. »Die Wache hat geschworen, dass die Diebin sich anmaßte, eine Uniform des Officiums zu tragen und damit Verwirrung zu stiften, in der sie entkommen konnte. Trotz des Hutes, der das Gesicht beschattet hat, meinte er, Sie erkannt zu haben.« Er holte einen kleinen Block hervor. »Die Liste der gestohlenen Akten ist noch nicht vollständig, da durch den Umzug einiges durcheinandergeriet, aber ich erspare es mir, sie Ihnen vorzulesen. Sie wissen, was fehlt.« Er lächelte sie verwirrenderweise an, als fände er es witzig, was sie getan hatte.

»Es … ging nicht anders.«

»Aber, meine Liebe, natürlich ging es anders!« Brieuc lehnte sich unerwartet nach vorn und legte die rechte Hand auf ihre. »Warum haben Sie nicht mich gefragt?«, sagte er vorwurfsvoll. »Sie haben sich unnötig in Gefahr begeben. Ein Wort hätte genügt, und es wäre mir eine Freude gewesen, Ihnen zu helfen.«

Versucht er, mich reinzulegen? Silena stutzte. »Ich dachte, ich bin in Ihren Augen eine Verräterin.«

Brieuc hob die Arme. »Um Himmels willen! Sie haben die Seiten gewechselt, ja, und Prokop mag Sie deswegen hassen, Frau Zadornova, aber doch nicht *ich!* Keiner von uns Drachenheiligen tut das. Uns verbindet die Abstammung, die Besonderheit.« Er lächelte sie an, und dieses Mal sah es ehrlich aus.

Brieuc hatte es geschafft, sie durch seine Freundlichkeit und Offenheit völlig durcheinanderzubringen. War sie vorhin wütend und entschlossen gewesen, die Wahrheit über die Uhr aus ihm herauszuprügeln, bot sich ihr nun eine unerwartete Variante des Beistands. *Aber kläre zuerst die Sache mit seiner Uhr.* »Sie fragten mich nach meiner Rückkehr«, begann sie vorsichtig. »Wenn ich nun Nein sage, werden Sie dann gehen?«

»Nein, meine Liebe. Ich sollte die Frage nur im Namen von Prokop stellen und ihm die Antwort übermitteln.«

»Er weiß von unserem Treffen, weil Sie es ihm gesagt haben?«

»Ja. Das zumindest sah ich als meine Pflicht an, weil ich dachte, dass er Ihnen etwas Besonderes mitteilen möchte, um Sie zur Rückkehr in diesen bitteren Stunden zu bewegen. Leider wurde ich enttäuscht.« Er biss von dem Brezengebäck ab und spülte mit Kaffee nach. »Was wir beide bereden, wird er nicht erfahren. Erzählen Sie mir, wie ich Ihnen helfen kann, meine Liebe.«

Silena registrierte die Unverkrampftheit des Großmeisters, wobei sie sich selbst davor warnte, ihm zu viel zu verraten: Die Spitzel des Officiums hatten aus dem Verlust der Akten sicher bereits ihre Schlüsse gezogen und auf Anweisung Prokops etwas in die Wege geleitet. Sie würde Brieuc auf die Probe stellen, um herauszufinden, ob er die Wahrheit sprach und ob das Officium Grigorij in seiner Gewalt hatte. »Sie wollen mir helfen? Gut! Dann sagen Sie mir, was Sie in Oranienbaum zu suchen hatten!«

Die Ansatzlosigkeit ihres Themenwechsels überraschte den Großmeister. »Liegt das in Holland?«, fragte er nach leichtem Zögern.

»Russland. In der Nähe von Sankt Petersburg.«

Brieuc führte die Tasse erneut zum Mund, schlürfte. »Da Sie mich so dezidiert fragen, gibt es wohl einen Verdacht gegen mich. Was ist in Oranienbaum geschehen und …« Er schwieg zwei Sekunden. »Ist das nicht der Ort, an dem der Zeppelin Ihres Mannes runterging?« Er stellte die Tasse ab. »Bei den Heiligen! Was soll ich denn da gesucht haben?«

Wortlos langte sie in die Tasche und legte seine Uhr auf den Tisch, genau in die Mitte. *Was tust du jetzt, Großmeister?*

Brieuc legte den Kopf leicht schief. »Darf ich mal sehen?«

Sie deutete darauf. »Bitte sehr. Es ist Ihre.«

Er hob sie auf, drehte und wendete sie, öffnete den Deckel und strich über das Glas. »Ja, es ist meine«, stellte er verblüfft fest. »Abgesehen von meinem Wappen erkenne ich sie deutlich an dem Kratzer im Glas. Und auch an der Einkerbung auf dem Deckel.« Er steckte sie ein. »Sie haben sie in Oranienbaum gefunden? Vermutlich an der Absturzstelle, richtig? Sonst hätten Sie mir die Uhr nicht auf diese Weise übergeben.« Er wirkte weder ertappt noch beunruhigt, was für ihn sprach. »Sie wurde mir gestohlen, schon vor längerer Zeit, mitten auf der Straße. Ein sehr dreister Dieb.«

Silena musste sich einen spöttischen Kommentar verbeißen. *Keine gute Ausrede.*

»Wir haben den Dieb zwar geschnappt, aber er hatte sie schon weiterverkauft, wie er den Gendarmen sagte«, redete Brieuc weiter. »Ich dachte eigentlich, dass sie im Glaskasten eines kriminellen Sammlers von Officium-Devotionalien verschwindet.« Er sah ihr in die Augen. »Was ist Ihre Vermutung?«

»Ich hatte keine und wusste es mir nicht zu erklären.« Silena verschwieg ihm ihre anfänglichen Überlegungen, dass er in den Anschlag verwickelt sein könnte. Ihre Hoffnung aber, Grigorij aus den Fängen des Officiums zu befreien und nicht eines Tages seine Leiche am Strand sehen zu müssen, starb ein wenig mehr. Die Angst vor dem Verlust drohte übermächtig zu werden. »Brieuc«, sagte sie mit gesenkter Stimme. »Ich flehe Sie an, mir die Wahrheit zu sagen: Sie waren nicht dort, um meinen Mann zu fangen und mich damit zur Rückkehr ins Officium zu erpressen?«

Er starrte sie entgeistert an. »Frau Zadornova ... nein!«, brach es aus ihm heraus.

»Schwören Sie«, setzte sie nach, »schwören Sie, dass Prokop Ihnen niemals einen solchen oder ähnlichen Befehl gegeben hat!«

»Ich bekämpfe die Geschuppten und nicht die Familien einer einstigen Drachenheiligen, die ich für ihre Taten bewundere«, gab er eindringlich zurück. »Meine Hand soll mir abfaulen, wenn nur ein Wort davon gelogen ist! Und ich schwöre, dass keiner von uns einen solchen Auftrag bekam.« Er hielt ihrem Blick stand.

Dann gibt es keine Hoffnung mehr. Silena schluckte, stürzte ihren Tee hinunter und rang mit den Tränen. *Heule nicht! Nicht vor ihm.* »Sie fragten nach meiner Vermutung bezüglich der Uhr«, sagte sie heiser.

»Ja.«

»Jetzt würde ich sagen, dass der Dieb sie Ihnen im Auftrag der Attentäter stahl, um Sie damit zu belasten und uns gegeneinander auszuspielen.« Sie nahm ein Taschentuch hervor und schnäuzte sich. Silena merkte, dass ein Teil ihres Verstandes schon wieder einen neuen Hoffnungsschimmer suchte, um nicht an den Tod ihres Mannes glauben zu müssen.

»Die Drahtzieher wussten um das angespannte Verhältnis und hofften, dass Sie sich auf das Officium und mich konzentrierten, anstatt anderen Spuren zu folgen.« Brieuc hob die Tasse in die Höhe, um Marie zu zeigen, dass er noch mehr Kaffee wünschte. »Das ist perfide und genial zugleich. Diese Drachenanbeter sind schlauer, als ich ...« Er überlegte. »Oder haben Sie jemand anders in Verdacht?«

»Nein. Ich bin zu der gleichen Einsicht gelangt, Großmeister.« Sie lächelte Marie zu, die Brieuc nachschenkte und ihn dabei mit gleicher Nichtbeachtung strafte, soweit sie es sich als Kellnerin erlauben durfte.

»Sie haben die Luftschiffe vielleicht verwechselt und dachten, dass Sie an Bord sind«, spann er die Theorie weiter.

»Oder sie haben meinen Mann absichtlich getötet, um mich zu verletzen und eine Reaktion hervorzurufen, die ihnen in die Hände spielt.« Noch immer war ihre Kehle so eng wie ein Strohhalm. Das Schlucken gelang ihr kaum.

»Haben Sie deshalb die Akten über das ägyptische Museum gestohlen?«

Silena brauchte einen Moment, um zu verstehen, was er meinte. »Ja. Ich habe sie überprüft, aber es sind wirklich keine Drachenfreunde. Zu schade, dass die Abwehr des Officiums nichts Konkreteres über sie hat.«

Er sah sie eindringlich an. »Nochmals, Frau Zadornova: Ich stehe Ihnen jederzeit zur Verfügung, wenn Sie Hilfe benötigen. Ich bin nicht Prokop.« Er lächelte ihr zu und ergriff ihre Hände. »Verstehen Sie?«

Silena atmete tief durch und beschloss, sein Hilfsangebot anzunehmen. »Ich bin auf der Suche nach Y Ddraig Goch«, offenbarte sie. »Können Sie mir über unsere britische Niederlassung Hinweise auf ihren vermuteten Aufenthalt mitteilen? Ich werde heute noch nach London fliegen.«

Er lachte auf eine herzliche Weise, drückte ihre Finger und ließ sie los. »Da muss ich nicht einmal in London anrufen, meine Liebe. Es stand in einer englischen Zeitung, dass die Bewohner von Ruthin einen Drachenkampf verfolgt hätten. Einer beschrieb einen Geschuppten, den wir als das Exemplar identifizierten, das in Hamburg ausbrach und den chinesischen Zirkus abfackelte. Und unseren Ermittlungsbeauftragten, eine Handvoll Georgswächter und die Soldaten des Kaisers gleich mit.«

Silena ärgerte sich. *Dabei war ich doch erst in Hamburg. Wie konnte das an mir vorübergehen.* »Wann war das?«

»Vor drei Tagen. Wir haben erfahren, dass ein chinesischer Zirkus einen asiatischen Drachen eingeschmuggelt hatte, um ihn auszustellen. Angeblich sei sein Wille gebrochen worden. Die Untersuchung mündete in eine Katastrophe«, berichtete Brieuc. »Den Beschreibungen der Zeugen nach kommt nur er für die Sichtung in England infrage. Die Asiaten scheinen sich nach neuen Orten umzuschauen. Aber wir sind wachsam.«

»Wissen Sie, welcher Art sein Schuppenkleid war?«

»Golden, glaube ich.«

Auch das noch, dachte Silena. Dem Dossier nach gehörte der entkommene Drache damit zu den mächtigsten asiatischen Exemplaren.

Brieuc langte nach einem weiteren Brezenstück. »Was wollen Sie von der rotgeschuppten Bestie?«

»Mich auf die Lauer legen«, erwiderte sie. »Sie hat sich den Unmut der Queen zugezogen, die ein höheres Kopfgeld auf sie aussetzte. Havock und ich möchten sie zur Strecke bringen.«

»Die Queen oder Ddraig?«, warf er belustigt ein.

»Mir wäre es lieber, wenn wir die Geschuppte vernichten.« Sie berührte ihn am Arm und erhob sich. »Ich fliege nach England. Achten Sie gut auf die Drachen.«

Er hob die Tasse. »Es gibt ja kaum noch welche. Ich jage lieber Drachen*anbeter*. Viel Erfolg!« Brieucs Blick fiel aus dem Fenster. »Ach, diese Trottel von Handwerker! Sie werden die Stützen gleich einreißen, wenn sie so weitermachen.« Er sprang auf, nahm im Vorbeigehen seine Garderobe und lief hinaus, quer über den Platz.

Silena zog ihren Mantel an, beglich bei Marie die Rechnung für beide und ging zu ihrem Wagen.

Die Welt drehte sich ein bisschen, die Übelkeit kehrte zurück. Sosehr sie sich anstrengte, ihr wollte nichts einfallen, um weiter an Grigorijs Überleben glauben zu können. Jede noch so kleine Hoffnung zerstob.

Ich trage eine Halbwaise aus. Und die Mörder kenne ich immer noch nicht. Als sie sich auf die Rückbank setzte und das Automobil anfuhr, bekam sie einen Heulkrampf und wollte sich nicht mehr beruhigen lassen. Die Schmerzen der Seele mussten herausgespült werden.

4. Januar 1927, Amsterdam, Provinz Nord-Holland, Königreich Holland

Nie-Lung sah Amsterdam von hoch oben und wusste, dass er die Stadt nicht mochte. Für seinen Geschmack viel zu viel Wasser und kaum eine Möglichkeit, irgendwo unbemerkt zu landen. *Wieder muss ich auf die Nacht warten.*

Der Drache war gereizt. Zwei Tage war er mit Wu Li unterwegs gewesen, hatte den Chinesen wichtige Botengänge erledigen lassen und die Drachenfreunde mit neuen Instruktionen versorgt. Jetzt musste er seinem wichtigen Verbündeten eine Nachricht zukommen lassen. Abgesehen von dem Vorfall in Hamburg verlief ansonsten alles nach Plan. *Mein Herr wird stolz auf mich sein. Ich habe mich seiner würdig erwiesen.*

Er kreiste und suchte nach einem Ort, an dem er keine Häuser erkennen konnte.

Wu Li, sagte er zu seinem Diener, *wieder einmal benötige ich dich. Du wirst nach Amsterdam gehen, in die Herengracht 356. Sag, dass ich dich schicke, und nenne meinen Namen, vereinbare ein Treffen mit Florin außerhalb der Stadt. Sie ist mir zu belebt. Wenn du dem Kanal folgst, der unmittelbar an die Weide dort drüben grenzt, kommst du zu einem kleinen Hafen. Von da gelangst du nach Amsterdam.*

»Ja, Lǎozǐ.«

Nie-Lung senkte sich abseits der Stadt auf einer Wiese nieder. Eine Herde Schafe nahm blökend Reißaus vor dem Drachen. Der Mann sprang auf den weichen Boden, verneigte sich vor seinem Herrn und eilte auf den Kanal zu.

Ein guter Diener. Ich werde ihm ein eigenes kleines Grafentum verschaffen, sobald wir Europa eingenommen haben. Nie-Lung sah den Schafen hinterher und spürte seinen Hunger. Er hatte schon lange nichts mehr gegessen. *Bleibt stehen und lasst mich euch einmal zählen. Wenn ich dabei einschlafe, werdet ihr leben.* Er machte sich an die Verfolgung der Tiere.

Wu Li gelangte an den Hafen, und dort schlich er sich auf einen Frachtkahn, der nach Amsterdam schipperte. Durch die Heimlichkeit ersparte er sich Blicke und Fragen. Und während der Kapitän auf der kleinen Brücke stand und den Kahn steuerte, durchsuchte Wu Li die Kajüten und tauschte sein auffälliges Manegenkostüm gegen ein kurzes weißes Hemd, eine zu kurze schwarze Hose und eine knappe dunkelblaue Jacke; nur seine schwarze Kappe behielt er.

Bald erreichte der Kahn Amsterdam. Die Stadt beeindruckte Wu Li kaum. Für jemand, der in Shanghai, Hongkong und anderen asiatischen Großstädten zu Hause gewesen war, bevor er die

Mission angetreten hatte, war Amsterdam sehr beschaulich und verhältnismäßig klein.

Das barg den Vorteil, dass sich seine Suche nach der Herengracht als weniger kompliziert erwies als befürchtet. Vier Stunden nach seinem Aufbruch von der Weide eilte er mit schnellem Schritt die fragliche Gracht entlang, immer die Hausnummern im Blick.

Je näher er der Zahl kam, desto näher kam er auch an einen Menschenauflauf, der sich vor einer Polizeiabsperrung drängte. Er wurde langsamer und fluchte leise: Genau in dem Haus, wo sich seine Informanten befanden, schien sich ein Verbrechen abgespielt zu haben.

Nǐ nǎinai de! Das wird Lǎozǐ nicht gefallen. Er mischte sich unter die Leute, hörte zu und versuchte, aus dem Holländischen schlau zu werden. Da es glücklicherweise dem Deutschen ähnelte, reimte er sich zusammen, dass es einen brutalen Überfall auf die Bewohner gegeben haben musste, die er im Auftrag des Drachen hatte aufsuchen sollen. Und er staunte, als er vernahm, dass es sich dabei um vier alte, unbescholtene Schwestern namens Cornelissen handelte. Großmütter als Kontaktleute, das fand er ungewöhnlich.

Uniformierte trugen eine Bahre mit einem Toten die schmale Treppe hinab, ein anderer Toter wurde die engen Stufen der Bedienstetenwohnung hinaufgeschleift. Zimperlich war man im Umgang mit den Leichen nicht.

Wu Li hörte, dass bereits zwei hinausgebracht worden waren. Er sah die jungen Gesichter der Angreifer und die Schussverletzungen an ihren Körpern, die von Schrotladungen herrührten. *Sehr viele Männer, um alte Damen zu berauben.*

Wu Li beschloss, mehr über den Vorfall in Erfahrung zu bringen. Er machte einen der Polizisten hinter der Absperrung auf sich aufmerksam.

»Verzeihung«, sagte er auf Deutsch. »Verstehen Sie mich?« Der Mann nickte, auch wenn man ihm die Verwunderung ansah, dass ihn ein Chinese in dieser Sprache anredete. »Ich möchte zu den Schwestern Cornelissen.«

»Aus welchem Grund?«

»Eine Nachricht aus der Reinigung.«

»Das geht jetzt nicht. Es sind schreckliche Morde geschehen. Drei der alten Damen sind tot. Das Letzte, was die Überlebende braucht, ist eine Nachricht aus der Reinigung.« Der Polizist musterte ihn.

Tot? »Es ist aber wichtig, *tā mā!*«

Der Polizist machte eine scheuchende Bewegung. »Fall mir nicht auf die Nerven.«

Wu Li bat um Stift und Papier. »Bringen Sie der Frau Cornelissen bitte die Nachricht, damit sie weiß, dass ich hier war.« Er schrieb den Namen seines Herrn darauf. »Sagen Sie ihr, dass ich noch eine halbe Stunde warte und sonst morgen wiederkomme.«

Grummelnd nahm der Uniformierte das Blatt entgegen und ging ins Haus.

Wu Li glaubte nicht an einen Zufall. *Hat man herausgefunden, was Lǎozǐ plant? Wer steckt dahinter?*

Es dauerte nur wenige Minuten, und der Polizist erschien auf der Treppe, deutete auf ihn und winkte ihn zu sich. »Schwing deine gelben Beine.«

Für die unentwegten Unfreundlichkeiten hätte er den Polizisten gerne büßen lassen, aber er hielt sich zurück. Persönliche Gekränktheit spielte keine Rolle.

Er duckte sich unter der Absperrung hindurch, ging die Stufen hinauf und folgte dem Mann, der ihn in die Stube der Geschwister brachte. Dort saß eine ältere Dame in einem geblümten Kleid vor einer Kaffeekanne, eine Flasche Weinbrand stand neben ihrer Tasse. Sie wirkte klein und verloren auf dem Sofa. Drei weitere Gedecke verrieten, was vor dem Überfall geschehen war: eine harmlose Runde bei Kaffee und Kuchen.

Wu Li zog die Mütze von den kurzen schwarzen Haaren und trat näher. »Mein Beileid«, sagte er. »Ich weiß, dass es Ihnen schwer …«

»Wir haben alle russischen Bastarde erledigt«, sagte sie grimmig lächelnd und leerte die Tasse in einem Zug. Er hatte gesehen, dass Alkohol darin geschwommen war. Die Dame war bereits angetrunken, der Schock kam noch hinzu. »Wir haben unseren Keller verteidigt, Wu Li. Mit Schrotflinten haben wir sie kaltgemacht und verjagt.« Sie kicherte und schenkte sich nach. »Sie auch?«

»Nein, danke, Frau Cornelissen.« Er setzte sich ihr gegenüber. »Was ist geschehen?«

Sie lachte. »Ach, nicht weiter wichtig. Es betrifft Nie-Lung nicht. Nur unseren Meister.« Sie zwinkerte umständlich. »Sie wollen Florin treffen.«

»Ja.« Er sah zur Tür, an der eben eine Bahre mit einer jungen Frau darauf vorbeigetragen wurde. Jemand breitete ein Tuch über sie, dann war sie verschwunden. »Unter diesen Umständen würde ich es normalerweise nicht verlangen, aber der Lǎozǐ hat es mir aufgetragen. Es gab bereits Ärger in Hamburg, und wir wollen kein Wagnis mehr eingehen. Er muss unbedingt mit Florin sprechen, Frau Cornelissen.«

»Jetzt geht das nicht«, schnarrte sie und trank wieder von dem Weinbrand. »Er jagt gerade einen von ihnen durch die Grachten.«

»Es soll nicht bei helllichtem Tage geschehen. Heute Nacht. Außerhalb von Amsterdam, damit der Lǎozǐ nicht landen muss und entdeckt wird.«

»Aha.« Sie leerte die zweite Tasse. »Das kann ich machen. Sobald die Polizisten weg sind«, verkündete Cornelissen mit schwerer Zunge, »trete ich mit ihm in Kontakt und lasse es ihn wissen.«

Bis dahin bist du voll wie ein Reissack, meine faltige Lotusblüte. Wu Li lächelte nicht mehr. »Gibt es eine andere Möglichkeit? Einen Ort, wo ich ihn finde, um es ihm selbst zu sagen?«

Die alte Dame sah ihn an und brach in schallendes Gelächter aus. »Sie? Denken Sie, ich verrate Ihnen die Orte meines Meisters?«

Das wirst du. Wu Li benötigte keine Seifenblasen, um Menschen mit Illusionen zu beeindrucken. Die Schwierigkeit bestand für ihn darin, dass es nicht jeder sehen sollte, was in einem Haus voller Polizisten nicht gerade die einfachste Übung war. Er sah ein Bild der Schwestern auf der Anrichte stehen und griff auf seine Kräfte zurück. Normalerweise verstärkte der Lǎozǐ die Macht der Bilder durch seine eigene Magie, doch eine Person anstatt eines Zeltes voller Menschen bekam Wu Li noch hin.

Vor Cornelissens Augen wurde er zu einer ihrer Schwestern. »Sage mir, wo ich Florin am schnellsten finde!«

»Mareike?« Sie glotzte und griff sich die Flasche. »Aber du bist …«

»Sag mir, wo ich den Drachen finde«, zischte Wu Li und stand auf, um sich neben die Tür zu stellen, damit ihn niemand vom Flur aus sah. »Rasch! Ich muss ihn um etwas bitten.«

»Hast du es denn vergessen?«

»Ja. Mach schon!« *Ist das zu glauben?* Er hörte, dass sich viele Schritte näherten.

»Im Hafen, in der alten Lagerhalle, zum Beispiel. Die wegen Einsturzgefahr geschlossen ist.« Sie sah ihre scheinbare Schwester verwirrt an. »Du hattest doch ein Loch in der Stirn. Wo ist es hin?«

»Verheilt.« Wu Li hatte nicht die Muße, sich mit Feinheiten und Taktgefühl aufzuhalten. »Wer waren noch gleich die Leute, die uns umbringen wollten?«

»Ich weiß es nicht. Vlad kam herein und hatte etwas, was er dem Herrn geben wollte, dann klingelte es, und diese impertinenten Kosakenrussen drängelten sich herein.« Cornelissen trank den Weinbrand aus der Flasche. »Ich habe dich doch tot gesehen, Mareike«, lallte sie und schwankte. Dann sah sie auf den Weinbrand. »Gespenster«, flüsterte sie ängstlich. »Eben war der Chinese noch da.«

Russen. Spione des Zaren unter Umständen. Aber sie sagte, es habe nichts mit dem Plan zu tun. Wu Li ließ gedankenlos seine magische Maskerade fallen. *Es wäre besser gewesen, mehr über den Hintergrund des Überfalls zu erfahren. Lǎozǐ würde es gefallen.*

Die Frau verschluckte sich an dem Weinbrand, schrie gellend auf und brüllte etwas auf Holländisch.

»Nein, nicht! Ich bin es, der Chinese!«, versuchte er ergebnislos, Cornelissen zu beschwichtigen.

Der Polizist erschien in der Tür. »Was hast du getan, Wäschemann?« Er zog seinen Knüppel.

»Nichts, mein Herr«, rief er, hob die Arme und mimte den Unschuldigen.

Vor dem Haus fielen mehrere Schüsse. Die Menge der Schaulustigen rief durcheinander, dann setzte das Getrappel von vielen Schuhen ein. Die Menschen flohen, während weitere Schüsse erklangen.

Wu Li und der Polizist liefen gemeinsam durch den Flur, um aus den vorderen Fenstern schauen zu können.

Sie sahen, dass eine Bahre am Boden lag. Die junge Frau, die kurz zuvor an dem Zimmer vorbeigetragen worden war, kauerte halb hinter einem Baum und feuerte auf den letzten Polizisten, der sich eben an die Schulter griff und stürzte; drei Uniformierte lagen bereits auf dem Pflaster und regten sich nicht.

Der Polizist zog seine Pistole und zielte durch das Fenster.

Aber die junge Frau schien die Bewegung gesehen zu haben. Schnell wirbelte sie herum und sandte zwei Kugeln auf die Reise.

Wu Li tauchte hastig ab, der Mann neben ihm war zu langsam. Zuerst fiel seine Pistole vor dem Chinesen auf den dicken Teppich, gleich darauf krachte er nieder.

Wu Li nahm die Waffe, kroch zum Seitenfenster, öffnete es und sprang hinaus. *Du darfst mir nicht entkommen.* Er landete geschickt, ohne sich zu verletzen, und sah sich nach ihr um. *Ich muss wissen, wer du bist und was du wolltest.*

Die junge Frau sprang kraftvoll vom Rand der Gracht auf einen vorbeifahrenden Kahn und lief bis zu dessen Spitze, hüpfte von da auf ein schnelleres kleines Motorboot und richtete die Pistole auf den Kopf des Steuermanns.

Wu Li rannte auf der Gracht entlang, doch er verlor bald den Anschluss. Den nächstbesten Holländer, der ihn auf seinem Rad überholen wollte, riss er vom Sattel und schwang sich selbst darauf. Jetzt vermochte er das Tempo zu halten.

Die Frau ließ das Boot in einen Seitenkanal abbiegen, in dem es keine Wege rechts und links gab.

Wu Li musste improvisieren.

Es entspann sich eine Verfolgungsfahrt zwischen Velo und Boot, wobei der Illusionist darauf achtete, nicht von der Unbekannten bemerkt zu werden. Es waren glücklicherweise so viele Radler unterwegs, dass er nicht weiter auffiel. Es kostete ihn jedoch große Mühe, Zusammenstöße zu vermeiden, da er sich nicht mit Verkehrsregeln aufhielt, sondern rücksichtslos an dem Boot blieb und manchen Umweg in Kauf nehmen musste.

In den Beinen verbreitete sich ein Brennen, Körperertüchtigung war er nicht gewohnt. Aufgeben kam jedoch nicht infrage.

Das Boot wurde langsamer, die Frau steckte ihre Pistole weg, sprang ans Ufer und lief weiter.

Endlich. Wu Li wischte sich den Schweiß von der Stirn und radelte gemächlich hinter ihr her. Er beobachtete, dass sie in Richtung Bahnhof eilte, als wüsste sie, was als Nächstes zu tun sei.

Im Bahnhof angelangt, verfolgte er sie durch die Halle zum Fahrkartenschalter; das Rad schob er dabei. Er stellte sich in die Schlange, in der auch sie stand, und als er an der Reihe war, verlangte er die gleiche Fahrkarte wie sie.

Der Beamte schaute ihn verwundert an, sagte aber nichts und löste ihm eine Karte für den Expresszug nach London am nächsten Morgen.

»Sind Sie sicher?«, erkundigte sich Wu Li mit dem klassischen chinesischen Unverbindlichkeitslächeln, bei dem er ebenso gut töten, foltern oder sich bedanken konnte, und musste sich sehr nach vorne beugen. »Wollte sie nicht in den Osten?«

»Ich bin sicher. Gefragt hat sie nach einem Zug nach York, aber wir haben nur den Zug, der von hier mit der Fähre nach London geht. Dort, habe ich ihr gesagt, muss sie umsteigen.«

»Danke«, sagte Wu Li und ging, bevor er Rückfragen beantworten musste. Als er sich umdrehte, war die Russin verschwunden. *Nǐ yéye de!*

Aber er wusste, wo er sie morgen früh finden würde. Wenn der Lǎozǐ keine bessere Aufgabe für ihn hatte, würde er ihn um Erlaubnis bitten, sie verfolgen zu dürfen.

Wu Li fuhr in den Hafen und fragte sich von Pier zu Pier nach dem alten Lagerhaus durch, das wegen Einsturzgefahr geschlossen war. Anfangs wusste ihm keiner zu helfen, doch am frühen Abend hatte er endlich eine Halle gefunden, der man ansah, dass sie bald in sich zusammenbrechen würde. Der Gedanke, da hineinzumüssen, bereitete ihm keine große Freude.

Er stellte das Rad ab und umrundete sie einmal, so weit es ging. Die Ostseite mündete ins Wasser, alle Fenster waren vernagelt, über dem Eingang hing das Schild mit der Aufschrift *Ostindische Handelskompanie.* Nachdem er sich vergewissert hatte, dass ihn niemand beobachtete, riss er zwei Latten vor einem der Fenster ab und zwängte sich durch die Lücke ins Innere.

Es war kalt, die Luft roch alt und verbraucht. Das wenige Licht, das von draußen hereinfiel, zeigte ihm eine große, leere Halle; Haken und Ketten hingen von der Decke, und das Wasser plätscherte leise.

Ich hoffe, Florin kommt bald. Aber warum sollte er an einem solchen Ort erscheinen? Wu Li streifte vorsichtig umher und fand außer zerschlagenen Kisten, einem Brecheisen und einem Fass mit ranziger Butter eine zerkratzte Flöte neben dem Wasserbecken. *Seltsam.*

Ihm kam ein Gedanke. *Sollte es kein Zufall sein, dass die Flöte hier liegt?* Wu Li nahm sie und spielte ein paar Töne, um ein Gefühl für das Instrument zu bekommen, dann spielte er eine kleine Melodie und lauschte.

Der Drache ließ sich nicht blicken.

Mein Einfall war doch nicht so gut wie … Sein Blick richtete sich auf die hereinschwappenden Wellen. Er hatte von Walgesängen gehört, die man unter Wasser auf Meilen hinweg vernahm. *Vielleicht auf diese Weise!* Er hielt die Flöte mit gespitzten Lippen unter Wasser und blies hinein.

Er wiederholte es, variierte die Töne und setzte sich an den Beckenrand, um zu warten, was sich tat. Gelegentlich sah er auf seine Uhr.

Eine Stunde verging, und Wu Li wiederholte das Gepfeife – da wurde ihm das Instrument aus den Händen gerissen!

Ein Schatten prallte gegen ihn und schleuderte ihn meterweit durch die Halle. Er landete auf dem Boden und rutschte bis zum Eingang, hustete und ächzte vor Schmerzen. Sein Rücken fühlte sich gar nicht gut an.

Aus dem Bassin kroch ein schlangenhafter Drache, von dem er nur die Umrisse und die leuchtend gelben Augen sah. Er war nicht länger als drei ausgewachsene Männer und nicht dicker als zwei Meter im Durchmesser, aber seine Bewegungen waren extrem schnell und gewunden, was Wu Li an seinen Herrn denken ließ; hell und angriffslustig fauchend kam er auf ihn zu.

»Halt! Nein, wartet, mächtiger Florin! Tut mir nichts!« Er sah die Kreatur vor sich und glaubte, seine letzte Stunde sei gekommen. Wassertropfen trafen ihn. »Tut mir nichts, bitte! Nie-Lung schickt mich!«, rief er rasch und reckte die Arme. Die Furcht brachte sein

Herz zum Pochen. »Florin, hört Ihr? Nie-Lung sendet mich. Er ist in Amsterdam und möchte mit Euch sprechen!«

Der Drachenkopf, der ihn an den einer Muräne erinnerte, ruckte nach unten, und die Spitze eines Horns schwebte vor Wu Lis Nase. *Du spielst schrecklich, Chinese.*

»Ich … kannte Eure Vorlieben nicht, anbetungswürdiger Florin.«

Es war das tiefe E gewesen, auf das ich normalerweise höre. Du hast mich fast wahnsinnig mit dem Gedudel gemacht. Florin schnaufte, und Wasser schoss aus den vier Nasenlöchern in Wu Lis Gesicht. *Wer hat dir diesen Ort verraten?*

»Eine von den Cornelissen-Schwestern. Die Überlebende des Überfalls.« Er berichtete dem Drachen von seinem Abenteuer in der Herengracht und der Verfolgung der Russin.

Ich weiß. Ich war dort und habe versucht zu verhindern, dass ihnen etwas geschieht. Florin wand seinen Leib mehrmals locker um den Mann. Die Schuppen waren leuchtend blau. *Warum soll ich dir trauen?*

»Wie könnte ich es wagen, einen Drachen zu belügen?«

Das soll ein guter Grund sein, dir zu glauben? Die Schlingen zogen sich zu und pressten die Luft aus Wu Lis Lunge. *Dass Nie-Lung nach Amsterdam kommt, ist sehr töricht, nachdem er in Hamburg ein solches Feuerwerk veranstaltet hat. Jedes Kind in Europa hat von ihm gehört, und die Drachenjäger brennen darauf, ihn zu fangen. Eine solche Gelegenheit bekommt man nicht alle Tage.*

»Es ging nicht anders, anbetungswürdiger Florin.« Wu Li fühlte sich in der drückenden, nassen Umarmung unwohl. Der Stoff sog sich voll, er konnte nur noch kurz atmen. »Der Lǎozǐ bittet Euch um ein Treffen außerhalb der Stadt, um Euch zu instruieren.«

Gut. Da gibt es eine blaue Windmühle, etwa drei Meilen nördlich von Amsterdams Toren. Dorthin komme ich um Mitternacht. Florin ließ von ihm ab und kroch zum Wasser. *Ich werde wachsam und auf alles vorbereitet sein.* Gluckernd versank er.

Mitternacht. Wu Li bewegte Arme und Beine, die Gelenke schmerzten durch die Umarmung leicht. Er schaute auf die Uhr. *Jetzt brauche ich ein sehr schnelles Automobil, um rechtzeitig bei dem Lǎozǐ zu sein.*

Nie-Lung erreichte die blaue Mühle kurz nach Mitternacht.

Wu Li hatte seinen Auftrag erfüllt, ihn über alles in Kenntnis gesetzt, doch in der Nacht eine blaue Mühle zu finden, war nicht einfach. Sein Diener hatte ihm die Richtung angegeben, zwei Gebäude hatten sich bereits als die falschen erwiesen.

Der Drache landete und sah Florin im selben Moment aus dem Kanal steigen, dessen Wasser das Mühlrad zum Laufen brachte. Rauschend schob die Strömung das Rad an, sodass es sich rumpelnd drehte. Schaum hatte sich durch das unentwegte Wirbeln auf dem Wasser gebildet und trieb kanalabwärts. Stampfende Geräusch drangen aus der Mühle und übertönten das Klappern und das Rauschen. Die Müller arbeiteten zu später Stunde, was auch immer sie mahlten.

»Ich grüße Euch, Florin.«

»Und ich Euch, edler Nie-Lung.« Beide verzichteten auf eine Verbeugung. »Ihr seid derzeit bekannter als jedes andere Wesen in Europa. Es ist ein Wagnis, sich mit Euch zu treffen, anstatt wie sonst Nachrichten auszutauschen.«

»Es ist besser so. Eure besten und ältesten Dienerinnen wurden ausgeschaltet«, gab Nie-Lung zurück, der es nicht einsah, sich Vorwürfe machen zu lassen. »Wisst Ihr, wem Ihr das zu verdanken habt?«

»Nein. Doch ich erforsche es. Es wird nicht lange ein Geheimnis bleiben. Amsterdams Augen und Ohren gehören mir. Das Wasser fließt überall und schwemmt Neuigkeiten und Informationen zu mir.« Florin züngelte. »Wir sind allein. Also sagt, was Ihr mir bestellen sollt.«

Wie unfreundlich du bist. Für jemand, der in Abwasser schwimmt, solltest du weniger eingebildet daherkommen. »Mein Herr hat mir befohlen, Euch wissen zu lassen, dass er von Euch Taten erwartet, nachdem er Euch in den letzten Jahrzehnten die vielen Zuwendungen erteilt hat: Geld, Waren jeglicher Art und Opium. Eine Gegenleistung ist fällig, die sich in den Plan einfügt.«

Florins Augen funkelten erwartungsvoll. »Mit größtem Vergnügen!«

»Das hoffe ich doch. Vernichtet den Franzosen!«

Das Leuchten erlosch. »Ihr meint den Altvorderen?« Florin

lachte ihn aus. »Wenn Euer Herr meinen Tod verlangt, kann er es ruhig aussprechen und muss mich nicht gegen einen Feind senden, gegen den ich nicht bestehen kann.«

Du klingst nach Feigling, blauer Drache. »Ihr macht Eure Flamme kälter, als sie ist. Kokettiert nicht.« Nie-Lung ließ es wie eine Beschimpfung klingen. Eine Ablehnung des Auftrags nahm er nicht hin.

»Ich kokettiere sicherlich nicht, Nie-Lung!« Florin öffnete das schmale Fischmaul und sog Luft ein. »Ich bin nicht von besonders starkem Wuchs und dem Altvorderen um mindestens zweihundert Jahre hinterher. Er ist ein hinterhältiger Kämpfer. Die Abmachung mit Eurem Herrn besagte, dass wir ihn zusammen angreifen. Nicht ich allein!«

Dann werde ich dem Feigling etwas Mut geben. »Beruhigt Euch, werter Florin«, sprach Nie-Lung. »Ihr habt mich missverstanden. Mein Herr verlangt nicht, dass Ihr *jetzt* auszieht, sondern den Franzosen dann tötet, wenn sich eine Gelegenheit bietet. Er wird bald bei Euch auftauchen, und dann … lasst Euch etwas einfallen. Was Euch an Kraft fehlt, macht Ihr mit Hinterlist wett, das weiß ich. In Euch wird Vouivre seinen Meister finden. Wie Ihr es anstellt, ist meinem Herrn gleich.«

Florins abgeflachtes Schweifende streifte durch das Gras. »Ihr hattet versucht, Ddraig zu töten, was Euch nicht gelang. Es kann nicht sein, dass ich Eure Scharte auswetzen soll, indem ich Euch davor bewahre, Vouivre noch länger hinhalten zu müssen.«

Du kleines blaues Nichts! Ich stehe weit über dir und zerfetze so etwas wie dich mit Leichtigkeit! Nie-Lung zischte ungehalten. »Die Weisungen stammen von meinem Herrn!«

»Und sie passen *wie* in den Plan?«, fragte Florin mit Unschuldsstimme. »Erklärt es mir, damit sich die Genialität Eures Herrn auch mir erschließt. Die Weisheit des Ostens ist für einen einfachen Wasserdrachen nicht leicht zu verstehen.«

Das könnte an deinem kleinen Verstand liegen. Nie-Lung bedauerte es sehr, dass er auf solche Verbündete angewiesen war. Dennoch benötigte sein Herr ihn, deswegen erklärte er einen Teil des Vorhabens. »Sobald Vouivre tot ist, werdet Ihr mit der Unterstützung meines Herrn und seiner Streiter all dessen Posten übernehmen. Das deutsche Kaiserreich wird dank der zweiten Stufe in seinem Gefüge geschwächt sein, und Ihr wiederum könnt es Euch einverleiben und die Lücken in Eurem Herrschaftsgebiet schließen«, sagte Nie-Lung. »Ist Europa unter Eurer und unserer Kontrolle, schalten wir Ddraig aus und nehmen uns Skandinavien. Ganz ohne Aufsehen.« *Selbst du hast es nun verstanden, hoffe ich.*

Florin lachte. »Solange Ihr dabei nicht zum Einsatz kommt, habe ich keine Bedenken. Man sieht Euch in Hamburg, in England, vermutlich hat Euch ein Flieger oder Zeppelin auch schon über Amsterdam gesichtet, Nie-Lung.« Der Tonfall wurde wieder schärfer. »Tut Eurem Herrn und mir den Gefallen und verschwindet aus Europa. Ihr bringt den Plan in Gefahr.«

Nie-Lung hätte dem Wasserdrachen am liebsten die Krallen in den dünnen Leib geschlagen, ihn in die Höhe getragen und dann fallen lassen. *Fèiwù!* »Das werde ich auch«, antwortete er herablassend und so beleidigend wie möglich.

»Und ich werde mir ausdenken, wie ich den Einäugigen vernichte.« Florin wandte sich zum Kanal. »Richtet Eurem Herrn meine besten Grüße aus. Ich werde ihm gern Amsterdam zeigen.« Er glitt ins Wasser und verschwand.

Du wirst dich wundern, was er dir zeigen wird. Nie-Lung schlug mit den Schwingen und stieg in den dunklen Himmel auf. Dieses Mal führte ihn sein Kurs nach Deutschland. Die nächste Phase des Vorhabens musste in die Wege geleitet werden.

Florin schwamm zurück nach Amsterdam.

Dieser Nie-Lung ist ein Narr. Er ärgerte sich, von dem Drachen wie ein Handlanger behandelt worden zu sein. *Ich wünsche mir, dass er einer Einheit von Drachenjägern in die Hände fällt. Ich brauche das Geweih nicht mehr.*

Sein Plan war: Vouivre sollte zum Schein als Verbündeter von Nie-Lung gewonnen werden. Nachdem der Asiate mit dem Anschlag auf Ddraig versagt hatte, herrschte bei ihm die Angst, dass der Franzose sich nicht an den Pakt gebunden fühlte und seine Aufmerksamkeit mehr auf sein eigenes Reich richtete anstatt auf die mögliche Expansion und die Kämpfe mit der Drachin.

Florin glitt durch eine Schleuse und trieb auf Amsterdam zu. *Ich habe einhundert Jahre benötigt, um Vouivre davon zu überzeugen, dass ich nichts weiter als sein kleiner Statthalter in Holland bin. Es wäre schlecht, wenn er erkennen würde, wie weit meine Bestrebungen gediehen sind. Und das nur wegen Nie-Lung, diesem golden leuchtenden Porzellanpüppchen*!

Dazu kam noch das Debakel um das Artefakt. Schon der Gedanke daran machte ihn zornig.

Zwar hatte Vlad ihm nicht den Weltenstein gebracht, doch diese kleinere Version, die aus einem menschlichen Schädel stammen musste, besaß ebenfalls beachtliches Potenzial. *Damit wäre es möglich gewesen, Vouivre zu schlagen.*

Und da tauchten diese Russen auf und stahlen es ihm vor seiner Nase. Buchstäblich! Um die drei Cornelissens tat es ihm leid. Sie hatten ihn angebetet, seit sie elf Jahre alt gewesen waren.

Die Frau, die er als Snickelway erkannt hatte und mit der etwas nicht stimmte, war ihm in letzter Sekunde entkommen. Doch seine Leute überwachten die gesamte Stadt. *Ich kriege mein Artefakt.* Florin rätselte, was aus De Bercy geworden war. Auch das hätte er Snickelway gerne gefragt. Und was sie mit den Russen zu schaffen hatte.

Morgen erwische ich sie. Als er in die Stadt einschwamm, hegte er bereits wieder Zuversicht für all seine Vorhaben.

XIII.

5. Januar 1927, Amsterdam, Provinz Nord-Holland, Königreich Holland

Ealwhina fühlte, wie sich das kalte Metall an ihrer Haut erwärmte. Sie bewegte sich nicht, sondern sah Sigorskaja verschlafen in die Augen. »Ich habe das Artefakt nicht. Ich habe es in der Herengracht verloren.« Sie wusste im gleichen Moment, dass die Russin ihr nicht glauben würde.

Die Menschen rechts und links von ihnen waren stumm und verharrten reglos an ihren Plätzen. Niemand wollte die lange Klinge selbst zu spüren zu bekommen.

»Das ist Unsinn. Ich hatte Sie vorhin kurz gesehen, ehe Sie in den Zug stiegen«, herrschte Sigorskaja sie an. »Ich konnte deutlich erkennen, dass Sie es noch bei sich trugen. Wo haben Sie es versteckt?«

»Aus dem Fenster geworfen.«

Die Schneide fuhr leicht ins Fleisch, und Ealwhina sog zischend Luft durch die Zähne ein.

»Hören Sie mit dem Theater auf. Ich kann Sie abstechen und selbst suchen. Ich möchte es Ihnen einfacher machen.«

»Es *Ihnen* einfacher machen und mich *danach* abstechen.« Ealwhina überschlug hektisch ihre verschiedenen Möglichkeiten. Sie fühlte sich nicht mehr ganz so elend wie vorhin. Der leichte Schlummer hatte ihr etwas Kraft zurückgegeben, aber mit einem Dolch am Hals gab es für eine Ablenkung mit anschließender Flucht nur einen einzigen Versuch. Wohin konnte man zudem in einem fahrenden Zug flüchten? Weiter als bis zur Lokspitze ging es nicht. *Bleibt der Sprung aus dem Fenster vom Waggon aus.*

»Ich werde Ihnen nichts tun, wenn ich das Artefakt habe, das dem russischen Zaren gehört«, betonte Sigorskaja. »Bei ihm ist es besser aufgehoben als bei Ihnen. Sie könnten alles Mögliche damit anstellen.«

Ealwhina sah an ihr vorbei zu dem Lampenhalter; sie hatte einen sehr großen Mann in zu kleiner Kleidung bemerkt, der mit dem Rücken zu ihnen stehen geblieben war. Er sah in den Lampenhalter und streckte die Hand durch die Öffnung. »He!«, rief sie aufgebracht. »He, lassen Sie das!«

»Ruhe!«, fuhr sie Sigorskaja an.

Der Mann – ein Chinese, wie Ealwhina bemerkte – drehte sich um und grinste sie an. Dann hielt er die Kugel zwischen Daumen und Zeigefinger in die Höhe, ließ sie in die andere Hand fallen und öffnete die Durchgangstür des Abteils.

»Er stiehlt das Artefakt!«, rief sie entsetzt und trat der Russin ansatzlos mit beiden Füßen gegen den Unterleib. Die Frau wurde nach hinten geschleudert und prallte mit dem Oberkörper hart gegen die Bank. Ealwhina sprang in die Höhe und hetzte dem Mann hinterher.

Ein Schlag und ein heißer Schmerz fuhren ihr in den Rücken, sie hing plötzlich an etwas fest und riss sich mit einer Schulterdrehung los. Die Qualen steigerten sich und brachten sie zum Aufschreien, warme Flüssigkeit lief ihr am Rückgrat entlang. Aber sie lief weiter und sah den Chinesen durch das kleine Fenster in der Tür winken. Sie kannte das Gesicht nicht.

»Halt!«, schrie sie.

Jetzt wurde es laut im Abteil. Die Männer und Frauen riefen durcheinander und wichen vor ihr zurück, sie sah Sigorskajas Schatten über sich fallen und versuchte, sich vor der nächsten Attacke wegzuducken.

Doch die Russin beschränkte sich darauf, sie zur Seite zu stoßen.

Kopfüber flog Ealwhina zwischen die Mitreisenden, die sie halb auffingen, halb von sich stießen; einige von ihnen hatten daraufhin blutige Finger. Entsetzensschreie hallten durch das Abteil.

»Danke«, keuchte sie den unfreiwilligen Helfern zu und heftete sich an die Hacken der Frau, die mehr und mehr Abstand gewann und eine Pistole zog.

Es ging durch den nächsten Wagen der zweiten Klasse. Die Passagiere sahen die Waffe und sanken unter die Bänke, so gut es ging, oder suchten hinter sperrigen Gepäckstücken Deckung.

»Stoi!« Sigorskaja schoss auf den Chinesen und traf ihn in der rechten Schulter. Sein Blut spritzte gegen die nächste Durchgangstür.

Er wandte sich um, hob den linken Arm und formte mit der Hand eine Pistole. Zeige- und Mittelfinger richteten sich auf die Russin, dann drückte er mit dem Daumen ab.

Laut krachte der erste Schuss!

Ealwhina hielt es zuerst für Einbildung. Drei weitere Detonationen folgten. Sigorskaja griff sich an den Hals, den Kopf und die Brust, ihre Beine knickten ein, und sie fiel röchelnd auf den Gang.

Der Chinese zielte mit den Fingern nun auf sie. »Verschwinden Sie!«

»Sie haben mein Artefakt gestohlen!« Sie war unsicher, was sie erwartete. *Es kann nur ein Trick sein. Eine Handprothese mit einer Waffe darin?*

»Nachdem Sie es gestohlen hatten.« Der Chinese machte einen Schritt rückwärts durch die Verbindungstür. »Sie haben kein Recht, sich zu beschweren.« Mit dem Fuß schob er eine Bodenabdeckung nach oben, das Rattern der Räder schwoll an. Er bückte sich und machte sich in dem Hohlraum zu schaffen.

Ealwhina befürchtete, dass er die Wagen abkuppeln wollte. »Nein!« Sie machte zwei Schritte vorwärts, und der Chinese klappte den Daumen nach vorne.

Es krachte erneut, aber der Einschlag blieb aus.

Der Mann ließ sich rückwärts fallen, schloss die Tür.

Ealwhina eilte zum Durchgang, rüttelte am Griff. *Blockiert.* Sie sah nach Sigorskaja, die sich stöhnend krümmte und an sich herumtastete. Die Wirkung der unsichtbaren Kugel ließ nach. *Dann muss es anders gehen.* Sie rannte an ihr vorbei, öffnete ein Fenster und schwang sich ins Freie.

Der Wind zerrte an ihrem Kleid, sie musste sich mit aller Kraft an dem Rahmen festklammern und zog sich hinauf auf das Dach. Dort rutschte sie auf allen vieren vorwärts. *So etwas wollte ich niemals machen.*

Geschickt glich sie die Schwankungen des Zuges aus und glitt über das verbeulte, korrodierte Blech bis zur Kante. Wagemutig erhob sie sich und sprang auf den Waggon vor ihr. Dort sicher gelandet, schloss sie die Augen und streckte die Handflächen aus, um die Abstrahlung des Artefakts zu spüren: Es befand sich vor ihr, bereits auf dem Weg in die erste Klasse. *Der Chinese weiß offenbar, was er tut.*

Gedämpft fielen von unten Schüsse. Ealwhina schätzte, dass Sigorskaja die blockierte Tür gewaltsam geöffnet hatte. Sie hob die Lider und kroch auf dem Dach weiter, immer der Abstrahlung folgend.

Um sie herum flog das morgendliche Holland vorbei. Sie sah weniger Windmühlen als erwartet, viel flaches Land und immer wieder Kanäle, Kanäle und nochmals Kanäle.

Vor ihnen tauchte ein breiter Flussarm auf, der sich in ein Delta verwandelte. Die Schienen wurden auf einen halb fertigen Damm und von da auf eine provisorische Holzbrücke geführt, die mehrere Hundert Meter lang war. Die oberen Balken, die als Stütze und zum Zusammenhalt dienten, waren sehr niedrig.

Ich muss runter, sonst fegen sie mich davon! Ealwhina stand auf, rannte nach vorn und sprang auf den Tender. Leise pfeifend schoss die erste Strebe über ihren Kopf weg.

Die Kleidung und Hände schwarz gefärbt von der Kohle, rutschte sie zum ersten Wagen und öffnete die Tür.

Der Chinese stand in der Mitte des Abteils. In nächsten Moment tauchte Sigorskaja auf der gegenüberliegenden Seite des Wagens auf. Er sah zu Ealwhina, dann zur Russin und reckte die Hand mit dem Artefakt. »Ich werde es vernichten, wenn mich einer von Ihnen angreift«, drohte er.

»Dazu hast du nicht die Macht, Schlitzauge!« Sigorskaja hob die Waffe.

Ealwhina sah die Situation in eine gewaltige Katastrophe münden. »Nein! Sigors…«

»Verschwinden Sie, Snickelway.« Die Russin feuerte.

Der Chinese wich dem Projektil mit einer blitzschnellen Bewegung aus, sodass die Kugel dicht neben Ealwhina durch die Tür fuhr. Bevor er auf die Attacke reagieren konnte, gellte das warnende, schrille Pfeifen der Lok.

Was hat das zu bedeuten? Die folgende harte Bremsung warf Ealwhina gegen die Tür; der Aufprall trieb ihr die Luft aus den Lungen. Besteck klapperte, Gläser zerschellten auf dem Boden, und furchterfüllte Rufe erklangen. Die Russin und der Chinese wurden von den Beinen gerissen und verknäulten sich ineinander. Sofort entbrannte ein Schlagabtausch zwischen ihnen, bei dem Sigorskaja mehrmals abdrückte. Kein einziges Geschoss traf sein Ziel, das Magazin war leer. So drosch sie dem Mann den Griff der Pistole hart gegen die Nase. Er stöhnte, verlor seine Kraft.

»Hab ich sie!« Sigorskaja schnappte sich die Kugel. »Jetzt kann sie …«

Es knirschte laut, schließlich krachte es. Der Waggon senkte sich nach vorn und ging in eine Fallbewegung über, dabei drehte er sich um die eigene Achse.

Die Brücke stürzt zusammen! Ealwhina sah Sigorskaja auf sich zustolpern und hob ein Messer vom Boden auf.

Der Wagen hatte eine solche Schräglage erreicht, dass Menschen und Gegenstände nach rechts rutschten. Ealwhina hielt sich am Türrahmen fest, Sigorskaja fiel gegen einen Tisch und klammerte sich daran; die Schreie wurden noch lauter.

Der Waggon legte sich noch weiter auf die Seite, dann folgte der Einschlag. Die Fenster zerbrachen, und Wasser und Schlick schossen in grauen Fontänen ins Abteil.

Ealwhina schwamm inmitten der zähen Brühe, die sie unaufhaltsam zu den Scheiben gegenüber spülte. Da sie den Himmel durch das gerissene Glas erkannte, konnte das Wasser, in das sie gestürzt waren, nicht sehr tief sein.

Ohne den federnden Morast wäre es schlimmer gekommen. Sie zerschlug die Scheibe mit dem Messergriff, schnitt sich dabei und kämpfte sich ins Freie. Sie wuchtete sich auf den Wagen und sah sich hechelnd vor Anstrengung um.

Der Zug war in mehrere Teile geborsten und lag auf der Seite. Reste der hölzernen Rampe fielen nieder, schlugen auf den Zug oder im Schlick ein. Die Pfeiler ächzten unter dem verlagerten Druck und der fehlerhaften Belastung. Das Bauwerk war instabil.

Passagiere kletterten wie Ealwhina aus den Fenstern, einige Menschen lagen regungslos um den Zug verteilt oder trieben im seichten Wasser, hinausgeschleudert oder vor Angst im Sturz aus den Fenstern gesprungen. Ealwhina sah die ersten Seelen aufsteigen, doch es war weder der Chinese noch die Russin darunter.

Sie warf der Brücke einen abschätzenden Blick zu und wich einem herabfallenden Flaschenzug aus, der mit einem lauten Krachen in die Seite des Waggons einschlug. Arbeiter rannten nach rechts und links auf dem maroden Bauwerk davon. Sie hatten begriffen, dass es nicht mehr lange hielt.

Mit einem Husten erschien Sigorskajas Kopf im Fenster. Sie schob die Arme aus der Öffnung, eine Hand war zur Faust geballt.

Welch glücklicher Zufall! Bevor Ealwhina einen weiteren Gedanken fassen konnte, sah sie ihre Hand mit dem Messer zustoßen. *Das Artefakt soll mir gehören!* Die schmutzige, stumpfe Klinge fuhr unterhalb des Ohrs in den Hals, und die Seele der Russin schoss aus dem Körper. Die Leiche sank wieder zurück ins Abteil.

Ealwhina schnappte nach dem Arm, öffnete die Finger und wand die Murmel heraus. Reue wegen ihrer Tat fühlte sie nicht. *Sie hätte mich sonst getötet.* Sie war froh, das Artefakt gegen alle Erwartungen in ihrem Besitz zu haben. *Fort von hier.*

Sie rannte nach vorn, balancierte über den Tender, von dort die Lok entlang, um nahe ans Ufer zu gelangen, und sprang in das kalte Wasser.

Ihr raubte es den Atem, aber sie bewegte Arme und Beine. Es waren noch etwa einhundert Meter, die sich unglaublich zogen. Den Grund fühlte sie unter den Füßen nicht, und durch den aufgewirbelten Morast war es, als schwimme sie in zähem Brei.

Sie spürte eine Berührung am Fuß, ein großer Körper streifte ihre Beine.

»Was …?« Erschrocken hielt sie mit den Schwimmbewegungen inne und sah über das trübe Wasser, das verwirbelte und kleine Strudel an der Oberfläche bildete. *Das war kein Fisch!* Sie änderte ihre Richtung und tat zwei schnelle Schläge. Die Brücke war ihr näher als das Ufer.

Ealwhina hörte das Wasser hinter sich gluckern. Etwas näherte sich ihr sehr schnell.

Der Drache! Ihre Hand schloss sich um die Strebe, sie nahm die Kugel in den Mund, um die Linke ebenso nutzen zu können. Wieder versuchte sie, auf ihre Fertigkeiten zurückzugreifen. Mit Mühe gelang es ihr, und sie hangelte sich übermenschlich schnell aus den Fluten in die Höhe.

Unter ihr krachte es. Durch die Strebe lief ein Zittern, das Holz ächzte.

Ealwhina wusste jetzt, dass die Tragödie um den Zug nicht durch einen Unfall entstanden war: Es war der Drache gewesen, und er wollte das Artefakt um jeden Preis.

Das Wissen, dass sie keinerlei Schonung erwarten durfte, elektrisierte sie. Sie arbeitete sich, so rasch es ihre Arme hergaben, nach oben, während die Erschütterungen nicht nachließen.

Als sie auf der hölzernen Brücke stand und die Arbeiter an sich vorbeirennen sah, gab das provisorische Bauwerk in seiner geschwächten Mitte nach und stürzte in sich zusammen. In einem Dominoeffekt setzte sich der Zusammenbruch nach rechts und links fort. Die Überlebenden kreischten auf, als sie begriffen, dass ein tödlicher Regen aus mannsdicken Pfeilern, Latten und Brettern auf sie niederging.

Ealwhina nahm die Murmel aus dem Mund und rannte auf das sichere Land zu. Um sie herum rissen knallend Seile, peitschend flogen die Enden umher, und Nägel zogen sich ächzend aus dem Holz. *Ihr Geister von York!* Der Untergrund schwankte, brach auf und kippelte wie auf einem Schiff, das im Sturm auf einen Felsen lief.

Sie schaffte es zusammen mit dem letzten Bauarbeiter, den tiefer liegenden Damm aus Erde zu erreichen, und wandte sich um.

Die Brücke existierte nicht mehr. Vereinzelte standhafte Pfähle hatten durchgehalten und ragten wie abgeschnittene Beine empor. Das Wasser schäumte, umspülte die Hindernisse und war noch aufgewühlter als zuvor. Der Zug lag unter den Trümmern begraben.

Ealwhina wrang den Saum ihres Kleides aus. Vorerst war sie dem Drachen entkommen. Sie betrachtete die Unglücksstelle und vermochte vor Entkräftung nichts zu sagen. In ihrer Hand spurte sie das Artefakt, das sie dringend nach England bringen musste. Dazu müsste sie übers Wasser reisen. Sie glaubte nicht daran, dass die unerbittliche Kreatur unter den ganzen Holzstücken begraben lag. *Ich denke, ich werde fliegen.*

Wu Li wollte einatmen – und schluckte Wasser. *Kào!*

Er hielt die Luft an und versuchte sich zu orientieren, was in der Dunkelheit nicht leicht war. Er ertastete umgekippte Bänke und drückte sich davon nach oben ab. Prustend und schnaubend durchbrach er die Oberfläche.

Gleichzeitig tauchte vier Meter weiter die Russin aus dem Wasser auf und entdeckte ihn sofort. Sie trieben unterhalb der Fenster des umgekippten Waggons, und er vernahm deutlich, dass die Brücke, die er durch die Scheiben sah, knirschte. *Sie stürzt ein!*

Wu Li richtete seine Aufmerksamkeit auf die Frau. Er stieß sich von der Wand ab und schnellte auf sie zu. Aber sie sprang aus dem Wasser und wollte sich aus einem zerstörten Fenster katapultieren. »Bleib!« Er bekam sie zu fassen und zog sie wieder zurück.

Beide tauchten unter, und er schlug ihr zweimal in den Bauch, um ihr den Sauerstoff aus den Lungen zu drücken. Schon nach seinem ersten Hieb erschlaffte sie. *Ausgezeichnet!*

Er stellte sich auf eine Bank, sodass sein Kopf aus dem brackigen Nass ragte, und zog die Russin zu sich. Ein Messer ragte aus ihrem Hals. Es sah nicht so aus, als hätte sie sich die Verletzung durch einen Zufall im Handgemenge zugezogen.

Jemand saß auf dem Dach, als sie rausklettern wollte! Er durchsuchte sie rasch, fand die Kugel jedoch nicht. *Kào, kào, kào!*

Wu Li schwang sich durch ein zweites Fenster auf den Waggon und sah dieselbe Frau, die vorhin im Abteil von der Russin bedroht worden war, von der Lok ins Wasser springen und davonschwimmen.

Dàngfù! Er hetzte los und wollte ihr nachhechten, als er den blau geschuppten Körper des Drachen dicht unter der Oberfläche entlanggleiten sah. *Florin will sie sich schnappen.*

Bevor der Illusionist nachdenken konnte, kündigte sich das Ende der Brücke an.

Die ersten dicken Balken stürzten nieder, das Platschen war laut und Furcht einflößend. Wellen entstanden und schwemmten das Treibgut umher. Die Schwimmenden schrien auf und versuchten, sich vor den Trümmern in Sicherheit zu bringen. Noch mehr Streben fielen ins Wasser und erschlugen vier der paddelnden Menschen.

Bis zum anderen Ufer würde er es nicht mehr schaffen, und im Wasser lauerte der Drache, von dem Wu Li nicht wusste, wie er auf ihn reagierte. *Der Tender!*

Wu Li schwang sich von der Lok in den Tender, aus dem die Kohlen gefallen waren. Somit schuf der Stahl einen geeigneten Unterstand, der sicherlich mehr aushielt als jeder Waggon.

Die ersten Schläge herabstürzender Streben gingen auf den Tender nieder, es dröhnte wie in einer Glocke. Wu Li hielt sich die Ohren zu, während sich die Welt um ihn herum verdunkelte: Die Brücke stürzte nun gänzlich ein.

Die Lok wurde durch die schiere Masse nach unten in den weichen Schlick gedrückt. Der Chinese musste tauchen, um unter seinem Schild aus Stahl bleiben zu können. *Lass es schnell geschehen sein, sonst ersticke ich.*

Nach endlosen Sekunden hörte das Rumpeln auf.

Wu Li wagte sich an die Oberfläche und kletterte über ein Dickicht aus ineinander verkeilten dicken und dünnen Holzstangen nach oben. Mehrmals rutschte er an den nassen Planken ab und fing sich Splitter.

Es dauerte lange, bis er aus dem Chaos ins Freie gelangte. So würde er die Frau mit dem Artefakt nicht einholen. Er blickte sich um. *Sie ist schon lange weg.*

Der Zug lag unter einem meterdicken Berg aus Holz begraben, zerschmetterte und verstümmelte Leichen schwammen in einem Meer aus Planken. Die Brücke war verschwunden. Rechts und links auf den Dämmen reihten sich die Schaulustigen, deuteten nach unten. Mit einer solchen Katastrophe hatte niemand gerechnet.

Ich habe überlebt. Gelobt seien die Ahnen, dass ich meine Mission fortsetzen kann! Er wusste, dass die Russin eine Fahrkarte nach London gekauft und nach einer Verbindung nach York gefragt hatte. Daraus schloss er, dass die derzeitige Besitzerin dieser merkwürdigen, sehr viel Energie abstrahlenden Murmel in York lebte oder sie zumindest etwas damit verband.

Und der Name der nǐ mā bī lautet Snickelway. Er zog sich die störenden Splitter aus der Haut. *Schön. Dann eben nach York.*

Er sprang geschickt von Treibgut zu Treibgut und gelangte zum Ufer, an dem sich die ersten Retter einfanden.

Wu Li eilte an den verdutzten Männern vorbei, nahm sich im Vorbeigehen eine Decke und schritt auf die Treppe zu, die nach oben führte. Es gab keinen Grund, sich weiter in Holland aufzuhalten. Sein Auftrag war eindeutig.

10. Januar 1927, nahe der Ortschaft Ruhtin, County Denbighshire, Provinz Wales, Königreich Großbritannien

Die Luftschiffe von *Havock's Hundred* und *Skyguard* schwebten in der Dämmerung wie falsche Monde über der Auenlandschaft. Die Lichter in den Gondeln leuchteten hell und verkündeten die Wachsamkeit der Besatzungen, für den Fall, dass Ddraig sich entgegen aller Wahrscheinlichkeit für einen Angriff entschied.

Starke Suchscheinwerfer strahlten von oben herab und beleuchteten den Boden, wo Silena, Leída und Fayence zusammen mit zehn Mann standen.

Fayence trug einen weiten weißen Mantel mit Kapuze, unter dem er seine Rüstung verbarg, alle anderen hatten die übliche Drachenlederpanzerung der Einheit angelegt. Zu den großkalibrigen Gewehren und Pistolen führten sie Drachenzahnschwerter und Schilde mit sich, die mit Drachenhaut bespannt waren und einen Wall gegen eine Feuerlohe bilden konnten.

Die aufgewühlte Erde und das getrocknete, eingebrannte Blut um sie herum, die Flammenspuren und die zerstörte Vegetation kündeten von dem heftigen Drachenkampf, der stattgefunden hatte.

Silena hatte die rotschuppige, stattliche Drachin noch immer vor Augen, als sie damals mit ihr am Triglav gesprochen und das kurze Bündnis geschlossen hatte, um Gorynytsch aufzuhalten. Gegen sie anzutreten, hatte sich die Drachenheilige als unangenehm vorgestellt. Mit ihr schien sie auf einen harten Widersacher gestoßen zu sein.

Fayence ging in die Hocke, fuhr mit den Fingern durch den Dreck. »Drei Drachen. Zwei Flugdrachen, einer war zu schwer und ein Laufdrache, wie ich an den Abdrücken sehe«, berichtete er und hob einen gelben, fasrigen Splitter auf. »Der Teil einer Hornschuppe, mit einem Druckabdruck. Die Krallen des Asiaten sind ungewöhnlich kräftig. Sie schneiden und bohren gleichzeitig.« Er erhob sich. »Der Hauptkampf hat hier stattgefunden. Ich nehme anhand der tiefen Fußabdrücke an, dass sich ein Flugdrache von oben auf den Laufdrachen geworfen hat. Durch Gewicht und Schwung wurde er nach unten gepresst. Es ging hin und her, wobei der Laufdrache keine Aussichten hatte, als Sieger vom Platz zu gehen.« Er deutete nach rechts, wo der Kadaver des Verlierers lag.

Silena bemerkte die Fressspuren daran. *Da hat jemand seinen Hunger gestillt. Nicht eben gewöhnlich. Die meisten Drachen belassen es dabei, ihre getöteten Feinde wegzuschaffen oder sie zu versenken.*

»Der Kopf fehlt«, bemerkte Leída.

»Er ist abgerissen worden. Vielleicht als Trophäe mitgenommen?« Fayence interessierte sich nicht weiter für die Überreste. »Aber dort verläuft eine Spur, die nach einer überhasteten Flucht aussieht.« Er wies auf die abgebrochenen Äste an den umstehenden Bäumen und den Furchen im Gras. »Ich vermute, der zweite Flugdrache versuchte, sich in Sicherheit zu bringen und abzuheben, was ihm nicht gelang.«

»Zu geschwächt oder verletzt.« *Ddraig und Flucht.* Silena konnte es sich kaum vorstellen.

»Ja.« Fayence ging mit glänzenden Augen los, im Rausch wie ein Jagdhund. Der Rest folgte ihm. »Das Blut stammt von unterschiedlichen Drachen«, referierte er dabei. »Das kann man an den Farben erkennen, nachdem es abgekühlt ist. An den …«

Leída lachte. »Wir wissen das. Wir sind vom Fach, so wie Sie.« Sie hinkte so gut wie nicht mehr.

Fayence grinste jungenhaft. »Verzeihung. Ich wollte nicht belehrend wirken.«

Sie gingen durch das feuchte Gras, immer verfolgt von Lichtkegeln. Im Umkreis von siebzig Schritt gab es keinen dunklen Fleck und keine Möglichkeit, sich vor den Augen der Drachenjäger zu verbergen.

Die Spur führte sie zu einem stollenähnlichen Eingang, die Ränder waren versengt und schwarz. Fayence musste ihnen nicht erklären, was sich abgespielt hatte.

Silena suchte nach Spuren. »Zwei Drachen gingen rein, aber nur einer kam raus«, sagte sie dann fragend zu dem Ägypter. »Sehe ich das richtig?«

»Bodendrachen, egal ob es Kriech-, Wurm- oder Laufdrachen sind, legen meistens einen zweiten Ausgang an, damit sie … Ich habe es schon wieder getan«, sagte er verwundert. »Verzeihen Sie, das ist eine Angewohnheit, weil ich oft mit Nitokris und Nagib unterwegs bin. Sie begleiten mich zwar schon längere Zeit, doch ich achte darauf, dass sie niemals ausgelernt haben.«

»Wir wissen es zu schätzen«, gab Silena lächelnd zurück. Auch wenn sie mit dem *Bund des Ichneumon* noch nicht viel anzufangen wusste, erhielt der falsche Arzt immerhin ihre Sympathie. Sie fand es unvorstellbar, dass ein einzelner Krieger ohne Begleiter, besondere Herkunft, Tross oder Mannschaft gegen einen Drachen bestehen konnte. An die Legende von Siegfried hatte sie im Kindesalter geglaubt, danach nicht mehr. Auch sie benötigte bei allem Können Leute, die ihre Maschinen warteten und sich um die Logistik kümmerten. »Wer geht hinein?«

Leída sah in die Runde. »Ich hätte ja gesagt, Fayence macht die Vorhut, aber da Ddraig dich kennt, Silena, meine ich, du bist die Erste. Wir sind direkt hinter dir.«

»Gute Überlegung. Aber wenn ein anderer Drache auf mich wartet?« Sie grinste und ließ sich einen Schild geben. »Ich rufe euch, wenn ich euch brauche.« Sie trat in den Stollen und setzte vorsichtig einen Fuß vor den anderen. Auch hier roch es verbrannt, die Wände waren schwarz. Geräusche vernahm sie keine.

Das wäre das zweite Mal, dass ich mit einem Drachen, einem Altvorderen, einen Pakt eingehen müsste, anstatt ihn zu töten. Silena hing sich das Amulett vor die Brust, schaltete die Taschenlampe ein und hob den Schild schräg vor sich.

Die heimlichen Gebieter Europas. Sie erinnerte sich an das Gefühl, gnadenlos ausgelacht worden zu sein, als sie ihr Wissen über die alten Drachen und deren Marionettenherrscher auf den Thronen der Menschheit an die Journalisten weitergegeben hatte. Damals hatte sie tatsächlich gedacht, dass wenigstens einer von ihnen ihr Glauben schenken würde. Heute schwieg sie und beschränkte sich auf den Kampf, darauf hoffend, einen Altvorderen zu stellen.

Da habe ich einen nach fast zwei Jahren Suche vor mir und passend in die Enge getrieben, und dann darf ich ihn nicht töten.

Der Weg verlief steil bergab und würde sie in eine Höhle führen, so viel wusste sie noch aus ihrer theoretischen Ausbildung beim Officium. Da sie die Drachen in der Luft stellte, hatte sie sich niemals intensiv mit dem Bodenkampf auseinandergesetzt.

Ich hätte Brieuc mitnehmen sollen. Er kennt sich aus. Insofern fühlte sich Silena verunsichert: Dies war unbekanntes Terrain.

Der Lanzensplitter in ihrem Talisman blieb dunkel. Sollte er leuchten, wusste sie, dass sich ein Drache in ihrer Nähe befand.

Es ging tiefer und tiefer.

Der Brandgeruch ließ nach, dafür bemerkte sie die strenge Note in der Luft. Moschus, nur wesentlich intensiver, Ambra und Veilchenduft mit Spuren von Harn. Sie hustete und sog noch mehr des Gestanks ein. Hier hatte ein Bulle gehaust, der sich bereit für die Paarung gefühlt hatte, bevor ihn der asiatische Drache getötet hatte.

Gott, nicht jetzt! Durch die intensiven Gerüche wurde ihr mit einem Schlag übel. Sie konnte den Kopf gerade noch zur Seite drehen und erbrach sich.

Silena spuckte aus, sah an den Wänden und der Decke dünne Kratzspuren und vermutete, dass Ddraig hier mit den Schwingen entlanggeschrammt war.

Nach zwei weiteren Schritten erreichte sie die Höhle.

Sie leuchtete umher, bis sie einen weiteren Gang gefunden hatte. »He, ihr da oben«, rief sie in die Richtung, aus der sie gekommen war. »Mir nach.«

Sie bekam eine stark hallende Antwort, die sie als Ja verstand. Daraufhin bewegte sie sich auf den zweiten Durchgang zu und leuchtete hinein, aber der Strahl der Taschenlampe verlor sich in der Dunkelheit, ohne das Ende erreicht zu haben. Sie ging weiter.

Der Geruch des Bullen schwächte sich langsam ab, das Atmen bedeutete keine Mutprobe mehr. Dafür roch es nach Drachenblut, an dem stets eine Spur Schwefel haftete, nach warmer Erde und verbranntem Fleisch.

Je weiter sie in den Stollen hineinlief, desto mehr spürte sie, wie die Wände Wärme abstrahlten. Die Stiefel wateten durch Asche, gelegentlich trafen sie auf etwas Metallisches.

Da leuchtete ihr Talisman schwach auf.

Sie ist da und lauert! Sofort blieb sie stehen und hob den Schild vor sich, damit sie dahinter abtauchen konnte. »Y Ddraig Goch«, rief sie in den dunklen Gang und richtete die Lampe auf den Boden. »Hier ist Großmeisterin Silena. Erinnerst du dich an mich?«

Es blieb ruhig, aber der Splitter an ihrer Kette glomm: Die Drachin näherte sich.

»Wir haben gemeinsam gegen Gorynytsch gefochten. Vor zwei Jahren, am Triglav. Es hat den Anschein, dass das Schicksal uns wieder zu Verbündeten machen könnte.« Silena schluckte, ihr Unwohlsein hatte sich noch immer nicht gelegt. *Ich hoffe, ich muss ihr nicht vor die Füße kotzen.*

Die Stille dauerte an.

»Y Ddraig Goch, wir wissen von deinem Kampf gegen den asiatischen Drachen. Er ist auch unser Feind«, rief sie. »Es steckt mehr dahinter als ein Überfall auf dich.« Das Leuchten des Talismans hatte sich nochmals verstärkt. *Ein paar Meter, weiter ist sie nicht entfernt.* Silena leuchtete mit der Lampe nach vorne.

Augen so groß wie Räder funkelten auf. Der Schädel der roten Drachin füllte beinahe den gesamten Stollen aus. Sie öffnete das Maul und stieß ein warnendes Fauchen aus. *Natürlich erinnere ich mich an dich, Drachentöterin. Ich beobachte dich, seit du auf meiner Insel lebst.*

Silena hielt den Griff des Schilds umschlossen. »Du hast meine Worte gehört?«

Ja. Und ich glaube dir sogar. Ddraig schloss die Kiefer klackend. *Sind das Freunde, die sich nähern, oder noch mehr Drachenjäger, die meinen Tod wollen? Die Ersten, die kamen, stellten sich dumm an.*

»Freunde, Ddraig.« Silena konnte sich gut vorstellen, dass die Nachricht über den Drachenkampf einige Männer angelockt hatten, die gutes Geld mit einem Kadaver verdienen wollten. Pech für sie, dass sich die rote Bestie als überaus wehrhaft erwiesen hatte.

Sag ihnen, dass sie in der Höhle bleiben sollen. Wir brauchen sie nicht.

»Leída«, rief Silena. »Bleibt, wo ihr seid, hörst du? Ddraig möchte euch nicht in ihrer Nähe haben.« Wieder erhielt sie eine kurze Bestätigung und wandte sich erneut Ddraig zu. »Wir suchen nach dem Drachen, der dich angegriffen hat«, erklärte sie und schilderte, was sie, das Officium und Fayence in den letzten Monaten bemerkt hatten. »Um Genaueres zu erfahren, brauchen wir einen dieser Spione lebend. Wir sind nicht dazu in der Lage, ihn zu fangen. Du schon.«

Ich tue es. Die Drachin klang gereizt.

Silena senkte dennoch den Schild, da die Wut nicht gegen sie gerichtet war. »Es freut mich sehr, dass du uns helfen möchtest …«

Ich helfe nicht euch. Ich helfe mir selbst, unterbrach sie die Drachenheilige. *Ihr werdet im Gegenzug den Drachen, den sie im Zirkus Nie-Lung nannten, für mich aufspüren und töten, sollte es mir selbst nicht gelingen. Wenn ich mit eurer Arbeit zufrieden bin,* Ddraig schob sich etwas mehr nach vorn, *liefere ich dir einen Altvorderen, Drachentöterin.*

Silena wusste sofort, wen sie meinte. »Es ist der gleiche Drache, der damals nicht zur Schlacht am Triglav erschien.«

Ja. Du hast es dir gut gemerkt. Ddraig grollte zornig. *Er war es, der mir Nie-Lung sandte. Dieses fliegende Geweih hat es mir selbst offenbart, weil es dachte, es könnte mich besiegen.* Ihre Augen richteten sich auf Silena. *Das sage ich dir, Drachentöterin, damit du vor dem Franzosen gewarnt bist: Sein Name ist Vouivre, er trägt sein karfunkelrotes Auge auf der Stirn, und seine Schuppen glitzern in der Sonne diamantengleich. Solltest du ihn treffen, höre nicht auf das, was er dir sagt oder verspricht. Er kennt keine Ehre.*

»Kein Drache kennt Ehre«, rutschte es Silena heraus.

Habe ich mich am Triglav an unser Bündnis gehalten?, gab Ddraig beleidigt zurück. *Ich hätte eure armselige Armee und die restlichen Heiligen vernichten können. Doch ich tat es nicht.*

Silena verkniff sich eine Erwiderung, um die Drachin nicht zu reizen. »Ich danke dir für deine Warnung«, sagte sie und senkte den Schild. »Betrachte das neue Abkommen zwischen uns beiden als geschlossen.«

Kannst du mir einen Ort nennen, an dem ich einen der kleineren

Spione finde? Sobald meine Wunden genesen sind, werde ich mich auf den Weg begeben und ihn dir bringen. Ddraigs Nüstern blähten sich. *Nach Bilston?*

»Nein. Lieber zu den *Havock's Hundred* nach …«

Rhossili, ergänzte die Drachin. *Ich lasse keinen von euch aus den Augen.* Sie blies warme Luft gegen Silena, und es roch leicht schweflig, nach Phosphor, ätzend und nach rohem Fleisch. *Geh. Sobald ich einen Fang gemacht habe, wirst du es erfahren.*

»Ich sage dir bald, wo du möglicherweise leicht einen Asiaten findest.« Sie deutete eine Verbeugung an und wandte sich um, eilte den Stollen entlang zurück in die Höhle, wo sie von ihren Mitstreitern erwartet wurde.

Gefasst, aber schnell erzählte sie von dem Zusammentreffen mit Ddraig. »Ich werde mit Brieuc telefonieren«, sprach sie weiter. »Das Netzwerk des Officiums weiß möglicherweise von einer neueren Sichtung.«

»Sollten wir sie nicht nach den Drachenfreunden in Hamburg fragen?«, schlug Leída vor und befahl ihren Leuten, sich mit den Schilden vor dem Ausgang zu postieren, um einem Überraschungsangriff vorzubeugen.

Auch Fayence ließ die dunkle Öffnung nicht aus den Augen. Er bewegte die gepanzerten Finger, ballte sie zur Faust und streckte sie.

Er würde die Drachin zu gerne stellen. Silena trat vor ihn und versperrte ihm die Sicht. »Ddraig muss in Ruhe gelassen werden, so schwer es uns allen fällt.«

»Sie ist verwundet«, entgegnete er abwesend. »Ich kann es riechen.«

»Verwundete Geschuppte sind die schlimmsten Gegner. Sie kann hundert von uns mit ihrem Feuer vernichten, und wir sind nicht einmal in ihre Nähe gelangt«, gab Leída zu bedenken und trat an Silenas Seite. »Vergessen Sie es, Fayence.«

»Mir macht es nichts aus«, raunte er erregt.

»Ihr Spieß wird Ihnen in dem Gang ebenso wenig nützen wie Ihre angebliche Geschwindigkeit, Fayence.« Silena überlegte, ob eine Ohrfeige angebracht war, um den Mann zur Vernunft zu bringen. »Ddraig untersteht meinem Schutz.«

Er wandte ihr langsam den Kopf zu und lachte. »Eine Drachenheilige, die ihre Hände über eine Altvordere hält«, japste er. »Das ist *zu* komisch.«

»Sie waren mit dem Plan einverstanden«, fuhr Leída ihn an und reckte ihm warnend den rechten Zeigefinger entgegen. »Außerdem liefert sie uns einen Altvorderen.«

»Ja, sicher, vertrauen Sie der roten Schlange.« Fayence streifte den weißen Mantel ab. Er nahm sein Schwert vom Gürtel, das in der gleichen Weise gefertigt war wie die Lanzenspitze. Seine braunen Augen hatten sich eingetrübt, ein Schleier lag vor ihnen. »Ich werde …«

Silena schlug ihm die Faust gegen das Kinn und zog ihm die Beine weg. Stumm kippte er in den weichen Sand und blieb ohnmächtig liegen. »Verzeihung.«

»Ichneumon hat ein Problem«, kommentierte Leída. »Das Töten scheint zwanghaft zu sein, wenn er es sich einmal in den Kopf gesetzt hat.« Sie zeigte auf Silenas Faust. »Ich wusste nicht, dass du eine harte Rechte schlägst?«

»Russischer Boxunterricht«, meinte sie lakonisch. »Gehen wir nach oben.«

Vier Leute trugen den Ägypter, zwei sicherten nach hinten, und die Gruppe marschierte zurück ins Mondlicht. Unterwegs erlangte Fayence das Bewusstsein wieder und lief aus eigener Kraft, doch er strafte die Männer und Frauen mit Schweigen; selbst Silenas Entschuldigung nahm er wortlos hin. Innerlich aber kochte er vor Wut, das war ihm anzusehen.

Im Freien angelangt, wurden die zehn Männer abgestellt, um den Horteingang zu bewachen und vor anderen Drachenjägereinheiten zu schützen. Die Frauen und Fayence gingen zu einer Lichtung, damit ein Lastenkorb vom Zeppelin herabgelassen werden konnte, der sie aufnahm.

»Es wäre mir recht, wenn du mit deinen Leuten hierbleiben und Ddraig verteidigen würdest. Nur für den Fall, dass nochmals Drachenjäger auftauchen«, sagte Silena zu Leída. »Gegen die *Havock's Hundred* wird niemand einen Angriff wagen.«

»In Ordnung. Was macht ihr?«

»Zuerst mit Brieuc telefonieren. Danach wird sich zeigen, wie nützlich uns Ddraig sein kann. Alles andere hängt von den Erkenntnissen ab, die wir von einem gefangenen asiatischen Drachen erhalten.« Silena sah zu ihr, wie sie die vom Wind verwirbelten Haarsträhnen vor die verbrannte Stelle des Gesichts legte. »Neues von Cyrano?«

»Nichts, was uns hilft«, erwiderte Leída ausweichend und sah hinauf zum Luftschiff. Sie wollte keine weiteren Fragen zu ihm gestellt bekommen.

Der Lastencontainer schwebte aus dem Bauch der *Ramachander.* Die drei stiegen schweigend ein und wurden in die Höhe gezogen.

Fayence starrte nach unten, zu den Drachenspuren. Er lehnte den Kopf gegen eine Eisenstrebe, seine Finger krümmten und öffneten sich. Er murmelte unentwegt Worte in einer fremden Sprache, als wolle er etwas Furchtbares heraufbeschwören.

XIV.

11. Januar 1927, Bitche, Departement Moselle, Königreich Frankreich

Es ist also doch passiert! Vouivre befand sich tief im Herzen der Sandsteinfestung, die auf dem Berg über dem Städtchen Bitche thronte und die im Krieg 1870/71 den bayrischen Truppen so ausgezeichnet standgehalten hatte. Das hatte die Deutschen aber nicht daran gehindert, gegen den sogenannten Erbfeind Frankreich zu siegen.

Nach dem Ende des Weltkrieges vor knapp zehn Jahren hatte er es geschafft, Fafnir sowohl das Elsass als auch Lothringen im Austausch für eine lächerlich geringe Summe wieder abzukaufen. Der deutsche Altvordere hatte dringend Geld in die untergehenden Kolonien pumpen müssen. Gebracht hatte es ihm nichts.

Vouivre mochte die Gegend sehr, die deftige Küche und gute, einfache Weine bot. Er würde das Experiment wagen, Trüffeln anzubauen, um eine Alternative zum Périgord zu haben. Den Keller der Festung hatte er in ein für sich angenehmes Refugium umgebaut, mit etlichen Annehmlichkeiten wie wärmenden Öfen, einem weichen Lager und einem vierfach gesicherten Raum, in dem er wichtige Nachrichten, Karten und Dokumente sowie Urkunden lagerte, die niemand sonst sehen durfte. Über einen Aufzug wurden ihm die Speisen hinabgelassen, sodass ihn niemand zu Gesicht bekam. Der Zugang erfolgte durch einen unterirdischen Gang, quer durch den Berg. Bitche war sein Tresor, hier lagerten Vergangenheit und die Voraussetzungen für die Zukunft.

Und ausgerechnet die Zukunft bereitete ihm Sorgen.

Eigentlich hatte Vouivre gedacht, dass er Trüffelgebiete in Italien und Österreich-Ungarn erhielt, bis er den Brief gelesen hatte, der ihn in seinen Vermutungen bestätigte: Im Osten gab es einen neuen Mitspieler, was die Machtverteilung in Europa anbelangte.

Vouivre hielt in der rechten Klaue eine Mitteilung, die ihn sehr aufbrachte. Überschrieben war der Brief mit »Geschätzter Bruder«, und ihm fehlte jede Art des Respekts. Der Verfasser wagte es, sich auf eine Stufe mit ihm zu stellen, ohne ein Altvorderer zu sein!

War die Anrede allein schon eine Frechheit und Anmaßung sondergleichen, so war dies der Inhalt noch mehr.

Geschätzter Bruder,
Du wirst erfahren haben, dass ich der neue Herrscher des Ostens bin und die Nachfolge von Gorynytsch angetreten habe.

Ich brenne darauf, dich bald kennenzulernen, damit ich deine Glückwünsche entgegennehmen darf und wir auf eine friedliche Nachbarschaft trinken können.

Lass mich dir sagen: Wir Mächtigen müssen zusammenhalten, wollen wir die Stabilität in Europa bewahren! Vor allem in Russland ist ein hartes Durchgreifen notwendig, um die revolutionären Kräfte in Schach zu halten. Ich habe dem Zarewitsch bereits ein entsprechendes Angebot unterbreitet.

Von dir, geschätzter Bruder, erwarte ich, dass du Ruhe gibst und nicht versuchst, deinen Herrschaftsbereich auf meine Kosten auszudehnen. Mir ist allerdings zu Ohren gekommen, dass du das bereits getan hast.

Ich nehme es dir nicht weiter übel, möchte jedoch in aller Form bekräftigen, dass ich Österreich-Ungarn für mich beanspruche und auch das preußische Reich mein Eigen nenne. Du magst hingegen glücklich mit dem restlichen deutschen Kaiserreich sein. Der kleine Verlust bedeutet kein Opfer für dich.

Es soll dir gesagt sein, dass ich vor einer Auseinandersetzung mit dir nicht zurückschrecke, solltest du nicht geneigt sein, meine rechtmäßigen Forderungen anzuerkennen. Auch ich habe bereits Verbündete gefunden und um mich geschart.

Auf bald!

Tugarin

Vouivre schnappte zu und wünschte sich, den Hals des Russen zwischen den Zähnen zu spüren. Aber es klickte nur laut, er biss in die Luft.

Was weiß ich inzwischen von diesem Tugarin? Der Altvordere streifte durch den Keller, vorbei an den stoffverkleideten Säulen, den Wandteppichen und den altmodischen Petroleum- und Ölleuchten. Endlich in seiner Wissenskammer angekommen, suchte er in den ewig langen Regalen die Erkenntnisse seiner Spione heraus. Die Klauen bewegten sich mit sehr viel Feingefühl und Exaktheit, um die Aufzeichnungen nicht beschädigen. *Viel ist es nicht.*

Tugarin wurde auf nicht einmal zweihundert Jahre geschätzt und war den ersten Spuren nach ein Gleitdrache mit vier Beinen. Er hatte zu Grosznys Lebzeiten Sibirien verwaltet, unter der kurzen Regentschaft von Gorynytsch war er nicht weiter aufgefallen. Vouivre wusste nicht einmal, ob er auf dessen Seite am Triglav gekämpft hatte. *Wohl eher nicht, sonst wäre er tot. Er ist also schlau.*

Sein Lebensmittelpunkt befand sich anscheinend in der Nähe von Kiew, wo man den Zaren öfter gesehen hatte. Aber seine Spitzel hatten keinerlei Spuren von ihm ausmachen können. Was verwunderlich war. Gleitdrachen mussten sich gelegentlich am Boden bewegen und hinterließen Zeichen, denen man folgen konnte.

Wo, zur Hölle, versteckt er sich? Vouivre ging einige Schritte tiefer in die Kammer bis zur Landkartensammlung und suchte die Detailkarte zu Kiew heraus. Er mochte den Geruch der alten Karten, die aus Papier oder Pergament bestanden. Relikte, Dinge, die so alt waren wie er, weswegen er sich mit ihnen verbunden fühlte. Die Karte über das Umland von Kiew war nicht ganz so alt. Er hatte mehrere verdächtige Orte eingekreist, die seine Spione vorsichtig untersuchten.

Er hat ein Bündnis mit dem Zaren. Vouivre fragte sich, wie er es eingegangen war. Die Altvorderen hatten es stets so eingefädelt, dass niemand von ihrer Existenz wusste. Briefe und diplomatische Schreiben wanderten hin und her, größere Summen flossen, Erpressungen wurden ausgesprochen, kurzum: Die Herrscher der Menschen wurden auf vielfältige Weise manipuliert, damit sie das taten, was die Altvorderen wollten.

Aber es war ein Tabu, sich einem Herrscher zu zeigen und damit einzugestehen, wie klug die Drachen in Wahrheit werden konnten, sollten sie ein höheres Alter erreichen. Je weniger ein König wusste, für wen er an den Strippen tanzte, desto besser.

Tugarin ist eine Gefährdung für mich. Nicht auszudenken, was geschieht, wenn er mit dem Zaren zusammen in Sankt Petersburg Hof hält und sich gar wie ein zweiter Zar benimmt. Europa würde aufschreien.

Vouivre dachte nach. *Ich werde ihm seinen lächerlichen Anspruch bestätigen und so tun, als ginge ich auf sein Angebot ein. Vermutlich treffe ich mich sogar mit ihm, um keinen Argwohn zu wecken.*

Zur selben Zeit würde er den revolutionären Zellen in Russland neue Gelder sowie Waffen zukommen lassen, um die Aufständischen in ihrer Arbeit zu unterstützen. Romanows Reformen beschwichtigten die lautesten Schreihälse im Volk, was Vouivre nun nicht mehr recht war. Die Pläne hatten sich geändert.

Stürze ich den Zaren, entmachte ich meinen impertinenten russischen Aufschneider. Auch wenn es ihm nicht passte, den Kräften des Chaos seinen Beistand zu gewähren, konnte er nicht anders handeln. Es ging um seine Macht.

Vouivre schob die Karte zurück und verließ die Wissenskammer, um sich zu seinem Schreibpult zu begeben, wo sich nicht nur ein Telefon, sondern auch eine Telegrafenstation befand, die früher dem Kommandanten der Festung gehört hatte.

Seine Befehle flogen durch den Draht zu seinen Spionen: Sie sollten den Nachfolger suchen, der nach dem Tod des Zaren auf den Thron steigen würde und nicht den Namen Romanow trug.

Und genau diesen nächsten engen Verwandten werde ich mir schnappen und zu meinem Mann machen. Vouivres Ärger wandelte sich zu Eigenlob und Selbstzufriedenheit. *Russland wird mir gehören! Ich lasse Ddraig doch nicht vom Geweih aus dem Weg räumen, damit ich meine Macht mit diesem Dahergelaufenen teile.*

In bester Laune ging er in den Weinkeller, wo ein ganz besonderer Gewürztraminer lagerte. Ihm war nach einem guten Tropfen und dazu einer leckeren Trüffel. Da sah die Welt doch gleich ganz anders aus.

Zur Vollendung seines Triumphes mussten ihm seine Leute den Weltenstein bringen. Noch war Snickelway nicht in York aufgetaucht.

Vouivre nahm einen großen Pokal, zapfte sich Wein aus dem Fass, auf dem in geschwungener Schrift *Pour le plaisir* geschrieben stand, und trank schlürfend. *Köstliches Gesöff und viel zu schade für Menschen.*

Er schlenderte zum Kistchen mit dem Trüffelvorrat und wählte sich eine davon, rieb behutsam über die unebene Oberfläche, schnupperte daran und freute sich auf den Geschmack, den er gleich am Gaumen kosten durfte. *Ausgezeichnete Qualität!* Er musste dringend in Erfahrung bringen, ob es in Russland etwas Vergleichbares zu diesen unterirdischen Schätzen gab. Kaviar überließ er gern den Menschen.

12. Januar 1927, München, Königreich Bayern, Deutsches Kaiserreich

Silena sah zu Brieuc, der den schwarzen *Elite S18* zur Hofeinfahrt steuerte, anhielt und den beiden Georgswächtern seinen Ausweis zeigte.

Sie salutierten und öffneten das Tor. Einer der Männer in den dunklen Mänteln sah sie lange an, als versuche er, sich an ihre Züge zu erinnern. Sie hatte ihn genau erkannt: Es war der Georgswächter, den sie in der Nacht bei ihrem Einbruch niedergeschlagen und bestohlen hatte.

Heute fuhr sie hochoffiziell mit Fayence und Brieuc in das umgelagerte Archiv des Officiums, ohne ihre Drachenheiligenuniform angelegt zu haben. Der Ägypter trug einen hellen Anzug, sie ein Kleid mit einfachem Streifenmuster und einen eleganten Hut. Brieuc hatte sich sein protziges Auftreten in Ausgehuniform und Pelzkragenmantel dagegen nicht nehmen lassen.

»Was haben Sie Prokop erzählt, dass er mich hineinlässt?« Silena erblickte den Gebäudekomplex zum ersten Mal bei Tageslicht. Er war im Stil der Gründerzeit erbaut. Reinen Jugendstil sah man selten, an den meisten Gebäuden hatte er sich mit Elementen der Gotik verbunden. Abgeplatzte Stellen in der Fassade und Löcher rund um ein Fenster erinnerten an ihre Verfolgung und dass die Männer nach ihr geschossen hatten. *Es hätte auch anders ausgehen können. Der heilige Georg war mit mir.*

»Prokop weiß nichts davon«, sagte Brieuc und parkte den Wagen.

»Großmeister Brieuc, Sie machen gerade Ihrem Namen als bester Insubordinärer im Officium alle Ehre!«, rief sie grinsend.

»Wir bekämpfen das Böse. Das wirklich Böse, Frau Zadornova. Da habe ich keine Zeit für kleinliche Paragrafenreiterei und persönliche Ressentiments des Priors Ihnen gegenüber.« Er richtete seine verwegenen braunen Locken und stieg aus. Fayence und Silena folgten ihm zum Haupteingang, der zwanzig Meter entfernt von der Tür lag, durch die sie eingedrungen war. »Sie fragten mich nach Aktivitäten der Drachenfreunde. Ich nehme sie beide mit in die entsprechende Abteilung und lasse Sie selbst suchen. Sie verfügen bestimmt über mehr Wissen als ich.« Mit diesen Worten öffnete er ihnen die Tür.

Silena ging neben ihm her, Fayence marschierte hinter ihnen. Er hatte nicht mehr als drei Worte mit ihr gewechselt, seitdem sie ihn in der Höhle niedergeschlagen hatte. Dabei wüsste sie zu gern, was es mit seinem Verhalten auf sich hatte. *Ist er beleidigt, wütend?*

»Ziehen Sie beide das an.« Brieuc zog Georgswächterarmbinden aus der Tasche und reichte sie ihnen.

Nach einigen Metern Gang und zwei Treppenhäusern blieb Brieuc vor einer Eisentür stehen, in der ein Guckfenster installiert war; der Schlitz darunter sah verdächtig nach Schießscharte aus. Er klopfte.

Und wirklich klappte der Schlitz auf, die Doppelmündung einer Schrotflinte erschien, und dann wurde der Schieber darüber geöffnet. Ein Frauengesicht in einer Gasmaske tauchte auf.

Brieuc zeigte ihr seinen Ausweis und nannte ein Codewort, woraufhin zuerst die Frau und danach die Waffe verschwanden. Es klickte mehrmals, bis der Eingang sich schließlich öffnete. Silena schätzte die Dicke der Stahltür auf eine halbe Armlänge.

Auf der Schwelle stand die Wächterin, die einen schwarzen Rock, ein weißes Hemd und einen grauen Rüschenschal um den Hals trug; sie zog die Gasmaske ab. »Willkommen, Großmeister Brieuc.«

»Einen guten Tag, Gerthild«, grüßte er freundlich. »Meine Freunde und ich suchen etwas.

Gerthild, deren Wasserwelle bombenfest saß, musterte Silena, dann Fayence. »Es sind zwar Georgswächter, aber hier haben nur direkte Mitglieder des Officiums Zutritt, Großmeister«, sagte sie bedauernd.

»Bitte, liebe Gerthild«, sagte Brieuc und zeigte sein Eroberergrinsen. »Ich bin zu faul zum Suchen.«

Die Blondine rang mit sich. »Prior Prokop hat uns nach dem Überfall neulich angewiesen …«

»Und genau darum geht es«, mischte sich Silena ein. »Der Großmeister lässt uns nach den Verstecken von Drachenfreunden und deren Aktivitäten suchen.«

Gerthild hob die hellen Augenbrauen. »Seit wann ist es Aufgabe eines Großmeisters, nach denen zu suchen? Die Abwehr kümmert sich darum.«

»Es ist etwas Persönliches«, antwortete Brieuc und machte einen Schritt nach vorn. »Bitte. Wir haben nicht viel Zeit.«

Gerthild ließ sich halb zurückdrängen, halb wich sie aus. »Ich werde niemals bestätigen, dass Sie hier waren, Großmeister«, machte sie deutlich. »Und ich werde keinerlei Vermerk in das Wachbuch vornehmen.«

»Ausnahmsweise.« Brieuc schob Silena und Fayence hinein.

Es war ein schlauchartiger, schmaler Gang, rechts und links türmten sich die Regale auf. Zwei Lampen beleuchteten die Akten spärlich, man sah dem Raum an, dass dies nur eine vorübergehende Lösung war.

»Die neusten Meldungen lagern vorne, Register 234/B/I«, erklärte Gerthild und setzte sich wieder an ihren Schreibtisch. Sie packte die Schrotflinte zurück in die Halterung an der Wand, daneben hing eine *Bergmann MP18*, der sogenannte Grabenfeger. Die kompakte vollautomatische Maschinenpistole hatte sich durch ihre Schussfrequenz im Weltkrieg einen Schreckensnamen unter den Alliierten gemacht. Gerthild wusste sich zu verteidigen. Sie warf die Gasmaske in den Kasten neben ihrem Stuhl, zog sich Kopfhörer an, nahm Stift und Papier. »Sie entschuldigen, Großmeister. Eine Nachricht.«

Silena war beeindruckt. Das Officium hatte bereits eine eigene Leitung verlegt, um die geheimen Nachrichten per Morsecode in die Abteilung senden zu lassen.

»Fangen wir an«, sagte Brieuc und trat zu dem Regal, wo er die passende Nummer vorfand. Er legte den Mantel ab, zog die Schublade heraus und stellte sie auf den kleinen Tisch.

Zu dritt durchsuchten sie die Nachrichten der letzten Monate nach bekannten Aufenthaltsorten der Drachenfreunde. Aber es waren meistens vage Hinweise auf Häuser und Personen, denen bei genauerer Prüfung durch den Geheimdienst der kaiserlichen Majestät nichts nachgewiesen werden konnte. Unbescholtene Bürger, die ihre wahren Ansichten und ihre Gesinnung womöglich verschleierten.

Es dauerte eine Stunde, zwei Stunden, ohne dass einer von ihnen eine brauchbare Spur fand.

»Großmeister!« Gerthild kam zu ihnen und reichte Brieuc einen Zettel. »Das kam soeben rein. Der kaiserliche Geheimdienst meldet, dass in Dresden zwei Männer festgenommen wurden, in deren Wohnung sich Materialien für den Bau von Bomben befanden.«

»Könnten verkappte Revolutionäre sein, die ihre Sympathie zu den Aufständischen in Russland bezeugen wollten. Oder aber Drachenfreunde.« Silena sah abwartend zu den Männern. »Ich bin der Meinung, dass wir uns die Burschen vorknöpfen sollten.«

»Ich auch«, sagte Fayence.

Gerthild schaute sie verwundert an. »Das ist ja schön, dass Sie beide die Aufgaben von Großmeister Brieuc übernehmen wollen.« Dem Ton nach mochte sie keine Georgswächter oder fand zumindest, dass sie weit unter den Bediensteten des Officiums und noch weiter unter den Drachenheiligen standen.

»Es ist die einzige frische Spur, die wir verfolgen können«, stimmte Brieuc zu und gab Gerthild einen Kuss auf die Wange. »Danke sehr. Sie sind ein Schatz.« Er öffnete die Tür, und sie verließen den Raum. »Wie schnell können wir in Dresden sein, Frau Zadornova?«

»Es wäre ein Fehler, mit dem Luftschiff der *Skyguards* zu reisen. Zu auffällig«, warf Fayence ein. Sie gingen zurück zum Automobil. »Wir sollten einen regulären Zeppelin nehmen. Und auf viele Begleiter verzichten, um nicht weitere Aufmerksamkeit zu erregen.«

Silena musste eingestehen, dass er recht hatte. »Guter Hinweis.

So machen wir es.« Sie zog ihre Taschenuhr hervor. »Ich finde heraus, wann der nächste Zeppelin fliegt oder ob wir mit dem Zug schneller sind.« Sie reichte Brieuc die Hand. »Danke für Ihre Hilfe.«

»Die werden Sie immer bekommen, wenn Sie sie benötigen.« Er ergriff ihre Finger und lächelte. »Wenn Sie etwas in Dresden gefunden haben, was das Officium als wichtig einstuft, sagen Sie mir Bescheid. Ich rate Ihnen, schnell zu reisen. Prokops beste Leute der Abwehr werden schon auf dem Weg dorthin sein. Ich bringe Sie rasch zum Flugfeld.« Sie stiegen in den Wagen und fuhren los.

Nicht einmal eine Stunde später saßen Silena und Fayence im Zug nach Dresden; das eigene Luftschiff sollte ihnen mit einer Verzögerung von zwei Stunden folgen.

Da das Abteil in der zweiten Klasse voll besetzt war, konnte sich Silena nicht mit dem Ägypter über sein Verhalten in England unterhalten. Es war kein Thema, dass sie vor fremden Ohren erörtern wollte.

Sie vermutete, dass er wirklich in eine Art Jagdzwang verfiel, sobald er einen Drachen sah. Möglicherweise war es ein Gesetz des Ichneumonbunds, dass seine Kämpfer nicht eher von einem Geschuppten ablassen durften, bis sie ihn besiegt hatten.

Es ist müßig, darüber zu spekulieren. Ich muss ihn fragen, sobald es geht. Silena spielte mit der Münze und sah zu dem Koffer, den er mitgenommen hatte.

Beide trugen die notwendigste Ausrüstung mit sich. Fayence hatte seine Rüstung angelegt und darüber den weißen Mantel. Ihr fiel auf, dass sehr wenige Menschen weiße Mäntel trugen. Zusammen mit der dunkleren Haut war der Mann so auffällig wie ein heller Punkt an einem nachtschwarzen Himmel. Sie sah es an den Blicken der Mitreisenden, dass er Aufmerksamkeit erregte.

Schweigend saßen sie sich gegenüber, Fayence blickte zum Fenster hinaus.

Das Schaukeln des Zuges brachte Silena die Übelkeit zurück. Und von dem Gedanken an das ungeborene Leben hin zu Grigorij bedurfte es nur den Bruchteil einer Sekunde.

Jedes Mal, wenn sein Gesicht vor ihrem inneren Auge entstand, rangen Vernunft und Hoffnung miteinander. Mal war sie fest davon überzeugt, dass er tot in der See schwamm, mal, dass er sich in der Hand der Drachenfreunde befand, dann fürchtete sie, er liege irgendwo auf dem Areal der Absturzstelle, an einem Ort, wo ihn keiner fand und er erfroren war. Nicht zu vergessen die Ochrana des Zaren, die sie ebenso gut hatte anlügen können und ihr mit Absicht den falschen Toten präsentiert hatte, während ihr Gemahl in einem Verlies saß oder sich schon unter falschem Namen in Sibirien befand. In Verbannung.

Silena rieb sich die Augen, wischte die zwei Tränen weg, die sich gebildet hatten. *Mach dich nicht selbst verrückt. Sei stark! Du findest heraus, was wirklich mit ihm geschehen ist, und am Ende lebt er.* Sie betete, dass die britische Detektei endlich Hinweise auf ihn fand.

Das Ziel war erreicht, der Zug hielt in der Stadt, die man gemeinhin wegen ihrer Schönheit, der Brücken und der Lage am Fluss auch Elbflorenz nannte. Sie stiegen aus, das Gepäck ließen sie von einem Träger zu den Schließfächern am Bahnhof bringen.

Silena wollte die Sache erledigt wissen, bevor sie ihre weitere Mission antraten. »Herr Fayence, ich habe mich schon für meinen Schlag entschuldigt«, sagte sie beim Verstauen des Koffers.

»Ja, das haben Sie. Und ich habe die Entschuldigung angenommen«, antwortete er passenderweise kühl.

»Und dennoch verhalten Sie sich mir gegenüber sehr abweisend. Ich hatte Ihnen erklärt, warum ich handeln musste.«

Er sah sie an, die braunen Augen blitzten. »Ichneumon ist ein Jäger, ein Feind der Schlange in all ihren Formen. Wenn ich einen Drachen sehe, ist es meine Pflicht, ihn anzugreifen und ihn nach Möglichkeit zu töten.« Er ballte die Hände. »Es nicht zu tun, bedeutet eine große Schmach, solange der Angriff nicht einem Selbstmord gleichkommt«, flüsterte er. »Ddraig war so gut wie wehrlos. Ich habe damit den heiligen Ichneumon beleidigt. Es kann sein, dass er mir im nächsten Kampf seinen Schutz verwehrt.«

»Auch wenn ich es war, die Sie daran gehindert hat? Sie trifft keine Schuld, ich habe Sie niedergeschlagen«, erwiderte Silena, um ihm einen Ausweg zu zeigen. *Ich lag demnach richtig mit meiner Vermutung.*

Aber Fayence schüttelte den Kopf. »Ich war rechtzeitig wach, um wieder zurückgehen zu können und meiner Pflicht nachzukommen. Dass ich es nicht getan habe, liegt daran, dass Sie die Schlange namens Ddraig unter Ihren Schutz gestellt haben.« Er seufzte. »Diese Vorgehensweise ist mir fremd, Frau Zadornova. Ich suche Drachen, ich stelle sie und töte sie. Meistens. Aber Geschäfte mit ihnen zu machen, das widerstrebt mir. Nicht nur wegen Ichneumon.«

»Oh, das verstehe ich. Glauben Sie mir, Herr Fayence, ich verstehe das sehr gut.« Sie dachte an ihre toten Eltern, die einem Drachen zum Opfer gefallen waren. »Aber wir tun das, um eine weit größere Bedrohung auszuschalten.«

»Das weiß ich doch!«, rief er verzweifelt. »Aber es ändert nichts daran, dass ich gegen die Gesetze des Bundes von Ichneumon verstoße.«

»Das müssen Sie allein mit Ihrem Gewissen …«

»Nagib und Nitokris sind nicht nur meine Ärzte und meine Begleiter. Sie melden meine Aktivitäten an den Obersten des Bundes in Ägypten«, unterbrach er sie mit dumpfer Stimme. Er nahm sein Schwert aus dem Koffer und barg es unter dem Mantel. »Ich werde eine Bestrafung erhalten. Das ist sicher.«

»Was sehr ungerecht wäre. Bringt es Ihnen etwas, wenn ich mich für Sie einsetze?« Silena tat es sehr leid, doch zu ändern vermochte sie nichts.

»Nein.« Er atmete tief ein und drückte die Tür des Schließfachs zu. »Nun, vergessen Sie meine Schwierigkeiten. Sie haben getan, was Sie tun mussten, um dieser großen Bedrohung auf die Spur zu kommen. Ich leiste meinen Beitrag. So einfach ist das.«

Sie verließen den Bahnhof und nahmen ein Taxi, um sich zu der Adresse bringen zu lassen, die ihnen Gerthild genannt hatte. Bevor sie die Drachenfreunde bei der Polizei aufsuchten, wollten sie sich deren Heim näher ansehen.

Es war ein freistehendes Haus, umgeben von einem zwei Meter hohen Zaun. Dahinter erstreckte sich ein kleiner Garten, in dem ein Schuppen stand. Das Gebiet sah nach einem Wohnsitz für die reicheren Menschen der Stadt aus. Automobile befuhren die Straße, Pferdekutschen sahen sie nicht. Ein sicheres Zeichen für den Wohlstand der Bewohner.

Sie verließen das Taxi und wiesen den Fahrer an zu warten.

»Was tun wir?« Fayence schob das Schwert in eine Halterung an der Rüstung und drückte die Klinke des Tores nach unten. Es schwang auf. »Offen!«

»Ich nehme das als Einladung.« Silena blickte sich um. »Wir sind vor dem Officium angekommen. Das finde ich sehr gut.« Sie ging mit ihm durch das Tor, den Kiesweg entlang bis zum Treppenaufgang. Vorsichtig öffnete sie die Tür, die gehorsam aufschwang und ihr den Zutritt gewährte. »Die Polizei scheint sich sehr sicher, dass niemand versucht, in das Haus einzubrechen.« Sie zog die Luger. *Das geht mir zu glatt.*

Fayence nahm einen versilberten Revolver aus der Manteltasche. »Schauen wir nach, ob wir etwas finden.«

Sie drangen in das Haus ein.

Die Eingangshalle machte ihnen deutlich, dass die Besitzer über Geld verfügten: Übergroße Gemälde von Drachen in verschiedensten Positionen hingen an den Wänden des Treppenhauses, chinesische Drachensymbole und -ornamente zierten die Säulen und die Vertäfelungen. Gold und Silber glänzte, und Silena zählte nicht weniger als sieben Statuetten von Geschuppten.

»Jedenfalls haben sie ihren Glauben an Drachen und ihre Verehrung nicht verborgen.« Fayence zeigte auf zwei Gemälde, die mit einem schwarzen Schleier verhangen waren. Darunter standen die Namen *Fafnir* und *Grendelson*. »Sie trauern sogar um die toten Bestien.«

Silena hatte den Eindruck, dass die Besitzer aus dem Gebäude, das in klassizistischem Stil errichtet worden war, einen Tempel nach griechischem Vorbild gemacht hatten. *Ein Wunder, dass sie so lange unbemerkt leben konnten.* »In dem Bericht hieß es, dass die Kellerräume zum Bombenbau genutzt worden seien.« Sie sah sich immer noch um: Der gewaltige Leuchter an der Decke war in Form eines asiatischen Drachen gestaltet. *Verrückt.* »Wir sollten uns die anderen Räume vornehmen.«

Fayence ging zur Treppe. »Sie suchen unten.«

»Halten Sie es für eine gute Idee, dass wir uns aufteilen?«

Er hob den Revolver. »Was soll uns schon geschehen?« Dann eilte er die Treppe hinauf.

Die Luger halb im Anschlag, durchstreifte Silena zunächst das Untergeschoss und wartete darauf, dass ihre Intuition ihr einen Hinweis gab.

Sie sah, dass die Polizei die Räume schon durchsucht hatte: Schränke und Türen standen offen, die großen, dunklen Sekretäre waren durchwühlt worden, sogar die Töpfe in der Küche hatten die Ermittler ausgeräumt. Überall gab es Hinweise auf die Verehrung von Drachen in Form von weiteren Gemälden, Kunstgegenständen und Vasen; viele davon trugen asiatische Motive.

An der richtigen Adresse sind wir. Silena setzte sich in einen Sessel. *Aber etwas stört mich.* Sie blickte auf den Garten, wo der Schuppen im goldenen Schein der untergehenden Sonne badete. *Gutes Versteck.*

Sie ging hinaus, öffnete die abgesperrte Holztür mit einem kräftigen Tritt. Es roch nach Laub, Feuchtigkeit und altem Rasen. Säuberlich geordnet hingen Gartenwerkzeuge an der Wand, in den Regalen lagerten Scheren, Setzhölzer und andere Utensilien, die ein Gärtner benötigte, um Pflanzen zu pflegen.

Dieses Mal sagte Silenas Intuition, dass sie richtig war. Sie stampfte mit dem Fuß auf. Der Untergrund klang solide. Aber nachdem sie den gesamten Raum durchmessen hatte und unermüdlich fest aufgetreten war, bemerkte sie ein hohles Geräusch.

Wusste ich es doch! Sie nahm die Spitzhacke von der Wand und hebelte die Dielen auf. Darunter kam ein Griff zum Vorschein, an dem sie sogleich zog.

Es klickte, dann senkte sich ein Teil des Bodens hinab. Nach Erde riechende, unnatürlich warme und feuchte Luft stieg empor. Es erinnerte sie an ein Reptilienhaus. Und Verwesung. Sofort wurde ihr schlecht. Dieses Mal wäre ihr auch ohne Schwangerschaft zum Erbrechen gewesen.

An der Wand sah sie Vertiefungen, die als Leiter dienten. Sie leuchtete mit der Taschenlampe hinunter und sah, dass es nicht mehr als zwei Meter nach unten ging. Der Überraschungseffekt gefiel ihr besser, also sprang sie. Dass dies wegen ihrer Schwangerschaft und der Erschütterung vielleicht kein so guter Einfall gewesen war, fiel ihr zu spät ein. Beim Aufkommen federte Silena leicht in den Knien nach, richtete den Lichtstrahl und die Luger nach vorn. Trotz aller Anspannung registrierte sie erleichtert, dass es kein Ziehen in ihrem Unterleib gab.

Der Raum besaß gemauerte Wände mit Symbolen und Mosaiken daran, der Boden war mit Rindenmulch ausgestreut, Äste und Stämme lagen darin verteilt, und am hinteren Ende glitzerte ein Wasserbecken. Sie schätzte seine Ausmaße auf fünf mal fünf Meter, schwach glimmende Lampen hingen an den Wänden. Das vielfache Zischen wusste sie unverzüglich einzuordnen. *Schlangen!*

Silena leuchtete umher und riss ein Reptil nach dem anderen aus der Dunkelheit. Sie war keine Expertin, doch es handelte sich den verschiedenen Größen nach um Würge- und Giftschlangen, die hier unten versammelt waren. *Ich wusste nicht, dass sie so groß werden!* Sie sah auch die verrottenden Kadaver, die einmal Menschen gewesen waren und in denen sich die geschuppten Leiber wanden.

Die ersten Schlangen krochen auf sie zu, züngelten und hatten den Kopf erhoben.

Silena fand neben sich einen Hebel in der Wand und betätigte ihn, die Plattform mit ihr darauf fuhr in die Höhe, zurück in die sichere Hütte. *Das muss ich Fayence erzählen.* Für sie sah es nach einem Schlangenkult aus.

Sie öffnete die Tür des Schuppens – und blieb stehen: Drei Männer schlichen sich durch den Garten auf die Tür zu, durch die Silena hinausgegangen war. Sie trugen Pistolen in den Händen. Silena hob die Luger.

Einer von ihnen hatte die Bewegung bemerkt und sah zu ihr. »Achtung!« Er schwenkte die Waffe in ihre Richtung und feuerte.

Dicht neben Silena schlug das Geschoss ein und riss ein Loch in die Wand des Schuppens. Sie drückte ab und machte sich keine Gedanken darüber, ob es möglicherweise Georgswächter des Officiums, die Geheimpolizei des Kaisers oder Drachenfreunde waren. Wer sie und ihr Kind töten wollte, musste sterben. Die Kugel traf den Mann mitten in die Brust, er fiel um und regte sich nicht mehr.

Der Erste hetzte ins Haus und dachte nicht daran, seinem Begleiter beizustehen, der sich hinter einen steinernen Kübel warf und auf sie feuerte.

Silena zog sich in den Schuppen zurück. *Ich hoffe, dass Fayence gewarnt ist,* dachte sie und hörte noch mehr Schüsse, die aus dem Gebäude zu ihr drangen. Der Mann, der geflüchtet war, konnte unmöglich bereits auf Fayence getroffen sein. Es befanden sich demnach noch mehr Gegner auf dem Grundstück.

Die Kugeln durchschlugen die Bretter, aber da der Feind nicht wusste, wo sie stand, traf er nicht.

Sie nutzte die Löcher. Durch eines sah sie hinaus, an ein anderes setzte sie den Lauf der Luger und wartete, bis der Mann sich hinter dem Kübel hervorwagte. Sobald er aufstand und geduckt ins Haus rennen wollte, schoss sie nach ihm.

Das erste Projektil traf ihn ins Bein, das zweite in die Hüfte. Stöhnend fiel er um.

Damit haben wir schon mal einen, den wir befragen können. Silena eilte aus dem Schuppen und schlug den Mann ohnmächtig, dann lief sie an ihm vorbei ins Haus, aus dem noch immer heftiger Schusswechsel erklang.

Silena lud nach, arbeitete sich Raum für Raum vorsichtig voran und gelangte ins Treppenhaus. Zwei Männer lagen tot am Fuß der Stufen, zwei weitere kauerten auf den Stiegen und nahmen das obere Geschoss unter Beschuss. Eine Handgranate flog hinauf.

Die Detonation fegte die Bilder von der Wand, Schrapnelle beschädigten die Statuetten und zerschlugen Vasen und Glas.

Silena hatte den Kopf rechtzeitig zurückziehen können, die Splitter schossen an ihr vorbei und fuhren in den Rahmen. *Das war knapp.* Noch bevor sie nachschauen konnte, was mit Fayence geschehen war, explodierten zwei weitere Granaten, die Verwüstung in der Eingangshalle schritt voran. Metall klirrte, es krachte, und ein Schrei gellte. Eine Qualmwolke drang zu ihr in den Nebenraum.

Silena duckte sich, rollte sich über die Schulter ab und kniete in der Halle, die Luger dahin gerichtet, wo sie die Feinde zum letzten Mal gesehen hatte. Zu ihrer Überraschung stand sie nun drei bewaffneten Männern und einer Frau gegenüber.

Fayence kam aus dem oberen Geschoss gesprungen und landete zwischen ihnen, in den Händen hielt er das Drachenschwert. Schneller, als die Gegner handeln konnten, zuckte die Klinge nieder und tötete sie nacheinander mit gezielten Stichen durch die Oberkörper. Fast gleichzeitig stürzten sie auf die Marmorplatten.

Silena starrte Fayence an. Sein einst weißer Mantel wies zahlreiche Risse und Löcher auf, an manchen Stellen haftete Blut, und seine Rüstung war gespickt mit Eisensplittern. Nur an den ganz dünnen Stellen hatten sie die Panzerung durchdrungen und ihm Verletzungen zugefügt. Aus zwei tiefen Schrammen an der Stirn und an der Wange quoll das Rot. »Bei den Heiligen«, entfuhr es ihr. Sie ging auf ihn zu. »Sind Sie sehr verletzt?«

Er wischte sich das Blut weg. »Nein«, sagte er abwesend, die Pupillen waren klein wie Stecknadelköpfe. »Der Segen von Ichneumon war mit mir.«

Silena vermutete, dass er die Substanz eingenommen hatte, die Nitokris ihr gezeigt hatte. Die übermenschliche Geschwindigkeit hatte ihm das Leben gerettet. Sie beugte sich über die Toten und durchsuchte sie rasch. »Ich beeile mich. Ich nehme an, dass die Polizei sich bald blicken lassen wird.« Sie sammelte die Geldbörsen ein, die sie in aller Ruhe untersuchen wollte. Jeden Fetzen Papier, den sie bei ihnen fand, steckte sie ein. »Unter dem Gartenschuppen ist eine Schlangengrube. Man hat diesen Viechern Menschen zum Fraß vorgeworfen.«

Zufällig entdeckte sie bei einem der Männer eine Tätowierung am Unterarm: ein asiatischer Drache und eine Schlange waren miteinander verschlungen. Silena atmete auf. Sie hielt den Arm hoch, damit Fayence das Bild sah. »Damit haben wir den Beweis, die Richtigen getötet zu haben.«

Fayence zeigte zum Fenster. »Eben humpelt einer vorbei.«

»Das ist bestimmt der Kerl, den ich angeschossen und dann niedergeschlagen habe.« Zuerst wollte sie ihm hinterher, um auch ihn zur Strecke zu bringen, dann aber hielt sie inne. »Wir lassen ihn entkommen.«

Fayence drehte den Kopf ruckartig, als wäre er ein mechanisches Wesen; die kleinen Pupillen machten es nicht besser. Er wirkte zutiefst unheimlich. »Nein.«

»Doch. Denn er wird uns zu denen führen, die sie geschickt haben.« Sie ging zur Tür und spähte durch einen Spalt hinaus.

Der Mann hinkte aus dem Tor auf einen abgestellten Kleinlaster zu.

»Ich denke nicht, dass es die Hausbewohner waren, die uns

überfallen haben.« Sie wartete, bis sie den Motor starten hörte, dann lief sie hinaus. »Unser Taxi hat sich aus dem Staub gemacht!«

Silena hielt das nächste Automobil mit vorgehaltener Luger mitten auf der Straße an. Die Scheinwerfer blendeten sie, und sie konnte nur hoffen, dass es ein schnelles Fahrzeug war.

Der Wagen kam zum Stehen und hupte anhaltend. »Sie sind …«

»Ruhe!« Silena stieg auf den Beifahrersitz, Fayence in den Fond. »Folgen Sie dem Lastwagen«, befahl sie dem uniformierten Chauffeur, der mit weißen Handschuhen steuerte.

»Entschuldigen Sie, aber ich muss die Herrschaften abholen …«, stotterte er überfordert, ohne die Luger aus den Augen zu lassen, und wurde bleich.

»Das können Sie hinterher machen«, fiel sie ihm ins Wort. »Im Namen des Officium Draconis, geben Sie Gas und verlieren Sie den Laster nicht aus den Augen. Aber bleiben Sie auf Abstand, damit er uns nicht bemerkt.«

Der Chauffeur schluckte, sah auf die Straße und legte krachend den Gang ein. Er folgte dem Lastwagen, ohne fortan ein einziges Wort zu sagen. Dafür lief ihm der Schweiß in Strömen den Nacken hinunter.

Es ging zurück in die Stadt, quer durch das brückenreiche Dresden und auf der anderen Seite wieder aus Dresden hinaus. Mehr und mehr fiel die Stadtgrenze hinter ihnen zurück, die Automobile wurden weniger. Die Nacht war vollends hereingebrochen, die Lichtkegel der Scheinwerfer wurden zu verräterischen Zeichen in der Dunkelheit. Langsam wurde ihre Verfolgung auffällig.

Aber der Lastwagen behielt seine Geschwindigkeit bei. Der Fahrer machte keinerlei Anstalten, sie abhängen zu wollen. Plötzlich schwenkte er auf eine Allee ein, die zu einem großen Anwesen führte.

Silena ließ das Automobil anhalten. »Wir gehen zu Fuß weiter.« Sie sah den Chauffeur an, der mit einem Taschentuch sein glänzendes Gesicht, Hals und Nacken abtupfte. »Sie warten auf uns.«

»Sicherlich nicht«, stieß er hervor, was ihm durch den Kopf ging, und sah sie dann erschrocken an.

Silena lächelte ihm zu und zog den Schlüssel ab. »Sicherlich doch.« Sie stieg aus und rannte los; hinter sich hörte sie Fayence laufen.

Sie bewegten sich im Schutz der Bäume, während der Lastwagen auf das Tor des herrschaftlichen Backsteinhauses zufuhr, das von selbst für ihn aufschwang. Vor der großen Treppe blieb er stehen, und der Mann fiel mehr aus dem Führerhaus, als dass er ausstieg. Zwei Diener kamen herbei, stützten ihn, brachten ihn hinein.

Silena und Fayence erreichten die Mauer, liefen an ihr entlang, um näher an das Haus zu gelangen, und kletterten hinüber. Der Ägypter hatte seinen weißen Mantel ausgezogen und war mit seiner Rüstung nach wie vor auffällig. Die Eisensplitter, die darin steckten, verliehen ihm etwas Martialisches.

Gemeinsam überwanden sie das Hindernis und schlichen zu der Villa. Dort kauerten sie sich neben dem Dienstbodeneingang an die Wand und lauschten.

»Entweder hat uns niemand bemerkt, oder sie warten drin auf uns«, sagte Silena schwer atmend.

Ohne zu erklären, was er beabsichtigte, kletterte Fayence an der Fassade hinauf.

»He«, machte Silena leise und musste zusehen, wie er sich durch ein oberes Fenster schwang. Sie betrat das Haus durch den Dienstboteneingang.

Von Weitem hörte sie mehrere Stimmen, aus der Küche drang das Klappern von Geschirr. *Wo haben sie dich hingebracht?* Silena sah Blutspuren auf dem Boden und folgte ihnen. Draußen erklang das Dröhnen eines Motors, der Laster war angesprungen, dann näherte sich das Geräusch. *Sie haben ihn vom Hof gefahren.*

Die Blutspur endete vor einer Kammer, hinter der lautes, schmerzvolles Stöhnen erklang.

»Stellen Sie sich nicht so an«, sagte ein Mann harsch auf der anderen Seite der Tür. »Was tun Sie erst, wenn der Arzt hier ist und Ihnen die Kugeln aus dem Leib schneidet?« Es war eine kleine Weile still. »Sie haben wirklich Nerven, zu mir zu kommen.«

»Wo sollte ich sonst hin?«, gab der andere ächzend zurück.

»Was weiß ich denn? Jedenfalls nicht zu mir. Mein Haus ist kein Stützpunkt«, brauste der Mann auf. »Mein Vater hätte Sie weggeschickt, nein, erschossen hätte er Sie für Ihre Dummheit und Ihre Unfähigkeit. Gerade *jetzt*, gerade *heute!*«

»Sie hätten es sehen müssen, Herr Voss. Dieser Ägypter war unglaublich schnell! Ich sah durchs Fenster, wie er drei Meter durch die Luft flog und meine Freunde tötete. Binnen eines Herzschlags!«

Voss! Es konnte Zufall sein, dass der Mann, mit dem sich Grigorij in Edinburgh angelegt hatte, Voss geheißen hatte. Doch daran zu glauben, fiel ihr schwer.

»Sie halluzinieren ja, Friedrichs! Reißen Sie sich zusammen.«

»Sie hätten es sehen müssen!«, rief der Mann verängstigt und aufgebracht zugleich. »Das *kann* kein Mensch sein!«

»Ja, schon gut, trinken Sie noch was.« Voss schwieg wieder. »Besser?«

»Ja, danke.« Friedrichs klang erleichtert und unterwürfig. »Bitte, wann kommt der Arzt?«

»Jede Minute. Kann ich Sie allein lassen?«

»Natürlich, Herr Voss.«

Voss … Stand sein Name nicht auch auf den Plänen des Neubaus für das Officium? Schritte näherten sich der Tür. Silena hielt Ausschau, wohin sie sich in Sicherheit bringen konnte. Der Besenschrank erwies sich als geräumig genug, um ihr als Versteck zu dienen. Gerade als sie die Tür bis auf einen Spalt schloss, trat Voss auf den Gang. Er trug eine schwarze Hose und passende Schuhe mit Gamaschen; über dem weißen Hemd mit Krawatte saß ein hellgrünes Gilet mit asiatischen Mustern. Die Kette einer Taschenuhr baumelte vom Knopf bis zu einer Tasche. Die Haare standen in wirren Locken vom Kopf; er fuhr mit den Fingern hindurch, ohne sie bändigen zu können. »Halten Sie sich tapfer, Friedrichs«, sagte er und ging den Korridor entlang.

Folge ich ihm oder schnappe ich mir den Drachenanbeter? Auch wenn ihr Bauchgefühl ihr sagte, dem Hausherrn auf den Zahn fühlen zu sollen, entschied sie sich für Friedrichs. Er war das leichtere Opfer.

Silena betrat den Raum, die Luger in der Hand und auf die Liege gerichtet. Der Mann hatte die Augen geschlossen, eine Flasche Scotch im Arm und rührte sich nicht.

Er wird doch nicht … Vorsichtig prüfte sie seinen Puls. *Tot!*

Keine Zeit verschwendend, verließ sie den Raum und suchte nach Voss. Während sie den Gang entlangeilte, fragte sie sich, was Fayence gerade trieb. Da es keinen Aufruhr in der Villa gegeben hatte, schien er nicht entdeckt worden zu sein.

Sie entschied sich für die Treppe nach oben und gelangte in einen weiteren Gang mit zahlreichen Türen; eine davon war angelehnt.

»Hubert, haben Sie alles?«, hörte sie Voss von dort sagen. Dem Klang der Schritte nach kam er auf den Ausgang zu.

Schnell öffnete sie die Tür unmittelbar neben sich, drückte sich in den dunklen Raum dahinter und wartete ab.

»Sehr wohl, der Herr. Alles ist vorbereitet«, gab Hubert Antwort. »Ich habe den Männern gesagt, dass sie den Wagen an der Auffahrt kontrollieren sollen.«

»Gut. Schalten Sie jetzt die Lichter ein. Ich bin im Garten.«

Schuhsohlen trafen auf den gefliesten Boden, dann sah Silena ihn vorbeilaufen. Er trug jetzt einen hellgrünen Kimono mit einer weißen Schärpe über der rechten Schulter; auf seinem Kopf saß ein hoher Hut aus durchsichtigem Garn, an den Füßen steckten Schnabelschuhe. Er ging zur Hintertür und öffnete sie.

Sieht nach einer Zeremonie aus. Sie hörte das leise Summen, das Deckenlicht im Gang flackerte und wurde schwächer. Im Garten flammten dafür unzählige Lampions in den Bäumen auf. *Was wird das für ein Ritual?*

Silena pirschte sich hinaus, kroch in den Schutz eines Gebüschs.

Voss stand am Rand einer freien Fläche, hatte die Hände in die Ärmel des Kimonos versenkt und sah in den Himmel.

Er wartet auf einen Drachen. Silena schaute über die Schulter zur Villa. *Wenn Fayence das mitbekommt …*

Heftiger Wind brachte die Äste und Zweige zum Schwanken. Die bunten Lampen hüpften, tanzten, als freuten sie sich über die Ankunft des Gastes, der sich aus den Wolken zu ihnen herabließ.

Silenas Amulett leuchtete grell auf. Schnell umfasste sie es mit der Hand.

Ein asiatischer Drache mit goldenen Schuppen glitt spielerisch wirbelnd auf die Lichtung nieder und tat einen letzten Schlag mit den filigranen Schwingen, um das Aufsetzen auf die Erde weich abzufangen. Die orangefarbenen Augen richteten sich auf den Mann.

Voss neigte das Haupt vor ihm. »Lǎozǐ Nie-Lung«, rief er. »Euer ergebener Diener erwartet Euch bereits.«

XV.

13. Januar, York, Grafschaft Yorkshire, im Nordosten des Königreichs Großbritannien

Ealwhina strich durch die Shambles wie ein nervöses, aufgeregtes Raubtier. Sie hatte es nicht gewagt, ins *Golden Fleece* zu gehen.

Sie wusste, dass zumindest die Männer des Zaren auf sie warten würden; und dass der Chinese wiederum für jemand ganz anderen arbeitete, lag auf der Hand. Dann war da noch der kobaltblaue Wasserdrache, der Auftraggeber von De Bercy, Vlad und Piotr, der auch die Kugel haben wollte. Er verfügte sicherlich über weitere Getreue.

Sie hatte mit Thomas, dem Wirt, telefoniert und sich von ihm durchgeben lassen, welche fremden Gesichter sich im Pub aufhielten. »Jeden Tag andere«, hatte die Antwort gelautet. So hatte sie es immer wieder verschoben, ihre Stammkneipe aufzusuchen. Und sie war von einem Freund gewarnt worden, dass mehrere Ausländer sich nach ihr erkundigt hätten. Darunter auch ein sehr großer Chinese.

Dann sind ja meine Jäger versammelt, dachte sie verbittert. Aber das Band aus Ektoplasma, das sie mit York verband, verlangte von ihr, dass sie ins *Golden Fleece* ging. Es gab keinen Ausweg. Die Löwen warteten darauf, dass das Lamm in die Arena getrieben wurde.

Ealwhina trug die Kugel bei sich. Noch immer fühlte es sich an, als sauge das Artefakt an ihrer Kraft, aber da sie sich in York befand, ging dies wenigstens nicht mit einer verfluchten Schwächung einher. *Ich werde sie nicht freiwillig hergeben.*

»Lady Snickelway«, sagte ein Mann hinter ihr. »Endlich habe ich Sie gefunden!«

Sie drehte sich um und machte einen Schritt zur Seite, um näher an einen Hackklotz zu kommen, in dem ein Messer und ein Beil steckten. Das Gute an den Shambles war, dass man die Waffen überall greifen konnte.

Anstatt sich dem Chinesen oder einem anderen ihrer Verfolger gegenüberzusehen, blickte sie ihrem alten Bekannten Sir Shamus in die Augen. Wie immer trug er seine Edelmanngarderobe, die aus dem letzten Jahrhundert stammte und die ihn sehr auffällig machte. Doch er mochte die Kleidung und konnte sie auch nicht wechseln.

»Oh, Sie haben mich erschreckt«, sagte sie erleichtert und legte die Hand an die Brust.

»Das tut mir leid.« Er tippte sich mit dem Gehstock an die Hutkrempe. »Ich habe Sie schon lange nicht mehr gesehen. Waren Sie auf Reisen?«

»Ja. Ein bisschen auf dem Festland«, gab sie lächelnd zurück. »Aber ich bin sehr froh, wieder hier zu sein.«

»Sie sehen strapaziert aus, Mylady«, sagte er besorgt. »Was ist los?«

»Ich …« Ealwhina bemerkte die vier Männer ein Stück hinter Shamus, die so taten, als suchten sie sich Fleisch aus den Auslagen eines Schlachters. Die Schuhe verrieten ihr, dass sie nicht aus England stammten: Kein britischer Schuster würde solche Nähte machen. »Entschuldigen Sie mich, Shamus.« Sie zog das Messer und das Beil aus dem Holz und ging auf die Männer zu. *Kommt her!*

Zuerst versuchten sie so zu tun, als gehe es sie nichts an, aber je näher sie ihnen kam, desto häufiger warfen sie sich Blicke zu. Bei einem Abstand von zwei Metern zogen sie Pistolen.

»Meine Herren?« Ealwhina lächelte böse. Hitze strömte durch sie hindurch, drang in jede kleinste Zelle ihres Körpers. Sie fühlte Lust einer ganz besonderen Art, die sie in letzter Zeit häufiger, intensiver erlebte. Und sie wollte ihr endlich nachgeben! *Mir ist nach Morden zumute.*

»Händigen Sie uns das Artefakt aus«, sagte der vorderste der Männer und streckte zielend den Arm mit der Waffe. »Oder ich erschieße Ihren Freund.«

Sie lachte und blieb stehen. »Shamus, haben Sie gehört? Geben Sie acht«, grollte sie wölfisch.

Shamus zupfte das Hemd zurecht, stützte die Hände lässig auf seinen Gehstock und grinste. »Das gebe ich, Mylady Snickelway.« Er bewegte sich nicht von der Stelle.

Die Menschen in der engen Gasse suchten ihr Heil in der Flucht oder huschten in die Geschäfte, um nicht getroffen zu werden; einige riefen nach den Bobbies.

Macht schon! Die Klingen wollen euer Blut! Ealwhinas Spannung erreichte ihren Höhepunkt wie die eines Sprinters vor dem Startschuss. *Ich will euer Blut!*

»Her mit der Kugel!«, befahl der Mann, und die Pistolenmündungen seiner drei Begleiter richteten sich auch auf den Yorker.

»Nein.« Ealwhina wartete nicht länger darauf, dass sie etwas taten, sondern machte einen Schritt auf sie zu

Vier Schüsse krachten, die Kugeln schwirrten an ihr vorbei und trafen Shamus – aber sie fanden keinen Widerstand! Sie flogen durch ihn hindurch und prallten gegen die Hauswand dahinter, wo sie kleine Stückchen aus dem Stein heraussprengten.

Die Zeit ist reif zum Schlachten! Ealwhina schleuderte ihre Waffen gleichzeitig. Das Beil traf den Anführer in den Kopf, das Messer fuhr dem Mann zu seiner Linken bis zum Heft in die Brust. »Ich bewundere Ihre Skrupellosigkeit«, knurrte sie. Es bereitete ihr Genugtuung, die Seelen aus den Leibern fahren zu sehen. Und sie wollte *mehr!* »Doch Geister kann man mit Ihren Waffen nicht töten!« Sie lief auf die Männer zu, die Finger zu Klauen gekrümmt, als wolle sie die Nägel in deren Fleisch schlagen und es zerfetzen.

Shamus lachte dröhnend und streckte ihnen die Brust ihn. »Wie sieht es aus, Gentlemen? Wollt ihr mich nochmals kitzeln?«

Aus dem Gewirr der Shambles erklangen die Signalpfeifen der Ordnungshüter, die Polizei Ihrer Majestät war auf dem Weg.

Die beiden Überlebenden wandten sich um und rannten das Gässchen entlang.

Lasst mich euer Blut sehen! Ealwhina eilte zum nächsten Schlachterstand und griff sich zwei Messer, holte aus und warf sie. Noch während die Klingen durch die Luft schwirrten, nutzte sie ihre Kräfte, um überschnell zwei weitere zu greifen und sie auch zu schleudern. »Ihr entkommt mir nicht!«, schrie sie ausgelassen.

Alle Messer trafen. Tödlich verwundet stürzten die Männer in die Gosse, und die Seelen verließen die sterbliche Hülle. Ealwhina starrte auf das Blut, das unter den Leichen hervorrann. *So wunderschön rot …*

»Gute Würfe, Mylady«, sagte Shamus und tippte sich wieder an den Hut. »Sie sollten gehen, bevor die Bobbies auftauchen.«

Ealwhina zuckte zusammen, sie musste sich zwingen, die Augen weg vom Blut zu lenken. »Das sollte ich.« Sie nickte ihm zu und eilte stolpernd davon. Der Rausch verließ sie nur widerwillig, die blanke Mordlust hatte sie wieder ein Stück im Griff. Niemand würde sie in ihrer Heimatstadt so schnell aufstöbern, wenn sie es nicht wollte. Aber die Bindung an das *Golden Fleece* verlangte von ihr, wenigstens einmal über die Schwelle getreten zu sein.

Ealwhina sah den Pub, schaute die Straße nach rechts und links, überquerte sie und wollte durch die Tür treten.

»Stoi!«, wurde sie von der Seite angebrüllt.

Sie blickte nach rechts, von wo der Ruf gekommen war. Drei junge Männer in langen grauen Mänteln rannten auf sie zu. *Die Soldaten des Zaren.* Zwei glatt rasierte Gesichter erschienen am Fenster neben dem Eingang und verschwanden wieder, dann wurde die Tür aufgerissen, und zwei weitere Männer drangen auf sie ein.

Ealwhina machte drei Schritte zurück und hörte das Klappern eines Fuhrwerks. Haarscharf rauschte die Bierkutsche an ihr vorbei. *Wie gerufen.* Sie sprang auf und ließ sich mitnehmen, während die Russen hinterherliefen. Die Geschwindigkeit ihres Fluchtgefährts war nicht besonders hoch, doch es genügte, die Männer auf Abstand zu halten.

Das kann nicht so weitergehen. Ich will nicht in ständiger Besorgnis und Wachsamkeit leben, nur weil ich das Artefakt besitze. Ealwhina verfluchte bereits, dass sie die Kugel nicht jemandem gegeben oder sie weggeworfen hatte. Andererseits barg sie viele Möglichkeiten, die ihren Freunden in York zugute kommen könnten. Ihr selbstverständlich auch.

Ein Automobil tauchte hupend hinter den Russen auf und hielt an. Die stellten sich auf das Trittbrett, und die Verfolgung ging weiter. Sie holten rasch auf.

Ich kann es ihnen nicht überlassen. Wer weiß, was mit seiner Macht alles angerichtet wird. Ealwhina war eine Mörderin, doch sie unterschied zwischen den Einzeltaten, die sie beging und begangen hatte, und dem, was ein Medium mit der Kugel auslösen konnte. Ganz genau wusste sie nicht, was alles im Bereich des Möglichen lag, doch die Erinnerung an das, was am Triglav geschehen war, ließ vieles erahnen. Gutes und Schlechtes.

Sie konnte sich nicht darauf verlassen, dass der zukünftige Besitzer des Artefakts nur Gutes tun wollte. *Einmal noch werde ich dich nutzen.* Die linke Hand schloss sich um die Kugel. *Danach zerstöre ich dich.*

Die Russen fuhren parallel zu der Kutsche und versuchten, sie an ihrem Kleid zu packen.

Ealwhina wechselte die Seite und sprang aus voller Fahrt auf den Bürgersteig, ohne zu stürzen oder zu stolpern. Sie hatte sich einen Plan zurechtgelegt, und dazu musste sie auf den höchsten Turm des bekanntesten Gebäudes von York und die größte mittelalterliche Kirche des Kingdoms gelangen. Von dort oben würde sich die Kraft des Artefakts am besten und sichersten entfalten.

Sie rannte in eine Querstraße, die zu schmal für ein Automobil wurde.

Was wird das? Wieso läufst du weg?, wisperte ihre Mordlust. *Bleib doch einfach stehen und mach sie kalt! Du kannst es!*

Sie gab dem Verlangen nicht nach, auch wenn der Gedanke verlockend war. Immer wieder wurde sie gerufen, mal auf Russisch, mal in schlechtem Englisch. Als sie sich nicht darum scherte, krachten wieder Schüsse. Rechts und links von Ealwhina schlugen die Kugeln ein, zwei trafen sie in den Arm und in die linke Seite.

Sie ignorierte die Schmerzen, so gut es ging, und lief im Zickzack, von Deckung zu Deckung. Wieder gellten die Pfeifen der Bobbies, was die Russen aber nicht weiter störte. Sie feuerten noch immer und blieben der Frau auf der Spur.

Doch Ealwhina näherte sich ihrem Ziel: Über die Häuser hinweg erhoben sich die Türme des Minsters.

Tu es!, meldete sich die Mordlust lockend und fühlte sich stärker. *Nutze die nächste Gelegenheit! Töte für die gute Sache und leide endlich keinerlei Reue!*

Und schon tauchte die Gelegenheit vor ihr auf: ein Laden für

Haushaltswaren. Das Paradies für jemanden, der Werkzeuge des Todes suchte.

Ealwhinas Schritte verlangsamten sich. Eine Ausrede hatte sie sofort parat. *Die Russen sind zu dicht an mir dran. Ich kann nicht zulassen, dass sie mir in die Kirche folgen.* Schnell betrat sie das Geschäft.

Der Verkäufer, gerade beim Notieren in sein Geschäftsbuch gestört, sah die Kundin erstaunt an. »Guten Tag. Was darf ich für Sie tun, Madame?«

»Messer«, keuchte sie und blickte zur Eingangstür, durch die soeben die ersten ihrer Häscher traten.

Der Mann stellte sich auf die Zehenspitzen, den Arm hebend. »Gentlemen, bitte, benehmen Sie sich. Ich bin sofort bei Ihnen.« Dann sah er deren Pistolen und wich blass zurück. »Mein Gott!«

Ealwhina hatte die Küchenmesser entdeckt, nahm sich zwei und aktivierte ihre Kräfte. Das Artefakt schien zu ihrer freudigen Überraschung ektoplasmische Energie in sie zu pumpen und verlieh ihr zusätzliche Stärke.

Sie fuhr wie ein Blitz unter die Soldaten, die Klingen zischten durch die Luft, geführt von ihren kundigen Händen, und trafen die fünf Männer innerhalb weniger Lidschläge tödlich in Hals und Brust. *Sterben sollt ihr!*

Die Schüsse, die die Russen in ihrer Not schreiend abfeuerten, trafen sie nicht. Sie bewegte sich viel zu schnell. Die Körper fielen auf die groben Dielen, das Röcheln und Gurgeln endete.

»Viel zu schnell«, murmelte sie und sah den Verkäufer an, der sich an die Regalwand hinter ihm drückte. Ealwhina machte einen Schritt auf ihn zu und hob die Klingen. »Da ist noch einer!«, sagte sie zu ihm und lächelte fein. Doch ein Blick in die entsetzten Augen des Mannes brachte ihre brennende Mordlust auf unerklärliche Weise zum Erlöschen. *Nein! Nicht er! Er hat damit nichts zu tun! Ich töte für das Gute!*

Sie drückte den blutigen Messerrücken senkrecht gegen die Lippen als Zeichen für ihn, nicht zu schreien, woraufhin er mit weit aufgerissenen Augen nickte.

Ealwhina ließ die Klingen fallen, wischte sich über den Mund und fühlte sich schlagartig wie ernüchtert. Nachdenklich betrachtete sie die Seelen der abgeschlachteten Russen, von denen zwei auf der Erde blieben. »Willkommen in eurer Hölle«, sagte sie und lief aus dem Laden. Aus den Augenwinkeln registrierte sie die Bobbies, die aus einer Straße einbogen, und sie lief langsamer, um keine weitere Aufmerksamkeit zu erregen.

Das Minster lag vor ihr, jenes altehrwürdige Gebäude, das eine Bauzeit von zweihundertfünfzig Jahren bis zu seiner Fertigstellung benötigt hatte. Sie blickte hinauf zum höchsten Turm. Von da oben wollte sie wirken.

Wie immer sah sie die vier verfluchten Seelen, die als leuchtendes Abbild ihrer menschlichen Hülle um die Mauern strichen: zwei Priester, ein Kind und eine junge Frau. Die Menschen waren hier ums Leben gekommen und hofften auf Erlösung von ihrer Gefangenschaft auf Erden, die sie sich zu einem großen Teil ihren eigenen Taten zu Lebzeiten zuzuschreiben hatten.

In mir bebt alles. Ealwhina spürte, dass in ihr eine starke Energie floss.

Das bemerkten auch die vier Seelen. Sie wandten sich ihr zu, kamen neugierig näher und bedrängten sie stumm.

»Geht und lasst mich durch«, befahl sie ihnen. Sie wunderte sich über ihre herrschaftliche Stimme, die Autorität verströmte und die Geister in der Tat zurücktrieb. »Bald wird es uns allen besser ergehen.« Die Seelen zogen sich fügsam zurück, sie schritt zwischen ihnen hindurch.

Ihre Aufregung stieg, als sie in das Innere der langen Kirche trat. Die eindrucksvollen, riesigen Fensterfronten sorgten für ein geheimnisvolles Licht im gesamten Gotteshaus.

Das Minster war bekannt für seine Glaskunst. Westfenster, Jesse-Fenster, Glockengießer-Fenster, Saint-William-Fenster, Saint-Cuthbert-Fenster und Rosenfenster sorgten dafür, dass Neulinge niemals wussten, wohin sie zuerst blicken sollten. Sie war schon so oft hier gewesen, und immer noch nahmen sie die Bilder und Ornamente gefangen, sodass sie sich in ihrer Betrachtung verlor.

Die Zeit schien mit ihrem Eintreten langsamer zu verlaufen, Ruhe breitete sich nach den vergangenen aufregenden Minuten in ihr aus.

Eahlwhina sah Betende, die auf den Bänken saßen und mit

gefalteten Händen Zwiesprache mit Gott suchten. Auch Besucher bewegten sich im Minster umher, bestaunten die Pracht der gotischen Baukunst.

Wenn es mir helfen würde, würde ich auf der Stelle beten. Sie seufzte und schlenderte regelrecht durch die Kirche. Auf dem Weg zum Aufgang in den höchsten der drei Türme sah Ealwhina zu ihrem Lieblingsfenster, dem Five-Sisters-Window, dem Fenster der Fünf Schwestern. Es bestand aus fünf lang gestreckten Lanzettfenstern, viele Meter hoch und sehr schmal. Das mittlere gefiel ihr am besten. Es zeigte im untersten Feld Daniel in der Löwengrube.

Genau so fühle ich mich. Aber nicht mehr lange. Ich werde den Löwen ihren Grund nehmen, mich jagen zu wollen. Ealwhina erinnerte sich daran, dass das an Handarbeiten erinnernde Ornament den Schriftsteller Charles Dickens inspiriert hatte. *Hatte er es nicht in seinem Roman Nicholas Nickleby eingebaut?*

Sie stieg bedächtig die Stufen hinauf, während sich in ihr die Kraft staute und aufzutürmen schien. Es war ein Druck, der sich unter ihrer Haut aufbaute und schmerzhaft wurde. Das Artefakt erwärmte sich, die Hitze nahm sie durch die Kleider hindurch wahr. Die Zeit der Ruhe war vorbei.

Ealwhina beeilte sich, stieg höher und höher. Durch die Luke ging es nach oben, wo ein scharfer Wind sie begrüßte.

York sah, aus der Höhe betrachtet, atemberaubend aus. Die Kamine und Schlote stießen Rauchwolken aus, es roch nach Feuer und Fluss, von dem sanfter Nebel aufstieg; sie würde den Anblick vermissen.

Zeit, etwas Gutes zu tun, nachdem ich den Menschen in der Stadt so viel Leid zugefügt habe. Keine Seele soll länger ihr Dasein unter den Lebenden fristen müssen. Sie nahm die fast schon heiße Kugel in die rechte Hand und legte die Linke darüber. Sie vibrierte leicht, als wollte sie fliegen oder zerspringen. *Wie habe ich es am Triglav gemacht?*

»Ihr Geister von York«, flüsterte sie und erschrak vor ihrer eigenen, harten Stimme. »Ihr verlorenen und gepeinigten Seelen!«, rief sie dann und drehte sich dabei, um den Blick über die gesamte Stadt schweifen zu lassen. »Mit der Macht des Artefakts in meinen Fingern befreie ich euch von euren Fesseln!«

Sie sah eine golden-bernsteinfarbene Sonne in ihren Händen leuchten. Die Strahlen schossen in geschwungenen, chaotischen Kurven zwischen den Fingerlücken hervor und tauchten in die Stadt hinab. Sie suchten die Geister und Spukgestalten, und sobald sie welche getroffen hatten, knisterte es. Die Verbindung zwischen dem Artefakt und den verlorenen Seelen wurde aufrechterhalten. Zehn, dreißig, fünfzig, neunzig – es waren mehr als *fünfhundert* Energiestrahlen!

Ealwhina wurde durchgeschüttelt, als stünde sie unter Strom, aber sie fühlte keinerlei Schmerzen. »Ihr verlorenen Seelen«, schrie sie die Kraft hinaus, die sie zum Bersten bringen wollte, »streift die Fesseln ab, die Flüche und die Sünden, die euch auf der Erde halten!« Sie machte sich bereit. »Ich sende euch …«

Wu Li, der ein dunkelblaues Hemd über einer schwarzen Hose trug, das er sich direkt nach seiner Ankunft samt neuen Schuhen und Mantel in York gestohlen hatte, erstand eben in den Shambles einen Teller deftigen Eintopf, als er die Schüsse und gleich darauf die schrillen Pfeifen der Bobbies hörte.

Es mochte ein ganz anderes Verbrechen sein, das sich in den kleinen Gassen abspielte, doch irgendwie war er sich sicher, dass die Schießerei nur einer Person galt: *Snickelway!* Fluchend stellte er den Teller ab und eilte los.

Das Feuern endete nicht. Kurzerhand folgte Wu Li zunächst den Polizisten, die sich in York besser auskannten als er, dann verlagerten sich die Schüsse an einen anderen Ort. Snickelway wurde durch die Stadt gejagt.

Zuerst kam er an einer Menschenmenge vorbei, die sich um Männer scharten, in deren Rücken Messer steckten. Als er weiterlief, kam er zu einem Laden, vor dem zwei Bobbies standen und Schaulustige abdrängten. Im Vorbeihasten sah er weitere Leichen, auch sie waren mit Messern traktiert worden.

Nǐ nǎinai de! Wu Li sondierte die Umgebung. *Keine Spur von ihr.* Sein Blick blieb am Minster hängen. Wenn er sich richtig entsann, galten Gotteshäuser als ein Rückzugsort bei den Christen.

Seiner Intuition folgend, lief er zum Minster und betrat es.

Es dauerte wenige Sekunden, und er bemerkte die bekannte

Frauengestalt, welche die Treppen des Mittelturms hinaufging, als hätte sie alle Zeit der Welt. *Das ist sie!* Er lächelte und machte sich an ihre Verfolgung. *Was hat sie vor? Von dem Turm wird es kein Entkommen für sie geben.*

Sie bemerkte ihn nicht und sah nicht einmal nach hinten. Für sie schien es nur den Weg nach oben zu geben. Höher und höher schraubten sich die Stufen hinauf. Schließlich öffnete Snickelway eine Luke und schwang sich ins Freie.

Wu Li konnte sich keinen Reim darauf machen, was sie auf dem Minster wollte. Behände folgte er ihr und näherte sich gerade dem Ausstieg, als das gelbgoldene Licht aufleuchtete. *Tā mā!* Er beeilte sich und schaute vorsichtig hinaus.

Snickelway stand mit dem Rücken zu ihm und rief nach Yorks Geistern. Zwischen ihren Fingern erstrahlte die Kugel und sandte Hunderte geschwungener Energiebahnen hinab in die Stadt. Die Luft knisterte vor Spannung, bläuliche elektrische Entladungen schossen umher.

Sie hat den Verstand verloren! Wu Li konnte sich vorstellen, was sie tat. *Die törichte Frau vergeudet die Macht des Artefakts.* Er zog seinen Revolver und legte auf ihr Herz an. Zweimal drückte er ab und traf sie.

Snickelway hielt inne und hustete, dann wandte sie sich zu ihm um. Aus großen Augen starrte sie ihn an, aber die Kugel in ihren Fingern hörte einfach nicht auf zu leuchten.

Dàngfù! Wu Li schoss sein Magazin leer. Snickelway taumelte und lehnte sich gegen die Brüstung, aber sie gab die Kugel nicht frei. Sie zitterte, ihre Lippen versuchten, Worte zu formen, doch sie brachte lediglich Gestammel hervor.

»Gib her!« Wu Li warf den nutzlosen Revolver weg und griff auf seine magischen Kräfte zurück. Er schleuderte einen Strahl weißen Ektoplasmas gegen sie, der sie hart gegen den Stein presste. Die Energie drang in sie ein und brachte sie zum Leuchten. Das Knistern verstärkte sich. »Her damit, sage ich!« Er unterbrach seinen Angriff für einen Herzschlag, um Kraft zu sammeln, und jagte eine weitere Attacke gegen ihre Arme, um ihren Griff zu sprengen.

Die Finger der Frau gaben das Artefakt frei, es fiel auf den Boden und erlosch.

Endlich! Er langte danach – und schrie vor Schmerzen auf. Die Oberfläche hatte sich derart erhitzt, dass er sich schwere Verbrennungen zuzog und die Kugel sich in seinem Fleisch festbrannte. Sosehr er die Hand schüttelte, das Artefakt löste sich nicht von ihr. Stöhnend drosch er es gegen die Brüstung und kreischte schrill, als sich die Pein steigerte: Die Kugel fraß sich tiefer in ihn hinein und bewegte sich dabei in Richtung Handgelenk.

Abgesehen von den immensen körperlichen Schmerzen setzte sie Bilder in seinem Kopf frei. Sie blitzten in rascher Folge auf und bestanden aus grellen, peinigenden Farben, und er vernahm dämonische Stimmen, die seine Seele schreckten. So ähnlich klang sein Herr, wenn er mit ihm sprach, nur tausendfach boshafter, beängstigender.

Er wollte nichts davon sehen und hören, schlug um sich, als könne er Bilder und Stimmen zerschmettern, dann drosch er sich mit der Faust gegen den Schädel. »Nein! Nein!« Stinkender, heller Qualm schoss aus der Wunde. Das Artefakt wanderte weiter in den Unterarm, verbrannte den Knochen, die Adern und Muskeln.

Dem tobenden Wu Li war inzwischen alles gleich, er musste sie loswerden: die Kugel, die Bilder und die Stimmen. Er fühlte, dass ihm sein Verstand entglitt. Snickelway hockte apathisch auf dem Boden, das Kinn sank auf die Brust. »Tu was, *Jī*!«, schrie er sie an und wimmerte. Blut rann ihm aus Mund und Nase. »Ich verbrenne! Ich halte es nicht mehr aus! Diese Stimmen ...!«

Die Kugel hatte den Ellbogen erreicht; zischend verdampfte Gelenkschmiere. »Aufhören! Das muss auf...« Wu Lis Rufe gingen in seinem erneuten, hysterischen Kreischen unter. Er ertrug nicht mehr und wuchtete sich über die Brüstung. *Es muss aufhören!*

Nach dreißig Metern endete sein Sturz auf dem Dach des Minsters; diesen Aufprall spürte er noch. Er rutschte von dort die Schräge hinab, glitt über den Rand und schlug mit dem Gesicht voran auf dem Kopfsteinpflaster auf.

Die Qualen und sein Leben fanden ein Ende.

12. Januar 1927, Dresden, Königreich Sachsen, Deutsches Kaiserreich

Silena kauerte hinter dem dichten Busch und umklammerte ihr Amulett, regte sich nicht und verfolgte, was Voss mit dem Drachen zu besprechen hatte. Sie hoffte, dass der Mann dabei möglichst viel redete. *Wenn sich die Asiaten ebenso geistig mit Menschen unterhalten wie die europäischen, muss ich mir vieles zusammenreimen.*

Nie-Lung neigte den Kopf.

»Lǎozǐ, alles ist vorbereitet. Mein Vater hat mir heute am Telefon versichert, dass die Drachen in Sicherheit sind. Er wartet auf Euren Befehl, Lǎozǐ, und er wird sie in die Freiheit entlassen.«

Nie-Lung legte das Haupt leicht schräg.

»Nein«, sagte Voss. »Lǎozǐ, es bedarf keiner großen Anstrengung. In wenigen Tagen haben wir die restlichen faulen Wertpapiere in Umlauf gebracht, und Vater wird über Mittelsmänner Kredite einfordern. Es wird kaum mehr aufzuhalten sein. Die Investoren sollen sich bereithalten.« Er schien dem Drachen zu lauschen. »Ja, Lǎozǐ.« Jetzt wirkte er peinlich berührt. »Nein, wir haben sie nicht ausgeschaltet. Wir haben sie zwar in eine Falle locken können, doch sie ist ihr entkommen. Sie hatte einen Mann bei sich, einen Ausländer, wie mir einer meiner Leute sagte. Er bewegt sich schneller als ein sterbliches Wesen und trägt ägyptische Zeichen auf seiner Rüstung. Kennt Ihr ihn, Lǎozǐ?«

Der Drache bewegte den Kopf verneinend von rechts nach links und wieder zurück.

Das ist gut zu wissen, dachte Silena. *Je weniger über Fayence bekannt ist, desto besser.*

Wieder schwieg Voss. »Wir wissen nicht, wo sie abgeblieben ist«, sagte er. »Aber was immer sie vorhat, sie wird Euren Plänen nicht gefährlich. Nach dieser Unterredung mit Euch, Lǎozǐ, rufe ich umgehend meinen Vater an. Er wird die zweite Welle auslösen. Die Drachenjäger, die bisher überlebt haben, werden ausgemerzt werden. Und vom nächsten Schlag wird sich das Officium nicht mehr erholen. Der Untergang der Drachenfrevler wird mit dem wirtschaftlichen Untergang des Kaiserreichs einhergehen, damit unser aller göttlicher Herr ein Zeichen setzen kann.« Er verneigte sich tief. »Ich bedanke mich für Euer Lob, Lǎozǐ, doch ich bin nur ein Werkzeug des Göttlichen, das ich in Eurer Gestalt vor mir sehe.«

Silena wurde eiskalt. *Was haben sie noch vorbereitet?* Sie konnte es kaum abwarten, dass sie den Mann in die Finger bekam, um ihn zu befragen.

Der Drache schlug mit den Schwingen und hob ab.

Voss verharrte in der vorgebeugten Haltung, der hellgrüne Kimono flatterte, Blätter wirbelten in dem künstlichen Sturm umher. Als Nie-Lung verschwunden war, kehrte Voss ins Haus zurück.

Silena kroch aus dem Gebüsch, rannte ihm nach und hob die Luger. Er hatte ihre Schritte gehört und wandte sich halb um.

»Keine schnelle Bewegung, Voss«, sagte sie zu ihm und trat näher. »Ich habe zwar nur Ihre Hälfte der Unterredung mitbekommen, aber sie war aufschlussreich genug.« Silena packte seinen Ärmel. »Sie gehen mit mir ins Haus und sagen, welche Pläne Sie verfolgen und wer Ihnen dabei geholfen hat, mich in die Falle zu locken.«

»Sie haben den Lastwagen verfolgt, richtig?«, entgegnete er kaum überrascht, als habe er sie erwartet.

»Kann sein.«

Er atmete ein. »Friedrichs, dieser Idiot. Dass er tot ist, tröstet mich dabei nur wenig.« Voss sah auf die Luger. »Wenn Sie hier sind, ist Ihr ägyptischer Freund auch nicht weit. Aber was immer Sie mit mir tun, Sie können von diesem Anwesen nicht mehr entkommen.«

Silena stieß ihn an, sodass er auf das Haus zustolperte. »Solange Sie einen Telefonanschluss haben, und den haben Sie, *muss* ich nicht entkommen.« Sie presste ihm die Mündung in den Nacken. »Falls einer Ihrer Handlanger auftaucht, sollten Sie ihm sagen, dass ich Sie sofort erschieße, wenn man mich angreift.«

»Was wäre denn, wenn ich gar nicht so viel auf mein Leben geben würde?« Er versuchte, teilnahmslos zu klingen.

Silena lachte. »Oh, das glaube ich nicht. Sie und Ihr Vater helfen dem Geschuppten nicht aus Spaß. Sie wollen Geld, Macht, was auch immer. Da Sie denken, Sie könnten als Sieger aus unserer Begegnung hervorgehen, werden Sie leben wollen.«

Gemeinsam betraten sie die Villa, Silena ließ sich in das Arbeitszimmer führen. Unterwegs begegneten sie niemandem, was Silena nicht weiter störte.

Sie gelangten in einen hohen, großen Raum, in dem viele Regale mit Büchern und Ordnern standen. Am Fenster befand sich ein schwerer Arbeitstisch mit drei Telefonen darauf. Silena wies Voss an, auf dem Stuhl vor dem Tisch Platz zu nehmen, sie selbst setzte sich in seinen Sessel.

»Schau einer an: viele Telefone«, sagte sie gespielt überrascht. »Damit wäre der Kontakt zur Außenwelt sichergestellt.« Ihr Blick wanderte zu Voss. »Wie kann ich Sie dazu bringen, mir zu verraten, was Sie, Ihr Vater und die Drachenanbeter planen?«

Voss legte ein Bein über das andere und rückte den Kimono zurecht. »Das würde ich mich an Ihrer Stelle ebenso fragen.« Er grinste und zog den Hut ab. »Sie haben keine Ahnung, was bald geschehen wird«, sagte er heiter und rieb sich die Hände. »Diese Vorfreude ist unglaublich beglückend.«

»Sie haben eines vergessen: Sie müssten Ihren Vater anrufen, um diese zweite Welle auszulösen.« Sie richtete die Luger auf seine Stirn. »Kein Anruf, keine zweite Welle.«

Er sah auf die Standuhr neben dem offenen Kamin. »Mein Vater pflegt mich anzurufen, meistens gegen kurz nach sieben Uhr abends. Wir haben vereinbart, dass er in dieser wichtigen Phase unserer Mission die nächsten Schritte einleitet, wenn ich mich nicht melden sollte.« Er legte die Hände entspannt hinter den Kopf. »Wir rechnen mit möglichst vielen Eventualitäten, und dazu gehört auch, dass die Polizei oder der Geheimdienst einem von uns auf die Schliche kommen.«

»Dass ich lebe, war nicht eingeplant.«

»Nicht zum derzeitigen Augenblick«, stimmte er ihr zu. »Aber so lange werden Sie nicht mehr auf der Erde weilen. Ihr ägyptischer Freund wird Sie in den Tod begleiten.«

»Denken Sie?« Silena hob den Hörer ab und wählte die Nummer des Officiums in der Hohenzollernstraße.

»Was machen Sie da?«, wollte er wissen, nun nicht mehr ganz so souverän wirkend.

Silena legte den Hahn nach hinten. »Hier ist Zadornova«, sagte sie, als sie die Stimme der Telefondame vernahm. »Ich möchte Großmeister Brieuc sprechen.«

»Ich verbinde.«

Voss biss die Zähne fest zusammen, als er verstand, mit wem sie reden würde, aber er wagte nicht, sich zu bewegen.

»Hallo?«, hörte sie Brieuc sagen.

»Hier ist Zadornova«, sagte sie rasch. »Hören Sie mir zu: Die Drachenfreunde planen einen neuerlichen Anschlag auf das Officium.« In aller Kürze berichtete sie, was sie im Garten vernommen hatte. »Ich werde aus Voss aber in der Kürze der Zeit wohl nicht herausbekommen, was geplant ist. Kümmern Sie sich um das Officium, Großmeister.«

»Das tue ich sofort«, antwortete er aufgeregt. »Bei den Heiligen! In was sind Sie denn da geraten?«

»Eine Verschwörung, deren Ausmaße ich noch nicht kenne«, antwortete sie.

»Haben Sie eine Ahnung, wer der Verräter in unseren Reihen ist?«

»Sie meinen, wer mich in die Falle locken wollte?« Silena dachte blitzartig nach. »Finden Sie heraus, wer Ihnen die Nachricht von den Drachenfreunden gesandt hat. Denjenigen sollten Sie unverzüglich festnehmen und verhören. Vielleicht kennt er weitere Geheimnisse.«

»Ich veranlasse es auf der Stelle.«

»Und, Brieuc: Senden Sie ein Telegramm in das walisische Dörfchen Ruthin, in den örtlichen Pub. Sie sollen Leída vor einem möglichen Angriff warnen.«

»Gut. Geben Sie auf sich acht!« Er legte auf.

»Wie niedlich«, kommentierte Voss. »Sie wollen Ihre narbengesichtige Freundin retten?« Er lachte, schlug die Hände zusammen. »Machen Sie nur! Dennoch werden Sie auch deren Ableben nicht verhindern.«

»Reden Sie nur, was immer Sie wollen, Voss.« Silena erlaubte sich einen erleichterten Atemzug. *Leída und Brieuc sind gewarnt. Jetzt musste sie herausfinden, was es mit den faulen Wertpapieren, Krediten und Investoren auf sich hatte, die für Nie-Lung auf eine Gelegenheit lauerten.*

»Sie sehen erleichtert aus«, meinte Voss gelangweilt. »Sie freuen sich zu früh. Das kann ich Ihnen schon mal versichern.«

»Ich gebe Ihnen die Gelegenheit, mir zu erklären, was Sie mit den Wertpapieren beabsichtigen. Wieso soll das deutsche Kaiserreich geschwächt werden, und von welchem Zeichen, das gesetzt werden soll, war die Rede?«

Voss hatte sein Grinsen nicht verloren. »Sie erinnern mich an eine Ratte, die durch ein Labyrinth rennt und auf der Suche nach dem Käse ist.« Er lehnte sich wieder betont lässig nach hinten. »Dabei geht es gar nicht um den Käse. Das Wichtige ist *außerhalb* des Labyrinths. Dahin werden Sie niemals gelangen.«

Silena wusste nicht, wie sie Voss zum Sprechen bringen sollte. Ihre Blicke richteten sich auf die Ordner, die sich meterhoch stapelten. Das Geheimnis lag zwischen ihren Deckeln verborgen, aber sie hatte weder das Wissen über Wirtschaft noch die Zeit, alle Unterlagen zu durchsuchen. *Eine Sackgasse.* Böse funkelte sie Voss an. »Herr Voss, Sie sind hiermit wegen Konspiration gegen den deutschen Kaiser festgenommen«, sagte sie. »Ich überstelle Sie der nächsten Gendarmerie ...«

»So? Zeigen Sie mir mal Ihre Beweise«, fiel er ihr ins Wort und lehnte sich nach vorn.

»Ich werde meine Zeugenaussage zu Papier bringen.«

»Sicher!« Voss wieherte vor Lachen.

»Danach wird der Geheimdienst Seiner Majestät Sie verhören, die Villa durchsuchen und auch Ihren Vater festnehmen«, zählte sie entschlossen auf. *Wenn er nicht gleich aufhört zu lachen ...*

»Ausgezeichent! Sie sind köstlich!« Voss wischte sich die Heiterkeitstränen vom Gesicht. »Mein Vater ist ein persönlicher Freund des Kaisers«, sagte er glucksend. »Er hat ihm im letzten Jahr eine Million Mark gegeben, einfach so. Für persönliche Ausgaben. Ein Drittel der deutschen Wirtschaft wird von meinem Vater direkt beherrscht, in einem weiteren Drittel hat er Anteile, die ihn zu einer entscheidenden Figur machen.« Er putzte sich die Nase. »Wissen Sie, wer an Macht gleich nach dem Kaiser kommt?« Er tippte sich an die Brust. »*Dieser* Name. Und nicht einer wird sich daran vergreifen wollen.«

»Ich werde es darauf ankommen lassen müssen.« Silena ärgerte sich über die Selbstverliebtheit des jungen Mannes und die Tatsache, dass er vermutlich recht hatte. Er hielt in diesem Spiel alle Trümpfe in der Hand, sie selbst dagegen war die Außenseiterin, die Großmeisterin mit dem falschen Namen. Sie hob den Hörer ab.

»Was macht Ihre verlorene Liebe? Haben Sie Ihren Gatten schon gefunden?«, sagte er mit einem vorgetäuscht mitfühlenden Tonfall. »Die Detektei, die Sie angeheuert haben, scheint hilflos zu sein.« Er stieß ein boshaftes Lachen aus. »Sie werden ihn niemals aufspüren!«

Silena fühlte sich, als habe ihr jemand das Herz zusammengepresst. Sie hängte wieder ein. »Sie haben etwas mit dem Anschlag zu tun?«

Voss lachte meckernd. »Es ist ja sehr leicht, Sie die Fassung verlieren zu lassen. Eine kleine Anspielung, und Ihre Contenance geht den Bach hinunter. Von einer so bekannten Kämpferin hätte ich etwas mehr erwartet.«

Sie sprang auf und schlug ihm mit der Luger gegen die Stirn, sodass er seitlich vom Stuhl kippte. Blut spritzte aus der Platzwunde auf den teuren Teppich. »Was ist mit meinem Mann geschehen?«, rief sie außer sich.

»Was wohl?« Voss hatte sich auf alle viere gestützt, er kämpfte mit Schwindel. »Er ist verglüht. Wie alle anderen, die sich in dem Zeppelin befunden haben. Es war so einfach, das Ding vom Himmel zu schießen.«

Sie umrundete den Tisch und trat ihm in die Seite, Rippen knackten. »Halten Sie das Maul!«

Voss schien Gefallen an Schmerzen und Provokation zu haben, denn er schwieg nicht. »Wir dachten, dass wir Sie damit ein bisschen beschäftigt halten und Sie nach Russland reisen werden, um seinen Tod zu erforschen. Es war der Einfall meines Vaters.« Er lachte. »Zadornov hat eine tolle Fackel abgegeben, wie ich hörte.«

»Halt's Maul!« Sie schlug von oben zu, mit dem Knauf an seinen Hinterkopf.

In dem Augenblick öffnete sich die Tür, und ein Diener stand auf der Schwelle.

»Sie bleiben!« Silena hob die Luger. »Kommen Sie …«

Voss zog ihr die Beine weg, und sie fiel neben ihm auf den Boden.

Sofort schwang er sich auf sie, bog ihr die Hand nach hinten, und ihre Finger öffneten sich von selbst. Die Pistole wechselte den Besitzer. »Rufen Sie die Männer, Kalthaupt. Sie sollen die Villa von oben bis unten durchsuchen. Hier läuft jemand herum, der hier nichts zu suchen hat. Und den ich tot sehen möchte. Schicken Sie mir außerdem Müller und Weiß. Wir gehen.«

Silena rührte sich nicht. Er saß auf ihrem Bauch, auf dem ungeborenen Leben. Auch wenn er davon nichts spürte, *sie* wusste es und hatte Angst um das Kind.

Der Diener nickte und verschwand.

»So schnell ändern sich die Vorzeichen.« Voss drückte die Mündung gegen ihre Schläfe und simulierte das Geräusch eines Schusses. »Sie haben es bald hinter sich. Ich hatte zwar kurz mit dem Gedanken gespielt, Sie als meine Gefangene am Leben zu lassen und Ihnen bald den neuen Kaiser von Deutschland präsentieren zu dürfen, aber es wäre zu gefährlich.« Er stand auf und hielt weiterhin auf sie angelegt.

Die Tür öffnete sich nach knappem Klopfen. Sechs Männer betraten das Büro, vier von ihnen waren mit MP18 bewaffnet, die anderen zwei trugen Aktenkoffer mit sich. »Herr Voss, Sie haben uns rufen lassen?«, sagte einer der Bewaffneten.

»In der Villa ist ein Mann. Findet ihn und bringt ihn um, aber passt auf. Er ist äußerst gefährlich. Friedrichs hat er schon er-. ledigt.« Er winkte die Männer mit den Koffern näher, die anderen verschwanden hinaus. »Weiß, Müller, einpacken. Nur die wichtigsten Unterlagen und Schuldverschreibungen. Sie wissen, worauf es ankommt.«

Die beiden nickten und gingen zu den Regalen, zogen zielsicher Ordner und Mappen heraus, öffneten sie und entnahmen ihnen Blätter.

Voss bedeutete Silena, sich zu erheben. »Hoch mit Ihnen. Ich zeige Ihnen den Garten ein letztes Mal.«

Silena stemmte sich in die Höhe. Ihr wollte nicht einfallen, was sie gegen den Mann ausrichten konnte. Notfalls blieb ihr nur der direkte Angriff.

»Wissen Sie, was ich witzig finde?«, sagte er und führte sie zur Tür hinaus. »Dass Sie mir die Sache mit Ihrem Mann geglaubt haben.«

Sie spie auf den Teppich.

Voss versetzte ihr einen Tritt. »Lassen Sie das!«

Sie torkelte gegen eine Säule, glitt ab und klammerte sich an eine Ritterrüstung. Das Scheppern und Reiben des Metalls war sehr laut; sie konnte sich gerade noch festhalten, bevor sie die Treppe hinabgestürzt wäre. *Wenn er näher kommt, werde ich ihm die Luger entreißen.* Silena hielt sich bereit und packte den Brustharnisch der Rüstung, um ihn als Waffe einzusetzen.

Aber sie vernahm keine Schritte. Voss war stehen geblieben.

Sie sah hinter sich. »Fayence!« Ihr fiel mehr als ein Stein vom Herzen.

Der Ägypter stand über Voss, der gekrümmt am Boden lag, Blut rann von dem Schwert, dessen Spitze zu Boden zeigte. »Ich kümmere mich um die Männer«, sagte er und klang noch immer mechanisch.

Ich habe ihn nicht gehört. Er tötet sogar lautlos. »Sind Sie sicher?« Sie wollte ihn in dieser Lage nur ungern allein lassen.

»Ich bin sicher.« Er sprang auf das Geländer und drückte sich ab, verschwand in der Tiefe.

Weiß und Müller! Die Beweise, die ich brauche, um den Kaiser zu überzeugen! »Kommen Sie danach ins Arbeitszimmer!«, rief sie ihm nach. »Ich erwarte Sie dort.« Silena machte kehrt, nahm ihre Pistole wieder an sich und stürmte geradewegs in den Raum zurück.

Weiß und Müller arbeiteten noch immer an den Regalen, aber sie erschraken, als sie die Drachenheilige vor sich sahen. Sie hoben beide die Hände, in denen sie Blätter hielten.

Silena zeigte auf die Koffer. »Was hat es mit diesen Unterlagen auf sich?«

Sie wechselten schnelle Blicke.

Sie sind unsicher. Und garantiert nicht bereit, für diese Sache zu sterben. »Voss ist tot, wie Sie sich denken können.« Sie visierte Müller an. »Sie können Ihrem Chef folgen oder mir ein paar Fragen beantworten.«

»Sag kein Wort«, zischte Weiß seinen Kollegen an.

Silena schoss ihm daraufhin in den Oberschenkel. Mit einem Schrei fiel er um und hielt sich stöhnend die Wunde. »Lassen Sie

Ihren Kollegen reden, wenn er möchte. Zu Ihnen komme ich noch.« Sie sah Müller streng an und richtete die Mündung auf ihn. »Was hat Voss vor?«

Die große Standuhr verkündete mit vier dröhnenden, satten Schlägen, dass die volle Stunde erreicht war, danach folgten sieben hellere.

In das Verklingen des letzten Tons hinein schrillte das mittlere Telefon: Wilhelm Voss wollte seinen Sohn sprechen.

XVI.

13. Januar, York, Grafschaft Yorkshire, im Nordosten des Königreichs Großbritannien

Ich … ich fühle keine Schmerzen. Ealwhina stemmte sich in die Höhe und sah über die steinerne Brüstung auf den Platz vor dem Minster, wo Menschen aus verschiedenen Richtungen angelaufen kamen. Erneut rannten Polizisten herbei. Das musikalisch schlichte Konzert der Zweitonpfeifen war in dieser Höhe nur leise zu hören.

Eine breite, dunkle Blutspur führte vom Schieferdach bis zur Kante und kennzeichnete die Strecke, die der Chinese nach seinem ersten Aufschlag gerollt war. *Wenn er das überlebt hat, wird ihm der zweite Sturz das Leben gekostet haben.*

Ealwhina ließ den Blick über York schweifen und wartete darauf, dass sich die Silhouetten der Geister und Spukgestalten zeigten. Sie war sich nicht sicher, ob ihr die Befreiung in gleichem Maße gelungen war wie am Trigalv. Möglicherweise hatte sie den Auszug der verlorenen Seelen verpasst, weil sie zu lange gebraucht hatte, um sich von der Attacke zu erholen.

Sie senkte den Blick auf ihre leeren Hände. *Die Kugel! Er hat sie mit in die Tiefe gerissen.* Sie eilte zur Luke. *Ich muss das Artefakt vernichten. Es hat seinen Dienst getan und soll keinen weiteren tun.*

Bevor sie den Ausstieg erreichte, erschien die schwarze Helmspitze eines Bobbies im viereckigen Loch. Er erklomm die letzten Sprossen und kletterte hinaus, ein betagter Kollege folgte ihm.

Sie zögerte, war unschlüssig. Der einzige Ausweg war ihr versperrt. *Sei eine gute Schauspielerin. Du bist noch zu schwach, um dich mit ihnen anzulegen.* »Guten Tag, Gentlemen«, sagte Ealwhina. »Ich bin äußerst …«

Der Rechte hob den Arm und zeigte mit dem Schlagstock auf sie, die Blicke gingen jedoch durch sie hindurch. »By Jove! Da liegt eine!«

»Zehn zu eins, dass sie tot ist«, gab der andere Polizist zurück und ging direkt auf sie zu.

»Entschuldigen Sie?«, rief sie. »Gentlemen, ich …«

Der Mann beachtete sie nicht – und marschierte durch sie hindurch!

Ealwhina hatte die Luft angehalten und drehte sich verwirrt um. *Ihr Geister von …* Sie sah sich selbst auf dem Boden hocken, die Beine ausgestreckt und den Rücken gegen die Brüstung gelehnt. Aus ihrem Oberkörper lief das Blut aus vielen Löchern und sickerte über die Steinplatten, ihr Kopf war zur Seite geneigt.

Ich bin … tot!? Sie schaute an sich herab. *Oh mein Gott. Ich bin eine von ihnen geworden! Wie ist … Aber wie? War an seinen Geschossen etwas Besonderes?,* dachte sie verzweifelt.

»Tot«, sagte der Bobby, der neben ihrer Leiche stand und ihren Puls am Hals gesucht hatte.

»Ist das ein Wunder, bei der Menge an Einschusslöchern?« Der zweite Polizist betrachtete ihr Gesicht. »Sag mal, Ruthington, sieht sie nicht aus wie die junge Lady Snickelway?«

»Du hast recht!« Der Ältere pfiff durch die Zähne. »Aber sie hieß nicht Snickelway, und eine echte Lady war sie schon mal gar nicht. Ihr Name ist Molly Smith. Sie war eine Hure, die im *Golden Fleece* auf ihre Freier wartete, hat mir Bishop erzählt. Eine schillernde Frau, immer in den Snickelways unterwegs. Bis Seine Lordschaft kam und sie heiratete. Sie konnte sich noch so sehr Lady Blackburn nennen, beim Volk war sie Lady Snickelway. Man hat sie für den Rest ihres Lebens unter Hausarrest gestellt.« Der Bobby sah auf ihre erstarrten Züge. »Die Mörderin müsste steinalt sein. Wenn sie eine Tochter hat … na, die hier könnte es sein.«

»Wohl eher nicht.« Sein junger Kollege schob sich den Helm ins Genick und sah über den Rand des Turms. »Ah, da ist der Chinese runtergefallen. Aufgeschlagen und weitergerollt.«

Ich wurde niemals wegen Mordes verurteilt!, rief Ealwhina empört, ohne von ihnen gehört zu werden.

»Sie wurde nicht wegen Mordes verurteilt«, sagte Ruthington gleich darauf zu ihrer Freude. »Die Indizien sprachen zwar alle gegen sie, aber der entscheidende Beweis fehlte. Ihr Mann hat sich auf einen Handel mit dem Lordrichter eingelassen, hieß es.« Er drückte der Toten die Augen zu. »Auf die Geschichte, die sich hier auf dem Turm abgespielt hat, bin ich neugierig. Ob das mit den Vorfällen in der Stadt zusammenhängt?«

»Zehn zu eins, dass ja«, erwiderte der andere. »Ich habe gehört, dass der Ladenbesitzer sagte, eine junge Frau habe die Männer umgebracht.«

»Vielleicht kann uns Seine Lordschaft etwas dazu sagen. Was für eine Tragödie, wenn das Snickelways Tochter ist.« Ruthington erhob sich und ging zur Luke. »Bleib du oben und pass auf, bis der Inspektor da ist. Ich sage Bescheid, dass es zwei Leichen gibt.«

Ealwhina wusste noch immer nicht, was sie tun sollte. *Meine Taten halten mich nach wie vor in York.* Das Band aus Ektoplasma war jedoch verschwunden.

Was die Bobbies nicht ahnen konnten: Ealwhina besaß die Fertigkeit, ihren Astralleib in ihrer jungen Gestalt auf Wanderschaft zu schicken, während ihr gealterter Körper zu Hause in dem Anwesen ihres Gemahls auf dem Krankenbett lag und von Ärzten versorgt wurde.

Wenn sie mit ihrem Astralleib und ihrer Seele unterwegs war, senkte sich ihr körperlicher Herzschlag ähnlich dem indischer Gurus fast auf Null. Die Ärzte, die das Phänomen für ein jahrelanges Leiden und schwerste Narkolepsie hielten, zwangen dem Körper Essen und Trinken in den Schlund und bewahrten ihn vor dem Tod. Andernfalls hätte sie keine Reisen von fünf Tagen unternehmen können.

Ealwhina hatte es durch Zufall herausgefunden und ihre Fertigkeit in aller Heimlichkeit geschult und perfektioniert. Der lebenslange Hausarrest verschaffte ihr die nötigen Stunden, Tage und Wochen dazu. Ihre Seele nahm Gestalt an und bewegte sich umher, als reale Person mit vielen Vorteilen gegenüber einem normalen Menschen. Aber auch mit Nachteilen: Kehrte sie nicht rechtzeitig zurück, trennten sich Seele und Leib für immer, hatte sie in den Büchern lesen müssen. Was das für sie bedeutete, hatte sie niemals herausfinden wollen.

Heute jedoch war es noch schlimmer gekommen: Ihr Astralleib war zerstört worden. Dabei verhielt er sich gegenüber äußeren Einflüssen sonst äußerst widerstandsfähig und scherte sich nicht zu sehr um Verletzungen … Plötzlich fiel ihr eine mögliche Lösung ein. *Der Chinese hat mich mit Ektoplasma angegriffen! Diese Energie war in der Lage, meinen Astralleib zu vernichten.*

Der Bobby sah auf die vermeintliche Leiche, die plötzlich flackerte und verschwand. »Was, zum …« Er bekreuzigte sich. Leise klirrend fielen die Pistolenkugeln auf den Stein, und nur das Blut des Körpers blieb. »Ruthington!«, schrie er in die Luke. »Ruthington, um Himmels willen, komm sofort wieder zurück!«

Ealwhina drückte sich ab und flog vom Minster, senkte sich langsam auf den Boden, neben die Leiche des Chinesen. *Du hast mich getötet! Getötet und zum Geist gemacht!* Sie sah sich um, ob sie seine Seele entdecken konnte. Wenn es jemand verdient hätte, ihr als Spukgestalt Gesellschaft zu leisten, dann er.

Bobbies drängten die Menschen ab, die sich neugierig um die Leiche scharten.

Ealwhina hegte die Hoffnung, dass sie mit dem mächtigen Artefakt etwas gegen ihre Vernichtung unternehmen konnte, was ihren Astralleib zurückbrachte. *Nein!* Sie stierte auf die feinen karamellfarbenen Splitter, die sich um den verschmorten Armstumpf des Mannes verteilt hatten und teilweise im schwarz verbrannten Fleisch steckten.

Es ist zerstört! Sie schlug die Hände vors Gesicht und wollte weinen. Aber es gelang ihr nicht. Sie konnte es nicht. Der Schmerz blieb in ihr stecken, es gab keine Linderung für sie.

»Ealwhina«, vernahm sie eine Stimme. »Ealwhina, da bist du!«

Sie wandte sich um, nahm die Finger von den Augen.

Lady Alice kam auf sie zu, und hinter ihr folgten die Bekannten aus dem *Golden Fleece*. Sogar der römische Soldat und der griesgrämige alte Mann hatten sie begleitet. De Bercy, Sir Shamus und sämtliche Spukgestalten, die Ealwhina kannte, strömten auf das Minster zu.

Bei den … Geistern von York, hatte sie innerlich sagen wollen, als ihr eingefallen war, dass sie fortan eine von ihnen war. Offenbar nahm man es ihr übel, dass die Befreiung der Seelen gescheitert war. *Können sie mich zerreißen?*

Lady Alice blieb vor ihr stehen – und strahlte sie an, schloss sie mit einem glücklichen Lachen in die Arme. »Wir sind Ihnen so dankbar«, jauchzte sie.

Sie versuchte sich an einem Lächeln. »Ach ja?«

Die Menschen auf dem Platz konnten die Geister nicht sehen, aber sie spürten deren Anwesenheit. Sie fröstelten, ihnen wurde sichtbar unwohl, einige Kinder begannen zu weinen und zerrten an den Armen ihrer Mütter, um den Ort verlassen zu können.

»Aber sicher! Wir haben alle gesehen, dass Sie es waren, die vom Turm aus die Strahlen sandte, die uns befreiten.« Lady Alice herzte sie erneut. »Und Sie haben ihr Leben gegeben, um uns diese Freiheit zu schenken. Das werden wir Ihnen niemals vergessen.«

Bloody heavens! Ich habe versagt. Ealwhina war am Boden zerstört. Sie hatte ihr Leben gegeben und es nicht einmal geschafft, wenigstens die Geister von York zu erlösen und in den Himmel zu senden. Auch dass sie ihnen Bewegungsfreiheit verliehen hatte, war kein Trost.

»Wir können tun, wonach immer uns der Sinn steht!«, rief der Junge in der viktorianischen Kleidung aufgeregt. »Ich kann überall hin. Oh, ich werde endlich jeden noch so kleinen Winkel der Stadt erkunden.«

Der Römer sagte etwas, und einer der Geister übersetzte das Latein. »Es ist von nun an unsere Stadt!« Der Legionär reckte den Kopf. »Wir alle sind schon viel länger hier als die Menschen, die in den Mauern von Eboracum leben. Ich finde, dass sie es wissen sollten, *wer* die Herrscher von York sind.« Er hob das Pilum. »Wir, die Unsterblichen!«

Die Geister johlten und riefen ihre Zustimmung.

Ealwhinas Verzweiflung schwand angesichts dessen, was sich da andeutete. Sie schaute nach den echten Menschen, die sich vom Minster zurückzogen, ohne dass die Bobbies sie weiter ermahnen mussten. Aus einer Attraktion für Besucher war unversehens mehr geworden. Eine Revolution bahnte sich an.

»Mylady Snickelway, Sie, als unsere Wohltäterin, sollen uns führen.« Sir Shamus trat nach vorn. »Es ist nur ein Vorschlag, von dem wir hoffen, dass Sie ihn annehmen werden. Sehen Sie es als Anerkennung für Ihr großes Opfer.« Er verbeugte sich vor ihr, die restlichen Geister taten es ihm nach.

Sie wusste nicht genau, was man von ihr erwartete. Noch hielt sie sich für eine Versagerin. Ausgerechnet sie wollten die Seelen nun als ihre Führerin? Ealwhina betrachtete die Gesichter der Wesen, unter denen sie schon so lange lebte. *Es ist durch mich geschehen. Somit trage ich Verantwortung für ihre Existenz.* Sie lächelte. *Ja, warum nicht? Wenn ich schon ewig leben soll, dann unter den besten Umständen.*

»Sir Shamus, ich fühle mich geehrt«, erwiderte sie nach einer Weile und sah zum Legionär. »Und du hast recht, Römer. Es ist eure Stadt und von diesem Tag an auch meine. Ihr habt sie über Jahrhunderte ...«

»Jahrtausende«, rief eine Gestalt, die in einer archaischen Stoff- und Pelzaufmachung erschien und sie an die Gewandung und Bemalung der Männer beim Pikten- und Keltenfest erinnerte.

»... Jahrtausende hin begleitet, in guten und schlechten Jahren.« Ealwhinas alte Lust erwachte. Die Lust, Macht auszuüben und sie auszukosten. Einst hatte sie das getan, indem sie gnadenlos gemordet und ihre Überlegenheit bewiesen hatte. Das Schicksal bot ihr einen neuen Weg an. »Es ist an der Zeit, uns den Oberen der Stadt zu zeigen und ihnen zu sagen, wer in Yorks Straßen regiert.«

Die Geister jubelten.

Ealwhinas Angst und Besorgnis waren vergangen. Sie streifte ihre Vergangenheit als Hure, als Mörderin, als Lady und vor allem als Mensch ab. Eine neue Berufung erfüllte sie. »Meine Freunde: Zeigen wir uns den Yorkern! Sie sollen Gewissheit bekommen, dass es uns gibt. Niemand kann und wird unsere Existenz länger leugnen können.« Sie versuchte, mit der gleichen Konzentration, mit der sie früher ihren Astralleib gebildet hatte, von ihrer unsichtbaren Gestalt zu einer erkennbaren zu wechseln. Menschliche Augen sollten sie als Kontur wahrnehmen.

Die Spukkreaturen materialisierten sich ebenfalls.

Die Bobbies starrten die Geister an, die aus der tiefsten Vergangenheit der Stadt emporstiegen. Sie wichen aschfahl vor ihnen zurück und rannten ins Minster hinein, weil sie dachten, der heilige Boden würde sie schützen; die letzten Schaulustigen stoben schreiend davon.

Ealwhina stieß sich ab. »Hoch mit euch!«, rief sie. »Zehntausende sollen uns sehen! Erhebt eure Stimmen, dass alle aus den Fenstern blicken.«

Emporgetragen vom Rufen und Heulen aus unzähligen Kehlen, stieg sie über die Dächer von York und drehte sich dabei um die eigene Achse. Ealwhina sah die ängstlichen Gesichter der Menschen hinter den Scheiben ihrer vermeintlich sicheren Behausungen und das Begreifen in den Augen, dass es keine Einbildung war: York wurde wahrhaftig zur Stadt der Geister.

Fèihuà. Wu Li beteiligte sich nicht an dem lächerlichen Spektakel.

Er stand neben seinem Leichnam, den sogar die Polizisten allein gelassen hatten und der schutzlos auf dem Pflaster lag. Er wollte Snickelway nicht begegnen und hatte sich lieber vor ihr verborgen.

Kào. So hätte es niemals enden sollen. Ihm war als Geist ebenfalls der rechte Arm bis zum Ellbogen genommen worden. *Ich gehöre nicht nach Britannien, nǐ nǎinai de!*

Während die Spukgestalten mit ihrer neuen Herrscherin an dem trüben Winterhimmel schwebten und die Yorker in Angst und Schrecken versetzten, drückte er sich ab und flog nach Süden. Wu Li wollte zu seinem Herrn, der ihm in seiner Macht und Weisheit einen Ausweg zeigen würde.

Aber schon an den Stadtmauern endete sein Flug. Eine unsichtbare Sperre verhinderte, dass er York verließ.

Sosehr er sich anstrengte, die Barriere zu durchbrechen, es gelang ihm nicht. Als liefe er gegen gepolsterte Wände, die er ohne Werkzeug niemals bezwingen würde.

Resignierend sank er zu Boden. Es bedurfte keines Bands aus Ektoplasma, das ihn an die Stadt fesselte. Das ungeschriebene Gesetz, dass ein Schuldiger an dem Ort bleiben musste, wo er starb, ließ sich nicht täuschen. *Ich bin zu einem Yorker Geist geworden.*

Tā mā. Diese kleine Jī. Wu Li seufzte. Jetzt blieb ihm nur die Hoffnung, dass sein Herr bald Europa erobern würde und eines Tages auch nach York käme. Dann würden sie staunen und wahre Macht kennenlernen, vor denen die Welt der Sterblichen und der

Geister zitterte! Und er würde endlich seinen Lohn für das große Opfer erhalten, das er seinem Herrn gebracht hatte. Daran gab es keinen Zweifel. *Ich werde warten, Lǎozǐ.*

12. Januar 1927, Dresden, Königreich Sachsen, Deutsches Kaiserreich

Silena hielt die Luger auf die Männer gerichtet und ging zum Telefon, hob den Hörer ab. »Ja?«

Stille am anderen Ende.

»Herr Wilhelm Voss?«

»Wer sind Sie?«, fragte der Mann überrascht und barsch zugleich. »Was haben Sie im Arbeitszimmer meines Sohnes verloren?«

»Herr Voss, Sie reden mit Anastasia Zadornova.« Ihre Stimme zitterte vor Aufregung, schlagartig war ihr speiübel. »Ihr Sohn befindet sich in meiner Gewalt.«

»Aha.«

»Herr Voss, ich habe damit nichts zu tun!«, rief Müller ängstlich und schwieg, als Silena auf seinen Kopf zielte.

Aha? Mehr sagt er nicht dazu? Silena wunderte sich über die nüchterne Reaktion. »Ich rate Ihnen …«

»Sie raten mir gar nichts, Frau Zadornova«, fiel er ihr ins Wort. »Ich möchte mit meinem Sohn sprechen.«

»Nein.«

Es klickte. Voss hatte aufgelegt.

Silena lauschte dem Rauschen in der Leitung und hörte andere, leise Unterredungen, die von anderen Telefonaten stammten und deren Signale sich eingeschmuggelt hatten. Aber Voss war verschwunden. *Sein Sohn hat mich gewarnt, dass sie für jeden Fall Vorbereitungen getroffen hatten.* Sie ärgerte sich. Er hatte vermutlich aufgelegt, weil er überzeugt davon war, sie in der Hand zu haben. Um die nächste Stufe des Plans der Drachenanbeter aufzuhalten, musste sie Voss senior aufhalten. »Von wo hat Voss angerufen, Müller?«

»Er lebt in Flensburg«, antwortete der Mann sogleich. Schweißperlen sammelten sich auf seiner Oberlippe. »Ich nehme an, dass er von dort telefoniert hat.«

Flensburg war weit weg. Zu weit für sie. *Brieuc muss mir wieder helfen. Er muss Leída noch eine Nachricht übermitteln.* Sie wählte das Officium an, erreichte den Großmeister jedoch nicht. Ihr wurde schmerzlich bewusst, wie sehr ihr Grigorij fehlte, der ihr in dieser Lage Halt und Sicherheit gegeben hätte. Stattdessen blieben nur Sorge und Angst, die mit seinem Namen verknüpft waren.

Hastig dachte sie nach, an wen sie sich wenden konnte, wem sie vertrauen durfte. Zu ihrer Überraschung fiel ihr nur ein Mensch ein, auch wenn ihr die Wahl selbst ungewöhnlich vorkam. *Warum nicht? Sie hat mir schon mehr als einmal geholfen.*

Silena ließ sich von der Vermittlung verbinden, da sie keine Nummer besaß, sprach schnell in den Hörer, was sich ereignet hatte, und bat darum, ein weiteres Telegramm an Leída zu senden: »Sie soll mit ihren Leuten zur Voss'schen Villa in Flensburg fliegen und sie stürmen. Wichtig ist: Sie soll mehr über die Manipulationen des Industriemagnaten herausfinden.« *Zu gern hätte ich das selbst getan.* Silena ließ ihre Gefangenen nicht aus den Augen, die stumme Zeugen ihres Tuns wurden; ab und zu stöhnte Weiß auf, die Hände umklammerten die Schusswunde, um die Blutung aufzuhalten. »Ich komme mit den *Skyguards* sofort nach. Haben Sie das alles verstanden?«

»Ja, habe ich«, antwortete eine Frauenstimme aus dem weit entfernten München. »Sie können sich auf mich verlassen.«

»Danke. Sie haben mehr als einen Gefallen gut bei mir!« Silena legte auf und fühlte sich etwas beruhigter, sofern man das in ihrer Lage überhaupt sein durfte. Ihr Blick fiel auf Müller, der ihr redewilliger als Weiß zu sein schien. »Wir sind unterbrochen worden. Was läuft hier mit der Manipulation der Wirtschaft?«

Er schrak zusammen. »Oh … ich … Herr Voss …«

»So, dass ich es verstehe, Müller.«

»Wenn ich … grob zusammenfasse: Seit einigen Jahren haben die Herren Voss Papiere und Kredite in Umlauf gebracht, die nichts wert sind.« Er wirkte fahrig, die Pistole machte ihn nervös. »Alles diente dem Zweck, dass an einem bestimmten Tag diese

Blase zerplatzen soll und die deutsche Börse zusammenbricht. Um bei dem Bild zu bleiben: Er hält die Nadel dazu in der Hand.«

Silena hegte kein Mitleid, weder für Müller noch für den verletzten Weiß, der sich den Gürtel aus der Hose zog und die Wunde abband. Aus Furcht vor einer weiteren Kugel blieb er still.

»Würde er dann nicht ebenfalls sein gesamtes Vermögen verlieren?«, überlegte Silena.

»Ja, das würde er zu einem sehr großen Teil. Ich schätze, er hat aber eine Million Mark in Gold abgesichert.« Müller zuckte mit den Achseln. »Soweit ich weiß, arbeitet er mit einem Investor zusammen, der die Wertpapiere und Beteiligungsscheine an den deutschen Unternehmen für einen Spottpreis aufkaufen wird. Sie können sich denken, dass er davon einen größeren Nutzen haben wird als zum jetzigen Augenblick. Der Partner soll ihm die Leitung der Firmen überlassen.« Er nahm die Brille ab, putzte sie mit ungelenken Bewegungen. »Es ist alles bis ins Letzte vorbereitet. Der deutsche Aktienmarkt wird einbrechen und die Börse abstürzen lassen, wie es noch niemals da gewesen ist. Die schlimmste Wirtschaftskatastrophe seit Ende des Weltkriegs. Das wird viele Menschen um Lohn und Brot bringen.«

»Und Sie unterstützen ihn dabei.«

Müllers Gesicht verzerrte sich, dann brach er in Tränen aus. »Er hat meine Familie in der Gewalt«, schluchzte er. »Er hat gedroht, sie umzubringen, wenn ich ihm dabei nicht zur Hand gehe.« Er sah elend aus.

Weiß rollte mit den Augen; ihn interessierte das Schicksal seines Arbeitskollegen nicht. Doch er schwieg noch immer.

»Ich verstehe. Deswegen haben Sie gerufen, dass Sie nichts mit ihm zu tun haben.« Silena hasste es, dermaßen hilflos zu sein. Sie war auf ein Gebiet geraten, auf dem sie sich nicht auskannte und wo die Waffen andere als Flugzeug und Lanze waren. Aktien, Anleihen und Wechsel. Wie sollte sie etwas dagegen ausrichten können?

Nur, indem ich Voss stelle. Sie sah auf die Aktenordner. *Da sind die Beweise, um mich dem Kaiser gegenüber zu rechtfertigen. Die Anklage wegen Hochverrats ist ihm sicher.*

Die Tür öffnete sich, Silena legte an und sah Fayence mit dem

Schwert in der Hand. Am Heft und an der Schneide hafteten noch mehr Blut. »Ich bin fertig«, sagte er. »Sie auch?«

Er hat sie getötet, ohne dass ich einen Schuss gehört habe. Silena zeigte auf Müller, der daraufhin ein Stück mehr in sich zusammensackte. »Den nehmen wir mit, zusammen mit den Akten. Damit haben wir den Beweis, dass die Herren Voss Schlimmeres planen als das, was die Anschläge der Drachenfreunde bewirken könnten.« Silena wies den Buchhalter an, sich die Taschen mit den Ordnern zu schnappen. »Gehen wir. Draußen werden wir ein Automobil finden.« Sie riss die Leitungen der Telefone aus den Apparaten und ließ den verwundeten Weiß liegen. Er war ihr gleichgültig.

Zu dritt durchquerten sie das erste Stockwerk der Villa, eilten die Treppe hinab und liefen auf den Hof. Die Garagen befanden sich neben der Einfahrt.

»Wären Sie so freundlich, Herr Fayence, und würden uns einen Wagen besorgen? Ich kann kein Automobil fahren.« Silena war es zum ersten Mal etwas peinlich. Sie war die beste Pilotin des deutschen Kaiserreichs, vermutlich die beste Europas und dennoch nicht in der Lage, einen Wagen zu steuern. Grigorij hatte sie schon damit aufgezogen, und sie hatte es immer lernen wollen.

»Das wundert mich jetzt.« Fayences Gesicht sagte noch viel mehr, und er lief los. »Sie warten an der Treppe.«

Silena blickte zu Müller, der sich die Augen rieb. Sie glaubte ihm die Geschichte, und schon dachte sie an Grigorij und das eigene Kind, das in ihr heranwuchs. »Ich bete, dass Ihrer Familie kein Leid geschieht«, sagte sie mitfühlend.

»Danke. Ein frommer Wunsch.« Er schluckte. »Voss, diese Teufel! Nach außen hin geben sie beide die Gutmenschen, aber was ich alles erfahren musste, lässt mich vor denen erschaudern.« Er stockte und sah auf ihr Dekolleté. »Ihr Hemd … leuchtet?«

Sie holte den Talisman hervor. Der Splitter leuchtete gleißend und warnte sie vor einem Drachen, der sich in ihrer unmittelbaren Nähe befinden musste. *Verflucht!* »Müller, zurück ins Haus!«, befahl sie und riss die Tür auf. »Fayence! Achtung! Ein Drache ist hier!«

Der Buchhalter duckte sich und sprang in die Villa, Silena

schleuderte die Aktenkoffer hinterher. Ihnen durfte noch weniger etwas geschehen als dem Mann.

Heftiger Wind kam auf, und ein Schatten senkte sich auf die Garage nieder. Silena sah, wie der goldene Drache mit seiner linken Kralle ein Loch in das Dach schlug und grünes Feuer hineinblies. Die smaragdfarbenen Lohen schossen zu den Fenstern und dem großen Tor hinaus; Benzindämpfe verpufften in großen Flammenbällen.

»Fayence!« *Das wird hart!* Sie besaß keinerlei Waffen, die gegen Nie-Lungs goldenen Panzer wirken würden. Hoffentlich hatte der Ägypter diesen Flammenangriff überstanden. Durch welches Wunder auch immer.

Der Drache sandte zwei weitere Lohen hinein. Knirschend gab das Dach unter seinem Gewicht nach. Er sackte nach unten und badete in Feuer und Funken. Die orangefarbenen Augen richteten sich auf sie, dann hörte sie seine Stimme im Kopf dröhnen. *Das ist also die berühmte Frau, die einmal Großmeisterin Silena war. Es wird mir eine Freude sein, dich zu töten!* Er schnellte aus den Trümmern hervor, reckte den Hals.

Sie wusste, was das bedeutete, sprang zurück, schlug die Tür zu und stellte sich hinter eine Säule. Die Aktenkoffer zog sie schnell mit dem Fuß zu sich. »Deckung, Müller!«

Die Wucht, mit der das sattgrüne Feuer gegen die Tür traf, riss die schweren Flügel aus den Angeln und schleuderte sie bis auf die andere Seite der Eingangshalle. Hitze brandete herein. Silena hielt die Luft an, damit die Lungen keinen Schaden nahmen.

Durch ihre Ausbildung war sie in der Lage, ihre Ängste weit nach hinten zu schieben und kaltes Handeln in den Vordergrund zu rücken. *Bodenkampf gegen einen Drachen. Dazu brauchte ich Brieuc und die anderen Drachenheiligen.* Sie sah durch das Fenster nach der brennenden Garage. Darin lag Ahmats Schwert. Die einzige Waffe, die gegen den Geschuppten half. *Oder*?

Vor der Tür erklang ein lautes Brüllen, ein zweiter Angriff folgte. Nie-Lung hob ab und landete auf dem Dach der Villa, wie sie aus dem Rumpeln schloss. Schläge erschütterten das Gebäude, Stuck platzte ab und krachte nieder.

Durch die Tür kommt er nicht. Er will uns von oben erledigen.

Sie sah sich um. Die Lohen hatten einige der Teppiche in Brand gesteckt, den Marmor mit Ruß geschwärzt und zum Platzen gebracht. Das Glas einer Schrankvitrine war geschmolzen, der Inhalt erregte Silenas Aufmerksamkeit. Es waren Reißzähne, von der Länge und Dicke eines Fingers bis zu einem Unterarm, die in einer Halterung aus schwarzem Holz eingefasst waren. *Drachenzähne!* »Müller?«

»Ja?«, kam es hinter der Treppe hervor.

»Sehen Sie die Leiste mit den Zähnen drauf?«

»Ja.«

»Rennen Sie hin und schleudern Sie die zu mir.« Silena stellte sich an die Tür, wich einem herabstürzenden Stück Dekor aus. Ein rascher Blick hinaus zeigte ihr: Die Garage kokelte noch, kleine Flämmchen tanzten auf den Resten.

Ein schleifendes Geräusch erklang, und die Leiste mit den Zähnen rutschte gegen ihren rechten Fuß. Silena fühlte sich an einen gespickten Cricketschläger erinnert. Sie nahm das Ende und schwang ihre improvisierte Waffe. *Es muss irgendwie gehen.* »Müller, laufen Sie in den Keller und warten Sie, bis der Lärm aufgehört hat.« Sie schob ihm die Koffer hin. »Los.«

Er gehorchte.

Sie lief vorsichtig ins Freie, blieb auf dem Treppenabsatz stehen und suchte nach dem Drachen: Er hockte tatsächlich auf dem kupfergedeckten Kuppeldach der Vorhalle und riss es auseinander.

Silena richtete die Luger auf sein rechtes Auge und drückte zweimal ab. Leise klatschend trafen die Bleikugeln mitten in die Pupille, was schmerzte, die Bestie aber nicht ernsthaft verletzte. Schmerzen machten wütend, und Wut verdrängte das Überlegen.

Damit erreichst du nichts! Nie-Lung fauchte und öffnete das Maul.

»Ich habe Verstärkung gerufen«, rief sie. »Bald kommen Freunde, und dann wollen wir sehen, was du gegen Drachenheilige ausrichtest.« Silena flüchtete in die Villa zurück und stellte sich dieses Mal neben die Tür.

Nie-Lung lachte. *Bist du denn keine Drachenheilige? Du siehst doch, wie ich mit dir spiele.* Eine Böe kam auf, ein Schatten verdunkelte den Eingang. *Ich habe dich für gefährlicher gehalten. Aber es stimmt: Ohne ein Flugzeug bist du nicht einmal die Hälfte wert. Ich hegte meine Bedenken umsonst.* Schon wieder flutete er die Vorhalle mit smaragdfarbenem Feuer.

Silena sah, wie sich die Schnauze vorsichtig ins Innere schob. Kopf und Hals passten durch die Tür.

Darauf hatte sie gehofft und gewartet.

Sie schwang sich zum Fenster hinaus und landete neben dem Drachen, auf Höhe der Vorderbeine.

Nie-Lung zog instinktiv den Schädel zurück. Dadurch bot er ihr für ein paar Sekunden seinen schlanken Hals schutzlos dar.

Silena drosch die Leiste mit den Drachenzähnen von unten gegen den Schuppenpanzer. Die längsten Spitzen durchbrachen die goldenen Platten. Schreiend riss sie die Waffe wie eine Säge senkrecht zu sich und raspelte Stückchen des Panzers ab. Plättchen zersprangen – aber auch die Haut darunter riss. Heißes blaues Blut troff aus der Wunde.

Nie-Lung brüllte und hüpfte zur Seite.

Silena hatte nur eine Chance: Sie durfte sich nicht abschütteln lassen, auch wenn sie Gefahr lief, von dem kochenden Lebenssaft getroffen zu werden. *Stirb!* Sie setzte nach, schwang die Leiste erneut und hackte ihm damit in den unteren Hals.

Der Drache beging den Fehler, den Kopf ruckartig nach hinten zu ziehen – damit riss er sich selbst die Zähne durch die Haut.

Silena stemmte sich mit beiden Beinen gegen den Boden und spannte die Muskeln an, versuchte mit aller Macht, den kantigen Griff nicht loszulassen, doch er rutschte ihr durch die Finger. Der Feind war ihr an Kraft berghoch überlegen. Sie stürzte auf den Bauch, und in ihrem Unterleib tat es einen schmerzhaften Stich. *Mein Kind!*

Aus Nie-Lungs aufgeschlitztem Hals sprudelte das Blut und sprühte auf die Stufen der Vortreppe. Blubbernd und zischend sickerte es in den Kies und in die Fugen, brannte sich hindurch. Er bäumte sich auf, die Krallen drückten die ausgefransten Wundränder zusammen, vermochten die blauen Fluten jedoch nicht zu bändigen. Die Leiste mit den Zähnen fiel aus den Schuppen und prallte nach kurzem Flug neben Silena auf das Plateau.

Sie wälzte sich auf den Rücken und rutschte rückwärts, während Nie-Lung auf sie zukam, das Maul weit zum tödlichen Biss geöffnet.

Es muss klappen. Mit der Rechten bekam sie die Leiste zu packen und schleuderte sie zielgenau in den Rachen; gleichzeitig zog sie die Beine an.

Klackend schlossen sich Nie-Lungs Kiefer, die Stiefel verfehlte er um einen halben Zentimeter, doch mit den Nüstern schob er sie an, sodass sie auf der anderen Seite des Aufgangs die Stufen hinabrutschte und ihn aus den Augen verlor.

Sie hörte einen schweren Körper fallen, die Treppe gab unter der ruckartigen Belastung nach und brach zusammen.

Die Heiligen waren mit mir! Stöhnend stemmte sich Silena auf die Beine, bewegte ihre Glieder. Ihr Rücken fühlte sich aufgescheuert an, das Rückgrat tat ihr unglaublich weh und schmerzte in Steißhöhe.

Sie sah auf die eingestürzten Stufen. Umgeben von großen und kleinen Platten und geborstenen Backsteinen lag Nie-Lung. Das orangefarbene Leuchten in seinen Augen war erloschen, das Blut aus den Halswunden versiegt. Die Drachenzähne, die er sich beim Zubeißen in den Gaumen getrieben hatte, hatten ihn endgültig getötet.

Silena stieß einen erleichterten Schrei aus, der in ein lautes Lachen überging. *Ich habe ihn vernichtet!* Sie hustete und fasste sich an den Unterleib. Das Ziehen darin bereitete ihr Sorgen.

Schnell lief sie zur Garage und suchte mit Blicken die Trümmer ab. »Fayence?« Mit einer langen Latte stocherte sie im Geröll und den Ziegeln herum. »Fayence, wo …« Sie hatte einen Handschuh entdeckt, keine zwei Meter von ihr entfernt, der unter Ziegeln hervorragte. Schnell tippte sie gegen die Finger – und sie schnappten zu. *Er lebt noch!* »Ich komme und hole Sie!«

Silena drehte sich um und rannte beinahe gegen einen Chinesen, der ungefähr ihre Größe hatte.

Er trug einen grauen, eleganten Anzug und einen modischen Hut sowie ein unverbindliches Lächeln auf dem Gesicht. Sie hätte ihm ebenso gut in einem Club begegnen können. »Ah, Sie machen Ihrem Namen alle Ehre«, sagte er mit leichtem Akzent. Auf dem

Weg stand ein Automobil, aus dem drei weitere seiner Landsleute sprangen und auf sie zugestürmt kamen.

Verdammte Drachenfreunde! Sie wartete nicht und schlug mit der Latte nach ihm. »Ihr bekommt mich nicht!«

Der Chinese vollführte eine Armbewegung und leitete den Hieb an sich vorbei.

Einer Kugel wirst du nicht ausweichen können. Silena ließ das Holz los, zückte die Luger und wollte die Angreifer erschießen.

Aber die Chinesenfaust, die auf ihre Körpermitte zuraste, war schneller.

Der Aufprall der stahlharten Knöchel gegen ihr Sonnengeflecht raubte ihr die Luft und gleich danach die Besinnung.

16. Januar 1927, Amsterdam, Provinz Nord-Holland, Königreich Holland

Vouivre landete mitten in der Nacht bei der blauen Windmühle, dem vereinbarten Treffpunkt. Er hatte Florin, seinem Statthalter im Königreich Holland, wichtige Mitteilungen zu machen.

Ein Brief über die üblichen Mittelsmänner hätte es nicht getan. Gewisse Vorfälle mussten geklärt werden, und dazu musste er den Wasserdrachen sehen, riechen und ihm in die Augen sehen. Als Meister der Lügen erkannte Vouivre, wann ihm die Unwahrheit aufgetischt wurde.

Der Altvordere sog die feuchte Luft ein, die ihn an das Meer erinnerte. Ein ehrgeiziges Deichprojekt wurde in Holland nach dem anderen umgesetzt.

Das war ein Grund, weshalb er erschienen war. Das neueste Vorhaben hatte ihn hellhörig werden lassen: Der König plante einen Süßwassersee, indem er eine Meeresbucht eindeichen wollte. Das schuf auf der einen Seite neues Land, auf der anderen Seite sollte ein neunundzwanzig Kilometer langer und neunzig Meter breiter Deich entstehen, der die Nordsee aussperrte. Ausgesucht hatte sich der König eine schmale Stelle zwischen den Küsten von Friesland und Nord-Holland.

Das war jedoch nicht von Vouivre angeordnet worden. *Mein Statthalter entwickelt Allüren.*

Das Wasser des Kanals geriet in Bewegung, und Florins Muränenkopf schob sich hervor.

Vouivre hatte Wasserdrachen niemals ausstehen können, gerade diese Mischform aus Fisch und Drache nicht, halb Muräne und mit dem flachen, ungestalteten Kopf hässlich wie sonst was. Da half auch das hübsch anzusehende Kobaltblau nichts. Sie entsprachen einfach nicht seinem ästhetischen Empfinden. Doch sie besaßen gerade in einem Reich wie Holland Vorzüge: Sie konnten sich in Flüssen, Seen und Kanälen durch die Welt der Menschen bewegen, ohne dabei aufzufallen und Spuren zu hinterlassen.

»Ich grüße Euch, Altvorderer!« Florin schlängelte heran und neigte demütig den blau geschuppten, gehörnten Schädel. »Es ist mir eine Ehre, Euch willkommen zu heißen.«

»Meinen Dank.« Vouivre sah zur Mühle. »Sie steht leer, nehme ich an?«

»Im Winter lebt niemand darin. Es ist ein ungestörter Ort, Altvorderer. Sie verrichtet ihren Dienst, ohne dass jemand nach ihr schaut. Man walkt Leder darin.«

Vouivre züngelte. Er konnte keine Hinweise auf andere Lebewesen in der Umgebung riechen, abgesehen von den flüchtenden Schafen. »Du musst dir einige sehr unbequeme Fragen gefallen lassen, mein geschätzter Florin«, eröffnete er schneidend. »Doch zuallererst, da es mich sehr grämt: Was hat es mit diesem Vorhaben auf sich, bei dem der König ein Binnenmeer aus Süßwasser erschaffen möchte?«

Florin zögerte nicht. »Eine Überraschung für Euch, Altvorderer. Es sollte in drei Jahren fertiggestellt sein. Damit gewinne ich wichtiges Land, flute einige unfruchtbare Gebiete, und wir können den Handelsverkehr unabhängig von Rotterdam forcieren.«

»Ohne meine Anweisung«, stellte Vouivre fest.

»Ja, Altvorderer. Wie ich schon sagte: eine Überraschung.« Florin klang nicht unaufrichtig.

»Ist das der gleiche Grund, aus dem du die Grachten in aller Heimlichkeit auf fast zehn Meter Tiefe hast ausbaggern lassen?«, setzte er liebenswürdig hinzu. »Du möchtest aus dem beschaulichen Amsterdam ein zweites Rotterdam machen und damit mich, die Einwohner und alle Besucher überraschen?« Sein Tonfall wurde böse. »Wer baut keilförmige Handelsschiffe, die so klein sind und einen solchen Tiefgang hätten? Was sollte das?«

Das flache Ende von Florins Schwanz bewegte sich leicht und verriet seine Unruhe. Der Wasserdrache suchte nach Ausflüchten. »Die Kanäle sind rasch voller Schlick, Altvorderer. Das Wasser wird einmal die Woche ausgetauscht, damit es nicht zu stinken anfängt, und dabei fällt viel Sediment an. Die zehn Meter sorgen nur dafür, dass es bis zur nächsten Ausschachtung länger dauert.«

Vouivre begutachtete die Statur seines Statthalters. »Sollte der wahre Grund sein, dass du gewachsen bist, guter Florin? An Umfang und Länge? Dir geht es in Amsterdam zu gut.«

»Ich bin jung, ja, und daher wachse ich noch, Altvorderer. Es ist kein Verbrechen. Die Dinge kommen sich ganz gut entgegen.« Florin rutschte langsam rückwärts, zum Kanal hin.

Kalt wie ein Fisch, huschte es durch Vouivres Gedanken, und er folgte ihm. Eine Flucht würde er nicht zulassen. »Schön. Es mag angehen, dass du dir Eigenheiten herausnimmst, die in unser beider Interesse sind. Aber frage mich in Zukunft.« Das rote Karfunkelauge glomm drohend. »Nun aber zu einer unschönen Geschichte. Ich gebe dir die Möglichkeit, dich zu erklären. Solltest du es mit einer Lüge versuchen, warst du die längste Zeit mein Statthalter.«

»Altvorderer, ich verstehe nicht.« Der Kanal war fünf Meter entfernt.

»Stell dich nicht dumm!« Vouivres Stimme krachte donnergleich. »Du hast meinen guten De Bercy losgeschickt, nach York, wie ich inzwischen erfahren habe. Von dort kehrte er niemals mehr zurück. De Bercy war einer meiner hervorragendsten Agenten mit den besten Kontakten in die Herrschaftshäuser des französischen Königreichs.«

Florin kroch weiter zurück. »Davon weiß ich nichts.«

»Lügner!«, zischelte der Altvordere. »Du besitzt die unverzeihliche Frechheit und lügst mich an?« Er näherte sich dem Wasserdrachen. »Meine Spitzel berichteten, dass De Bercy eine Frau treffen wollte und sie auch getroffen hat: Ealwhina Snickelway, ein Medium und eine Finderin.«

»Nein! Ich habe De Bercy nicht …«

»In seinem Auftrag ist sie nach Russland gereist, an den Triglav, und hat etwas von dort mitgebracht.« Vouivres Auge strahlte scheinwerfergleich. »Hast du versucht, den Weltenstein zu finden?«

Florin wurde von rotem Schimmer eingehüllt, aber er blieb noch immer besonnen, als müsse er sich vor dem Zorn und den Zähnen seines Herrn nicht fürchten. »Ihr bringt mich in die Lage, jede noch so kleine Überraschung für Euch selbst zu verderben«, antwortete er und rückte bis dicht an den Rand des Kanals. »Ich bin Euer Statthalter, Altvorderer, und in meinem Amt möchte ich mich hervortun. Ich möchte Euch überraschen und erfreuen. Ich weiß, dass Ihr damals …«

»Du kommst mit deinem Geschwätz nicht weiter, Florin«, unterbrach ihn Vouivre. »Denn ich weiß noch mehr! Snickelway fand etwas, deine Leute haben es ihr abgenommen, aber sie schaffte es wieder zurück in ihre Stadt.« Er verriet nicht, dass er seine eigenen Leute ausgesandt hatte, um an das Artefakt zu gelangen. »Die britischen Zeitungen sind voll mit Nachrichten über die Stadt der Geister. Du weißt, was diese Spukgestalten befreit hat!«

»Ich räume ein, dass einiges bei meinem Unterfangen fehlging, Altvorderer.« Florins Zerknirschung wirkte falsch, die gelben Augen wichen Vouivres Blick aus.

»Du hast deine Leute auf die Insel gesandt. Das ist Ddraigs Reich! Was wäre wohl geschehen, wenn sie bemerkt hätte, dass einer *meiner* Statthalter hinter den Vorgängen steckt?«

»Es hätte zu einem Krieg mit der roten Drachin kommen können.«

»Genau, Florin! Ganz genau! Und das nur wegen …?« Vouivre senkte die Stimme und gab ihm Gelegenheit, die Wahrheit zu sagen. »Wegen *was*, Florin? Weil du dich berufen fühltest, mich stürzen zu wollen? Hast du geglaubt, das Artefakt werde dir so viel Macht verleihen, dass du es mit einem Altvorderen aufnehmen könntest?«

Er hatte offenbar den Nerv des Wasserdrachen getroffen. Trotzig reckte er sich. »Vielleicht brauche ich nicht einmal das Artefakt?«

Vouivres loderndes Auge wurde zu einem schmalen Schlitz, ein Sichtspalt in einen glühenden Ofen hinein. »Ich wusste es!«

»Gar nichts weißt du«, giftete Florin zurück. »Du hast mich behandelt, als wäre ich dein Eigentum. Dabei verteidigte ich das Königreich, schaffte Ordnung und brachte es nach vielen Jahren des Niedergangs, den deine Nachlässigkeit verschuldete, wieder zu neuer Kraft. Aber bekam ich es gedankt?«

»Und da wolltest du dir selbst danken!« Vouivre spannte die Muskeln an. »Du kleiner …«

Florin schnappte überraschend zu, packte den rechten Vorderlauf des Altvorderen und warf sich herum; gemeinsam stürzten sie in den eisigen Kanal.

XVII.

Ort und Zeit unbekannt

Der Schleier um Silenas Verstand hob sich.

Sie erwachte aus dem trägen Dösen und konnte nicht sagen, wie viel ihrer kostbaren Zeit sie in diesem Zustand verschwendet hatte. Durch die Fenster wechselten sich Licht und Nacht ab, Tage vergingen, das wurde ihr bewusst. Aber zu zählen vermochte sie nicht.

Sie stützte sich in dem Bett auf und hatte den Geschmack von Reis und Gewürzen im Mund. *Wann habe ich gegessen?*

Zum ersten Mal erkannte sie das Zimmer, in dem sie lag. Die Wand gegenüber dem Bett bestand aus Papier, hinter der sie die Umrisse von Menschen sah, die anderen Wände waren massiv und mit Teppichen geschmückt, auf denen asiatische Drachen abgebildet waren; zwei schwarz lackierte Schränkchen befanden sich ebenfalls in ihrem Zimmer. Tassen und zwei Teekannen waren auf einem abgestellt worden, es roch nach Jasmin und Rosen. Für einen winzigen Moment keimte die Hoffnung in ihr auf, sich am selben Ort wie Grigorij zu befinden.

Sie schaute an sich herab, unter die Decke und stellte fest, dass sie nackt war und mehrere dünne Verbände an den Armen und Beinen trug, gleichermaßen im Gesicht.

Die Erinnerung an den Chinesen, der ihr den Fausthieb verpasst hatte, kehrte zurück. *Verdammt! Ich bin in die Hände der Drachenfreunde gefallen.* Was sie mit ihrer Gefangennahme bezweckten, wusste sie nicht. *Sie werden sich bald wünschen, mich in Dresden getötet zu haben.*

Silena legte eine Hand auf den Bauch, horchte in sich auf das Kind. *Die Schmerzen im Unterleib sind weg. Hoffentlich geht es ihm gut.* Sie versuchte aufzustehen, aber ein Schwindelanfall ließ sie zurück auf das Lager sinken.

Schritte näherten sich der Papierwand.

»Grigorij?«, sagte sie schwach.

Ein Teil der Wand wurde zurückgezogen. Eine zierliche Chinesin in einem weiten, kimonohaften Gewand betrat das Zimmer und hielt ein Tablett mit Essen in der Hand. Sie blieb stehen, als sie bemerkte, dass Silena erwacht war, und rief etwas.

Und nun? Sie sah zur Chinesin, die die Mahlzeit abstellte und sich mit einem scheuen Lächeln näherte, um die Fenster zu öffnen. Sie wirkte weder bedrohlich noch feindlich. *Taktik?* »Was wollen Sie von mir?«, fragte sie, ihre Stimme brach mehrmals.

Die Frau reichte ihr schweigend eine Tasse kalten Tee.

»Sie verstehen mich nicht?« Silena trank davon, lauschte und vernahm Stimmengewirr, das fremdländisch durch das Fenster drang. *Wohin haben sie mich gebracht?*

Drei Chinesen gesellten sich zu ihnen, einer von ihnen war derjenige, welcher sie niedergeschlagen hatte. Er trug noch immer einen grauen Anzug, die anderen beiden wirkten auf sie wie einfache Arbeiter in blauen Jacken und Hosen sowie mit Strohhüten auf dem Kopf.

»Bitte vergeben Sie uns die Umstände unseres Zusammentreffens«, sagte der Anzugträger und verneigte sich. »Mein Name ist Li Zhiao.«

»Schön, Herr Zhiao. Meinen Namen kennen Sie ja«, gab sie bissig zurück. »Was immer Sie und Ihre Drachenanbeter als Lösegeld erpressen wollen oder welche Forderungen Sie stellen, um …«

Zhiao lächelte. »Nein, Großmeisterin. Wir sind keine Drachenanbeter. Wir sind das genaue Gegenteil von ihnen. Deswegen haben wir Sie und Ihren Freund mitgenommen.«

Sie stutzte. »Sie können mir viel erzählen, Zhiao. Haben Sie etwas mit dem Verschwinden meines Mannes zu tun?«

»Nein. Es ist die Wahrheit, die Sie mir glauben werden, wenn ich Ihnen die ganze Geschichte erzählt habe.« Er wechselte einige Worte mit der Chinesin, die schließlich zusammen mit den beiden anderen den Raum verließ. »Ich habe sie geschickt, damit sie Fayence zu uns holen. Bis er hier ist, habe ich Ihnen alles erklärt.«

»Er kennt Ihre Lügen schon?«

»Ja. Er war nicht so schwer verletzt wie Sie, auch wenn man das im ersten Moment nicht geglaubt hätte.« Zhiao nahm einen Stuhl und setzte sich an ihr Bett. »Die alte Hua ist eine sehr gute Heilerin. Sie hat die Blockade Ihres Chis beseitigen und stärken können, Großmeisterin. Ihrem Kind geht es wieder gut.« Er lächelte. »Sie haben im Schlaf von Ihrem Nachwuchs geredet. Sonst wäre es schwer geworden, ihn zu bemerken.«

Wieder legte Silena die Hand auf den Bauch. »Wohin haben Sie mich gebracht? Klingt für mich nach ... Chinatown. Sind wir im Londoner Limehouse District?«

Zhiao musste lachen. »China stimmt, aber das *town* können Sie streichen, Großmeisterin. Sie sind in Běijīng, im Herzen der Stadt und in unmittelbarer Nähe zur Kaiserstadt. Was Sie da hören«, er deutete zum Fenster hinaus, »sind die Bewohner und Marktleute. Ich bin einer von ihnen und handele mit Kunstgegenständen, die ich nach Europa verkaufe.«

Silena musste um Fassung ringen. »Sie haben mich entführt und mich in das Land verschleppt, in dem die Drachen als göttliche Geschöpfe verehrt werden«, fasste sie für sich selbst zusammen. »Sie werden einen ausgezeichneten Grund dafür haben, nehme ich an?« Sie setzte sich auf und zog das Laken mit, um ihre Blöße zu bedecken. Tausend Fragen und Gedanken gingen ihr gleichzeitig durch den Kopf, und sie tat sich schwer, die Prioritäten zu verteilen.

Zhiao goss ihr frischen, heißen Tee aus der rechten Kanne ein. »Ich muss etwas ausholen. Ich gehöre einer Organisation an, die Sie mit *Drachenwärter* bezeichnen würden. Wir glauben nicht daran, dass *Lung*s göttlich sind und Gutes vollbringen, sondern sind überzeugt davon, dass sie grässliche Geschöpfe darstellen, die ihre Macht ausnutzen. Unsere Mittel, direkt etwas gegen sie zu unternehmen, sind begrenzt, aber wir versuchen, ihre Vorhaben zu sabotieren«, erzählte er. »Wir haben dabei die Entdeckung gemacht, dass von diesen Bestien ein Unternehmen in die Wege geleitet wurde, das Europa betrifft. Man hat sich mit den Drachenfreunden dort zusammengetan, die den Boden für die Übernahme bereiten sollen.«

»Voss«, sagte Silena grimmig.

»Dieser Name fiel mehrmals«, bestätigte Zhiao besorgt. »Nur mit seiner Hilfe ist es möglich, diesen Plan in die Tat umzusetzen.«

»Ich habe Beweise für Finanzmanipulationen gefunden«, wagte sie eine Andeutung.

»Ja. Schwere Manipulationen. Das deutsche Kaiserreich hatte bis vor ein paar Jahren ernsthafte wirtschaftliche Probleme. Wissen Sie noch?«

»Sehr gut. Die Daimler-Benz AG kostete Anfang der Zwanziger genauso viel wie etwa dreihundertdreißig ihrer Automobile.« Silena erinnerte sich an die starke Inflation, die der Wirtschaft und den Menschen zu schaffen gemacht hatte. Der Kaiser hatte zudem bis vor vier Jahren immer wieder mit politischen Gegnern zu kämpfen gehabt, Putsche von rechts und links hatten Deutschland bedroht. »Keine guten Zeiten für die Börse.«

»Aber die Mark stabilisierte sich, und es gab einen Zustrom ausländischer Kredite, der vor knapp drei Jahren einsetzte. Das erzeugte Konjunktur und Wachstum, auch wenn es immer starke Höhen und Tiefen gab.« Zhiao nippte am Tee, Silena genoss das nach Jasmin schmeckende Gebräu. »Es war schon die Rede von der spektakulärsten Erholung in der Wirtschaftsgeschichte der Welt. Die Aktien schossen in die Höhe wie niemals zuvor.«

»Sie haben sich eingehend damit beschäftigt.«

»Ich musste! Sonst wären wir niemals draufgekommen, was der *Lung* plant. Er ist ein Finanzgenie, Großmeisterin.« Zhiao sah an die Decke und referierte weiter. »Von Dezember 1925 bis heute stiegen die Aktienkurse um einhundertzwanzig Prozent, und sie tun es immer noch. Die Dividenden haben aber nur um die Hälfte zugelegt, und einer unserer Leute kam zu dem Schluss, dass die Kurssteigerungen lediglich Spekulationen seien.« Er sah Silena in die grünen Augen. »Was denken Sie, was geschieht, wenn diese Blase platzt? Und zwar zu einem gesteuerten Moment?«

»Die ausländischen Kredite kamen aus China? Von Drachen?« Silena staunte. Auch die Tatsache, dass sie vom Einfluss der Altvorderen wusste, bewahrte sie nicht davor.

»Über Umwege und Mittelsmänner, ja. Voss war nur einer von vielen, aber der wichtigste. Da er ein Freund Wilhelm des Zweiten ist«, stellte Zhiao richtig. »Was das Kaiserreich in den letzten zwei Jahren an Aufschwung erlebte, erlebte es auf Pump. In Wahrheit stehen der Wohlstand und das Reich auf sehr dünnen Beinen.«

»Voss will sie brechen und damit die Börse zum Einsturz bringen. Und dann? Wissen Sie, wie er vorgehen will?« Silena war keine Fachfrau in Sachen Wirtschaft. Das brauchte sie nicht zu interessieren, wenn sie ihre Rekruten im Luftkampf ausbildete. Grigorij hätte es gewusst und die gesamte Tragweite erfasst.

Zhiao stellte die Tasse ab. »Wir haben ein Schreiben abfangen können, das an Hjalmar Schacht, den Präsidenten der Reichsbank, gehen sollte. Darin steht, dass er die Direktoren der Berliner Kreditbanken zu einer Besprechung einladen soll, vermutlich am 12. Mai dieses Jahres. Schacht hat den Auftrag, die Kreditvergabe an Wertpapierinvestoren drastisch zu reduzieren. Wir haben den Entwurf eines Kommuniqués gefunden, in dem die Kreditbanken daraufhin die Verringerung der Wertpapierkredite um ein Viertel bis Anfang Juli ankündigen. *Das* wird die Börse zum Absturz bringen!«

Silena entsann sich der Worte von Müller. »Die Aktien der deutschen Firmen werden spottbillig und können für Investoren aus dem Ausland ein Schnäppchen sein.« Sie hatte verstanden.

»Und wieder wird der Drachenkaiser zuschlagen und kaufen. Das deutsche Kaiserreich wird ihm gehören, ohne dass er eine einzige Kugel abfeuern muss.« Zhiao nickte ihr zu. »Voss wird sein Stellvertreter in Deutschland sein und sich feiern lassen. Zuerst als Retter, dann als Herrscher. Doch das Schlimmste ist: Es ist nur eine Generalprobe.«

Silena trank ihren Tee. »Was meinen Sie damit?«

»Das gleiche Spiel, wenn auch in viel größerem Ausmaß, wird *Lung* vermutlich in den Vereinigten Staaten betreiben. Wir haben noch kein Datum, aber es wird nicht zu viel Zeit vergehen, bis er die Börse dort in den Ruin jagen wird.«

Silena fand, dass die Altvorderen in Europa im Vergleich zu den Asiaten nahezu primitiv ihre Macht verteidigten oder ausweiteten. »Ich verstehe nicht, was meine Rolle dabei ist. Ich bin keine Wirtschaftsexpertin, die dagegensteuern könnte. Und mein Wort wiegt nichts beim Kaiser. Voss hat ihm die Augen verblendet.« *Müller*, durchfuhr es sie, und sie fragte Zhiao nach dem Buchhalter.

Der Chinese schüttelte den Kopf. »Wir haben nur Sie und Ihren

Begleiter mitgenommen. Verzeihen Sie, aber ich konnte nicht ahnen, dass Sie …«

»Meine Beweise sind verloren!« Sie ärgerte sich. Mit den Akten hätte sie den Kaiser von Voss' abgekartetem Spiel überzeugen können. *Ich muss dringend Leída erreichen. Vielleicht hat sie ihn ausschalten können.* »Was erwarten Sie von mir?«

»Voss mag eine wichtige Figur sein, aber alles steht und fällt mit dem Drachenkaiser.«

»Der Kaiser von China ist eine Marionette der Drachen.«

Zhiao schüttelte betrübt den Kopf. »Nein. Er *ist* ein Lung. Alle Kaiserdynastien, die auf Chinas Thron saßen, gehen auf traditionsreiche Drachenfamilien zurück.«

»Dann sind sie in der Lage, menschliche Gestalt anzunehmen?« Sie dachte an die Unterlagen aus dem Officium, in denen sie gelesen hatte.

»Ja und nein. Sie erscheinen als Menschen, tragen den Drachen aber in sich und können ihn jederzeit erwecken und seine Form wählen. Sie könnten sich allerdings in ein beliebiges anderes Wesen verwandeln, wenn sie es möchten.« Er legte ihr ein Bild des chinesischen Monarchen vor.

Aisin Gioro Pǔ Yí, der Drachenkaiser, hatte ein traditionelles, sehr aufwendiges chinesisches Gewand und einen Kopfschmuck angelegt. Er trug eine dicke Brille, wirkte sehr jung und harmlos wie ein Pennäler.

Plötzlich begriff Silena, was die chinesischen Drachenhasser von ihr und Fayence erwarteten. »Ich soll für Sie den Kaiser von China töten.« Sie atmete tief ein und aus.

»Ja, das sollen Sie. Aber nicht für uns. Zum Wohle der Menschheit.« Zhiao stand auf und zeigte hinaus. »Wenn sein Plan gelingt, besitzt er die Menschheit! Er lacht über die Drachen, die die Menschen mit Feuer unterjochen, und hat eine Peitsche gefunden, vor der sich alle ducken: Geld. Asien besitzt er schon, bald das deutsche Kaiserreich, danach kommen die Vereinigten Staaten an die Reihe – wer soll ihn aufhalten? Wer kann den wirtschaftlichen Kampf gegen ihn aufnehmen? Wenn er erst die Menschheit so weit in seinen Klauen hält, darf er sich ihr getrost offen zeigen. Viele werden ihm folgen.«

Furchtbare Vorstellung. Silena sah die Ausmaße des Plans in aller Deutlichkeit vor sich. »Er ist vermutlich abgeschirmt. Ich hörte, dass er in der Verbotenen Stadt lebt und von einer Armee beschützt wird.«

Zhiao machte ein ernstes Gesicht. »Das ist leider nicht erfunden, Großmeisterin.«

Es klopfte, und Fayence trat ein.

Er trug einen Kimono in Schwarz und ein weißes Untergewand, an den Füßen saßen dünne Schuhe. Seine aufrechte Haltung erinnerte Silena an einen Samurai, auch wenn Hautfarbe und Gesicht nicht passen wollten. Ein Ägypter im tiefsten Asien erschien ihr ebenso fehl am Platz wie sie.

»Ihnen geht es gut«, sagte er freudig und eilte an ihr Bett. »Zhiao hat Ihnen berichtet?«

»Ja. Es tut gut, ein bekanntes Gesicht zu sehen«, antwortete sie und freute sich ebenfalls, Fayence wiederzusehen. Sehr sogar – und das machte sie misstrauisch gegenüber sich selbst. *Es wird die Schwangerschaft sein.* »Wir beide gegen den Drachenkaiser und seine Armee. Was halten Sie davon, Fayence?«

»Eine unlösbare Aufgabe«, erwiderte er mit einem aufrichtigen Lächeln. »Für mich. Aber die Frau, die einen Lung allein ohne eine echte Waffe tötet, *wird* damit fertig. Ich stehe Ihnen zur Verfügung.«

Zhiao reichte ihm eine Tasse Tee. »Ganz so schlimm, wie Sie beide befürchten, wird es nicht sein. Wir haben einen Weg erkundet, Sie in die Verbotene Stadt zu schmuggeln. Aber um den Kampf mit dem Drachenkaiser und seine engsten Vertrauten kommen Sie nicht herum.«

»Nun gut. Dennoch sind mir zwei zu wenig.« Silena wusste um ihre Schwäche im Bodenkampf. Einmal hatte sie das Glück der Mutigen gehabt, ein zweites Mal wollte sie es nicht herausfordern. »Wir brauchen das Officium.«

»Nein«, lehnte Zhiao sofort ab. »Wir haben uns aus Verzweiflung an Sie gewandt, weil wir diese Leistung nicht selbst vollbringen können und weil Sie eben *nicht mehr* zum Officium gehören, Großmeisterin. Der Drachenkaiser würde außerdem davon erfahren. Er ist gut informiert.«

»Ich brauche Großmeister Brieuc und die wenigen Drachenheiligen, die noch übrig sind. Zur Sicherheit.« Silena fiel die Lösung unverzüglich ein. »Lassen Sie sie entführen, Herr Zhiao, wie Sie mich entführt haben. Fingieren Sie Unfälle und schieben Sie die Schuld den Drachenanbetern in die Schuhe. Sind Brieuc und die anderen erst hier, kann ich sie leicht überzeugen. Ihnen ist es gleich, gegen welche Art Drache sie in den Kampf ziehen, solange es einen Drachen zu töten gibt.«

Zhiao nahm einen Stift und einen Zettel aus dem Sakko. »Das bespreche ich mit den anderen. Aber es klingt, als könnten wir es versuchen.« Er machte sich Notizen.

»Dann benötige ich eine Fernmeldestation, um mich über die Suche nach meinem Mann zu erkundigen und eine Nachricht an Leída Havock ...«

»Nein«, sagte Zhiao höflich, aber sehr ablehnend. »Wir können Ihnen keinerlei eigene Kontakte nach draußen gewähren. Sie sind offiziell tot, und das sollen Sie auch bleiben. Sie sagen mir, was Sie wünschen, und ich stimme ab, ob wir es möglich machen können. Wie wir Ihren Wunsch umsetzen, müssen Sie uns überlassen.« Er bemerkte ihre Wut. »Sie sind keine Gefangene, Großmeisterin. Der Drachenkaiser hat seine Spitzel überall und würde sofort bemerken, wenn wir etwas gegen ihn planen. Das können wir nicht riskieren.« Zhiao verneigte sich. »Ich bitte um Ihr Verständnis und in Anbetracht der Sache um Ihre Einwilligung.«

Widerstrebend gab sie nach. »Ich möchte wissen, was mit Leída Havock geschehen ist. Ich habe sie ausgesandt, um Voss zu stellen. Finden Sie das heraus?«

»Mit Sicherheit, Großmeisterin.« Er wirkte sehr erleichtert. »Wir beeilen uns. Sonst noch etwas?«

»Schokolade, Dauerwurst und etwas Senf«, wünschte sie sich. »Kein Brot.«

Fayence verzog das Gesicht. »Das ist eine ... widerliche Mischung.«

»Nicht für eine Schwangere.« Silena fuhr sich mit der rechten Hand über den Bauch. Noch war so gut wie nichts zu spüren. »Wir müssen uns beeilen, sonst werden wir mit dem Angriff bis nach der Entbindung warten müssen«, sagte sie halb im Scherz.

»Nein, wir können nicht so lange warten. Die Heilerin hat die Ankunft des neuen Lebens im Juli gesehen.« Zhiao rechnete ihr vor, wie lange es noch zur Niederkunft war. »Sobald wir Ihre Freunde in Běijīng versammelt haben, sollten wir losschlagen. Ich lasse Ihnen alle Pläne der Verbotenen Stadt bringen, damit Sie sie auswendig lernen können.« Er packte Stift und Blatt weg. »Ich muss mich noch einmal bedanken, dass Sie uns beistehen. Wer einen Nie-Lung tötet, kann auch den Drachenkaiser bezwingen.«

»Ich dachte, Nie-Lung wäre sein Name?«

»Nein. Es ist eine Bezeichnung für einen besonders gefährlichen, schrecklichen Drachen, der auch andere Drachen frisst. Es ist die schlimmste Sorte, die wir in China kennen.« Er verneigte sich erneut und ging hinaus.

»Meine Sachen werden sie mir auch bringen. Ich hoffe, dass sie die Ausrüstung stehlen können, ohne an Nitokris und Nagib zu geraten. Besser wäre es, ich könnte ihnen eine einfache, unverbindliche Nachricht senden, um Zwischenfälle zu vermeiden.« Fayence setzte sich auf den frei gewordenen Stuhl. »Hätten Sie geahnt, wohin uns das Schicksal führen wird?«

Silena betrachtete sein gebräuntes Gesicht, in dem sie wie bei Nitokris etwas Herrschaftliches, Stolzes entdeckte, das ihrer Meinung nach einem Pharao sehr gut gestanden hätte. *Er und ich sind grundverschieden, doch teilen wir die gleiche Aufgabe.* Als sie merkte, dass sie ihn durchaus attraktiv fand, fühlte sie sich ertappt und bekam ein schlechtes Gewissen. »Ich hatte vieles von dem, was mir in den letzten Wochen zugestoßen ist, nicht für möglich gehalten.« Sie gähnte und drückte ihm die Tasse in die Hand. »Lassen Sie mich noch ein wenig ruhen, danach komme ich zu Ihnen, und wir gehen die Pläne durch«, sagte sie schläfrig.

»Aber natürlich.« Fayence erhob sich und stellte die Tasse auf das Schränkchen, dann wandte er sich zum Gehen.

Silena legte den Kopf auf das Kissen, die linke Hand auf den Bauch und sah dabei auf die Wand mit dem Ornamentteppich, auf dem zwei Drachen miteinander kämpften.

Gegen einen Kaiser habe ich noch nie gefochten, dachte sie und dämmerte weg. Sie würde sich erst sicherer fühlen, wenn Brieuc hier wäre.

Aber wahre Sicherheit konnte ihr nur ein Mann geben, den sie vom fernen China aus gar nicht mehr suchen konnte. Auch der Kontakt zur Detektei, um nach dem neuesten Stand zu fragen, würde ihr von Zhiao bestimmt nicht gewährt werden. Fragen würde sie ihn dennoch, und zwar so lange, bis er vor ihrer Sorge und ihrer Hartnäckigkeit einknickte.

Bei aller Unsicherheit über Grigorijs Schickal barg es den Vorteil, dass sie noch immer daran glauben durfte, ihn lebend in die Arme schließen zu können. *Und wenn sie mir eines Tages doch berichten müssen, seine Leiche gefunden zu haben?*

Dieses Gefühl, den Anflug von Verlorenheit, kannte sie nicht von sich. Der Schlaf rettete sie vor Tränen.

13. Januar 1927, Flensburg, Provinz Schleswig-Holstein, Deutsches Kaiserreich

Leída Havock, wieder in ihr Großwildjägerdress gekleidet, beobachtete das Anwesen von Wilhelm Voss aus einem kleinen, trägen Passagierzeppelin heraus, der über Flensburg pendelte.

Los, zeig dich schon! Sie hatte sich gewundert, als sie ein Telegramm von einer Marie aus München bekommen hatte. Zuerst hatte sie die Nachricht für eine neuerliche Falle gehalten, doch die Anweisungen, die Marie im Auftrag von Silena übermittelte, klangen haargenau nach der Drachenheiligen. Glücklicherweise erinnerte sie sich an das Mädchen aus den Erzählungen ihrer Freundin, und durch einige Details in der Botschaft, die nur sie und die Großmeisterin kannten, wurde die Glaubwürdigkeit hergestellt. Leída fand die ungewöhnliche Botin passend.

Mit Silena selbst hatte sie keinen Kontakt mehr. Deren letzter Standort war die Villa von Kasimir Voss in Dresden gewesen, seitdem blieb es totenstill. Keine Nachricht, nicht einmal ein kurzer Funkspruch. Auch die *Skyguards* hatten nichts von ihrer Anführerin gehört.

Leída sah durch das Fernglas, betrachtete die Fensterfronten und das Dach der Stadtvilla. Als sie in der Zeitung lesen musste, dass die Villa mitsamt dem jungen Voss einem Brand zum Opfer gefallen sei, glaubte sie nicht an dessen Tod. *Du hast Silena gefangen genommen, Voss, und deinen Sohn in Sicherheit gebracht, während der Rest der Welt ihn für tot hält. Kluger Schachzug.* Irgendwann würde Kasimir Voss auftauchen und behaupten, er sei auf einem Ausflug gewesen oder etwas anderes Abstruses.

Leída hatte nicht als Einzige ein Fernglas dabei. Touristen nutzten das Luftschiff gerne, um sich einen besseren Eindruck von der Provinz zu verschaffen und die Sehenswürdigkeiten Flensburgs von oben zu betrachten. Sie fiel somit nicht auf, und es flog auf einer Route, bei der das Voss'sche Haus permanent zu sehen war. Der Zeppelin war das optimale Beobachtungsvehikel. *Mh. Niemand zu sehen.*

Am Boden hatten sich ein Dutzend Männer ihrer Einheit um die Villa verteilt, um jeden Schritt zu überwachen, den Voss tun würde. Drei Wagen hatte sie gemietet, falls der Magnat mit dem Automobil verschwinden wollte.

Ich würde ja das Haus zu gern stürmen und mir den Fettsack vornehmen. Seit ihr der Gedanke gekommen war, ließ er sich nicht mehr verdrängen. *Warum eigentlich nicht?*

Leída stand auf, als der Zeppelin sich dem Andockmast näherte. Er würde anlegen, die Passagiere aus seinem untergeschnallten Bauch spucken, neue aufnehmen und seine ewig gleiche Tour erneut beginnen.

Sie schob sich mit den anderen zusammen hinaus und fuhr mit dem Fahrstuhl nach unten, wo sie sich in dem kleinen Ausflugscafé mit Litzow und ihren Leuten traf. »Herrschaften, heute Nacht machen wir zur Abwechslung mal etwas anderes als Drachenjagen: Wir steigen bei Voss ein«, verkündete sie. Die Hände um den breiten Gürtel gelegt, grinste sie breit wie ein Schuljunge, der einen Streich ausgeheckt hatte. »Jeder maskiert sich und malt sich gut sichtbar das Zeichen der Drachenanbeter auf den Rücken.«

»Wie viele werden Sie begleiten, Mrs. Havock?«, fragte Litzow.

Leída grinste noch breiter. »Alle.«

Wer Leída kannte, der wusste, dass sie nicht zu der Sorte Frau gehörte, die Dinge langsam anging. In diesem Punkt ähnelten sie und

Silena sich, nur dass Silena mehr Wert auf Recht und Ordnung legte.

Leída betrachtete den Überfall auf Wilhelm Voss als Notfall, bei dem sie bereit war, gegen viele Gesetze zu verstoßen und dabei noch ihren Spaß zu haben.

Sie fuhren von zwei Seiten in Lastwagen auf die Villa zu. Fünfzig Mann würden auf der Rückseite, fünfzig auf der Vorderseite einsteigen; aus der Luft erhielten sie unauffällige Rückendeckung: Die ganze Zeit über würden die *Ramachander* und die *Lena* in sicherer Höhe über dem Gebäude schweben. Die Piloten saßen startbereit in den Flugzeugen und würden sich sofort an die Verfolgung derer machen, die dem Angriff entkamen.

Voss wird Augen machen. Sie verdrängte, dass sich Cyrano noch immer nicht gemeldet hatte und sie voller Unsicherheit zurückließ. *Ich hätte ihn heute sehr gut brauchen können. Nicht nur wegen seiner Fertigkeiten als Gargoyle.*

Der Lastwagen, in dem sie saß, hielt pünktlich um zwei Uhr morgens vor dem Haus an. Die Männer sprangen von der Ladefläche und liefen, so leise es ging, die Treppen hinauf, brachen die Tür mit einem mitgebrachten Holzklotz auf und stürmten die Villa.

Leída hatte die Leute genau aufgeteilt, jeder Einzelne wusste, wohin er zu gehen hatte. Zwar waren alle bewaffnet, aber eine Schießerei sollte vermieden werden.

Sie rannte mit dem vordersten Team in die Etage, dorthin, wo ihren Beobachtungen nach das Schlafzimmer lag.

Persönlich trat sie die beiden Flügel auf, das Stechen im verletzten Fuß inorierend, und polterte in den hohen Raum, in dem ein weißes, mit Blattgold verziertes Bett stand. Darin schreckte Voss aus dem Schlaf hoch, gleich darauf kreischte die junge Frau an seiner Seite los. Sie war nackt, er trug einen hellgelb-braun karierten Pyjama, was seine Körperfülle optisch nicht kaschierte. Die grauen Haare standen verstrubbelt ab.

»Halten Sie den Mund!«, fuhr Leída die Frau an. »Sie!« Die Luger zeigte auf den Magnaten. »Raus aus den Federn.«

Voss bewegte sich nicht, die Blicke richteten sich auf Leída. »Was wollen Sie?«

»Wissen, wo Sie Ihren Sohn und Zadornova versteckt haben.«

Er grunzte. »Ein schlechter und geschmackloser Scherz. Mein Sohn ist verbrannt! Übermorgen ist seine Beerdigung.«

»Das glaube ich nicht«, hielt Leída dagegen.

»Dann kommen Sie vorbei und öffnen den Sarg«, bellte er zurück. »Und was diese Zadornova angeht, weiß ich nicht, was *ich* mit ihr anfangen sollte.« Er hob den Arm. »Raus hier! Sie hatten Ihren Auftritt, Havock. Und er war mies. Ihre Gürtelschnalle hat Sie verraten. Ich muss Ihre entstellte Visage nicht sehen, um zu wissen, wen ich vor mir habe.«

Er hat mich erkannt! Sie zog sich die Maske vom Gesicht und streifte die blonden Haare über die Verbrennungen. »Ich werde nicht gehen, bevor ich von Ihnen die Wahrheit gehört habe, Fettsack. Meine Freundin hat einiges über Sie herausgefunden, Voss. Sie haben krumme Dinger an der Börse gedreht. Zu welchem Zweck?«

Voss lachte schallend und wollte sich gar nicht mehr beruhigen. »Sie müssten sich hören«, hechelte er. »Selbst wenn ich es Ihnen erklären würde, verstünden Sie es nicht! Sie haben keine Ahnung, was gerade vor sich geht.« Er stieg behäbig aus dem Bett und warf sich einen Bademantel über. »Sie brechen in mein Haus ein, fuchteln mit der Waffe herum und hoffen, dass mich das in irgendeiner Weise beeindruckt. Aber da haben Sie sich mehr als getäuscht, Drachenjägerin! Man wird nicht zu einem Magnaten, indem man Angst vor Menschen und Situationen hat.« Zwei Meter von ihr entfernt blieb er stehen, steckte die Hände in die Taschen. »Ich habe mich schon weitaus schlimmeren Gegnern gegenübergesehen als einer bewaffneten Frau und auch damals nicht nachgegeben. Mein Tod würde nichts mehr ändern. Das, was meine Aufgabe war, läuft. Unaufhaltsam.« Voss wippte auf den Zehenspitzen. »Einen schönen Abend.«

»Gut gebrüllt, Drache.« Leída gab ihren Leuten ein Zeichen. »Sie müssen wissen, dass ich auch schon weitaus schlimmeren Dingen als einem fetten Industriellen gegenübergestanden habe und mich weder durch Ihren Anblick noch Ihren Mundgeruch, noch Ihre faulen Worte beeindrucken lasse.« Sie wandte sich an die Nackte. »Wer immer Sie sind, Schätzchen: Vergessen Sie, was Sie gesehen habe. Alles andere tut Ihnen nur weh.«

Die Frau starrte sie an, nickte verängstigt.

Leída ging hinaus, die Stufen hinunter. Dabei sah sie auf die Uhr. *Keine zehn Minuten.*

»Was haben Sie vor?«

»Ich nehme Sie mit, Voss, und spendiere Ihnen einen Rundflug mit der *Ramachander*. In etwa dreitausend … nein, sagen wir viertausend Meter Höhe werde ich Sie mit einem Fallschirm auf dem Rücken hinauswerfen, und die Jagdpiloten werden Schießübungen auf Sie absolvieren. Das«, sie lächelte über die Schulter, »ist schon alles. Sehen Sie? Ich habe nicht mal weitere Fragen an Sie.«

»Pah«, machte er abfällig. »Sie machen mir keine Angst.«

»Das habe ich auch nicht nötig.« Ihre restlichen Männer befanden sich bereits auf dem Rückzug und schleppten bergeweise Akten und Pläne hinaus. Sie wechselte ein paar leise Worte mit einigen von ihnen. »Oh, Herr Voss! Sie hatten einen Tresor hinter der Vertäfelung im Kaminzimmer! Und einen weiteren im Billardraum«, sagte Leída fröhlich. »Wir haben uns die Freiheit genommen, diese Dinger mitzunehmen. Ich bin sicher, dass wir aus den Unterlagen schlauer werden als aus den Lügengeschichten, die Sie uns auftischen.«

Bevor sie die Villa verließen, wurde Voss geknebelt und bekam einen Sack über den Kopf. Sie erreichten den Lastwagen und schwangen sich hinauf, Voss wurde hochgehievt und hingesetzt. Die Einheit rückte ab und fuhr zum Flughafen.

Leída fand, dass es eine rundum gelungene Aktion war. Niemand war verletzt worden, und sie hatten jede Menge Papier erbeutet, von dem sicherlich etwas wichtig sein würde.

Gleichzeitig mit der *Ramachander* gelangten sie auf das freie Feld. Der Lastkorb wurde heruntergelassen und die erste Fuhre der *Havock's Hundred* in die Höhe gezogen; derweil wachte die *Lena* über das Beladen.

Nachdenklich sah sie zu, wie ihre Leute nach oben in das Luftschiff gehievt wurden. Das Hauptproblem hatte sich noch nicht gelöst. *Wo stecken Silena und Fayence?*

Sobald auch sie an Bord war, schweißten die Techniker die beiden Panzerschränke mit viel Feingefühl auf, damit der Inhalt nicht Feuer fing.

Leída freute sich, dass ein Teil ihrer Hoffnung erfüllt worden war: Sie fand jede Menge Quittungen, Belege und Wechsel, aus denen ein Finanzexperte gewiss Voss' Manipulationen erkennen konnte. *Was tue ich damit? Dem Geheimdienst des deutschen Kaisers bringen?*

Litzow sichtete in der Zwischenzeit mit einigen Offizieren weitere Papiere. »Mrs. Havock«, rief er sie zu sich an den Kartentisch, auf dem sich die Blätter türmten. »Haben Sie eine Vorstellung, was das zu bedeuten hat?« Er legte eine Karte hin, auf der eine römische Eins aufgemalt war. Sie zeigte Deutschland und verschiedene Stollenanlagen sowie Bergwerke, deren Namen durchgestrichen waren.

»Ich habe zu zwei Bergwerken Hinweise gefunden, dass die Fördermenge des Erzes zu gering sei und der Abbau eingestellt wurde. Mit dem Bernsteinbergwerk Anna verhält es sich ähnlich«, sagte er und hielt ihr das Blatt hin. »Aber gleichzeitig fand ich eine bestätigte Anweisung, dass die Schächte vertieft werden sollen.« Litzow reichte ihr seinen Fund. »Sowie eine Aufstellung, wie viel Dynamit für Sprengungen vorgesehen ist.«

»Er macht also weiter.« Leída sah auf die Karte. »Das schauen wir uns an. Für mich klingt das nach einem optimalen Versteck für die Drachenfreunde, um in aller Ruhe ihre Anschläge vorzubereiten und Bomben zu bauen. Voss kommt leicht an die Substanzen.« Sie tippte auf Palmnicken. »Angeblich wurde es vor zwei Jahren geschlossen. Sehen wir uns den Stollen an.«

»Palmnicken, sehr wohl!« Litzow eilte auf die Brücke, um der Mannschaft den neuen Kurs der Luftschiffe anzugeben.

Halte durch, Silena. Ich will nicht zu spät kommen. Leída drehte sich um, stapfte auf Voss zu und nahm ihm den Sack vom Kopf. Das dicke Gesicht war wutverzerrt. *Er ärgert sich ja mächtig.* Sie nahm einen Fallschirm aus der Wandhalterung. »Bereit für Ihre Flugstunde?«

16. Januar 1927, Amsterdam, Provinz Nord-Holland, Königreich Holland

Als die Fluten des Kanals über Florin zusammenschlugen, wusste er, dass er Vouivre überrumpelt hatte. Tödlich überrumpelt.

Der Flugdrache versuchte sich vor dem Untergehen zu bewahren, indem er die Schwingen ausbreitete, um dem Wasser Widerstand zu bieten oder sich am Ufer festzuhalten, aber Florin hatte ihn zu schnell zu fassen bekommen.

Dass mein Vorhaben gelingen würde, hätte ich niemals für möglich gehalten! Das laute, trockene Knacken, das er unter Wasser vernahm, ließ ihn vermuten, dass er seinem einstigen Herrscher einen seiner empfindlichen Röhrenknochen gebrochen hatte. Flugdrachen besaßen eben nicht das härteste, schwerste Skelett, um sich durch die Luft schwingen zu können.

Du hast mich zum letzten Mal so herablassend behandelt. Florin schlug mit dem kräftigen, flachen Schwanz und schoss durch den Kanal, zerrte Vouivre hinter sich her, der sich nicht zu wehren wusste. Er befand sich in einer Hochstimmung, da er in der Tat nicht damit gerechnet hatte, Vouivre in tödliche Bedrängnis bringen zu können. Mit jedem Meter, den er schwamm, stieg die Euphorie. Die Kälte des Wassers, das unter das Schuppenkleid bis auf die Haut drang, machte dem Altvorderen offenbar zu schaffen. Seine Bewegungen wurden schleppender.

Florin wurde zwar von den Krallen des Flugdrachen getroffen, aber er behielt seine Geschwindigkeit bei. Zwei Flammenlohen schossen auf ihn zu, doch er wich den Attacken aus.

»Was willst du, Florin?«, schrie Vouivre erstickend in Todesangst und spuckte, schluckte und hustete. »Sag es! Es soll dein sein!«

Florin lachte. Nun wusste er, dass er seinen Feind besiegt hatte. »Der große Vouivre befürchtet, in dem Kanal abzusaufen wie ein Stück Vieh!«

»Ich bitte dich, Florin!«

Florin bremste und schlängelte sich um den Flugdrachen, damit er seine Schwingen nicht benutzen konnte. Dann ließ er sich auf den Grund sinken. Es wurde unvermittelt leise, das Planschen endete. Sie schwebten in eisiger Schwärze; eine Luftblase entwich blubbernd Vouivres Maul. »Ich will das, was nach dem Tod von

Fafnir an dich fiel«, verlangte er. »Oder ich warte einfach, bis du ersoffen bist, und nehme mir alles.«

»Das schaffst du nicht. Ddraig würde dich vernichten«, würgte der Altvordere schwach hervor. »Du brauchst mich als deinen Verbündeten.« Er zappelte, aber Florin hatte achtgegeben und ließ ihn nicht los. »Du hast gewonnen. Ich lasse dir Deutschland.«

»Und Österreich-Ungarn«, setzte Florin hinzu. »Alle Beneluxländer und das, was ich im Osten für mich einnehmen kann.«

»Meinetwegen, meinetwegen!« Vouivre verstummte und erschlaffte.

»Hör auf mit dem Theater. Ich weiß, dass du das Bewusstsein nicht verloren hast«, sagte Florin und presste seinen Leib fester um Vouivre, der aufschrie und wieder kostbaren Sauerstoff verlor. Knorpel bog sich, Knochen knisterten und standen kurz vorm Brechen. »Welche Garantien bekomme ich von dir, Altvorderer?«

»Mein Wort! Was soll ich dir in diesem Kanal mehr geben können?«

»Dein Auge! Ich gebe es dir wieder, wenn ich erkenne, dass du dich an die Abmachung hältst.« Florin wusste nicht genau, ob seine Forderung erfüllbar war. Er hatte von verschiedenen Sagen über Vouivre gehört, in denen er seinen Karfunkel herausnehmen und einsetzen konnte, wie es ihm beliebte. Er war nicht allein durch sein Schuppenkleid eine Besonderheit. *Jetzt müssen die Märchen über ihn zu einem Teil noch stimmen.*

»Wie kommst du darauf, dass ich es könnte?«

»Frag die Menschen, die diese Legenden über dich berichten.« Florin spürte, dass sie auf dem Grund des Kanals aufsetzten. Sie senkten sich in den weichen Schlick. Er drückte noch fester zu. »Um auf Ddraig zurückzukommen: Ich kann mich mit ihr sicherlich einigen, wenn ich ihr Frankreich, Spanien und Portugal überlasse.«

Vouivre strampelte ein letztes Mal und schien zu begreifen, dass er nicht entkam. »Ja, ja, ich überlasse dir mein Auge. Gib meinen rechten Arm frei.« Florin tat es, und ein brotlaibgroßer Rubin leuchtete in der Dunkelheit des Wassers auf. »Ich habe es herausgenommen. Wohin soll ich es tun?«

»Lass es fallen. Ich finde es«, befahl Florin. »Im Gegensatz zu dir.« Das Rot glitt an ihm vorbei, er spürte den Einschlag des Steins neben sich. »Kluge Entscheidung, Altvorderer. Sie sichert dir weitere Jahre der Existenz.« Florin drückte sich ab und zog Vouivre mit, der Oberfläche entgegen. Er schleuderte ihn wie einen nassen Lappen an Land und blieb am Rand des Kanals, um jederzeit abtauchen zu können.

Vouivre lag zunächst still und erbrach würgend einen Schwall brackiges Wasser nach dem anderen, bevor er sprechen konnte. »Genieße den Tag, an dem du mich besiegt hast«, grollte er und stemmte sich bebend auf die Beine, die zu schwach zu sein schienen, um ihn zu tragen. Schlaff hingen die Schwingen herab, die linke war in der Tat gebrochen! Aus der Höhle, in der einst der Karfunkel gesessen hatte, rannen Wasser und Blut; das Loch dampfte.

Florin hätte am liebsten laut gebrüllt, um seinen Triumph auszukosten, aber er verzichtete, um den Altvorderen nicht weiter zu demütigen. In einer Sache hatte dieser die Wahrheit gesprochen: Gegen Ddraig würde er allein nicht bestehen – aber die ersten Verhandlungen hatte er bereits geführt, um sich ihre Gunst zu sichern. Ihm kam entgegen, dass sie Vouivre inzwischen abgrundtief hasste. Die Niederlande und England waren so gut wie Freunde. *Dein Tod kommt früh genug.* »Das tue ich«, gab er zurück. »Sehr sogar.«

Der Flugdrache knurrte unentwegt, vermutlich um seine Schmerzen zu überspielen. »Unsere Abmachung gilt«, gab er gequält von sich. »Wann erhalte ich mein Auge zurück?«

»Wenn ich zu der Überzeugung gelangt bin, dass unser Abkommen stabil genug ist, Altvorderer.« Florin schnaubte. »Du kannst gehen. Ich lasse den Karfunkel an den Ort deiner Wahl bringen.«

»Wie soll ich unbeschadet nach Hause gelangen? Wie soll ich meinen Weg finden?«, lamentierte Vouivre. »Du hast mich geblendet und mir eine Schwinge gebrochen! Selbst Bauern könnten mich mit ihren Mistgabeln erstechen, so wehrlos bin ich.«

Florin gab einen Laut von sich, der Mitleid heuchelte. »Dann wirst du dir etwas einfallen lassen müssen, Altvorderer. Sonst bekomme ich deine Ländereien doch noch.« Er sank in den Kanal und tauchte unter, um den Karfunkel zu bergen.

Der Stein leuchtete schwach und wies Florin den Weg zu ihm. Er nahm das noch warme Schmuckstück und schwamm zurück nach Amsterdam. Das Warten auf den rechten Augenblick für seine Rache hatte sich gelohnt.

Vouivre hörte, wie Florin ins Wasser sackte und verschwand. Erst jetzt erlaubte er seinem Hass, sich offen zu zeigen: Er öffnete das Maul und schickte eine gewaltige Lohe in die Nacht, dazu brüllte er. Die Menschen würden glauben, ein Komet wäre vom Himmel gestürzt und in die Weide eingeschlagen.

Florin wird sterben! Schneller, als er denkt! Vouivre lief los, witterte, züngelte und orientierte sich anhand der Gerüche.

Ihm blieben noch einige Stunden, bevor es hell würde und man ihn schon auf kilometerweite Entfernung sehen könnte. Ausgerechnet in Holland, in diesem flachen Land, musste er sich befinden! Nichts, wo er sich verbergen konnte.

Vouivre wusste zum ersten Mal in seinem langen Leben nicht, was er tun sollte. *Ich bin dermaßen erniedrigt, hintergangen und überrumpelt worden – und das an einem einzigen Tag! Diese Schmach muss ausgemerzt werden!* Was hatte er nicht schon alles für Schlachten geschlagen! Und wie oft war er als Sieger hervorgegangen, sowohl bei den Kriegen von seinen Residenzen aus als auch gegen andere, aufstrebende Drachen, die ihm im eigenen Land die Herrschaft hatten streitig machen wollen.

Ich war mir einfach zu sicher! Dabei habe ich doch gewusst, dass er mich zu betrügen versucht! Fieberhaft suchte er nach einem Ausweg aus seiner Lage, aber es wollte ihm nichts einfallen. Florin hatte ihn den Menschen preisgegeben, was einem Todesurteil gleichkam.

Er roch, dass er sich einer Scheune oder einem ähnlichen Bauwerk näherte, in dem Schafe gehaust hatten. Den Geruch von Menschen nahm er nicht wahr, und so tastete er sich voran, bis er sich in den Unterstand geschoben und in den hintersten, geschützten Winkel verkrochen hatte. Jetzt fühlte er sich zumindest nicht mehr ganz jeglichen Blicken ausgesetzt.

Bleibt die Frage, wie ich von hier verschwinde. Vouivre versuchte die gebrochene Schwinge zu bewegen und schnaufte vor Qual. Er sah sich bereits von brüllenden Bauern mit schmutzigen Mistgabeln umzingelt, die ihn abstachen wie ein Schwein. Oder ihn fingen, in Ketten legten und bei lebendigem Leib zerschnitten. Es würde eine Woche dauern, bis der Knochen für einen sanften Flug ohne schwierige Manöver belastbar war.

Blind fliegen konnte er. Die Schwierigkeit bestand darin, dass er eine Woche lang in diesem Unterstand festhing. Das würde problematisch werden.

Ohne Augenlicht! Wie ein Maulwurf oder andere niedere Kreaturen! Er grollte und musste sich beherrschen, die Hütte nicht vor lauter Hass auf Florin in Splitter zu schlagen und anzuzünden. Sie war sein einziger Schutz.

Reiß dich zusammen!, fuhr er sich an. *Du entkommst aus dieser Lage. Und du wirst dem blauen Verräter zeigen, wer der Meister der Intriganten ist.*

Zur Ablenkung von den Schmerzen begann er, Pläne zu schmieden.

Was Florin an Ländern und Territorium im Osten verlangt hatte, gab er ihm nur zu gern. *Soll er sich mit Tugarin streiten. Das macht es mir einfacher. Sie sind beide jung und sollen sich austoben.*

Er würde dafür sorgen, dass die Drachen aneinandergerieten. *Ich schicke den Revolutionären Briefe, in denen von der Unterstützung ihrer Sache die Rede ist und die auf Florin hindeuten werden.*

Vouivre würde Tugarin gleichzeitig wissen lassen, dass der holländische Drache ihm durch einen Akt der Barbarei und der abgründigen Hinterhältigkeit einen Teil der Macht und der Länder entrissen hatte.

Vouivre bastelte in Gedanken an den Kleinigkeiten seines neuerlichen Ränkespiels, und er genoss dies trotz der schrecklichen Schmerzen in seinem Kopf. Er hatte das Karfunkelauge schon mindestens einhundert Jahre nicht mehr ablegen müssen. Bald war sein Plan aufgestellt, und er gefiel ihm außerordentlich gut.

Also, dachte er mit wesentlich besserer Laune, *wie entkomme ich diesem unwürdigen Stall?*

XVIII.

16. Januar 1927, Insel Väddo, Ost-Schweden, Königreich Schweden

Die Hände taten ihm nach drei Stunden Holzhacken weh, sein Rücken schmerzte. Das zeigte ihm, dass er es nicht gewohnt war, körperlich hart zu arbeiten. Der Kopf pochte, Nadeln schienen sich durch die Schläfen ins Hirn zu bohren.

Der Stapel Scheite, der sich zu seiner Linken in die Höhe schraubte, war dennoch beeindruckend. Maß nehmen, ein Schlag, und wieder purzelten die Hälften den Hackklotz hinab. *Vielleicht habe ich zu schnell gearbeitet?* Er versenkte die Schneide in dem dicken Klotz und löste die Finger vom Axtstiel. Sie waren rot, Blasen deuteten sich an.

Nein. Das ist nicht mein Leben. Er sah auf die Ärmel des abgetragenen Mantels in dem er steckte. *Und das ist auch nicht mein Mantel.* Er wandte sich um und schaute zu der Fischerhütte, aus deren Kamin Rauch quoll. *Kaffee wäre gut.*

Er stapfte durch den Schnee, atmete die eisige Luft ein und versuchte, durch die Mauer zu dringen, die um seinen Verstand lag.

Er wusste kaum etwas von sich. Anstelle von Erinnerungen waren da schwarze Löcher. *Wasser*. Das war das Einzige, an das er sich erinnern konnte. Ein Aufprall, aber überwiegend Wasser, Nebel und eine Barke, an die er sich geklammert hatte, bevor ihn Olof an Bord des Fischkutters gezogen hatte. Seinen Namen hatte er seinem Retter bibbernd vor Kälte entgegengestammelt: Grigorij.

Olof gebrauchte eine Sprache, die nicht die seine war, die er jedoch verstand. Aber es war ihm unmöglich, sich mit ihm zu unterhalten. Ein Riegel lag vor dem Können, sich zu artikulieren und mit den Leuten in dem Dorf zu verständigen.

Was tue ich hier? Wie bin ich ins Wasser gekommen? Fragen über Fragen quälten Grigorij, der das Gefühl hatte, wichtige Dinge zu verpassen. Lebenswichtige Dinge. Man brauchte ihn dringend an einem ganz anderen Ort. Aber er hatte keine Ahnung, wohin er ohne Anhaltspunkte gehen sollte, um mehr über sich herauszufinden. Dieses Dorf war so gut wie jeder andere Ort auf der Welt.

Er betrat die Hütte, in der Tilda und Olof saßen. Grigorij nickte ihnen freundlich zu und deutete auf den Herd, wo der Kaffeekessel brodelte.

»Was hast du ihm gesagt? Dass er erst wieder ins Haus darf, wenn er die restlichen Stücke auch gespalten hat?« Olof gab seiner Frau einen Kuss auf den blonden Hinterkopf. »Gutes Mädchen! Dann muss ich es nicht tun.« Er lachte, nahm den Kaffeekessel und goss Grigorij eine Tasse ein, die er auf den Tisch stellte. So zwang er ihn, sich zu den beiden zu setzen. Dann entkorkte er eine Flasche mit Wodka und gab einen Schuss dazu.

Als der Fischer seiner Gemahlin einen Kuss gegeben hatte, hatte Grigorij unvermittelt gewusst, dass es auch in seiner Welt eine Frau gab. Seinem Gefühl nach musste er sie sehr lieben. Angst befiel ihn, quetschte sein Herz. *Was tue ich, wenn sie ertrunken ist?*

Er betrachtete sich in der schwachen Spiegelung der Scheibe. Er trug einen schwarzen, dichten Dreitagebart und lange Koteletten, die halb langen schwarzen Haare waren von der salzigen Luft leicht gekräuselt. Die alten Sachen des Fischers waren ihm etwas zu weit, weshalb er verloren und unsicher erschien. An seiner Stirn prangte die lange Narbe mit dem schwarzen Garn darin, die von einer Platzwunde stammte. Tilda hatte ihn eigenhändig genäht. *Nein, das bin ich nicht. So bin ich nicht.*

»Olof, das ist nicht nett«, erteilte Tilda ihrem Mann einen Tadel. »Ich hatte bloß erwähnt, dass wir wieder Brennholz benötigten, und da ist er raus und hat angefangen.« Sie zog die helle Fransenstola um ihre Schultern. »Wie war der Fang?«

»Nicht gut. Wir haben nach einem Wal Ausschau gehalten, aber nichts ausmachen können. Also haben wir ein paar Robben erlegt und ein paar Fische aus dem Wasser gezogen.« Er schlürfte den heißen Kaffee und verzog das Gesicht. »Weib, seit wann steht der schon da? Der ist bitter wie Galle!«

Sie reichte ihm Milch und Zucker. »Das ist schade.«

»Bitterer Kaffee ist immer schade.«

»Ich meinte, dass ihr nichts gefangen habt.«

Grigorij verfolgte die Unterhaltung gespannt. *Ich habe euch auf der Karte eingezeichnet, wo ihr etwas finden könnt. Ihr hättet auf mich hören sollen.* Er trank von seinem Kaffee, genoss die Wärme des Alkohols und des Getränks. Der schwache Schnapsgeschmack weckte etwas Bekanntes, das er lange nicht mehr genutzt hatte. Wie von selbst setzte er die Hellsicht ein, auch wenn sie ihm nicht verhalf, seine eigene Herkunft zu ergründen. Dagegen schien sie sich zu sträuben.

Tilda spielte mit dem Löffel, den sie vorhin benutzt hatte. »Ihr hättet also doch auf ihn hören sollen«, sagte sie zufrieden-vorwurfsvoll.

»Es war Zufall, dass es so kam, wie er auf der Karte eingezeichnet hat«, brummte Olof.

»Glaube ich nicht. Es ist etwas in seinen Augen, was mich glauben lässt, dass er mit dem, was er vorhersagt, richtigliegt. Hat er dir einen Wal auf die Seekarte gemalt, und habt ihr dort einen entwischen lassen oder nicht?«

»Ja, Weib«, erwiderte Olof genervt, weil er wusste, dass sie recht hatte.

Sie lächelte, berührte seine Hand. »Zu schade, dass wir ihn nicht verstehen.«

Ja. Zu schade. Grigorij leerte den Kaffee in einem Zug und bekam sofort beides nachgeschenkt. Er hoffte, dass der Alkohol Türen in seiner Kopfmauer öffnen würde, durch die er nicht hindurchgelangte.

Einen kleinen Erfolg hatte er bereits gehabt: Er hatte sich in einem sehr feudalen Haus gesehen, an einem geldbeladenen Tisch mit fünf anderen Männern, die Smokings trugen. Eine Pistole ging reihum, die Trommel wurde gedreht. Abwechselnd hielten sie sich die Waffe unters Kinn und drückten ab. Die Hellsicht hatte ihm jedes Mal gesagt, wo sich die Patrone befand. Er war dem Tod mehrmals entkommen, aber immer ruhig geblieben.

Am Ende des grausamen Roulettespiels hatte der letzte der anderen Männer weinend aufgegeben und war hinausgerannt, während Grigorij sich das Geld genommen hatte. Mit dem Gewinn war er in ein anderes Haus gegangen, wo ihn leicht bekleidete Frauen empfangen hatten. Nacheinander hatte er es mit ihnen getrieben, vier Stück. In einer Nacht voller Leidenschaft, voller Opiumrausch.

Grigorij nippte wieder am Kaffee. *Liebe, nein, Liebe war es nicht gewesen. Die habe ich bei meiner Frau gefunden.*

»Bald schon. Ich habe Ole gefragt, und dessen Cousin spricht Russisch. Er kommt heute Nachmittag vorbei, und dann wird er diesen komischen Fisch ausfragen.« Olof trank von dem Gebräu, das Unmengen von Milch und eine Prise Zucker enthielt. »Danach kann er endlich von hier verschwinden.«

»Eifersüchtig, Olof?«

»Auf den? Ha! Schau dir den jungen Hänfling mal an. Du bist doppelt so alt wie er und magst echte Männer. Nicht solche halben Hemden wie ihn.« Der Fischer erhob sich und nahm sich von dem harten Dauergebäck aus der blauen Dose, das er in den Kaffee stippte, damit es aufweichte und essbar wurde. »Ein Wunder, dass er die kalte Ostsee und seine Verletzungen überhaupt überlebt hat.« Er kaute den Keks. »Er ist bestimmt von einem Dampfer gefallen, auf dem die Reichen durch die Ostsee schippern, und sich die Küste ansehen, Kaviar in sich hineinstopfen und Champagner saufen.«

Das könnte passen, dachte Grigorij. *Es wäre zumindest ein Ansatz.* Doch er wurde den Eindruck nicht los, dass dieses ausschweifende Leben, das er gesehen hatte, auch nicht seins war. Nicht mehr. *Warum sollte ich demnach an Bord gegangen sein?*

»Das wäre doch gut. Vielleicht würde er dir Geld für seine Rettung bezahlen, und wir wären unsere Sorgen los.« Tilda seufzte. »Ich sollte besser aufhören zu träumen.«

»Ja, das solltest du, mein Weib.« Er deutete auf ihre Finger.

Sie lachte. »Du bist doch eifersüchtig! Wegen des Handkusses, den er mir gestern gegeben hat?«

»Pah«, machte Olof wieder und tunkte den nächsten Keks ein. Dabei sah er Grigorij tatsächlich etwas eifersüchtig an.

Abwehrend hob er eine Hand, zeigte auf sich, dann auf Tilda und machte verneinende Gesten. *Ich hoffe, er versteht, was ich damit sagen will.*

Es klopfte, und auf ihren Zuruf hin, trat Ole mit einem weiteren Mann in die Stube. Auch sie trugen dicke Fischerjacken, Wollhosen und hohe schwarze Stiefel. Die Säume hatten sie in den Schaft gesteckt, damit sie nicht dreckig wurden. »Hier habe ich euren Dolmetscher: Lasse«, rief er. »Oh, Kaffee. Da nehmen wir beide einen.«

Olof verteilte Tassen und schenkte aus.

»Erzähl doch mal, wie du ihn gefunden hast«, forderte ihn Ole auf. »Lasse kennt die Geschichte noch nicht.«

»Da gibt es nicht viel zu erzählen. Ich habe ihn vor einigen Tagen aus dem Wasser gezogen. Er hatte sich an eine Signalboje geklammert. Er hat vor sich hin gebrabbelt, als ich ihn gefunden habe, und geschrien hat er die ganze Zeit.« Olof setzte neuen Kaffee auf und stellte die Dose auf den Tisch. »Da habe ich ihn gehörig abgefüllt, und plötzlich wurde er richtig zutraulich.« Er setzte sich. »Das war's.«

Grigorij seufzte. *Nein, nicht spannend und auch nicht aufschlussreich.* Wieder hatte er seine Tasse geleert, und dieses Mal ließ er sich nur noch Wodka einschenken. Der Rausch sollte ihn beflügeln. Nun wartete er ungeduldig, dass ihm der Übersetzer präsentiert wurde, mit dem er hoffentlich sprechen konnte.

»Das ist aber nicht spannend«, befand Lasse enttäuscht, die Jacke öffnend. »Mein Cousin hat was von einem Wal erzählt, den er dir beschrieben hat.«

»Ach ja, das. Zufall. Er hat mir die Karte vollgeschmiert. Sollte ein Wal sein. Ich bin spaßeshalber hingefahren, und da war wirklich einer. Reiner Zufall.«

»Dann frag ihn mal, wer er ist, woher er kommt und so was.« Tilda reichte auch Grigorij eine Handvoll Kekse. »Das hast du dir verdient«, sagte sie zu ihm.

»Wichtiger ist: wann er gehen möchte«, warf Olof ein, und die beiden Männer lachten.

Wenn ich wüsste, wohin …

Lasse nickte Grigorij freundlich zu und fragte ihn: »Woher kommt du?«

Er lehnte sich nach vorn und beobachtete Lasses Lippen. Etwas erwachte in ihm. Die Antwort kam von selbst, ohne dass er nachdenken musste. Denn es war eine Sprache, die er verstand und in der er antworten konnte! »Ich habe keine Ahnung, wie ich in die

Ostsee gelangt bin. Aber ich habe schreckliches Kopfweh und weiß, dass ich gegen irgendetwas geprallt bin. Und du sprichst mit schrecklichem Akzent.« Doch ausgerechnet jetzt machte ihm der Alkohol die Zunge schwer, die Worte fehlten ihm mitunter oder wollten sich nicht formen lassen. »Zettel und Stift, bitte. Ich will aufmalen, was ich nicht sagen kann.« Der vertraute Ton hatte ein neues Bild in seinem Verstand erhellt, aber er kam nicht auf das passende Wort.

»Was hat er gesagt?«, drängte Tilda.

»Hat er Geld?«, fügte Olof hinzu. »Gibt er uns was?« Er bekam einen Rempler von seiner Frau.

Lasses Mundwinkel hingen herab. »Er sagte, dass mein Russisch furchtbar sei, und korrigierte meine Aussprache.«

»Wie aufmerksam von ihm«, sprach Ole lachend. »Das war alles?«

»Nein. Er sagte, er habe keine Ahnung, wie sein Name lautet, und wüsste auch nicht, wie er in die Ostsee gelangt wäre. Aber er hat Kopfweh und weiß, dass er gegen irgendetwas geprallt ist. Jetzt will er Zettel und Stift.«

»Oh, jetzt malt er uns zum Dank ein Bild«, frotzelte Olof.

»Na, und? Wenn es gut ist.« Tilda brachte Grigorij, was er verlangt hatte. »Was will er damit?«

»Aufmalen, woran er sich erinnern kann, weil ihm die passenden Worte fehlen.« Lasse sah wie alle gespannt zu, was der Fremde zu Papier brachte. »Ich wette, dass ihm der Schlag das Gedächtnis genommen hat.«

Grigorij malte indessen, was er erlebt hatte. Ein Luftschiff, ein schlankes Luftschiff, auf dessen Brücke er stand. Seine Bewegungen wurden langsamer, weil die Erinnerung immer stärker wurde und ihm nicht nur die Bilder, sondern auch die Geräusche und Gerüche der Nacht brachte, in der er … Es stank nach Feuer, nach schmorenden Kabeln. Die Unterhaltungen seiner Retter wurden leiser und gingen in den Schreien von Verletzten und Sterbenden unter, die er hörte. Laut krachte es, eine Detonation schien sich direkt vor ihm zu ereignen. Er meinte, die Druckwelle zu spüren. *Bleib ruhig. Es ist nur Einbildung*, sagte er sich und zwang sich, die Erinnerungen zu Papier zu bringen, aber die Striche wurden krakelig, kindlich. Alkohol und Koffein verschlimmerten die Wirkung. Die Eindrücke nahmen ihn zu sehr mit. *Habe ich meine Frau schreien hören?*

»Nennt sich das nicht Amnestie?«, grübelte Ole laut.

»Amnesie«, verbesserte ihn Olof und betrachtete die Zeichnungen. »Ach, er malt schon wieder einen Wal.«

»Einen Wal mit einer Gondel am Bauch?« Lasses Gesicht hellte sich auf. »Das soll ein Luftschiff sein, wie sie von Stockholm nach Sankt Petersburg fliegen!«

Grigorij sah ihn an. *Sankt Petersburg!* Das Gesicht einer älteren Frau erschien vor ihm, die nicht seine Gemahlin war, das spürte er. Dennoch liebte er sie ... Und schon sah er sich auf einem freien Feld stehen, mit einem schweren Säbel in der Rechten, bei strömendem Regen. Ihm gegenüber stand ein Offizier, wie er an der Uniform erkannte. Sekundanten in langen schwarzen Mänteln und mit Hüten auf dem Kopf beobachteten sie schweigend. Grigorij und der Mann entboten sich den Fechtgruß, dann attackierte der Gegner ihn mit Wut im Gesicht und Kraft im Arm. Grigorij stieß die Spitze zur Seite, schlug dem Mann den Handschutz des Säbels ins Gesicht und stach ihm die Klinge durch den rechten Arm. Das Duell war gewonnen. Achtlos ließ er die Waffe fallen und drehte sich zur Kutsche um, die seine war. Hinter dem Fenster sah er das Gesicht einer jungen blonden Schönheit, die ihm zulächelte, während er einen Flachmann aus seiner Tasche zog, ihn aufdrehte und einen langen Schluck daraus nahm. Er knöpfte sich das Hemd auf ... *Nein, das ist nicht meine Frau.* Grigorij rieb sich die Stirn und fluchte, weil er die Narbe berührt hatte. *Es sind Erinnerungen aus verschiedenen Zeiten.* Er wunderte sich, was er alles getan hatte. *Duelle, ein ständiger Liebhaber schöner Frauen und der Drogen.* Grigorij zeichnete weiter.

Tilda brachte den neuen Kaffee. »Dann hat man ihn aus einem Zeppelin geworfen. Ein Mordanschlag! Das ist doch spannend.«

»Niemals. Der Aufschlag hätte ihn umgebracht«, gab Lasse zu bedenken. »Schaut mal, jetzt malt er noch Feuerwerk dazu.«

»Einen Augenblick!« Tilda schlug auf den Tisch. »Ich habe eine Meldung gelesen, vor einigen Tagen, in der *Stockholms-Tidningen.*

Ist nicht erst ein Zeppelin abgeschossen worden? Vielleicht will er uns das mitteilen.«

Grigorij nickte. »Ja«, sagte er begeistert zu Lasse und trank Wodka. Der Schnaps floss in die Erinnerungslöcher und spülte das Versunkene nach oben. »Ja, ein Zeppelin.« Jetzt konnte er das Wort aussprechen und grinste.

»Ich suche die *Tidningen!*« Olof lief zum Stapel der alten Zeitungen, die sie zum Feuermachen benutzten. »Ich habe sie!« Er schlug die Seite auf, auf der ein Illustrator ein brennendes Luftschiff gezeichnet hatte, das auf einen Garten stürzte. »Hier steht, dass die *Anastasia* in Oranienbaum niedergegangen ist, nachdem sie von Kronstadt aus mit Raketen beschossen worden war. Laut dem Verfasser kamen alle Passagiere ums Leben, inklusive Grigorij Wadim Basilius Zadornov. Ein russischer Fürst«, er senkte die Zeitung und sah ihn an, »und bekannter Hellseher.«

Grigorij schluckte, sein Herz schlug schneller. Bei dem Namen *Anastasia* hatte in ihm etwas geschwungen, war etwas erklungen wie das Echo einer herrlichen Melodie. Er setzte sich aufrecht auf seinen Stuhl. *Meine Frau trägt diesen Namen!*

»Ha!«, machte Tilda freudig. »Habe ich es dir nicht gesagt, Mann? Hättest mal auf ihn hören sollen.«

Olof drehte die Zeitung, sodass er die Zeichnung des Zeppelins sehen konnte. »Deins?«

»Da!«, rief er und sprang auf. »Da!« Noch mehr Bilder tauchten auf. Er sah wieder die ältere Frau. *Sie ist meine Mutter. Ich habe sie in der Stadt besucht, und auf dem Rückweg nach … wohin habe ich gewollt?*

»Das heißt Ja«, übersetzte Lasse fachkundig.

»So weit hätte ich es auch noch verstanden.« Tilda war erleichtert. »Ich halte es für gesichert, dass wir Zadornov gefunden haben.«

Ole machte ein ratloses Gesicht. »Und warum ist er nicht mit dem Zeppelin abgestürzt?«

»Ist das meine Sorge?«, gab Olof zurück und strahlte. »*Fürst*, Weib. Hast du gehört? Er ist ein *russischer Fürst!*« Er blätterte weiter. »Hier haben sie einen Nachruf und einige Stationen aus dem bewegten Leben des jungen Mannes abgedruckt.« Er las die Zeilen quer, und seine Aufregung stieg. »Weib, er ist reich! Ihm gehören mehr als ein Dutzend Zeppeline, die …«

»Ja, Mann. Beruhige dich. Erst sollten wir ihn zur Polizei bringen.«

Grigorij packte Lasse bei den Schultern. »Steht da, wo ich zu Hause bin?«

»Bilston. In der Nähe von Edinburgh, wird hier geschrieben«, sagte er nach einigem Suchen. »Schottland.«

»Und ist da irgendwas über meine Frau geschrieben?«, schrie er Lasse lallend an. »Lebt sie noch?«

Lasse überflog den Artikel mehrmals. »Nein, ich kann nichts von einer Frau lesen, die ums Leben gekommen ist.«

Grigorij schloss erleichtert die Lider. *Dann lebt sie noch!* Die Liebe zu seiner Gemahlin war gewaltig, das spürte er. Und er brauchte sie an seiner Seite, vermisste sie und sehnte sich nach ihr. *Ich hatte einen Streit mit ihr …*

Ole sah auf die Uhr. »Die Telegrafenstation beim Pfarrer hat noch eine halbe Stunde geöffnet. Damit können wir eine Nachricht senden.«

»Oh, ich freue mich für dich … Sie … Eure Hoheit!« Tilda schlug die Hände zusammen. »Der Anblick seiner Frau wird ihm bestimmt bald seine Erinnerung bringen.« Sie erhob sich. »Lasse, sag ihm, dass wir wissen, wer er ist, und wir seine Familie benachrichtigen. Sie warf sich den einfachen Mantel über. »Wir gehen zur Telegrafenstation.«

Seine Erinnerungen versuchten, ihm ihr Gesicht zu zeigen, aber noch schufen sie nur die Umrisse. *Bald sehe ich sie!* Grigorij öffnete die Augen, sprang von seinem Stuhl auf und umarmte die Männer und die Frau der Reihe nach. »Wenn ich wirklich reich bin, wie es heißt, bezahle ich euch allen so viel Geld, dass niemand mehr arbeiten muss!«

»He, Olof, das wird dich freuen: Er hat gesagt, dass er seinem Retter so viel Geld bezahlen will, dass er ein gemachter Mann ist«, sprach Lasse.

»Da ist dir aber mal ein Goldfisch ins Netz gegangen«, meinte Ole neidlos und prostete ihm mit der Tasse zu.

»Und er hat ein wertvolles Leben gerettet«, fügte Tilda hinzu und gab ihrem Gatten einen schmatzenden Kuss. »Das zählt mehr als jeder Schein, den er uns geben wird.«

»Sicher, sicher.« Olof stülpte sich die Kappe auf den Kopf. »Nehmen werde ich sein Geld dennoch. Es ist schön, wenn Ehrenhaftigkeit und Gutes belohnt werden.«

Langsam ergibt sich ein Bild! Grigorij folgte ihnen zur Telegrafenstation und nahm kurzerhand die Flasche Wodka mit.

Aber eine Empfindung hatte sich bei allem größer werdenden Glück und aller Erleichterung nicht gelegt: Jemand brauchte ihn dringend, und er nahm an, dass es sich dabei um seine Gemahlin handelte. Es musste schnell gehen.

17. Januar, York, Grafschaft Yorkshire, im Nordosten des Königreichs Großbritannien

Lady Ealwhina Snickelway wanderte durch die Shambles, Seite an Seite mit Sir Shamus und dem römischen Legionär, dessen Name Marcus Hoplitus Augustus lautete, wie sie inzwischen wussten; hinter dem Legionär marschierte der Geist von Lord Craig Canterburry, eines Professors für Altertum und römische Geschichte, der fließend Latein sprach und als Übersetzer diente. Er trug einen Smoking und einen hohen Zylinder. Sie musste grinsen. *Wir sind ein bunt-spleeniges Epochentrüppchen.*

Ein schneidender Wind heulte durch die einsamen Gassen, der die vier Gestalten jedoch nicht weiter störte. Nichts Irdisches vermochte ihnen etwas anzuhaben.

Ealwhina störte, dass sie durch ihren Tod und ihr Dasein als Spuk ihre Garderobe nicht mehr wechseln konnte. Aber es hätte schlimmer kommen können. An ihre neue Aufgabe hatte sie sich gewöhnt, und sie sah diese inzwischen als große Ehre und nicht als Bürde, trotz der sehr verschiedenen Strömungen und Ansichten, die es innerhalb der fünfhundert Geistwesen gab. Fingerspitzengefühl und Durchsetzungsvermögen brachte sie mit, angesehen war sie unter den befreiten Seelen ebenfalls. Das angemessene Amt für eine Lady. »Mir scheint, York ist zu einer *echten* Geisterstadt geworden«, sagte sie nach einer Weile. »Kaum mehr Lebende innerhalb der Mauern.«

»Wundert Sie das, Mylady?« Sir Shamus grüßte einen der bunt bemalten Kelten, der an ihnen vorbeilief. »Die Menschen haben Geister akzeptiert, solange sie um Mitternacht auftauchen und eine Stunde später verschwinden. Aber sich eine Stadt mit ihnen zu teilen, rund um die Uhr, ist für die meisten zu viel des Guten.«

»Der Unterhändler sollte bald eingetroffen sein, Mylady«, meldete sich Canterburry. »Wir sollten pünktlich sein.«

»Werden wir, Lord Craig. Wir sind ja fast da«, beruhigte sie ihn.

Sie waren auf dem Weg zum Bootham Bar, wobei Bar Tor und nicht Pub bedeutete, was Fremde gelegentlich bei ihrem ersten Aufenthalt verwirrte. Sie hatten es als Treffpunkt ausgewählt, weil sich einst eines der vier Eingangstore des ehemaligen römischen Kastells an dieser Stelle befunden hatte. Hoplitus hatte es sich gewünscht: eine Toranlage, die beinahe zweitausend Jahre auf dem Buckel hatte. Natürlich war das Bar über die Jahrhunderte verändert worden, doch seine Geschichte zählte.

Schon von Weitem sahen sie die fünf Männer, die sie treffen wollten. Vier trugen Smoking, einer bevorzugte den sportlichen, hellen Dress. Sie standen mitten auf dem Pflaster und sahen sich um. Sie konnten wohl nicht fassen, dass die belebte Stadt in wenigen Tagen wie ausgestorben dalag. Und die Queen konnte es ebenso wenig und schien es nicht dulden zu wollen.

Hoplitus sagte etwas, der Professor übersetzte. »Einer von ihnen ist ein Medium. Er nimmt an, es ist der Mann, der in der Mitte steht, der zweite rechts vom eigentlichen Vermittler.«

Shamus wunderte sich. »Woher weiß unser alter römischer Freund, dass der Vermittler nicht in der Mitte steht?«

»Als Taktiker würde er niemals den wichtigsten Mann in die Mitte stellen und ihn zu einem besonderen Ziel machen«, kam es prompt. Shamus und Ealwhina grinsten.

Sie blieben zwei Meter vor der Delegation der Queen stehen und deuteten eine Verbeugung an.

Jenseits des Tores wartete eine Meute von Reportern und Kameramenschen hinter einer Absperrung, die das Militär errichtet hatte. Fotoapparate klickten unablässig, leise ratterten die Filmspulen. Scheinwerfer wurden auf sie gerichtet. Die Lichtkegel gingen durch die Geister hindurch und beleuchteten die Straße und Häuser hinter ihnen.

Soldaten hatten sich auf der anderen Seite der Absperrung postiert, umklammerten sichtlich unwohl ihre Gewehre in dem Wissen, dass sie nichts gegen diese Gestalten taugten.

»Guten Abend, Gentlemen«, begrüßte Ealwhina die Abordnung. »Wir haben von Ihrem Wunsch erfahren, mit uns zu sprechen.«

»Sie sind die Anführerin dieser … Phänomene?«, erkundigte sich der Mann in der Mitte voller Liebenswürdigkeit. Er war um die vierzig, trug helle Hosen, ein weißes Hemd und ein beigegrau kariertes Sportsakko. Auf den kurzen schwarzen Haaren saß eine Schirmmütze, um den offenen Kragen lag ein locker geknotetes Halstuch. Sein Gesicht war glatt rasiert.

Du gefällst mir. »Sie haben mich dazu auserkoren. Snickelway ist mein Name, das sind die Herren Shamus, Canterburry und Augustus, die mich beraten werden und als Zeugen fungieren. Wir sind vermutlich die demokratischste Stadt im gesamten Kingdom«, fügte sie mit einem Lachen hinzu. »Und Sie sind?«

»Eric Tremaine, Medium und Mitglied der Society of Psychical Research sowie von Ihrer Majestät bestellter Gutachter zu den Vorgängen in York.« Er zeigte nach links. »Meine Kollegen Forbes und Bernau«, der Arm schwenkte herum, »die Männer Ihrer Majestät, Sir Pommeroy und Sir Fitzgerald, die uns als Zeugen dienen.« Er sah Ealwhina an. »Lassen Sie mich sagen: Sie sind ein ganz außergewöhnliches Geschöpf, Lady Snickelway! Ich bin begeistert!«

»Wie wahr«, warf Shamus schmunzelnd ein. »Sie haben einen neuen Bewunderer, Mylady.« Der Professor übersetzte lachend, und sogar Hoplitus fiel in die Heiterkeit ein.

Tremaine freute sich. »Das nenne ich doch einen guten Anfang! Nun, Ihre Majestät sorgt sich um die Stadt, die ein Schmuckstück in ihrem Reich ist, und möchte erfahren, was die Geister zu tun gedenken.«

»Wir bleiben in York. Verlassen können wir es nicht, das wurde bereits von uns untersucht.« Ealwhina sah zu den Fotografen und winkte. *Ihr werdet kein einziges Foto von mir bekommen. Geister kann nicht jeder ablichten.*

»Aber die Menschen, die hier lebten: Was wird aus ihnen?« Tremaine wies auf die Häuser. »Wie sollen sie in ihre Heimat zurückkehren?«

»Wir haben nichts gegen die Sterblichen. Sie müssen sich mit unserer Existenz arrangieren, das ist alles«, erwiderte sie freundlich. »Es wird Ihre Majestät freuen zu hören, dass wir den Beschluss gefasst haben, mit York weiterhin im British Empire zu verbleiben und uns nicht loszusagen. Im Gegenzug fordern wir einen Sonderstatus: Wir anerkennen die Herrschaft von Viktoria der Zweiten und führen entsprechende Steuern an sie ab, die wir wiederum von den Menschen erheben, die in York leben.« Ealwhina wandte sich an Shamus, der ihm einen Stapel vollgetippter Blätter reichte. »Darin steht alles.«

Tremaine lachte leise. »Bloody hell! Sie haben Mut!«

»Was soll uns geschehen?« Sie lachte. »Die Geister gehören seit Anbeginn der ersten Tage von York in diese Mauern, sie sind sogar älter als die ältesten Drachen. Wenn jemand einen Herrschaftsanspruch erheben kann, dann ist es unsere Gemeinschaft.« Sie deutete auf die Papiersammlung, die er inzwischen an Sir Pommeroy übergeben hatte. »Wir verpflichten uns darin, sorgsam mit York umzugehen und für Prosperität zu sorgen. Zum Wohle der Menschen und der Geister.«

»Und bedenken Sie, Mister Tremaine, dass auch unsere Einwohnerzahl wachsen wird«, warf Shamus ein. »Nicht alle Seelen der Yorker Verstorbenen gelangen ins Jenseits. Wir geben ihnen ein neues Zuhause und bewahren sie davor, spukend über die Menschen herzufallen.«

Der Mann betrachtete die Geister. »Ja, von mir aus sehr gerne. Aber ich bin lediglich der Gutachter. Fitzgerald und Pommeroy vertreten die Krone.« Er deutete eine Verbeugung an. »Darf ich mir die Freiheit nehmen, Sie alle näher zu untersuchen? Die Queen möchte die Gewissheit, dass es sich um ein *echtes* übernatürliches Ereignis und nicht um die Scharlatanerie ausgebuffter Halunken handelt.«

Ealwhina stimmte sich mit ihren Begleitern kurz ab. »Sie dürfen, Mister Tremaine.«

»Besten Dank.« Er winkte in Richtung der Absperrung, und zwei

Handkarren wurden von Helfern herangerollt. Darauf standen Apparaturen, deren lange Stromkabel bis zum Stadttor reichten. »Das sind verschiedene Messinstrumente«, erklärte er und schaltete sie der Reihe nach an. Sie quietschten, fiepten und brummten. »Einige von ihnen habe ich selbst entwickelt. Der große Houdini war so freundlich und half mir dabei. Ich war einer seiner besten Schüler, was das Aufspüren von Betrügern angeht.« Er umwanderte die vier, berührte sie an verschiedenen Stellen ihres Körpers. »Interessant. Kalt, aber real. Würden Sie sich bitte demanifestieren, Lady und Gentlemen?«

Sie taten ihm den Gefallen und wurden vor seinen Augen durchscheinend. Damit sahen sie aus wie ein klassischer Spuk, der in vielen britischen Gruselgeschichten beschrieben wurde.

Dieses Mal gingen seine ausgestreckten Finger durch sie hindurch. Tremaine atmete einmal durch und schritt beherzt durch alle Geister; dabei schauderte er jedes Mal. Zugleich diktierte er, was er empfand und was er sah, und Kollege Bernau schrieb mit. Pommeroy und Fitzgerald prüften indes den Vertrag, den die neuen Herrscher aufgesetzt hatten.

Ealwhina sah, mit welcher Akribie Tremaine vorging, wie er nach alter, bester Detektiv- und Forschermanier die unmöglichsten Täuschungserklärungen ausschloss, bis nur noch das Unwahrscheinlichste eine Tatsache sein konnte.

»Well, well«, sagte Tremaine nach einer guten Stunde, in der er unablässig gefilmt und fotografiert worden war. »Es ist unschwer zu erkennen, dass ich vier übernatürliche Phänomene vor mir stehen habe, wie immer man sie auch bezeichnen möchte«, schloss er seine Untersuchung. »Das haben sowohl die physikalischen als auch die optischen als auch meine eigenen medialen Überprüfungen ergeben. Ich verzichte auf die Inaugenscheinnahme sämtlicher weiterer Phänomene in York, da ich weiß, dass die Erkenntnis die Gleiche sein wird.« Er zog seine Handschuhe an. »Danke. Sie können sich wieder manifestieren, wenn Sie es wünschen.«

Er klingt wie ein Arzt. Ealwhina fand Tremaine sehr sympathisch. *Er wird ja nicht ewig leben. Und wenn er sterben sollte, könnte er das in York tun.* Notfalls würde sie dafür sorgen. »Wir haben gern geholfen, um der Wahrheit zu dienen«, erwiderte sie und wurde für die Umstehenden wieder zu einer scheinbar normalen Frau.

Tremaine unterzeichnete das Protokoll, das Bernau verfasst hatte, und Forbes unterschrieb ebenso. Alle waren sich einig. »Haben Sie etwas dagegen, wenn ich mich öfter in York blicken lasse? Die berufliche Neugier.«

»Nein«, sagte sie rasch. »Sie sind herzlich willkommen, Mister Tremaine.«

»Ich werde nicht der Einzige sein, der in York Untersuchungen anstellen möchte«, warnte er sie. »Sie sollten daran denken, Einreisebeschränkungen für Medien und Parapsychologen einzuführen. Es gibt gewiss jede Menge Blender auf diesem Gebiet, aber vielleicht auch jemanden, der Macht über Geister erlangen kann.«

»Danke sehr.« Ealwhina war angenehm überrascht von ihm. Sie erinnerte sich sehr gut, welche Macht sie mit dem Artefakt über die Seelen gehabt hatte. »Sie haben etwas Wahres sehr gelassen ausgesprochen, Mister Tremaine.«

Er zwinkerte ihr zu. »Ich bin daran interessiert, noch oft und lange nach York zurückzukehren, um zu forschen. Die Grundstückspreise sind derzeit im Keller. Vielleicht sollte ich mir ein Haus zulegen. Können Sie eines empfehlen?«

Pommeroy beendete die leise Unterhaltung mit Fitzgerald und trat nach vorn. Er deutete eine Verbeugung an. »Lady Snickelway, wir haben den Vertrag, den Sie und Ihre Freunde vorschlagen, gelesen und können ihn im Namen Ihrer Majestät leider nur ablehnen.«

»Oh, kommen Sie, Pommeroy!«, rief Tremaine auffordernd. »Was wird das für ein Spiel?«

Pommeroy tat, als habe er den Parapsychologen nicht vernommen. »Ihre Majestät hat uns nicht befugt, einen Sonderstatus zu gestatten. Die Vorstellung Ihrer Majestät ist es vielmehr, dass sich die Geister vom heutigen Tag an wieder an ihre üblichen Gepflogenheiten halten und spuken wie in den Jahren zuvor und wie es Tradition hatte. Dies ist der Wille Ihrer Majestät.«

Ealwhina und Shamus wussten nicht, was sie sagen sollten, Canterburry übersetzte leise.

Hoplitus lachte daraufhin dröhnend los und drängte sich nach vorn, um sich vor Pommeroy aufzubauen. Zwar war der Römer kleiner als der Brite, aber das störte ihn nicht. Er war beeindruckender. Ein Wortschwall ging auf die Vertreter der Queen nieder, den Canterburry haspelnd übersetzte.

»Wenn es uns gefällt, reißen wir alles nieder, was einige von uns zu Lebzeiten mit ihren Händen erbauten. *Wir* sind Yorks Herren, die Bewohner von der ersten Stunde an. Und nachdem wir alles vernichtet haben, suchen wir uns einen Weg, um diese Stadt zu verlassen und über die Insel ziehen, wie es uns gefällt.« Hoplitus reckte sich, streckte den Arm aus und deutete mit dem Zeigefinger auf Pommeroy. »Wer würde uns aufhalten? Die warmen Worte der Königin? Eine Handvoll Medien?« Seine Stimme wurde lauter und tiefer, trug weit wie Donner. »Sollten wir nicht erhalten, was wir fordern, und – bei Merkur – es ist nicht viel, werden wir Schrecken über das Herz des britischen Empires bringen und es erobern, wie es mein Volk damals getan hat. Unsere Herrschaft würde ewig währen. Denkt noch einmal nach, Gentlemen, und antwortet ein zweites Mal.« Hoplitus senkte den Arm und starrte Pommeroy in die Augen, wartete.

Fitzgerald stellte sich hinter ihn und flüsterte ihm etwas ins Ohr, dann kehrte er im Laufschritt zum Stadttor zurück.

»Wir gehen telefonieren«, sagte Pommeroy blass wie Papier. »Ihre Majestät muss die Gegebenheiten nochmals abwägen.« Hastig folgte er seinem Kollegen.

Tremaine schaltete seine Gerätschaften ab. »Hatten Sie nicht am Anfang gesagt, dass Sie die Stadt nicht verlassen können?«, sprach er beiläufig. »Es handelt sich doch nicht um einen Bluff, Lady Snickelway?«

»Um einen halben«, gestand sie gut gelaunt. »*Noch* können wir sie nicht verlassen. Aber mit der Zeit wird sich bestimmt ein Schlupfloch finden. Spukgestalten sind erfinderisch.«

Hoplitus lachte erneut und reckte den Arm, als habe er eine Schlacht gewonnen.

»Wie gut, dass es in England kaum Katholiken gibt. Befände sich York in Italien, wäre es bereits von den Exorzisten des Papstes belagert.« Tremaine veranlasste, dass die Karren zurückgeschoben wurden. »Ich drücke Ihnen die Daumen, dass Sie mit Ihren Forderungen durchkommen. Sie werden sicherlich wagemutige Männer und Frauen finden, die in York leben wollen.«

»Wir senken die Steuern. Dann kommen die Menschen von selbst.« Ealwhina grinste. »Und nicht zu vergessen, dass die Kinder bei uns Latein von echten Römern lernen. Hoplitus ist nicht der einzige Muttersprachler hier. Wir haben viele Seelen exquisiter Wissenschaftler unter uns. Bessere Universitäten wird man im ganzen Land kaum finden. Nicht zu vergessen die erzbischöfliche Bibliothek, das Museum der philosophischen Gesellschaft, das Institut für Kunst und Wissenschaft und viele weitere Einrichtungen der Bildung.«

»Ich sehe schon: *Geistes*wissenschaftler.« Tremaine lachte und reichte ihnen die Hand. »Ich freue mich auf unser Wiedersehen.«

»Sie wollen schon gehen?« Ealwhina klang enttäuscht, und Shamus warf ihr einen wissenden Blick zu.

»Meine Arbeit ist getan. Die Queen muss entscheiden, was mit York geschieht. Sobald alles unterschrieben ist und ich mich nicht mehr strafbar mache, wenn ich einen Fuß über die Stadtgrenze setze, kehre ich zu Ihnen zurück.« Tremaine las an den Zügen der Geister ab, dass sie es nicht gewusst hatten. »Oh, die Queen hat untersagt, dass Briten, die vorher nicht hier lebten, nach York ziehen dürfen.«

»Dieser Passus«, schnarrte Shamus, »muss geändert werden.«

Ealwhina kam ein Einfall, aber sie behielt ihn für sich und wartete, bis Tremaine sich außerhalb der Hörweite befand. »Ich ahne, wie wir einfacher der Grenzbindung entgehen: Wir lassen York einfach wachsen und sich ausdehnen!«

»Verstehe«, sagte Canterburry unverzüglich. »Je mehr sterbliche Einwohner die Stadt hat, umso mehr Platz brauchen sie. Der Rat kann das Stadtgebiet erweitern lassen und diese neuen Areale bebauen.«

»Eine Theorie, mehr ist es nicht«, meinte Shamus dazu. »Es kann funktionieren. Wir kämen nur sehr langsam voran.«

»Das hängt davon ab, wie viel Land die Stadt kauft, oder?« Ealwhina war mit ihrer Eingebung zufrieden. »Aber Sie haben recht, Sir Shamus. Wir sollten die klügsten Köpfe darauf ansetzen, wie wir uns weiter bewegen können als bis zur Stadtmauer.« Sie sah

Pommeroy und Fitzgerald zurückkehren. *Was werden wir wohl zu hören bekommen?*

Die beiden Lords blieben vor den Geistern stehen und deuteten erneut eine Verbeugung an. »Ihre Majestät, Queen Viktoria die Zweite, hat York die von Ihnen verlangte Eigenständigkeit zugesichert, wenn die Stadt weiterhin im Verband des Empires bleibt«, sprach er getragen. »Sollte sie sich, aus welchen Gründen auch immer, dafür entscheiden, sich loszusagen oder sich gar einem anderen Land anzuschließen, hat dies die sofortige Zerstörung zur Folge. Ihre Majestät ist der festen Überzeugung, dass damit auch das Ende der Geistwesen besiegelt ist.« Pommeroy sah ihnen der Reihe nach ins Gesicht. »Sie tragen damit Verantwortung für sehr viele Menschen und ihre Heimat, Mylady und Gentlemen. Sind Sie sich dessen bewusst und wollen Sie diese in der Tat übernehmen?«

»Ja«, antwortete Ealwhina stellvertretend für alle.

Pommeroy streckte die Hand aus. »Dann beglückwünsche ich Sie hiermit im Namen Ihrer Majestät und heiße York im Verband des Vereinten Königreichs herzlich willkommen. Den zusätzlichen Vertrag, den Sie mit Ihrer Majestät abschließen, lasse ich Ihnen zukommen.«

»Danke sehr, Lord Pommeroy. Nachdem unser schönes York nun ein rechtmäßig zugehöriges Mitglied des Empires und des Commonwealth ist, wird es den Menschen sicherlich wieder erlaubt sein, hierherzuziehen?«

»Selbstverständlich, Mylady Snickelway.« Er schüttelte auch die Hände der anderen drei. »Doch nehmen Sie mir es nicht übel, wenn ich offen sage: Wer möchte in einer Stadt leben, in der über fünfhundert Seelen von Selbstmördern, Verurteilten und anderen traurigen Menschen umhergehen? Mir wäre es zu gefährlich.«

»Wir sind alle harmlos. Jetzt. Wir haben gelernt, Lord Pommeroy.« Ealwhina brachte die beiden Unterhändler bis zum Tor und zeigte sich den Reportern und Kameramännern aus der Nähe. Rasch verkündete sie das Ergebnis der Verhandlungen und die Zukunft der Stadt, während die Lords sich aufs Nicken beschränkten. »York ist ein freier Ort und heißt jeden Mann, jede Frau und jedes Kind willkommen. Keine Stadt ist sicherer, denn unsere Verbrecher wurden bereits hingerichtet. Es kann Ihnen gar nichts mehr geschehen. Ich schwöre, dass tote Verbrecher harmlose Verbrecher sind.« Sie erntete die ersten Lacher für so viel Selbstironie. »Bald geben wir bekannt, in welchem Maße wir die Steuern senken, um einen Umzug in unsere Stadt möglichst interessant zu machen. Abweisen werden wir höchstens neue Geister. Davon haben wir schon genug.« Wieder lachten die Journalisten, dieses Mal lauter. Sie lächelte ihnen zu. »Ladies und Gentlemen, ich sehe schon: Sie haben nicht damit gerechnet, dass eine Spukgestalt sich völlig normal verhalten kann. Ich stehe Ihnen gern zur Verfügung, wenn Sie Fragen haben.«

Viele Arme flogen in die Höhe, die Reporter riefen ihre Fragen alle gleichzeitig. Der Chor der Schreiber sang das ewig gleiche Lied der Wissbegier.

14. Januar 1927, nahe Palmnicken (Ost-Preußen), Königreich Preußen, Deutsches Kaiserreich

Das Bernsteinbergwerk Anna, das Leída ausgesucht hatte, steuerten sie nicht direkt an. Der Ort Palmnicken war viel zu klein, mehr als zwei- oder dreitausend Einwohner hatte er gewiss nicht, und landende Luftschiffe bedeuteten in dieser Region eine Seltenheit. Daher flogen sie weiter nach Königsberg.

Leída hatte die Gelegenheit genutzt und die Unterlagen über die Finanzmanipulationen genauer durchgelesen. Ihr fehlte das Wissen, einen exakten Schluss aus den Zahlen zu ziehen, doch dabei fiel ihr etwas anderes auf: ein vermutlich typisches Beispiel für die Machenschaften von Wilhelm Voss.

Das Bernsteinbergwerk Anna war von der Preußischen Bergwerks- und Hütten-Aktiengesellschaft nach etwa fünfundzwanzig Jahren abgestoßen worden. Hatte die Förderung anfangs jährlich fünfzig Tonnen Rohbernstein betragen und war stetig gestiegen, galt sie seit zwei Jahren plötzlich als erschöpft. Voss hatte das Bergwerk zu einem Spottpreis erhalten – denn er saß im Vorstand der Preußischen Bergwerks- und Hütten-Aktiengesellschaft, die erst 1923 gegründet worden war, wie Litzow ihr sagte. In ihr wurden die

Stollen und Minen des preußischen Staates verwaltet und in ihrer Ausbeutung optimiert.

Ein Staatsbetrieb als Aktiengesellschaft ist die perfekte Angriffsfläche für seine Masche. Deswegen konnte Voss Stollen und Bergwerke aufkaufen, wie er wollte. Als protegierter Freund des Kaisers und Verfüger über die AG besaß er alle Möglichkeiten. Laut den Voss'schen Unterlagen betrieb die AG den Abbau von Bernstein in Palmnicken nun über Tage, was mit weniger Kosten verbunden wäre. Er verdiente mit. *Perfider Hund!*

Die *Ramachander* und die *Lena* gingen in Königsberg nieder. Leída übertrug Litzow die Befehlsgewalt, wählte sechs ihrer besten Leute und drei Deutsche aus den Reihen der *Skyguards* aus und fuhr die vierzig Kilometer mit den Autos nach Palmnicken. Voss begleitete sie. Im Kofferraum.

Es ging die Bernsteinküste entlang, immer mit einem wundervollen Blick auf die teilweise zugefrorene Ostsee. Eissegler und Schlittschuhläufer tummelten sich an den Stränden. Palmnicken war als Badeort auf den Hinweisschildern gekennzeichnet. Somit fielen Fremde nicht zwangsläufig auf. *Ob das auch im Winter zählt?*

Aus dem Kofferraum rumpelte es.

»Voss muss mal«, rief Grimson, einer ihrer Leute und ein Schrank von einem Mann.

Leída steuerte das Automobil an den Straßenrand und sah sich um. Weit und breit kein Wagen und keine Menschen. »Raus mit ihm. Grimson, Sie gehen mit und achten darauf, dass er wieder zurückfindet.«

Sie sah den dicken Magnaten noch vor sich, im Bauch der *Ramachander*, als sie ihm dem Fallschirm umgelegt und gesagt hatte, dass der Schirm einhundert Kilogramm spielend trage. Unbemerkt hatten sie den Auslösemechanismus blockiert und ihn an das Drahtkabel der Lastgondel gehängt. Als sie Voss aus der Luke geworfen hatten, hatte er wie ein Schwein geschrien. Nachdem sie ihn am Kabel wieder an Bord gezogen hatten, hatte er sich eine neue Hose anziehen müssen. Er hatte sich vor Angst zugeschissen.

Ja, der reiche und mächtige Industrieherr. Leída grinste und betrachtete die Straße hinter ihnen im Rückspiegel. Ein Fuhrwerk näherte sich ihnen, auf dem sich Brennholz stapelte. Von diesem drohte keine Gefahr.

Voss und Grimson kehrten zurück, die Fahrt ging weiter nach Palmnicken, das sie am frühen Nachmittag erreichten.

Menschen flanierten die Straße entlang, alles drängte zur überschaubaren Strandpromenade mit den kleinen Holzbuden und dem langen Steg.

»Nicht anhalten«, befahl Leída, als sie ein Schild passierten, auf dem *Bernsteinbergwerk Anna* stand. »Wir fahren in die Dünen, lassen dort die Wagen stehen und gehen zu Fuß weiter.« Sie orientierte sich auf der Karte. »Es ist nicht weit von hier.«

Sie parkten zwischen den Sandbergen und suchten sich eine Kuhle aus, damit sie von Spaziergängern nicht sofort bemerkt wurden. Die Pistolen waren in den Taschen ihrer Mäntel verborgen.

Leída entschied, dass zwei Deutsche und einer von ihren Männern beim Wagen und bei Voss blieben, der Rest begleitete sie. »Wir sondieren die Lage, und sobald wir etwas entdecken, kommen wir zurück und holen den Fettsack. Er ist unser Schlüssel.«

Die kleine Gruppe stapfte durch den Wind, auf den Kuppen der Dünen entlang. Noch gab es keinen Grund, sich zu verbergen. Mit Feldstechern sahen sie sich immer wieder um und entdeckten schließlich die Anlage, wo Bernstein geschürft wurde.

»Landeinwärts liegt der Stollen Anna«, sagte Leída und lief den Hügel hinunter. Der Frost und die Feuchtigkeit hatten den feinen Sand hart werden lassen, er brach in kleinen Brocken unter ihren Sohlen weg.

Nach kurzem Marsch endeten sie vor einem Zaun, auf dem eine dreifache Reihe Stacheldraht saß. Einer ihrer Begleiter nahm eine kleine Zange aus der Ausrüstungstasche und schnitt einen Schlitz in den Zaun, durch den sie sich nacheinander zwängten. Wegen des harten Sands hinterließen sie keine leicht erkennbaren Spuren.

Spärliches Unterholz gab ihnen ein bisschen Deckung – bis sie den Wachturm sahen, der sich vor ihnen keine zehn Meter entfernt erhob und vor dem es steil nach unten ging. Auf der Plattform war jedoch niemand zu sehen.

»Vorwärts, kriechen«, befahl Leída leise. »Bis unter den Turm.«

Sie robbten über felsigen Boden bis an die Kante, über der sich der Ausguck erhob und von dem aus man die gerodete Fläche dahinter überblicken konnte.

Rund um den Eingang in den Stollen war alles an Pflanzen entfernt und betoniert worden. Schienen erinnerten an die Zeit, als Geröll und Rohbernstein mit Loren herausgeschafft wurden. Unmittelbar in die Wand waren vier große Türen eingelassen, hinter denen es laut brummte; aus einer Vielzahl von kleinen Schloten stiegen schwarzgräuliche Qualmwolken.

Gleich vier Rohre verliefen aus dem gewaltigen Tunnel und führten meerwärts zur Tagebauanlage. Gelegentlich hatten sich unter den Nahtstellen der Rohre vereiste Pfützen gebildet.

»Stromaggregate«, sagte Grimson und rückte die abgetragene Mütze auf seinen braunen Haaren zurecht. Sein Glücksbringer. »Sie betreiben damit Pumpen, um das Grundwasser aus den Schächten zu bekommen.«

»Was eine sinnlose Sache für ein Bergwerk ist, das offiziell nicht mehr betrieben wird.« Leída ballte die rechte Hand zur Faust. »Wusste ich es doch! Ein Versteck für die Drachenanbeter.«

»Versteck?« Grimson zeigte nach links, wo ein Haus stand, aus dem Arbeiter ein und aus gingen. »Richtig verstecken kann man sich nicht. Es sei denn, die ganzen Männer da gehören zu Voss.«

»Scheint fast so.« Leída hob das Fernglas und betrachtete sie.

Sie trugen alle schlickverschmierte einfache Kleidung, Gummistiefel und Wachsmäntel, um sich gegen die Kälte und das Wasser zu schützen. Alles in allem sahen sie harmlos aus. Der Sinn des Wachturms erklärte sich ihr nicht ganz.

»Lastwagen«, zischte Grimson. »Von der Einfahrt.«

Gleich darauf kam der Laster angefahren, auf dessen Seite sich die Aufschrift *Großschlachterei Libowitz, Königsberg* befand. Er hielt schnurstracks auf den Tunnel zu, wendete kurz davor und setzte rückwärts hinein. Der Wind trug ihnen den Geruch von altem, vergammeltem Fleisch zu.

»So transportieren sie ihre Bomben«, vermutete Leída angewidert. »Den Polizisten will ich sehen, der in einen Wagen voller Abfälle steigt, um nach Verdächtigem zu suchen.«

»Was machen wir jetzt, Boss?«, fragte Grimson. »Wir haben

noch keinen festen Beweis gesehen. Wir sollten runter und mal in den Stollen schauen oder uns eine von den Ameisen schnappen.«

Leída überlegte nicht lange. »Wir schnappen uns welche. *Und* gehen in den Stollen.« Sie kroch rückwärts und führte ihre Männer zum Strand, wo der Bernstein an der Oberfläche abgebaut wurde. Hier gab es die unauffällige Kleidung, die sie benötigten. Die derzeitigen Träger würden sie zwar noch daraus entfernen müssen, aber sie hatte keine Zweifel, dass es ihnen gelang. *Wir räumen bei Voss ordentlich auf.*

XIX.

31. Januar 1927, Hauptstadt Běijīng, Kaiserreich China

Silena starrte auf den Kalender, ohne ihn richtig wahrzunehmen.

Ihre Gedanken waren bei ihrer Freundin Leída, von deren Taten sie in der Zeitung gelesen hatte. *Großartig! Großartige Leistung! Es wird den Menschen im Kaiserreich die Augen über Voss geöffnet haben.*

Jetzt, nach der Entdeckung, die Leída gemacht hatte, erklärte sich so einiges, was bis dahin als Erfolg der Drachentöter des Officiums gefeiert worden war. Ernüchterung und Bestürzung hatten sich in der Folge breitgemacht, und das nicht nur in Deutschland. Man hatte den Drachenanbetern vieles zugetraut, aber eine derartige Raffinesse, eine derartige kriminelle Energie, konspirative Kraft und exzellente Logistik – niemals! *Eine sträflich unterschätzte Gefahr. Sogar von mir.*

Silena senkte den Blick auf die Zeitung, die ihr Zhiao besorgt hatte; sie war schon einige Tage alt. Sie betrachtete das Bild der Zeppeline, die über Palmnicken schwebten. Fotos von Leída und den anderen Beteiligten gab es nicht oder wurden wegen der schrecklichen Verletzungen nicht gezeigt. Das wollte man den Lesern doch nicht zumuten.

Da wäre ich gern dabei gewesen. Es hätte mit Sicherheit weniger Verluste gegeben.

In derselben Ausgabe stand der nicht minder große Bericht über die Entführung des Großmeisters Brieuc mitten aus einem Theatersaal heraus.

Brieuc hatte in der Ehrenloge gesessen, als ihn mehrere Maskierte mit vorgehaltener Waffe zum Mitkommen aufforderten. Da er sich zunächst geweigert hatte, war er niedergeschlagen und weggeschleppt worden. Silena grinste. *Das wird ihm nicht gefallen haben. Ich hoffe mal, dass sich Zhiao bei ihm entschuldigt hat.* Ein

Großaufgebot an Georgswächtern, Polizei und Gendarmerie hatten ihn trotz des schnellen Eingreifens nicht auffinden können. Zwei Zeugen hatten behauptet, dass die Entführer Chinesisch gesprochen hätten, und natürlich spekulierte der Verfasser des Artikels: »Strecken sich die Krallen des Drachenkaisers nach Europa aus? Gott schütze uns vor der Gelben Gefahr!«

Gut, dass er die Wahrheit nicht kennt. Sie hatte Bedenken, dass Chinesen oder allgemein Asiaten, die in Europa lebten, bald unter Generalverdacht gestellt werden würden. *Der Mob ist unberechenbar. Je schneller sie die Sache zu einem Erfolg geführt hatte, desto weniger Unschuldige mussten sterben.*

Sie legte die Zeitung beiseite. Die Gedanken an die Freundin zogen unweigerlich die Sorgen um Grigorij nach sich. Da Silena offiziell als verschollen galt, bezweifelte sie, dass die Detektei Wimsey, Bunter & Vane ihre Recherchen fortführte. Zwar hatten die privaten Ermittler viel Geld im Voraus für ihre Dienste erhalten, aber fühlten sie sich auch einer Verschollenen verpflichtet? *Es sind Briten. Sie sind korrekt genug, um ihre Arbeit fortzuführen.*

Silena sah auf die Notizen, die sie sich gemacht hatte. Notizen zum Wesen der asiatischen Drachen und deren Wahrnehmung der Bevölkerung, die so gar nichts mit dem europäischen Verständnis gemeinsam hatten. Doch sie konnte sich nicht auf die Zeilen konzentrieren.

Wenn ich doch nur wüsste, wie weit ihre Nachforschungen gediehen sind! Zhiao weigerte sich nach wie vor, sie mit Wimsey, Bunter & Vane in Kontakt treten zu lassen. Bei aller Wichtigkeit der kommenden Mission hätte sie zu gern Sicherheit über Grigorijs Schicksal gehabt. Nein, sie wollte hören, dass ihr Gatte noch lebte. Alles andere würde sich regeln lassen.

In letzter Zeit schob sich das Gesicht des Ägypters automatisch in ihr Denken, sobald sie sich mit Grigorij beschäftigte. Silena sagte sich, dass es deswegen geschah, weil er in der Fremde ihr einziger Beistand und Freund war. Seit zwei Wochen duzten sie sich.

Um zu verhindern, dass sie zu sehr ins Grübeln und nutzlose Ängste versank, nahm sie ihre Notizen zur Hand.

Die hiesigen Drachen wurden in Pagoden und Tempeln verehrt, es gab diese reich verzierten und aufwendig dekorierten Gebäude überall im Land. Da sie nach der Vorstellung der Chinesen das Wetter beeinflussten, konnte man sie beispielsweise um Regen bitten, indem man eine Opfergabe in einen Fluss warf. Silena erinnerte sich, dass jeder Fluss und jeder See einen Drachen als Schutzherrn besaß. Es ging sogar so weit, dass Frauen geopfert wurden, was sie sehr an mittelalterliche europäische Praktiken erinnerte. *Das könnte den Drachenfreunden so passen, die alten Zeiten wiederaufleben zu lassen.*

Was ihr arge Probleme bereitete, war die komplexe Mythologie um die Lungs, die verschiedenen Tiereigenschaften, die ihnen zugesprochen wurden, Dinge wie Yin und Yang, die sich in ihnen widerspiegelten. Zhiao hatte es ihr zu erklären versucht, doch erschien es ihr zu kompliziert und auch nicht notwendig für ihre Mission.

Sie blätterte weiter.

Hatte die Farbe des Schuppenkleids bei den westlichen Bestien selten etwas zu sagen, gehorchte sie bei den Asiaten einem strengen Kodex. Gelbe Schuppen besaßen die meisten, sie wurden mit den letzten Sommermonaten in Verbindung gebracht. Blau und grün gefärbte standen für den Frühling, rote für die meisten Sommermonate und Stürme, und die schwarzen kamen ins Spiel, wenn es um verheerende Stürme und Hitzeperioden ging. Die weißen standen für den Herbst. Die Kopplung an Naturgewalten sprach für die Selbstverständlichkeit, mit denen Lungs zum alltäglichen Leben gehörten.

Silena überflog ihre Mitschriften und war sich in einem immer klarer: *Der Westen und der Osten werden sich, was die Geschuppten angeht, niemals einig werden.*

Zhiao hatte ihnen nicht sagen können, welche Drachen noch in der Verbotenen Stadt lebten, um den Kaiser zu schützen. Bestätigt wurde ihr, dass ein Lung seine Statur und seine Gestalt ändern konnte, wenn er wollte.

Asiatischen Drachen wurden Funktionen zugesprochen, an denen man sie zusätzlich unterschied. Es gab die himmlischen Drachen, die Tian Lung, die den Himmel bewachten und angeblich taub waren. Geisterdrachen, die Sheng Lung, kontrollierten den Regen, den Wind und die Fluten, aber sie waren stinkfaul. Sie versteckten sich gern, um nicht arbeiten zu müssen. Es gab außerdem Erddrachen, Wasserdrachen, Unterweltdrachen und natürlich die teuflischen, die Nie-Lung.

So etwas kennt man in Europa nicht. Bei uns sind alle schlecht. Silena fand den Einblick in die fremde Denkweise eines Volkes sehr wichtig. Die chinesische Tradition hatte auch nichts mit den Forderungen der westlichen Drachenfreunde zu tun, die eine Schreckensherrschaft im Namen der Geschuppten ausüben wollten. Für Chinesen waren Drachen in der Tat göttlich. *Ob die Altvorderen verwandt mit den Lungs sind?* Manche von ihnen besaßen einen Drachenstein, wie sie wusste.

Silena nahm die Pläne der Verbotenen Stadt zur Hand, doch ihr Blick schweifte ab. Ein Gedanke beschäftigte sie, über den sie mit Ahmat sprechen musste: Sie wollte nicht zu einem Werkzeug chinesischer Politik werden.

Just da klopfte es, und Zhiao trat ein. »Großmeisterin, der erste Drachenheilige ist da.«

»Niedergeschlagen, ja?«, sagte sie zu ihm und hob die Zeitung an. »Und mitten aus der Vorstellung gezerrt. Hätten Sie mich vorher gefragt, hätte ich Sie warnen können, wie sehr Brieuc den *Fliegenden Holländer* liebt.«

Er verneigte sich, die Handflächen waren dabei gegeneinandergepresst. »Ich bin untröstlich, Großmeisterin, aber es ließ sich nicht anders bewerkstelligen. Jede weitere Verzögerung barg die Gefahr, dass die Menschen sich überwanden und ihm beisprangen. Er ist soeben eingetroffen. Ich habe mich bereits mehrfach entschuldigt.«

»Hat er angenommen?«

Zhiao lächelte das unergründliche chinesische Lächeln. »Die Beschimpfungen haben nicht nachgelassen, aber sie werden weniger drastisch«, gab er zur Antwort. »Es mag sein, dass er mir langsam verzeiht. Kommen Sie, ich bringe Sie zu ihm.«

»Ich werde ihm sagen, dass er auf mich wütend sein soll.« Sie folgte ihm. »Schließlich gab *ich* die Anregung dazu.«

»Danke, Großmeisterin.«

»Bis wann werden Ademar und Donatus uns erreicht haben?«

»Wir haben auch sie bereits überwältigt und verschifft. Mehr als zwei Wochen sollten sie nicht brauchen.« Er sah ihre Unzufriedenheit. »Es ist der sicherste Weg, glauben Sie mir. Wir müssen das Officium und den Drachenkaiser gleichzeitig narren. Schlimm genug, dass öffentlich bekannt wurde, die Täter könnten Chinesen sein.

»Noch mehr Verzögerungen.« Sie seufzte und hielt sich am Handlauf fest, als sie die Treppe abwärts nahmen. »Das bedeutet für uns, dass wir die Unternehmung auf mindestens Mitte Februar verschieben müssen.«

»Ja, leider«, sagte Zhiao. »Ich fürchte, es wird sogar Ende des Monats. Wir haben den Plan mit seinen Audienzen und Tagesabläufen erhalten. Vorher geht es nicht, es sind stets zu viele Menschen um ihn herum.« Er sah auf ihren Bauch. »Ich weiß, dass jeder Tag, der verstreicht, es gefährlicher für Sie und Ihr Kind macht. Es ist eine große Sorge.«

Silena erging es nicht anders. »Es bleibt uns nicht anderes übrig. So wird mein Kind gleich an die Arbeit seiner Mutter gewöhnt«, versuchte sie einen halbherzigen Scherz.

Sie schritten ins Freie und liefen eine Arkade entlang, die zum zweiten Trakt des Gebäudes führte.

Im überdachten Hof stand Ahmat Fayence und absolvierte Kampfübungen mit dem Schwert; einige von Zhiaos Männern dienten ihm als Gegner.

Silena musste einfach stehen bleiben und zusehen.

Die Bewegungen des dunkelhaarigen Ägypters unterschieden sich deutlich von denen der Chinesen, wirkten wesentlich überlegter und energischer, als entscheide er sich stets im letzten Augenblick, wie er auf einen Angriff reagieren oder wie er selbst zuschlagen wollte. Doch das täuschte. Vor allem im Umgang mit dem Spieß war er allen Kämpfern voraus.

Es faszinierte sie zu sehen, wie Ahmat die gesamte Umgebung in das Gefecht einbezog, wenn er mit den überlangen Speeren hantierte. Sie dienten ihm als Sprunghilfe, er drückte und stützte sich damit ab, sodass es seinen Gegnern schwerfiel, ihn überhaupt zu fassen zu bekommen.

Mitten im Gefecht winkte er ihr und kam zu ihr gelaufen. »Silena«, grüßte er sie und wirkte kaum angestrengt. »Gibt es etwas Neues?«

Sie fand es merkwürdig, dass sie von einem Mann bei dem Namen gerufen wurde, den in den letzten zwei Jahren nur Grigorij gebraucht hatte. Aber unangenehm war es ihr nicht, ganz im Gegenteil. »Zhiao bringt mich zu Brieuc«, gab sie zurück.

»Die Verstärkung rückt also allmählich an.« Er lächelte sie an, und sie freute sich drüber. Zu ihrer eigenen Verwunderung. Ahmat sah zum Chinesen. »Wann greifen wir an?«

»In einem Monat.«

Es war nicht schwer, die Enttäuschung aus dem Gesicht des Ägypters abzulesen. »Das ist nicht gut. Die Schwangerschaft der Großmeisterin hält nicht einfach vier Wochen an, nur weil uns die Zeit in den Fingern verrinnt.«

»Es geht nicht anders.« Zhiao erklärte es ihm, wie er es vorhin Silena erklärt hatte. »Außerdem müssen die Drachenheiligen die Lagepläne ebenso auswendig können wie Sie beide«, fügte er als Argument hinzu. »Falls Sie in der Verbotenen Stadt getrennt werden, ist es überlebenswichtig.«

Ahmat nickte stumm, aber mit zusammengezogenen Augenbrauen. Es passte ihm nach wie vor nicht; ändern konnte er es noch weniger. Schweigend kehrte er zu seinen Übungsgegnern zurück und nahm das Scheingefecht auf. Silena hatte den Eindruck, dass er härter zuschlug als vorher.

Sie versuchte, sich ein paar seiner Finten und Angriffe zu merken. Ihre Ausbildung mit dem Säbel und dem Schwert waren klassisch verlaufen, eine Mischung aus altem deutschem und modernem italienischem Stil. Brieuc, der den Zweihänder führte, hatte sich dagegen immer auf den deutschen Stil beschränkt. *Gegen Drachen sicherlich effektiver.*

Silena konnte sich am Gefecht nicht sattsehen. Dass es noch einen anderen Grund als Bewunderung für seine Kampfkunst geben könnte, verdrängte sie. *Waffengeschwister, mehr sind wir nicht.*

»Großmeisterin, sagen Sie mir, wann wir …«, warf Zhiao vorsichtig ein.

»Sicher, sicher. Brieuc«, erwiderte sie hastig und ging weiter.

Am anderen Ende der Arkade traten sie durch eine Tür und schritten an mehreren Papierwänden entlang, bis sie zu einer Tür gelangten, hinter der sie eine laute Stimme hörten.

»Er flucht noch immer«, sagte Zhiao seufzend.

»Gleich nicht mehr«, erwiderte sie und öffnete die Tür.

Brieuc, der seine weiße Ausgehuniform trug, die deutlich unter den Strapazen der ungewollten Reise gelitten hatte, hatte drohend den Zeigefinger gegen eine Chinesin gereckt, die ihn mit großen Augen anstarrte und ein Tablett mit Essen in der Hand hielt. Als er Silena sah, hellten sich seine Züge sogleich auf.

»Großmeisterin!«, rief er freudig. »Nicht mehr lange, und ich hätte jedes heidnische Schlitzauge umgebracht, das mir noch einmal Reis bringt! Ist es so schwer, in diesem riesigen Land Kartoffeln anzubauen?« Er kam auf sie zu und streckte die Hand aus. »Was bin ich froh, Sie zu sehen! Anfangs wollte ich die Geschichte nicht glauben.«

Silena schüttelte seine Hand und warf Zhiao einen kurzen Blick zu. »Welche Geschichte, Großmeister?«

»Die mir erzählt worden ist: Sie säßen in China fest und bräuchten meine Hilfe. Ich war erst davon überzeugt, als Sie eben zur Tür hereinkamen.« Brieuc breitete ostentativ die Arme aus. »Können Sie mir einen guten Schneider besorgen, der meine Uniform wieder auf Vordermann bringt? So möchte ich nirgendwo auftauchen und gesehen werden.« Er fuhr sich mit der rechten Hand durch die unpomadierten Haare, mit der anderen nahm er die Fleischschale vom Tablett der Chinesin und scheuchte sie hinaus. »Verzeihen Sie, aber ich bin wirklich hungrig. Wobei soll ich Ihnen helfen? Und warum die Geheimniskrämerei?«

»Es geht um eine Sache von größter Wichtigkeit, und niemand, nicht einmal das Officium, darf im Vorfeld unserer Unternehmung etwas davon wissen. Jede noch so kleinste Vorbereitung kann die Gegenseite warnen. Und uns bleibt nur ein Versuch.« Silena nickte Zhiao zu, der Brieuc erklärte, was sie über Voss, die manipulierten Finanzen und den geplanten Börsenzusammenbruch sowie die Zusammenhänge mit dem Drachenkaiser wussten.

Brieuc setzte sich und aß abgelenkt, ohne zu murren; dabei goss er sich Jasmintee ein. Er nahm die Eröffnung erstaunlich gelassen und konzentriert auf und war mit dem Essen fertig, als der Chinese seine Erläuterung beendete. »Jetzt verstehe ich es«, sagte er daraufhin zu Silena. »Sie und ich gegen den Drachenkaiser.«

»Sie, ich, Ichneumon, Ademar und Donatus«, zählte sie auf.

»Ichneumon sagt mir nichts. Und es klingt nicht chinesisch.«

»Ein Freund aus Ägypten, der einer ähnlichen Organisation wie wir angehört.« Mehr wollte Silena ihm nicht sagen. Es war Ahmats Sache, ihm mehr über den Bund zu erzählen.

Doch Brieuc war neugierig. »Ein Freund. Ihr Freund? Er hat einen merkwürdigen Namen.«

Sie lächelte. »Sie können ihm vertrauen. Ohne ihn würde unser Vorhaben ungleich schwerer werden.«

»Nichts gegen Ihr Wort, aber erlauben Sie mir, dass ich mir ein eigenes Bild von ihm mache.« Brieuc trank von seinem Jasmintee. »Wann lerne ich ihn kennen, Großmeisterin?«

»Er ist gerade mit seinen Kampfübungen beschäftigt, aber danach …«

»Ausgezeichnet!« Brieuc sprang auf die Beine. »Dann will ich sehen, was er kann, unser ägyptischer Verbündeter. Der Araber an sich neigt zur Faulheit, Großspurigkeit und Feigheit. Das möchte ich bei dem Mann ausschließen.«

Silena ärgerte sich über die Bemerkungen. »Das sind drei Eigenschaften, die ich schon bei anderen Drachenheiligen entdecken musste«, sagte sie leise und vermied es, ihn anzusehen. »Es hat nichts mit der Herkunft zu tun, Großmeister. Denken Sie nicht?«

»Nein«, gab er mit schmalem Mund zurück. »Das denke ich nicht.« Er ging zur Tür. »Komm, mein kleiner schlitzäugiger Freund. Bring mich zum Kameltreiber.«

Silena biss sich auf die Zunge, um nichts zu sagen. *Sollte er sich weiterhin so aufführen, muss ich ihn zurechtweisen.* Sie kannte die überhebliche Einstellung, die unter manchen Europäern grassierte und die sie normal nannten. Brieuc trieb es wegen seiner Herkunft als Angehöriger einer weiteren Elite gerne auf die Spitze. *Das Beleidigen bereitet ihm Spaß.*

Sie folgte den Männern zurück auf den Hof und ahnte, dass Brieuc einen Beweis seiner Überlegenheit erbringen wollte, um Ahmat zu zeigen, wohin er gehörte. *Er wird hoffentlich eine Lektion von ihm erhalten.*

»Da ist er ja«, tönte Brieuc und sprang in den Hof. Dabei streifte er die Uniformjacke ab und gab sie ohne einen Blick zurück an

Zhiao, als sei er ein Bediensteter. »Ho, Wüstensohn! Ich habe gehört, du darfst uns bei unserer Mission unterstützen?«

Ahmat hielt mit seinen Angriffen inne, auch die Chinesen unterbrachen die Übung. Fragend sah er zu Silena, die nur die Arme hob und lautlos »Angeber« mit den Lippen formte.

»Ja, das darf ich wohl«, gab er zur Antwort und stützte sich auf das Schwert. »Ich bin glücklich, dass ich Euch, Großmeister Brieuc, zur Hand gehen darf. Anscheinend seid Ihr ja nicht in der Lage, alleine mit dem Drachenkaiser fertig zu werden.«

»Ha! Er spricht mich an wie einen König. *So* gehört sich das.« Brieuc krempelte sich die Ärmel hoch. »Araber, du wirst gleich sehen, dass *ich* dich nicht brauchen würde. Großmeisterin Silena legte jedoch ein gutes Wort für dich ein.« Er dehnte sich. »Sie hat nach *mir* geschickt, Wüstensohn. Also braucht sie mich wohl, da du alleine nichts taugst.« Brieuc lächelte herablassend. »Bring mir meinen Zweihänder«, sagte er verlangend zu Zhiao, der mit den Augen rollte und einen der Kämpfer lossandte, die Waffe zu holen.

»Was soll das?«, sagte Silena. »Ich brauche Sie beide unverletzt!«

»Wenn ich mit ihm fertig bin, kann er immer noch kämpfen, Großmeisterin«, wiegelte er ihren Einwand ab. »So, Perle der Wüste.« Brieuc stellte sich vor Ahmat und maß ihn von oben herab. Die körperlichen Unterschiede traten deutlich zutage. »Wo hast du kämpfen gelernt?«

»Bei meinem Großvater«, erwiderte er gelassen.

»Ha! Auf deine Geschwindigkeit bin ich gespannt.« Er rief laut und ungehalten nach seinem Zweihänder. »Ich werde dir jetzt zeigen, warum die Großmeisterin mich braucht.«

Ich hatte vergessen, wie unangenehm er sein kann. Silena bereute es zwar nicht, ihn hergeholt zu haben, doch sie nahm sich vor, ihn nach seiner Einlage zur Seite zu nehmen und ihn an den Respekt zu erinnern, den er seinen Gastgebern und Ahmat schuldete.

Brieuc schwang den Zweihänder. »Wagst du dich gegen eine scharfe Waffe, Wüstensohn?«

Ahmat wiegte den Kopf hin und her. »Ich überlege noch.« Er legte die rechte Hand ans Herz. »Ich spüre die Angst, die du mir mit deinen Worten einflößt.« Er duzte den Großmeister absichtlich, der Respekt war vergangen. »Es bebt, ich schlottere vor deinem übermächtigen Mund, aus dem die Worte der Weisheit sprudeln und wie aus einem Wasserfall herabstürzen. Wie wird es dann erst um deine Schwertkunst bestellt sein? Ich zittere.« Dabei stand er vollkommen ruhig. »Ich glaube, ich wage es.« Er nahm ein Eisenschwert von einem der Chinesen. »Sei zärtlich zu mir, Großmeister Brieuc. Ihr Europäer seid uns doch so sehr überlegen. Falls nicht, wärst du ein Groß*maul*meister, und das kann ich nicht glauben.«

Silena lachte laut auf und erhielt von Brieuc einen bösen Blick, von Ahmat ein Zwinkern. Sie unterbrach das Spektakel nur deswegen nicht, weil sie davon ausging, dass Ahmat das Spiel vorzeitig und vor allem unblutig beenden würde. Zudem besaß sie keine echte Befehlsgewalt über Brieuc.

Ahmet ging rückwärts bis in die Mitte des Hofs. »Komm und lehre mich Demut.«

»Das werde ich, Kamel …«

»Großmeister Brieuc!«, rief Silena. »Denken Sie an Ihren Anstand!«

»Kamelzüchter, wollte ich sagen«, vollendete er den Satz mit einem gehässigen Grinsen. Er folgte Ahmat und hob den Zweihänder, schwang ihn. Die lange, schwere Klinge surrte dunkel. »Bereit?«

»Bereit.« Ahmat verbeugte sich.

Brieuc sprang vorwärts und stach senkrecht nach vorn. Ahmat bewegte sich kaum, doch die Spitze verfehlte ihn.

Silena verfolgte den Kampf mit gemischten Gefühlen. *Sie werden daran denken, dass ich sie lebend und unverletzt brauche?* Sie war unruhig, als sie die Männer beobachtete, die sich nichts schenkten.

Brieuc hatte nach einer Serie von Ausfällen seine Kraft zurückgenommen und wartete, was sein Gegner tat. »Was ist, Wüstenperle? Muss ich warten, bis du erwachst? Wie schreit man ein Kamel an, damit es schneller läuft?«

»Wie wäre es mit: Brieuc?« Ahmat hob sein Schwert. Er griff mit einem Kopfschlag an, der von oben genau auf die Schädeldecke zielte.

Überrascht von der Geschwindigkeit, schlug Brieuc das Schwert zur Seite und musste nochmals springen, weil er nicht schnell genug umgreifen und nur ausweichen konnte; den Tritt sah er gar nicht kommen. Die Sohle traf ihn gegen die Brust und schleuderte ihn rückwärts gegen die Waffenhalter.

»Ich bin erwacht«, sagte Ahmat und bewegte die Schulter, mit der er seine Waffe geführt hatte. »Du auch, Großmeister?«

Brieuc drückte sich mit einem Schnaufen ab, legte die Haare zurecht. »Danke«, knurrte er und griff wieder an.

Silena erkannte, dass der Großmeister nun all seine Zurückhaltung hatte fallen lassen. Er attackierte mit voller Geschwindigkeit und trieb Ahmat immer mehr zurück. Sie bekam erste Zweifel, dass dieses Duell ein harmloses Ende nehmen würde, und hielt sich bereit einzugreifen.

Die Wucht des Zweihänders, kombiniert mit der beeindruckenden Stärke des Drachenheiligen, brachte den Ägypter schneller in Bedrängnis, als sie geglaubt hatte, und schließlich gab er den Kampf zu ihrer Erleichterung auf. Er warf sein Schwert auf den Boden und hob die Arme. »Das genügt, Großmeister«, sagte er keuchend.

Brieuc zielte mit der Spitze auf seine Kehle, auf seinen Zügen lagen Verachtung und Zufriedenheit. »Ich zweifelte niemals daran, Araber.« Er senkte die Waffe und warf sie Zhiao zu, der ebenso gebannt zugeschaut hatte wie Silena. »Aber du bist gut genug, um uns begleiten zu dürfen. Wir können dich zumindest als Ablenkung brauchen, während wir das Oberschlitzauge erledigen.« Er wandte sich um. »Ping, bring mich zu meiner Unterkunft«, sagte er zu Zhiao, »und besorg mir einen Schneider.« Er warf Silena einen triumphierenden Blick zu und verließ ohne ein weiteres Wort den Hof.

Ahmat hob das Schwert auf, aber er sah nicht im Mindesten niedergeschlagen oder gedemütigt aus.

Silena ging mit schnell schlagendem Herzen zu ihm. »Ist alles in Ordnung mit dir?«

»Ja. Kein gebrochener Stolz oder zerschmetterte Selbstachtung, wenn du das meinst«, antwortete er heiter.

Sie atmete auf. »Du hast ihn gewinnen lassen.«

»Nein, das habe ich nicht. Ich habe den Kampf abgebrochen,

bevor einer von uns beiden ernsthaft verletzt wurde«, sagte er und zwinkerte ihr zu. »Wir brauchen unsere Kräfte gegen den Drachenkaiser und nicht, um zu beweisen, wer der bessere Kämpfer oder Mensch ist. Wenn wir unsere Aufgabe erfüllt haben, setze ich den unterbrochenen Kampf gegen Brieuc fort. Es könnte sein, dass der Großmeister eine Überraschung erlebt. Aber heute war nicht der richtige Tag dafür.«

»Du bist ein weiser Mann, Ahmat.«

»Mag sein. Ich denke nur weiter als Brieuc.«

Silena räusperte sich. »Er wird jetzt natürlich der Meinung sein, dass er mindestens einhundertmal mehr taugt als du. Du wirst noch öfter solche Sprüche zu hören bekommen. Donatus und Ademar werden bestimmt in das gleiche Horn stoßen, wenn Brieuc sie dazu anstachelt. Kannst du das ertragen?«

»Ja.« Er legte ihr die Hand auf die Schulter. »Mach dir keine Sorgen. Ich gehe keinem von ihnen an die Gurgel.« Sein Lächeln wirkte auf sie anders als sonst. Direkter, offener und von einer ganz besonderen Art.

Sie schenkte ihm ebenfalls ein Lächeln und berührte seine Hand. Es war als freundschaftliche Geste gedacht, doch als Haut auf Haut traf, hatte Silena das Gefühl, dass sich plötzlich mehr abspielte. Ihr Herz schlug nicht allein vor Sorge so rasch in ihrer Brust, und ein warmer Schauer rann durch ihren Körper. Es kribbelte, als sie in seine Augen blickte. *Das darf nicht sein!* Die Situation erforderte einen klaren Kopf. *Es müssen die verdammten Schwangerschaftsgefühle sein, die mich so verwirren.*

Sie nahm die Finger wieder weg und machte einen Schritt zurück. »Eine Sache, über die ich mit dir sprechen muss«, sagte sie, um sich abzulenken. »Was ist, wenn wir nur als ausländische Attentäter dienen sollen?«

Ahmat hob fragend die Augenbrauen.

Silena seufzte. »Angenommen, der Kaiser von China ist kein Drache in Menschengestalt. Angenommen, Zhiao hat sich diese sehr stimmige Geschichte ausgedacht, damit wir den Herrscher umbringen und er die Schuld auf den Westen schieben kann. Wäre dann ein Krieg nicht unausweichlich?« Sie betrachtete sein Gesicht. »Das bereitet mir Kopfzerbrechen, Ahmat.«

Er legte die Rechte auf die Brust. »Mein Herz ist überzeugt von Zhiaos Worten, aber ich verstehe deine Zweifel sehr gut. Letztlich müssen wir entscheiden, wenn wir dem Kaiser gegenüberstehen.« Er zeigte auf ihr Amulett mit dem Lanzensplitter. »Es wird uns den Weg weisen.«

»Du hast recht. Wenn es nicht leuchtet und mir verrät, dass ich vor einem Drachen stehe, brechen wir die Mission ab.«

»So soll es sein«, antwortete er lächelnd.

Silena strahlte ihn an und hatte das Verlangen, ihn zu berühren. Einfach so. »Bis später«, verabschiedete sie sich hastig und wusste nicht, warum sie ging.

»Ich werde noch ein wenig üben. Brieuc hat mir ja bewiesen, dass ich schlecht bin«, sagte er lachend. »Bis nachher, Silena.«

Sie lief in ihren Raum, schloss die Schiebetür und setzte sich auf den Stuhl, starrte die Pläne der Verbotenen Stadt an, obwohl sie die Zeichnungen und Bilder bereits auswendig konnte. Sie massierte sich die Schläfen.

Schlagartig erschien ihr alles zu viel: die Aufgabe, das Leben in dem fremden Land, in dem man Drachen verehrte wie Götter, die Reibereien zwischen Brieuc und Ahmat, die leisen Gefühle, die sie für den Araber entwickelte, Grigorij, ihre Schwangerschaft, der Gedanke an ein Leben als Mutter …

Silena musste ansatzlos losheulen und konnte nicht mehr aufhören. Die Tränen regneten auf die Bilder und Pläne nieder und wässerten die Verbotene Stadt.

13. Januar 1927, nahe Palmnicken (Ost-Preußen), Königreich Preußen, Deutsches Kaiserreich

Leída ging mit ihren Leuten den Tunnel entlang, in dem der Lastwagen verschwunden war.

Sie trugen Wachsmäntel wie die Arbeiter in dem Bernsteinbergwerk. Sie hatten sieben Männer überwältigt, ihnen die dreckigen Kleider abgenommen und sie gefesselt in ein Gebüsch geworfen. In ihrer neuen Tarnung liefen sie offen über das Gelände und hatten sich dazu noch Schaufeln und Eimer genommen, um glaubwürdig zu wirken. Bislang funktionierte es.

In dem Tunnel sahen sie niemanden. Lampen an den Wänden sorgten für Licht, und in einiger Entfernung erkannten sie den Lastwagen. Männer waren zugange, luden große Kisten aus. Es roch stark nach vergammeltem Fleisch.

»Was machen wir, Boss?«, fragte Grimson und stolperte über eine der Bahnschwellen. Die alten Gleise lagen noch immer darin; dicht an die Wand gepresst verliefen die Rohre. Auch hier tropfte das Wasser.

»Wir sagen einfach, wir wären für das Beladen der Bomben abgestellt worden.« Sie näherten sich zügig dem Ende des Tunnels. »Tümmelmann, Sie reden mit den Typen. Ich könnte das zwar auch, aber mein Akzent würde denen sofort auffallen.«

Der Deutsche nickte.

Sie kamen um den Lastwagen herum und sahen ein Dutzend Männer, die Schlachterschürzen trugen und mit dem Abladen beschäftigt waren. Auf der Ladefläche stapelten sich die Kisten, im hinteren Abschnitt türmten sich die Rinder- und Schweinehälften bis zur Decke.

»Hallo«, sagte Tümmelmann zu einem der Männer. »Wir sollen euch helfen, damit ihr rechtzeitig fertig werdet.«

»Ihr kommt wie gerufen. Hat der alte Ringsmacher mitgedacht.« Der Mann deutete auf die Kisten. »Schnappt euch die und bringt sie zum Fahrstuhl.« Er sah auf die Uhr. »Die Lok mit den Neuen kommt in einer halben Stunde, bis dahin muss der Tunnel frei sein.«

»Alles klar.« Tümmelmann erklomm den Lastwagen und schob die erste Kiste nach vorne. Aus den Ritzen lief stinkendes Wasser, es roch intensiv nach Verwesung.

Leída überwand den leichten Ekel spielend. Sie war von der Drachenjagd ganz anderen Gestank gewohnt und neugierig, was mit dem Fleisch geschehen sollte.

Sie ging los, unmittelbar in den Seitengang, der zu einem Schacht führte. Jemand hatte »Anna, Stollen I, 20 Meter. Stollen II, 27 Meter. Stollen III, 59 Meter« mit Kreide auf ein Schild geschrieben. *Die Zahlen scheinen sich zu verändern.* In den Aufzeichnungen hatte sie nur von einem Stollen gelesen, also war in den letzten zwei Jahren seit der angeblichen Stilllegung einiges geschehen. *Sie haben sich eine mehrstöckige Bombenschmiede errichtet!*

An den Wänden lehnten Säcke und stapelten sich Kästen, auf denen chemische Formeln und Warnungen geschrieben standen. Als Hersteller war IG Farben aus Frankfurt angegeben.

Von da beziehen sie ihr Rohmaterial. Leída gelangte an den Fahrstuhl, stellte die Kiste auf eine andere und blieb in dem Korb stehen, der zehn auf zehn Meter maß und kein Dach hatte. An manchen Stäben erkannte sie tiefe Rillen. »Ringsmacher hat gesagt, ich soll mit runterfahren«, erklärte sie dem verwunderten Mann an der Bedieneinheit frech und gab sich Mühe, ihren Akzent zu verbergen.

»Von mir aus«, sagte er und kümmerte sich nicht weiter darum.

Nach zehn Minuten war die Kabine voll bis auf den letzten Raummeter, und jetzt wurde Leída der Geruch doch etwas zu stark. Glücklicherweise begann die Fahrt abwärts; ihre Leute warteten oben und sahen ihr nach, wie sie nach unten verschwand.

Die Kabine sackte an Führschienen nach unten. Zu den Wänden, aus denen lange, nach unten gekrümmte Haken herausschauten, hatte sie etwa einen Meter Abstand.

Es wird schwierig, notfalls hinauszuklettern. Sie haben die Werkstatt gut gesichert. Als es über ihr klickte und gleich danach rumpelte, hob sie den Kopf und sah hinauf: Zwei Klappen hatten sich von unten hydraulisch vor den Ausgang gelegt, auch an ihnen bemerkte sie lange Eisenspitzen. Es gab keinerlei Möglichkeit für ihre Leute, ihr unbemerkt zu folgen. Je tiefer sie kamen, desto wärmer wurde es.

»Zum ersten Mal hier unten?«, fragte der Mann grinsend.

»Ja.«

»Angst?«, erkundigte er sich und grinste noch breiter. »Dein Gesicht sieht aus, als hättest du versucht, mal einen Drachen zu küssen.«

»Das habe ich auch«, entgegnete Leída. Sie hatte sich entschieden, die Flucht nach vorn anzutreten. »Es war ein großes Exemplar, und es war ein überwältigendes Erlebnis. Mein ganzes Leben hat sich dadurch geändert!«

Jetzt schaute der Mann sie ehrfürchtig an. Natürlich verstand er es anders, als sie es meinte. »Du kannst dich glücklich schätzen.« Ruckend hielt die Kabine an, obwohl sie den Boden noch nicht erreicht hatten.

Es zischte hydraulisch, und Leída vermutete, dass unter dem Aufzug eine zweite Sperre wegklappte. »Verdammt gut gesichert«, sagte sie.

»Ja. Sicherheit geht vor. Gerade bei dem, was wir hier lagern«, gab er zurück. »Ein Fehler, und die Hölle bricht los.«

Die Kabine setzte ihre Fahrt fort, und tatsächlich schloss sich über ihnen eine Abdeckung. Sie hielt einen Meter über dem Boden an, davor standen Loren auf Schienen.

Ein abschüssiger Stollen ging hinab in die Dunkelheit. Rostige Eisenstreben stützten die Decke und auch die Seitenwände. Zwei Schienenstränge führten hinein und verliefen im Bogen an dem Fahrstuhl vorbei; auf dem linken standen die leeren Loren. Licht gab es nur am Schacht selbst. Aus einem Seitentunnel flackerte es unregelmäßig, und das Zischen erinnerte sie an eine Lötlampe. In der Bombenschmiede wurde gearbeitet.

»Gut. Fangen wir an. Willst du beladen oder abfertigen?«

»Beladen«, sagte sie sofort, weil sie keinen Schimmer hatte, was vorging. Sie hatte noch immer den Geruch des faulenden Fleischs in der Nase. Leída hatte im Kampf gegen Geschuppte schon in mancher Höhle gestanden, aber hier fand sie es beklemmend. Das Wissen, fünfzig Meter Gestein zwischen sich und dem Tageslicht zu haben, machte es nicht besser.

Sie lauschte und hörte rhythmisches Wummern, das von den Pumpen stammte, dann eine Art Gewittergrollen. Gelegentlich gab es einen Schlag von einem sehr schweren Gegenstand. *Der Stollen wird an einer anderen Stelle erweitert.*

»Alles klar.« Der Mann sprang in die Lore und von da auf den Boden, dann ging er zu einer weiteren Schalttafel, die sich in einem mannsgroßen Käfig befand. Er öffnete die Tür, trat ein und schloss sie hinter sich. »Brauchst du keine Ohrenschützer?« Er streifte sich eine Fliegerkappe über und überprüfte den Sitz des Mikrofons.

»Wieso?«, antwortete sie. »Wird gleich gesprengt?«

Er drückte lachend einige Knöpfe.

Klackend leuchteten Lampen an der Wand auf und rissen den Gang aus der Schwärze. Leída schätzte, dass er mindestens einen Kilometer weit reichte und über zahlreiche Abzweigungen verfügte. Die Schienen führten in jeden dieser Stollen.

Kaum war es hell geworden, ertönte ein vielstimmiges dumpfes Brüllen.

Ein Brüllen, dass Leída sehr genau kannte. *Drachen!* Vereinzelt hörte sie erwartungsvolles Fauchen aus weiter Entfernung, das sie als die Laute von kleineren, jüngeren Geschuppten identifizierte. Der Fels bebte von den Stimmen der Geschuppten, die Loren vibrierten auf den Schienen. Entsetzt hielt sie sich die Hände auf die Ohren. *Was geht hier vor?*

Jemand berührte sie an der Schulter, drehte sie und machte sie auf die verkabelte Fliegerkappe aufmerksam, die außerhalb des Käfigs an einer Wandhalterung hing. Leída zog sie sich hastig auf, und das Kreischen der Bestien wurde erträglich. Sie wandte sich zu dem Mann um und hob den Daumen.

Er grinste und kehrte an die Schalttafel zurück. »Lore eins: heute eine Kiste, zwei Rinderhälften«, funkte er aus seinem Käfig heraus.

Sie hatte schlagartig begriffen, dass dies hier keine Bombenschmiede war. *Das erklärt, weswegen es kaum mehr Drachen gibt,* dachte sie. *Sie haben sie vor unserer Nase weggeschnappt und sie in Sicherheit gebracht.* Sie erinnerte sich an die vielen Bergwerke, die Voss gekauft hatte. *By Jove! Er hat sie alle mit Geschuppten vollgestopft!* Sie warf die Bestellung nach kurzem Zögern in das Vehikel. *Ich füttere Drachen, anstatt sie zu töten.*

Kaum war sie fertig, drückte der Mann einen Knopf, und die Lore wurde von einem Haken so weit gezogen, dass sie die abschüssige Strecke hinabrauschte. Sie fuhr bis zur ersten Abzweigung und bog nach rechts ab.

»Lore zwei: drei Kisten, vier Hälften.«

In ihrem Kopf schwirrte es durcheinander. Leída wollte am liebsten sofort handeln, nach oben fahren und das Bergwerk sprengen … Sie mahnte sich zur Ruhe. *Ich brauche Gewissheit. So lange spiele ich mit.*

»He! Ist der Empfang schlecht?«, hörte sie die ungehaltene

Stimme des Mannes. »Ich will wieder hoch. So schön ist es auch wieder nicht hier unten.«

Leída hob wieder den Daumen. »Wackelkontakt«, sagte sie knapp.

»Alles klar: Lore zwei: drei Kisten, vier Hälften.«

So ging es immer weiter, bis selbst Leída trotz ihrer Muskeln und Ausdauer am Ende ihrer Kräfte und die letzte Lore auf den Weg gebracht worden war. Ratternd verschwand das Vehikel in einem Seitenschacht.

Da leuchtete eine rote Lampe auf. »Scheiße«, rief der Mann.

»Was ist?« Leída starrte in den Gang und wartete darauf, dass eine Horde Drachen auf sie zustürmte.

»Das Drecksding hat sich verhakt. Ist wieder die Weiche in Gang sieben.« Er drückte ein paar Schalter und drehte an Knöpfen. »Scheiße. Nichts zu machen. Du musst raus und nachschauen. Zum Glück ist Gang sieben nicht weit weg. Und es sind nur die Kleinen.« Er deutete den Stollen hinab. »Werkzeugkiste ist da im Spind, und jetzt los. Beeil dich! Wenn sie das Fleisch schon riechen können, aber nicht kriegen, werden sie ungemütlich.«

Das war die Gelegenheit, sich Gewissheit zu verschaffen. Leída wollte sehen, was ihre Ohren ihr schon lange übermittelten. »Die *Kleinen* …?« Sie zog das Kabel ab, damit sie die Kappe aufbehalten konnte. Ihr Gehör war schon schlecht genug und musste nicht gänzlich verloren gehen.

»Mach schon. Ich warte und fahre nicht ohne dich«, sagte er lachend und blieb an der Anzeige stehen.

Leída nahm die schwere Kiste aus dem Spind und lief los, den abschüssigen Stollen hinab. Ihr verletzter Fuß schmerzte, das Herumwuchten der Fleischbrocken hatte der Wunde nicht gutgetan. An Gang sieben bog sie ab.

Es war feuchtwarm, und aus einiger Entfernung bemerkte sie den typischen Geruch der Geschuppten, der an Reptilienhäuser erinnerte. Hätte sie ihn früher wahrgenommen, wäre sie nicht so überrascht gewesen.

Leída trabte weiter, die Werkzeuge klapperten im Kasten. *Ein paar Schraubenzieher und Zangen. Tolle Waffen gegen Geschuppte.*

Sie näherte sich den Bestien. Das Schmatzen und Krachen von

Knochen hallte von den Wänden wider, gelegentlich brüllte eine gereizt auf, eine zweite antwortete.

Die störrische Lore stand tatsächlich an einer Weiche, die Abzweigung führte in einen neuen Gang. Leída schob sie an und stellte sich auf den äußeren Rahmen, ließ sich mitrollen.

Sie gelangte auf eine frei tragende Brücke aus Eisen, der Boden lag zehn Meter unter ihr. Sie sprang auf die Brücke und blickte auf eine Grube voller kleiner Laufdrachen herunter, keiner länger als zwei oder drei Meter.

Die Lore schrammte über einen Haken hinweg, der den Kippmechanismus auslöste. Fleischbrocken regneten in die Tiefe und klatschten auf den Stein. Die Drachen hopsten auf allen vieren in Richtung Beute, um sie gegen die Artgenossen zu verteidigen.

Diese Arschlöcher züchten die Bestien! Leída schüttelte sich und ging zum Eingang in die Höhle zurück. *Da kann ich lange versuchen, die Biester auszurotten.*

Zwei der Drachen, die leer ausgegangen waren, hatten die Frau gerochen. Sie hoben die Köpfe und züngelten zu ihr hoch, grollten und schnaubten und machten die Meute aufmerksam.

Neugierig sammelten sie sich unter Leída, schoben und drängelten sich schwänzelnd, bis der erste Geschuppte auf die Schultern der anderen stieg und seine Klauen in die weiche Wand schlug. Er fauchte und zischte.

Ich habe keine Waffen dabei. Sie trat den Rückzug an. Unterwegs streifte sie den Helm ab, es war sehr ruhig in dem Stollen geworden.

»Meine Güte«, rief der Mann angespannt. »Du brauchst ja ewig.« Er schaltete die Lampen aus, die Dunkelheit kehrte in das Drachenlager zurück.

»Tut mir leid. Sie hatte sich verklemmt.« Leída packte die Kiste in den Spind und stieg in die leere Kabine. Die Fahrt ging aufwärts. »Wie viele haben wir jetzt eigentlich hier in Stollen eins?«, fragte sie harmlos. »Ich habe den Überblick verloren.«

»Ich auch. Da musst du Ringsmacher fragen. Aber ich schätze mal, es dürften so um die dreihundert sein. Die haben sich vermehrt.« Er grinste. »Wir behandeln sie ja auch bestens.«

Sie passierten die erste Schleuse. *Also haben sie bestimmt fast ein-*

tausend Drachen in dem Bergwerk Anna! »Und der Neuzugang heute, warum kommt der mit dem Zug?«

»Weil er nicht in den Lastwagen gepasst hat. Ist ein größeres Exemplar.« Jetzt sah er prüfend an. »Du bist neu. Ich meine, an dein Gesicht hätte ich mich sicherlich erinnert.«

»Ja, ich bin neu. Komme von der Zeche Mühlheim«, sagte sie ruhig, um sich nicht zu verraten.

»Mühlheim? Haben wir da auch eine Station?«

Leída wurde bewusst, dass Voss der Mann war, der die Fäden in der Hand hielt. Vermutlich wussten nur sehr wenige, wo die verschiedenen Stützpunkte der Drachenanbeter lagen. So blieb garantiert, dass sie andere nicht verraten konnten. Sie hatten sich mit dem Überfall auf den Magnaten nicht nur den dicksten, sondern auch den wichtigsten Fisch geschnappt. »Ja, haben wir. Mehr darf ich dir aber nicht sagen. Das wirst du verstehen.«

»Ja, verstehe ich.« Sie passierten die zweite Schleuse und gelangten an den Ausgangspunkt zurück. »Waren es mehr Leute und Drachen als hier?«

»Wie viele sind es hier noch mal?«

»Wir sind einhundert und, wie gesagt, nach den Drachen musst du Ringsmacher fragen«, bekam sie zur Antwort.

»Dann waren es dort mehr«, erwiderte Leída. »Wir werden die Welt beherrschen!«, fügte sie hinzu.

Der Mann lachte, rumpelnd hielt die Kabine an. »Die Drachen, nicht wir. Wir sind nicht göttlich.« Gemeinsam stiegen sie aus.

Leída kehrte zu ihren Leuten zurück und ging mit ihnen aus dem Tunnel hinaus. Der Lastwagen war schon wieder gefahren, und abgesehen von dem Mann, der den Fahrstuhl bediente, waren sie allein.

»Vergesst die Bomben. Es ist viel schlimmer«, sagte sie zu ihnen. »Wir sind in einem Drachenhort, und ich meine es genau so!« Sie zeigte auf den Boden. »Unter uns wimmelt es von Geschuppten!« In aller Knappheit erzählte sie, welche Ungeheuerlichkeit sie anstelle der Werkstatt entdeckt hatte.

Zuerst sagten die Männer nichts. Sie schwiegen und versuchten zu begeifen, was sie eben vernommen hatten. Vor dem Schock, den ihnen die Tatsachen bereiteten, waren sie bei all ihrer Abgebrühtheit nicht gefeit. Unter ihren Füßen tummelten sich mehr Drachen, als die Besten von ihnen in einhundert Jahren erlegen konnten.

»Bloody shit«, stieß Grimson schließlich hervor und rückte an seiner Mütze herum. »Wisst ihr, was das bedeutet?«

»Dass die Drachenanbeter schlauer sind, als wir angenommen haben.« Leída dachte darüber nach, wie sie die Pläne durchkreuzen konnten. Die Abkopplung der einzelnen Standorte untereinander würde sich für die Schurken als Nachteil herausstellen. »Wir nehmen einen nach dem anderen hoch. Schnell und hart«, entschied sie. »Wie gut, dass wir die Luftschiffe haben.« Es durfte ihnen dabei kein Fehler unterlaufen, sonst würden Hunderte von Drachen auf einen Schlag von ihren vollständig wahnsinnigen Widersachern freigesetzt werden.

»Das meinte ich nicht, Boss«, sagte Grimson feixend. »Ich dachte an die fette Prämie.« Er klatschte sich begeistert in die Hände. »Eintausend von den Viechern! Stellt euch mal vor, was wir dabei verdienen!«

Die Männer lachten leise, und auch Leída konnte sich das Grinsen nicht verkneifen. *Pragmatisch wie immer, Grimson.* Aber sie durchschaute ihn. Er machte sich mit Galgenhumor über ihre Situation lustig. Zwar steckte ein Hauch Wahrheit in seinen Worten, ernst gemeint waren sie jedoch nicht. Ein Witz gegen den Schock.

»Die laufen frei herum, Boss? Habe ich Sie richtig verstanden?«, erkundigte er sich ernsthafter. Sie nickte. »Das wird nichts. Wir können uns nicht auf Nahkämpfe einlassen. Die sind zwar klein, aber uns dennoch überlegen.«

Leída gab ihm recht. *Havock's Hundred* waren auf Großdrachen ausgelegt, um sie mit Harpunen zu spicken, die an Ketten hingen. Diese Ketten waren fest im Boden verankert. Rannte der gespickte Drache davon, riss er sich selbst in Fetzen. Aber der Kampf gegen wendige kleine Exemplare in verwinkelten Höhlen, der kostete Leben. Menschenleben. »Ich weiß, was wir tun. Mir nach.«

Sie traten zurück ins Tageslicht und atmeten die frische Seeluft ein. Endlich wich Leídas Beklemmung, sie fühlte sich befreiter.

Ein schriller Pfiff erklang aus weiter Entfernung. Der Rauch aus dem Schornstein der Lokomotive verriet, wo genau sie sich befand.

»Der Neuzugang.« Leída Überlegungen wurden halbwegs durcheinandergebracht, sie improvisierte. »Grimson, zurück zum Wagen und fahren Sie zur nächsten Gaststätte. Sie rufen den Flughafen in Königsberg an und holen die *Ramachander* und die *Lena* her. Die Piloten der Jagdflugzeuge sollen sofort starten und Bomben mitnehmen. Das ganze Gelände soll plattgemacht werden, einschließlich des Zugs. Er steckt voller Drachen, sagen Sie denen das!«

Er blinzelte. »Äh, und was wird aus Ihnen und dem Rest, Boss?«

»Wir gehen auch gleich. Aber zuerst müssen wir noch was erledigen. Abmarsch, Grimson.«

Der Mann rannte los.

Leída zeigte auf die Türen in der Wand neben dem Stollen, hinter denen die Generatoren und Pumpen untergebracht waren. »Ich weiß, wie wir die Drachenbrut erledigen. Auf einen Schlag, ohne dass einer von uns in die Schächte steigen muss. Wir lassen die Natur die Arbeit verrichten. Ich glaube nicht, dass Voss hier drin Wasserdrachen bunkert.« Sie ging auf die erste Tür zu. »Lasst die Aggregate laufen, damit sie nicht zu schnell Verdacht schöpfen. Es reicht, wenn wir die Pumpen unbrauchbar machen.«

Das Schloss der Tür war rasch mit einer Spitzhacke aufgebrochen. In Windeseile zog Leída mit den Männern von Pumpenhaus zu Pumpenhaus und demolierte die Anlagen gründlich, sodass an eine schnelle Reparatur nicht zu denken war. Kein Schalter blieb in der Konsole, Drähte wurden gekappt und herausgerissen.

Als sie fast fertig waren, erschallte eine Sirene. Der Ausfall des Systems war bemerkt worden.

»Ladies, zurück in den Tunnel«, befahl Leída und sah auf die Uhr. »Gute Arbeit. Die Flieger müssten jeden Augenblick hier sein. Da drin sind wir vor den Bomben sicher.«

Sie verließen das hintere Pumpenhaus und hetzten an der Wand entlang, während die Lokomotive auf das Gelände fuhr. Sie hatte zehn überlange Güterwaggons angehängt, auf denen *Preußische Bergwerks- und Hütten-AG* geschrieben stand. Niemand würde

Verdacht schöpfen, während Drachen vor aller Augen quer durchs Kaiserreich gekarrt und in Sicherheit gebracht wurden.

Aber nicht nur das: Auf dem Wachturm standen plötzlich vier Männer und pflanzten zwei Maschinengewehre auf, Bewaffnete rannten vom Strand her hinauf. Das Eindringen der Fremden war bemerkt worden.

»Verteidigt den Fahrstuhl. Ich komme nach.« Leída rannte auf den Zug zu, der jetzt in Schrittgeschwindigkeit fuhr.

Leída lief parallel zum ersten Waggon und öffnete das Schloss mit zwei Schüssen, sprang auf eine Trittstufe und schob die Tür auf.

Darin lag ein Drache, ein halb junges Exemplar von geschätzten sieben, acht Metern, das sich zusammengerollt hatte. Es hatte die Augen geöffnet, die Pupillen glänzten und waren riesig. *Sie haben ihn für den Transport betäubt.* Sie richtete die Pistole auf das Auge. *Bringen wir dich mal auf die Beine, Bestie.* Sie schoss das Magazin in das empfindliche Sinnesorgan leer.

Der Drache zuckte beim zweiten Treffer zusammen, grollte und richtete sich benommen auf. Brüllend warf er sich nach vorn, auf die Frau zu. Der Waggon geriet ins Kippen.

Leída sprang ab und tauchte unter dem rollenden Zug hindurch, entging knapp den Rädern und sah, wie der Waggon umkippte. Rumpelnd krachte er auf den Beton und wurde einige Meter Funken sprühend weitergeschleift, bis die Lok angehalten hatte.

Der Zugführer gab ein Dauersignal ab, um Hilfe herbeizurufen.

Ein wütendes Brüllen erklang, dann splitterte die Wand des Waggons, und die Schnauze des erwachten Drachen durchbrach sie. Das grelle Pfeifen machte ihn zorniger.

Die ersten Kugeln surrten Leída um die Ohren, sie zog den Kopf ein. Der Eingang zum Tunnel lag plötzlich weit entfernt. Sie musste einen Wettlauf gegen einen Geschuppten und etliche Drachenfreunde gewinnen. Sie rannte los.

In dem Augenblick donnerten vier Doppeldecker über das Gelände hinweg und absolvierten einen Orientierungsflug. *Keine Sekunde zu spät.* Leída erkannte das Zeichen der *Havock's Hundred* unter den Tragflächen.

Die Maschinengewehre auf dem Wachturm eröffneten sofort das Feuer auf die Doppeldecker, die zurückkehrten und die ersten Handbomben aus den Cockpits nach unten warfen. Zwei hatten den Zug zum Ziel erkoren, einer den Wachturm, der letzte deckte die gegnerischen Kämpfer ein.

Die Detonationen erklangen überlaut, und Leída presste instinktiv die Hände gegen die Ohren. *Ich hätte die Kappe mitnehmen sollen.* Betonstücke, Dreck und gefrorene Klumpen stiegen meterweit in die Luft und prasselten gleich darauf auf die Umgebung nieder.

Der vorletzte Waggon verging in einer Explosion, heißes Blut besprengte die Umgebung und traf einige der Drachenanbeter, die schreiend zu Boden gingen. Das Blut war wie Säure auf der menschlichen Haut.

In diesem Chaos schlug sich Leída geduckt zum Stollen durch und lud dabei die Luger nach. Zwei der Drachenanbeter, die vor ihr auftauchten und auf sie anlegten, sandte sie mit gezielten Kopfschüssen in den Tod.

Hinter ihr brach der Drache aus seinem Gefängnis und stürzte sich rasend auf die nächstbesten Männer. Es kümmerte ihn nicht, dass er diejenigen tötete, die ihn schützen wollten.

XX.

17. Januar 1927, Insel Väddo, Ost-Schweden, Königreich Schweden

Ein Tag war seit dem Telegramm nach Bilston vergangen.

Grigorij saß in Olofs und Tildas Hütte, trank Kaffee und Wodka und wartete ungeduldig auf die Ankunft des Luftschiffs, mit dem man ihn abholen wollte. Seine Laune hatte sich nicht gebessert. Auch wenn sie im Dörfchen auf der kleinen Insel herausgefunden hatten, wer ihr Unbekannter in Wirklichkeit war, schafften sie es nicht, ihm mehr von seinem Gedächtnis zurückzubringen. Also versuchte er es mit Alkohol.

Grigorij, wie sie ihn alle nur nannten, weil er ihnen sagte, dass sie ihn nicht als Fürst ansprechen sollten, tat sich schwer. Lasse war immer in ihrer Nähe und übersetzte jedes Wort.

»Bald bist du wieder bei deinen Freunden«, sagte Tilda freundlich und schob ihm einen Teller mit frischem, sauer eingelegtem Fisch hin, in den gekochte, sehr pikante Gemüsestücke eingewickelt waren. »Dein Gedächtnis kommt schon wieder.«

»Danke. Ich hoffe es. Mein Kopfweh ist inzwischen zwar vergangen, aber es … fühlt sich an, als steckte etwas … in meinem Verstand und blockiere meine Gedanken!« Grigorijs Ungehaltenheit wurde größer und wandelte sich in Zorn, ohne ihm ein Ziel bieten zu können. So vieles war ungeklärt und lag in den Löchern in seinem Verstand verborgen. Das Schlimme war: Er *wusste*, dass es sich dort befand.

Zeigt euch! Er langte nach dem Wodka, den ihm Olof hingestellt hatte. Er vertrug sehr viel, wie er feststellen musste, und hatte mit dem Trinken sofort nach dem Aufstehen begonnen. Er kippte sich einen großen Schluck in die Tasse und füllte mit Kaffee auf, gab Milch, Zucker und einen Löffel Marmelade hinein. Wie er auf die Marmelade gekommen war, wusste er nicht. Er mochte es.

»Du denkst, dass du dir damit etwas Gutes tust?« Tilda erlaubte sich den strengen Ton.

»Ich fühle, dass ich es gewohnt war«, gab er zurück und lächelte. »Es kann mir helfen, mein Gedächtnis zu verbessern. Denn eine Sache *macht* es leichter.« Er nahm die Seekarte, legte die Hand darauf und schloss die Augen. Es kostete ihn kaum mehr als einen intensiven Gedanken, um seine Hellsicht zu erwecken. Sie brach mit Lust und Macht über ihn herein, fuhr in ihn und nahm Besitz von ihm. Das Gefühl war unbeschreiblich und zusammen mit der Wirkung des Wodkas unglaublich euphorisierend.

Dann erschienen die Bilder von einer Unterwasserwelt: Giganten der Meere schwebten in den eisigen Fluten, das Licht fiel von oben herein und gab ihnen etwas Überirdisches. Seine Finger verkrampften sich, das Papier wurde zusammengezogen. Grigorij sah vier von ihnen, dazu noch eine Wolke aus glitzernden Fischleibern. Er schoss senkrecht aus dem Meer, sah die Stelle unter sich zurückfallen, klein und kleiner werden …

Grigorij keuchte auf und riss die Augen auf; dann nahm er sich einen Bleistift und zeichnete vier Punkte in der Nähe der Insel ins Meer ein. »Wale«, sagte er schwer atmend. Um einen Punkt zog er einen Kringel. »Und ein Fischschwarm. Ich kann nicht sagen, welche Fische es sind, aber sie sind groß. Olof soll ein festes Netz nehmen.« Er schmatzte zufrieden, leerte die Tasse und schenkte sich nochmals die gleiche Mischung ein. »Doch, es funktioniert ganz gut.«

Tilda sah aus dem Fenster, durch das sie die Ostsee sehen konnte. »Olof müsste bald zurückkehren. Er wird sich freuen, dass er einen großen Fang machen kann. Dieses Mal wird er auf dich hören, Grigorij.« Sie fuhr ihm durch die schwarzen Haare. »Du bist ein guter Junge. Ich kann mir nicht vorstellen, weswegen man dir den Tod wünscht.«

»Tragisch, dass er hier sitzt und seine junge, hübsche Frau vermisst wird«, sagte Lasse und klang für seine Verhältnisse mitfühlend. »Aber wenigstens ist nicht sicher, dass sie tot …«

»Was?« Grigorij hatte die Tasse beinahe umgestoßen, seine Hände zitterten. »Was ist mit meiner Frau!?« Er sprang auf und kam auf ihn zu. »Rede!«

»Du verstehst Schwedisch?« Lasse rückte mit dem Stuhl zurück, weil er sich offenkundig bedroht fühlte. Er sah zu Tilda, als könnte sie den ungestümen Mann aufhalten.

Sie stand auf und hielt Grigorij sanft an den Schultern fest. »Beruhige dich!«

Er lachte verzweifelt auf. »Wie kann ich das?«, rief er schmerzvoll. »Wisst ihr, wie es ist, jemanden zu vermissen, an dessen Gesicht man sich nicht erinnern kann? Aber die Gefühle sind da!« Er sah ihr in die Augen. »Was ist mit meiner Frau?« Er ließ sich von ihr wieder auf den Stuhl drücken, schnappte nach der Tasse und leerte das Kaffee-Wodka-Gemisch ungeachtet der Temperatur in sich hinein.

Tilda setzte sich neben ihn. »Ich habe mich erkundigt, nachdem wir herausgefunden hatten, wer du bist.« Sie nahm eine kleine Zeitungsnotiz aus ihrer Tasche und legte sie vor ihn.

Lasse übersetzte ihm vorsichtshalber, dass es um das rätselhafte Verschwinden von Anastasia Zadornova ging. Die Vermutungen des Verfassers gingen dahin, dass sie sich bei einem Einsatz zu weit von ihrer Gruppe entfernt hätte oder aber in die Hände der Drachenanbeter gefallen sei.

»Wir haben dir diese Nachricht bislang verschwiegen, weil wir dachten, sie sei nicht gut für dich«, sagte sie entschuldigend.

Das ist sie! Die Worte des Artikels waren für Grigorij nicht das Entscheidende. Das Bild war es. Das Bild von seiner wunderschönen, geliebten Frau, das sie neben den Zeilen abgedruckt hatten! *Das ist sie!* Er berührte ihre Züge sanft, als könne er sie wirklich streicheln. *Nun ist sie verschwunden – weil sie mich gesucht hat?* Ein schrecklicher Gedanke, der ihn auf der Stelle mit Vorwürfen überhäufte. Er wollte unverzüglich los und ihre Spur nachverfolgen. *Anastasia braucht mich.* Ihr Name erschien ihm falsch, er hatte sie immer anders genannt.

»Mein Gott, lass sie bald wieder auftauchen«, sagte Tilda neben ihm. Ihr Herz schien mit ihm zu fühlen, und sie musste tief seufzten. »Herr im Himmel, wenn du ein Herz hast, dann führe die Liebenden wieder zusammen!« Sie lächelte ihn freundlich an. »Ich …«

Es klopfte, laut und energisch. Aufdringlich und ungeduldig.

Tilda runzelte die Stirn. Grigorij sah, dass sie sich darüber wunderte. »Ja?«, rief sie.

Die Tür wurde geöffnet, und mehrere Männer in langen schwarzen Mänteln und mit Pelzmützen auf den Köpfen drängten sich vor dem Eingang. An ihren Armen trugen sie Binden mit einem militärisch wirkenden Abzeichen, an den Gürteln hingen Pistolen. Grigorij kam der Anführer der Männer bekannt vor. *Endlich! Mein Flug nach Hause!*

»Guten Tag«, sagte der Mann in schlechtem Schwedisch. »Ich bin Jim Smith. Hauptmann Litzow von den *Skyguards* schickt mich. Wir sind hier, um den Fürsten nach Hause zu bringen.«

»Oh, Sie sprechen Schwedisch?« Tilda war erstaunt. »Wie kommt das?«

»Wir sind eine internationale Truppe«, sagte er, trat mit einem Lächeln ein und schritt auf Grigorij zu. Seine Begleiter folgten ihm und verteilten sich im Raum, als wollten sie einen Ausbruch der Dörfler verhindern. Er wechselte ins Russische: »Ich kann sogar ein paar Worte Russisch. So sehen wir uns also wieder, Zadornov.«

Grigorij, der sich bis eben noch gefreut hatte, die Truppe zu sehen, die seiner Ansicht nach der Einheit seiner Frau angehörte, kam das Verhalten verdächtig vor. Es klang, als begrüße Smith einen alten Feind und nicht seinen Vorgesetzten. Das Triumphale und das Verächtliche in der Stimme unterstützten den Eindruck; er hörte, dass Lasse und Tilda sich leise unterhielten. *Nein, ich sehe bestimmt Gespenster.* Es war gut möglich, dass Smith ihn noch nie hatte leiden können. Ein weiterer Gedanke formte sich in ihm. *Oder aber Smith gehört zu denjenigen, die den Zeppelin abgeschossen haben.* Oder er täuschte sich vollkommen in seiner Einschätzung, was den Mann anging. *Was mache ich jetzt?*

»Wie sind Sie denn auf unsere schöne Insel gekommen?«, wollte Tilda wissen. Sie schien ein Verhör zu beginnen.

»Mit dem Luftschiff, der *Lena*. Wir müssen weiter, meine Dame. Das Wetter droht umzuschlagen, halten Sie mich bitte nicht für unhöflich.« Smith wehrte ihren Versuch höchst logisch ab. Er streckte die Hand auffordernd in Richtung Grigorij aus. »Kommen Sie bitte mit, Fürst? Ihre Frau erwartet Sie schon, sie kommt fast um vor Sorge.«

»Meine Frau?«, antwortete Grigorij und wusste, dass Lasse heimlich übersetzte. »Ich bin verheiratet?« Er tat so, als wüsste er nicht, was ihm Tilda gesagt hatte. Gleich würde sich zeigen, ob er Smith trauen konnte oder nicht.

»Ja. Mit einer wunderschönen Frau, Fürst.« Smith lächelte auffordernd. »Kommen Sie. Oberst Litzow hat uns angewiesen, schnell zurückzukehren.«

Tilda rührte sich nicht. Sie war wohl verunsichert und dachte nach, wer die Männer sein mochten, wenn sie nicht zu den *Skyguards* gehörten.

Grigorij sah zu seinen Wohltätern. Wieder wechselte Tilda mit Lasse einen kurzen Blick. Die Männer waren bewaffnet, und unter den Mänteln konnten sich alle möglichen weiteren Waffen verbergen. Sie schielte zu dem alten Gewehr, ein Einzellader, der neben dem Eingang hing. *Sie ist misstrauisch und scheint eingreifen zu wollen. Das wird gegen die vielen Männer schiefgehen!* Er überwand sein schlechtes Gefühl und nickte Smith zu. »Gehen wir«, sagte er und schüttelte Tilda und Lasse die Hände. »Ich stehe auf ewig in eurer Schuld!« Er hielt den Abschied absichtlich knapp, denn er wollte die *Skyguards* von der Hütte weglotsen.

»Sie zuerst.« Smith ließ ihm den Vortritt, wirkte zufrieden und gelöst. Anscheinend hatte er sich die Übernahme schwieriger vorgestellt. Er langte in seinen Mantel und holte ein Bündel Scheine hervor. »Bitte sehr, Frau Harulson. Als Dankeschön von Frau Zadornova.« Er legte sie auf den Tisch.

Lasse starrte auf das Geld. »Das ist … unglaublich viel«, sagte er krächzend.

»Sie haben auch viel geleistet. Ich soll Ihnen die aufrichtigsten Grüße der Fürstin bestellen.« Er nickte ihnen zu und ging dicht hinter Grigorij hinaus.

Sie eilten los.

Grigorij sah beim Blick durchs Fenster, dass die Fischersfrau zum Telefon griff. Er war sich inzwischen sicher, dass Smith und die Leute nicht zu den *Skyguards* gehörten. Nicht nur sein Bauchgefühl sagte das, sondern auch der Umstand, dass die Belohnung niemals von seiner Frau stammen konnte und die Grüße schon gar nicht. Aber wie sollte er den Männern entkommen? Wer waren sie?

Umbringen können hätten sie ihn auch gleich in der Hütte, anstatt Tilda viel Geld zu geben. »Warum so schnell? Sind wir auf der Flucht?«

Sie gingen rasch an den Häusern vorbei, immer die Dorfstraße entlang. Grigorij lief wie ein Gefangener in der Mitte und nicht wie ein Mann, dessen Rückkehr Freudenstürme auslösen sollte.

»Nein, Zadornov. Wir haben es eilig. Denn Sie werden sehnlichst erwartet«, gab Smith angespannt zurück und blickte sich unentwegt um; die Rechte lag am Pistolengriff.

Grigorij sah das Luftschiff nicht mehr allzu weit von ihnen entfernt. Ein Lastkorb wurde herabgelassen, ihr Fahrstuhl nach oben. Was ihm sofort auffiel: Es hatte keinerlei Kennung aufgemalt, nicht einmal das Abzeichen, das die Männer auf den Armbinden trugen. Spätestens jetzt war er sich sicher, in die falschen Hände geraten zu sein. Aber eingekeilt zwischen den kräftigen Männern und mit dem ganzen Wodka im Blut würde das Entkommen schwer werden.

Glockentöne erklangen.

Die Dorfbewohner rannten aus ihren Häusern und versammelten sich an der Kirche.

»Das gilt uns«, sagte Smith gedämpft. »Sie haben Wind von der Täuschung bekommen. Los, wir müssen auf der Stelle zum Zeppelin!« Die fremden Männer in den schwarzen Mänteln liefen schneller. Der Lastkorb, den sie erreichen mussten, um nach oben in den Bauch des Zeppelins zu gelangen, befand sich noch fünfhundert Meter von ihnen entfernt.

»Smith, stehen bleiben!«, schrie Lasse auf Russisch. »Geben Sie Grigorij frei!« Die Menge setzte sich in Bewegung. Sie wollten ihn unter allen Umständen befreien.

»Lassen Sie mich gehen!« Grigorij wollte stehen bleiben, aber Smith versetzte ihm einen Stoß, sodass er weitergehen musste. Er setzte sich empört mit einem Schlag zur Wehr, den Smith blockte, und bekam für seinen Mut einen Faustschlag mitten ins Gesicht. Grigorij sah nur noch Sternchen und ging zu Boden.

Die Befehle, die Smith schrie, hörte er nur gedämpft und undeutlich, während er sich auf den Rücken rollte. Die Manteltäger zogen jeder zwei Pistolen und richteten sie auf die heranstürmenden Dörfler. »Das Blut, das gleich fließen wird, hätte nicht sein müssen!« Er packte Grigorij und wuchtete sich ihn auf die Schulter.

Grigorij versuchte, sich zu widersetzen, aber er war zu benommen und zu besoffen. »Nein, nicht schießen«, sagte er schwerfällig. »Ich bezahle euch viel Geld, wenn ihr nicht schießt.«

»Halten Sie den Mund, Zadornov! Sie hören nicht auf Ihre Anweisungen.« Er rannte los, umringt von seinen Leuten.

Ich will das nicht. Sie dürfen nicht sterben. Grigorij hob den Kopf und konnte einen Blick auf die Bevölkerung erhaschen. »Geht weg!«, versuchte er zu schreien, doch er krächzte nur.

»Das dürfen Sie nicht!« Tilda lief an der Spitze der Verfolger und hob die Arme, damit alle sahen, dass sie keine Waffen trug. »Smith oder wie immer Sie heißen: Lassen Sie den Jungen hier!«

»Das kann und darf ich nicht«, gab er zur Antwort. »Bleiben Sie zurück. Meine Männer werden das Feuer auf Sie eröffnen. Auf Sie alle!« Smith lief weiter und näherte sich dem Aufzug. »Denken Sie nicht, dass ich nicht auf Unbewaffnete schießen lasse oder meine Männer nicht auf Sie schießen würden.«

Die Dörfler folgten den Fremden mit geringem Abstand. Man belauerte sich gegenseitig.

Grigorijs Bewegungen wurden immer schwerfälliger, Blut und Alkohol stiegen ihm zusehends in den Kopf. »Tilda, geh!«, rief er mit schwindender Kraft.

Sie dachte gar nicht daran und folgte ihm. »Bitte, Smith. Ich weiß nicht, was Sie mit ihm vorhaben, aber …«

»Wo ich ihn hinbringe, wird es ihm an nichts fehlen.« Er stellte sich in den Aufzug, und Grigorijs Verzweiflung stieg. Sein Versuch, sich am Gitter festzuklammern und von Smiths Schulter zu rutschen, schlug fehl. »Ich werde ihn nicht umbringen. Aber Sie bleiben, wo Sie sind, oder Sie werden sich Kugeln einfangen!« Seine Leute stellten sich zu ihm und umringten ihn, ein Wall aus Leibern und Pistolen. Das Seil straffte sich, und die Kabine wurde langsam angehoben.

»Nein!«, ächzte Grigorij und spürte die leichte Pendelbewegung. Nichts mehr würde ihn vor den Leuten retten können, auf wessen Geheiß hin sie auch immer handelten.

Smith legte ihn auf den Boden. »Sie kennen meinen Namen und mein Gesicht wirklich nicht mehr«, sagte er zu ihm. »Das war gut für Ihre Freunde in der Hütte. Denn hätten Sie mich erkannt, hätte ich … die beiden erschießen müssen.« Er ging neben ihm in die Hocke, betrachtete ihn. »So gefallen Sie mir gar nicht, Fürst.«

Da gab es einen lauten Knall aus dem Hafen, und das Luftschiff über ihnen schwankte.

»Jemand hat eine Harpune von dem Walfänger abgefeuert!« Einer der Manteltráger zeigte auf die Qualmwolke, die vor der Mündung einer Kanone aufstieg.

Olof! Grigorij grinste.

Das Luftschiff erhöhte die Drehzahl der Motoren, doch es ließ sich nicht verhindern, dass es rapide sank. Der Heliumverlust konnte durch die Zufuhr aus den Tanks nicht ausgeglichen werden. Der Lastaufzug geriet ins Pendeln, zwei der Männer stürzten aus fünf Meter Höhe auf den gefrorenen Boden und blieben liegen. Grigorij war es einerlei, ob sie bewusstlos oder tot waren.

Wieder krachte es. Die zweite Harpune war abgeschossen worden und hatte erneut getroffen!

Die Explosivladung an der Spitze des scharfen Eisens detonierte dieses Mal sogar in dem Tragkörper.

Das Luftschiff sackte noch weiter ab. Mit einem lauten Geräusch riss die Hülle und fing an manchen Stellen Feuer. Qualm stieg auf.

Nicht schon wieder! Grigorij brachte der Anblick schreckliche Erinnerungen und Gefühle. Er sah sich auf der Brücke seines Zeppelins stehen, um den herum die Nacht explodierte. Er wollte die Augen schließen, klammerte sich an dem Gitter fest, um nicht hinauszufallen.

»Alle raus!« Smith und die Bewaffneten sprangen hinab, während die Kabine wild hin und her schleuderte.

Ich sterbe nicht! Nicht solange mich Anastasia braucht! Grigorij sammelte seinen Mut und robbte an den Rand. Doch die Bewegungen waren zu heftig. Er verlor den Halt.

In hohem Bogen flog er durch die Luft und landete nicht in den Armen eines Manteltrágers – sondern er stürzte in die Menge der Dorfbewohner, die ihn auffingen und in ihrer Mitte bargen.

»Gott ist gerecht!«, jubelte Tilda und schob sich vor ihn. Die Situation hatte sich um hundertachtzig Grad gedreht.

Smith erhob sich und scharte vier Männer um sich; der Rest seiner Truppe lag am Boden und rührte sich nicht. Die beiden Gruppen standen sich gegenüber, starrten sich an. Grigorij war damit beschäftigt, seine Sicht zu klären. Die Welt drehte sich um ihn, sein Herz trommelte durch das Koffein unglaublich schnell.

»Übergeben Sie mir auf der Stelle diesen Mann«, befahl Smith und zog eine Pistole. »Er ist in Russland ein gesuchter Verbrecher und soll auf Befehl des Zaren der Gerechtigkeit übergeben werden. Er hat zahlreiche Menschen in Duellen getötet.«

Grigorij wusste, was er meinte. *Ich habe es selbst gesehen.*

»Auf Väddo ist er ein Wohltäter, der uns einen reichen Fang bescherte und viele Familien vor der Armut bewahrte. Hier hat er niemandem etwas getan, ganz im Gegenteil.« Tilda breitete wieder die Arme aus. »Sind Sie von der Geheimpolizei?«

Smith hob die Pistole, die Menschen stöhnten auf. »Wir sind die russische Justiz.«

Tilda zeigte sich unbeeindruckt. »Jedenfalls ist es nicht rechtens, dass Sie sich auf schwedischem Hoheitsgebiet aufhalten. Sie bekommen ihn nicht! Nicht, ohne uns alle zu erschießen.«

Das wird er nicht tun! Grigorij sah, dass Smiths Mund zu einer dünnen Linie wurde. Er rang mit sich, welche Befehle er seinen zu allem entschlossenen Begleitern geben sollte. *Es muss doch einen Ausweg …*

Ein Schatten fiel auf die Menschen, das Dröhnen der Motoren wurde lauter.

»Der Zeppelin!«, schrie Lasse und wich zurück. »Er kommt runter!«

Sie sahen alle nach oben, die Dorfbewohner schrien auf: Das Luftschiff war in zwei Teile geborsten, einer fiel ins Meer, der andere drohte auf die Menschen zu stürzen.

»Zurück!« Tilda drehte sich um und rannte los. Grigorij vermochte nicht, sich dem Druck zu widersetzen. Er wurde noch immer in der Mitte geschützt.

Ein kräftiger, nach Öl und Kraftstoff riechender Wind kam auf, die Maschinengeräusche wurden überlaut und endeten in einem enormen Krachen und metallischen Kreischen. Eine laute Verpuffung war zu hören, es wurde über ihnen heller und sehr heiß. Trümmerstücke regneten rechts und links von den Flüchtenden nieder, einige wurden getroffen, wurden von ihren Freunden jedoch gestützt und mitgerissen.

Grigorij half Lasse, der gestrauchelt war. *Das Mindeste, was ich tun konnte.* Noch waren keine Schüsse gefallen, obwohl er jederzeit damit rechnete. Er bekam einen harten Schlag gegen den Kopf und musste einen Ausfallschritt machen, um die Wucht abzufangen. Die Sicht trübte sich, die Farben der Umwelt veränderten sich – und er roch … *Räucherstäbchen*?

Er lag in der Wanne, ihm gegenüber saß seine Frau. *Silena!* Der Name kam von selbst, und er wusste, dass er in Bilston war. In ihren privaten Gemächern. Er konnte sich genau an den Tag erinnern und was sie Herrliches im warmen Wasser getan hatten …

Ich kann mich erinnern! Er lachte auf, und es störte ihn nicht, dass die Bilder verschwanden und er stattdessen undeutlich die Stiefel sah, die durch den Schnee stolperten. *Beim Allmächtigen!* Auch wenn er kaum etwas sah, er war glücklich. Als hätte sich ein Tor geöffnet, flutete ihn sein Verstand mit Vergangenem: Gesichter, Namen, Orte, Ereignisse. Es ging Schlag auf Schlag, und er hatte Schwierigkeiten, die Eindrücke zu verarbeiten. Mechanisch folgte er der Horde.

Erst als sie die Kirche erreichten, hielten sie an und sahen hinter sich. Auch Grigorij wandte sich um.

Dort, wo sie eben noch gestanden hatten, lag ein Teil des Zeppelinwracks und kokelte vor sich hin. Treibstoff war ausgelaufen und hatte sich entzündet, Rotorstücke steckten im Erdreich, die Duraluminiumstreben aus dem Inneren hatten sich verbogen, verzogen und waren abgebrochen. Der zweite Teil versank blubbernd in der See, Stücke der Hülle trieben als falsche Eisschollen an der Oberfläche.

»Gelobt sei der Herr«, rief Knut. »Er hat uns gerettet!«

Ich weiß wieder alles! Grigorij bückte sich und rieb sich das Gesicht mit Schnee ab. Die Kälte vertrieb die Wirkung des Wodkas. Er sah eines der Fischerboote, das sich bereits in Richtung offenes Meer befand. Da von dem falschen Smith jede Spur fehlte, vermutete er die Männer an Bord des gestohlenen Kahns. *Wenigstens sind wir sie los.*

Er sah nach Tilda – und erschrak, weil sie ihn schreckensbleich anstarrte. Intuitiv tastete er sich an den Kopf und spürte nasse Haare an seiner Hand: Er blutete aus einer Kopfwunde. *Der Schlag! Bestimmt von einem umherfliegenden Stück Zeppelin.* Schmerzen fühlte er keine.

»Muss ich dich schon wieder nähen?«, murmelte sie besorgt und begutachtete die Verletzung. »Nur ein harmloser Riss in der Haut. Der Schädel ist heil.«

Jetzt, da es ausgesprochen war, fiel sein Kreislauf in sich zusammen. Grigorijs Lider flatterten,

»Er bricht zusammen! Bringt ihn ins Pfarrhaus«, sagte Knut und öffnete die Tür. »Legt ihn auf das Sofa.«

Er wurde angehoben und sah Tilda neben sich. Er richtete seine meeresblauen Augen auf sie, redete schnell und aufgebracht. »Ich kann mich wieder erinnern! Der Schlag an den Kopf hat mir die Erinnerung zurückgegeben. Ich weiß es wieder! Ich weiß alles!«

Sie rief nach Lasse, damit er die schnell gesprochenen russischen Worte übersetzte, und als er es getan hatte, stießen die Menschen in der Kammer laute Freudenrufe aus.

Zeit, mich richtig zu bedanken und zu verabschieden. Grigorij richtete sich gerührt von der Anteilnahme auf und fasste Tildas Linke mit beiden Händen. »Vielen, vielen Dank für alles, was du für mich getan hast.« Er sah in die Runde und erhob sich, stand leicht schwankend auf den Beinen. »Ihr alle, habt meinen Dank! Ich werde mich erkenntlich zeigen und Väddo mit Geld überhäufen!« Wieder jubelten die Menschen. »Aber nun muss ich gehen, bevor die Männer zurückkommen.« Er sah die Fischersfrau an. »Ihr habt mich gegen die Ochrana, den Geheimdienst des russischen Zaren, verteidigt. Der Mann, der sich Smith nannte, heißt Vatjankim und ist einer ihrer besten Offiziere. Er hätte wirklich nicht gezögert, auf euch schießen zu lassen.«

»Es kam zum Glück anders«, antwortete sie und gab ihm einen Kuss auf die Stirn. »Deine Leute werden bestimmt bald …« Zu ihrer Verwunderung schüttelte er den Kopf.

»Nein, ich werde nicht auf sie warten. Die Ochrana hat eure

Nachricht abgefangen, also werden sie wissen, dass ein Luftschiff kommt, um mich abzuholen. Ich werde auf eigene Faust nach Bilson zurückkehren. Das ist sicherer. Dazu müsstest du mir Geld leihen, Tilda. Ich zahle es dir hundertfach zurück.« Er presste ein Taschentuch gegen seine Wunde, damit das Bluten aufhörte.

»Sicher«, sagte sie lachend. »Der Zar hat mir genug gebracht. Es liegt zu Hause auf dem Küchentisch.«

Grigorijs Gefühlswelt war mit einem Schlag bunt geworden, vieles tobte in ihm. Ungeduld, Freude, aber vor allem die riesige Sorge um Silena.

Die Tür wurde aufgestoßen, und einige Frauen schrien erschrocken auf.

Doch es war nicht Vatjankim. Olof kam unter großem Hallo hereingepoltert. »Habe ich da eben was von Geld gehört, das uns zusteht? Zieh aber zuallererst meinen Kahn davon ab. Den haben mir die Russen gestohlen!«, dröhnte er und zeigte auf die Beule am Hinterkopf. »Das haben sie mir zum Abschied verpasst.«

Tilda flog ihm in die Arme und küsste ihn lange. »Olof«, sagte sie Atem holend, »ich bin stolz auf dich!« Die Dörfler und Grigorij klatschten und pfiffen.

Und wenn Grigorij sich ein bisschen anstrengte, fühlte er Silenas Lippen auf seinen. *Ich muss fort!*

Eine halbe Stunde später ritt Grigorij in der einfachen Kleidung eines Fischers zusammen mit Lasse die Straße nach Stockholm entlang. Zeit hatte er keine zu verlieren, sein Gedächtnisverlust hatte ihm schon viel zu viel davon geraubt.

Er wusste nicht, ob der Schlag ihm seine Erinnerung zurückgegeben hatte oder ob es die dramatischen Ereignisse gewesen waren.

Vatjankim würde nicht lockerlassen. *Er hatte sich seinem Ziel zweimal sehr nahe geglaubt, und er wird sich an meine Spuren heften.*

Grigorij hatte vom Pfarrhaus aus eine Nachricht nach Bilston übermitteln lassen, dass er auf eigene Faust zurückkehrte und der Zeppelin zurückgeordert werden sollte. Er hatte die Befürchtung, dass ihn die Ochrana gnadenlos abschießen würde.

Die meisten Ängste hatte er wegen Silena. Aus dem kleinen Artikel war wenig über die Hintergründe ihres Verschwindens hervorgegangen, in Schweden nahm man nicht ganz so viel Anteil an den Vorgängen von Kerneuropa. Sie galt als vermisst, Punkt. *Was ist mit ihr geschehen?*

Bilder des Absturzes flackerten erneut vor seinem inneren Auge. Er sah die *Anastasia* abschmieren und wie er hinaussprang und im Fallen einen der Fallschirme anlegte. Der Schirm entfaltete sich und trug ihn weg von dem vergehenden Luftschiff. Da er seinen Flug nicht zu steuern vermochte, hatte ihn ein heftiger Wind weit nach Westen auf die Ostsee hinausgetrieben, ehe er im Morgengrauen ins Meer gestürzt war. An einer Fischerboje hatte er sich festgeklammert, und eine Weile darauf war Olof erschienen und hatte ihn vor dem Erfrieren bewahrt. Es traf ihn hart, dass kein anderer aus seiner Mannschaft überlebt hatte.

Ich werde alles tun, um sie zu finden. Sollten die Drachenanbeter etwas damit zu tun haben, werde ich einen Kreuzzug gegen sie führen, der sie ausrotten wird, schwor er und spürte das Verlangen, einen Schluck Wodka zu trinken.

Silena würde garantiert schimpfen, wenn sie es wüsste. Vor dem Absturz war er zwei Jahre lang abstinent geblieben, doch jetzt war es ihm einerlei. *Ich brauche den Alkohol. Er ist das beste Mittel, sie zu finden.* Denn durch das Hochprozentige hatte er seine hellseherische Gabe zurückerhalten *Und die brauche ich dringend, um meine Frau ausfindig zu machen. Sonst dauert es zu lange. Wer weiß, wie es ihr im Augenblick ergeht!*

In Bilston gab es genügend persönliche Gegenstände von ihr. Eine Berührung und Konzentration sowie ausreichend Alkoholisches und vielleicht noch ein paar Züge an einer Haschischpfeife konnten ausreichen, um einen übersinnlichen Hinweis auf sie und ihren Aufenthaltsort zu erhalten.

Noch bevor der Zeppelin abhob, würde er sich seinen ersten Wodka bestellen und mit dem Geld des Mannes bezahlen, der ihn tot sehen wollte. *Damit schmeckt der Drink doppelt so gut.*

13. Januar 1927, nahe Palmnicken (Ost-Preußen), Königreich Preußen, Deutsches Kaiserreich

Leída verschanzte sich zusammen mit ihren Leuten in dem Tunnel und hielt dem Ansturm stand. Sie hatten die Lampen entzweigeschossen und die Rohre zerstört, aus denen die letzten Grubenwasserreste sickerten und den Boden überschwemmten.

Mehrmals erschütterte ein Beben den Tunnel. Fliegerbomben trafen das Betonmauerwerk, aber es hielt stand. Es schien, als habe Voss das Bernsteinbergwerk zum Bunker umfunktionieren lassen. *Gut für uns. Sonst lägen wir unter Schutt begraben.* Leída feuerte auf die menschliche Silhouette, die sich vor dem hellen Tunneleingang abhob; schreiend stürzte der nächste Drachenanbeter nieder.

»Der wievielte war das?«, fragte einer ihrer Leute.

»Ich habe sie nicht gezählt. Aber meine Munition ist bald zu Ende. Wer hat noch?« Alles in allem kamen sie auf dreißig Schuss. »Dann hoffe ich mal, dass unsere Jungs da draußen bald aufgeräumt haben.«

Sie sah den inzwischen komplett von Bomben zerstörten Zug, sogar die Lok hatten sie gesprengt. Ein Drachenkadaver lag direkt daneben, ein Explosivkörper hatte ihn in den Rücken getroffen und ihm ein Loch in den Leib gerissen. Drachenschuppen widerstanden herkömmlichen Kugeln, aber der brachialen Gewalt von Sprengstoff und Schrapnellen hatten sie nicht viel entgegenzusetzen. Es gab leider zu selten Gelegenheit, Bomben gegen Drachen einzusetzen.

Die Schüsse von draußen hallten sporadisch, die Doppeldecker machten letzte Überflüge und feuerten dabei aus ihren Zwillingsmaschinengewehren auf die letzten Bodenziele. Es wurde ruhig.

»Das war's«, sagte sie erleichtert und bemerkte, dass ihre Schuhe von Wasser umspült wurden. »Wo kommt das her?«

Es krachte im Tunnel, aber dieses Mal stammte es nicht von einer Bombe. Metall ächzte, Eisen klirrte, und ein wütendes Rütteln kam von dort, wo sich der Schacht befand.

Die Drachen werden von dem Wasser nach oben gedrückt! Leída wurde kalt, und sie schaute auf ihre Uhr. Sie hatten sich eine Stunde lang zur Wehr gesetzt. *Soll der Stollen so schnell vollgelaufen sein? Gut möglich, dass das Bombardement ein Übriges getan hat.*

»Raus!«, befahl sie mit trockener Kehle. »Los, los, los! Die falschen Kleider abstreifen und vorrücken.«

Ein lautes Drachenbrüllen sorgte dafür, dass sie rannten, um dem Tunnel zu entkommen. Bald standen sie im Freien – und sahen die Luftschiffe *Lena* und *Ramachander* siegreich über dem Gelände stehen. Die Schlacht war geschlagen.

Dem Hüttenareal war anzusehen, dass ein Krieg getobt hatte. Krater an Krater, sämtliche Bauwerke waren zerstört, wie sie es angeordnet hatte, und aus dem Wachturm war eine lodernde, riesige Fackel geworden; überall rauchte und qualmte es. Leichen lagen umher, mal erschossen, mal von Splittern getötet.

Leída zählte vier zerfetzte Drachenkörper. Die Geschuppten, allesamt Laufdrachen, hatten den Bomben nicht entkommen können. »So muss das sein«, sagte sie grimmig. Vorsichtshalber schaute sie zum Tunnel, ob sich weitere Bestien zeigten. »Weg hier, bevor sie ausgebrochen sind. Die Flieger kriegen vielleicht noch was zu tun.«

Über den linken Hügel kamen fünfzig Bewaffnete, die die khakifarbene Uniform der *Havock's Hundred* trugen; über den rechten rückte eine zweite Gruppe in den schwarzroten Farben der *Skyguards* vor.

»Die Kavallerie kommt heute zu Fuß«, kommentierte sie grinsend, und ihre Leute lachten. Sie eilten den Truppen entgegen, die von Litzow angeführt wurden. »Gut gemacht, Oberst«, rief sie von Weitem und zeigte auf das Gelände.

»Es war mir ein Vergnügen«, erwiderte er salutierend. »Habe die Gelegenheit viel zu selten, mal wieder selbst an die Front zu dürfen.«

»Sagen Sie den Fliegern Bescheid, dass sie nach weiteren Drachen Ausschau halten sollen. Wissen Sie, wie man einen Tunnel sprengt? Es muss schnell gehen, bevor die Bestien ausbrechen.«

»Ja, das weiß ich.« Litzow gab einem Unteroffizier Befehle.

Leída suchte Grimsons Gesicht bei ihren Leuten vergebens. Als sie nach ihm fragte, erzählte Litzow ihr, dass er tot sei.

»Wie … ist er abgeschossen worden?«

»Voss wurde befreit. Jemand aus dem Dorf muss Grimson verraten haben, als er telefonierte. Eine kleine Gruppe der Drachenanbeter hat ihm aufgelauert, nehmen wir an«, erklärte Litzow. »Wir haben ihn und die Leichen seiner Begleiter in den Dünen gefunden. Außerdem haben Sie zwei Ihrer Doppeldecker eingebüßt, Mrs. Havock. Mein Beileid.«

»Bloody shit!« Leída trat vor Wut in den Sand. *Kein optimaler Verlauf.* Der überragende Sieg gegen die Drachenanbeter erhielt einen schalen Beigeschmack. »Wir müssen sofort die Stollen ausheben, die wir auf der Karte haben, sonst wird Voss die Drachen, die er dort in Sicherheit gebracht hat, an einen anderen Ort bringen lassen. Ich bin sicher, dass er genügend Verstecke dafür hat.«

»Oder er würde sie freilassen.«

Sie liefen los, um an Bord der Luftschiffe zurückzukehren.

Leída schwor Grimson, dass sie seinen Tod hundertfach rächen würde. »Oberst, wir sprechen uns ab, wer welche Bergwerke übernimmt …«

»Mrs. Havock, wir müssen es zuerst mit der Luftwaffe Seiner Majestät abstimmen«, fiel er ihr freundlich ins Wort. »Diese kleine Einlage in Palmnicken gelang uns, weil wir überraschend zugeschlagen haben. Voss ist ein Freund des Kaisers, und ich denke, dass er auf dem Weg zu ihm ist. Er kann ihm alles Mögliche über unseren Angriff berichten. Einen zweiten Angriff können wir nicht einfach so führen, ohne uns selbst in Gefahr zu bringen. Bedenken Sie, dass wir in den Augen eines neutralen Beobachters grundlos preußisches Staatseigentum vernichtet und Unschuldige ermordet haben. Es wird eine Untersuchung geben.«

Leída war zum Schreien zumute. Der Oberst hatte leider recht. »Sie sind der Preuße«, sagte sie mühsam beherrscht. »Schlagen Sie vor, wie wir vorgehen sollen.«

Er nickte. »Wir machen das Gleiche wie Voss: sofort zum Kaiser und ihm unsere Beweise vorlegen. Einen weiteren Angriff kann ich nicht empfehlen. Die Verluste wären zu groß.«

»Aber … Voss wird diese Bergwerke evakuieren, und wir laufen ihm hinterher«, protestierte sie. Ihr Kämpferherz wollte nicht auf eine diplomatische Lösung warten. »Passen Sie auf, Oberst: Sie fliegen nach Berlin und informieren den Kaiser über alles. Nehmen Sie sich Leichen der Drachenanbeter mit, die Unterlagen aus Voss' Tresor, die Karten und machen Sie Bilder …«

»… haben wir schon getan. Vorhin, aus der Luft.«

»… und fliegen Sie los. Ich akzeptiere Ihre Entscheidung. Für die *Skyguards.*« Sie zeigte auf ihre Männer. »*Havock's Hundred* nehmen sich noch einen Stollen vor.« Ihre Männer gaben laut Zustimmung.

Litzows Züge drückten seine Besorgnis aus. »Ich kann Sie nicht davon abhalten, warne aber ausdrücklich!«

»Es geht nicht anders.« Leída hatte sich entschlossen und reichte ihm die Hand. »Ich wünsche Ihnen mehr Glück als mir, Oberst.«

»Die Götter des Kampfes mögen mit Ihnen sein, Mrs. Havock.« Er schlug ein, danach salutierte er und lief mit seinen Leuten zur landenden *Lena.* Leída führte ihre Einheit indessen zum herabgelassenen Container der *Ramachander.*

Die Beweisakten wurden übergeben, und Minuten später verließ die *Ramachander* den Himmel über Palmnicken.

»Welcher Kurs, Boss?«, fragte der Offizier und erhöhte die Leistung der Maybachmotoren in den Maschinengondeln.

»Nach Südwesten. Schauen Sie auf der Karte nach einem Ort namens Wieden, irgendwo im Schwarzwald.« Leída hatte sich intuitiv entschieden. Es war ein kleines Silberbergwerk, das nicht mehr ausgebeutet wurde und weit abseits lag.

So weit abseits, dass man den größten Lärm darin veranstalten konnte, ohne dass er von einem Menschen wahrgenommen wurde. Der beste Platz, um die lautesten Drachen zu beherbergen. Das wird sich mit Sicherheit lohnen.

Sie verlangte von ihrem Versorgungsoffizier eine Aufstellung der Munition sowie der vorhandenen Bomben und sah sie durch. Ihre Leute waren großzügig mit dem Material umgegangen, aber für einen weiteren Einsatz sollte es noch reichen.

Anschließend rief sie die Mannschaft zusammen. Dort sprach sie ehrende Worte für diejenigen der *Havock's Hundred*, die gefallen waren. Allen voran Grimson.

Beim Reden kam es ihr in den Sinn, dass es nicht die letzten Verluste sein würden. *Aber jemand muss es tun,* dachte sie. *Silena hätte es nicht anders gemacht.*

14. Februar 1927, Hauptstadt Běijīng, Kaiserreich China

Die Sonne schien in den Innenhof und wärmte Silena und Ahmat, die in bequemen hellen Kimonos unter den Arkaden an einem Tisch saßen. Sie fragten sich gegenseitig die Pläne und Bilder der Verbotenen Stadt ab, in der sie sich mit geschlossenen Augen bewegen konnten. Silena gab den Startpunkt und das Ziel vor, Ahmat beschrieb, welchen Weg er dafür wählte, danach wechselten sie ab.

»Es ist faszinierend«, sagte sie und deutete auf die Zeichnung. »Inzwischen brenne ich darauf, die Verbotene Stadt zu betreten, damit ich sie mit eigenen Augen sehen darf.«

»Nichts geht über die Pyramiden«, hielt Ahmat dagegen und grinste. »Warst du schon mal in Ägypten?«

»Nein. Aber ich sollte das bald tun«, gab sie zurück und lächelte ihn ein wenig zu lange an. Schnell sah sie wieder auf den Plan. »Achthundertneunzig große und kleine Paläste, Tausende von Räumen.« Auf den Bildern, die Zhiao ihnen gegeben hatte, waren geschnitzte Marmorbalustraden und glasierte Dachziegel zu sehen. »Ich kann mir die Ausmaße schwer vorstellen.« Jemand hatte errechnet, dass die Verbotene Stadt etwas über siebenhunderttausend Quadratmeter einnahm; umgeben wurde sie von einer zehn Meter hohen Mauer und einem etwas mehr als fünfzig Meter breiten Wassergraben. »In diesen Palästen leben Hunderte von Hofdamen, Eunuchen, Soldaten ...« Sie hatte begriffen, warum Zhiao ihnen vorschreiben wollte, wann sie den Drachenkaiser wo angriffen. »Wir könnten monatelang dort herumlaufen, ohne ihm zu begegnen.«

»Ich bin auch beeindruckt. Trotz der Pyramiden, das gebe ich zu.« Ahmat warf ihr die Zeichnung von der *Halle der höchsten Harmonie* zu. »Stell dir vor, wir müssten ihn darin angreifen.«

Silena las die Maße, die hinten notiert waren. Fünfunddreißig Meter hoch, das Dach wurde von vierundzwanzig Säulen getragen, und der Drachenthron stand mitten im Raum. »Viel Platz.« Sie fand es einen Hohn, dass der Thron von zwei Elefanten bewacht wurde, die ausgerechnet den Frieden symbolisierten. *Da sollten Nie-Lungs sitzen.*

»Das wäre mir am liebsten.« Er nahm sich einen neuen Stapel Bilder und sichtete sie.

Silena betrachtete die Zeichnungen der stattlichsten Bauwerke, die zudem für eine Europäerin wie sie ungewöhnliche Namen trugen: Palast der Himmlischen Reinheit, Halle der Berührung von Himmel und Erde, Palast der Irdischen Ruhe; sogar einen Fastenpalast und die Halle zur Bildung der Gefühle hatten sich die Drachenkaiser errichtet. Jeder Palastkomplex der Alten Welt wirkte dagegen lächerlich, sogar der Vatikan konnte damit nicht konkurrieren.

Halle zur Bildung der Gefühle, dachte sie und hob die Augen, um Ahmat zu betrachten. *Ich sollte sie heimlich besuchen, um zu erkunden, was mit mir geschieht.* Zur Ablenkung ging sie den Aufbau der Verbotenen Stadt durch, so weit sie ihn bereits verinnerlicht hatte.

Von irgendwoher erklang das Lachen der drei Drachenheiligen, das Klackern von Würfeln mischte sich darunter.

Auch wenn sie ein gemeinsames Ziel verband, machten Brieuc, Donatus und Ademar keinen Hehl daraus, dass sie Abstand zu Fayence hielten. Sie redeten in ihrem Beisein nur von »dem Araber«. Glaubten sie sich ungehört, fielen herabwürdigende Bezeichnungen für ihn und jeden Chinesen, die dem überheblichen Denken des schlimmsten Kolonialismus entsprangen.

Wie kann man sich nur für etwas Besseres halten? Wir bluten alle rot. Als ob Hautfarbe oder Sprache oder Kulturen etwas über die Wertigkeit eines Menschen besagten. Silena hatte es aufgegeben, einen Sinneswandel bei den drei Männern herbeiführen zu wollen.

Wenigstens verhielten sie sich zahm, wenn sie in der Nähe war. Ein kleiner Fortschritt oder ein Zugeständnis, um an der großen, ruhmreichen Aufgabe weiterhin teilnehmen zu dürfen. Ademar, Donatus und Brieuc hatten verstanden, dass Zhiao und seine Leute ihnen nur deswegen gehorchten, weil Silena zu ihnen gehörte.

Ahmat legte die Bilder zur Seite, nahm sich eine Tasse Ingwertee und schaute in den Hof. »Ich mache mir Sorgen.«

»Weswegen?«

»Nitokris und Nagib. Sie haben mir keinerlei Nachricht zukommen lassen«, sagte er. »Zhiao hat sogar bei ihnen klingeln lassen und alles versucht, aber seine Leute konnten sie nicht finden. Niemand hat sie in Berlin gesehen.«

»Sie werden untergetaucht sein, um dich nicht zu gefährden«, sagte sie in dem Versuch, seine Besorgnis zu zerstreuen.

»Sie wissen ja nichts. Zhiao hat mich in einem ersten Brief ihnen nur schreiben lassen, dass es mir gut geht und sie dem Überbringer des Briefes meine Ausrüstung geben sollten.« Er rieb über seine Fingernägel. »Das gefällt mir nicht.«

Silena berührte ihn mitfühlend an der Schulter und sah sich selbst verwundert zu, wie sie ihm mit den Fingern über die Wange strich. *Was tust du da?* »Ich bin sicher, dass es ihnen gut geht«, bekräftigte sie.

Er seufzte und schwieg lange Zeit. »Wie fühlst du dich?«, fragte er dann.

Sie legte eine Hand auf den leicht angeschwollenen Bauch. »Die Schwangerschaft schreitet voran, aber die Übelkeit hat nachgelassen. Ich könnte Drachenherzen mit der bloßen Hand herausreißen.«

»Das ist schön«, sagte er lächelnd. »Aber das meinte ich nicht.«

»Sondern?« Silena senkte den Blick. *Er wird mir doch nicht angemerkt haben, wie es in mir aussieht?* Sie errötete leicht. *Was tue ich, wenn er mich auf meine Gefühle für ihn anspricht?*

»Unsere Aufgabe. Ich war die ganze Zeit davon überzeugt, dass wir es schaffen und den Drachenkaiser bezwingen können.« Ahmat goss ihr ebenfalls von dem Ingwertee ein und reichte ihr die Tasse.

»Zweifel habe ich keine.« Sie prostete ihm erleichtert zu. Aber ihre Reaktion hatte ihr gezeigt, wie unsicher sie mit ihren eigenen Empfindungen war. *Es wäre so viel einfacher, wenn Grigorij hier wäre.* »Du solltest auch keine haben.«

»Hast du dich genauer bei unseren Gastgebern umgeschaut?«, erkundigte er sich ruhig.

Sie wusste sofort, worauf er hinauswollte. »Die Drachenmotive, ja. Ich habe Zhiao darauf angesprochen, und er erklärte mir, dass sie diese zur Tarnung aufhängen müssten. Jeder in China verehrt Drachen, und wer keine Bilder davon aufhängt, macht sich per se verdächtig. Das könnten sie sich nicht leisten.« Sie betrachtete seine warmen braunen Augen und fühlte eine innere Ruhe, die sich als Antwort auf seine Gegenwart bei ihr einstellte.

Er tat ihr gut. Doch sie versuchte, sich davor zu hüten, ihn als

Ersatz für Grigorij zu betrachten. Zuneigung und Freundschaft mussten Zuneigung und Freundschaft bleiben, auch wenn sie meinte, dass er diesen Wall mehr und mehr durchstieß, ohne dass er irgendetwas tat oder sich anstrengte, ihr Herz zu erobern. Er sickerte mit seiner freundlichen, umsichtigen Art durch die Ritzen, brachte die Abwehr zum Bröckeln und schien Silena unaufhaltsam für sich zu gewinnen, ohne es zu wollen. *Wenn ich wenigstens wüsste, wo Grigorij steckt.* Sie verfluchte den Umstand, keinen Kontakt zur Detektei zu haben.

Ahmat nickte. »Gut. *Das* kann ich verstehen. Aber ich habe einen Vertrauten Zhiaos dabei beobachtet, wie er ein Drachenfigürchen aus Jade polierte und es danach küsste. Würde man das tun, wenn man Drachen hasst? Oder ist es die Art, wie Chinesen ihre Feinde verfluchen?«

Silena genoss den heißen, zitronig-scharfen Tee. Zuerst hatte es sie Überwindung gekostet, ihn zu trinken, nun liebte sie ihn und fragte sich, wie sie später an die Knollen gelangen konnte. »Nein«, antwortete sie schleppend. »Nein, ich denke nicht.« Sie sah zwei Chinesen über den Hof gehen, die sich zu ihnen drehten und sich freundlich lächelnd verneigten. Sie winkte ihnen zurück. »Es kann ein Spion des Drachenkaisers sein.«

»Oder kann es sein, dass wir in eine Falle gelockt wurden? Wir und die verbliebenen Krieger des Officiums sitzen untätig herum, abgeschnitten von der Welt und nicht wissend, was sich ereignet. Bis wir eines Tages doch verhört oder getötet werden.« Ahmat fischte ein Ingwerstückchen aus dem Tee und zerkaute es. »Es wäre die komfortabelste Falle, in der ich jemals gesessen hätte.«

Silena musste einräumen, dass seine Worte Sinn ergaben. Obwohl … »Sie könnten uns gleich umbringen. Das wäre wesentlich einfacher.«

»Vielleicht kommt das noch. Zhiao hat uns bis Ende Februar hingehalten – weswegen? Er erschleicht sich unser Vertrauen, um noch mehr Informationen aus uns herauszubekommen.« Er klaubte ein weiteres Stückchen hervor und schob es sich in den Mund. »Ist es nicht so, dass der Kaiser sich *immer* in der Verbotenen Stadt aufhält? Bei aller Größe des Areals: So wenig gute Augenblicke *kann* es gar nicht geben, auf die wir warten müssen.«

Hart stellte sie die Tasse ab. »Fragen wir Zhiao einfach.« Sie stand auf, Ahmat folgte ihr. Sie gingen in den Teil des Hauses, wo man den Chinesen üblicherweise vorfand. Unterwegs holte sich Silena ihre Luger, lud einmal durch und verbarg sie im Kimono.

Er war gerade beim Essen, Reis mit einer braunen, dicken Soße, die nach Zwiebeln und gebratenem Fleisch roch, als sie in sein Zimmer traten. Er blickte sie überrascht an. »Ist etwas passiert?«, fragte er besorgt und sah sofort auf Silenas Bäuchlein. »Soll ich einen Arzt holen?«

»Nein. Meinem Kind und mir geht es gut«, gab sie zurück und fand es seltsam, ihn einen Anzug tragen zu sehen, während sie einen Kimono am Leib hatte. Verkehrte Welten. »Zhiao, Ahmat und mir ist etwas aufgefallen.« Sie erzählte offen, welche Sorgen sie hatten und was der Ägypter beobachtet hatte. »Jetzt würde ich gern von Ihnen wissen, wie Sie sich das Verhalten erklären. Das Ihres Vertrauten und Ihr eigenes«, schloss sie fordernd ab.

Zhiao erbleichte, schob das Essen von sich und trank einen Schluck Reiswein. Er schwieg sehr lange, ehe er Luft schöpfte und gestand: »Sie haben recht: Wir sind keine Drachenhasser.« Silena legte eine Hand an ihren Pistolengriff und musste sich setzen, Ahmat spannte die Muskeln an. »Nein, nein, keine Angst. Das Ziel hat sich dadurch nicht verändert«, beschwichtigte der Chinese und wedelte mit den Armen; er klang sehr besorgt. »Sie müssen den Drachenkaiser töten!«

»Aber die Gründe haben sich verändert«, sagte sie schneidend. »Sie erwähnten, dass jeder Kaiser von China den Drachen in sich trägt, dass die Dynastien einer langen Tradition von Geschuppten entspringen. Daraus schließe ich, dass wir einer neuen Dynastie auf den Thron verhelfen sollen.« Silena sah ihn verächtlich an. »Sie haben uns getäuscht, Zhiao! Schändlich getäuscht.«

Der Chinese hatte sein unverbindliches Lächeln schon lange verloren, er sah zerknirscht aus und schien Angst zu haben, dass seine Verbündeten die Mission abbrechen könnten. »Bitte, verzeihen Sie mir, Großmeisterin. Ganz so verhält es sich nun doch nicht.«

»Wie kann ich Ihnen noch trauen, Zhiao?«, fragte sie empört.

»Es gelingt Ihnen nur einmal, uns hinters Licht zu führen.« Sie überlegte bereits, wie sie aus dem Gebäude entkommen konnten.

»Ich bitte Sie, zum Wohle Europas und des chinesischen Volkes: Hören Sie mich an! Es war ein Fehler, Sie täuschen zu wollen. Unser Anliegen ist ehrenhaft!«, betonte er zunehmend verzweifelt, da er sah, was sein falsches Spiel ausgelöst hatte. »Ja, es ist wahr, meine Leute und ich verehren Drachen. Aber Sie wissen, dass unser Volk gute und schlechte Drachen kennt. Unser derzeitiger Kaiser ist ein Nie-Lung, einer der schlimmsten Sorte und ein Drachenvertilger.« Er sprach hastig, aufgewühlt, fuhr sich dabei durch die Haare. Sein Blick wurde panisch. »Er ist gierig, strebt nach Macht und nutzt die Weisheit seiner Art für seine eigene Bereicherung, anstatt sie für China einzusetzen. Dem durften wir nicht länger tatenlos zusehen.« Er ging vor ihnen auf die Knie, faltete die Hände. »Alles, was ich Ihnen über die Manipulationen der Wirtschaft und die Pläne sagte, stimmt!« Seine Stimme versagte, kehrte erst nach einigen Worten zurück. »Wenn Sie ihn nicht aufhalten, Großmeisterin und Ichneumon, wird die Welt unter seine Herrschaft fallen!«

Silena war sich sicher, dass man eine solche Verzweiflung nicht spielen konnte. Ein rascher Blick zu Ahmat sagte ihr, dass er ähnlich dachte. »Sie wissen, wer nach ihm auf den Drachenthron rücken wird – ist es einer Ihrer Favoriten, oder müssen wir in einem Jahr wieder von Ihnen entführt werden, um den nächsten Kaiser von China umzubringen?« Sie lehnte sich nach vorn, packte Zhiao am Nacken und zog ihn hoch. »Ist der nächste Kaiser auch wieder ein Nie-Lung?«, sagte sie barsch zu ihm.

»Nein, Großmeisterin. Die Dynastie der Ming steht seit Jahren bereit, um die Macht zu übernehmen, und die Menschen sehnen sich heimlich nach dem Wechsel. Früher stand die Ming-Dynastie für Wohlstand, Kunst und Handwerk blühten auf. Das soll sich wiederholen.«

»Warum tut es die Dynastie nicht selbst?«, warf Ahmat ein.

»Seit ihrer Vertreibung im siebzehnten Jahrhundert reichte ihr politischer Einfluss nicht mehr aus, um sich gegen den Nie-Lung aus der Qing-Dynastie zu behaupten. Der Wechsel muss daher mit Gewalt vollzogen werden.« Zhiao hatte Tränen im Gesicht. »*Sie* werden den Wechsel und das Glück zurück zu meinem Volk bringen, Großmeisterin. Versagen Sie sich nicht dieser Mission!«

Das Schicksal eines Volkes, des Kaiserreichs und mindestens der halben Welt. Voss' Pläne hatte sie gesehen, der Sturz der deutschen Börse stand bevor, und die Pläne reichten weiter. Das zumindest war keine Lüge. Silena sah zu Ahmad, der ihr zunickte. Sie hatten sich entschieden. »Von nun an, Zhiao, nur noch die Wahrheit, verstanden?« Sie half ihm auf die Beine. »Und ich will, dass wir nächste Woche beginnen.«

»Nächste Woche schon?«, sagte er erschrocken. »Nein, nein, das geht nicht! Der Drachenkaiser wird nicht alleine sein, und seine ...«

»Überlassen Sie das uns, Zhiao«, unterbrach sie ihn. »Ichneumon und ich wollen es so. Wir haben lange genug gewartet. Suchen Sie uns den besten Tag der kommenden Woche aus, bringen Sie uns in die Verbotene Stadt.« Silena schlug ihm auf die Schulter. »Dann braucht China einen neuen Kaiser. Bestellen Sie das den Vertretern der Ming.« Sie ging zusammen mit Ahmat hinaus.

»Das machst du richtig gut«, sagte er grinsend. »Eine ähnliche Ansprache hätten die drei Kreuzritter verdient.«

»Die bekommen sie auch«, gab sie zurück und hakte sich bei ihm unter. Als sie sich ein wenig an ihn drückte, revoltierte nur ein sehr kleiner Teil ihrer Gefühlswelt dagegen.

XXI.

31. Januar, York, Vorstadt Ampleforth, Grafschaft Yorkshire, im Nordosten des Königreichs Großbritannien

Tremaine stand auf dem Turm des Colleges und schaute zusammen mit Ealwhina über die Dächer und die Landschaft, die sich um die Stadt York erhob. Der Wind brachte sein dickes Sakko zum Wehen, und er drückte die Schirmmütze fester auf den Kopf. »Sie haben es geschafft«, sagte er beeindruckt. »Die Geister können bis an die Stadtgrenze und in die Vorstadt vordringen.«

»Mit Ihrer Hilfe, Mister Tremaine.« Sie lächelte den Mann an.

»Ich? Ich habe nichts getan.«

»Doch, das haben sie. Nämlich ein paar wissende Blicke als Medium auf die ektoplasmischen Besonderheiten geworfen und sie mir mitgeteilt.« Sie wurde ernst. »Aufrichtigen Dank dafür, Mister Tremaine.«

Er biss sich auf die Lippen. Ganz wohl war ihm nicht, er machte sich Sorgen. »Missbrauchen Sie Ihr Können nicht. Das ist alles, worum ich Sie bitte, Mylady.«

»Wie könnte ich es missbrauchen?«

»Was sollen die Sterblichen einem Wesen wie Ihnen anhaben können? Niemand kann sich gegen einen Geist verteidigen, es sei denn, er ist ein medial Begabter und weiß zufälligerweise auch noch, wie man Ektoplasma einsetzen kann.« Tremaine nahm ihre Hand. In ihrem manifestiertem Zustand vermochte er sie zu berühren wie einen realen Menschen. »Ich kenne Ihre Geschichte inzwischen, Mylady.«

Ealwhina hatte gewusst, dass der Moment kommen würde, so gern sie ihn vermieden hätte. Es freute sie nicht, dass er von ihren vielfachen Morden gelesen hatte. »Oh. Sie haben sich also durch die alten Zeitungen von damals gewühlt.« Sie fürchtete, dass er sich von ihr abwenden würde, und erwartete aufgeregt seine Reaktion.

»Nein. Ich sprach mit Ihrem Gemahl. Bei Ihrer Beerdigung.«

Ealwhina musste sich beherrschen, um ihre feste Gestalt nicht zu verlieren. »Sie … haben mich überrascht, Mister Tremaine.«

Er lächelte. »Ich bin Parapsychologe, Mylady. Was haben Sie erwartet? Ich habe Sie gewarnt, dass ich übersinnlichen Dingen auf den Grund gehen möchte. Dazu zählt auch das Ergründen der Vergangenheit.«

»Mein Gemahl hat hoffentlich auch Gutes zu berichten gewusst?«

Er nickte. »Er sagte, dass er bis zuletzt gehofft hatte, dass Sie diese Neigung verlören. Er pries Ihr Mitgefühl, ihr freundliches Wesen und Ihre Wissbegier, die er sofort bei Ihnen erkannt hatte. Das sei der Grund gewesen, warum er Molly Smith ohne Bedenken und gegen den Willen seiner Familie geehelicht hätte.«

Ealwhina sah auf Ampleforth hinab. »Das ist lange her«, raunte sie. »Ich habe ihn schon ewig nicht mehr gesehen …« Sie richtete den Blick auf Tremaine. »Haben Sie ihm berichtet, was aus mir geworden ist?«

»Nein, obwohl ich den Eindruck hatte, er weiß, dass der Geist, den man Lady Snickelway nennt, wirklich seine ehemalige Gattin ist. Die Beisetzung fand in aller Heimlichkeit statt. Außer mir und Ihrem Gatten war niemand auf dem Friedhof.« Tremaine schluckte. »Ich habe am Sarg einer alten Frau gestanden, Mylady. Ihr Leib wurde sechsundachtzig Jahre.«

»Ja. Und er hätte sicherlich noch zehn weitere Jahre durchgehalten«, gab sie zurück. »Es ist gut, dass meine Taten so lange zurückliegen. Nur wenige Yorker wissen mit Lady Snickelway etwas anzufangen.« Sie fühlte sich in diesem Augenblick befreiter. Nach dem ersten Schock war die Erkenntnis gewachsen, dass sie dem Tode auf ewig entronnen war. Auch wenn sie für die Unsterblichkeit einen hohen Preis bezahlte.

»Und Sie können einem Angst machen! Verzeihen Sie, dass ich es offen ausspreche: Sie waren eine furchtbare, erschreckende Mörderin! Sie taten es aus einer Laune heraus, ohne höheren Antrieb wie Rache oder Demütigung.« Er rieb über ihren Handrücken. »Wer sagt, dass es Sie nicht wieder überkommt und Sie Ihre Macht gegen … Kinder richten?«

»Diese Zeiten sind vorbei, Mister Tremaine. Das schwöre ich Ihnen.« Ealwhina hoffte, dass ihre Taten sie eines Tages nicht Lügen straften. Sie konnte es nicht wirklich kontrollieren. »Doch wenn ich morden werde, dann nur Verbrecher, die von einem Gericht zum Tode verurteilt wurden«, ließ sie sich eine Hintertür offen.

»Das ist wohl in Ordnung. Doch auch das erscheint mir …« Ihm fehlten die Worte, er ließ ihre Hände los, was sie sehr bedauerte. Menschliche Wärme war etwas Besonderes, denn ihre Geisterhaut fühlte sich kalt an. Ein eklatanter Unterschied zu ihrem Astralleib. »Die Menschen sind größtenteils zurückgekehrt, wie ich hörte.«

»Ja«, sagte sie nicht ohne Stolz. Ihr war es recht, dass er den Gesprächsgegenstand wechselte. »Denjenigen, die nicht zu uns wollten, haben wir die Bleibe abgekauft. Die Häuser werden bald neue Besitzer bekommen. Der Bürgermeister und die meisten Ratsmitglieder haben ihre Arbeit aufgenommen, und wir besprechen gemeinsam, was gut für York sein wird. Geister und Menschen verzahnen sich immer mehr.«

»Sie klingen erleichtert.«

Ealwhina zeigte auf die Stadt, sie konnte sich an York und der Landschaft nicht sattsehen. »Ja. Niemand wusste, wie es nach dieser Nacht weitergehen würde. Die Welt hat sich unumkehrbar verändert.«

»Ja, und zwar nicht nur für Sie«, fügte Tremaine hinzu. »Die Menschen in der ganzen Welt müssen ihre Einstellung zum Reich der Geister und zum Jenseits überdenken. Es wurde der Beweis erbracht, dass es mehr gibt als Tod und Leben.«

»Ich würde nicht so weit gehen und behaupten, dass es etwas Christliches ist«, warf sie ein. »Die Römer und Kelten, mit denen Sie sich noch nicht unterhalten haben, werden Ihnen zu Jesus nichts sagen können. Dennoch sind sie zu Geistern geworden.«

Tremaine nickte. »Ich finde diesen Aspekt sehr beruhigend. Somit wird keine Religion von diesem Phänomen ausgeschlossen. Es gibt keinerlei Alleinansprüche und keine Eifersüchteleien.«

Ealwhina lachte. »Und es könnte die Frage nach Gott und dem Jenseits aufwerfen.«

»Mit Sicherheit.« Tremaine stimmte in ihre Heiterkeit mit ein und nahm sein Büchlein heraus. »Wir müssen bald wieder zurück, Mylady. Ich habe noch einen Termin mit Sir Shamus.«

»Das wird sicherlich interessant. Er kann Ihnen sehr viel über York berichten. Es gibt kaum einen Geist, den er nicht kennt. Das *Golden Fleece* ist nach wie vor ein beliebter Treffpunkt unserer Zunft.« Er ging die Stufen hinab, und sie begleitete ihn plaudernd, obwohl sie ebenso gut hätte hinabschweben können. Sie malte sich aus, dass er unter Umständen das Gleichgewicht verlieren und die Treppe hinabstürzen könnte. *Wie schön! Wir wären auf immer vereint!* Dann fiel ihr ein, dass er sich womöglich in seinem bisherigen Leben nichts zuschulden hatte kommen lassen. *Das sollte ich noch irgendwie geändert bekommen. Zur Sicherheit.*

Sie verabschiedeten sich am Fuß des Turms mit einer freundschaftlichen Umarmung. Tremaine hatte im wahrsten Sinne des Wortes keinerlei Berührungsängste vor dem Übersinnlichen in all seinen Varianten.

Wir sehen uns bald schon wieder. Während sie seinem Wagen nachschaute, hörte sie, wie man ihren Namen rief. »Ja, bitte?«, sagte sie und wandte sich um.

Es war niemand in ihrer Nähe.

Ealwhina grinste und hielt es für einen Scherz eines »Kollegen«, der ihr zeigen wollte, dass die alten Tugenden der Geister, wie Erschrecken und Foppen, immer noch eine Rolle spielten. Dennoch verwunderte es sie, dass es nichts zu erkennen gab. Sie konnte Geister für gewöhnlich sehen.

Ealwhina! Komm beim Einbruch der Nacht zum südlichen Rand von Ampleforth, raunte die weibliche, sehr gebieterische Stimme, in der Kraft steckte. *Ich muss mit dir über York sprechen.*

»Wer sind Sie?«

Du hast mich verstanden!

»Wenn Sie nicht die Queen sein sollten, was ich beim besten Willen nicht glaube, gibt es dazu keinen Grund.« Ealwhinas Stimmung befand sich im Kippen. Sie konnte sich nicht erklären, wer die aufdringliche Ruferin war, die sich in ihre Gedanken gestohlen hatte. Das sprach für eine nicht unwesentliche Macht. »Würden Sie …«

Ich bin Y Ddraig Goch, die Herrscherin über Britannien, wurde sie wüst unterbrochen. *Was du mit Viktoria abgemacht hast, kümmert mich nicht. Wir beide haben einig zu werden. In diesem Fall wirst du nichts von mir zu befürchten haben.*

Ealwhina spürte Furcht. Die rote Drachin war erschienen, um sich ihren Einfluss zu sichern oder sich zu vergewissern, dass sie ihn nicht verloren hatte. »Ich bin da.« Sie entmaterialisierte sich, damit kein Ampleforther sie beobachten würde, und schwebte los. Auch wenn es noch dauerte, bis es dunkel wurde, hielt die Ungeduld sie nicht.

Sie ließ sich auf dem Dach eines einsamen, verfallenen Hauses nieder, das der Stadtgrenze und dem Bannkreis am nächsten war, und wartete auf dem halb eingestürzten First, dass sich die Finsternis herabsenkte.

Ihre Gedanken kreisten darum, dass sie bald erneut über Yorks Zukunft verhandeln musste und diese Verhandlung entscheidender war als die Unterredung mit den Gesandten der Queen. Sie hatte sich ein wenig in der Welt der Drachen bewegt und erinnerte sich sehr wohl an den kobaltfarbenen Drachen in Amsterdam. Von daher verwunderte sie es nicht zu sehr, dass sich die sagenumwobene Drachin bei ihr meldete. *Was kann sie wollen?* Es gab zu viele mögliche Antworten auf die Frage. *Warum fürchtet sie die Queen nicht?* Ihre Beunruhigung nahm zu.

Als es endlich Abend geworden war und sich Regenwolken vor die Gestirne geschoben hatten, meldete sich die Drachin.

»Ich sehe dich auf dem Dach sitzen. Du musst dich nicht manifestieren«, sagte Ddraig zu ihr, und die Stimme klang noch wuchtiger im Schädel als vorhin.

Ealwhina spürte intuitiv, dass es darauf ankam, mit der Drachin ein gutes Verhältnis zu haben. Ihre schwach rote Silhoutte senkte sich aus dem Himmel auf die sacht geschwungene Landschaft hinab, wobei sie darauf achtete, hinter einem kleinen Wäldchen halb verborgen zu landen, damit sie nicht sofort gesehen wurde. »Du bist also die Urheberin des außergewöhnlichen, einzigartigen Aufruhrs, der sich in meinem Land zugetragen hat. Wie hast du es angestellt?«, fragte Ddraig scharf.

»Ich hoffe, Ihr habt genügend Zeit mitgebracht?« Ealwhina kam mit sich überein, dass es das Beste war, der Drachin die Wahrheit zu erzählen. Von Anfang an.

Und so berichtete sie von De Bercy, von Russland, von dem Überfall im *Golden Fleece*, von Amsterdam und dem Wasserdrachen, von ihrer erneuten Flucht und dem misslungenen Versuch, Yorks verlorene Seelen zu befreien und ins Paradies oder die Hölle zu senden, ohne einmal unterbrochen zu werden.

Die Turmuhr schlug viermal für die volle Stunde, dann wieder viermal. Sie hatte nicht bemerkt, wie lange sie geredet hatte.

»Ich danke dir für deinen ehrlichen Bericht. Das waren spannende Abenteuer, Ealwhina.« Ddraig sah zu ihr und ließ die Augen aufleuchten. »Ich weiß, wessen Schädel du gefunden hast: Arsènie Sàtra, ein französisches Medium, das nach dem Weltenstein forschte und am Triglav ums Leben kam.« Sie lachte. »Sieh an, wie ironisch das Ganze ist: Sie trug einen kleinen Weltenstein in ihrem Kopf. Dort befand sich nichts anderes als ein solcher Katalysator in Sachen Magie.«

Ealwhina versuchte, die Empfindung aus der Drachenstimme zu ergründen, konnte jedoch nichts ausmachen. *Was wird sie verlangen?*

»Eine Verkettung von Umständen machte dich also zur Herrscherin über York. Du hattest in bester Absicht gehandelt«, resümierte Ddraig. »Gut. Das spricht für dich. Ich mache dich zu meiner Statthalterin, und du sorgst dafür, dass es York gut geht und es Früchte trägt. Sollte es dir nicht gelingen, Geist, zeige ich dir, dass meine Kräfte nicht auf Feuer und Stärke beschränkt sind.«

»Sehr wohl«, antwortete Ealwhina sogleich und fühlte, wie die Angst von ihr abfiel. Die Macht, die diese Drachin verströmte, hatte sie davor gewarnt, auch nur eine Lüge versuchen zu wollen. Sie zweifelte nicht, dass Y Ddraig Goch bereits seit langer Zeit die Geschicke der Insel lenkte. *Ich verzichte darauf, nähere Bekanntschaft mit ihrem Können zu machen.* »Ich danke Euch!«

»Eine Sache noch: Du hast einen Chinesen erwähnt, der dich verfolgte und den du vom Turm gestoßen hast. Er wurde doch auch zu einem Geist?«

»Ja. Ich denke, ich habe ihn schon einmal gesehen, aber er geht mir aus dem Weg.« Natürlich wollte sie wissen, warum Ddraig ihn suchte, aber sie wagte nicht zu fragen. »Er fürchtet meine Rache, nehme ich an, weil er es war, der mich umgebracht hat.«

»Finde ihn und bringe ihn hierher. Ich warte.« Ddraig machte es sich auf der Wiese hinter dem Wäldchen bequem.

Ealwhina verneigte sich und eilte zurück nach York. *Sie hat gut reden! Wie soll ich das auf die Schnelle erledigen? Was sie wohl von ihm will?* Sie war sich nicht sicher, ob ihre Sucherkräfte erhalten geblieben waren. Sie kannte nicht einmal seinen Namen.

Bald schwebte sie hoch über York, schloss die Augen und konzentrierte sich auf das Gesicht des Chinesen. *Wo steckst du? Ihr Mächte, zeigt mir einen Hinweis auf ihn!* Sie hob die Lider – und erkannte ein helles gelbes Leuchten, das sich in den Shambles bewegte.

Ich kann es noch! Sie stieß falkengleich hinab und fand den Mann. Seinen rechten Arm hatte er zur Hälfte eingebüßt, als sich die Kugel durch sein Fleisch gebrannt hatte. »Du!«, rief sie ihn an. »Bleib stehen!«

Der hünenhafte Chinese sah hinter sich und wollte im ersten Moment losrennen, doch er blieb nach drei Schritten stehen. »Ich habe mich gefragt, wie lange es dauert, bis du mich suchen und vernichten kommst«, sagte er zu ihr. »Lass mich in Ruhe, *Dàngfù*. Mein Fluch ist schon schlimm genug.«

Ealwhina näherte sich ihm langsam. »Wie ist dein Name? Und warum hast du den Stein haben wollen? Für dich? Für jemand anders?«

»Ich heiße Wu Li«, antwortete er abwartend. »Was ich mit dem Stein wollte, geht dich nichts an.« Er hob den Armstummel, betrachtete ihn, und sein Gesicht zeigte seine Wut. »Ich war zu Lebzeiten ein berühmter Illusionist. Und was wurde aus mir?«

»Deswegen hast du nach dem Artefakt getrachtet: Du wusstest von seiner Macht.«

»Mag sein. Es ist gleich, niemand kann es mehr nutzen.« Er hob die Achseln an. »Ich bin gestrandet.«

Ealwhina mochte das Gejammer nicht länger anhören. Er hatte sich selbst in diese Lage gebracht, weil er nach der Kugel gegriffen hatte. Nun, da er vor ihr stand, spürte sie die ansteigende Lust, seine Seele zu quälen und ihn für ihren Tod leiden zu lassen. *Danach*, dachte sie. *Zuerst muss ich ihn zu Ddraig bringen. Nein, locken!* »Jemand möchte mir dir sprechen, Wu Li.«

»So?«

Ealwhina fand es besser, wenn er nicht wusste, was ihm bevorstand. »Eine Freundin. Sie hat einige Fragen an dich. Sie ist Chinesin und war ganz aufgeregt, als ich ihr sagte, dass sie nicht die Einzige aus deinem Land ist.« Sie lächelte. »Was uns angeht: Ich trachte nicht nach deinem Leben, Wu Li. Du wirst einen Weg finden, dich in York wohlzufühlen und der Stadt dein Wissen angedeihen zu lassen. Du könntest fähige Menschen zu Illusionisten ausbilden.« Sie wollte seine Vorsicht und sein Misstrauen einlullen.

Wieder zuckte er nur mit den Schultern. »Wo finde ich deine Freundin, *Dàngfù*? Es ist bestimmt schön, einige Worte in der Muttersprache zu hören.«

Das war leichter als gedacht. »In Ampleforth.« Sie schwebte empor. »Komm mit.« Er folgte ihr.

Sie flogen über das nächtliche, verregnete York hinweg und näherten sich der Vorstadt. »Da drüben in dem alten Haus«, sagte sie und zeigte darauf.

Halte ihn fest, hörte sie die Stimme der Drachin in ihren Gedanken.

Wu Li schwebte über den schief sitzenden Schindeln. »Gehen wir rein?«

»Tut mir leid, aber die Freundin wartet dort drüben.« Sie sandte ektoplasmische Energien gegen den Chinesen und umschlang ihn damit. »Sie möchte, dass du unter keinen Umständen verschwindest.«

Wu Li zappelte und rief eigene Kräfte zu seiner Befreiung herbei, doch Ealwhinas Macht war zu stark. Er konnte die Fesseln nicht lösen. »Was soll das?«

»Sie tut, was ich von ihr verlangt habe, Wu Li«, sagte Ddraig aus ihrem Versteck heraus. »Du hast Nie-Lung gedient, der mit Vouivre gemeinsame Sache machte, wie ich hörte und weiß.« Ihre Augen glommen auf. »Du wirst mir alles berichten, was du von diesem Nie-Lung und seiner Abmachung mit Vouivre weißt. Ich kann dich Schmerzen spüren lassen, Wu Li, schreckliche Schmerzen, und du wirst ewig mit ihnen leben müssen!« Eine rote Ektoplasmaentladung schoss aus der Dunkelheit herbei und hieb ihm gegen die Stirn.

Ealwhina musste die Lider schließen, so gleißend waren die Strahlen. Sie beglückwünschte sich, Ddraig zu keiner Zeit Widerstand geboten zu haben. *Das hätte ich nicht überstanden!*

Ein Teil von Wu Lis Geistergestalt nahm beim Einschlag sofortigen Schaden, Fetzen spritzten wassergleich davon und kehrten zäh zu ihm zurück.

Der Chinese schrie auf – und redete auf der Stelle.

18. Februar 1927, Hauptstadt Běijīng, Verbotene Stadt, Kaiserreich China

Es war finsterste, bewölkte Nacht, als die kleine, in Schwarz gekleidete Gruppe durch die Verbotene Stadt eilte und sich durch die Schatten bewegte, um zu der Halle der Geistespflege zu gelangen.

Sie hatten den Wassergraben mit langen Schnorcheln durchtaucht und überwanden eine Mauer nach der anderen, wichen den Wachen aus, liefen auf den Mauern und Dächern der unzähligen Gebäude entlang, sprangen und kletterten, wie es Silena selten zuvor hatte tun müssen. *Das Tückische sind die vielen Mauern. Sie werfen das Echo unserer Schritte weit zurück.*

Sie achtete genau darauf, wo sie ihre Schritte hinsetzte. An den Füßen trug sie weiche Schuhe mit dünnen Sohlen, die kaum Geräusche verursachten.

Zhiao hatte sie mit der perfekten Attentäterausrüstung versehen. Unter ihren schwarzen Anzügen trugen sie Brustharnische, Ahmat seine Lederrüstung. Der Ägypter hatte seinen Speer in zwei Meter lange Stücke zerteilt und trug sie zusammen mit dem Schwert in einer Hülle auf dem Rücken. Die Drachenheiligen führten Schwerter mit sich, Brieuc den Zweihänder, Ademar und Donatus robuste scharfe Klingen aus Stahl. Die Waffen waren in Weihwasser gehärtet worden, in den Griffen lagerten Reliquienstücke, an deren vernichtende Wirkung gegen Drachen die drei fest glaubten.

Die Männer hatten mit der körperlichen Anstrengung die wenigsten Schwierigkeiten, aber Silena hatte ab der Hälfte der Strecke das Gefühl, dass sie das Vorankommen eher bremste als begünstigte. Und dass nicht sie diejenige war, die das Unternehmen leitete. Vor allem Letzteres schmeckte ihr überhaupt nicht.

Auf dem Weg durch die Stadt ging sie in Gedanken noch einmal durch, was ihr zu dem Ort einfiel.

Die Halle der Geistespflege war das Zentrum der Macht. Der Drachenkaiser empfing seine Beamten, die Mandarine, gab ihnen Anweisungen und hörte ihre Berichte, erteilte Beförderungen und Bestrafungen. Es gab darin einen Thron, einen Schreibtisch und eine Unzahl von Büchern.

Morgen, hatte Zhiao ihnen gesagt, stünde eine Audienz mit den Mandarinen an. Sie mussten sich in der Nacht einschleichen und sich verbergen, um den Kaiser abzufangen. Er kam stets eine halbe Stunde vor den Beamten in die Halle, las sich die Berichte durch und bereitete sich auf das Treffen vor.

Dreißig Minuten. Das war das Zeitfenster, das ihnen blieb.

Silena erinnerte sich, dass die berühmte und berüchtigte Kaiserin Ci Xi, die bis zu ihrem Tod vor knapp zwanzig Jahren den Thron vier Dekaden usurpierte, sich hinter einem Vorhang verborgen und gelauscht hatte, während die Beamten ihrem minderjährigen Sohn Berichte ablieferten. In Wirklichkeit hatte sie China, das Reich des Drachen, kontrolliert. Die Dynastie der Qing führte den Drachen ganz offen in ihrer Fahne.

Hinter der Halle lagen die sechs westlichen Paläste, kleine Höfe mit den Wohnräumen, in denen auch der Kaiser nächtigte; über deren Dächer sollte die Flucht in den Garten führen. Zhiao hatte einen Heißluftballon organisiert, der sie dort aufnehmen würde. Um Verwirrung zu stiften, hatten sie Gasmasken und etliche Handgranaten dabei, die dichten, beißenden Rauch versprühten. Dagegen konnten sich die Wächter in ihrer altertümlichen, traditionellen Aufmachung nicht schützen.

Die Flucht ist das Heikelste an unserer Mission. Die Drachenheiligen und Ahmat zweifelten nicht daran, dass sie den Kaiser besiegen und entkommen würden.

Silena hatte jedoch Bedenken.

Erstens, ob der Kaiser ein echter Drache war, doch das ließ sich mit dem Amulett erkennen. Sie fürchtete immer noch, von den Chinesen als einfache Attentäterin missbraucht zu werden.

Zweitens, was das Entkommen anging. Gasgranaten waren schön und gut, aber die Soldaten konnten dennoch in eine Nebelwand schießen und aus Glück treffen.

Drittens blieb eine große Ungewissheit. Zhiao hatte ihnen gesagt, dass der Nachfolger die Staatsgeschäfte reibungslos übernehmen würde, sobald es einen Beweis gab, dass der Drachenkaiser getötet war. Aber er hatte ihnen nicht gesagt, wer der Nachfolger sein würde. Als Ausrede nutzte er, dass der Anschlag misslingen und sie in die Hände des Kaisers fallen könnten.

Ich muss aufhören zu grübeln. Es gibt kein Zurück mehr. Silena sprang auf ein Ziegeldach und wurde halb von Ahmat aufgefangen. *Wenn wir es nicht tun, muss die Welt darunter leiden.*

Sie gönnte sich einige Sekunden, um die nächtliche Stadt innerhalb von Běijīng zu betrachten. Die Wolkendecke war etwas aufgerissen, die großen Paläste überragten alle anderen Gebäude und schimmerten im Sternenlicht. Sie zeugten von der Macht der Drachenkaiser, von ihrem Herrschaftsanspruch. Sie kannte keinen westlichen König oder Kaiser, der sich eine solche Stadt errichtet hatte, in der nur er allein lebte.

»Komm«, raunte Ahmat. »Du bist eh schon die Letzte.«

Silena sah zu ihm und erkannte Brieuc, Ademar und Donatus viele Meter voraus. »Sie würden es am liebsten alleine tun. Ohne dich und mich«, knurrte sie. »Ich muss sie daran erinnern, wer sie hergeholt hat.«

Sie holten die Drachenheiligen auch nicht mehr ein, bis sie die Halle der Geistespflege erreicht hatten. Einen Platz, um sich ungesehen zu beraten, hatten sie rasch gefunden: Sie rutschten auf dem Dach des Hauptgebäudes nach hinten, in den Schatten der anschließenden Mauer. Kein Wächter würde sie in der Dunkelheit erkennen.

»Herzlichen Glückwunsch«, flüsterte Brieuc fröhlich und schüttelte die Hände von Donatus und Ademar, danach die von Silena. Ahmat ließ er aus. »Wir haben unsere erste Prüfung gemeistert. Es ist aufregend! Wir sind im Heiligsten des Schlitzaugenweltreichs und werden der gesamten Menschheit einen Dienst leisten, der uns unsterblich machen wird.«

Silena glaubte, sich verhört zu haben. »Wie soll das geschehen,

Großmeister? Unsere Verwicklung in dieser Angelegenheit darf niemals bekannt werden, sonst wird China gezwungenermaßen in den Krieg mit dem Westen eintreten. Kein Land der Welt darf sich eine solche Einmischung erlauben.«

»Ich gedenke, den Kopf des Drachenkaisers mitzunehmen«, eröffnete er grinsend. »Zhiao wollte einen Beweis für dessen Tod, also bekommt er einen.« Ademar und Donatus nickten. Anscheinend hatten sie das Vorgehen bereits vor dem Aufbruch festgelegt. »Ich werde es erst bekannt geben, wenn wir wieder zu Hause sind, Großmeisterin«, meinte er gönnerhaft. »Sie kennen mich: Diesen Ruhm lasse ich mir nicht nehmen.«

Silena hatte einen Beweis mehr für die Profilierungssucht des Mannes bekommen, die er mit seinen beiden Freunden teilte. *Ich werde nicht mit ihnen diskutieren.* »Das werden wir sehen«, antwortete sie vage.

»Stimmt. Das werden Sie sehen«, entgegnete er wichtigtuerisch und sah auf den Hof hinunter. »Wie ich schon sagte: Wir decken hier ein paar Ziegeln ab, gelangen durch das Loch in die Halle und warten im Gebälk darauf, dass Pǔ Yí erscheint. Danach wird es schnell gehen.«

Silena starrte ihn an. »Haben Sie plötzlich das Kommando, Großmeister Brieuç?« Der Hinweis, dachte sie, sollte genügen, ihn an die Rangordnung für den Verlauf ihres Unterfangens zu erinnern.

»In Anbetracht der Umstände, ja.« Er versuchte, bedauernd zu wirken. »Donatus, Ademar und ich sind übereingekommen, dass Sie in Ihrem Zustand Zurückhaltung bewahren sollten. Der … Ägypter und wir machen das schon. Er lenkt die Wachen ab, Sie warnen uns von hier oben vor weiterem Unbill, und wir töten den Drachenkaiser.« Brieuc sah sie gespielt besorgt an. »Es ist das Beste, Großmeisterin.«

»Das Beste für *Sie!*«, schoss sie zurück. »Denken Sie, das werde ich akzeptieren? Ich habe Sie …« Sie schwieg, weil ein Schatten auf das Dach fiel. Ein Wächter lief auf seiner Runde auf der Mauer an ihnen vorüber.

Silena kochte vor Wut und vergoss Tränen der stummen Wut. Die Schwangerschaft ließ sie näher am Wasser gebaut sein als früher. *Gleich wirst du was zu hören bekommen!* Sie wappnete sich innerlich für das verbale Kräftemessen mit Brieuc. Sie würde dabei nicht heulen.

Als der Wächer gegangen war, erhob Ahmat vor allen anderen flüsternd die Stimme. »Sie müssen noch etwas wissen: Wir können den Drachenkaiser nicht einfach so töten.«

Sie sahen ihn verwundert an.

»Ach, das wird jetzt wohl ein Trick von dir, Araber, damit wir dir auch einen Teil der Ehre abtreten«, sagte Brieuc böse. »Lass mich raten: Das Schlitzauge hat eine Prophezeiung gefunden, in der steht, dass ein Nachfahre der alten Pharaonen seine Lanze in den Drachenkaiser rammen muss und kein Europäer.«

»Nein.« Ahmat sah ihm in die Augen. »Was ich sage, schwöre ich beim Leben meines Vaters und beim Bund des Ichneumon: Einer der Krieger muss sein Leben freiwillig geben, damit der Drachenkaiser stirbt. Sollte jemand im Kampf fallen, gilt es nicht. Er muss sich mit eigener Hand töten. Die Seele des Toten wird die Seele des Drachenkaisers mit ins Jenseits reißen.«

Jetzt waren alle stumm vor Entsetzen.

Silena sah Ahmat an, dass es kein Trick war. »Woher weißt du das?« Sie war ihm böse, dass er sie nicht eingeweiht hatte.

»Zhiao sagte es mir, als wir aufbrachen. Ich musste ihm versprechen, dass ich nicht eher etwas sage, bis wir die Halle der Geistespflege erreicht haben.« Ahmat sah zu Silena. »Du kannst es nicht sein, da du ein weiteres Leben in dir trägst.«

»Sehr gut, Wüstenperle!«, sagte Brieuc unverzüglich. »Es ist klar, wessen Leben mehr wert ist. Wir sind die Nachfahren von anerkannten Heiligen, du dagegen bist … ein Ägypter. Wir werden dein Opfer annehmen.« Er kreuzte die Arme vor der Brust. Für ihn war die Sache erledigt.

»Sehe ich es richtig, dass wir nichts erreichen, wenn sich keiner opfert?«, hakte Ademar vorsichtig ein. »Die Gefahren, das Warten, alles wäre umsonst gewesen?«

»Ich glaube es nicht«, fiel Donatus in die Unterhaltung ein. »Sonst hätte das Schlitzauge uns doch einen Opferchinesen mitgeben können. Unser Araber hier hat sich das ausgedacht, damit er uns schwächen kann. Wer weiß, was er tut, wenn wir den Drachenkaiser getötet haben.«

Silena hatte sich von ihrer Überraschung erholt. »Du hättest es sofort sagen müssen«, sprach sie voller Vorwurf zu Ahmat.

»Zhiao hatte Angst, dass wir unsere Mission nicht antreten würden, wenn er uns von Anfang an die Legende zum Drachenkaiser erzählt hätte.« Ahmat nahm einen Schluck aus seiner Trinkflasche. »Die Verbotene Stadt wurde nicht umsonst an dieser Stelle errichtet. Auf dem Ort liegt ein Zauber, der allen Drachen, die sich auf diesem Gebiet aufhalten, Schutz vor Anschlägen und vor Sterblichkeit verleiht. Deswegen ließen die Drachenkaiser die Festung bauen, um den Platz ganz allein für sich zu haben. Nur wenn ein tapferer Krieger sein Leben freiwillig gibt und den Zauber damit bricht, können seine Mitstreiter versuchen, den Herrscher zu töten. Ohne das selbstlose Opfer ist er immun gegen Gift, gegen Klingen, gegen alles, was ihm schaden könnte.«

»Ein schönes Märchen. Ich glaube, ich habe schon mal ein ähnliches gehört. Aber Märchen stimmen nun einmal nicht.« Brieuc grinste. »Wir haben uns entschieden, Ägypter. Du darfst dich entleiben, wenn die Gelegenheit kommt. Wir werden dich auch in unserer Geschichte erwähnen.«

»Und Selbstmord, aus welchen Gründen auch immer«, fiel es Donatus rasch ein, »ist eine Sünde. Bei den Christen. Wir dürften es nicht einmal tun. Das muss du verstehen.«

»Wir vertrauen auf dich«, setzte Ademar hinzu und grinste gehässig. »Araber.«

Wenn ich das geahnt hätte! Silena wusste, dass sie sich auf die Selbstlosigkeit der Drachenheiligen nicht verlassen durfte. Sie hatten deutlich gemacht, dass sich keiner von ihnen umbringen würde. Ahmat war jedoch der beste Kämpfer unter ihnen, auch wenn es Brieuc und die anderen nicht wahrhaben wollten. *Ihr Heiligen, soll ich es sein, die sich hingibt?* Wenn sie logisch dachte, dann blieb nur sie. Sie verschwieg ihre Überlegungen. *Das entscheide ich, wenn es so weit ist.* Sie legte Ahmat eine Hand auf den rechten Unterarm. »Wir finden zuerst heraus, ob der Drachenkaiser nicht ohne das Opfer zu überwinden ist. Und jetzt ist Ruhe!«

Das lautlose Warten begann.

Die Wächter drehten ihre Runden, ohne sie zu bemerken. Sie dösten abwechselnd, während sich der Himmel veränderte und erneut Regenwolken aufzogen; bald nieselte es. Und als es im Osten heller wurde, schüttete es wie aus Wassertanks.

»Wir haben den rechten Moment verpasst, in die Halle der Geistespflege zu gelangen«, sagte sie zu Brieuc. »Lösen wir jetzt Schindeln, wird man das Wasser im Gebäude bemerken und nachschauen.« Kalt lief das Nass ihren Rücken hinab. Der Stoff hatte sich vollgesogen und wies keinen einzigen Tropfen mehr ab. Noch dazu hatte sie Hunger. Schrecklichen Hunger.

Er nickte. »Wir werden vorne herunterspringen und angreifen, sobald sich der Kaiser zeigt.«

»Noch zehn Minuten«, verkündete Donatus. »Dann sollte es losgehen.«

Ahmat setzte seinen Speer zusammen.

Silenas Herz schlug schnell. Die Aufregung war eine gänzlich andere als in einem Cockpit kurz vor dem Zusammentreffen mit einem Flugdrachen. So gefährlich es in der Kanzel war, so sicher fühlte sie sich dort oben. Am Boden war sie ein lahmer Zweibeiner, über dessen Geschwindigkeit ein Geschuppter höchstens lachen konnte.

Und dazu noch diese Legende vom Schutzzauber. Sie zog das Drachenzahnschwert, das ihr Ahmat überlassen hatte. Sie konnte nicht verhindern, dass sie an Grigorij dachte und sich gleichzeitig schuldig fühlte, wenn sie den Araber anblickte. Ihr Gefühlsleben war so verwirrend wie die Situation, in der sie sich befand: Was immer sie tat, es schien falsch zu sein.

Das Quintett bereitete sich auf den Angriff vor.

Eine Minute vor der Zeit öffnete sich das Tor zum Innenhof langsam.

Silenas Anspannung steigerte sich, in ihrem Unterleib stach es. *Es wird misslingen*, durchzuckte es sie.

Vorneweg schritten zwanzig Bewaffnete. Sie steckten in altertümlichen ledernen Harnischen und hielten lange Lanzen in der Hand, an ihrer Seite baumelten Säbel. Danach folgte ein Sammelsurium an Hofschranzen, wie Silena annahm: Chinesen in seidenen, sehr aufwendigen Gewändern, die als Schutz vor dem Regen unter ausladenden Schirmen liefen, die wiederum von Untergebenen getragen wurden.

Danach folgte Aisin Gioro Pǔ Yí, der Drachenkaiser, in einer überdachten Sänfte. Rechts und links davon liefen wiederum jeweils zwanzig Krieger, hinter dem Herrscher schritten noch weitere Soldaten und Bedienstete. Pǔ Yís vielschichtige Kleidung war in Rot und Gold gehalten, er trug einen viereckigen Hut mit Bommeln daran; in seinem jungenhaften Gesicht stak die dicke Brille wie zur Strafe. Das Modell stand ihm nicht.

Sechzig Soldaten und jede Menge anderer Menschen, überschlug sie die Anzahl der Feinde. *Wie soll uns das gelingen?* Silena schaute fragend zu Ahamt, dann zu Brieuc. Beide Männer starrten über den First hinweg nach unten, ihre Gesichter waren ausdruckslos. Vor einer solchen Anzahl hatte sie niemand gewarnt.

Befehle wurden geschrien, dann rückten die Hofschranzen wieder ab, auch die Hälfte der Soldaten zog sich zurück, der Rest blieb im strömenden Regen vor der Halle stehen und rührte sich nicht mehr.

Ihr Heiligen, danke! »Wir decken die Ziegeln dort unten ab«, flüsterte sie den Männern zu, und sie rutschten behutsam über das Dach. Jedes Schaben, jedes Knacken oder Klirren würde den Herrscher aufmerksam machen.

Sie mussten die Gefahr eingehen, dass das Wasser entdeckt wurde, und schufen ein Loch, das breit genug war, um sie hindurchzulassen; einer nach dem anderen glitt ins Innere der Halle. Nur der Spieß, den Ahmat gegen Drachen nutzte, blieb zurück. In einem Gebäude taugte die vier Meter lange Waffe nichts.

Silena kam als Letzte und landete neben Ahmat auf dem Dachboden. Es roch nach Büchern und trockenem Holz, nach Kohlefeuer. Die Rollen und Tontäfelchen, die in Regalen lagerten, waren von einer Schicht Staub bedeckt. *Das Archiv der Bibliothek.* Gedämpfte Gespräche drangen zu ihnen herauf. Das Chinesische war zu fremd, als dass sie etwas aus den Fetzen hätte ableiten können. *Wir hätten Zhiao mitnehmen sollen. Wer weiß, worüber sie sprechen? Er hätte uns helfen können. Und sich opfern.* Sie sah auf ihr Amulett. Der Splitter leuchtete noch nicht, und ihre Zweifel erhielten neue Nahrung. *Wirkt er überhaupt bei asiatischen Drachen?*, durchfuhr es sie.

Ahmat bedeutete ihr, den Ort nicht zu verlassen. Er und die

Drachenheiligen schlichen sich den Dachboden entlang bis zu einer Treppe; vorsichtig gingen sie die Stufen hinab.

Das hättet ihr gern. Ich lasse mich nicht abhängen. Silena kroch nach vorne, wo sie eine zweite Luke entdeckt hatte. Von dort konnte sie die Halle einsehen.

Pŭ Yí saß mit dem Rücken zu ihr an seinem Schreibtisch. Sie erkannte zwei Beamte, die neben ihm standen und ihm auf seinen Zuruf Papierrollen anreichten, die er auseinanderzog, überflog und auf den Tisch legte.

Er sortiert die Berichte. Sie suchte nach Anzeichen bei ihm und den Männern, ob sie ahnten, was geschehen würde, und ob sie den Attentätern eine Falle bereitet hatten. *Entweder sie können sich gut verstellen, oder sie wissen wirklich nichts.*

Ihr fielen die langen Fingernägel auf, die an Krallen erinnerten, aber dabei äußerst gepflegt waren. Gelegentlich wandte Pŭ Yí sich an einen der Beamten, und sie sah sein Profil: ein ganz normaler junger Mann, an dem sie nichts Ungewöhnliches erkannte. Er hatte kein kantiges Gesicht, weder war es ausdrucksstark noch energisch. Aber hinter den dicken Brillengläsern loderten Energie und Kraft in seinen Augen.

Silena blickte auf ihren Talisman. Jetzt leuchtete er. Nicht grell, jedoch sichtbar. Der Splitter schimmerte zaghaft, flackerte, als wäre er selbst nicht sicher, was er spürte. *Im Herzen ein Drache, nach außen ein Mensch. So hatte es Zhiao ausgedrückt,* dachte sie erleichtert. Einer ihrer Zweifel hatte sich in Luft aufgelöst.

Sie kannte Drachen, die ihre Gestalt änderten, aber bei dem Herrscher über das Reich des Drachen verhielt es sich offenkundig anders. Das machte auch ihrem Anhänger zu schaffen. *Dabei sieht er wirklich harmlos aus. Aber Pŭ Yí ist in seinem Innern ein Nie-Lung, ein Drachenfresser und boshafter Drache.*

Ahmat hatte ihr klargemacht, dass sie warten sollte. Sie wusste, dass sie das nicht vermochte. Sie war die Nachfahrin des heiligen Georg – wie hätte sie da ruhig bleiben und sich zu einer Zuschauerin degradieren lassen können?

Silena stand auf und ging geduckt die Stufen nach unten.

Pŭ Yí bearbeitete eine Rolle nach der anderen, der Stapel wurde kleiner und kleiner.

Wo bleiben sie? Wir haben nur noch zwanzig Minuten. Unter Silenas rechtem Fuß ächzte die Stiege leise, und sie blieb stehen. *Verdammt!*

Die Beamten kümmerten sich nicht darum, die Hand des Drachenkaisers verharrte kurz, die Fingernägel schimmerten matt im Licht der Lampen, aber er wandte sich nicht ihr zu. Gleichmäßig arbeitete er weiter.

Silena gelangte an den Fuß der Treppe und begab sich in den Schutz einer Säule. Sie sah Pǔ Yí, der keine zehn Meter von ihr entfernt lesend auf einem Stuhl saß. Ihre Unruhe wuchs und wuchs.

Da schwang sich Ahmat über die Brüstung des obersten Stockwerks. Im Flug holte er Schwung und schlug nach dem Drachenkaiser. Mit den Füßen landete er genau auf dem Schreibtisch.

Pǔ Yí stieß sich vom Tisch ab, der Stuhl kippte, und er rollte sich über die Schulter ab, um gleich darauf auf den Beinen zu stehen.

Doch hinter ihm kamen Ademar und Donatus zum Vorschein, die sich über die zweite Treppe angeschlichen hatten. Sie attackierten ihn gleichzeitig mit ihren Schwertern. Als sich der Drachenkaiser zu ihnen umdrehte, sprang Brieuc von der Balustrade und landete in seinem Rücken, um sofort mit dem Zweihänder zuzudreschen – die lange, schwere Klinge zielte auf den Hals.

Sie lassen Ahmat wirklich allein die Beamten ausschalten! Silena wollte ihr Versteck verlassen, als ihr Amulett aufleuchtete, und das mit einer gleißenden Helligkeit, wie sie es bei der Schlacht am Triglav zum letzten Mal erfahren hatte.

Das Getrappel der Füße auf dem Holz, das Surren der Klingen, gelegentlich ein Keuchen aus dem Mund der Kämpfenden, das Rascheln von Stoff – noch war kein einziger Schrei ausgestoßen worden, die Gefechte verliefen absolut schweigend, was Silena verwunderlich fand. Sie hätte angenommen, dass wenigstens einer der Bediensteten die Wachen vor dem Tor alarmiert hätte. *Sie glauben sich sicher, weil sie nicht ahnen können, dass wir die Legende vom Schutzzauber kennen.*

Ahmat befand sich im Kampf mit den beiden Chinesen. Er schlug und griff mit übermenschlicher Geschwindigkeit an, die er der Substanz verdankte, die Nitokris ihr in Hamburg gezeigt hatte. Aus was auch immer sie bestand, sie wirkte.

Silena konnte ihren Augen kaum trauen: Die Chinesen bewegten sich ebenso schnell wie er! *Er braucht meine Hilfe.* Sie kam aus ihrem Schutz und eilte zu ihm. Auf dem Weg dorthin sah sie rasch zu Brieuc und Pǔ Yí.

Der Drachenkaiser war unter dem Zweihänder abgetaucht, griff über sich und umfasste die Klinge, die er nach vorne stieß und dem heraneilenden Ademar durch die Brust rammte! Der Drachenheilige war zu schnell gewesen, um vor der Spitze innehalten zu können; röchelnd stürzte er aus vollem Lauf und riss Brieuc die Waffe dabei aus den Händen.

Pǔ Yí trat lachend schräg hinter sich, die Ferse krachte Brieuc unters Kinn und schleuderte ihn mehrere Meter durch die Luft. Er schlug auf dem Schreibtisch auf, die Platte brach unter dem Gewicht zusammen.

»Vergehe, Drache!« Donatus hatte die ersten Worte seit Beginn des Kampfes voller Hass gerufen. »Bei meinem heiligen Ahnen und der Macht meines Glaubens!« Er hielt zwei Schwerter in der Hand und schlug nach dem Herrscher.

Pǔ Yí breitete die Arme aus, hielt die Enden seines Gewandes gefasst und drehte sich rasend schnell um die eigene Achse, bog den Oberkörper und erinnerte dabei an einen Kreisel. Der weite, weiche Stoff fing die Schneiden ab und wickelte sich darum. Donatus wurde ein Schwert entrissen, das plötzlich der Kaiser in der Hand hielt und gegen ihn reckte. Eine Hand legte er provozierend auf den Rücken und umkreiste den Drachenheiligen lächelnd.

Ahmat kann ihn besiegen, niemand sonst. Wir sind zu langsam. Silena konnte nicht länger zuschauen, sondern musste sich um ihre Feinde kümmern.

Die Beamten hatten Dolche aus den Falten ihrer Kleidung gezogen und lieferten sich vor dem Eingang in die Halle der Geistespflege ein rasantes Gefecht mit dem Ägypter.

»He«, machte Silena auf sich aufmerksam, um Ahmat zu entlasten und ihm die Möglichkeit zu geben, Pǔ Yí zu attackieren. »Hier ist noch jemand, der euch die Stirn bietet!«

Ein Chinese wirbelte herum und schwang die Dolche mit unglaublichem Tempo, bevor er auf sie eindrang.

Als der Mann auf sie zugesprungen kam, veränderten sich seine

Züge. Sie wurden spitzer, schlangenhafter, und Schuppenplättchen sprossen aus der Haut. Eine gespaltene violette Zunge schnellte aus dem Mund, und die Pupillen waren plötzlich geschlitzt. Der Drache in dem Mann war zum Vorschein gekommen.

»Es wird dich nicht vor mir retten«, sagte sie entschlossen und parierte den ersten Angriff.

19. Januar 1927, Freie Hansestadt Hamburg, Deutsches Kaiserreich

Grigorij schlenderte auf das Haus zu, auf dem ein Klingelschild mit drei Knöpfen neben dem Eingang angebracht war: Privatmuseum für ägyptische Kleinodien, Doktor Harthans, eine Familie namens Ratebeker. *Ich bin richtig.*

Er hatte bei den *Skyguards* nachgefragt, wo man seine Frau zuletzt gesehen habe. Die Adresse und die Menschen, die sie in Hamburg getroffen hatte, waren ihm am ungewöhnlichsten vorgekommen.

Noch immer bewegte sich Grigorij allein umher, ohne eigenes Luftschiff und Begleiter. So konnte er am besten in der Menge untertauchen. Wenigstens seine Garderobe hatte er sich gegönnt: einen schwarzen Anzug mit einem weißen Hemd und gebundenem Halstuch, darüber einen Mantel mit Pelzkragen und schwarzem Zylinder auf den schwarzen Haaren. Im Gehstock verbarg sich nach alter Tradition ein Degen, unter seiner linken Achsel und auf dem Rücken trug er Pistolen in Holstern.

Die rot gefärbte Sonnenbrille trug er, weil seine Augen durch den anhaltenden Haschischkonsum sehr empfindlich gegen Helligkeit geworden waren. *Es geht nicht anders, sonst taugt meine Gabe nichts. Du wirst wieder davon loskommen*, sagte er sich. *Von den Drogen und vom Alkohol.* Grigorij drückte alle Knöpfe auf einmal und pochte mit dem massiven Gehstockknauf gegen die hohe Tür, bis sie sich öffnete.

Er sah in das Gesicht einer ausländisch wirkenden Frau, die schwarze, gelockte Haare hatte und ihn an eine Orientalin erinnerte. Sie trug einen weißen Kittel, der ihren dunklen Teint betonte. *Das Gesicht Ägyptens.* Er tippte sich an die Zylinderkrempe. »Guten Tag, schöne Frau. Ich hätte ein paar Fragen zu stellen. Ist der Leiter des Museums hier?«

»Nein.« Sie zeigte auf die Telefonnummer auf dem Schild. »Rufen Sie dort an und ...«

Grigorij setzte ihr die Spitze des Gehstocks gegen das Brustbein und schob sie nach hinten. »Dafür habe ich keine Zeit. Vielleicht wissen *Sie* etwas: Ich suche meine Frau. Sie heißt Anastasia Zadornva und wurde bei Ihnen oder zumindest in diesem Haus gesehen.« Er trat ins Treppenhaus und drückte die Tür mit dem Absatz zu. »Leída Havock und sie haben sich mit ein paar Leuten unterhalten, und danach verliert sich die Spur.«

»Ah, *Sie* wollen der Fürst sein, dessen Zeppelin man abgeschossen hat«, sagte die Frau abweisend. »Ich dachte, Sie sind tot?« Sie sah nicht so aus, als glaube sie ihm seine Geschichte. »Verschwinden Sie, bevor ich die Polizei rufe!«

Er grinste wie ein hungriger Dämon. »Denken Sie, dass Sie bis zu einem Telefon gelangen?« Dabei hatte er beide Hände auf den Knauf gelegt, senkte den Kopf, sodass sich Schatten um seine Augen legten. »Ich mag auf Sie womöglich einen kultivierten Eindruck machen, meine Dame, doch die Sorge um meine Frau wird mich viele Dinge tun lassen, die Ihnen mehr als *einen* Schrecken einjagen.«

Sie schluckte verunsichert. »Wie soll ich Ihnen glauben, was Sie sagen? Sie kommen einfach so ungebeten in das Haus und überfallen mich regelrecht. Wo sind Ihre Leute, wenn Sie doch mit den *Skyguards* oder den *Havock's Hundred* zusammenarbeiten? Warum hat Sie Mrs. Havock nicht begleitet?«

»Sie lesen keine Zeitung, ist das möglich? Mrs. Havock ist unpässlich. Selbst wenn Sie etwas wüsste, könnte Sie mir nicht helfen.« Er hob den Stock. »Da Sie ja Bescheid zu wissen scheinen, können Sie mir freundlicherweise Auskunft geben.« Er kam auf sie zu und zog die Sonnenbrille ab. Grigorijs blaue Augen suchten ihren Blick und hielten ihn gefangen. »Ihren Namen hatte ich vorhin nicht verstanden?«

»Ich bin Nitokris«, antwortete sie gegen ihren Willen und war von der Art des Mannes sichtlich beeindruckt. Er wusste, was mit ihr geschah: Sie konnte ihm nicht ausweichen und musste in das Ozeanblau schauen, in dem eine schwarze Insel schwamm, auf die ihr Verstand zu stürzen schien, je länger sie darauf blickte.

Grigorij lächelte. *Du kannst dich nicht wehren.* »Nitokris«, sagte er mit seiner Bassstimme. »Sagen Sie mir, wohin meine Frau wollte. Oder geben Sie mir einen Hinweis, wohin sie gegangen sein könnte.«

Die Ägypterin sah ihn an wie ein Kaninchen die Schlange, unfähig, sich zu rühren. »Ich weiß nicht, wo sie oder Ahmat ist. Sie sind zum gleichen Zeitpunkt verschwunden. Er hat mir eine Nachricht zukommen lassen.«

»Wie lautete diese Nachricht, Nitokris?«, brummte er leise, absichtlich die Anrede wechselnd. »Erzähle es mir. Ich bin dein Freund, du kannst mir vertrauen.«

Sie schluckte, wankte. Die Muskeln und Sehnen des Halses zuckten, sie wollte den Kopf drehen, aber ihr gelang es nicht, den Blick von seinen Augen abzuwenden. »Ein Chinese … hat sie mir überbracht. Darin stand, dass es … ihm gut gehe und dass er seine Ausrüstung brauche.«

»Welche Ausrüstung?«

»Um große Schlangen zu vernichten … große, alte Drachen.«

»Der Chinese hat sie abgeholt und ist damit verschwunden.«

»Ja«, sagte Nitokris schleppend. »Er hat kein Wort mit mir gewechselt, aber er roch nach Fisch. Ich denke, er arbeitet im Hafen.«

Einen Chinesen im Hamburger Hafen ausfindig zu machen, das stellte sich Grigorij als nicht ganz trivial vor. *Die Nachricht!* Mit Hilfe des Zettels würde er mehr über den Schreiber oder den Überbringer herausfinden. »Bring mir den Zettel, auf dem Ahmat dir seine Botschaft notiert hat, Nitokris.«

Sie nickte und schritt in Trance die Stufen zur Arztpraxis hinauf. Er verfolgte sie, um in ihrer Nähe zu bleiben, falls er den Bann des Willens auffrischen müsste. Ständig sprach er sie an, lobte sie oder redete, damit seine Stimme ihren Verstand überlagerte und er die Kontrolle behielt. Ihn beruhigte, dass es ansonsten ruhig im Haus blieb. Er würde nicht zögern, die Pistolen zum Einsatz zu bringen, aber nur, wenn es sein musste. *Niemand stellt sich zwischen Silena und mich.*

Noch konnte er die Geschichte, die ihm Nitokris erzählt hatte, nicht einordnen. War seine Gattin mit einem anderen Drachenjäger losgezogen und in Schwierigkeiten geraten? Der Chinese wurde zu einem bedeutenden Schlüssel.

Nitokris musste suchen, bevor sie den Zettel in den Fingern hielt und ihn auf den Tresen legte. »Das ist er«, krächzte sie, ihre Hände ballten sich zu Fäusten; ihr Widerstand wuchs.

»Stell dich in die Ecke und schlafe, Nitokris, bis ich dich rufe«, befahl er ihr, und die Frau tat es wirklich. Der Kopf senkte sich, das Kinn sank bis fast auf die Brust. Grigorij zog den rechten Handschuh aus und legte ihn auf den Zettel. *Zeige dich, Verborgenes!* Dann ließ er seinen hellseherischen Kräften freien Lauf.

In seinen Ohren pumpte es dumpf, es knisterte, und er sah Blitze, die Nitokris und das Vorzimmer verschwinden ließen. Daraus wurde ein Laden in der Speicherstadt, ein Kontor, das sich *DeJong Import* nannte. Ein Chinese in einfacher grauer Kleidung und einer Mütze auf den schwarzen Haaren saß dort und lud eine Rüstung mit ägyptischen Hieroglyphen in eine Kiste, auf der der »wool« stand.

Die Ansicht wechselte.

Ein Schiff war in einen Hafen eingelaufen, einen riesigen Hafen, in dem gleich darauf die Fracht gelöscht wurde. Die Sprachen, die durcheinanderschwirrten, klangen in erster Linie nach Chinesisch und Englisch.

Shanghai?

Es wurde vor seinen Augen kurz dunkel, und in der nächsten Sekunde schwebte er über einer gewaltigen chinesischen Stadt mit einer weiteren in ihrem Herzen. Bilder von Peking kannte er, und daher wusste er sofort, was ihm seine Hellseherei zeigte.

Sie sind im Reich der Mitte!

Er schwebte nach unten, senkte sich in einen verwinkelten, alten Bereich nieder und stieß durch ein Leinentuch in einen Hof hinab, auf dem sich Silena und ein Mann mit dunklerer Hautfarbe aufhielten; sie übten miteinander den Schwertkampf.

Grigorij erlaubte sich ein erstes Gefühl von Erleichterung. Dass seine Visionen in der Realität gelegentlich einen anderen Verlauf nahmen, verdrängte er. *Sie lebt! Und sie bereitet sich auf eine Auseinandersetzung vor.*

Er umrundete sie, merkte, dass seine Gemahlin mit dem Unbekannten lachte, als sei er ein guter Freund. *Mehr als ein guter Freund?* Die hellseherische Gabe ließ sich nicht kontrollieren, und so flog er auf Silena zu, durch sie hindurch, durch den Rücken und vorne wieder heraus. Während seines Flugs hatte er ein kleines Wesen in ihr zu sehen geglaubt. Ein Mädchen …

Sie ist schwanger!

Bevor er sich von der Überraschung erholen konnte, sah er sie mit einem weißen Schwert bewaffnet in einer herrschaftlichen Halle, die an einen Palast erinnerte, zwei Chinesen gegenüberstehen; beide trugen teure Seidengewänder in mehreren Schichten. Auf dem Boden lagen drei regungslose, schwarz gekleidete Männer neben ihren Eisenschwertern.

Schwarzer Nebel umspielte einen weiteren Chinesen, dessen Kleidung in Rot und Gold gehalten war, und aus dem Mann formte sich ein Drache, der die Klauen in Silenas Rücken schlug! Er hörte seine Gemahlin vor Qualen kreischen.

»Nein!«, schrie er entsetzt und streckte die Arme aus, um ihr beizustehen.

Einer der Chinesen drehte sich grollend zu ihm um und kam auf ihn zugelaufen. Auch er wurde von finsterem Dunst umhüllt und wandelte sich zu einem Drachen, der Grigorij mit weit geöffnetem Maul ansprang …

Der Schleier zerriss, und er befand sich wieder in der Gegenwart. Nitokris stand schlafend in der Ecke, den Kopf gegen die Wand gelehnt.

»Mein Gott«, stammelte Grigorij und fuhr sich über die Stirn. *Ich muss nach Peking. Wenn ich nicht rechtzeitig dort erscheine, stirbt sie. Und meine Tochter.* Er steckte den Zettel ein, sein Blick fiel auf das Telefon. *Ruhig! Triff Vorbereitungen, sonst wird die Aktion scheitern.*

Er hob den Hörer ab und ließ sich nach Bilston verbinden. »Litzow, machen Sie die *Lena* start- und gefechtsklar und bringen Sie die *Skyguards* nach London. Ich werde in knappen drei Stunden dort sein und zu Ihnen stoßen.« Er hörte, dass der Oberst einatmete, um eine Frage zu stellen. »Keine Zeit für lange Erklärungen. Tun Sie es!« Er legte auf und rannte zur Praxis hinaus – um im Treppenhaus einem älteren Ägypter gegenüberzustehen, der zur Eingangstür hereinkam.

»Halt!«, rief der Mann, ließ seine Aktentasche fallen und langte in seinen Mantel. »Was tun Sie …«

Du wirst mich nicht aufhalten! Grigorij zog blitzschnell seine Luger aus dem Achselholster und streckte ihn mit zwei Schüssen in die Brust nieder. Er hatte keine Zeit zu verlieren. Was sich ihm in den Weg stellte, das würde er wegräumen, um zu Silena zu eilen.

Er machte einen Schritt durch den Pulverdampf über den Ächzenden hinweg und eilte auf die Straße, die Waffe in der Halterung unter dem Arm verbergend. Niemand hatte die Schüsse gehört. Die Hamburger gingen an dem Gebäude vorüber, ohne zu ahnen, was sich soeben darin abgespielt hatte. *Ausgezeichnet*, dachte er grimmig und winkte sich ein Taxi herbei.

Mit dem Automobil ließ er sich zum Flughafen bringen. Die schnellsten Verbindungen nach London hatte er sich gemerkt, sodass es für ihn keine Schwierigkeiten bedeutete, die nächste Maschine zu erreichen.

Im Flugzeug sackte er in seinen Sitz. *Wenn ich nur schneller sein könnte!* Die Angst fraß ihn auf. Eine Stewardess kam und reichte ihm einen Gin, den er sofort annahm. Kalt schwappte das Getränk die Kehle hinab, und er orderte eine ganze Flasche. Er rief die Bilder seiner Vision ab, machte sich Skizzen auf der kleinen Serviette, um möglichst kein Detail zu vergessen.

Ich werde Vater, dämmerte es ihm, dieses Mal jedoch bewusster, als er auf die Zeichnung des kleinen Mädchens blickte, die er angefertig hatte.

Die Motoren dröhnten, die Maschine jagte über die Startbahn und schwang sich in die Lüfte, wie er am Rande mitbekam.

Einerseits freute er sich darauf, seinen Spross in den Armen zu halten und ihm jeden Tag mehr von der Welt zu zeigen. Doch er wusste zu genau, was ihm seine Hellseherei gezeigt hatte. *Mehr als die Vorfreude auf meine Vaterschaft wird mir nicht bleiben, wenn ich nicht rechtzeitig bei ihnen ankomme.*

Die Skizzen stellten ihn nicht zufrieden. Die Halle konnte überall sein, Paläste und Tempel gab es in Peking sicherlich mehr als genug. Die Kleidung der Chinesen konnte Aufschluss auf den Ort geben. *Konzentriere dich! Achte auf alles.* Schnell orderte er noch mehr Blätter, machte sich Notizen, vor allem zu den Einzelheiten, die er am Rande wahrgenommen hatte: *Bücher, mehrere Stockwerke, Drachenornamente auf den Stoffen …* Der Stift flog nur so über die Seiten.

Dabei nahm er einen Schluck Gin nach dem anderen und schüttelte sich. *Wie können Engländer so etwas nur trinken. Wachholder ist widerlich.*

Grigorij trank aus der Flasche, nahm die Nachricht des Chinesen wieder aus der Tasche seines Mantels. *Soll ich es noch einmal versuchen? Möglicherweise sehe ich dann mehr.*

XXII.

14. Januar 1927, nahe Wieden, Großherzogtum Baden, Deutsches Kaiserreich

»Volle Kraft voraus.« Leída hatte beschlossen, dass sie auf Zurückhaltung pfiff und mit der *Ramachander* gleich bis zur stillgelegten Silbermine fliegen würde.

So weit das Auge reichte, sah sie verschneite Tannen und die Berge des Schwarzwalds. Kleine Dörfer lagen pittoresk von Weiß umgeben, freie Straßen entdeckten sie keine. Menschen bewegten sich auf Skiern oder auf Pferdeschlitten durch den Schnee, Automobile würden nach einem Meter stecken bleiben.

Die Leute am Boden zeigten mit den Fingern auf das tief fliegende Luftschiff, dessen Gondel beinahe die Wipfel der Bäume berührte. Das gab es mit Sicherheit nicht alle Tage in dieser abgelegenen Region zu sehen. Noch dazu aus solcher Nähe.

Leída hatte sich für das riskante Manöver entschieden. Sie wollte beim Absetzen der Bodencrew keine Zeit mit langwierigem Sinkflug und dem Abblasen der Heliumkammern vergeuden. Voss hatte seine Leute sicher gewarnt, es musste daher schnell gehen.

Zudem boten ihnen die Berge Schutz vor Entdeckung aus der Ferne. Ihr gingen Litzows mahnende Worte nicht aus dem Kopf, der sie vor einem Angriff gewarnt hatte. Sie rechnete sekündlich mit dem Dröhnen der kaiserlichen Jagdflieger, die ihnen Voss auf den Hals gehetzt hatte. *Wenn sie kommen, werde ich mich verteidigen, auch wenn ich mir den Kaiser zum Feind mache.*

Noch blieben sie unbehelligt.

Die *Ramachander* passierte mit höchstmöglicher Motorenleistung ein großes Kloster. Die dröhnenden Rotoren schufen hinter sich einen Sturm, der den Schnee von den Ästen blies; die Flocken wirbelten hinter dem Luftschiff wie das Kielwasser hinter einem Frachter.

»Das Dorf Wieden müsste da vorne liegen.« Forrester, ihr erfahrenster Flugoffizier, zeigte auf die versprengten kleinen Häuser am steilen Hang. »Laut Karte geht eine Straße in …«, er hob das Fernglas, das er sich mit einem Riemen um den Hals gehängt hatte, »… ein kleines Seitental. Da ist es auch schon.« Er gab dem Steuermann neue Instruktionen, die *Ramachander* gehorchte den Lenkbewegungen.

Der Nadelwald war unglaublich dicht. Die schmale Straße und der daneben fließende Bach hoben sich als Schneise von den Bäumen ab. Sie sahen eine große, gerodete Fläche auftauchen, neben der sich ein Gerätehaus und eine Unterkunft befanden. Links dahinter befand sich der Eingang ins Bergwerk. Der Stollen war mit einem massiven Stahltor verschlossen, das Schießscharten aufwies.

Auf das Willkommen bin ich gespannt. Leída hatte auch diese Akten genauer studiert, nachdem die Wahl intuitiv auf Finstergrund gefallen war. Im alten und zugleich oberen Stollen hatten die Menschen im späten Mittelalter nach Silber- und Bleierzen gegraben. Ende des 18. Jahrhunderts war es ruhig um Finstergrund geworden, seit 1920 wurde von der Dorfgemeinschaft Flussspat abgebaut. Voss hatte sich im gleichen Jahr in die dörfliche Betreibergemeinschaft des Bergwerks eingekauft, nur um festzustellen, dass sich der Ertrag nicht lohnte und das Bergwerk dichtmachte. Die Einheimischen waren entlassen worden.

Dafür hattest du es aber verdammt eilig, den Berg in einen löchrigen Käse zu verwandeln. Leída überflog die Daten.

Nach den letzten geheimen Berichten hatten Voss' Leute ein Jahr nach der offiziellen Schließung begonnen, exakt strukturierte Tunnel mit einer Gesamtlänge von sage und schreibe zwanzig Kilometern zu graben und sie im Berg auf dreihundertsechzig Meter Höhe zu verteilen. Wer nach den Aktivitäten fragte, so hieß es in dem Bericht, bekam zur Antwort, dass es sich um Probegrabungen handelte.

Der unterste Stollen ist zuletzt angelegt worden. Sie las, dass die Höhe darin *wie verlangt* acht Meter betrug. *Sehr hoch für einen Abbau. Aber ich weiß, dass du Drachen versteckst.* »Fertig machen zum Angriff, untere Geschützausleger höchste Bereitschaft, Feuer nach eigenem Ermessen. Achtet auf die Schießscharten«, gab sie über Funk durch. »Obere Geschützkuppeln: Himmel beobachten, nicht feuern. Hangar: Unsere Doppeldecker sollen starten und uns den Rücken frei halten. Wenn kaiserliche Maschinen auftauchen, verscheucht sie und haltet sie beschäftigt, aber vermeidet es, sie abzuschießen.« Sie nickte Forrester zu. »Ihre Brücke. Ich muss ein paar Drachen töten gehen.«

Was gäbe ich dafür, wenn Cyrano hier wäre. Leída rannte durch die Gondel, bis sie in der Landebucht der Flugzeuge angekommen war. An langen Seilen surrten die achtzig Mann ihrer Einheit wie Tropfen an einer Schnur hinab, alle schwer bewaffnet und gepanzert, so gut es ging, um sich Menschen und Drachen stellen zu können.

Kaum verließ sie mit den Ersten die *Ramachander*, ratterten die Maschinengewehre der vorderen Kanzeln los und beharkten die sich öffnenden Schießscharten im Tor. Unter dem Schutz des Sperrfeuers landeten die *Havock's Hundred* auf dem Boden und rannten in die Deckung der Bäume, um sich in einem Bogen dem Eingang zu nähern.

Ein harter Job. Anders als sonst. Leída landete im Schnee und klinkte sich vom Seil aus. Rote Spuren zeichneten sich im Weiß vor ihren Stiefeln ab. Ihre Einheit hatte bereits die ersten Verletzten zu verzeichnen, obwohl sie noch nicht einmal ins Innere vorgedrungen war. *So ähnlich wird es im Weltkrieg gewesen sein.*

Sie befahl zwanzig ihrer Leute, den Schuppen auf Dynamit zu untersuchen. Sie hatten zwar Sprengstoff dabei, aber wenn der Gegner ihnen noch eigene Bestände lieferte, würde sie dies gern in Anspruch nehmen.

Die Schießscharten wurden wieder geschlossen. Die Projektile, die von der *Ramachander* herunterprasselten, zwangen die Verteidiger zum Abwarten.

Der Stoßtrupp brachte tatsächlich etliche Stangen Dynamit mit, die zwei ihrer Leute am Tor befestigten und unmittelbar danach zur Zündung brachten. Der Rest der Angreifer blieb hinter den Tannen in Deckung.

Die Druckwelle fegte das Weiß von den Ästen und überschüttete die Einheit damit. Leída spürte den gewaltigen Luftzug. Als sie um den Baumstamm herumsah, war das Tor nach innen gedrückt und an vielen Stellen gerissen, als wäre der Stahl dünnes, formbares Blech. Schon warf der Stoßtrupp Handgranten durch die Lücken.

Es krachte laut, und gedämpfte Schreie ertönten von der anderen Seite; rötlich graue Staubwolken wurden ins Freie gedrückt.

Alle vernahmen das weit entfernte Toben eines Drachen. Für Sekunden gefroren die *Havock's Hundred.*

Das muss ein gewaltiges Exemplar sein, das Voss in den Stollen gepfercht hat. »Los! Vorrücken!« Leída überwand ihre Starre und rannte mit Gewehr im Anschlag auf den Eingang des Stollens zu; die Männer des Stoßtrupps bildeten gemeinsam mit ihr die Spitze der Formation.

Jenseits des Tores herrschten Tod und Dunkelheit. Es roch nach rohem Fleisch und Feuer, nach Steinstaub. Die Lampen im vorderen Teil waren geplatzt, aber in zehn Meter Entfernung leuchteten die Birnen noch. Ihr Schein fiel auf die zerfetzten Körper der Männer, die sich hinter dem Stahl aufgehalten hatten. Wer das Dynamit überlebt hatte, war Opfer der Handgranaten geworden.

»Weiter!« Leída rannte vorwärts, schoss auf Feinde, die aus Seitengängen sprangen und das Feuer eröffneten. Auch wenn es Verwundete in ihrer Einheit gab, so kamen sie gut voran. *Es ist ein Verteilergeschoss,* dachte sie und teilte ihre Gruppe in Zehnerteams ein, die die kleineren Stollen erkunden sollten. Sie folgte dem Hauptgang.

Es wurde wärmer. Aus den anfänglichen Temperaturen knapp über null Grad wurden zwanzig und mehr. *Ideal für die Brut. Er züchtet noch mehr von diesen Bestien.* Leída sah ein Lorensystem parallel zum Stollen verlaufen, das jedoch hinter Gitter verfrachtet worden war. *Fütterungsvorrichtung.*

Wieder klang der erschütternde Schrei des Drachen, auf den aus verschiedenen Abzweigungen ähnlich laut geantwortet wurde.

Leída wurde unwohl. *Viel zu viele. Wir können unmöglich alle bekämpfen.* Pumpen gab es keine, die sie abstellen konnten, um die Bestien zu ersäufen. Die Lösung lag innerhalb von Sekundenbruchteilen auf der Hand: *Ich kann die Stollen zum Einsturz bringen. Dynamit haben wir genug.* Doch zunächst wollte sie die Erkundung fortsetzen.

Sie näherten sich einem zweiten Schott, das ebenfalls Schießscharten aufwies.

»Haltet euch in den Schatten«, konnte sie noch sagen, da flammten Scheinwerfer auf und beleuchteten sie. Luken klappten in die Höhe, dem Rattern nach waren es drei Maschinengewehre, die sie unter Feuer nahmen.

Hunderte Kugeln flogen durch die Luft und rissen drei ihrer Leute in den Tod, zwei weitere wurden verletzt.

Leída fackelte nicht lange. Das Dynamit wollte sie wegen der größeren Sprengwirkung nicht zum Einsatz bringen. Sie nahm eine Handgranate. »Ihr gebt mir Deckung, O'Malley schwingt seinen Hintern und tut so, als wolle er angreifen, und ich werfe das Baby«, befahl sie. Ihre Männer luden die Waffen durch.

»Wieso ich, Boss?«, sagte O'Malley wenig erbaut.

»Es heißt, dass das Glück mit den Iren ist. Du bist unser einziger Ire«, erwiderte sie. »*Jetzt!*«

O'Malley rannte, die anderen zwei gaben ihm Deckung, und sie warf…

Die eiförmige Granate flog, prallte an den oberen Innenrahmen der Luke, sprang gegen den rechten und wäre hinausgefallen – wenn die Gegner nicht hastig die Öffnung geschlossen hätten. Somit zogen sie den Sprengkörper zu sich hinein. Es rumpelte kurz, Staub rieselte auf Leída herab.

»Zum Tor.« Sie hetzte geduckt bis zum Schott und nahm die nächste Handgranate. Als sich die Abdeckung der rechten Schießscharte wieder nach vorn schob, zog sie den Zünder und wartete drei Sekunden, dann stopfte sie sie blitzschnell hinein.

Ein Schreckensschrei ertönte von der anderen Seite, der in der Detonation unterging. Klickend schloss sich die Öffnung.

Auch wenn sie alle Drachenanbeter ausgeschaltet hatten, blieb das Tor verschlossen.

»Was jetzt, Boss?«, fragte O'Malley.

Leída sah sich um und dachte nach. *Improvisiere!* Sie zeigte auf die Loren. »Schmeißt Steine rein, damit sie schwerer sind, und dann rammen wir uns den Weg frei.«

Ihr Plan wurde sogleich in die Tat umgesetzt. Beim vierten Anrennen sprang das Tor auf, und sie stürmten den Raum dahinter.

Die Kammer war voller Blutspritzer an den Wänden und roter Lachen am Boden. Zehn bis an die Zähne bewaffnete Wächter lagen tot oder schwer verletzt umher und leisteten keinerlei Widerstand mehr. Wieder hatten die Handgranaten ganze Arbeit geleistet.

Das zweite Schott haben sie mit Sicherheit nicht zum Spaß gebaut. Vielleicht hat die Brut einen besonderen Raum bekommen? Irgendeine besondere Drachenart? Leída genau gegenüber befand sich ein weiteres, acht Meter hohes Tor. Zwei mannsgroße Kurbeln waren in der Felswand an einer gemauerten Stelle eingelassen. Auffallend war, dass sich überall Kübelspritzen, Löschdecken und Eimer mit Sand in Regalen befanden.

»Wen erinnert es noch an eine Schleuse?« Sie bewegte sich behutsam zum vorderen Schott. »Dynamit vorbereiten.« Sie hängte sich das Gewehr auf den Rücken, ihre breiten Hände schlossen sich um die Kurbeln, und sie tat einen Probeschwung. Die Mechanik war leichtgängig. Leída tippte auf eine Hydraulik, die damit bedient wurde.

Sie kurbelte schnell, kraftvoll, und das Schott öffnete sich zu ihrer Überraschung wie eine Kameralinse. Warme Luft strömte heraus, und es roch schon wieder nach Reptilienhaus.

Da sie das Rad drehte, sah sie nicht, was sich vor ihnen auftat. Die überraschten Gesichter der Männer waren ihr jedoch Anzeichen genug, dass es sich um etwas Beeindruckendes handeln musste.

»Boss!«, sagte O'Malley perplex. »Boss, das ...« Er hob die Hand und zeigte nach vorn.

Keine Brut? Leída ließ von der Kurbel ab und schaute hindurch.

Vor ihnen befand sich ein Felsendom, dessen oberes Ende sie nicht sehen konnten. Er war wie eine Glocke geformt und hatte geschätzte einhundert Meter Durchmesser. Am Boden hatten die Arbeiter unterschiedlich hohe Steinfragmente stehen lassen, auf denen Drachen saßen. Einige hatten ihre Schwingen ausgebreitet, andere eng an den Körper gelegt und die Augen geschlossen, um zu dösen. Drei andere Exemplare flogen umher und absolvierten kunstreiche Flüge, um sich in kleinen Höhlen in den Wänden des Doms niederzulassen.

»Eine Drachenvolière mit Wänden aus Stein!« Leída konnte nicht anders, als ebenfalls mit offenem Mund zu staunen. *Das ist eine architektonische Meisterleistung.* Ihr fiel ein, dass im Bericht an Voss von mehr als dreihundert Meter Höhenunterschied die Rede gewesen war. Die Drachenanbeter hatten die fliegenden Geschuppten hierher gebracht, damit sie sich bewegen und ihre Muskeln stark halten konnten. Der Schleuse selbst war ein Stahlkäfig vorgebaut worden, sodass die Drachen nicht bis an das Tor gelangten.

»Wie alt sind diese Viecher?« O'Malley zählte mit den Fingern. »Ich komme auf siebzehn Stück.«

»Neunzehn«, verbesserte ihn Richards. »Da oben sitzen noch zwei.«

»Der Größe nach zwischen vier und dreißig Jahren«, sagte Leída und beobachtete die Flüge. »Sie sind friedlich. Sie wissen, dass die Menschen hier keine Gefahr für sie sind und sie von ihnen zu fressen bekommen.« *Hier muss die Hauptsprengung erfolgen.* Sie zog ihren Rucksack aus und nahm das Dynamit hervor. »Alle Stangen zu mir. Wir bauen ein großes Päckchen und bringen den Berg zum Einsturz.« Sie sah zu den Männern. »Ihr rennt zurück und sagt den anderen Bescheid. O'Malley, du kommst zurück und meldest mir, wenn alle draußen sind. Ich will, dass sie den Hauptstollen ebenfalls mit unseren Knallzigarren pflastern. Der Druck wird reichen, dieses Labyrinth einzureißen. Einen Kampf gegen sie können wir nicht gewinnen.« Leída sah ihren Gesichtern an, dass sie der Prämie nachtrauerten. »Hey! Der Kaiser kann uns schon für die ganzen Drachen von Palmnicken nicht bezahlen, so viele waren das. Meint ihr, die hätten Geld für die Flugbestien übrig? Und jetzt verschwindet.«

Die Männer nickten und rannten durch den Stollen zurück.

Leída bereitete das Dynamit für die Zündung vor. Trotz des sich abzeichnenden zweiten Erfolgs fühlte sie sich unzufrieden. Noch immer hatten sie keine Hinweise auf Silena gefunden, Voss war ebenfalls nicht hier. Sie rannten dem Magnaten hinterher, anstatt ihm zuvorzukommen. *Ewig kannst du mir nicht entwischen. Ich finde dich, Fettsack.*

Sie band zwei Dutzend Stangen zusammen und betrat den

Käfig, der in den Felsendom führte und sie vor den scharfen Zähnen der Drachen schützte.

Wo deponiere ich das Paket? Effektiver wäre es, wenn sie den Sprengstoff in eine der unteren Höhlen schaffen könnte. Der Abstand zwischen den Stäben reichte aus, einen Menschen passieren zu lassen. Der nächste Riss im Gestein lag fünfzig Meter davon entfernt. Dorthin könnten die Stangen passen und nach ihrer Zündung eine Kettenreaktion auslösen.

Bekommen die Drachen mit, was ich vorhabe, werde ich von ihnen auseinandergerissen. Der Vorteil für Leída war, dass junge Drachen in etwa die Intelligenz von Raubtieren hatten und nicht in der Lage waren, umfassende Gedankengänge zu vollziehen. Sonst wäre sie keine zwei Meter mit der Bombe gekommen. Sie warf das Bündel mit einer Hand hoch und fing es auf. *Zünde ich die Bombe hier, bleibt diese Volière unter Umständen stehen oder bricht auf, und die Geschuppten entkommen.*

»Mrs. Havock, ich an Ihrer Stelle würde das Dynamit hinlegen«, sagte eine bekannte Stimme in ihrem Rücken. »Sollten Sie sich jetzt schnell bewegen, jage ich Ihnen eine Kugel in den Rücken. Das macht mir keine Schwierigkeiten.«

Leída behielt die Stangen in der Hand und drehte sich zu dem Mann um. Er steckte in einem dunklen Geschäftsanzug mit weißer Krawatte, als müsse er gleich zu einer Vorstandssitzung erscheinen; die Schuhe glänzten frisch poliert. Er hielt eine MP18 in der Hand. *Das Wiedersehen hätte anders laufen sollen.*

»Voss, du widerliches Stück Scheiße«, sagte sie. »Wir haben dich durchschaut und auffliegen lassen. Der Kaiser weiß Bescheid. Wir haben ihm die Beweise gebracht.« Sie lächelte und warf das Dynamit hoch, fing es auf, warf es hoch, fing es auf. »Deine Täubchen lernen gleich das beschleunigte Fliegen.«

Voss zielte auf sie. »Gibt es irgendeinen Grund, warum Sie mich duzen, Mrs. Havock?«

»Man dürfte dich gar nicht ansprechen, Voss.« *Soll ich das Bündel zünden?* Leída wusste nicht, ob sie darauf vertrauen sollte, dass O'Malley zurückkehrte. »Wie bist du hierhergekommen?«

»Raten Sie, Mrs. Havock. Finden Sie die richtige Antwort, werden Sie einsehen, dass Sie die letzte Ihrer Einheit sind. Der Kaiser war so frei und gab mir ein paar Leute mit, um Sie aufzuhalten. Ihre Beweise haben ihn wohl nicht erreicht.« Voss lächelte herablassend. »Nenne ich Sie nun *Havock's One and Only*?«

Leída fürchtete das Schlimmste für die *Ramachander* und ihre Leute. *Es ist nur Gerede, lass dich nicht blenden. Er will, dass ich aufgebe.* »Da ich allein bin, welchen Grund hätte ich, Rücksicht auf mein Leben zu nehmen?«, erwiderte sie. »Ich zünde das Dynamit und nehme euch alle mit, Voss. Was hältst du davon?«

Er schoss ihr in den Arm, mit dem sie das Bündel hielt; schreiend ließ sie die Stangen fallen. Sie krümmte sich, ächzte und hielt die Wunde umfasst. »Nichts.« Langsam kam er auf sie zu, achtete auf jede ihrer Regungen. »Außerdem wollte ich Sie vor einem Fehler …«

Leída verbog sich nicht nur wegen der Pein in ihrem blutenden Arm. Sie griff mit der anderen Hand heimlich unter ihre Jacke und packte ihre Luger. Ohne genau zu zielen, schoss sie durch den Stoff hindurch mehrmals nach dem Mann.

Sie traf ihn zweimal in die Schulter, und er fiel wie ein dicker Käfer auf den Rücken. Er löste dabei die Maschinenpistole aus, die Kugeln surrten als Querschläger durch die Kammer. Mehrmals gab es metallische Geräusche, wenn die Projektile gegen Stahl prallten. Drachen fauchten in der Höhle laut auf.

Du bekommst mich nicht! Leída warf ihre leer gefeuerte Pistole weg und zog ihre zweite, schoss weiter auf den Magnaten. Sie stanzte ein Loch in seinen rechten Fuß, in den Oberschenkel, traf ihn in den Unterleib, und als er sich zur Seite drehte, zerfetzten zwei Geschosse den feisten Hals; gurgelnd zuckte Voss nach hinten.

Aus dem Gang hörte sie Stimmen und sah Soldaten, die nicht die Uniform der *Havock's Hundred* trugen.

Die Entscheidung war für sie gefallen. Lebend würde sie so oder so nicht mehr aus der alten Mine gelangen. *Ich mache dem ein Ende.* Leída lief an dem toten Voss vorbei und feuerte ihm noch einmal aus Wut in den Bauch, dann schloss sie die Außentür der Schleuse. Beinahe wäre sie von den ersten Schüssen getroffen worden.

Sie bemerkte, dass sich mehr Drachen als vorhin in der Luft befanden. Fauchend flogen die Geschuppten durcheinander. *Ich muss es wagen.* Leída nahm die MP18, hing sie sich mit dem Gurt um und wechselte das Stangenmagazin. Mit dem Dynamitpaket lief sie in den Felsendom; dabei benutzte sie die Felsenfragmente als Deckung und rannte dicht an der Wand entlang.

Die Drachen bemerkten sie. Spielerisch stießen sie auf sie nieder und drehten wieder ab, zwei Klauen verfehlten sie um Haaresbreite. Von der Gefahr für ihr Leben ahnten sie nichts.

Sie erreichte den Riss mit klopfendem Herzen und zwängte die Stangen hinein, verband mehrere Zündschnüre hintereinander, damit sie Zeit genug hatte. Ihr Plan: Sie wollte in die Schleuse gelangen und darin abwarten, was nach der Detonation geschah. *Mit etwas Glück überlebe ich.* Sie zückte ihre Streichhölzer und steckte die Schnur an. Funken schlagend brannte die Lunte.

Leída rannte zurück und sah dabei zu den Drachen.

Die Geschuppten auf den Fragmenten äugten geiergleich zu ihr herab. Einer davon sah zum Riss, aus dem der Rauch der Zündschnur drang. Er stieß einen lauten Schrei aus und schwang sich in die Luft.

Er wird doch nicht verstanden haben, was geschieht? Leída zog die MP18 vom Rücken nach vorn und feuerte nach dem Ungeheuer; unterarmlanges Mündungsfeuer zuckte vor der Waffe. »Hey! Hier, ich bin der Feind!«

Der Drache grollte und beschrieb eine enge Kurve, um mit ausgestreckten Krallen auf sie zuzuschießen. Weitere Geschuppte stürzten sich zischend und fauchend auf sie. Das Spiel war vorüber.

Die Bestien haben nur auf ein Zeichen gewartet! Leída presste sich dicht an eine Felswand und warf sich flach auf den Boden, als der erste Drache heran war. Er verfehlte sie knapp, streifte den Stein und überschlug sich im Flug, um mit einem zweiten zu kollidieren. Sie stolperte fluchend weiter und sprang in den rettenden Stahlkäfig vor der Schleuse.

Sie spürte die Erschütterung, als eine Bestie dagegenprallte und aufkreischte. Sie zog die Beine an und kroch auf den Eingang zu. *Gut, dass sie unerfahren sind.* Leída schaute keuchend über die Schulter.

Die Drachen zerrten mit vereinten Kräften an den Stäben und rissen sie aus dem Beton. Es dauerte ein paar Sekunden, und das

Loch war bereit genug, um den Kleinsten von ihnen durchzulassen. Sie schnappten und geiferten, schoben und drückten sich gegenseitig, um zur Beute zu gelangen.

Leída sah zu den Kurbeln. *Ich muss …*

Dann gingen die Dynamitstangen hoch.

Die Explosion fegte die Drachen, die sich auf den Felsennadeln niedergelassen hatten, davon, und die Bestien in der Luft wurden gegen die Wände geschmettert. Die Sprengung blies unzählige Steinchen aus der Höhle, Hunderte von Geschossen, die gegen die Geschuppten prasselten und sie verletzten. Eine Staubwolke quoll in die Glocke hinein und breitete sich nach allen Seiten aus.

Leída sah kaum mehr, was sich in dem Dom tat. Zwei Drachen hatten sich durch den Käfig geschoben, züngelten und krochen fauchend auf sie zu.

»Fresst den Fettsack«, schrie sie ihnen entgegen und tauschte das Magazin gegen ein volles aus. Sie ignorierte die Schmerzen in ihrem Arm, so gut es ging, das Adrenalin half ihr dabei. »Verzieht euch in die Höhle und verreckt mit den anderen Monstern!« Sie ging weg von der Leiche.

Einer schnappte sich Voss und riss ihm den Unterschenkel ab, kaute und grollte warnend in die Richtung des anderen. Daraufhin kam er auf Leída zu.

Sie hob die MP18, visierte die Nüstern an. Sie hatte nur eine Chance, wenn sie ins geöffnete Maul feuerte, wo der Drache keine Panzerung besaß. »Zeig mir die Zähne«, murmelte sie. »Schrei mich an, komm schon!« Sie holte tief Luft. »*Schrei mich an!*«, brüllte sie.

Aus der gewaltigen Kuppel vernahm sie lautes Knirschen. Der Berg hatte seine Stabilität verloren, der Felsendom brach allmählich in sich zusammen. Eine Wolke aus Staub rollte heran und füllte auch die Kammer, biss in den Augen.

»Leída?«

Sie hatte auf den Drachen angelegt und blinzelte. »Was?«

»Leída! Du bist es!« Zwei smaragdfarbene Punkte leuchteten in dem Dunst hinter dem Drachen auf, der sie bedrängte. »Wie hast du mich gefunden?«

Der Geschuppte fuhr herum und biss nach den Smaragden.

Zwei kräftige, graue Hände stachen aus der Staubwand hervor. Sie packten Schnauze und Unterkiefer und rissen sie mit einem Ruck auseinander, es krachte und knackte laut. Der Geschuppte schrie gequält auf; ein Blutschwall ergoss sich aus dem Maul. Zuckend brach er zusammen.

»Cyrano?« Leída starrte in den nebelhaften Dreck. »Cyrano!«

Der über zwei Meter große Gargoyle, eine Mischung aus Mann und Albtraumwesen, schob sich auf sie zu und schloss sie zärtlich in die muskulösen Arme. »Hier bin ich. Rechtzeitig, um dich zu retten, meine Liebe.«

Leída wusste nicht, wie sie reagieren sollte. Gefahr, Liebe, Freude, Angst gaben ihr verschiedenste Impulse, und so umarmte sie ihn einfach und vergaß für Sekunden, wo sie sich befand und dass sie ein Loch im Arm hatte. »Ich habe dich wieder!«

Cyrano schob sie sanft von sich. »Wenn wir uns behalten wollen, müssen wir raus! Es stürzt alles ein.« Er öffnete das Stahlschott, das in den Gang führte.

»Nein! Da sind Voss' Leute!«

»Es ist unser einziger Ausweg«, unterbrach er sie. »Ich kann dich nicht durch den Staub tragen, Leída. Ich muss sehen, wohin ich fliege.«

Sie nickte, hob eines der schweren Maschinengewehre auf und lud es durch. Das Trommelmagazin war zur Hälfte gefüllt. Den Tragegurt legte sie sich so um, dass sie das Gewehr einhändig bedienen konnte. »Das sollte genügen, um Eindruck zu machen«, sagte sie entschlossen.

Der Stollen war leer. Die Männer hatten den Rückzug angetreten.

Der Gargoyle und die Frau rannten den verlassenen Gang entlang, der vom Dröhnen der unterschiedlichsten Drachenstimmen erfüllt war. Offenbar saßen die Geschuppten fest. *Gut. Sie können ihrem Verderben nicht entkommen*, dachte Leída.

Leider musste sie auch über viele Tote steigen. Tote, die einmal ihre Freunde gewesen waren. O'Malley, zwei Schüsse in der Brust und einer im Bauch, war einer davon. Das Glück des Iren hatte der Unzahl an Kugeln nicht standgehalten.

Im Vorbeirennen sah Leída eine Kiste Dynamit, die ihre Leute wohl noch hineingetragen hatten, bevor sie von Voss' Männern getötet worden waren. »Warte!« Sie öffnete den Deckel und zwirbelte die Lunten mehrerer Stangen grob zusammen, zündete sie. *Das Feuerwerk wird für Finstergrund ausreichen, hoffe ich.*

Das Vorwärtshetzen ging weiter, ohne dass sie aufgehalten wurden. Sie erreichten den Stollenausgang und stiegen durch das verbogene Stahltor ins Freie.

Leída spürte Cyranos Arme, die sich um ihren Oberkörper legten, hörte, dass sich seine Schwingen mit einem Flattern entfalteten, und sie verlor den Boden unter den Füßen. Die eisige Winterluft schoss ihr durch den Bauch, sie musste nach Luft ringen. Rasch stieg er mit ihr empor.

Zeit zum Durchatmen blieb ihr nicht: Die nächste Überraschung wartete schon auf sie! Vor ihnen schwebten zwei gepanzerte Gefechts-Zeppeline mit dem schwarzen Kreuz der kaiserlichen Armee. Voss hatte nicht gelogen. Die Läufe der großkalibrigen Flakgeschütze der Gondeln schwenkten auf sie ein und nahmen sie ins Fadenkreuz.

»Was tun wir?«, knurrte Cyrano angriffslustig.

»Ruhig! Sie können uns mit den Geschossen in blutige Schnipsel verwandeln und über den Tannen verteilen.«

Knatternd zogen vier Doppeldecker dicht an ihnen vorüber. Leída sah, dass der Pilot in der vordersten Maschine gestikulierte. »Wir sollen zu dem rechten Zeppelin«, sagte sie zu Cyrano. »Ich nehme an, sie wollen, dass wir uns ergeben.« Sie drehte den Kopf, um besser mit dem Gargoyle sprechen zu können – und entdeckte die Überreste der *Ramachander.*

Sie lag in mehrere Teile zerbrochen brennend zwischen den Bäumen. Eine breite Schneise markierte den Weg ihres Absturzes, Fetzen der Hülle wehten an den Bäumen. *Nein. Bitte, es können doch nicht alle tot sein!* Allein die Vorstellung versetzte ihr einen Stich ins Herz, der schlimmer schmerzte als die Verletzung ihres Arms.

Dumpf grollend und rumpelnd senkte sich ein Teil des Berges nach unten, aus vielen kleinen Schluchten und Löchern schoss grell pfeifend silberner Staub. Das Dynamit hatte gezündet und die Gänge des Drachenhorts einbrechen lassen.

Zu Leídas Erleichterung sah sie keinen flüchtenden Drachen. Alles, was Voss vor ihr und dem Officium hatte retten wollen, war unter Tonnen von Gestein erschlagen und begraben worden – zusammen mit der Leiche des obersten Drachenanbeters.

»Wir ergeben uns«, sagte sie zu Cyrano und fühlte eine körperliche und geistige Schwere. Sie hatte genug erreicht. *Und genug angerichtet.* Dass sie ihren heimlichen Geliebten durch eine mehr als glückliche Fügung wiedergefunden hatte, konnte sie über den Tod so vieler ihrer Leute nicht hinwegtrösten. Aber um seinen Beistand war sie froh.

2. Februar 1927, Bitche, Departement Moselle, Königreich Frankreich

»Die leere Augenhöhle fällt nicht weiter auf.« Florin betrachtete Vouivre, der sich erst dann in dem sehr gemütlich und feudal eingerichteten Gewölbekeller bewegte, nachdem er ausgiebig gezüngelt hatte. Als Flugdrache war eigentlich das Auge sein bestes Sinnesorgan, aber der Karfunkel befand sich in Florins kobaltblauen Krallen. So musste er sich an den Gerüchen und Temperaturunterschieden orientieren, notfalls tastete er sogar mit den Zungenspitzen und Klauen. *So gefällt mir das. Dein Hochmut hat dich besiegt, nicht ich.* »Du schlägst dich tapfer, Altvorderer.«

»Fast hat es etwas Gutes, dass du mir das Auge geraubt hast. So muss ich deinen Anblick wenigstens nicht ertragen«, gab Vouivre schlecht gelaunt zurück. »Bist du in meine Festung gekommen, um mich zu verspotten, oder haben wir etwas zu bereden, was mir entfallen war?«

»Oh, es hat sich ja einiges seit unserem letzten Treffen geändert. Vor allem in Deutschland«, gab Florin zurück. *Er verschießt immer noch giftige Worte. Ich hätte ihm die Zunge und nicht das Auge herausreißen sollen.* »Die Verstecke der Drachenanbeter sind aufgeflogen, ihr bester Mann Voss ist tot, und in der Wirtschaft herrscht gehörige Unruhe, seit es diese Gerüchte über die Manipulationen an der deutschen Börse gibt.«

Vouivre kroch auf die Liege und suchte mit der Zunge nach dem Trüffelkörbchen. »Du willst nicht mein Mitleid, oder? Ich kann nichts dafür, dass es so gekommen ist.« Er leckte eine Knolle ab und steckte sie sich in den Mund, lutschte sie. »Ich wusste nicht einmal, was Voss beabsichtigt. Ich habe nicht mit ihm zusammengearbeitet.«

»Aber mit Nie-Lung und dessen Herrn«, warf Florin ein. »Sie hatten vor, Deutschland zu schwächen und danach wirtschaftlich zu erobern.« Sein Ton wurde schärfer. »Du wusstest es! Du bist einen Pakt mit ihm eingegangen.«

Vouivre ließ sich nicht beeindrucken. »Ich wette, dass du ebenso einen Pakt eingegangen bist, nicht wahr? So wie du dich aufregst, bist du ein betrogener Betrüger, Florin. Und ein aufständischer Emporkömmling obendrein. Ein kleiner, widerlicher Erpresser ohne Format!«

Der Wasserdrache lachte tief. »Jetzt höre *ich* einen betrogenen Betrüger.« *Ich könnte ihm die Trüffeln wegziehen. Was er dann wohl tut?* »Gut, vergessen wir dieses chinesische Intermezzo, das keinem von uns etwas gebracht hat. Voss ist tot, seine Wirtschaftsmanipulationen sind bekannt, und von daher wird alles, was der Drachenkaiser in die Wege leitet, nicht mehr so dramatisch sein, wie es ohne Vorwarnung gekommen wäre. Kümmern wir uns wieder um die Alte Welt.«

»Ich habe nichts anderes getan!« erwiderte Vouivre und bestand darauf, nichts mit den Chinesen zu tun gehabt zu haben.

Heuchler. Florin lachte schon wieder. »Gut. Meinetwegen. Ich muss sichergehen, dass Deutschland, Österreich-Ungarn, alle Beneluxländer und das, was ich im Osten für mich einnehmen kann, wirklich mein sind. Wie können wir das sichern, Vouivre?«

»Ich gab dir mein Wort und mein Augenlicht. Du kannst mich für immer blind lassen«, entgegnete der Altvordere zischelnd, zornig. »Was vermag ich in *diesem* Zustand gegen dich auszurichten?«

»Wer blind aus Holland entkommt und überlebt, *ist* weiterhin gefährlich. So wäre ich demnach töricht, dir den Rubin zurückzugeben«, schloss Florin. »Ich müsste dich in der Tat auf ewig blind halten.« Er sah sich in dem Gewölbekeller um. »Schön hast du es hier. Du besitzt sehr viele Schlösser und Burgen, Altvorderer. Zwar immer über Strohmänner, aber sie sind dein.« Er glitt neben ihn auf eine mehrfache Lage feinster, weicher Teppiche. »Du überschreibst sie mir. Alle.«

Vouivre lachte und wollte sich nicht mehr beruhigen.

Ich habe mich getäuscht. Er ist immer noch hochmütig. »Du verstehst den Ernst der Lage nicht, Altvorderer«, sagte Florin in das Gelächter hinein. »Ich werde dir dein Auge nicht eher zurückgeben, bis du mir alle deine Besitztümer überlassen hast. Als Pfand, damit ich sicher sein kann, dass du dich an unsere Abmachung hältst.«

Schlagartig hörte Vouivre auf zu lachen. »Du kleiner Widerling wagst es, so mit mir zu sprechen?«, grollte er und hob den Kopf. »Du hattest deinen Moment, das gestehe ich dir zu. Du wirst dich auf mein Wort verlassen müssen so wie ich mich auf deines.« Er rückte näher an den Wasserdrachen heran, Florin bereitete sich auf eine Attacke vor. »Doch träume nicht einmal davon, Hand an meine Schätze zu legen, hörst du?! Noch so eine lächerliche Forderung, Holländer, und ich reiße dich in Fetzen! Dafür muss ich dich nicht einmal sehen. Du stinkst nach dem Abwasser, in dem du dich suhlst wie ein Schwein!«

Florin gratulierte sich innerlich, Vorkehrungen für den Fall besonderer Sturheit getroffen zu haben. »Du kannst mir noch so sehr drohen, Altvorderer, ich lasse mich nicht einschüchtern«, gab er mutig zurück. »Überschreibe mir deine Besitztümer oder nimm stärkere Verluste hin.«

Wieder brach Vouivre in helles Lachen aus – und beendete es abrupt. Die Zunge schoss aus dem Maul, er schwenkte den Kopf nach rechts und links, die Diamantschuppen blitzten. »Ich rieche … du bist nicht allein gekommen, Verräter!«

»Ich sagte nicht, dass ich ohne Begleitung erscheinen würde.« Florin freute sich, den Altvorderen überrumpelt zu haben. »Es ist jetzt übrigens zu spät. Du bist auf meine Vorschläge nicht eingegangen. Die Verhandlungen sind beendet. Nun gibt es *Forderungen.*«

Vouivre schnaubte, zeigte seine Wut. »Ddraig. Wie schön, auch dich *nicht* zu sehen.«

Die rote Drachin kam in gebückter Haltung durch den Tunnel

und betrat den Keller. »Ich kann mir gut vorstellen, dass es dir gefällt. Deine Pläne sind verraten worden, zuerst durch die Unachtsamkeit von Nie-Lung, der dich als seinen Kumpanen nannte. Danach fiel mir der Geist seines Handlangers in die Krallen, ein riesiger Chinese namens Wu Li. Seine Hinweise brachten mich zu dem guten Florin, mit dem ich ein außergewöhnlich langes und gutes Gespräch führte.«

Florin beobachtete den blinden Altvorderen, der vor Aufregung gar nicht mehr aufhören wollte zu züngeln. *Er hat keine Ahnung, was ihm bevorsteht. Sicherlich denkt er, dass wir ihn umbringen werden.* Der Gedanke war äußerst verlockend.

Vouivre duckte sich immer weiter und nahm eine unterwürfige Haltung gegenüber ihnen ein. »Ich tat nichts, was du nicht auch versucht hättest, Ddraig.«

Sie machte einen Satz nach vorn und schleuderte ihn auf den Boden, dass der Boden bebte. Die Erschütterungen waren mit Sicherheit in der gesamten Festung zu spüren. Die Vorderklauen bohrten sich durch die Diamantschuppen, schwarzes, heißes Blut sickerte hervor. »Du hattest die Unverfrorenheit, mir Nie-Lung zu senden, um mich töten zu lassen, Franzose!«, brüllte sie erbost. »Seit wann lösen wir unsere Zwiste auf *diese* Weise? Haben wir nicht die Menschen und ihre Armeen, um unsere Streitigkeiten auszutragen? Du bist zu feige, Vouivre, um es mit mir unmittelbar aufzunehmen, und so verbündest du dich mit dem Drachenkaiser! Dabei hast du meinen Liebsten töten lassen!«

Schade. Er ist klüger als erwartet. Florin fand fast bewundernswert, dass sich Vouivre passiv verhielt und die Schmerzen hinnahm. Jede Gegenwehr, das ahnte er, hätte dazu geführt, dass Ddraig ihn töten würde.

»Ich werde dir sagen, was du zur Strafe mit dem heutigen Tag an mich verloren hast: die Bretagne, Portugal und Spanien, deren Inseln und Kolonien eingeschlossen«, zischte die rote Drachin.

»Ja«, würgte er hervor. »Es sei dein, Ddraig. Ich nehme die Strafe hin.«

»Und deine Besitztümer gehen an den jungen Florin«, fügte sie hinzu, und ihre Krallen bohrten sich noch ein wenig tiefer in den Altvorderen.

Vouivre fauchte sie an und schnappte halbherzig, um anstandshalber Widerstand geleistet zu haben, doch Ddraig zischte ihn an und biss andeutungsweise in seinen Hals; die funkelnden Schuppen klirrten, einige zersprangen. Unverzüglich gab Vouivre Ruhe.

»Gut«, sagte Florin, der sich bewusst zurückgehalten hatte. Er zollte Ddraig als Altvorderer den nötigen Respekt. »Ich hatte dich gewarnt, Vouivre.« Er nahm den roten Karfunkel, den er in seiner Backentasche aufbewahrt hatte, mit der Zunge heraus und spie ihn in einen Wasserbottich. »Ddraig, von nun an sollt Ihr das Auge haben. So war unsere Abmachung.«

Vouivre stöhnte nur auf.

Die rote Drachin ließ ihn los und nahm den Rubin aus dem Wasser, schüttelte die Tropfen ab und barg ihn in ihrer rechten Klaue. »Es ist schön, deine Schwachstelle zu kennen und sie ausnutzen zu können«, sagte sie zufrieden. »Florin, du hast dir deine Belohnung redlich verdient.«

Er verneigte sich vor ihr. *Ich bin auf dem rechten Weg! Man muss kein Altvorderer sein, um Macht zu erlangen!*

Vouivre richtete sich auf und leckte sich das Blut von den Schuppen. »Ich werde umgehend die Überschreibungen in die Wege leiten«, sagte er und konnte seine Wut nur mühsam unterdrücken.

»Du musst wissen, dass der Franzose sich seit Jahren für klüger als alle Drachen des Westens hielt«, sagte Ddraig genüsslich zu Florin. »So hat er die Schlacht am Triglav vor zwei Jahren vorsichtshalber ausgelassen, um rechtzeitig zur Stelle zu sein, falls die Altvorderen dabei sterben sollten und Europa frei für ihn wäre. Zu seinem Leidwesen habe ich überlebt.«

»Man kann nicht alles haben«, murmelte Vouivre. »Ich hätte dich für weniger nachtragend und großmütiger gehalten.«

»Die Bemerkung«, sagte sie zu ihm, »kostet dich Bordeaux obendrauf.«

»Zur Hölle mit dir, Ddraig!«, zischte er sie an. »Behalte mein Auge, solange du möchtest. Wir sehen uns schon bald auf dem Schlachtfeld wieder! Meine Franzosen werden England ausbomben!«

»*Sehen* werden *wir* uns bestimmt nicht. Höchstens ich dich.«

Ddraig blieb gelassen. »Die Einzigen, die es schaffen könnten, meine Insel zu besiegen, wären die Deutschen gewesen. Aber da Florin an Fafnirs Stelle ist, bin ich beruhigt.« Ihr Schweif zuckte hin und her. Ein Raubtier, das mit seiner unterlegenen Beute spielte und es genoss. »Ach ja: Für diese Drohung gegen mich verlierst du dein geliebtes Périgord«, fügte sie zuckersüß hinzu. »Sollte ich hören, dass du versuchst, Trüffeln zu stehlen, komme ich selbst vorbei und reiße dir die Zunge heraus.«

Der Franzose legte sich auf sein Lager und knurrte vor sich hin, erwiderte jedoch nichts.

Jetzt hat er endlich aufgeben müssen. Florin versuchte, seine Schadenfreude, so gut es ging, zu verbergen, aber es freute ihn zu sehr, dass Vouivre endlich den Lohn für die jahrelangen Demütigungen erhielt. *Endlich muss er seine eigene Medizin kosten!* »Darf ich Euch noch an Russland erinnern, Altvordere?«

»Vielen Dank.« Ddraig betrachtete den Rubin und fuhr prüfend mit einer Kralle über den Stein. »Florin hat mich darauf aufmerksam gemacht, dass sich in Russland ein neuer Drache erhoben hat, der eng mit dem Zaren zusammenarbeiten soll. Er heißt Tugarin. Weißt du etwas von ihm, Vouivre?«

»Nein«, antwortete er abweisend. »Das geht mich nichts an. Dieser Emporkömmling«, der Kopf ruckte herum und zeigte auf Florin, »wird sich mit Tugarin beschäftigen müssen. Er wollte die Länder, die an den Einflussbereich des Zaren grenzen. Ich halte mich elegant aus der Sache heraus.«

»Ich frage deswegen, weil Russland und Frankreich in der jüngsten Geschichte gute Freunde waren. Es hätte sein können, dass der Zar über deine Mittelsmänner …

»Nein, Ddraig. Du kannst beruhigt schlafen. Dieser Ugarev …

»Tugarin«, korrigierte Florin.

»Wie auch immer der Tartar heißen mag«, sagte er ätzend. »Ich habe nichts mit ihm zu schaffen.«

»Das hattest du auch angeblich nicht mit Nie-Lung und dem Drachenkaiser.« Ddraig sah zu Florin. »Es wird unser Bestreben sein, Tugarin zu beobachten und so schnell wie möglich Kontakt zu ihm herzustellen. Sollte er für den Zaren sein, werden wir ihm bei der Zerschlagung der Revolution helfen. Ist er dagegen einer von den Bolschewiken, haben wir drei einen neuen gemeinsamen Feind.«

»Ausnahmsweise stimme ich euch zu«, sagte Vouivre sofort. »Ich mag dich hassen, Ddraig, aber meine eigene Macht bedeutet mir zu viel. Wenn Tugarin als Revolutionär Deutschland erobert hat, trifft es anschließend mein geliebtes Frankreich. Das will ich verhindert wissen.«

Meine Gelegenheit, mich beweisen zu können. »Darf ich mich als Unterhändler antragen?«, brachte sich Florin ein.

Ddraig musterte ihn, dann nickte sie. »Tu das. Auch wenn du kein Altvorderer bist.«

»Kaum aus dem Ei und will Politik machen. Die Zeit der Altvorderen ist vorbei«, grummelte Vouivre. »Wir sind die letzten, Ddraig. Was nach oben strebt, ist im Vergleich zu uns kaum frisch geschlüpft und hat keine Ahnung von den feinen Spielchen der Politik. Sie werden alles mit Gewalt lösen wollen.«

»Das wolltest du vorhin auch, Keinauge«, schleuderte ihm Florin entgegen, und Ddraig lachte.

»Es ist beschlossen«, sagte sie. »Florin wird Tugarin eine Botschaft zukommen lassen, und dann sehen wir, wie die Zeichen sind, die wir aus Sankt Petersburg erhalten.« Sie schritt auf den Ausgang zu. »Komm, Florin. Wir gehen.« Sie ließ den Rubin auf einer Krallenspitze um die eigene Achse rotieren und verließ das Gewölbe. Florin schlängelte hinterdrein.

Als sie weg waren, wie Vouivre an den Geräuschen und Gerüchen erkannte, kroch er in einen schmalen Seitengang des Gewölbes, wo er eine Kiste weißer Trüffeln in einer besonders gesicherten Kammer verwahrte. *Ihr beide werdet euch wundern.*

Doch es ging ihm nicht um die Knollen.

Er bewegte sich auf die rechte Wand zu, drückte unterwegs zwei Bodenplatten nieder und danach vier Backsteine in einer bestimmten Reihenfolge. Die Wand schwang vor ihm zurück und gab einen Hohlraum frei.

Dahinter lag ein besonderer Schatz verborgen.

Es mag sein, dass du meine Schwäche herausgefunden hast, Florin. Er tastete nach der Nische und nahm den roten Karfunkel heraus, den er dort aufbewahrte. *Doch ich wäre ein Narr, wüsste ich mir nicht zu helfen.*

Kurz vor der Ankunft des Wasserdrachen hatte er sich sein Ersatzauge herausgenommen, um Florin im Glauben zu lassen, er sei weiterhin blind. Behutsam setzte er sich den Stein ein und konnte wieder sehen.

Ich werde mich vorerst zurückhalten und all eure Forderungen erfüllen. Ihr sollt denken, dass ihr mich gebrochen hättet. Er dachte an die Nachricht, die er gestern nach Sankt Petersburg gesandt hatte. *Oh, und wie ihr beide euch noch wundern werdet. Ich habe Zeit.* Er dachte an Ddraigs Worte. *Warte nur, rote Drachin. Wir sehen uns bestimmt wieder!*

XXIII.

18. Februar 1927, Hauptstadt Běijīng, Verbotene Stadt, Kaiserreich China

Silena schlug die Dolche des Chinesen zur Seite, dessen geschuppte Haut der einer Schlange oder eines Drachen glich. Die geschlitzten Pupillen funkelten, und eine gespaltene Zunge huschte über die Lippen. Sie trat ihm in den Bauch – aber ihr Stiefel flog ins Leere, und sie machte einen erzwungenen Ausfallschritt.

Wo ist er … Sie ahnte, dass er hinter ihr stand und schlug aus der Drehung heraus in die Körpermitte; dabei ging sie auf ein Knie herab und betete zum heiligen Georg, dass der feindliche Angriff sie verfehlen möge.

Ihr Drachenzahnschwert hackte in die Seite des Chinesen. Er schrie gellend auf, knickte ein und stürzte auf die Fliesen.

Ein Dolch hatte Silena am Schlüsselbein erwischt. Die Panzerung hatte den größten Teil des Stoßes abgefangen, doch sie fühlte den schmerzhaften Stich. *Ein Preis, den ich gern zahle*, dachte sie und zog die Schneide aus dem Körper, um dem Mann den Kopf von den Schultern zu schlagen. Sie traute diesem Wesen zu, dass es sich regenerierte.

Silena sah zum Drachenkaiser.

Pǔ Yí umkreiste Donatus noch immer lächelnd. Eine Hand lag auf dem Rücken, die andere hielt das Schwert aufreizend nach vorne gestreckt und forderte ihn zum Duell.

»Bei meinem Ahnen, ich schneide dir ein Lächeln, das von einem Ohr zum anderen geht, Schlitzauge!« Donatus griff an, ließ Hieb um Hieb folgen, die der Drachenkaiser blitzartig parierte. Die Bewegungen sahen sehr elegant und routiniert aus, als bestreite er jeden Tag einen Kampf auf Leben und Tod.

Plötzlich war Brieuc wieder da, schwang seinen Zweihänder und stand Donatus bei.

Ahmats Schrei brachte Silena dazu, sich zu ihm umzudrehen.

Der Ägypter strauchelte und fiel. Sein Gegner rammte ihm das Schwert noch im Fallen durch die Brust. Die Klinge trat zusammen mit einem Schwall Blut aus dem Rücken aus. Regungslos blieb er liegen, während der Chinese sich ihr zuwandte.

Nein! Die Bestürzung über den jähen Tod lähmte sie für Sekunden, in denen ihr neuer Feind herbeisprang und zuschlug. Sie hielt dagegen, es gab ein splitterndes Geräusch, und das obere Drittel ihres Drachenzahnschwertes war abgebrochen.

Der Chinese, dessen Haut mehr und mehr eine grünliche Jadefarbe annahm, stieß ein raues Lachen aus und drosch aus Leibeskräften auf sie ein. Sie konnte sich nur mit Mühe behaupten, vermochte die Augen nicht von Ahmats Leichnam abzuwenden. Sein Ableben zerstörte ihre Kampfreflexe.

Die Geschwindigkeit war zu hoch, um zu bestehen. Ein Schlag gegen den Brustharnisch ließ sie nach hinten fallen.

Silena lag am Boden und wich der herabstoßenden Waffe mit einer leichten Körperdrehung aus. Sie klemmte das gegnerische Schwert unter dem Arm fest, rollte sich herum und zwang es dem Chinesen aus der Hand; gleichzeitig schlug sie gegen seine Knie, die sich in der Reichweite ihrer gekappten Waffe befanden, und traf.

Schreiend taumelte er einen Schritt von ihr weg und stürzte.

Du stirbst, Drache! Sie warf sich nach vorn, die Klinge mit beiden Händen führend, und stach ihm mit aller Kraft und ihrem gesamten Gewicht durch die Brust. Er ächzte und riss die Augen weit auf, umklammerte ihren Hals und würgte sie sterbend; die langen Fingernägel durchbohrten ihre Haut.

Silena vermochte den Griff nicht zu sprengen. Röchelnd schlug sie ihm die Unterarme durch, und erst dann schwand die Kraft aus den toten Fingern.

Sie streifte sie mit Gewalt ab. Etwas kratzte sie schmerzhaft. Sie sah auf ihre roten Hände: *Ich blute!* Warm lief der Lebenssaft seitlich an ihrem Hals herab. Sie hatte sich mit den Nägeln eine Wunde zugefügt. Hastig drückte sie die Hand dagegen.

Brieuc und Donatus beschäftigten Pů Yí, der trotz aller Bedrängnis sein schrecklich sicheres Lächeln nicht verlor. Silena wollte zu Ahmat eilen, unter dem sich eine rote Lache ausbreitete.

Nein. Ich muss den anderen beistehen. Ahmats Tod soll nicht umsonst sein. Sie eilte zu den Drachenheiligen.

»Für die Christenheit!« Brieuc führte einen mächtigen Schlag mit dem gesegneten Zweihänder, den der Drachenkaiser nicht mehr aufhalten konnte. Die Schneide fuhr von vorn in seinen Bauch, Teile des Gewandes fielen herab. Blaues, heißes Blut besprengte zischend den Boden.

Pŭ Yí schrie auf und krümmte sich, ließ das Schwert fallen – um sich mit einem Lächeln wieder aufzurichten. Er hatte den Drachenheiligen etwas vorgespielt.

Brieuc sprang fluchend zurück, Donatus kam an seine Seite. »Er hätte tot sein müssen«, sagte er wütend und wischte sich den Schweiß aus den Augen. »Das hätte sogar einen Drachen gefällt!«

»Die Legende, Großmeister«, rief Silena. »Einer von uns muss sein Leben freiwillig geben, damit wir ihn besiegen können. Nur so ist der Schutzzauber zu brechen.«

Die Türen wurden geöffnet, und die Schar Soldaten, die auf dem Hof Wache gehalten hatten, stürmten herein.

Pŭ Yí hielt seine Leibwächter mit einem scharfen Befehl auf, da er die Ratlosigkeit seiner Feinde sah. Er lachte sie aus, verhöhnte sie auf Chinesisch.

Er ist überzeugt, uns alleine vernichten zu können, und hat seine Schergen zurückgehalten. Silena blickte zu den Soldaten, die mit gesenkten Lanzen auf der Schwelle und nicht weit von Ahmats Leichnam verharrten. *Sie müssen wir nicht fürchten.*

Donatus sah auf die Uhr. »Fünf Minuten, bevor noch mehr Wachen auftauchen, sofern sie keinen Alarm ausgelöst haben.« Er schaute Brieuc an. »Sie oder ich?«

Der Drachenkaiser imitierte derweil Donatus' Bewegung und lachte noch lauter, klatschte vor Amüsement in die Hände. Dann rannte er los, die Stufen hinauf.

Die drei nahmen die Verfolgung auf. Silena fiel dabei schnell zurück. Sie wurde schwächer, weil sich die Halswunde nicht schloss. Sie versuchte, das Blut aufzuhalten, das beständig aus der Verletzung sickerte.

Es ging auf das Dach der Halle der Geistespflege, hinaus in den strömenden Regen.

Pǔ Yí breitete die Arme aus, hob das Gesicht in die Tropfen und leckte mit einer geschlitzten Zunge das Wasser vom Kinn. Er schien sie gleichzeitig herauszufordern und ihnen zeigen zu wollen, dass er das Wetter herbeigerufen hatte. Sie sollten beeindruckt sein.

»Was will er hier oben?« Donatus ging nach rechts, Brieuc nach links, um ihn einzukreisen. Silena, die sich durch die Luke schob, näherte sich ihm von vorne. Sie sah den langen Spieß, den Ahmat hier hatte liegen lassen, und griff ihn sich.

Die Antwort auf Donatus' Frage gab der dunkle Himmel: Aus dem Regen wurden Hagelkörner, enteneigroß, die schmerzhaft auf die Drachenheiligen niedergingen.

Damit nicht genug: Ein Blitz stach aus der Schwärze hoch über ihnen und krachte vor Brieuc in die Ziegel. Der gebrannte Ton explodierte, scharfkantige Splitter schnitten in sein Gesicht. »Meine Augen«, rief er verzweifelt und geriet ins Wanken. »Er hat mich geblendet!«

»Dann entleiben Sie sich, Großmeister!«, rief Donatus, dem ein Hagelkorn die Nase zerschmettert hatte. Er schwang das Schwert und rammte es Pǔ Yí durch das Herz. »Jetzt!«

Aber Brieuc dachte nicht daran, er suchte sein Gleichgewicht zu erlangen.

Der Drachenkaiser brüllte zornig auf und versetzte Donatus einen Schlag mit dem Handrücken, der ihn bis zum Rand des Daches fliegen ließ. Er schlitterte auf dem Rücken über die Ziegel und stürzte kreischend in die Tiefe. Sie hörten den Aufschlag, mit dem seine Stimme verebbte und als Echo zu ihnen zurückkehrte.

Heiliger Georg! Silena wurde kalt. Die letzte Hoffnung, lebend aus der Verbotenen Stadt zu gelangen, war winzig, nein, verschwindend gering. Dennoch verbot sie sich aufzugeben.

Wachen erschienen auf der Mauer über dem Eingang zum Hof und zeigten zu ihnen aufs Dach. Laute Rufe hallten, die Angreifer waren entdeckt worden.

Aus dem Hagel wurde wieder Regen.

Pǔ Yí zog sich die Klinge aus dem Körper. Er spazierte auf Brieuc zu, als hätte er alle Zeit der Welt, und wirbelte dabei das Schwert.

»Brieuc! Töten Sie sich!« Silena nahm die Hand von der Wunde, packte entschlossen den Spießschaft und griff den Kaiser an, der die Stöße mit Schwertschlägen parierte. »Wir werden ansonsten versagen.«

Brieuc wankte nicht mehr, der Regen spülte das Blut von seinen Zügen. Nur ein Auge war getroffen worden, mit dem anderen vermochte er zu sehen. »Nein. Du musst dich töten«, gab er zurück. »Du bist es, die den Tod verdient hat!«

»Sind Sie verrückt?« Ein Blinzeln lang war sie verwirrt. *Sehr gut,* dachte sie schließlich. *Er spielt uns etwas vor, um den Drachenkaiser abzulenken.*

»Überhaupt nicht, Verräterin!«, giftete er. »Du hast dich vom Officium in seiner schwersten Zeit abgewendet und uns allein gelassen. Wir haben uns deinen Tod so sehr gewünscht. Bereue deine Verfehlung und stirb durch deine eigene Hand, um etwas von dem wiedergutzumachen, was du angerichtet hast.«

Pǔ Yí packte den Spieß und entriss ihn Silenas Händen. Sie hatte keine Kraft mehr – aber er rutschte über die Klinge und schnitt sich dabei, ohne dass die Wunde verheilte!

Wie geht das? Silena sah genau, wie das blaue Blut aus dem Spalt sickerte und zischend auf die nassen Ziegeln tropfte. Sie war derart perplex, dass sie Brieucs Worte vergaß. *Wieso greift der Fluch nicht mehr?*

Pǔ Yí sah ebenso überrascht aus wie die Drachenheilige. Dann grollte er, warf den Spieß weg und kam auf sie zu.

Meine Schwäche ist seine Schwäche! Ich sterbe, verstand Silena im Niedersinken plötzlich. Und aus irgendeinem Grund wurde der Schutzzauber dadurch langsam aufgehoben. Mit jedem Tropfen mehr. »Ich sterbe!«, sagte sie zu Brieuc und tastete mit der Hand nach ihrer Verletzung. Warm sickerte der Lebenssaft über ihre Haut. *Löst der Fluch sich auf, weil ich mir die Wunde selbst zugefügt habe?* »Deswegen kann man ihn verletzen! Sobald ich tot bin, werden Sie ihn …«

Das Tor zum Hof der Halle flog auf, und die Mandarine eilten herein. Die fünf Minuten waren vorüber. Natürlich sahen auch sie die Menschen auf dem Dach und riefen laut. Wachen kamen bereits hereingerannt und stürmten auf die Halle zu.

Brieuc unternahm ansatzlos einen Ausfall und schlug dem Drachenkaiser den Zweihänder in die linke Seite des Brustkorbs. »Im Namen des heiligen Brieuc: Vergehe!«

Ächzend stürzte Pŭ Yí auf die Ziegel nieder, seine Bewegungen waren schwach. Er hatte niemals damit gerechnet, auf diese Weise überrascht zu werden. Zischend verwandelte sein blaues Blut Wasser in stinkenden Dunst. Die Finger rutschten hilflos über die glasierte Oberfläche. Seine Lider waren weit aufgerissen

Brieuc schleuderte die Gasgranaten in den Hof und durch die Luke. »Ich muss gehen. Es sind mir zu viele Schlitzaugen unterwegs.« Er erklomm die Mauer und erschoss zwei Wächter, die auf ihn zurannten. »Sterben Sie wohl und erlösen Sie die Welt. In zweifachem Sinn«, rief er zum Abschied und verschwand aus ihrem Sichtfeld.

Er hat mich getäuscht. Silenas Beine gaben nach, sie sank nieder. *Die ganze Zeit hat er mich getäuscht und nur darauf gewartet, mich töten zu können. Zur Hölle mit dem Officium!* Drachenkaiser und Drachenheilige lagen sich gegenüber, in beider Augen zeigte sich der Tod.

Sie bat ihr ungeborenes Kind um Verzeihung, weil es mit ihr sterben musste. Das Gas, das aufstieg, brachte sie zum Husten. Schmerzen hatte sie keine, ihren Körper spürte sie beinahe nicht mehr. *Grigorij …* Sie wünschte sich so sehr, ihn noch einmal zu sehen. *Was wird jetzt aus ihm? Wer findet und rettet ihn? Oder hat ihn Brieuc umgebracht …* Sie wurde leicht und fühlte sich, als fliege sie in dem plötzlich sehr starken und lauten Wind davon. Tränen stiegen in ihre Augen. *Grigorij …*

Pŭ Yí streckte die zitternde Hand aus, sagte etwas zu ihr, das sie nicht verstand.

»Das ist der Tod, Geschuppter«, sagte sie schwach. »Du vergehst mit mir.« Die Gasschwaden wurden dichter, der Drachenkaiser verschwand darin.

Plötzlich tauchten Gestalten um sie herum auf. Ein Mann mit meeresblauen Augen, der ein Seil um sich geschlungen hatte, das senkrecht in die Wolken führte, beugte sich über sie. *Der Tod sieht aus wie Grigorij mit Gasmaske.*

Er nahm Silena in die Arme, dann schwebten sie gemeinsam empor, dem Himmel entgegen. Als sie das Grau durchstießen, erkannte sie ihren Irrtum: Sie wurden an einem echten Seil nach oben gezogen, in den Bauch eines Luftschiffs. Ihres Luftschiffs!

Das ist die Lena! Es war nicht der Tod, der gekommen war, um sie zu holen, sondern der echte Grigorij, der sie aus Pŭ Yís Fängen retten wollte – ohne zu wissen, dass er dem Drachenkaiser damit das Leben bewahrte.

»Nein«, sagte sie und klang in ihren eigenen Ohren piepsig, mädchenhaft. Sie hatte kaum mehr Kraft, fühlte sich unendlich müde.

Er zog die Gasmaske ab und schleuderte sie achtlos in die Tiefe. »Endlich!«, sagte Grigorij erlöst zu ihr und schluckte; hastig rieb er sich eine Träne aus dem Augenwinkel. »Du wirst nicht sterben!«

»Aber Pŭ Yí … er ist noch … am Leben.« Sie berührte sein Gesicht. »Grigorij, du musst mich sterben lassen, damit er vergeht. Es hängt so vieles von seinem Tod ab. Ich kann die Verantwortung für ein Scheitern nicht tragen!«

»Niemals«, gab er erschrocken zurück. »*Ich* übernehme sie. Du bist mir das Liebste, das ich nicht aufgeben kann und will, sollte es einhundert oder eintausend andere Menschenleben kosten!« Er streichelte ihren Kopf. »Gleich geht es dir besser.«

»Grigorij …« Ihr schwaches Sträuben half ihr nichts.

Sie wurden an Bord der *Lena* gezogen, Silena landete auf einer Trage. Doktor Eisenbeis stand bereit und kümmerte sich sofort um sie. Lange Nadeln stachen durch ihre Haut, Infusionen wurden gelegt, und sie spürte, wie das Leben in sie zurückkehrte. *In mich, mein Kind und den Drachenkaiser.*

Grigorij nahm ihre Hand und hielt sie. »Du wirst wieder gesund.« Er lächelte und weinte gleichzeitig. »Das verspreche ich dir!«

Silena konnte sich weder freuen noch um die vergebene Chance trauern.

6. März 1927, Bilston (ca. fünf Meilen südlich von Neu-Edinburgh), Provinz Schottland, Königreich Großbritannien

Grigorij saß in seinem Arbeitszimmer und sichtete die letzten Berichte, die aus China hereingekommen waren. Sein weißes Hemd war bis zur Mitte der behaarten Brust geöffnet, die nackten Füße hatte er hochgelegt. *Die Welt kann mit uns zufrieden sein, würde ich meinen.*

Ein aufdringliches Geruchskonglomerat aus aromatisiertem Tabak und schwerem, würzigem Duftwasser hing in der Luft. Das Grammophon spielte Whispering Jack Smiths entspannendes *Me and My Shadow*.

Leída saß in ihrer Khakiuniform auf dem Sessel seinem Schreibtisch gegenüber, Oberst Litzow trank Whisky und schaute die Zeitungen durch, die sich ebenfalls mit den Vorgängen im Reich des Drachen beschäftigen; er trug die schwarzroten Farben der *Skyguards.*

»Ganz umsonst war die Reise meiner Frau doch nicht.« Grigorij richtete sich auf und zeigte auf das Telegramm, das ihn von Zhiao erreicht hatte. »Der Drachenkaiser ist wirklich gestorben. Und an seine Stelle rückte der minderjährige Prinz Zhu Zaihou.«

»An den Tod würde ich nicht unbedingt glauben, Fürst. Aber solange sich die Machtverhältnisse zugunsten Europas geändert haben, soll es uns doch recht sein, oder?! Litzow hob die Tageszeitung in die Höhe. »Hier wird spekuliert, wie Pǔ Yí ums Leben kam und ob das unbekannte Luftschiff über der Verbotenen Stadt etwas mit dem Tod zu tun haben könnte. Zhu Zaihou ist den Korrespondenten unbekannt. Sie alle wundern sich, dass er im Testament des kinderlosen Kaisers als Adoptivsohn stand. Ein Spross aus der Ming-Dynastie!« Er wirkte besorgt.

»Sie können ganz entspannt sein, Oberst. Zhiao meinte, dass die Nachfolge zum Wohle des Landes geregelt worden sei. Prinzenmutter Wan unterstützt ihn in den ersten Jahren.« Grigorij goss sich auch einen Whisky ein und nippte daran; er sah zufrieden aus. Er genoss es, einen Hauch von seinem alten Leben spüren zu dürfen. *In China laufen die Dinge gut.* »Das ist ein extrem leckerer Tropfen.«

»Ich bin immer noch der Meinung, dass nur tote Drachen gute Drachen sind. Egal an welchem Ort der Welt.« Leída runzelte die Stirn. »Seit wann trinken Sie wieder?«

»Seit ich es gebraucht habe«, gab er ertappt und ein wenig beleidigt zurück. »Meine Gabe der Hellseherei verlangte danach. Ohne sie hätte ich Silena und meine Tochter nicht retten können.« Grigorij leerte das schwere Glas und schenkte sich nach. »Es war Dummheit, dieses Geschenk nicht mehr zu nutzen.« Er streifte die halb langen schwarzen Haare aufsässig nach hinten. *Du schreibst mir nichts vor.*

»Reden wir von der Hellseherei oder dem Alkohol?«, warf sie scharf ein.

»Mrs. Havock«, sagte er gespielt freundlich, »kümmern Sie sich nicht darum, was ich trinke und wie viel. Ich vertrage einiges.« Zum Beweis, wie gleichgültig ihm ihre Meinung war, nahm er eine Zigarette aus dem Etui, dann den Flakon mit dem Haschischöl aus der obersten Schublade, träufelte etwas davon darüber und zündete sie an. *In meinem Haus hast du mir nichts zu sagen.* »Was macht die Rekrutierung der Neuen?« Er tat einen tiefen Zug.

»Wir haben ein paar fähige Kerle aus Edinburgh«, antwortete sie und ging nicht weiter auf seinen wiedererwachten Drogenkonsum ein. »Insgesamt fehlen mir noch vierzig Mann. Bald, so hoffe ich, ist die Entschädigungszahlung des deutschen Kaisers auf meinem Konto eingegangen. Damit werde ich mir ein neues Luftschiff bestellen.«

»Die Fertigstellung dauert lange. Ich kann Ihnen eines von meinen leihen«, bot Grigorij an und fuchtelte dabei affektiert mit der Zigarette. Die Wirkung der Droge setzte bereits ein. Er genoss es außerordentlich.

Aber sie lehnte dankend ab. »Die Ausbildung meiner Leute steht an erster Stelle. Wenn sie mit den Waffen umgehen können und die gängigen Taktiken im Schlaf beherrschen, die man zur Jagd braucht, wird ein Zeppelin fertig sein.« Sie grinste, ein Teil des Lächelns verschwand hinter den langen blonden Haaren. »Sollte ich irgendwohin fliegen wollen, frage ich Cyrano.«

Litzow und Grigorij lachten.

»Das wäre ein sehr nachdrücklicher Auftritt, sich von einem

Gargoyle zu einem Treffen bringen zu lassen.« Der Oberst grinste. »Es freut mich, dass Sie diese tapfere Kreatur an Ihrer Seite haben, Mrs. Havock.«

»Es ist gerade noch einmal gut gegangen. Voss hatte ihn und seine Freunde festgehalten, weil sie Zeugen wurden, wie Drachen eingefangen und weggebracht wurden«, erzählte sie. »Sie folgten ihnen bis nach Finstergrund. Und gerade als Cyrano umkehren und mir Bescheid sagen wollte, hat man sie festgesetzt.«

»Voss versuchte eine eigene Gargoylezucht wie das Officium.« Litzow rieb die Schnauzbartenden spitz und drehte sie nach oben.

Grigorij nahm die Flasche mit dem Whiskylikör und schüttete etwas davon in seinen Drink. Zusätzlicher Kräutergeruch entfaltete sich im Raum. Er kostete von seiner Kreation. *Oh, nicht schlecht!*

»Nein. Er hatte sie als Drachenfutter vorgesehen und zu den Flugdrachen gesperrt. Cyrano behauptete sich gegen die Geschuppten und wartete auf eine Möglichkeit, von dort zu entkommen. Seine Freunde wurden gefressen.«

»Oh, das tut mir leid. Aber wenigstens haben die Drachenanbeter ihre gerechte Strafe erhalten.« Litzow suchte die deutschen Zeitungsausschnitte heraus, die sich mit den Voss'schen Stollen beschäftigten, in denen die Drachenanbeter die Geschuppten wie in gewaltigen Zoos gehalten hatten. »Mrs. Havock hatte ja vorgemacht, wie man damit umgeht: Sie wurden alle gesprengt. Mitsamt der Scheusale darin.«

»Es wird immer Drachen geben«, sagte Leída. »So hat sich herausgestellt, dass mindestens achtzig Drachen aus dem Bergwerk Anna in Palmnicken nicht durchs Wasser ersoffen sind, sondern in die Freiheit gespült wurden. Teilstücke der Stollen müssen unbemerkt aufgebrochen sein. Ein Fischerdorf in der Nähe wurde von ihnen verwüstet, danach trennten sich die Spuren. Sie sehen: Es gibt genug zu tun.« Sie stand auf und reichte den Männern der Reihe nach die Hand. »Ich muss weiter, Gentlemen. Richten Sie Silena meine besonderen Wünsche aus, Fürst. Jedes Mal, wenn ich sie besuchen wollte, schlief sie.«

»Danke. Ich richte es gern aus.« Grigorij sah sie durch die

Qualmwolke an. »Sie benötigt viel Ruhe, damit unserer Tochter nichts geschieht.«

»Woher wissen Sie, dass es eine Tochter ...«, setzte Leída zur Frage an und sah ihn grinsen. »Ach ja, die Hellseherei«, meinte sie dann und zeigte wenig Begeisterung. »Übertreiben Sie es nicht mit dem *Hellsehen*«, sagte sie betont und zeigte auf die Flasche.

»Litzow passt auf mich auf«, entgegnete er und hob sein Glas zum Gruß. »Wenn die *Skyguards* etwas für Sie tun können, lassen Sie es mich wissen.« Der Oberst salutierte, Leída verließ den Raum.

»Ob sie recht hat?«, fragte er Grigorij. »Wird es immer Drachen geben?«

»Nein.« Mehr antwortete er nicht, doch in seiner Stimme lag kein Hauch von Zweifel. *Es wird nur sehr, sehr lange dauern.*

Der Oberst überflog die neueste Meldung. »Der Vatikan scheint das ebenso zu sehen. Immerhin ist das Officium Draconis aufgelöst worden. Was ich sehr, sehr merkwürdig und überraschend finde.«

»Finden Sie? Sie haben keinen Nachschub mehr an Heiligennachfahren.« Grigorij schmunzelte. »Gut, lassen wir meine Tochter und meine Frau einmal dabei außen vor. Donatus und Ademar sind umgekommen, Brieuc tauchte nicht mehr auf, und die Drachenanbeter hatten vorher schon zugeschlagen. Der Papst übertrug die Drachenjagd auf den Orden des heiligen Georg, und damit ist er aus der Sache raus. So ist die Jagd zwar immer noch christlich motiviert, aber sie liegt in der Hand von Laien.«

»Zumindest offiziell«, warf Litzow ein.

»Der Papst *ist* raus«, betonte Grigorij und ließ lässig das Getränk im Glas kreisen. »Sie wissen, dass es keine gute Idee ist, einem Hellseher zu widersprechen, Oberst.«

»Ich vergaß«, sagte er und schlug sich gegen die Stirn. »Wo haben Sie noch überall hinter die Kulissen geblickt?«

Das werde ich dir nicht sagen, alter Haudegen. Der Fürst lächelte nur und trank aus. Er wollte die Bezahlung der Detektei in die Wege leiten, die für Silena nach ihm gesucht hatte.

Es klopfte, und die Tür wurde auf Grigorijs Zuruf geöffnet.

Ihr Kommunikationsoffizier streckte den Kopf zur Tür herein. »Verzeihen Sie die Störung, Fürst, aber wir haben eine Nachricht an Sie. Aus Sankt Petersburg.« Er betrat das Zimmer und reichte ihm den Umschlag, in dem das Papier mit der Botschaft steckte. »Kam eben über den Telegrafen rein.« Er salutierte und wartete an der Tür. »Man möchte eine sofortige Antwort. Die Angelegenheit sei dringend und staatstragend, wurde angemerkt.«

Mutter! Grigorij riss das Papier auf. *Ich habe ihr Schicksal sträflich vernachlässigt. Es wird ihr hoffentlich nichts geschehen sein!* Er las die Blockbuchstaben, mit denen der Funker die Nachricht notiert hatte; mit der freien Hand goss er sich einen dritten Whisky ein, stürzte ihn bleich hinab und schenkte sich erneut ein. *Das darf nicht sein! Es soll nicht geschehen sein!* Er stand auf, im Gehen trank er aus und stellte das Glas achtlos in ein Regal. »Melden Sie, dass ich sofort komme«, sagte er zum Offizier, dann wandte er sich aufgebracht an Litzow: »Lassen Sie die *Lena* startklar machen. Ich muss nach Russland.«

Grigorij rannte hinaus und stürmte in den Wohnbereich, wo er Silena im Schlafzimmer vorfand. Sie lag in ihrem Bett und las ein Buch.

»Grigorij«, sagte sie erstaunt. Als sie seinen Atem roch, verzog sich ihr Gesicht. »Du bist betrunken. Und ein Blick in deine Augen genügt, um zu erkennen, dass du Haschisch …«

Er legte ihr einen Finger auf die Lippen. »Schimpfe später mit mir«, sagte er hastig, »aber jetzt lies das!« Er reichte ihr das Telegramm:

+++ AN KNJAZ GRIGORIJ WADIM BASILIUS ZADORNOV +++ +STOPP+ BOMBENATTENTAT AUF ZAR NIKOLAUS DEN ZWEITEN UND FAMILIE +STOPP+ ALLE MITGLIEDER DER ZARENFAMILIE TOT +STOPP+ TESTAMENT GEFUNDEN +STOPP+ NÄCHSTER ERBE ZARITSASOHN ZADORNOV +STOPP+ ANWESENHEIT IN SANKT PETERSBURG ERFORDERLICH +STOPP+ ODER REVOLUTIONÄRE ÜBERNEHMEN MACHT +STOPP+++

Silena senkte das Papier. »Bei den Heiligen. Deine Mutter ist tot!« Sie nahm ihn in die Arme.

»Ja«, sagte er und biss die Zähne zusammen. Es war nicht die Zeit für Trauer, und er fühlte sich auch nicht danach. Die Drogen verhinderten es. Ihn verlangte es nach Rache, nach den Köpfen der Schuldigen. Nach dem Blut von Stalin. Er löste sich ungewohnt schnell von ihr.

»Du bist der neue Zar?«

»Zar Grigorij der Erste!«, sagte er düster. »Ich muss sofort nach Russland, um ein Chaos und Morden zu verhindern. Dafür möchte ich deinen Segen.« Er legte die Hand auf ihren Bauch, wo das Leben wuchs. »Ich hole euch nach, wenn die Verhältnisse sich beruhigt haben. Bist du damit einverstanden? Sag ein Wort, und ich bleibe bei dir, wenn du es nicht möchtest.« *Bitte, verwehre es mir nicht! Sonst muss ich mein Wort brechen und ohne deine Einwilligung gehen!*

Silena reichte ihm die Botschaft zurück. »Ich weiß, was es bedeutet, wegen der Herkunft Verantwortung zu übernehmen, die über das eigene Leben hinausgeht«, sagte sie zu ihm und nahm sein Gesicht in beide Hände, küsste ihn sanft. »Geh, mein Gemahl. Aber gib gut auf dich acht! Wir haben erst ein Abenteuer lebend überstanden. Wir sollten das Glück nicht zu oft auf die Probe stellen. Und hör mit dem Haschisch und dem Alkohol auf! Du musst als Herrscher einen klaren Kopf bewahren.«

Grigorij strahlte sie an und küsste sie nochmals. »Danke! Und mit Glück hat es nichts zu tun. Meine Hellseherei wird mich schützen.« Er küsste ihren Bauch, dann stürmte er hinaus, zog sich in aller Eile an und warf sich den Mantel über. *Zar!* Er war gespannt, welche Aufgaben auf ihn warteten. *Ich werde Russland in deinem Sinne leiten, Mutter,* schwor er der Toten. *Ich begehe nicht die gleichen Fehler, die Nikolaus und mein Vater begangen haben.*

Grigorij verließ Minuten darauf das Gebäude und eilte in die Luftschiffhalle. Er betrat die Gondel, wo die Mannschaft eben einrückte und die verschiedenen Stationen des Zeppelins besetzte.

Das Erste, was er tat, als er die Brücke betrat, war, den Flachmann aus seinem Mantel zu ziehen. Er trank einen Schluck Wodka. Seine Wut und der Hass auf die Verantwortlichen des Attentats steigerten sich. *Deine Mörder werden vor mir nicht sicher sein. Sie werden alle büßen. Alle!* »Hoch mit der *Lena*«, befahl er ruppig. »Ich muss Verbrecher zur Strecke bringen.«

Kurz darauf wurde das Luftschiff aus der Halle geschleppt. Die Motoren schalteten von Leerlauf auf volle Kraft.

Die *Lena* nahm Fahrt auf und schwenkte nach Osten ein.

Silena war entgegen der ärztlichen Anordnung aufgestanden, hatte sich Grigorijs karierten Morgenmantel genommen und war vor die Tür getreten. Sie schaute der *Lena* hinterher und sandte ihr viele gute Gedanken mit.

Was das Schicksal wieder einmal mit mir und denen, die in meiner Nähe sind, beabsichtigt?, dachte sie versonnen und schob die Hände in die Tasche.

Sie glaubte noch nicht, dass Grigorij wirklich den Titel eines Zaren erlangen würde. Er war der Sohn der Zaritsa und Rasputins. Das Blut in seinen Adern würde seinen Gegnern genügend Gründe liefern, an seiner Befähigung für das hohe Amt zu zweifeln. Dazu kam sein einstiger Ruf als Weiberheld, Säufer, Spieler und nicht zuletzt als Duellant, der viele Menschen getötet hatte.

Ihn aufhalten und ihm die Unternehmung ausreden wollte sie dennoch nicht. Es stimmte: Das russische Volk musste einen Nachfolger präsentiert bekommen, damit es einen Rettungsanker in der unruhigen Zeit erhielt.

Sie hatte sich nicht im Detail mit den Vorgängen in Grigorijs Heimat befasst, kannte nur grob die Forderungen von Bolschewiken und Menschewiken, aber sie konnte mit beiden nichts anfangen. Leicht fiel es ihr nicht, ihn fliegen zu lassen, in ein unfreundliches, gefährliches Sankt Petersburg.

Silena fühlte das Leben, das in ihr reifte, und lächelte. *Ein Erbe für Sankt Georg*, dachte sie. *Aber Drachen jagen wirst du nicht.*

Sie drehte sich zum Eingang.

»Großmeisterin, warten Sie! Ich habe etwas für Sie!«

Diese … Stimme?! Silena sah über die Schulter – und zog den Kopf ein: Der Zweihänder verfehlte ihren Kopf und schlug pfeifend ins Holz der Eingangstür; Splitter flogen davon.

Erschrocken wich sie vor dem Mann in dem langen schwarzen Mantel zurück, der sie mit einem wütenden Schrei attackierte. »Brieuc!«

»Ich bin hier, um dich endlich zu bestrafen!«, schrie er. Er stieß zu. Die Schneide glitt an der Seite durch den Mantel und verletzte sie.

Sie standen allein im Eingang. Die *Skyguards* waren noch in der Luftschiffhalle, weil Grigorij sie dorthin befohlen hatte, um die *Lena* zum Abflug klarzumachen.

Silena sog die Luft durch die Zähne ein und versuchte, die Angst zu unterdrücken. Wenn sie waffenlos gegen den verwirrten Großmeister überleben wollte, durfte sie nicht in Panik verfallen. Er lachte und deutete mit der Spitze auf sie. »Wenn du wüsstest, *wie lange* ich dich schon tot sehen wollte: seit zwei Jahren!« Brieuc schwang den Zweihänder spielerisch. »Ademar, Donatus, ich und alle anderen haben dich für deinen Verrat gehasst. Du hast deine Familie – das Officium – im Stich gelassen, Verräterin! Das konnten wir dir nicht vergeben.«

Silena hatte befürchtet, dass die hasserfüllten Worte, die er auf dem Dach in der Verbotenen Stadt zu ihr gesagt hatte, die Wahrheit gewesen waren. Ihr wurde eiskalt. »Es *war* Ihre Uhr, die Ahmat in Oranienbaum gefunden hatte! Weil Sie das Luftschiff meines Mannes abgeschossen haben!«

Brieuc grinste bösartig. »Wir wollten dich brechen, dich zur Verzweiflung bringen, dir seelische Qualen bereiten, bevor wir dich richten. Deshalb war es wichtig, dass du mich als eine Art Freund siehst und mir vertraust«, erklärte er ihr seinen Plan. »Wir haben dir Fallen gestellt, Attentate in die Wege geleitet. Die Drachenfreunde unterstützten uns ungewollt bei unserem Vorhaben, aber es kam anders, als wir dachten.« Er ging auf sie zu, sie wich zurück. »Du bist dem Tod zu oft entronnen. Ich glaubte dich endlich ausgelöscht, als ich aus Běijīng floh. Du kannst dir vorstellen, wie groß mein Hass war, als ich lesen musste, dass du lebst.« Das Schwert deutete auf den Bauch. »Dein Kind, Verräterin, ist der Nachfahre des heiligen Georg. Überlasse es dem Officium …«

»Es gibt kein Officium mehr, Brieuc!« Nun bekam sie doch Angst. Das fanatische Lodern in seinen Augen warnte sie vor dem Wahnsinn, der ihn befallen hatte. *Ich hätte niemals geglaubt, dass sie derart fanatisch sind.* »Niemand bekommt mein Kind.«

»Oh, ich werde den Papst um das Recht bitten, ein neues Officium zu gründen.« Brieuc sah sie an. »Da du es mir nicht gibst, schneide ich es mir heraus. Es hat schon zu lange im Wanst einer Verräterin gesteckt und verdirbt darin.«

»Es wird nicht überleben …«

»Das werden wir sehen.« Sein Sprung vorwärts kam zu schnell, der Zweihänder traf sie gegen das linke Schlüsselbein und brach es, aus dem Schnitt strömte das Blut.

Sie schrie laut auf. *Tu etwas, oder du wirst gleich sterben!* Silena sah Brieuc auf sich zukommen, die Hände hoch erhoben und das lange, schwere Schwert zu einem tödlichen Schlag ausholend.

Silena hatte nur eine einzige Waffe bei sich. *Heiliger Georg!* Sie riss sich die Kette mit dem Lanzensplitter vom Hals und drückte sich vom Boden ab, katapultierte sich dem Großmeister entgegen.

Sie prallten zusammen und gingen zu Boden. Dabei schob sie dem Mann das spitze, scharfe Eisenstück bis zum Anschlag ins linke Auge.

Klirrend fiel das schwere Schwert auf die Platten. Brieuc versuchte mit einem Brüllen, das Fragment zu fassen zu bekommen, um es herauszuziehen. Er wand sich schlangengleich, verfiel in Spasmen und biss sich selbst Lippen und Zunge blutig. Der Splitter hatte sein Gehirn geschädigt, ohne ihn umzubringen.

In die Hölle mit dir! Silena bekam den Griff mit rechts zu packen und wuchtete den Zweihänder trotz des gebrochenen Schlüsselbeins mit einem Schmerzensschrei herum.

Die Klinge traf!

Brieucs Bewegungen erlahmten: Das Schwert steckte waagrecht in seiner Brust, hatte die Knochen durchschlagen und die Lunge zerteilt. Es war die gleiche Art von Treffer, den er dem Drachenkaiser zugefügt hatte. Mit einem Ächzen starb er, das brechende Auge anklagend auf die Frau gerichtet.

Silena erhob sich und taumelte von dem Toten weg. »Du Schwein!«, schrie sie ihn an. »Dieser Tod war viel zu gut für dich! Ich hätte dich und die anderen …« Sie brach unvermittelt in Tränen aus, die Anspannung fiel von ihr ab. Sie hatte gehofft, nach all den Ereignissen in China endlich Ruhe zu finden, doch es schien niemals enden zu wollen. *Vielleicht jetzt, mit seinem Tod.*

Die ersten *Skyguards* kehrten von der Luftschiffhalle zurück und kümmerten sich sofort um sie. Sie brachten Silena zu Eisenbeis, während diese einfach nicht aufhören konnte zu weinen.

Dieses Mal allerdings aus Erleichterung.

Epilog

14. März 1927, Sankt Petersburg, Zarenreich Russland

Grigorij sah die herausgeputzten Generäle der Armee, die Popen und den Patriarchen Sankt Petersburgs sowie seinen ganzen Hofstaat, von denen er ganze drei Menschen mit Namen kannte, im Winterpalais versammelt. *Wie gern würde ich euch hinausjagen!* Er blickte von seinem erhöhten Thron auf sie herab. Die Ansprache, die eben vom Patriarchen gehalten wurde, zog an ihm vorüber. Er hing seinen Gedanken nach.

Auch wenn er seit Tagen der Zar von Russland war, verzichtete er auf die Uniform, die er bei dem Anlass hätte tragen müssen, sondern hatte stattdessen seinen schwarzen Gehrock gewählt. Elegant, stilsicher und dennoch anders als die Herrscher vor ihm. Das war die Botschaft, die er verbreiten wollte.

Außerdem sah Grigorij sich nicht als Romanow an, dessen Wappen und Farben er tragen musste. Er spielte mit dem Gedanken, die rotweiße Fahne des Großherzogtums Hessen und bei Rhein als Grundlage seines eigenen Wappens zu wählen. Seine Mutter stammte von dort, Rasputin war im Ural geboren.

Ein Berg würde sich darauf gut machen. Ein Berg, hinter dem ein blaues Auge als Sonne aufgeht, dachte er über die Gestaltung seines Wappens nach, während er den Hofstaat betrachtete. Das Auge stünde für ihn und die Gabe der Hellsicht.

»... weise, durch die rasche Umsetzung kleinerer Reformen das einfache Volk zu beruhigen«, salbaderte der Patriarch, als habe er die Idee dazu gehabt. »Hoheit gaben ihnen Hoffnung auf mehr und nahmen den Revolutionären den Wind aus den Segeln.«

Grigorij lächelte ihm zu und winkte huldvoll. Stimmten die Informationen der Ochrana, die Vatjankim ihm zugespielt hatte, war der neue Zar bereits beliebter als Nikolaus der Zweite. Heute stand sein erster Einsatz auf dem diplomatischen Parkett an, auf den er sich mit zwei Wodka, einem Whisky, Haschisch und den Resten des Zauberpulvers vorbereitet hatte. Gerade dieses Pulver besaß unglaubliche Wirkung, und das war äußerst gut so. Grigorij benötigte in dieser Lage all seine Kräfte.

Ich werde Vatjankim zum Direktor der Ochrana machen. Er ist fähig, gewissenhaft in der Ausübung seiner Pflicht und doch in der Lage, nicht auf jeden Unschuldigen zu schießen, der ihm begegnet. Er dachte an die Episode in Väddo, die er erzählt bekommen hatte. Manch anderer hätte auf die Dörfler geschossen. Grigorij würde Tilda, Olof und dem Rest wie versprochen als Dank für seine Rettung eine immense Summe in Gold überbringen lassen. *Vatjankim ist der Richtige. Er kann ihnen die Barren bringen.* »Danke, Patriarch. Sie haben mir den nötigen Mut gegeben, mich neuen Aufgaben zu stellen.« Er schlug pro forma das Kreuz und gab gelöst das Signal an die Bediensteten, die an der Tür standen.

Der riesige Eingang wurde geöffnet.

Herein strömte eine zehnköpfige chinesische Delegation, die von Prinz Zhu Zaihou, dem kommenden Kaiser des Reichs der Mitte, angeführt wurde. Sie trugen maßgeschneiderte Smokings mit weißen Hemden, Stehkragen und Cut, die Hände steckten in weißen Handschuhen.

Sieh einer an. Grigorij war überrascht. Er hatte mit einem klassischeren Äußeren, sprich bunten, bestickten Seidengewändern und viel Schminke gerechnet. Das untraditionelle Auftreten verstand er gleichermaßen als Zeichen für Erneuerung und Modernität.

Zwei Meter vor dem Thron blieben die Chinesen stehen und beugten die Köpfe. »Ich grüße Euch, Eure kaiserliche Majestät«, sprach Zhu Zaihou in bestem Englisch. Der Prinz konnte nicht älter als vierzehn Jahre sein, aber er machte einen erwachsenen Eindruck. Er trug die schwarzen Haare kurz geschnitten. »Wenn es Euch recht ist, reden wir in dieser Sprache als Gleichberechtigte miteinander, kaiserliche Majestät. Wir benötigen keinen Übersetzer.«

»Sehr gerne, Prinz Zhu Zaihou«, antwortete Grigorij und sah erste böse Mienen unter seinen Generälen. Höchstens zwei von ihnen beherrschten Englisch. Er stand auf, ging die Stufen hinab und reichte ihm die Hand. »Willkommen in Sankt Petersburg. Sie sind hier, um mir die Fortführung der Verhandlungen des Friedenspakts vorzuschlagen.«

»So ist es, kaiserliche Majestät.« Zhu Zaihou hob den Kopf und lächelte warm, herzlich. »Unsere Imperien sollten nicht länger fürchten, dass der Nachbar ihn angreift. Es gibt so viele Dinge in unseren eigenen Ländern zu ordnen.«

Aus einer Eingebung heraus stand Grigorij auf, ging zu Zhu Zaihou und nahm ihn am Ellenbogen, um ihn zu einer Nebentür zu geleiten. »Kommen Sie, Prinz. Ich finde, wir können das unter vier Augen bereden. Sagen wir einfach, es ist ein Geheimabkommen, von dessen Inhalt niemand außer Ihnen, mir und Ihrer Mutter etwas wissen darf.«

Zhu Zaihou lächelte und wies seine verdutzten Begleiter an, im Saal mit den ratlosen russischen Würdenträgern zurückzubleiben. »Das gefällt mir, kaiserliche Hoheit.«

Sie verließen den Raum, wandelten den Korridor entlang und blickten aus den Fenstern auf den verschneiten Garten. Ein friedlicheres Bild konnte es kaum geben.

»Meine Mutter riet mir, dass wir einen Nichtangriffspakt schließen sollten, und das am besten heute noch«, eröffnete Zhu Zaihou. »Dazu tauschen wir Geiseln und Gold als Unterpfand aus.«

»Das höre ich gern.« Grigorij blieb stehen und schaute hinaus. »Sie, Ihre Mutter und ich teilen uns das Los, überraschend an die Macht gekommen zu sein.«

»Das stimmt, auch wenn es Sie, kaiserliche …«

»Lassen Sie den Kaiserkram weg, solange wir unter uns sind«, unterbrach ihn Grigorij. »Das Protokoll ist für die Öffentlichkeit.«

»Reden wir offen. Ja, Sie haben recht, was das Überraschende angeht.« Zhu Zaihou verschränkte die Arme auf dem Rücken. »Es dürfte Ihnen kein Geheimnis sein, dass meine Mutter die Staatsgeschäfte leitet. Sie ist darauf vorbereitet, und ich gehorche ihrem Willen«, sagte er und klang erleichtert. »Greift uns ein Nachbar jetzt an, sind meine Mutter und ich schneller vom Thron gestürzt als jedem lieb sein kann.«

»Auch wenn Sie versuchen, ominös zu bleiben, weiß ich um Ihr

Geheimnis, Prinz Zhu Zaihou aus der Dynastie der Ming.« Grigorij erinnerte sich genau an die Erzählungen seiner Frau, die sie über die chinesischen Herrscher und den Drachen in ihnen zum Besten gegeben hatte. Silena ahnte noch immer nicht, dass sie selbst einen Drachenwirbel in sich trug. »Sie und Ihre Mutter tragen eine Bestie in sich.« In heiterem Tonfall erklärte er dem entsetzten Zhu Zaihou, was er wusste. »Wir haben aus sicherer Quelle erfahren, dass Ihre Mutter und Sie zu den Drachen gehören, die gut für China sein werden«, schloss er. »Gehen Sie davon aus, dass Russland Sie unterstützt. Aber sobald ein Nie-Lung auf den Thron will, aus welcher Dynastie auch immer, werde ich nicht zögern, das Arsenal der russischen Armee loszulassen, um ihn zu stürzen.«

Zhu Zaihou war sichtlich beeindruckt. »Sie sind äußerst gut unterrichtet, was chinesische Märchen angeht«, flüchtete er sich in die Lächerlichkeit, was Grigorij mit einem Grinsen quittierte. »Ich freue mich jedenfalls, dass wir rasch zu einer Einigung kommen, aus welchen Beweggründen Ihrerseits auch immer.«

»*Meine* Mutter wünschte sich nichts anderes als Frieden und Wohlstand für alle Untertanen. Es ist *ihr* Erbe, das ich antrete.« Grigorij sah dem Chinesen in die braunen Augen. »Ich werde den Vertrag ohne Weiteres unterzeichnen. Und Sie, Prinz Zhu Zaihou, wissen, dass der Zar ein wachsames, nein, zwei wachsame Augen auf den Drachenthron haben wird.«

»Meine Mutter wird darüber erbaut sein«, erwiderte er und verbeugte sich. »Ich habe Geschenke für Sie. Oder besser für das russische Volk.« Er schien nachzudenken. »Ehrlich gesagt: Ich weiß nicht genau, für wen die Gaben sind, die ich im Namen meiner Mutter überreichen darf. Möglicherweise vermag die Zarin mehr damit anzufangen?«

Was sollte Silena geschenkt bekommen? »Was ist es denn, Prinz?«

»Leichen.« Zhu Zaihou lächelte, als hätte er *Parfüm* oder *Bilder* gesagt. »Zwei Stück.«

Grigorij wusste sofort, wen er meinte. »Die Großmeister Donatus und Ademar? Ich hörte, es war noch ein Dritter mit dabei. Ein Ägypter.«

Zhu Zaihou nickte. »Ja. Aber er ist noch nicht tot.«

»Oh ...?«

»Der Mann, der sich Ichneumon nennt, wurde von uns schwer verletzt gefunden und geheilt. In seinen Fieberträumen schrie er ständig den Namen Ihrer Gattin, also ließen wir ihn am Leben. Als Zeichen unserer Verbundenheit und neuen chinesisch-russischen Freundschaft übergeben wir den Mann sehr gerne Ihnen.«

Das wird Nagib und Nitokris freuen. Er hatte sich bei den Ägyptern für sein Auftreten und sein Verhalten mehrmals entschuldigt und sie zur Entschädigung mit Geld überhäuft. Glücklicherweise hatte Nagib die Schüsse überlebt, dennoch war klar, dass er und Grigorij niemals Freunde werden würden. Museumsmitarbeiter hatten ihn und die Frau gefunden. »Ich danke Ihnen dafür, Prinz Zhu Zaihou. Er ist ein Freund meiner Gemahlin.«

»So gut, dass er ihren Namen im Schlaf schreit«, fügte der Chinese mit einem unergründlichen Lächeln hinzu. »Das dachte sich meine Mutter. Ich lasse ihn überstellen.« Zhu Zaihou nahm die Hände nach vorne. »Ich spreche offen zu Ihnen. Sie haben Einblicke in chinesische Angelegenheiten erhalten, und Ihre Frau sorgte dafür, dass wir im Reich des Drachen eine neue Ära einleiten durften. Ohne ihr Tun wäre Pǔ Yí niemals entscheidend geschwächt worden.«

»Geschwächt, aber nicht getötet«, sagte Grigorij.

»Möglich ist vieles«, deutete Zhu Zaihou das Schicksal des alten Kaisers an.

Grigorij wollte den Prinzen zu gern ohne Handschuhe berühren, um mittels der Hellseherei mehr über ihn herauszufinden. »Gut.«

»Noch eine Sache.« Der Prinz hüstelte, es war ihm unangenehm. »Sie wissen von den Finanzmanipulationen, die Pǔ Yí zusammen mit seinem deutschen Verbündeten Voss und den Drachenanbetern auf den Weg brachte.« Grigorij nickte. »Meine Mutter bedauert außerordentlich, diese Geschäfte nicht mehr rückgängig machen zu können. Die Transaktionen sind bereits getätigt, und wir haben den Eindruck, dass Voss vor seinem Tod Hebel in Bewegung setzte und eine Maschine anwarf, die keiner mehr aufhalten kann. Wenn der russische Staat Geld in deutsche Aktien investiert hat, sollte er es jetzt zurückholen. Die deutsche Börse wird bald einbrechen, egal was der Kaiser tut. Und die amerikanische wird spätestens in zwei Jahren auf Grund laufen.«

»Meinen Dank, Prinz Zhu Zaihou!« Grigorij konnte es nicht lassen, er wollte es versuchen. Als sie sich die Hände reichten, schob er den Zeigefinger hoch, sodass er damit hinter den Handschuh rutschte – und traf auf Baumwolle. *Er hat lange Unterwäsche an.* Er müsste dem Prinzen die Hand ins Gesicht legen, um die Gabe der Hellsicht anwenden zu können.

Zhu Zaihou bleckte die Zähne, das Grinsen erinnerte an Schadenfreude. Er wusste um die Talente des jungen Zaren. »Die Warnung ist nur rechtens. Viele Menschen werden Geld und Arbeit verlieren. Staaten sollten deswegen nicht zusammenbrechen. Sie müssen stark sein, um die Schwachen aufzufangen.«

»Sie sprechen mir aus der Seele.« Grigorij führte ihn in den Saal zurück. Die Russen und die Chinesen standen in kleinen Gruppen herum und redeten leise bei ihrem Eintreten miteinander. »Sagen wir denen einfach, die Verhandlungen seien nicht einfach gewesen«, raunte er Zhu Zaihou zu. »Sie müssen den Eindruck haben, wir hätten uns gestritten und gezankt. Nur dann wird der Vertrag in ihren Augen etwas wert sein.«

»Sie haben begriffen, wie Politik funktioniert, kaiserliche Hoheit«, merkte Zhu Zaihou an und überließ es dem Zaren, das Ergebnis zu verkünden, was mit lautem Applaus aufgenommen wurde.

Ich hoffe, dass alles in meiner Amtszeit vergleichbar einfach verläuft. Grigorij verabschiedete sich von der Delegation und besonders herzlich vom Prinzen; danach zog er sich in seine Gemächer zurück, wechselte die Kleidung und verließ inkognito zu Fuß den Palast.

Niemand wusste von seiner kleinen Reise. Nicht einmal Silena, mit der er sonst jede Sorge und jede Freude teilte.

Grigorij ging zu der Garage, in der er unter anderem das neueste Motorradmodell der DKW, die Z500, abgestellt hatte. Kein anderes Kraftrad erreichte spielend so hohe Geschwindigkeiten von mehr als neunzig Stundenkilometern; der Anzug des Zweitakters entsprach dem eines Sechs-Zylinder-Automobils. Die Z500 würde der Clou der Motorradschau im Herbst in London sein.

Der Gedanke an seine Frau verlieh ihm eine gute Stimmung. *Bald ist sie da!* Sie würde in zwei Tagen bei ihm ankommen.

Grigorij hatte einen pompösen Empfang für die Zaritsa vorbereitet, und das Volk war auf die Frau an der Seite des unerwarteten Zaren neugierig.

Ich habe vergessen, ihr von Fayence zu berichten, durchfuhr es ihn. Er hatte es dermaßen eilig gehabt, dass es ihm durch die Gedanken gerutscht war. Dabei wusste er, dass der Ägypter seiner Frau etwas bedeutete. Und anscheinend war es bei dem Drachenjäger nicht anders, wenn er schon im Schlaf Silenas Namen rief. *Sie waren lange gemeinsam in China.* Eifersucht flackerte auf – wurde jedoch von einem unwiderstehlichen Zwang überlagert. Er schluckte. *Na, dann wartet sie eben noch en wenig länger auf die Nachricht von seinem Überleben.*

Er schloss die Garage auf, schob das Tor auf und rollte die Z500 hinaus. Nachdem er Helm, dickere Handschuhe und einen mehrfach gefütterten Mantel übergezogen sowie sein geheimes Refugium gesichert hatte, stieg er auf den Sattel. *Silena und ich werden Russland in die Moderne führen. Nichts kann uns aufhalten.* Er startete den Motor und gab Gas. Das Motorrad röhrte auf.

Für besonders hartnäckige Fälle von Widerstand gegen seine Reformen baute er auf einen besonderen Verbündeten.

Grigorij fuhr mit der Z500 über die Prospekte, immer nach Osten. Die mit langen Eisendornen versehenen Reifen fanden Halt in Schnee und Eis. Sankt Petersburg fiel weit hinter ihm zurück, mehrmals bog er ab; die Straßen wurden schlechter und einsamer.

Grigorijs Unruhe nahm zu.

Er tastete die Taschen seiner Jacken ab, doch er fand nichts, womit er sich beruhigen konnte. Den Vorrat seines besten Entspannungsmittels hatte er schon längst aufgebraucht. *Dieses Mal muss er mir mehr geben,* dachte er und bemerkte ein leichtes, verräterisches Zittern in den Fingern. Nicht auszudenken, wenn es in einer Sitzung mit Generälen oder bei einem Staatsempfang ausbrach. Jeder würde es bemerken. *Er muss mir mehr geben. Er MUSS!*

Grigorij schaltete die Scheinwerfer aus und bog in einen Feldweg, der in ein Wäldchen führte. Langsam, um die Räder nicht zu beschädigen, fuhr er weiter, zwischen die Stämme auf die kleine Lichtung. Dort angekommen, parkte er die Z500 und stieg ab.

Die dickste Lage Kleidung zog er aus, um sich besser bewegen zu können.

Ungeduldig lief er hin und her.

Wo bleibt er? Will er, dass sich mein Verstand auflöst und mir aus den Ohren läuft? Er rieb sich die schweißnassen, eiskalten Hände. Es fühlte sich an, als stürben sie ab, während sein Kopf immer heißer wurde und seine Schläfen pochten.

Der Himmel verdunkelte sich, die Sterne erloschen, als sich die Silhouette eines Drachen davorschob. Wind spielte mit den Bäumen, brachte sie zum Wiegen, Schnee stob in alle Richtungen davon.

Grigorij blieb, wo er war, und sah erleichtert aus. »Endlich!«, rief er, noch während der schwarze Drache landete. »Wo warst du so lange, Tugarin?«

Hochverehrter Zar, verzeih mir. Es ist nicht leicht, dein Mittel zu besorgen. Der Geschuppte neigte den Kopf, um ihm in die Augen sehen zu können. Tugarin war elf Schritt lang, seine Spannweite betrug gewiss vierzig Schritt. Der Kopf glich mehr dem eines Raubvogels als einer Schlange, mit langen, schmalen Schuppen anstelle von Federn. Seine Schnauze war kurz, kräftig und leicht nach unten gebogen, zwei spitze, scharfe Reißzähne ragten aus dem Oberkiefer.

Er nahm einen Lederbeutel unter der linken Schwinge hervor. *Das sollte für anderthalb Monate reichen, mein Zar. Geh behutsam damit um und strecke es mit Haschisch oder Opium, dann hält es länger. Die Wirkung wird die Gleiche bleiben.*

Grigorij hielt sein Glück in den Händen. Zauberpulver, so nannte er es. Es vermochte so viel. *Ich muss es kosten.* Er schlug den Beutel auf, tauchte die Fingerspitze hinein und leckte das weiße, klebrige Puder ab. Es schmeckte süßlich, einen Hauch nach Zimt, aber die Auswirkung war enorm: als würden die Sinne um das Dreifache stärker arbeiten. Sein Verstand war hellwach, ohne jede Müdigkeit. »Ausgezeichnet!«

Danke, mein Zar. Schon dein Vater mochte und benötigte es, um die Wunder zu vollbringen, die ihn berühmt machten. Es wäre nicht rechtens, es dir vorzuenthalten. Du hast erreicht, wonach er immer strebte. Er ist stolz auf dich. Tugarin atmete ein. *Wie lief es heute? Du hast den Friedenspakt mit dem Prinzen und der Drachenkaiserin geschlossen?*

»Ja, das habe ich. Zhu Zaihou stimmte sofort zu.«

Ich sagte dir bei unserem ersten Treffen vor einer Woche, dass ich mehr Macht besitze, als du dir vorzustellen magst. Deine Wahl, mit mir ein geheimes Bündnis einzugehen, wird dir nur Vorteile bringen. Die Drachenkaiserin war durch meine Fürsprache zu allem bereit. Tugarin reichte ihm eine Mappe. *Nun bist du an der Reihe. Darin sind Dekrete, die du dir durchlesen solltest. Ein paar Leute müssen befördert und ein paar getötet werden, damit die Richtigen in Russland an entscheidenden Stellen sitzen. Noch sind zu viele Vertraute der Romanows im Einsatz. Wenn alles erledigt ist, sehen wir uns in knapp zwei Monaten wieder.* Er breitete die Schwingen aus. *In der Zwischenzeit: Freunde dich mit dem Gedanken an, dass Russland, das Empire und das deutsche Kaiserreich eine Allianz eingehen, um gegen Frankreich zu marschieren.* Er schwang sich auf einem kleinen Sturm in die Luft und flog unglaublich schnell davon.

»So, sollte ich das?« Grigorij stand inmitten des aufgewirbelten Schnees und sah trotzig auf die Ledermappe sowie den Beutel.

Die Nacht sang für ihn, schwarzes Licht mischte sich unter das Glühen und Strahlen des Firmaments, und er hörte die Bäume seinen Namen in Ehrfurcht raunen. Das Gras unter dem Schnee wisperte dazu. Das Zauberpulver eröffnete ihm diese nie gekannte Schönheit der Welt, und er wollte sie nicht mehr missen.

»*Ich* bin der Zar. Ich bestimme, niemand sonst, Tugarin!«, schrie er dem Drachen hinterher und tunkte den Finger noch einmal in die weiße, geliebte Substanz. »Du gehorchst mir wie alle anderen auch!«

Grigorij kehrte zum Motorrad zurück, barg Mappe und Beutel in der Ledertasche auf dem Tank und schwang sich in den Sattel. *Ich werde durch die Gabe ein guter Zar sein*, sagte er sich. *In ein paar Jahren kann ich mit den Drogen aufhören. Silena wird mir dabei helfen.* Brummend erwachte der Motor, er gab Gas und fuhr zurück nach Sankt Petersburg.

Er hegte nicht den geringsten Zweifel an einer glücklichen Zukunft mit ihr und seiner Tochter. Dazu wusste er zu viel über die kommenden Jahre. Ahmat spielte darin keine Rolle. Das war das

Schöne an der Gabe der Hellseherei: Niemand konnte ihm etwas vormachen.

Grigorij sah auf die Ledertasche, in der der Beutel mit dem Zauberpulver lag, und biss die Zähne zusammen. *Niemand.*

Nachwort

Silena, Grigorij und ihre Freunde durften ein weiteres Abenteuer erleben, manche davon auch überleben.

Dass »Die Mächte des Feuers« als Vorgängerband derart gut angenommen wurde, hat mich sehr, sehr gefreut, und das gleiche Schicksal wünsche ich diesem Buch.

Ob es ein drittes geben wird, lasse ich offen. Die Helden haben ihre Abenteuer bestanden, gern darf selbst von den Leserinnen und Lesern gerätselt und gesponnen werden, was danach kommen könnte: Dramen oder ein leichtes Leben, nur noch Glück oder Tragik? Für alle, die nicht grübeln möchten: Der Hellseher hat es im Grunde vorweg genommen.

Ach ja, die Wirtschaftskrise, die in »Drachenkaiser« thematisiert wird, ist nicht der aktuellen Lage geschuldet.

Bereits in »Die Mächte des Feuers« sinnierte ein Altvorderer darüber, dass man die Menschen auch mit wirtschaftlichen Mitteln beherrschen kann und nicht immer auf Kriege zurückgreifen muss. Im Jahr 2006 war die Entscheidung schon gefallen, eine mögliche Fortsetzung in der »kleinen« Wirtschaftskrise der Zwanziger anzusiedeln.

Dass ich jetzt damit aktueller bin als gewollt, war vor drei Jahren bei Zinssätzen von vier bis fünf Prozent nicht abzusehen. Ich denke nicht, dass in der Gegenwart Drachen ihre Krallen im Spiel hatten, sondern eher andere Tiere: Finanzhaie und Pleitegeier.

Bedanken möchte ich mich bei meinen Testleserinnen Sonja Rüther und Petra Ney, meiner Lektorin Angela Kuepper und Carsten Polzin vom Piper Verlag. Schon wieder ein Cover, das auf meinen Vorschlag hin gestaltet wurde. So darf das weitergehen!

Ein besonderer Dank geht an das Goethe Institut Niederlande sowie den Verlag Luitingh-Sijthoff, der meine Bücher in Holland veröffentlicht; auf ihre Einladung hin habe ich eine sehr schöne

Lesereise in den Niederlanden absolviert. Ohne diese positiven Eindrücke, vor allem in Amsterdam, hätte Holland keinen Einzug in »Drachenkaiser« gefunden.

Markus Heitz, im Frühjahr 2009

PIPER
SEI UNSER
HELD!
PIPER FANTASY
Gleich mitmachen und die magische Welt der Piper Fantasy erleben! Neugierig? Dann auf zu www.piper-fantasy.de!
Piper-Fantasy.de